遠藤周作の生涯と文学

神学と文学の接点から見る

兼子盾夫

教文館

このささやかな研究書を奥村一郎師と加賀乙彦先生の霊に捧げます

遠藤周作の生涯と文学——神学と文学の接点から見る　目次

序

本論1　文学篇　象徴と隠喩と否定の道

序

第一章　宣教師ポール遠藤の生涯と文学――真にグローバルなキリスト教を求めて

「あわない洋服」

ダブダブの洋服を日本人にしっくりする和服に仕立てなおす(1)

0　国民的作家としての葬儀風景から

一九九六年一〇月二日カトリック麹町教会（イグナチオ聖堂）において作家遠藤周作の葬儀はとり行われた。司式は井上洋治師初め計七人の司祭、四千人の会葬者の長蛇の列が聖堂を取り巻いた。そしていよいよ、柩を乗せた車が門を出ようとした時、道路反対側の土堤に陣取った人々から「遠藤さん（先生）、有り難う！」という声がかかった。多くの読者に愛された国民的作家遠藤の、この世における別れの風景である。遠藤の柩には遺言によって『沈黙』と『深い河』の二作が納められた。それは象徴的な意味をもつ。私は後でそれら二作をやや詳しく取り上げよう。彼の『沈黙』はキリスト教の神と信仰をテーマとする、日本人にとっては判り難い作品だが、ではなぜキリスト教にあまり縁のない普通の日本人が、この作品を含め遠藤の数々の作品を愛読してきたのだろうか。

（1）　西欧キリスト教に距離感を抱き生涯、小説を書くことでその距離を埋めようとした遠藤は「ダブダブの洋服を体にあった和服に仕立てなおす」という比喩でその思いを表現した（「私の文学」一九六七年一月）。しかしこの発想は元々、井上洋治師が「テレジアと日本の教会」（『世紀』一九六四年七月号）で使用したものであり、さらには井上師が留学時代に読んだトミストとして令名高いイエズス会士J・ダニエルー師の「中世キリスト教はもはや現代フランス人にとって身に合わない服」という表現にまで遡るもの。師は中世キリスト教に対する現代人の乖離を言ったのだが、井上と遠藤はそれを東西の文化的な違和感の意味に転用した。

遠藤の愛読者　プロテスタント・カトリックを併せても全人口の一％にも満たない[2]「異邦人の国」日本で遠藤の代表作『沈黙』（一九六六年）は、二〇一〇年までの四五年間に単行本・文庫本併せて二三五万部売れたと言われる[3]。『沈黙』に対する発表直後のキリスト教会の反応は総じて批判的なものであった。信徒を教え導く司祭がこともあろうに教会の教えを否定するとは、教会の教える神を棄てるとは何事か。それゆえカトリック教会では遠藤自身やその関係者の伝えるところによると[4]、一種の禁書扱いだった。司祭が拷問に苦しむ農民信徒のためとはいえ「踏絵」を踏むとは。一六世紀のカトリック教会の教えでは[5]、これは棄教の大罪に他ならない。『沈黙』には第二バチカン公会議（一九六二―一九六五年）の成果の先取りとも言える内容さえいくつか含まれていたにもかかわらず、当時のカトリック教会にとっては衝撃的な、一般信徒の信仰を危うくする虞のある書物だった。

ではいったい誰が『沈黙』を読みついできたのか。『沈黙』の何が日本人読者の心の琴線に触れ得たのか。遠藤作品がキリスト教に縁のない普通の日本人読者を多く獲得していることは、『沈黙』の出版部数と日本人信者総数の懸隔からいっても明らかである。そしてキリスト教の内部では信者・聖職者を問わず未だに遠藤の『沈黙』に対する賛否両論（これは最後の作品『深い河』についてもまた然り）があり、熱心な愛読者は必ずしも多くない。だとすると冒頭に紹介した「遠藤さん（先生）、有り難う！」の掛け声は、彼の作品が、彼らごく普通の日本人により多く受け入れられたこと、そして混沌とした現代社会にあって彼の作品がキリスト教に縁の薄い普通の日本人にも何か「人生」についての価値ある指針を与え続けてきたからではないのか。キリスト教の信者であると否とにかかわらず、多くの日本人読者が自らの人生の意味を振りかえるときに、遠藤によって人生で本当に価値あるものとは何かを教えられてきたからではないのだろうか。

1　遠藤周作の主たる生涯の出来事と転機となる作品[6]

成人した作家の作品に幼少年期の体験が反映されることは多くある。遠藤に関して言えば幼少年期の体験で彼の作品形成にとって大きな意味をもつ出来事は両親の離婚とそれによってもたらされたキリスト教の受洗である。前者は彼の作品のモチーフの底流をなす個人的な体験、すなわち人生における人間存在の「絶対的な孤絶性」であり、さらにその孤独を慰め人間に生きる希望を与える「同伴者イエス」の原型となる動物との心の交流、そして父に棄てられた母に対する憐憫が「母なるイエス」に繋がっていく。後者は自分の選択によるキリスト教の受洗ではなく、まさに他人（母親）によって強制されたダブダブの洋服の着用から、やがて自分の意思でそれを和服に仕立てなおすところのキリスト教との生涯続く緊張関係の第一歩だからである。

(1)幼少年期　一九二三年東京巣鴨に生まれた遠藤は一九二六―一九三三年父の転勤で大連に住む。幼少年期に大連で過ごした七年間の異国体験は彼の無意識裡に異邦人意識を育んだ。一九三三年父母の離婚により西宮市夙川に母、兄とともに移り住み一九三五年（一二歳）兄と同じ灘中に進学する。同年、母郁（小林の聖心女子学院で

（2）日本におけるカトリック信者総数は二〇一〇年一二月現在で四四万八四四〇人であり（カトリック中央協議会出版部編『日本カトリック司教協議会イヤーブック二〇一二』参照）総人口の〇・三五％強である。プロテスタント諸派を含む日本のキリスト教信者総数でさえ総人口の一％にも満たない。石井研士『データブック　現代日本人の宗教（増補改定版）』新曜社、二〇〇七年、調査六八頁参照。

（3）加藤宗哉『没後一五年遠藤周作展』神奈川近代文学館、二〇一一年、一一頁参照。これには異論もある。二〇一七年までに単行本、文庫本併せて二〇〇万部（新潮社調べ、二〇二一年、また『信徒の友』日本キリスト教団出版局、二〇二一年九月号、二六頁）。

（4）柘植光彦編『遠藤周作――挑発する作家』至文堂、二〇〇八年、七頁参照。

（5）『ゴメスによる講義要綱』、『丸血留の道』でも絵踏は棄教で大罪である。浅見雅一『キリシタン時代の偶像崇拝』東京大学出版会、二〇〇九年、二四三―二九一頁参照。

（6）「私の文学」『遠藤周作文学全集』一二巻、三七八頁、山根道公『遠藤周作――その人生と「沈黙」の真実』朝文社、二〇〇五年「資料篇、年譜著作目録」他を参考に小論の趣旨に基づき兼子が編んだ。

音楽教師をしていた）が夙川教会で受洗し、続いて兄とともに遠藤も母を喜ばせるために受洗する。洗礼名はポール。悪童ぶりで顰蹙を買うが翌年一月にイエズス会の武宮隼人神父の黙想会に出席、感動し自ら早朝ミサに出席するなど将来、神父になることも考える。学校の成績は芳しくなく灘中にあって劣等生の悲哀を経験。遠藤の生涯にわたる多方面への飽くなき好奇心、探究心、多読・乱読の特技は有名だが、いわゆる学校における体系的な勉学にはムラがあった。後のいささか偽悪的なぐうたらのポーズ、落第坊主のポーズはこの頃の体験に基づく。

(2)青年期に関しては、死後に明らかになったが二年間の浪人生活を経て一九四一年四月―一九四二年二月母の指導司祭イエズス会士P・ヘルツォーグ神父の影響で上智大学の予科（甲類独語クラス）に進学し、学内の聖アロイジオ寮に住む。しかしここでもまた学校の勉学に精を出した痕跡はない。四一年一二月、哲学的エッセイ「形而上的神、宗教的神」を校友会雑誌『上智』一号（上智学院出版部）に発表。同年一二月八日太平洋戦争が勃発し、この頃と続く慶大予科の時期に受けた戦時下のキリスト教信者としての屈辱的で辛い体験は『死海のほとり』（一九七三年）で主人公の作家と聖書学者戸田（どちらも遠藤の分身）の学生時代の回想（背景）に繋がる。

(3)一九四三年慶応大学予科に進むが父の望む医学部でなかったので経堂の父の家を勘当され聖フィリポ寮（現真生会館）に住む。寮の友人の影響でR・M・リルケや独ロマン派を、また舎監ネオ・トミストの哲学者吉満義彦（東大、上智で哲学講師、『詩と愛と実存』の著者）の影響でJ・マリタンを読む。しかし吉満の勧めで哲学から文学へと転向し、同氏の紹介で堀辰雄を知り、堀の『曠野』（一九四四年九月）に書かれたモーリアックの小説論から人間の深層心理の問題を、また堀のエッセイから日本人の神々と西欧人の神の相剋の問題を意識する。堀に佐藤朔を紹介され、一九四五年（二二歳）で慶応大学仏文学科に進み佐藤の自宅でC・デュボスの評論『現代フランス作家の問題』を初めF・モーリアック、G・ベルナノス等の作品を熱心に読む。

(4)評論家としての出発と留学　一九四七年（二四歳）処女評論「神々と神と」、「カトリック作家の問題」（三田文学一二月）が世に出る。一九四八年三月慶応大学を卒業、卒論はJ・マリタン夫妻の詩論を論じた「ネオ・トミズムにおける詩論』。神西清の推薦で「堀辰雄論覚書」が『高原』に掲載さる。一九四七年（二五歳）―一九五〇年（二七歳）盛んに評論（「シャルル・ペギィの場合」、「ジャック・リヴィエール――その宗教的苦悩」、「E・ムニェのサルトル批判」、「ランボオの沈黙をめぐって――ネオ・トミズムの詩論」等）を発表。ヘルツォーグ神父の『カトリック・ダイジェスト』日本語版の編集・発行を兄、母とともに手伝う。この仕事は遠藤母子の霊的な指導司祭であったヘルツォーグ神父に協力したもので、就職の意味はない。

この時点の遠藤は出来れば大学に残りフランス文学の研究者になりたいと思っていた。しかし、この後に彼の生涯を決定するフランス留学という最大の転機が訪れる。少し先走ってフランス留学が彼の生涯に与えた影響を述べると、フランス留学は制度としてのカトリック教会が時代に合わない存在であるにもかかわらず、フランスに厳然・連綿と続くカトリシズムの知的伝統の重み、大戦が残した生々しい暴力の痕跡、フランス知識人の社会参加の姿勢、カトリック側の社会改革運動、日常生活のなかの人種差別、誠実で善意のフランス人との心温まる交流、孤独を紛らわすかのようにひたすら読み耽った最新のヨーロッパの小説の影響等で彼に多大なカルチャー・ショックを与えた。

一九五〇年（二七歳）フランスにカトリック文学研究のため留学。六月仏郵船マルセイエーズ号で生涯の盟友井上洋治と出会う。ルーアンでのホーム・ステイの経験は遠藤の問題意識「彼我の距離」の文化面における葛藤を描いた『留学』（一九六五年）に繋がる。リヨンではカトリック大学と国立リヨン大学でフランス現代カトリック文学（とくにF・モーリアック）を研究する。

しかし日本人である自分と西欧キリスト教との距離[7]を感じ、仏文学の研究よりも小説を書くことでその距離を埋めようと決心し作家修行を始める。一九五一年（二八歳）『テレーズ・デスケルー』の舞台ランド地方を徒

（7）「私の文学」『遠藤周作文学全集』一二巻、新潮社、三七八頁。

歩旅行し、ボルドー近郊のカルメル会修道院に井上洋治を訪ねる。この頃、後の芥川賞受賞作『白い人』や『フォンスの井戸』に繋がる第二次大戦下の占領軍や坑独運動双方の暴力の跡をアルデッシュ県で知る。パリでE・ムウニェ創刊の『エスプリ』誌の編集者に会うなど、キリスト教会内の社会改革派の動きに関心をもつ。この頃のフランスの若い作家、知識人や聖職者には第二次大戦時のパルチザン活動の余波もあり、社会変革、政治改革に知識人なら参加が当然という使命感にも似た雰囲気があった。戦時中の辛い体験から若き遠藤自身も社会変革には大いに関心をそそられたが、直ちに活動に参加するのが唯一の道ではなく、むしろ見ること、一切をしっかり見つめることに専念する。

一九五二年に結核の兆候が現れコンブルーの学生療養所でソルボンヌ、エコル・ノルマルの学生たちとも知り合う。リヨンとパリの間を往来するが一二月に発病、一九五三年（三〇歳）二月無念のうちに帰国する。父の経堂の家に帰宅し気胸療法に通う。この経験は『海と毒薬』の冒頭の狂言廻し「私」に繋がる。『カトリック・ダイジェスト』終刊。同年、母郁脳溢血で死亡（五八歳）。臨終に立ち会えなかった遠藤は愛されながらも何ひとつ恩返し出来ず、母を裏切ったという思いで一杯で、この思いは終生、執拗な持続低音[8]（basso ostinato）として作品世界を彩る。

一九五四年一一月、処女小説『アデンまで』を三田文学に発表。この小説は後に作家として大成する遠藤が小説家よりも、むしろ文明批評家としての資質をかいま見せる作品だが合評会で酷評される。作品全体に散りばめられたヨーロッパ文学や伝統に関する豊富な「象徴」や「隠喩」の解読なしに、文字どおりに読んでも理解困難な作品ではある。

(5)『白い人』で芥川賞受賞と結婚（一九五五年）（三二歳）。『白い人』は戦時下のリヨンを舞台に占領軍ナチス・ドイツの協力者でニヒリストの私が抗独レジスタンス（マキ）を拷問する話が主な内容であるが、白い人という凝ったタイトルが示唆する、白い人（西欧キリスト教文化圏の住人）同士の織りなす観念的ドラマ、神と悪魔が人間を駒として対峙する恰もサルトルの戯曲を想わせるような観念的ドラマである。『黄色い人』（『群像』一九五五年一一月に発表）は遠藤文学の基調となる「白（西欧キリスト教の伝統）」対「黄色（日本の汎神的風土）」の相剋の問題が提起される本格的な作品である。この頃、慶大仏文科の後輩岡田順子と結婚。ホテルでの挙式の前日、上智大学クルトゥル・ハイム内の小聖堂にてヘルツォーグ神父の司式で結婚式を挙げる。しかし師はその二年後の一九五七年（遠藤三四歳）、イエズス会を退会、還俗し日本人女性と結婚。遠藤のショックは大きく、その後の作品「火山」（一九五九年）の還俗・妻帯神父として、また『沈黙』のロドリゴさらに直接的には「影法師」（一九六八年）のモチーフとして遠藤につきまとう（ただし『黄色い人』のモデルは別人）。

(6)一九五八年（三五歳）神父をめざす井上洋治と再会。最初の信仰的エッセイ「聖書のなかの女性たち」を『婦人画報』に連載。遠藤は前年、帰国していた井上師と再会、同じ「日本人のキリスト教」を模索する同志として日本人の心の琴線に触れるキリストの姿を伝えていくことを確認し合う。「聖書のなかの女性たち」にはこの頃の遠藤のキリスト理解が明確に表れている。すなわち「異邦人の国」日本で、ないものねだり的にキリスト教の「神不在の悲惨」を問うのではなく、日本人に理解されるキリスト像（罪人を裁くのではなく、憐れみ赦す愛の神）の創造をめざすことが以後の遠藤の課題となる。この同盟関係は遠藤の死まで続く。

また批評家・作家としても活躍。すなわち佐伯彰一編集の文芸誌『批評』の同人として村松剛らと参加。作家としても『海と毒薬』（前年「文学界」に発表）が新潮社文学賞と毎日出版文化賞を受賞、文壇に着実に地歩を築いていく。

(7)一九五九年（三六歳）初の新聞小説「おバカさん」を朝日新聞夕刊に連載。その内容については「わたしが・棄てた・女」とともに「2　主要作品における神の問題」で扱う。長崎の四番崩れに取題し、『沈黙』のキ

---

(8)　兼子盾夫「『深い河』と母の顔」『三田文学』九〇号（二〇〇七年）、二六八―二七九頁参照。

チジローの前身ともいうべき弱虫の喜助が登場する「最後の殉教者」が発表される。しかし順風満帆と見えた遠藤の人生航路に突如、嵐が襲う。すなわち一九六〇年（三七歳）肺結核の再発である。病状は芳しくなく一九六一年（三八歳）に再三の手術を試みるが、退院までの二年二か月の入院生活を余儀なくされる。この頃の死と隣り合わせの緊迫した体験（三度目の六時間に及ぶ大手術の途中で心停止をも経験する）と病床で読みふける切支丹ものが代表作『沈黙』を生む力となる。つまり周囲の患者や自己の死と否応なく真剣に向き合い、また自身は死の淵から辛うじて生還できたこと、この病床体験こそ遠藤に「神は沈黙しているのではなく苦しむ者とともにある」という信仰上の確信を与えた。

一九六三年（四〇歳）『わたしが・棄てた・女』が『主婦の友』に連載される。翌年の一九六四年には東京オリンピックが開催され、それに先立って日本の高度経済成長が始まり、日本社会が大きく変貌を遂げる転換点となる。またカトリック教会も一九六二―一九六五年に「第二バチカン公会議」が開催され、現代化アジョルナメントに向けて大きく舵を切った。その公会議の成果をも一部、先取りするかのような革新的な内容をもつ『沈黙』（一九六六年）は、しかしカトリック教会にとっては激震とも言うべき作品で教会の内外で一大センセーションを巻き起こした。この作品については後の主要作品の解説で改めて論じる。

(8)一九七三年（五〇歳）遠藤の七年ごとの大作の次作は、一言でいうと日本人にもわかるイエス像の探究を目指した『死海のほとり』(9)である。『沈黙』のイエス像はもはや正統なキリスト教のイエスではなく、キリスト以外の他の何者かだという批判に応えるため遠藤は「新約聖書」学の研究を行い聖地を四度も訪れる。しかし遠藤によると小林秀雄だけは電話で直接、誉めてくれたそうだが、おおかたの日本人にはあまり理解されなかった作品である。この小説の創作ノートをなすのが『イエスの生涯』である。R・ブルトマンやE・シュタウファー等の「新約聖書」学関連の研究書を読破し、「新約聖書」におけるイエス像と真剣に取り組んだ。その結果、遠藤はブルトマンとは異なった意味で、徹底した「非神話化」を行ってイエスを奇跡とはまったく無縁の「無力の人、ただ愛の人」として描いた。遠藤はしかし復活の秘蹟だけは、これを信じますと明言する。そしてイエスがキリストとして復活するまでを論証したのが『キリストの誕生』である。これらの作品については後に本論2神学篇で詳しく取り上げる。

一九八〇年（五七歳）には、一七世紀初頭の慶長遣欧使節の支倉常長を取題した歴史時代小説『侍』を書く。本人が選んだ洗礼でなくとも、いつのまにか神が主人公の侍の心の内に住み初め、孤独の彼の「同伴者」となるという洗礼の秘蹟の神秘を扱ったものである。

一九八一年（五八歳）病気（高血圧、腎臓病、肝臓病）と老いを意識する。この病と老いの意識は人間の心の深層に潜む悪の問題と、忍び寄る老醜を扱った意欲的な作品『スキャンダル』（一九八六年、六三歳）に繋がっていく。一九九三年（七〇歳）にはインドを舞台に過去の遠藤ワールドの主人公が全員結集する、宗教多元主義のマニフェストとも思える問題作『深い河』が発表された。「転生」か「復活」かという死後の世界における魂の存在の問題をめぐって、人間の煩悩にみちた様々な人生が支流となり「死と再生」の河、聖なるガンジスの辺ヴァーラナシーに主人公たちは吸い寄せられる。一九九六年（七三歳）死去。奇しくもこの年に恩師佐藤朔、ヘルツォーグ師亡くなる。

2　主要作品における神の問題

まず『沈黙』以前の作品について簡単に触れる。

(1)『黄色い人』（一九五五年）、『海と毒薬』（一九五七年）における神は旧約的な人間を厳しく「裁く神」とし

（9）神谷光信「新約聖書学の衝撃」柘植光彦編、前掲書、一三五―一四五頁参照。

て描かれる。キリスト教文化圏の住人は罪を犯したとき、この神の罰を恐れる。そしてR・ベネディクト『菊と刀』中の「罪の文化対恥の文化」の対比ではないが、日本人は本来的に西欧人のような「罪意識」はもたない。しかし『甘えの構造』[10]の土居健郎が言うように、そもそも日本人が罪意識を持たない筈はない。ただ日本人は文化として西欧キリスト教的「罪意識の表現」を持たないのである。それ故遠藤はこれらの作品のなかで西欧的な熾烈な「罪意識」の代わりに、「黄色い人」日本人が罪に直面するときに伴う心理的特徴「無気力」[11]「気だるさ」「どうでもいい」という感覚を繰り返し描く。それらは文字通りの意味を超え、象徴的な表現として使われている。

(2)『おバカさん』(一九五九年)(朝日新聞の連載)で遠藤は初めて日本の中高生にもわかりやすいキリスト像を描く。それは「同伴者イエス」のユーモア版(悲喜劇)である。二〇世紀の東京に舞い降りた現代版キリストの「受難物語」。その主人公ガストンは復讐の鬼と化した殺し屋遠藤を殺人の大罪から守ろうと復讐劇の邪魔をし怒った遠藤に打擲される。生来、弱虫のガストンは遠藤の暴力は死ぬほど怖いのだが、それでも「エンドゥさん、ひとりぼっち」と彼の後を追い最終的には「友のために(身代わり)生命を失う」。青空をシラサギとなって飛翔していく姿や、ガストンのよき理解者、日垣隆盛の夢の中のガストンの昇天はメルヘン的な最期だが感動的でさえある。深刻なキリスト教の話は一切なく、読みおわって爽やかな思いの残る傑作[12]である。

ところでガストンとは誰か、紀元一世紀のパレスチナでも一六世紀のセヴィリア[13]でもなく、高度経済成長の真っ只中の東京で、彼はやることなすことドジだが一度、寂しい人、悲しい人、苦しんでいる人を見たら決して見捨てられない、徹底した「お人好し(おバカさん)」の主人公フランス人青年だ。彼は道化師(ピエロ)としてのイエス(ルオーのピエロはキリストの隠喩)なので、本当のバカなのではなくムイシュキン公爵と同じユロージヴィ(聖痴愚)、おバカさんなのだ。彼はどんなときでも絶対非暴力(平和の君)を貫き、どんな人間も信じよう、たとえ騙されてもついて行こうと言う、本当の強さ(パウロ的な意味の逆説的な強さ)をもっている。文芸評論家の江藤淳はこの作品を評して、日本の近代小説にないスケールの大きさを秘めているのはそこに人間の基準にいわば垂直に交わっている神聖なものの基準があるからだという。つまり神聖なものの基準はしっかり残しながら、人間の弱さ、醜さ、切なさをユーモアたっぷりに描く遠藤の眼に老若男女の日本人は惹かれたのである。

(3)『わたしが・棄てた・女』（『主婦の友』連載）（一九六三年）『おバカさん』の女性版悲劇、ピエタ。人は人生で一度でも触れ合った人と無関係ではいられない。とくに聖なる存在と触れ合った人はその痕跡を決して忘れ去ることはできない。女主人公の森田ミツは町工場に働くごく平凡な娘。ただし「ミツ」は闇をてらす「光の子」の意味。他の作品（『海と毒薬』の阿部ミツ）の「ミツ」にも注意。遠藤によると「わたしが・棄てた・女」とは弟子たちや大勢の人間によって棄てられたイエス自身のこと。自分の幸せよりも、可哀相な人をどうしても見捨てられない性格のミツちゃん。ミツは隣人愛（agape）または憐憫（pity）の塊であり、自分を棄てた吉岡（人間）をいつまでも待ち続ける。罪を犯した人間の過ちを赦し、いつまでも待ち続けるという意味では「放蕩（失われた）息子の帰宅」（ルカ一五・一一―三二）の父（神）の化身なのかも知れぬ。二度も映画化されミュージカルにもなったやや感傷的な作品。しかしよくみると人間に棄てられても裏切られてもなお罪深い人間を愛さずにはい

---

(10) 弘文堂、一九七一年。

(11) 拙著『遠藤周作の世界――シンボルとメタファー』教文館、二〇〇七年、五一、一二五頁参照。

(12) 文芸評論家の江藤淳は「一見只のユーモア小説のように見えながら、大部分の日本の近代小説にないスケールの大きさを秘めているのは、そこに人間の基準にいわば垂直に交わっている神聖なものの基準があるからだ」と称賛している。「解説」『おバカさん』角川書店、一九六二年、三一〇―三一二頁。

(13) ドストエフスキー『カラマーゾフの兄弟』大審問官の項を参照。キリストはセヴィリアに出現する。遠藤自身の言葉によるとガストンはドストエフスキーの『白痴（ユロージヴィ）』のムイシュキン公爵とイタリア映画『道』のジェルソミナに負っている。他にもモーリアックの『小羊』、ベルナノスの『田舎司祭の日記』の影響が見られる。『聖書のなかの女性たち』講談社、一九六七年、二〇六頁参照。

られない「愛の塊」である神の姿を彷彿とさせる傑作である。キリストはほとんど表面に出てこないが（鎖につ いた十字架が捨てられるシーンはある）プロットを透かして見るとミツは犠牲の小羊（キリストの自己無化（ケノーシス））を想起させる女性版キリストである。

(4)キリスト教作家遠藤の方向転換、その二つの契機　初期の遠藤作品において顕著だった西欧キリスト教的観点から、日本の精神的風土の「罪意識不在」を問題視する姿勢は徐々に転換していく。すなわち「神不在の悲惨さ」をそもそも悲惨とも感じない日本の精神的状況のなかで、厳しく裁く神の視点から、苦しむ人に対する共感の視点へと変わったのである。作品にそくして言うと『海と毒薬』（一九五七年）の頃とは異なり、『おバカさん』（一九五九年）を通じて『沈黙』（一九六六年）執筆の頃には「苦しむ人への共感」の眼差しへと変わった。そしてこの遠藤の転換には二つの要素が関わっている。[14]

一つは遠藤の年譜をみれば、フランスから帰国した井上に遠藤が再会し日本人のキリスト教を求めて戦友として共に闘おうという決意を確かめ合ったこと。それは遠藤の小説を書く姿勢で言えば、西欧キリスト教の神の視点から日本の精神的風土を裁くのではなく、キリストの福音をキリスト教の伝統も文化もない日本に根づかせること、日本人の心の琴線に触れる形で伝えようという試みである。この決意とそれに基づく同盟関係は遠藤の死、すなわち一九九六年九月まで続く。そして遠藤の葬儀で井上は「西欧キリスト教というダブダブの服を自分の身のたけに合わせて仕立て直すという大きな路線で、私たちは彼を捨て石とせず、踏み石として登っていきたい」と追悼した。

もう一つは遠藤の二年余にわたる闘病生活とそこからの奇跡的な生還である。井上との再会によって、遠藤は自分の道がどんなに困難であろうとも立ち向かわなくてはならぬと固く決意する。しかしこうした矢先、一九六〇年に遠藤は結核の再発で、二年余りの闘病生活を余儀なくされる。そして何度も死線を彷徨う辛い孤独な病床体験のなかで、遠藤は「同伴者イエス」を真にリアリティある存在として体得していく。

(5)『沈黙』（一九六六年）「ともに苦しむ神」「母なるイエス（母性的なキリスト像）」誕生。「主よ、あなたがいつも沈黙していられるのを恨んでいました」「私は沈黙していたのではない。一緒に苦しんでいたのに」。神の沈黙[15]　神は本当に沈黙しているか。神は沈黙されていない。神は苦しむものとともに苦しんでおられる。主人公ロドリゴは「神の沈黙」の意味を図りかねて「神の存在」そのものをも疑う。「神の沈黙」から導き出される推論は次の三つ、①神は存在しない（故に神は沈黙している）、②神は存在する、しかしなぜか沈黙している、③神は存在し、沈黙していないが、われわれが神の言葉を聴く耳をもたない。

主人公は最後に三番目の結論「神は沈黙しておられず（苦しむ者とともに苦しんでおられる）」に到り付くのだが、そこまでの彼の心の変化は彼の抱く「キリストの顔」の変化によって表わされる。すなわちロドリゴがいつも心に思い浮かべるキリストの顔の変化はじつに一三―一四回も描かれる。遠藤は「異邦人の苦悩」のなかで「私にとって一番、大切なことは、外人である主人公が心にいだいていたキリストの顔の変化だ[16]」と言う。この作品において神はむしろ雄弁に語っているのだが、作者遠藤は「象徴」と「隠喩」によってそれを仄めかすのみである。[17]

(14) この頃の心境の変化を表すものとして『聖書のなかの女性たち』（一九五八―五九年『婦人画報』連載、後に講談社、一九六七年）がある。
(15)『沈黙』はカトリックの内外から作品の真意について毀誉褒貶が激しかったが、作者によるとタイトルの沈黙は「神は沈黙していない」という意味だったにもかかわらず、文字通りの沈黙と受け取られたし、主人公はキリストの愛に対する信仰まで棄ててはおらず、人生の最後まで周囲のものにキリストの愛を説き続けたことが巻末につけた「切支丹屋敷役人日記」に記してあるが、大方の読者は単なる附属資料と思って読んでくれなかったと述べている（加藤宗哉『没後一五年遠藤周作展』二〇一一年、一一頁参照）。
(16)『遠藤周作文学全集』一三巻、一七五頁参照。
(17) 前掲拙著、一五五―一六〇頁参照。

(6)キリストの「復活」の意味を問う作品『死海のほとり』(一九七三年)。遠藤の描く『沈黙』のキリストはもはやキリストではないと批判された。そこで遠藤は真のキリストを求めてイスラエルを何度も訪ね聖書神学の勉強もし、その結果として彼のイエスを小説にした。そこでは徹底的な非神話化の結果、イエスは奇跡とは無縁の無力の人、苦しむ人の傍らでともに苦しむ愛の人「同伴者イエス」として描かれる。遠藤のイエス観の根底にはフィリピの信徒への手紙二章六―九節にあるような徹底的な「ケノーシス(自己無化)」のイエス、無力のイエスだからこそ神はイエスを復活させられたという信仰がある。遠藤は徹底したイエスの「自己無化」の姿と、そしてまたイエスの予表たる第二イザヤ五三章の「苦難の僕」にそのイエスを重ね合わすことによって「無力の人イエス」を生みだした。

『死海のほとり』ではR・ブルトマンたち聖書学者に対する批判が顔をだす。遠藤は新約聖書を体系的に勉強したが、その時に遠藤が採った方法とは歴史的事実として検証可能か否かという基準と、イエスの周囲の人々にイエスが実存論的に真実の存在だったかという基準であった。その成果は新潮社の『波』に連載され後に一本化され『イエスの生涯』となる。[19]『イエスの生涯』にはブルトマンを批判したシュタウファーの影響[18]が多く見られるが、シュタウファーとも異なり遠藤は奇跡物語に描かれるイエス像に対し、右の彼の基準に従って徹底的に非神話化し、遠藤独自[20]の「無力の人」としてしまう。

また戦時中の学生寮の舎監の神父と臆病な修道士ねずみの思い出、そしてその修道士の絶滅収容所における最期の挿話が重要な鍵となる。すなわち最も弱い卑怯な人間にもキリストの愛は時空を超えてはたらき(弱者は聖化され)素晴らしい愛の行為を実践させる。それがキリストの復活の意味ではないかと、現代の懐疑主義に侵された主人公二人は呟く。『キリストの誕生』(一九七七年)は無力の人イエスが、ではなぜ神の子キリストとなりえたのかを聖書や新約学者の考察を参考に作家として推理する。

歴史に取題しながら作家自らの体験による「洗礼」の深化を告白する作品『侍』(一九八〇年)は文学的には完

成度の高い作品であり、「同伴者イエス」による「洗礼」の秘蹟の意味を問う。旅の途上で出会う邦人修道士は、神は決して金殿玉楼には住まぬというが、全編を通じて通奏低音（basso continuo）のように響くイエスの痩せこけた惨めな姿は「私の国は地上の国ではない」というイエスの最期の言葉を連想させる。

(7)『深い河』（一九九三年）西欧キリスト教からの落伍者、ガンジス河で此岸から彼岸へとヒンドゥー教徒の行き倒れを渡す主人公の神父大津の正体は、イザヤ書五三章二―一一節の「苦難の僕」である。「彼は醜く威厳もない　惨めで　みすぼらしい　人は彼を蔑み　みすてた……まことに彼はわれわれの病いを負い　われわれの悲しみを担った」。

遠藤はカメラマンの軽はずみな行為に怒った民衆により身代わりの死を遂げる大津の惨めな死にざまこそ、キリストの磔刑にも比すべき出来事と考える。つまり大津は遠藤の描くもう一人の現代版イエスなのである。フランス、イスラエル、インドでも彼は西欧キリスト教の枠の中に収まりきれず何をやっても失敗する。しかし彼はキリスト教を決して捨てないし、それどころかキリストが絶えず彼の中にあって彼を励まし、彼を動かすエネルギーの源であると知っている。彼のアーシュラムでのミサとその後の瞑想の情景を想起してほしい。彼には惨めで威厳もない所にこそ真のキリストがおられることがわかっているのだ。彼の言う「もしキリストがこの場におられたら、自分と同じように行き倒れを火葬場につれていかれるだろう」という言葉は感動的である。

---

(18) 天羽美代子「イエス像の変革」柘植光彦編、前掲書、一四九頁参照。

(19) 菅原とよ子「奇跡という『無力』――遠藤周作『イエスの生涯』とE・シュタウファー『イエス　その人と歴史』」『遠藤周作研究』第三号、一四―二七頁参照。

(20) 拙論「遠藤周作における文学と宗教――『死海のほとり』――永遠の同伴者イエスを求めて」『横浜女子短期大学研究紀要』一六号（二〇〇一年三月）、二九―三一頁参照。また遠藤周作『日本人はキリスト教を信じられるか――対談集』講談社、一九九七年、一七二頁、一八六―一八七頁。

宗教多元主義的な大津のセリフと作者遠藤の信仰の違い。テレーズ・デスケルーの如く孤独のままに心の奥底でつねに真実の愛を求める女主人公美津子。男性との愛の営み（エロス）のなかにも小児病棟でのボランティアの真似事（ピティ）にも決して満たされることのなかった彼女は今、深い河、死と再生の河ガンジスに沐浴し（洗礼の秘蹟により）生まれ変わろうとしている。大津をなぜか忘れることができない美津子の回心はたしかに予告されている。大津は彼女に「ガンジス河をみるたび、僕は玉ねぎを考えます……玉ねぎという愛の河はどんな醜い人間もどんな汚れた人間もすべて拒まず受け入れて流れます」。「ぼくのそばにはいつも玉ねぎがおられるように、玉ねぎは成瀬さんのなかに、成瀬さんのそばにいるんです」と言う。彼女は大津の言葉「神はいくつもの顔をもたれそれぞれの宗教にもかくれておられる」をふと思い出す。愛という言葉でなくとも玉ねぎ、命のぬくもりでもいいという大津の言葉。彼女は大津がキリスト教の神父であるにもかかわらず、「神にはおおくの顔がある」「様々な宗教があるが、それらはみな同一の地点……同じ目的地に到達する限り異なった道をたどろうとかまわない」「玉ねぎがヨーロッパの基督教だけでなくヒンズー教のなかにも仏教のなかにも生きておられる」[21]と言う言葉を不思議な面持ちで聴く。しかし彼女は大津の生きざまに自分の求める真似事ではない、真実の愛の匂いを嗅ぎつける。

ここでの大津の科白はヒック流の宗教多元主義の表明だが、作者遠藤の信仰のスタンスは文学的なアピールとは微妙に異なることが行間から読み取れる。[22]

結び　「ダブダブの洋服を体にあった和服に仕立てなおす（日本人のキリスト教を求めて）」
——真に普遍的（catholic）であること

思うに現代日本でキリスト者になることとは、たんに民族としての宗教（自然神道）や家の宗教（仏教）から、もう一つ別の宗教へと主として典礼の意味で改宗することではない。そうではなく、それは日本の特殊的、文化的伝統を相対化する普遍的な視点を獲得することである。しかし同時にそれは必然的に西欧キリスト教をも相対化することであり、現代においてキリスト者で在り続けようとするならば、もはや日本的でも西欧的でもない真に普遍的（catholic）な歴史的視点にたつキリスト教を信じて生きることを意味するのではないだろうか。

遠藤の『沈黙』から『深い河』に至る軌跡を振りかえると、それは遠藤が西欧キリスト教に違和感を抱き、日本人のキリスト教を求めて生涯、模索し続けた結果、もはや日本的でも西欧的でもない真に普遍的なキリスト教的視点を学びとっていった過程であることが理解できる。かつて『沈黙』を書き、期せずして第二バチカン公会議を先取り[23]した遠藤は、最後の大作『深い河』でさらに二一世紀のあるべきキリスト教の姿を提示したと言え

（21）遠藤はG・グリーンの『情事の終り』（『グレアム・グリーン全集12』早川書房、一九七九年、五九―六〇頁）から借用したと考えられるが、玉ねぎは中心が空であることから神の中空性の意味で、この言葉を使用したのかも知れない。河合隼雄『中空構造日本の深層』中央公論社、一九八二年、三五頁参照。

（22）遠藤の宗教多元主義についての簡単な紹介は前掲拙著、三三頁を参照。また遠藤は創作日記（『三田文学』一九九七年夏季号、一二―一三頁）でJ・ヒックの『宗教多元主義』に出会った時のことを次のように記す「これはまるで私の意識下が探り求めていたものがその本を呼んだというべきであろう。ユングの深層意識に関する本を読んだときと同じ張りを感じる……この衝撃的な本は一昨日以来私を圧倒し、偶々、来訪された岩波書店の方に同じ著者の『神は多くの名前をもつ』を頂戴し今、読みふけっている最中である」。しかしヒックの多元主義（大津の科白）と遠藤自身の信仰は別なことに注意。小嶋洋輔はヒックとの出会い以前に遠藤には日本の伝統的宗教からの影響があることを『深い河』論の研究者は異口同音に言うと指摘。柘植光彦編、前掲書、一六八―一七八頁。

（23）第二バチカン公会議はヨハネ二三世、その後パウロ六世により教会の現代化を目的に開催された（一九六二年から一九六五年）全世界の司教会議。実践面で画期的内容は典礼の改革（各国語のミサ、各地域の教会と文化の独自性の尊重）、信徒使徒職の推奨、エキュメニズム（キリスト教他宗派との一致運動）、キリスト教以外の宗教との対話（諸宗教間対話）（南山大学監修『第二バチカン公会議　公文書全集』サンパウロ、一九八六年参照）であるが、『沈黙』のなかでロドリゴが司祭

るのかも知れない。


参考文献（注及び本文で言及しなかったもの、アイウエオ順）

泉秀樹編『遠藤周作の研究』実業之日本社、一九七九年。

遠藤周作、佐藤泰正『人生の同伴者』春秋社、一九九二年。

笠井秋生、玉置邦雄編『作品論　遠藤周作』双文社出版、二〇〇〇年。

加藤宗哉『遠藤周作』慶応義塾大学出版会、二〇〇六年。

熊沢義宣『増補改訂　ブルトマン』（改訂新装五版）日本基督教団出版局、一九八七年。

戸田義雄編『日本カトリシズムと文学　井上洋治・遠藤周作・高橋たか子』大明堂、一九八二年。

山形和美編『遠藤周作―その文学世界（国研選書3）』国研出版、一九九七年。


不在の村の信仰共同体の組織コルディア（コンコルディア一致またはコンフラテルニタス信心会か）をみて肯定的に評価するところ、オラショをロドリゴが信徒とともに日本語で唱える箇所に小嶋洋輔は信徒使徒職の推奨、各国語による典礼につうじるものを見て取る（『遠藤周作論――「救い」の位置』双文社出版、二〇一二年、一八二頁参照）。

第二章　二つの課題

課題1　象徴と隠喩による福音的メッセージ「愛」と「赦し」

形而下の世界と形而上の世界の重ね書き——象徴と隠喩

「文章はわかりやすく構成は非常に凝る」というのが遠藤の小説作法である。遠藤の小説を読んで誰も難解だとは思わない。しかしそれならすべて理解できたかというと、そうでもない。例えば『深い河』の「美津子は大津の中に他の男性たちにないものを求めていた。それは木の夢、水の夢、火の夢、砂漠の夢だった」という不思議な言葉。木の夢、水の夢、火の夢、砂漠の夢とはいったい何のことだろう。また『沈黙』で司祭ロドリゴを裏切る臆病者のキチジローは、なぜ何度も何度もロドリゴに告解を要請するのだろうか。さらに比較的初期の作品である『海と毒薬』では、七回もポプラの木の根元を掘り返す老人の挿話など。これらはすべてよく理解できない箇所ではあった。

それらの解答については、本論の各該当する箇所で扱うのでここでは省略するが、遠藤作品には通常の表面的な物語の展開と並行し、その奥にメタの意味が隠されているのだ。それを可能にするのが、文中に散りばめられた象徴（symbol）と隠喩（metaphor）である。それは小説作品の全体の背後に隠れている神の視点から見たメッセージであり、作者遠藤が読者に向けて真に伝えたい内容なのだ。象徴で言えば色彩の象徴が有効に使われており、隠喩で言えば、例えば遠藤が犬の眼や鳥の眼をさりげなく描くときにそれは意味を持つ。遠藤が小説作法で一番、影響を受けた西洋のキリスト教作家はドストエフスキー、モーリアックとG・グリーンだが、三者ともやはり象徴や隠喩を効果的に使う作家だ。というよりキリスト教そのものが典礼を考えてみても、象徴の体系からできていることがわかる。遠藤は初期の評論「カトリック作家の問題」[1]（一九五四年）の中で「作家の秘密は往々にして、その自然描写に発見されるのだが、モーリヤックの自然描写のなかには異端的自然観と基督教的自然観のあつくるしいたたかいがある」と言う。そしてそのキリスト教自然観には当然、キリスト教文化圏の住人なら馴染みのある象徴が、例えば、葡萄畑に夕陽が差し込んでいる等の風景描写が使われている。

これらのキリスト教的作家の自然描写もさることながら、すべてにおいて象徴と隠喩が多用されており、それらを解読するカギは、西洋キリスト教文化圏の下にある文学や絵画における約束事[2]である。それらを簡単に説明すると、象徴とは抽象的な事柄を具体的なもので指し示す修辞法で、ギリシャ語の語源 symbolon は二つに割った割符のこと。したがって象徴と象徴されるものの関係は当事者間では了解されている。例えばルネサンス期に盛んに描かれた受胎告知に鳩が翔んでいれば、それを描いた画家、注文主と同時代の人々はそれが聖霊の象徴であることを了解していた。またその画面の花卉に百合（白）があれば、それは純潔、したがって乙女マリアの処女性の象徴であった。古代オリエント世界では鳩は愛や恋の象徴だった。それはこの鳥の雄と雌が絶えずキスを交わしているように見える自然の習性からきている。

しかし新約聖書のイエスの洗礼の場面（マコ一・一一他）を経て、キリスト教世界では鳩はより強く聖霊と結び付けられるようになった。隠喩（metaphor）とはあるものを他のもので（譬え）て表現する修辞法である。散文で「あなたはバラの花のように美しい」と直喩（simile）で言うところを、詩の中で「あなたはバラだ」と言う。この場合、バラはあなたの隠喩になる。二項の関係は自由であり、それを結びつける詩人や作家の創意によるところが大きい。ヨハネの黙示録一四章八節と一七章五節にある大バビロンとは反キリスト教帝国（ローマ帝国）のことであるが、これは象徴ではなく黙示録の作者の隠喩である。

（1）『遠藤周作文学全集（以降『全集』と略記）』一二巻、一九頁。

（2）キリスト教美術（図像学）における象徴と隠喩

色彩篇

白い色　霊魂の無垢、清純、生命の神聖さを表す。「私を洗って雪よりも白くしてください」（詩五一・九）。キリストの変貌「服は光のように白く」（マタ一七・二）。遠藤の色彩論では、西欧キリスト教またはその正当性の象徴。

赤い色　赤は血の色であり激しい感情、情熱、愛と憎しみを表す。古代ローマ人の間では王者の権威を表した。ローマ教会でも枢機卿の持ち色は深紅。黙六・四の第二の騎士は赤い馬に乗り、戦の象徴。その血の連想はまた殉教者の流した血を指す。炎の色ならば「舌の形をした炎のようなものが」使徒たちの上に降った聖霊降臨（使二・三）を指す。

黄色　黄金色ならば太陽と神聖性の象徴。しかし黄色は地獄の光、堕落、嫉妬、反逆、詐欺の色。ユダの着衣の色は黄色。

緑色　春の草木の緑から、冬枯れの死に対する生命の勝利。

青い色　空の青さから天上、天の愛の象徴、真実の色でもある。そのことからキリストや聖母マリアの外套の色である。ラファエロの聖母子像を参照。

青紫、すみれ色　愛と真実、あるいは受難と苦しみの象徴。マグダラのマリアのような改悛するものの衣の色、また磔刑後の聖母マリアの衣の色である。

黒い色　悪魔、闇の象徴。哀悼、病気、死を暗示する。ただし白と組み合わせると、謙遜の意味になる。ドミニコ会の紋章やドミニコ派の修道院の内部を参照。

動植物と自然篇

魚（イエス・キリスト）、鳩（聖霊）、蠅（悪魔的な行為・罪を伝播する）、蛇（人間を陰険に誘惑する悪魔）、竜（悪の象徴、サタン）、蜥蜴（悪または悪魔。他方、耳を通して懐妊すると考えられ、聖母マリア（処女懐胎）のアトリビュート）、犬（用心と忠実）、鼠（悪の象徴。すべてを貪り食う時間）、雄鶏（警戒と用心、鶏鳴は悔恨）、蛙・蟇蛙（悪の象徴、異教徒。多淫）、蝶（古代から魂。キリスト教では復活）、蟬（復活を宣言する）貝（洗礼、聖母マリア）、帆立貝（使徒聖ヤコブ＝サン・ジャックのアトリビュート）、白百合（純潔、処女性）、ポプラ（十字架）、オリーブの枝（平和、人間と神の和解）、棗椰子の葉（殉教・死に対する勝利、忍耐）、無花果（原罪、肉欲。またキリストの受難と救済の象徴として磔刑図に描かれる）、葡萄（木はキリスト、枝は信徒）、林檎（知識の木の果実と考えられ原罪）、苺（完全なる公正の、心正しき人。聖母マリア）、瓢簞（生命の水を運ぶ容器、林檎とともに描かれると復活を象徴）、光（キリストの神性）、雲（神の乗り物。神の臨在の眼に見えるしるし）、風（旧約聖書では神の顕現の前ぶれ。新約聖書では神の息、聖霊）。

象徴と隠喩の使用例――『おバカさん』

それらの応用については具体的には本論の各文学編で詳しく取り扱うので一例を除き、ここでは触れない。遠藤が実際に小説の中で象徴や隠喩を使用した例、『おバカさん』を取り上げる。『おバカさん』は軽いノリのユーモアたっぷりの新聞小説で、読者はキリスト教やその約束事であるキリスト教図像学の象徴や隠喩に馴染みがない人である。おバカさんは現代の渋谷に降り立った遠藤のイエス像であり、設定では遥々フランスからやってきた馬面、大男の好青年である。彼のモットーは「どんな人間も疑うまい。信じよう。騙されても信じよう」である。彼は結核を病んでいる殺し屋遠藤に拉致され、内心では遠藤の暴力が怖くてたまらないのだが、その復讐劇を妨害する。

殺し屋遠藤は最後の所で兄の仇の小林に向けた銃口の引き金がひけない。(引け、引くんだよ)「ノン、ノン、わたしのおねがい」二つの言葉は遠藤の昏睡した頭の中で入り乱れ始め、気を失ったまま遠藤はガストンのそばに倒れた。だが三日後、遠藤が取調官にとぎれとぎれに話した話は不思議だった、奇怪だった。遠藤は自分が何も知らぬガストンを伴って小林を大沼に案内させたが、ガストンは間に入って自分を救うために傷つき、沼の浅瀬に倒れた。そこまでは遠藤も認めた。「で、外人はどうしたんかね」と係官に訊かれたが、彼は答えられなかった。気絶してしまったからだった。気絶して何十分もたってから遠藤が気が付くと、空の一角は青く晴れていて、その青い空に向かって、一羽のシラサギが飛んでいくのが見えた。

それ以来、ガストンの消息は杳としてしれず、ただ彼のホームステイ先の隆盛の夢の中でガストンは恰も復活したキリストのように紺碧の空に上昇し、ついに天の一点に消失する。

三日後に病院で殺し屋遠藤は意識を取り戻す。三日後と言い、シラサギが青空に向かって飛翔し去ることと言い、すべてはキリスト教的象徴や隠喩に満ちている。シラサギは帰りの車窓から隆盛と巴絵の眼にもはっきり見えた。そのシラサギと引き換えにガストンの姿は杳としてきえたのである。シラサギはキリスト教図像学では、コウノトリや鶴とともに賢明さを表し、天空を高く飛び、エサは水中に求めるが、巣は高く樹上に作り、生命を賭して子を守る鳥なのである。ガストンがどんどん小さくなって終に青い空の一点に消失する。これはまことに映像的な描写である。キリスト教やキリスト教美術に馴染みのある人ならば、この描写を読むと「キリストの昇天」の「イエスは彼ら（弟子たち）がみているうちに天に挙げられたが、雲に覆われて、彼らの眼からみえなくなった」（使一・九）を思い浮かべるだろう。青は天の色、天上的な愛の象徴であり、白は霊魂の無垢、清純、命の神聖さを表し、さらに雲は神の臨在のしるしである。

おバカさんのテーマは何かと改めて問われれば、それはこういうことではないだろうか。この地上には憎しみと争いしかないが、人間の憎しみを克服し、人を赦し、信じることで世界を変えよう。それは絶対博愛主義とも呼べる愛の実践であり、どんなに暴力を被っても決して暴力に訴えないという完璧な非暴力、強固な意志を持ち、弱いけれども強いという逆説的なパウロの非暴力主義の実践なのだ。一九五九年の新聞小説だが、そのメッセージは現在の時世こそさらに切実に響くものである。

課題2　「東西の距離」の克服——「西洋キリスト教」対「日本人の感性」

一九〇七年に史上最年少でノーベル文学賞を授与されたアングロ・インディアンのJ・R・キップリングの詩は「東は東、西は西、両者は決して相まみえることはない」（*The Ballad of East and West*, 1889）で始まる。此処まで聞いて「東と西」はやはり永遠に相異なる存在なのかと早とちりする向きもあるだろう。ところが最後は「しかし東もなければ西もない……両者が地球の両端から来たとしても」で終わる。インドにおける現実からヒントを得たキップリングの象徴的な詩だが、その意味するところは明確だ。彼のようにインドで幼少年期を過ごし、その後の英本国での生活や教育方法に馴染めない英国人作家は何人か存在する。彼（女）らはどちらで生活しても、完全にその国の人にはなり得ないで、自分のなかの「異邦人」意識を拭えない運命なのだ。

遠藤の日本人キリスト者である異邦人意識と生育環境

遠藤は一九二七年に父の転勤に伴い旧満州（中国の東北地方）の大連（租借地）に移り住んだ。大連に住んでいた頃は日本への望郷の念に駆られることしばしばだったと言われるが、大連（ダイレン、ターリャン、ダーリニ）は帝政ロシアから日本が租借権を譲り受けるまで、ロシア文化の影響下にあり、日本の内地よりはよほど都市景観や風物に西洋の雰囲気(3)があったようだ。遠藤は幼少期を過ごした大連での生活を後年、回顧するとき日毎に険悪さを増していく両親の不仲、唯一の話し相手だった犬のクロと「坊っちゃん、坊っちゃん」と優しく面倒を見てくれた中国人ボーイ、学校の帰路寄り道して聖画を売る白系ロシアの老人等を懐かしく回想する。両親の離婚により一九三三年に母、兄とともに帰国し神戸市六甲の伯母宅に滞在した後、西宮市夙川に住んだ。

私がこのように始めるのも、遠藤にとっては何処にいても自己の本来的居場所にはいないという異邦人意識が付きまとっていたのではないかと思うからである。それが誤解を招く表現と言うならば、精神の二重国籍者と言い換えてもいい。たしかに近現代の日本人の多くは一般的に若い時には欧風の生活文化を好むが、なぜか晩年になると日本趣味に回帰する傾向がある。それは衣食住の面においてだけではない。戦前ならば西欧絵画（油絵）もいいが、やはり日本画（若沖でも古径でも俳画であれ）の方がしっくりする。応接間の壁には印象派の画家の模写が埃をかぶって掛けられているが、居室や書斎には季節ごとに異なる南画が掛けられるかもしれない。

しかし遠藤の場合はそういう日本趣味への回帰の意味ではなく、精神的な故郷ハイマートとしての日本回帰であり、それがチラリと時に覗くことのディレンマである。西洋キリスト教文化に忠実であろうとしても日本人的感性がそれを許さない。逆に日本人として日本の精神文化に回帰しようにも、西洋の伝統的宗教のカトリックがそれでいいのかと問い返すディレンマ。此処で言う精神の二重国籍とはそういう意味である。信濃町の聖フィリポ寮から慶応義塾大学文学部の予科に通っていた頃（一九四三年、二〇歳）、遠藤は尊敬しながらも西洋キリスト教（カトリシズム）にまるで違和感を感じないかのような吉満義彦の宗教観に不満を感じていた。私は遠藤と吉満を分けたものは幼少年期に培われた異邦人意識ではないかと思う。

吉満は著書の中で次のように言う。

われわれは純粋に日本人であって同時にカトリック者たり得るのである。否、純粋に真正日本人たることの内にカトリック者たらねばならない。カトリシズムはそれが神のものであればあるほど、われわれ自らのものであり、決して西欧人のものとして我々に対するものではない。日本的リズムの内に日本的個性の内に、日本的文化の善なるもの美なるものを超自然的永遠的価値へ高揚せんことにこそ、日本におけるカトリシズムの固有の使命はあるのだ。(4)

遠藤は後年、佐藤泰正氏との対談（『人生の同伴者』新潮文庫、四四―四五頁）で概ね次のように言う。マリタンも吉満先生も、もういっぺん神によって充足されていた中世に戻ろうじゃないか。中世以後、神を失って人間中心の世界になるにつれて、こういう神々におけるルネサンスが生まれてきたのだ。遠藤がマリタンや吉満に反発したのは、西洋には中世と言うキリスト教で充足した時代があったかも知れないが、しかし日本にはそういう中世がない。それに対して吉満は戻るんではなく自分たちで創るんだと言った。

（3） 遠藤自身の大連との関係は遠藤周作学会編『遠藤周作事典』鼎書房、二〇二一年、四五四―四五五頁、出版の事項「大連」に詳しい。
（4） 吉満義彦「神秘主義と現代」『吉満義彦全集　第一巻　文化と宗教』講談社、一九八四年、二九六頁。

思想史家の半澤孝麿[5]は遠藤と吉満との相違を文学者と哲学者、戦前と戦後の時代意識の差に求める。しかし私はその反証例として小川国男を挙げたい。私は両者の違いの依って来る所は、二人の生育環境の違いだと推測する。つまりともにカトリック者で同時代の作家である二人を分けるのは、二人の幼少期からの生育環境の差だと思うのである。遠藤（一九二三―一九九六年）と実年齢で四歳しか違わない作家の小川国夫（一九二七―二〇〇八年）は、晩年にカトリック雪ノ下教会で行われた講演会後の質疑の際に、聴衆の一人から「遠藤さんはよく彼我の相違を言われますが、先生はどうですか」と問われ、即座に「僕はそんなことは今まで考えたこともありません」と答えた。それは決して文学者にありがちなある種の韜晦などではなく、小川の正直な気持ちから発したように見えた。小川の受洗は旧制静岡高校の時で、大人になってからのことだから、遠藤とは違う。しかし彼は教会の司祭館に頻繁に出入りして日常的に何ら違和感のない経験をしてきたことを述べた。

観念的・理論的だが、また情の人でもある遠藤の哲学・神学における傾向

『深い河』の新聞インタビューで遠藤が答えたように遠藤の「小説作法は文章はわかりやすく、構成は非常に凝る」である。また彼の残した文芸評論を読めば、巷にあふれている遠藤のグウタラなポーズは、彼一流の人を欺く仮の姿で日本人作家としてよくここまで博識で、構成に拘るかという姿勢が見て取れる。例えば白と黒、悪人と聖人、弱者と強者というような観念的とも言える対蹠的な人物が登場し、探偵小説[6]にあるような筋を展開し、しかも物語の背後に形而上的（神学的）深みを描きこめる作家も少ない。

ここで遠藤の死後にその存在が確認された哲学的小論文「形而上的神、宗教的神」[7]について触れる。遠藤一八歳の時の論文だが、遠藤は一九四一年四月から上智大学予科甲類（ドイツ語クラス）に入学（ヘルツォーグ師が大学教授に就任）していた。上智在籍の事実も永いこと伏せられていて、それ自体、謎だった。学内の聖アロイジオ寮に入った遠藤はしかし病気勝ちのためか一学期は成績がなく、翌年二月には早くも退学している。唯一、

校内雑誌に発表されたものだけが痕跡として残されたわけだが、遠藤の多読ぶりは窺える。短い中に数回引用されるカント、さらに遡って中世のアウグスティヌス、アンセルムス、トマス・アクィナスとデカルト、パスカル、マイスター・エックハルト、D・ヒュームと宛ら西欧中・近世哲学史の観がある。

その主旨は哲学には求められないが、宗教から得られる実在感（the sense of reality）こそ求めらるべきというものである。若書きの必ずしも読みやすくはない内容を祖述すると、「一八世紀から一九世紀にわたる理論的、科学的、実証的哲学において、現代人はすでに物足りなさを感じている。それ故、二〇世紀の哲学はミスティクを慕い神秘に祈らんとするもので、我々現代人の内部的実在感は形而上学から宗教へと展開している。すなわち形而上的神において、現代の我々が信仰の対象の神を見出すことは不可能である。我々は信仰の対象としての神の存在証明としてパスカル的立場を、あるいはオントロジカル的アンセルムス的立場において、我らの実在感に訴えつつ求めねばならぬ。ここに我々は内より啓示を開く神を、マイスター・エックハットの言葉を引いて求める『人々は考えられたる神において満足しない。実在する神を持たねばならぬ』と」。

これが正確な哲学史的把握か否かはさておき、我々が明確に知ることができるのは、後の遠藤が日本人にとってのキリスト教はトマス哲学よりもアウグスティヌスに依拠すべきだとした考えの素地は、この時から既に芽生えていたこと。すなわち遠藤は形而上学的に論証によってその存在を要請される神ではなく、その存在が実在感を持って心の奥深い領域で把捉できる神を求めていたことがわかる。すなわち遠藤がトマスよりもアウグスティヌスの哲学・神学により恃む傾向は一八歳のこの小論文において既に顕れていると言える。初期の評論では日本的感性が否定され、カトリシズムそのものではなくとも、西洋の伝統的、一神論的伝統によるコスモロジーに傾

（5）　半澤孝麿『近代日本のカトリシズム』みすず書房、一九九三年、六頁「序章」。
（6）　金承哲『遠藤周作と探偵小説——痕跡と追跡の文学』教文館、二〇一九年。
（7）　『上智』一九四一年一二月号（『全集』一四巻、四六五—四六七頁）。『遠藤周作事典』二二九頁参照。

斜していた。帰国後もその傾向は続いたと言える。

彼我の相違に立ち向かうこと

一九五五年四月一三日、一四日の東京新聞夕刊に遠藤の「基督教と日本文学」という記事が載っている。

「日本の近代文学の草分けをした人々、例えば透谷、独歩、藤村、白鳥、蘆花のような文学者が教会の門をくぐり、洗礼を受けたことは周知のことである。また有島武郎や志賀直哉などが内村鑑三の感化を受けて、まがりなりにも基督教のにおいをかいだことも言うまでもない。だが彼らのおおむねは無造作に次々と信仰を棄てて行った……彼らには西欧の背教者たちの内部に見られる鮮血淋漓たる背教心理も、神への復讐感憎悪感の一片さえない……基督教が西欧文学に与えた刺激はいろいろあるが、今、ここで二つの主なものを考えてみよう。まず、現実の背後に、それを止揚するもう一つの超自然的世界があるという基督教の考え方は、文学者たちの眼を鍛え、拡がらせた。信仰を持つと否とにかかわらず、西欧作家はその創造する現実を日本の自然主義作家のように実在の日常現実の模写だけに限定しなかった」。

遠藤はこの後、フランス文学の影響を受けた大岡昇平の『野火』の自然描写がいかに汎神的自然であるかと言って、作家が無意識で描いた自然描写ほど彼の魂の秘密をもらすものはないと言う。西欧の厳しい対立をきらい、自然と超自然との厳しい断絶を拒む日本の湿潤の美学に浸されている我々日本の文学者が、西欧基督教の美学に馴染めないのは当然だ。しかし日本の自然主義的作風、私小説を西洋文学の個々の作家のそれと比べて批評するのではなく、日本文学の美学にはそもそも、この隔たりが認識されていない。それ故、この隔たりをはっきりと意識することから始めたい。この意識は彼我の対立をもたらすだろうが、すべてはそこから始まると遠藤は言う。

もちろん、彼我の相違の認識から出発する問いに決定的な回答があるわけではない。しかし、まずはその対立を意識して立ち向かうことを遠藤は宣言するのである。

では遠藤はなぜ多くの日本人文学者のように「卒業クリスチャン[8]」にならなかったのか。遠藤にとって西洋キリスト教は、自分で選んだのではなく、母親から押し付けられた洋服だった。しかし遠藤も書いているように、信徒であっても神を選ぶことも棄てることもまた自由である。ではなぜ遠藤は神を棄てなかったのか、なぜ彼は日本の近代文学者によくある卒業クリスチャンにはならなかったのか。私はそれには大きく言って二つの理由があると思う。

一つは身に合わぬ洋服である西洋キリスト教を脱ぎ捨てることにより母親を悲しませないためである。たった一つの音を探すために何時間もヴァイオリンを練習する母。その指先には硬くタコができていた。そのように音楽家として自分に厳しい母であるとともに、どんなに遠藤が失敗しても優しく「あなたは大器晩成だから」と励まし続けてくれた母。その母を裏切って経済的理由からとはいえ、東京で父の家に移ったこと。親孝行の真似もできないままに、臨終の母に会えなかったことは遠藤の痛恨の極みであった。その母への思いは小説の中で様々に形を変えて、恰も執拗低音のように流れている。

もう一つは神の存在証明を身を持って体験したことだ。すなわち結核の再発により三度目の手術を受けた遠藤が奇跡的に生還したことが深くかかわっている。この時に遠藤の信仰は揺るぎない、確たるものとなった。彼は六時間に及ぶ手術で一時は心停止をも経験した。幼い子供や愛する家族を残して無念の思いで、死んでいく周囲の病人たちのことを考えると、遠藤は自分が生かされたことに何とも言えない複雑な思いを感じたはずだ。フランス留学時に、また作家としてこれからという時に、結核が再発した遠藤は神の存在を疑った。つまり何度も神の存在を疑った自分、しかしこのような自分がなぜか赦されて生還した。自分は神によって生命を救われた。これ以上の神の存在証明があるだろうか。遠藤が拘る神の実感を伴う存在証明がまさに起こったのだ。

（8） 武田清子『背教者の系譜——日本人とキリスト教』岩波書店、一九七三年。

しかし自分はなぜ、生還できたのだろうか。それはこの先の自分の作家としての使命と結びつくものなのか。そうだ、自分はこの悦びを多くの人に伝えなくてはならない。絶望の淵から生還した悦びを。それはちょうど、『沈黙』の背教司祭ロドリゴが五年の歳月を経て、自らの絵踏みを回想した時、あの絵踏みの時に聞こえた神の声「踏むがいい、お前の足は痛むだろう。私はお前たちとともに苦しむためにあるのだ」。絵踏みをした自分をも神は赦されていたのだ。それを理解した時に感じた沸騰するような悦び。それは遠藤の実感に発し、ロドリゴの回想に結実した。それでなければ、『沈黙』の最後に「たとえあの人は沈黙していたとしても、私の今日までの人生がそれを語っていた」とは書けなかったはずだ。

キリスト教にかつては惹かれた日本人作家が、「私は遠藤氏のこの傲慢を許せない」と評したこともあった。しかしドミニコ会のE・スキレーベックス師は「救済」に関して大事なことはイエスに対する明示的な信仰表明ではなく、「イエスを信じる者が自らの人生で第五福音書を物語ること」だと言う。遠藤は彼我の差異、西洋キリスト教と日本人の感性の間の溝を小説を書くことで埋めることこそ、自分の生還に託された意味だと知り、西洋キリスト教を自分たち日本人の感性で理解できるように作り変えていくこと、それこそが残された自分の使命だと悟ったのではないだろうか。

自らを病気のデパートと言い、あらゆる病気（高血圧、腎臓病、心臓病、慢性肝炎、片肺、上顎癌）と闘っていた晩年の遠藤は『ヨブ記』を書きたいと周囲に漏らしていたが、満身創痍の身で辛うじて「深い河」の辺にたどり着いた。遠藤は研究者であり自作の翻訳者でもあるM・ウィリアムズ氏に「宗教多元主義的見方によって、自分にはもはや「神々と神と」（『遠藤周作文学全集』一二巻）の葛藤はなくなった……」と語ったそうである。[9] つまり遠藤の意識の中では、一九四七年に書いた「西洋キリスト教と日本人の感性」の間の溝の一つを『深い河』という作品を書いたことで越えられたことになる。『深い河』の孕む神学的・宗教学的問題の評価は様々であろうが、少なくとも底に流れているガンジーの思想・言葉「キリスト教徒はキリスト教徒として、ヒンドゥー教徒はヒンドゥー教徒として互いの宗教を尊重しながら自分の宗教を生きていくことが大事だ」や、小説の最後に描かれたマザー・テレサの修道会の修道女たちの行いそのものがキリスト教的生き方であると遠藤は言いたかったのであろう。現代においてヒンドゥー教の支配的な風土の中でマザーとその修道会の行っていることは二〇〇〇年前のイエスの行いそのものなのだから。

カトリックの修道女ではあるが、マザー[10]はもともとキリスト教の諸宗派やイスラム教が共存する旧ユーゴスラビアのスコピエで生まれ育ったので、インドのコルカタ（旧カルカッタ）で愛の実践活動を始めたときも、宗教の違いで人を区別することはなかった。マザーは見捨てられ、路上で死を待つ人が収容された時に、まずその人の宗教を尋ねた。しかしそれはキリスト教か否かに関係なく、その人にふさわしいやり方で最期を迎えさせるためであった。極端な飢え、栄養失調、病気のために辛かった人生を終える人々も、マザーやシスターたちの、それまで経験したことのない人間的な優しい扱いに、ひとこと「ありがとう」と感謝して逝くのだった。

マザーの修道会の実践こそ教義や教えに捉われず、まさに遠藤が目指した真の意味での普遍的（catholic）な、あるいは遠藤の言葉で言うとグローバルな宗教的救いになるのだろう。

遠藤の葬儀で司式した井上洋治師は遠藤の一生を顧みて、西洋キリスト教と日本人の感性の間の距離を埋めるために懸命に小説を書いた一生だったと述べ、遠藤のこの生涯を我々は捨て石にすることなく、踏み石としてともに進んで行こうと弔辞を締めくくった。

それについては本論神学篇第一〇章「西欧キリスト教対日本人の感性」で論じるので、ここではこれ以上扱わない。

（9）『遠藤周作事典』五〇〇頁、「一・英語圏における遠藤文学の受容と研究動向」（V・C・ゲッセル&M・ウィリアムズ）注49参照。
（10）拙著『遠藤周作の世界――シンボルとメタファー』教文館、二〇〇七年、三三頁参照。

本論1　文学篇　象徴と隠喩と否定の道

第一章　象徴と隠喩の色彩論Ｉ――「白」と「黄色」を中心に

「身につける白い衣を買い、また見えるようになるために、眼に塗る薬を買うがよい」[1]

「ヨハネの黙示録」

０　黙示文学としての遠藤文学

私は以前、「『深い河』のシンボルとメタファー」という論文を書いたが、[2]それ以降、遠藤が作品のなかで使用しているカトリック文学的（なかには遠藤独自の用法も付加されているが）「象徴」や「隠喩」の意味を系統的に取り上げたいと思ってきた。なぜなら遠藤が好んで使用する「象徴」や「隠喩」の意味の理解なくして、遠藤文学の真髄を十分味わうことは不可能だと思うからである。

初期の極めて観念的な作品を除き遠藤の小説を一読して、難解という印象を受ける読者はいない。しかし逆にまた、遠藤文学の長年の愛読者でさえ、読後に、作品に籠められた作者のメッセージを十分、理解できたと自信をもって言える人も少ないのではないか。判りやすそうに見える表面上の意味と、奥に秘められた深い意味。それが遠藤文学の、遠藤自身の言葉を借りれば「文章はわかりやすく、構成は凝る」[3]という小説作法なのだ。

つまり遠藤の小説は言葉の文字通りの意味とその裏に隠されたもう一つの意味という二重構造からなっている。

（1）　黙三・一八。

（2）　「『深い河』のシンボルとメタファー――「永遠の生命の水」と「人間の深い河」」『横浜女子短期大学紀要』第一二号（一九九七年）五五―六七頁参照。

（3）　作品の重層性の意味。「インタビュー」『読売新聞』夕刊（平成五（一九九三）年七月一五日）参照。

これは文学では、例えば新約聖書の「黙示録」に見られる方法だ。鍵は「象徴」と「隠喩」の解明にある。それ故、小論では遠藤の初期から晩年までの作品に一貫して見られるキリスト教的象徴としての「白」と、それに対立する「黄色」、さらにその色をつかった隠喩「白い人」「黄色い人」「白い光」「白い雪」について論じ、さらに白以外の若干の象徴について、遠藤の籠めた意味を論じよう。

1　西欧文学の理解とキリスト教的「象徴」

周知の如く、作家としての出発以前に遠藤は批評家として出発した。初期の文芸批評、フランス文学の中でもカトリック作家による作品や、それと対比した日本文学の批評がそうだ。西欧文学には、言うまでもなくキリスト教的「象徴」や「隠喩」がたくさん使われている。遠藤自身、初期の評論「カトリック作家の問題」の中でそれについて次のように述べている。

幾週間ぶりで、私は葡萄畠に足をむけた。ある所は既に実をもがれて、休息に入っている。われわれには、葡萄畠、炎天の下で、地に這い（仏蘭西では、葡萄畠はおおむね、棚にからましません）焼きこがれている葡萄畠の風景から聖書にある「葡萄」「かり入れ」「休息」の句のもつ象徴的な意味を想いうかべる事は、非常にむつかしいのです。作家の秘密は、往々にして、その自然描写に発見されるのですが、モーリアックの自然描写のなかには、異端的自然観とキリスト教的自然観のあつくるしいたたかいがあります。[4]

遠藤はこの評論の中で「西欧の文学は、キリスト教、特にカトリシズムがわからなければ、根本的に理解できない」という論を紹介し、その論の正否はさておき、少なくとも次のことが言えるのではないかと結論する。

我々、日本人読者は宗教的、文化的な意味でキリスト教的な地盤や伝統のなかで育っていないために、カトリック作家はもちろん、ときには西欧文化圏の非キリスト教作家の作品をも誤読したり、自分流に屈折して解釈する危険性がある。(5)

そう言われてみれば、このことは一個の完成した文学作品の理解でなくとも、西欧の映画や小説の題名の翻訳においてすら妥当する事柄だ。(6)

2　遠藤文学における象徴・隠喩の使用

ここで私がまず強調したいことは、西欧の文学と同様に遠藤文学にもキリスト教的象徴や隠喩が多用されていること。したがってその理解には西欧文学の理解と同様に、キリスト教、特にカトリシズム的な象徴や隠喩の意味が十分、理解されていなければ、作者の意図を正しく理解することは出来ないということなのだ。尤もその使用については遠藤の個人的な意味付けがなされていたり、必ずしもキリスト教的ではない独自の使い方というこ

---

(4)「カトリック作家の問題」『遠藤周作文学全集（以降『全集』と略記）』一二巻、新潮社、一九頁。
(5) 同、一八頁。
(6) 例えば、洋画の題名「友情ある説得」（原題 Friendly Persuasion）は「フレンド（クエイカー）派」の意味の誤訳。別の例だが、豊富な実例の宝庫としてW・グロータース『誤訳』（柴田武訳）三省堂、一九六七年、一〇八―一二四頁「V　誤訳と文化」参照。

ともありえる。次の3以降で具体例をもとに話を進めるが、その前に私自身が「象徴」や「隠喩」をどういう意味で使っているか。それをまず明らかにしておこう。

(1)「象徴」（symbol）とは抽象的な事柄を具体的なもので指し示す修辞法である。ギリシャ語の語源 symbolon は二つに割った割符のことである。したがって象徴と象徴されるものの関係は象徴を使用する当事者間では了解されている。ルネッサンス期に盛んに描かれた「受胎告知」図に[7]「鳩」が翔んでいれば、それを描いた画家、注文主と同時代の観衆はそれが「聖霊」の象徴であることを了解していた。また「白百合」[8]がその画面の花卉にあれば、それは「純潔」したがって乙女マリアの「処女性」の象徴であった。しかし時代が大きく推移したり文化圏が異なれば、この鳩はいったいなぜここに描いてあるのか判らないかも知れぬ。そもそも古代オリエント世界では鳩は愛や恋の象徴だった。それはこの鳥の雄と雌が絶えずキスを交わしているように見える自然の習性から来ている。しかし新約のイエスの洗礼の場面（マコ一・一一他）を経てキリスト教世界では「鳩」はより強く「聖霊」と結びつけられるようになった。

よく知られた象徴の例をもう一つ挙げよう。初期キリスト教徒にとって「イエスス・キリスト・神の子・救い主」のギリシャ語の頭文字（acronym）が「魚」（Ichthys）と同じ綴りであることから、彼らの間では「魚」は「主イエス」を意味した。「魚」の印の話はシェンケヴィッチの『クオ・ヴァディス』[9]に出てくるし、古代ローマ時代の遺跡の壁に描かれた落書きの写真を見た人もいるだろう。

(2)「隠喩」（metaphor）とはあるものを他のもので（譬えて）表現する修辞法である。例えば散文ならば「あなたはバラの花のように美しい」と直喩（simile）で言うべきところを、詩のなかで「あなたはバラ（または私の太陽）だ」と言う。この場合、「バラ（太陽）」は「あなた」の隠喩になる。しかし二つのものの関係を述べるに際して、二項の関係は「象徴」より自由であり決まった約束事はない。むしろそれを結び付けて使う詩人や作家の独特の創意工夫によるところが大きい。キリスト教的文脈で例を挙げれば、ヨハネの黙示録一四章八節（または一七・五）にある「大バビロン」とは「反キリスト教帝国（ローマ帝国）」のことであるが、これは「象徴」ではなく黙示録の作者の「隠喩」である。

さて遠藤の処女作（小説）『アデンまで』のなかでは「白」と「黄色」はどう扱われているか。具体的にみてみよう。

3　遠藤作品における色彩論

(1)『アデンまで』における「白」、「黒」、「黄色」――色彩の風土論

「白」は美しく、正しく、文明的な（道徳的にすぐれた）色である。それに対して「黄色」は濁った、生気のない、野蛮な（道徳的に劣った）色でしかない。「白」は明るく澄んだ色、快活で、いきいきした色であるが、「黄色」は鈍くて、沈みこんだ、不活発な色である。この作品には少なくともそういう色の性格づけがある。原文から引用しよう。

（7）シエナ派、シモーネ・マルティーニ作（一三三三）は有名、ただし鳩は飛翔中で輪郭が明確でない。フィレンチェの聖マルコ修道院（ドミニコ会）のフラ・アンジェリコのものは明確。他に無数にある。諸川春樹監修『西洋絵画の主題物語聖書篇』美術出版社、七〇―七二頁「受胎」参照。

（8）ユダヤ・キリスト教の象徴によれば、ボーマルシェ（Beaumarche）の「フィガロの結婚（Le Mariage de Figaro）」の女主人公の名前がシュザンヌ（モーツアルトのオペラではスザンナ）である理由はシュザンヌのヘブライ語の語源が百合（花）であり、百合（花）は純潔・処女性の象徴であることに由来する。ボオマルシェエ作『フィガロの結婚』（辰野隆訳）岩波文庫、一九五二年参照。

（9）河野与一訳、岩波文庫、二〇二一年、七七〇―一頁。

息をつめて、二人はながいこと抱きあっていた。そのときほど金髪がうつくしいと思ったことはない。……部屋の灯に真っ白に光った女の肩や乳房の輝きの横で、俺の肉体は生気のない、暗黄色をおびて沈んでいた。胸から腹にかけては、さほどでもなかったが、首のあたりから、この黄濁した色はますます鈍い光沢をふくんでいた。そして女と俺との体がもつれ合う二つの色には一片の美、一つの調和もなかった。むしろ、それは醜悪だった。俺はそこに真っ白な花にしがみついた黄土色の地虫を連想した。[10]

主人公（千葉）は三年前に終戦直後のフランスに留学した若い日本人である。彼はフランスを理性が支配する合理主義の国と思ってやってきたが、実際に遭遇したのは理屈ではどうにもならない不条理、肌の色の違いによる人種差別だった。彼は日本にエキゾチックな思いを抱くフランス人女子学生と恋仲になる。その女性と初めて肌を許しあったときの情景が上の描写である。

彼は「白」の肉体のもつ美しさと、それに比して あまりにも醜い黄色人の肌の色、「黄色」を発見する。それは理屈ではなく感覚上のいわばア・プリオリな事実である。だから彼は如何に悔しくても、肉体という点で永久に有色人は白い皮膚をもった人間たちの前でミジめさ、劣等感を忘れることはできぬと思う。さらに白い恋人に対しても屈折した心理で接する。いま仮にその違いが階級の違いや貧富の差という社会問題や階級闘争ならば、人間の理性の行使でこれを是正することも可能だが、肌の色の違いは理屈ではない。それはどのように変えようとしても、変えられない感覚上の事実そのものなのだ。

有色人種に対する人種差別が強かった終戦直後のリヨンに留学した遠藤自身[11]の体験がこの作品のトーンを否応なく強いものにしている。だからこの作品を読み終わったとき、我々はその主題が「白対有色」に象徴される人種差別（白人側の優越感、有色人側の劣等感）の告発の書と早とちりし勝ちである。たしかにこの小説は表面的な肌の色の違いを足掛かりに、「白」の抱いている、「黄色」や「黒」に対する絶対的で理屈に合わない優越感を単純化し象徴的に描いている。しかしこの作品の主題は人種差別のような社会問題ではなく、あくまで感覚上の美的な不条理性の問題なのだ。だから判断の根拠は理屈ではない。強いて理屈をつければ「白」はつねに正しく「黒」はつねに間違っており、「黒」は絶対的に罪の色、「白」に対する服従の色だからである。そして「黄色」は濁った色、野蛮な色、鈍く、沈み込んだ色であるとされるが、それらは単にヨーロッパ的な美の基準を受け入れたときに、認めざるをえない感覚上の表象に過ぎない。

たしかにキリスト教図像学では「黄色」はあまりいい色ではない。「黄色」は一般的に地獄の光、堕落、嫉妬、反逆、詐欺を表す色である。だから裏切り者ユダの衣は通常、「黄色」で描かれることになる。また「黄色」は中世では異教徒に着用を強制した衣服の色であったし、ペスト流行時には、その汚染ゾーンを知らせる色でもあった。(12)

そういう意味でヨーロッパ人にとっては、「黄色」には「白」と違い、多くの芳しからぬ陰影が伴っている。

(10)『全集』六巻、一三頁。
(11)「有色人種と白色人種」『全集』一二巻、二〇九―二一九頁参照。
(12) 一三世紀シエナ派のドゥッチョが描いたシエナ大聖堂の「最後の晩餐」図のユダの衣は黄色で外套はオレンジ色である。また例によって薄暗い画面ではっきりしないが、ベネチア派のティントレットの描くベネチア、サン・ジョルジョ・マジョーレ聖堂の「最後の晩餐」図のユダもよく見ると黄色の袖が見えており、ピンクの衣のイエスからパンを口に入れて貰っている。他にもフィレンチェのオニサンティ教会のギルランダイオのそれは、使徒たちに光輪がないこと、ユダが一人で座っているなど画期的なものだが、ユダの衣装は黄色である。まれに黒で描かれる場合もあるが、これは裏切り者ユダというよりは、悪魔として描かれたと考えられる。黄色の衣の典型的なものは一五世紀後半ケルンのヴァルラッハ・リヒアルツ美術館にある受難劇中のユダである。腰に巾着をぶらさげており、衣装は非常にはっきりした黄色である（高久真一『キリスト教名画の楽しみ方――最後の晩餐』日本基督教団出版局、一九九七年、三八頁参照）。ミラノのサンタ・マリア・デレ・グラツィエにあるレオナルド・ダ・ヴィンチの「最後の晩餐」におけるユダはこういう慣例を打ち破って、普通の人間として描かれている。したがってユダの衣は黄色ではない。

肌の色の違いを見せつけられる度に、千葉の心はフランス人の意識の底に潜む黄禍論（野蛮な黄色人種が暴力で白人種の文明を脅かすという伝統的な偏見）的反応とその裏返しである憐憫によって激しく傷つけられた。千葉が圧倒される、この「白」い人たちの文明とは結局、「西欧キリスト教文明」のことではあるが、この作品のなかで遠藤は「白」を後の作品におけるような意味では使っていない。つまりこの作品では「白」はヨーロッパ人、さらにその世俗的な西欧文明全体であって、その背後にある「西欧キリスト教」の意味で使ってはいない。圧倒的な白い文明の力の差というものが、不分明に象徴的に提示されているだけで、後の『黄色い人』に見られるような宗教的風土の違いとして「白対黄色の相剋」という明確な問題の提起ではない。

言い換えると『アデンまで』では「白い人」の美しさ、西欧文明の優位が事実として千葉を圧倒するのであって、白い人の文明の中心にある西欧キリスト教に対する反発や疑問は未だ明確な形で提示されてはいない。そもそも作品のなかで千葉とキリスト教の関係を示唆する事柄すら多くない。普通の日本人千葉の示す態度のうちに、船で同行するヨーロッパ人が体現するキリスト教やヨーロッパ文明に対する反発は示されている。例えば病気の黒人女に対する白人側（西欧キリスト教のもつ覇権主義的な姿と重なる船医や修道女の態度も含めて）の冷たい仕打ちがそうであるし、さらに重要な意味をもつのは、葬儀に際して千葉（俺）が感じる祈禱の虚しさの描写である。千葉（俺）にはそれまでヨーロッパで毎日、耳にしていた人間の慟哭も、葬儀に関するキリスト教の祈りの文句も今や何の感慨も与えなくなっているという箇所である。

その祈りは終末の日に恐るべき「裁き主」としてキリストが再臨し、永遠の裁きを与えるという信仰に基づいている。システィナ礼拝堂にミケランジェロが描いた「最後の審判」[13]図にある如く、死者はそのとき、再び墓より立ち上がり、永遠の至福のうちに天国に召されるか、または永遠の地獄の償罰へむかうという祈りである。白い人にとって死とは魂がこの恐るべき「裁き主」の手に委ねられることだ。だから死は死後の「永遠の生命」を信じるキリスト者にとっては最大の関心事だ。しかし白いキリスト教文化圏の外に出ればもうその呪縛の力はない。

最後に一言、付言しておきたい。それは、アデンを真近にした千葉の心境の象徴的な描写と考えられるものの解釈についてである。アデンまでの帰路において、千葉ならぬ遠藤が見た、船から望見できるアフリカやアラビアの黄濁した砂漠の風景。その中をただ一匹、主のいない孤独な駱駝[14]が地平線に向かって単独行をしていく姿である。遠藤はこう書いている。

三年まえ、きおうて欧州に渡って来た時、そして、このスエズ運河を通った時、この駱駝と砂漠とが象徴するような風景がきっと眼にうつったに違いない。……あの時、俺はまだ、自分が黄色いという事をそれほど思ってみたことはなかった。パスポートに俺は日本人と書きこんだが、その日本人は白人と同じ理性と概念を持った人間だった。俺はマルキストのように階級的対立や民族的対立を考えたが、色の対立について想おうともしなかった。階級的対立は消すことができるだろうが、色の対立は永遠に拭うことはできぬ。

(13) システィナ礼拝堂の祭壇に描かれたフレスコ画。ミケランジェロ・ブオナロッティが一五三五年から一五四一年に完成した。祭壇の中央上部、天井画のヨナの真下に描かれた若きキリストの右腕を振り上げた姿は「雷電を放つユピテル」を思わせる。青木昭『修復とミケランジェロとシスティーナの闇』日本テレビ社、二〇〇一年、グラビア二三頁参照。同『ショトル・ミュージアム　システィーナのミケランジェロ』小学館、一九九五年、七頁、一三頁。

(14) 駱駝はアジア（四大陸の一つ）の象徴、アジアを擬人化した女像の持ち物。J・ホール著、高階秀爾監修『西洋美術解読辞典』河出書房新社、一九八八年、三六四頁参照。またアト・ド・フリース『イメージ・シンボル辞典』（山下主一郎主幹大修館書店、一九八四年、一〇一頁参照。上総英郎氏は「一匹の駱駝が象徴しているのはエルサレムに通じる砂漠、茶褐色の砂漠である。主人公は黄色い肌をもった男の郷愁をその駱駝に覚えるのだ……」（『遠藤周作　群像　日本の作家22』小学館、一九九一年、三三九頁）と書いておられる。たしかに駱駝が連想させるものには、砂漠があるが、私は駱駝はアジア（黄色い土地）の象徴であって、エルサレムへ通じる砂漠と考えるのは行き過ぎと思う。たとえ作者遠藤の思いはそうであっても、『アデンまで』の作品の中で主人公千葉とキリスト教信仰の関連はどこにも提示されていない。

俺は永遠に黄色く、あの女は永遠に白いのである。
歴史もない、時間もない、動きもない、人間の営みを全く拒んだ無感動な砂の中を一匹の駱駝が地平線にむかって歩いている風景、それはなぜか知らぬが俺にはたまらない郷愁をおこさせる。俺にはその理由はわからないけれども、この郷愁は黄色い肌をもった男の郷愁なのである。(15)

「黄色い」肌をもつ男の黄色い文明に対する不可抗的な郷愁は、主人公千葉に託した作者遠藤の率直な気持であろう。「白い人」の文明、すなわち「西欧キリスト教文明」の支配する歴史的・地理的座標の外に永久に逃れて、黄色い肌の東洋人である自分が「駱駝」が象徴する「アジア文明」に文字通り回帰できたらどんなに幸福か、精神的にどんなに楽だろうかという作者の気持ちの表明ではないか。

そして船はいま、まさにアデン(16)（西欧文明とアジア文明の中間点）に向かって進んでいる。千葉は「このアフリカとアラビアに挟まれた細長い紅海は俺の皮膚の色になんと似ていることだろう」と呟くが、その黄濁色の海では、既に西欧的な時間も歴史も善悪の基準も一切が停止していると遠藤は述べている。

『アデンまで』を読むと、私はつくづくこれは遠藤の「色彩による風土論」だと思う。周知の如く和辻は風土を三分類してアジアの風土を「モンスーン」、アラビアを「砂漠」、ヨーロッパを「牧場」とした(17)。これらの分類の根拠は自然・社会科学的な観点からすれば合理的な裏付けを欠くかも知れぬが、ある意味では鋭くこれらの地域の本質を言い当てている。同様に遠藤はヨーロッパからアジアへと回帰する過程で、各々の地域を肌の色の違いによって、それぞれ「白」、「黒」、「黄色」と三分類する。その分類は社会科学的裏付けに乏しい独断論、象徴主義的な文学論ではある。しかしそれらの象徴にたよる分類は、ある意味では鋭くこれらの地域の本質を言い当てている。いずれにしても遠藤文学に通底する「白対黄色」の対立、それによって象徴される「西欧キリスト教」対「日本の汎神的風土」の相剋の萌芽は、この『アデンまで』に胚胎していると言える。全体が乾燥した筆致で描かれているので、駱駝の単独行のくだりはかなり感傷的な印象を与える。作者遠藤はヨーロッパを出てアジアに回帰する自分を重ねあわせながら、その向かうべきところを必死に模索する主人公の姿をここに描きたかったのであろう。行間には地中海対岸の白い人の崇める覇権主義的、独善的な西欧中心のキリスト教文明から解放され、東洋という懐かしいが、同時に西欧的な基準の通用しない異質の文明に回帰していく遠藤自身の当惑とも気負いともいうべきものが、ここには感じられる。

(2)『白い人』における「白」――「白」の近親憎悪劇

『白い人』の語り手「私」はリヨンの町を占領したナチス(ゲシュタポ)の協力者である。抗独のマキ(maquis)を拷問にかけ、裏切らせることにサディスティックな悦びを感じる「私」がナチスに加担したのは主義や思想に殉じる人間のヒロイズムを破壊し、そのヒロイズム的幻想の底にある利己主義的陶酔を打ち砕くためである。だから「私」がとくに敵意を燃やすのは、幼児期に母親から押しつけられたピューリタニズム、かつて同窓の神学生で今は神父であるジャックの信奉するカトリシズム、リヨン大学哲学教授マデニエの崇敬するキリスト教的ヒューマニズム等のヨーロッパの正統的な信仰や思想である。

「私」は幻影を信じる人間を告発する。とりわけジャックの体現している「白い世界(西欧キリスト教文明)」の正統の論理を許せない。なぜなら人間は弱いもので自己の肉体的苦痛の前には信義も思想への忠誠もない。すべての人間は拷問の前には同志を裏切ると「私」は信じているからである。ジャックが代表する世界が「白の世

(15)『全集』六巻、二二一頁。
(16) 紅海(Red Sea)は出エジプト記の故事に倣うと、神の加護による救済、洗礼、再誕の象徴でもある。しかしここでの紅海は「黄濁した海」とだけ記されている。
(17) 和辻哲郎『風土人間学的考察』「第三章　三つの類型」岩波書店、一九七六年、二四―六二頁参照。

界」、すなわち「正統的キリスト教」の善の論理の世界であるなら、「私」の代表する世界は「異端的・無神論」の悪の論理の世界である。

このようにこれは「白の世界」という闘技場で展開される「白の世界」代表とその白から光を限りなく奪って出来る「黒（悪魔）の世界」代表による、所詮は「白い人」同士の近親憎悪のドラマである。その形式は『ヨブ記』やゲーテの『ファウスト』[18]にも通じる、神と悪魔が人間を駒として対局するユダヤ・キリスト教的な観念劇である。

ジャックはかつてカトリックの神学生、現在は抗独運動に加担する神父として「私」の前に現れる。彼は人類の歴史的成熟・進歩、善意、有徳を信じるという意味でカトリックの正の部分のチャンピオンである。外見の醜さを己の十字架としながら神の召命に応え、カトリシズムの確固たる信仰に生きようとしている。ジャックはかつてまた、マリー・テレーズという貧相な女子学生に自分の信仰をリゴリスティックに強制しようとした。学生時代の「私」の関心は、そのジャックの独善や英雄的禁欲主義、信仰的態度のうちに潜む偽善ぶりを貶めることだった。

そしていまや、「私」の関心はゲシュタポに捕らわれ「私」の手に落ちた彼の、人間の善意・信義を疑わぬ「白い人」の「純白さ」を破壊することだ。

俺はあの学生時代から、お前が英雄になろう、犠牲者になろうとしているのを知っていた。だから俺はお前の、その英雄感情や犠牲精神をつき落としてやろうと考えた。

私が踏みつけ、殴り、呪い、復讐しているのは……このジャックだけではなかった。それはすべての人間、幻影を抱いて生まれ、幻影を抱いて死ぬすべての人間に対してであった。[19]

それ故、「私」はジャックの口を割らせるために、ジャックの泣きどころ、マリー・テレーズを使うことを思いつく。「私」は彼女を追い詰めることで、ジャックを裏切りの一歩手前まで追い詰めた。「君が叫べば、ジャックは裏切るぜ。裏切らせたくないなら」「私」の手は彼女の膝の肉に触れた。隣室から「ゆるしてくれよう。ゆるしてくれよう。彼女をはなしてやってくれよう」というジャックの声が聞こえる。今まで過酷な拷問にも声一つ上げなかったジャックが子どものように泣いている。「私」はその成功を信じて疑いはしなかった。

しかし最後の瞬間まで、マリー・テレーズは「私」やゲシュタポに凌辱されようとも、ジャックを裏切ろうとはしなかった。「ぶたないで。ぶたないで」彼女は自分ではなく、ジャックをかばっているのだった。「私」は彼女を凌辱しながら、すべての幻影、すべての処女のもつ「純白さ」、無垢の幻影を犯し続けた。しかし彼女はたとえ処女の純潔を失ってもジャックの裏切りを誘いだそうとはしない。そればかりかジャックも予想外の行動をとる。「私」に追い詰められた彼女の悲鳴や凌辱の一部始終を隣室で聞き知っていたジャックもまた、舌をかみ切って死ぬ。自殺はカトリック教徒にとって大罪で、「私」はその選択肢をまったく予想していなかった。完璧な論理で、一点の狂いもなくジャックを裏切りにまで追い詰めた筈だった。

だがジャックの属する「白い人」の論理（キリスト教ヒューマニズム）は「私」（悪魔）の論理によって打ち破られはしなかった。「私」が経験から得たすべての人間のエゴイズムの論理から言えば、ジャックは仲間を裏切り「白い人」の論理は破れる筈だった。しかしジャックは自殺によって永遠に地獄に落ちようとも仲間に対する信義を守り切ったし、マリー・テレーズも自己の純潔を犠牲にした。二人の行為はヒロイズムから発したものだったが、エゴイズムからではない。「私」の異端の論理は「白い人」ジャックの予想外の禁じ手によって破られた。「私」によって王手とばかり追い詰められたジャックの駒は突然、盤上から伸びたもう一人の神の手によっ

（18）ゲーテ『筑摩世界文学大系24　ゲーテ1』（大山定一訳）筑摩書房、一九六〇年参照。
（19）『全集』六巻、七〇―七一頁。

て摘まみ上げられてしまった。この機械じかけの神（deus ex machina）の出現を誰が予想できたろうか。

（お前は神学生じゃないか。それなのにお前は、この永遠の刑罰をうける自殺をえらんだのだ。）……（意味がない。意味がないよ）と私は呟いた。[20]

だが「意味がない」のは、「白い人」の論理を破綻させるべく「悪」の論理の構築に躍起となっていた私をジャックが打ち破れないからではない。「白い人」の論理も「私」の論理もともに盤上から外に押し出されたからである。ジャックは自らの信奉する「白い人」の論理によって出口のない壁に追い込まれ、「私」もまた一抹の不安を拭い切れぬまま、王手をかけたつもりだった。すると出口なしの状況に一つの予期せぬ出来事が起きた。カトリック教徒にとって許されない行為、しかも神父の自殺である。このことの伏線になる一つの描写がある。最前からしきりに一匹の「蠅」が出口を求めて窓ガラスに体をぶつけている。その窓ガラスに「私」は先程、ジャックが身につけていた銀色の十字架の幻を見たような気がする。「私」の描いた三角形の計量したらぬ一点。万力のように締めつけてくる三角形の破滅的な力をふと無意味にしてしまう一点。悪魔的な「蠅」の行為の向こうに垣間見える銀の十字架の幻。十字架がキリストの最期のときのように、他者のために己の生命を捨てることの象徴だとしたら、仲間との信義を守るために自己の命を捨て去ることもまた許される筈だ。ここで「蠅」の象徴である「悪魔」を追い詰めて、三角形の一点にブレイク・スルーを開けさせたのは誰か。それが自殺を禁じ[21]ているキリスト教の正統的（「純白」な）教義の神ではないとすれば、キリスト教の教義とは別のより次元の高い「愛」の塊そのものの神であろう。「私」が窓ガラスの外にみたように思った「銀の十字架の幻」によって、遠藤はそれを暗示しているのではないか。

(3)『黄色い人』における「白」と「黄色」――「白対黄色の相剋」の受肉化

『白い人』には「黄色」の出番はまるでないし、『アデンまで』では「黄色」は「白」に比べて感覚的に醜い色、道徳的に劣った色の象徴だったのだが、この『黄色い人』では、初めて遠藤文学の基調となる「白（西欧キリスト教的伝統）」対「黄色（日本の汎神論的風土）」の相剋が主題となる。言い換えると初期の評論において克服さるべき命題として提起された「一神論」対「汎神論」、「一神教の血液」対「多神教の血液」の対決の問題が、小説という文学形式のなかで初めて「白」対「黄色」という旗幟を鮮明にして登場するのである。[22] そして言うまでもなく、この「白」対「黄色」の相剋は形を変えて『沈黙』のなかの「日本泥沼論」に継承されていく。

遠藤は『黄色い人』の冒頭に極めて象徴的な二つのエピグラフをおく。その最初のエピグラフを要約するとこうなる。

---

(20) 同書、七六―七七頁。

(21) キリスト教では悪魔の王ベルゼブルの象徴。ド・フリース、前掲書、二五四―二五五頁参照。図像学では罪の象徴。中森義宗『キリスト教シンボル図典』東信堂、一九九三年、四八―四九頁参照。ところで武田友寿氏はその『遠藤周作の文学』聖文社、一九七五年、一九頁のなかで、「ジャックが拷問され、マリー・テレーズが凌辱される場面の不気味に飛び回る一匹の蠅の姿に、僕等は論理をこえた存在者のひとつの姿を見ることはできないか」と書いておられ、その時の論理を超えた存在者とは神のことととして、蠅を神と同一視されている。氏の「白い人」観が「論理のせめぎ合いでなく、その存在者の論理をこえた現存にある」ことには同意するが、この蠅を神とみる考えには二つの理由で同意できない。一つは伝統的なキリスト教神学や図像学では蠅は罪の象徴か、悪魔のことを指すこと。だからもし武田氏の解釈が正しければ、遠藤は蠅をまるで逆の意味の象徴として使用したことになる。二つ目はガラス窓にしきりに体を打ちつける、出口なしの状況に追い込まれた蠅の向こうに映った「銀の十字架」の幻である。銀は白とともにキリスト教の象徴であり、銀の十字架とは「キリストの磔刑の出来事」の象徴である。そしてキリストの磔刑とは、キリストが人類の救済のために自己の命を捨てたことを示すからである。

(22) 「カトリック作家の問題」『全集』一二巻、二八頁。

神さまは一人では淋しいので人間を創ろうとしてパン粉をこね、ご自分の姿にかたどって竈でやきました。そして早く開け過ぎて生やけの人形ができたので、これを白人。ゆっくりし過ぎて真っ黒に焦げた人形を黒人と呼びました。最後に、いい加減なところで竈を開けたら、黄色く焼けた人間ができました。「なにごとも中庸がよろしい。これを黄色人とよぼう」(23)（童話より）。

第二のエピグラフはヨハネの黙示録三章一五―一六節からの引用である。

　我汝の業を知れり。すなわち汝は冷やかなるにも非ず、熱きにも非ざるなり。寧ろ、冷やかに或いは熱くあらばや。しかれども汝は冷やかにも熱くも非ずして温きが故に我は汝を口より吐きいださんとす。

初めのエピグラフでは、外見上の極端でないことが美徳であるというように、白でも黒でもない中間の黄色（もしくは黄色人）が肯定的に捉えられているように見えるが、二番目のエピグラフでは汎神論的血液をもつ日本のキリスト教信仰の微温的な性格が否定的に譬えられている。『白い人』におけるジャックと「私」の相剋は、どちらも「白い伝統」の論理的枠組みのなかで、つまり同一の次元上の相剋で、善対悪、神対悪魔という西欧的な二元論的対立だったが、この『黄色い人』では趣が少し異なる。というのも『黄色い人』の特性はそういう二元論的、西欧的な枠組自体を忌避するところにあるからである。したがってここには『海と毒薬』のなかで問題とされている「罪意識の欠如」のトーンが繰り返し奏でられる。

黄色人のぼくには、繰り返していいますが、あなたたちのような罪の意識や虚無などのような深刻なものは全くないのです。あるのは、疲れだけ、深い疲れだけ。ぼくの黄ばんだ肌の色のように濁り、湿り、おもく沈んだ疲労だけなのです。(24)

東洋人のもつ無気力（不活発）、曖昧さ、罪意識の欠如、倦怠（もしくは疲労）感を象徴する「黄色」は、結核のために故郷で静養している医学生の「千葉」、その「千葉」の従姉妹で友人の婚約者でありながら千葉と情を通じ合っている女学生「糸子」、結果的にフランス人神父を背教させた不気味な女性「キミコ」等々、日本人の登場人物を彩る基調色である。糸子は信者でありながら、千葉と不道徳な関係（姦淫）を続けて、止めようとしない。彼女は千葉との情事のさなかにも、ふと婚約者のことを思い出す。またミサから遠ざかっていることを問われれば意識するが、かと言って罪の意識は持たない。彼女はこう呟く。

「神様があろうがなかろうが、もう、わたしにはかまわないの[25]」

戦時下の明日をも知れぬ生命の儚さが彼女の道徳心を蝕み、虚無的な刹那主義に追いやっている。さらに細い眼をもち、能面のような不気味な顔で、背教司祭である夫デュランにキリスト教の神のことなどきれいさっぱり忘れて、念仏を唱えることを勧める女、キミコも罪（姦淫）に対して同様に無感覚である。それだけではない、彼女は夫に唯一神である「白い人」の神を捨て、念仏を唱えること（偶像崇拝）をすすめる悪魔的な誘惑者の役割をも与えられている。

「なぜ、神さまのことや教会のことがわすれられへんの。忘れればええやないの……なんまいだと言えば

(23)「よい加減」でなくて「いい加減」なという点が、どうも遠藤の創作ではないか。
(24)『全集』六巻、九七頁。
(25) 同書、一〇一頁。

「それで許してくれる仏様のほうがどれほどいいか、わからへん」[26]

ここでデュランの日記には、彼が女犯の罪を犯した晩のことが回想される。

すべてが終わったとき、私はぼんやりしていた。蛙のかすれた鳴き声がひとしきり激しくなり、電球からにぶい音をたてて蛾が畳に落ちるのを見た。[27]

この場面は日本の夏の晩の自然描写を思わせるが、じつは遠藤のやや深い意味が隠されている。すなわちユダヤ・キリスト教の文脈においては、蛙は出エジプト記八章二節以下のナイル川での蛙の害の故事から、害悪、悪、異教徒の象徴となる。蛙（または蟇）はまた多産であることから色欲を象徴し、性的不純、死の象徴でもある。対する「白」はブロウ神父の身に帯びている真っ白いカラー（ローマンカラー）、真っ白な携帯袋、なによりも神父の肌の白さが象徴するヨーロッパ文明、とりわけその根源である正統的なキリスト教である。しかし千葉にとって「白い世界」は千葉たち「黄色い世界」の住人からは遠く隔たったものとして感じられる。千葉が「純白」な世界、カトリシズムに遠い隔たりを感じるのは、じつは子供の頃からである。千葉は神様が金髪の白人だということを子供のころに知ったが、絵入り聖書に描かれた金髪白皙のキリスト像を消化する気力をついに持ちえなかったと告白する。しかもそれはキリスト教を否定する確固とした信念からではなかった。そうではなく千葉にとって「白い人」は自分たち「黄色い人」から遠く隔たった存在で、「神」とか「罪」とかいうものに実感が持てなかったからに過ぎない。だから千葉の次の科白は『海と毒薬』の戸田の罪に対する無感覚と同じである。少年の頃、ミサ答えをしていた時、或いは告解室で無理やり罪を告白していた記憶が（これはまた遠藤の実感でもあろう）千葉に語らせる。

「罪というものがなにかぼくにはわからなかった。わからなかったというよりぼくには罪の感覚がなかったようです」……「黄色人のぼくには、繰り返していいますが、あなたたちのように罪の意識や虚無などという深刻なもの、大袈裟なものは全くないのです。あるのは、疲れだけ、ふかい疲れだけ。ぼくの黄ばんだ肌の色のように濁り、湿り、おもく沈んだ疲労だけなのです[28]」

デュランさんやあなたたち白人は人生に悲劇や喜劇を創れる。けれども僕には劇は存在しないのです[29]。

「黄色い人」の罪意識の欠如、無感覚、倦怠感はそれが微温的であるが故に、罪を激しく改悛し罪から救われるための契機を欠いている。だから第二のエピグラフは中庸ならぬ微温的であることを救済の観点から糾弾するものであろう。

この千葉に洗礼を授けたのは、いまでは教会をおわれ、後任司祭の援助で細々と生き延びている背教司祭デュランである。デュランもまた教会の「純白の世界」に対する疑問や反発を噛みしめて生きているのだが、彼は結局、その生まれつきの白い肌を黄色く塗り変えることができないのと同じく、終生、「白い人」の仲間であり、ついに「黄色い人」にはなりえなかった。そのことを日記のなかで告白し、病んだリュウマチの足とともにデュランは空襲で死ぬ。

(26) 同書、一二〇頁。
(27) 同書、一二一頁。
(28) 同書、九六―九七頁。
(29) 同書、九六頁。

告（白い人に対する裏切り）によって収容所送りとなったブロウ神父の「純白」に対して、こう嘯く。

同じ白い人でもデュランさんのことならまだ、ぼく等には理解できる気がします。しかし貴方のように純白な世界ほどぼく等黄いろい者たちから隔たったものはない。(30)

⑷裏切り者ユダの色――背教司祭デュランの場合

デュランが日記を千葉に託したことで、デュランの死の直前の行為に自殺の意思を疑う千葉は、デュランの密

西欧キリスト教という「純白」な世界を、かつて女犯という罪によって汚し、いままた庇護者であるブロウ神父を虚偽の密告によって裏切ったデュラン、彼は遠藤によって明らかに裏切り者ユダに擬されている。その背教司祭デュランなら、「純白」そのもののブロウより濁っている点で「黄色」にまだ近いという千葉（作者遠藤）の論法はしかし、話を判り難くしている。

たしかにキリスト教図像学でもユダの持ち色は「黄色」であり、色彩論としてはうまく合致する。しかもこの小説のなかで背教司祭の救済というユダの救いの命題はハッキリとした横糸を構成している。しかし縦糸である本来の「黄色」対「白」、すなわち「日本の汎神論的風土」対「西欧キリスト教」の相剋の問題は背教司祭を巡る「ユダ論」とは同一線上で交差しない。なぜなら背教は「白い人」の固く守るべき宗教的当為、すなわち「キリスト教」の世界における正邪・善悪の論理を前提にしているが、「黄色い人」が住む「汎神論的風土」とはキリスト教の正邪・善悪とは無関係の、つまり罪に対する何の意識もない、神に対する無自覚、無感覚な世界、キリスト教とは異次元の世界だと、作者自らが規定しているのであるから。

以上で遠藤の初期の作品、すなわち『アデンまで』『白い人』『黄色い人』に表れる「白」「黄色」「黒」という

色の象徴、殊に「白」と「黄色」の象徴とその色をつかった隠喩「白い人」「白い光」、「黄色い人」について論じてきたのであるが、では「白い色」がなぜキリスト教の聖性、神と結びつくのか。キリスト教神学におけるその根拠を確かめてみよう。

4 「白」――「キリスト教、神、聖性」の象徴の神学的根拠

今まで遠藤の「白」の象徴的な使用を初期の作品で見てきたが、遠藤が「白」に象徴させているものは「西欧キリスト教（文明）」のことであった。したがってもし遠藤が「純白」と言えば、それは「西欧キリスト教（文明）の正統」の意味である。ではこのような遠藤の「白」の使用は伝統的なキリスト教神学や図像学の用法とはどういう関係にあるのだろうか。たしかにキリスト教神学や図像学においても「白」は「キリスト教の聖性」とくに「無垢、歓喜、純潔」を示す象徴として使われてきた。[31] その根拠は『聖書』、つまり旧約の詩篇、預言書、そして新約の福音書、黙示録の記述に求められる。例えば旧約のダニエル書七章九節では来るべきイエスの予表としてこう述べられている。

私が見ていると、いくつかの座がおかれ、日の老いた者が座しておられた。その服は雪のように白く、髪の毛は羊毛のように純白だった。

---

(30) 同書、一三四頁。
(31) X・L・デュフール編『聖書思想事典』（小平卓保訳、Z・イエール翻訳監修）三省堂、一九九九年、四六〇頁「キリスト教における白」参照。

また「福音書」中の「イエスの変容」（マタ一七・二他）の箇所では、イエスの顔や衣服に包まれた全身が真っ白になって光輝く様子が描かれる。他にも復活したキリストの墓に下った天使の服は「雪のように白かった」（マタ二八・三）とあるし、さらに黙示録ではイエスという「生贄の小羊の赤い血で（罪が洗われ）雪よりも白くされる」（七・一四）という記述がある。つまり「白」はキリスト教神学によると、日常生活においては「魂の無垢、生命の歓喜、肉体の純潔」を象徴するめでたい祝祭色であり、終末論的な文脈においては「罪を清められ（イザ一・一八）神の栄光に与る、天上での聖徒の至福の生活」（黙七・九―一七）を意味する。それは時には「白」ではなく「白い光」となるが、「白い光」の中にはすべての色が含まれているので、神の完全性、霊性、神性（キリスト）の象徴である。遠藤やその他のキリスト教文学の作品中では、「白い雪」という表現が使われることがしばしばあるが、その根拠は「ヒソップをもって清めれば、私は雪よりも白くなる」という詩篇五一篇九節にある。[32]

では今までにみた(1)から(4)以外の作品においても、遠藤はこの「白」を「キリスト教的聖性」の意味で使っているのだろうか。以下にそれを検証する。作品中に出てくるのは「白い雪」や「白い光」としてではあるが。

5　遠藤作品における――「白い雪」と「白い光」

「象徴」は冒頭で述べたように、象徴と象徴されるものの関係が、それを使う人の間で熟知されている場合の修辞法である。「鳩（オリーブの枝を銜えた）」という具体的な存在が「平和」という抽象的な状態を象徴する。その為にはその間の結びつきが了解されていなくてはならない。しかしながら「隠喩」の例として「地の塩」「あなたがたは地の塩である」（マタ五・一三）を取り上げるとき、「あなたがた」という目に見える存在と「地の塩」という隠喩の間には、既によく知られた結びつきがある訳ではない。「地の塩」という言葉を使って、「あなたがた」のあるべき姿、役割を端的に話者が表現したのである。もちろん、そのときの「地の塩」は文字通り地面に撒かれた塩辛い物質の意味ではなく、これもやはり譬えである。ただその譬え方が話者の独創であり、譬えが多義的なニュアンスをもつだけに、独特の味わいがあるのである。遠藤は小説のなかで「白」という伝統的なキリスト教的象徴を駆使しながら、同時に独特な隠喩を、とくにその小説や戯曲の題名（例えば『海と毒薬』『黄金の国』『深い河』等々）に使う名人であると言えよう。以下、いくつかの作品を例にとり、「白」が使われている例を具体的に検証しよう。

(1)『留学』における「白い雪」、「白い光」と「赤」

『留学』という作品は、少壮気鋭の東洋からの文学研究者田中（大学教師）がサドという外国文学の研究を通して、ヨーロッパの本質（キリスト教的伝統とそのアンティテーゼとしての異端文学）に迫り、巨大なヨーロッパの大河に一度は沈没しそうになりながら、挫折を通して遂に「真の自己」を発見するにいたるという内容を持つ力作である。文学であれ、哲学であれ、ヨーロッパの思想や学問を研究する近代日本人であれば、決して他人事とは思えぬ、極めて切実な内容をもつ問題作でもある。

---

(32) 古代ローマのヴェスタ女神に仕える巫女は処女であり、その純潔の証として白衣を纏っていた。英国でもヴィクトリア朝以降にはウェディング・ドレス（坂井妙子『ウエディングドレスはなぜ白いのか』勁草書房、一九九七年、七九―八六頁参照）は白になった。

　昔の日本人なら、花嫁の白無垢、切腹の場に赴く侍の白装束、修験道の行者の白装束姿等を思い浮かべるかも知れぬ。それらはいずれも特別な「ハレ」の衣装としての「白」であり、そういう意味では近世の日本や古代のグレコ・ローマンという異教文化の文脈でも「白」という色は非日常的、宗教的なイメージを持つ。しかしそれはあくまで、何色にも染まっていない、汚れのない、無垢なという意味の自然な感覚から来るもので、仮に「純潔（汚れのなさ）」を意味するものではあってもイエス・キリストという超自然的な「聖性」ではない。

田中はかつてサドの居城を訪ねて、積雪に阻まれ無念のうちに引き返した。研究上の挫折、人間関係の柵、さらには健康上の不安を前に祈るような気持ちで田中はラ・コストを再訪する。

その二度目のラ・コスト行きの途上、彼はリヨンにたちより束の間の幸福感を味わう。それは偶然、駅前のキャフェで知り合った「白い」コートの女子学生――「白い」色のコート、そして彼女の名前アンジュ（天使）も意味深長である――に町を案内して貰うことによってもたらされた。田中は久しぶりに楽しく明るい青春の日を経験した。

そして今度こそラ・コストに到達する。確かに最初のラ・コスト行きは雪に阻まれた。

しかし今度は幸い、積雪は以前のときのように深くはない。崖の上に田中は城の崩れた壁をみる。城はたしかにそこにあった。もちろん、塔の屋根も崩落してはいたが、初めて訪れたときの忘れることの出来ない姿で立っていた。田中は城の内側に入り、壁の一部に真っ赤な染みを見つける。崩れ落ちた部屋と積もった雪のなかで、その朱色は妙に生々しかった。それは恰も快楽に飽きた人の唇を思わせた。田中はじっと壁に向かって立っていた。自分にはこの消すことの出来ない朱色はあるだろうか。自分にも決して滅びることのない朱色がほしい。その時、田中は雪のなかに鮮血を吐く。血、サドの城の赤い染み、決して滅びることのない朱の一点。これらはいったい、何を意味するのだろうか。

サド侯爵のリベルタンとしての生涯はヨーロッパ・キリスト教の伝統に対する反逆に尽きる。つまり教会によって象徴されるヨーロッパ的な秩序、正統性、法の精神のすべてに彼は否（ノン）を唱えた。だからサドのかつての城郭に到達する日本人（東洋人）田中を阻む「白」或いは、「白い雪」とはヨーロッパ・キリスト教文明、第一に正統と、そのアンティテーゼたる異端をも含むところのキリスト教文明全体ということであろう。非キリスト教文明の東洋人の眼から見れば、サドの反逆の生涯も結局はキリスト教の正統に対する異端の近親憎悪でしかないのだ。ではその「白い雪」に覆われた城の壁に見える「赤い染み」とは何か。

因みに「赤色」はキリスト教の神学的象徴としては様々な事物を指す。(33) 例えば、赤い「血」の色の連想から「戦」の象徴（黙六・四の赤の騎士を想起せよ）がある。赤は「血」の関連から、また人間感情の「愛」と「憎悪」の両方を象徴し、激しい「行動」をも意味する。キリスト教図像学では福音史家のヨハネは「行動」を好んだことから赤い衣をまとう。さらに君主の緋色の衣から権威、枢機卿、そして教会の殉教者（これはローマの官憲と血の両方の連想から）を意味し、新約からは聖霊降臨の火のような色の舌の形へと続く。

上の場合は「決して滅びることのない朱の一点」とあることから、永遠の価値を有する情熱的な「行動」、田中の場合は「命懸けの文学」の謂であろう。それは彼のような研究者にとっては命懸けの外国文学の研究であろうし、田中のパリの仮寓のかつての居住者M・プルーストであれば、命を懸けて文学作品を紬出すことだろう。

さてこの比較的長い小説で「白い微光」(34) が差し込む唯一の箇所がある。それは田中が向坂とトロカデロを初めて訪れ、いわゆるランスの天使の微笑みを見る箇所である。

突然、部屋のなかに一筋の白い微光がさしこんだ。それは広間の左端にあるランスの天使像から来ていた。天使は微かな笑いを顔に浮かべて大きな翼を広げている。白い微光はその石膏とその微笑から生まれているのだ。

「これはいい。これはいいですねえ」田中はそう向坂に言う。穴のような暗い眼と硬直した表情とはこの天使像を堺として終了するのだ。田中は閉じ込められた夜の部屋から東雲の空と新鮮な空気に触れたように、その微笑と白い微光をむさぼり味わった。ランスの天使、それは一五世紀のはじまりに中世とルネサンスの

(33) 中森義宗、前掲書、一一八―一一九頁参照。
(34) ランスの天使像の「ゴチックの微笑」、「受胎告知とご訪問」西側ファサード、中央扉口、一三世紀の作。A・S・クランデル『ケンブリッジ西洋美術の流れ2　中世の美術』（西野嘉章訳）岩波書店、一九八九年、七四―七五頁参照。

人間的なものが結合した夕映えの一瞬の光だった[35]

(2)『スキャンダル』における「白い雪」と「白い光」

『スキャンダル』のなかで「白い雪」は重要な役割を果たす。世間の眼は無論のこと、自己の無意識の領域内でしか存在しなかった肉欲の罪を前に戦く勝呂の霊魂を「白い雪」は浄化する。遠藤は明らかにこの勝呂の罪の浄化[36]を意識して「白い雪」を効果的に使っている。また「白い光」はこの小説のなかで二度、感動的な姿を見せる。この光は何を表しているのか。

光は元来、旧約のなかでは「神の現存を象徴的に表すもの」として使われた。例えば、「光は神が身を被う衣服である」（詩一〇四・二）とか、「その輝きは光のようであり、その光はみ手から迸る」（ハバ三・四）とか言うように。そして新約[37]にいたって、たびたび「神そのもの」として表されるようになる。それ故、この光とは「私は世の光である。私に従うものは暗闇のなかを歩かず、命の光をもつ」（ヨハ八・一二）という「神、キリスト」のことである。ここで勝呂が霧の中の光の乱舞、光に包まれた至福の感覚に包まれる箇所を引用する。

この時、霧が少しずつ微妙に光り始めたのに気づいた。それは両側の家の灯火が霧に滲んだためではなく、坂の上のどこかに光源があって、まるで勝呂の祈りに答えたように光を発し、淀んだ霧を透かし、彼に焦点をあててきたのだった。そこには明らかに彼を捉えようとする意思が感じられたが、ふしぎなことにその意思には悪意も敵意もまったく感じられず、それどころか、全身を深みのある、柔らかな光で包まれた瞬間、言いようのない安らぎを五感に感じた。それは彼が自分だけの小さな書斎で机に向かうときのあの憩いさえもはるかに越えていた……ああ、これが死だ[38]

老いの後に控えている死、恐れていた死は暗黒の口を開けて勝呂を呑み込もうとするのではなく、むしろ安らぎだった。これは老いることとの最後に待ち受けている死が必ずしも恐ろしいものではなく、死はむしろ慈愛にみちた大きな存在の懐に抱かれる至福の感覚に似ていると勝呂が悟る箇所である。そして次の箇所では光はもっと明確に勝呂自身の悪しき、或いは、ありのままの姿を祝福してくれている。どんな人間の魂にひそむ悪でさえ、神の大きな愛の手に包まれているのだ。

踊る小人のように動き回る雪を街灯の光が照らしている。突然、勝呂はその時、五十メートルほど先に誰かが同じように歩いているのに気がついた。背の恰好がどこかで見たように思える。一瞬たちどまった彼はそれが自分の背の恰好だと知って、息を呑んだ。あの男だった。男は振り向きもせず、大通りをひたすら千駄ヶ谷の方に歩いている。街灯に照らされて無数の白いものが周りを動いている。その細かな雪片から深い光を発しているようだ。光は愛と慈悲にみち、母親のようなやさしさで男を吸い込もうとしている。男の映像は消えた。

眩暈を感じた。彼は男の消えたその空間を見つめた。光は次第にその強さをまし、勝呂自身をも包みはじめ、そのなかで雪が銀色に輝きながら顔にふれ、頬をなで、肩にとけていった。

(35) 『全集』二巻、九〇頁参照。
(36) 「肉欲の罪の果てについにモイラという女を絞殺してしまう。しかし彼が雪のなかにモイラの死体を埋めたことに注目下さい。雪というもの、あのすべての汚れ、夜密やかに浄化する雪のなかに自分の罪の象徴である女を埋めたこと、ここに主人公の密かな救いの道が予見されている」(『全集』一二巻、一二一頁)。
(37) 一ヨハ一・五。
(38) 『全集』四巻、一一九頁。

憐れみたまえ、口から言葉がこぼれた。心狂える人間を憐れみたまえ。なぜ人間が生き、なぜ人間がつくられたか、しりたまえるあなたの眼に……人間は怪物とうつるのですか(39)

6　結び――キリスト教象徴派としての遠藤

以上、遠藤の初期から晩年までの作品における主として「白」と「黄色」の「象徴」と、そこから派生する「隠喩」について系統的に論じてきた。結論として再度、繰り返せば遠藤は「白」をキリスト教的「聖性」の象徴として伝統的な意味で用い、「白い光」をキリストまたはその恩寵を表す隠喩として晩年の作品においても使っている。他方、黄色人である日本人の肌の色「黄色」を「白」でも「黒」でもない濁った色として、日本人の精神性のもつ「神観念の不在」、「罪に対する無感覚（罪意識の欠如）」の象徴として用いている。つまり遠藤は「黄色」には独自の意味づけを与え、それらの色が読者に喚起する自然の感覚的イメージの背後に、もうひとつの超自然的なイメージの世界を築こうとした。今回、ここで取り扱わなかった作品に、主人公ガストンがシラサギになって紺碧の空に飛翔して行く『おバカさん』、銃で撃ち落とされた白鳥が象徴的に語られる『侍』、立原道造の詩「雲の祭日」からの「しいろい雲」が印象的な『海と毒薬』等があるが、それらは次章以降で取り扱ってみたい。

参考文献（注や本文で言及のないもの、著者アイウエオ順）

共同訳聖書実行委員会編『新共同訳　聖書』日本聖書協会、一九八七年。

木村三郎『名画を読み解くアトリビュート』淡交社、二〇〇二年。

M・クリスチャン『聖書のシンボル50』オリエンス宗教研究所、二〇〇〇年

高階秀爾『名画を見る眼』岩波書店、一九六九年

G・パストル「妹フランソワーズと遠藤周作」『三田文学』五九号、一九九九年。
E・パノフスキー『イコノロジー研究』美術出版社、一九七一年
F・バルバロ『聖書』講談社、一九八〇年
若桑みどり『イメージを読む――美術史入門』筑摩書房、一九九三年
同『絵画を読む――イコノロジー入門』日本放送出版協会、一九九三年

(39) 同書、一五六頁。

第二章　象徴と隠喩の色彩論Ⅱ――『海と毒薬』「白い」人と「黄色」い人の罪意識

「しかし罪が増したところには、恵みはなおいっそう満ち溢れました」　ロマ五・二〇

0　色彩による象徴と隠喩――「白、黒」と「黄色」

遠藤の作品には色彩に託したキリスト教的な「象徴」や「隠喩」が多用されており、それらの解釈を抜きにしては、作品の重要なメッセージを理解することは出来ない。例えばこの『海と毒薬』という作品の中でも、二度、主人公勝呂が「闇の中に白く光る海」を見る箇所がある。この「白い光」とは言うまでもなく「(キリストによる)恩寵の光」の意味であり、また闇の中の「(暗)い海」とは、その恩寵の光が海の中まで到達していない在り様を示している。[1]「黒い色(闇)」とは光を限りなく奪うときに出現する色だからである。ところでこの「黝《あおぐろ》い色《いろ》」とはどういう色なのだろうか。国語辞典によると、[2]それはいくぶん緑色がかった黒という意味である。しかしそれならばなぜ、遠藤は「漆黒」とか「黒」の海にしないで「黝」いという微妙な表現を使ったのだろうか。私はそこに「海」――それが何を象徴するかは後に論じるが――に対する遠藤の特別な思いが籠められていると思う。もし「漆黒」や「黒」の海なら――キリスト教美術では「黒(闇)」が悪魔の支

(1)　遠藤の色彩論によれば、勝呂の目に映じた海の色の黒は「死」「悪」を象徴し、碧は「天空」「天上的な愛(博愛)」を象徴する。それゆえ最後に勝呂の見ている海に「白い光」があたっている箇所は、運命に押し流される勝呂の弱い心にも「神の恩寵」の光が届いていることの示唆なのである。それ故、それを強調するために遠藤は二度も勝呂のみている海に「白い光」があたっていることを描いている。『遠藤周作文学全集』(以降『全集』と略記)一巻、一一〇頁、一八〇―一八一頁。

(2)　微かに青みがかった黒色(上田万年他編『大字典』講談社、五七六)。

配を象徴する色であるから――その「海」は悪魔によって支配されている「海」ということになる。しかし「黝《あおぐろ》い海」であれば神の恩寵と完全に無縁の闇の世界ではなく、いくぶんかは神の恩寵の届く世界という意味なのではないだろうか。

さらに「白」い世界は西欧キリスト教的な倫理基準が適応される世界だが、「黄色」い世界は西欧キリスト教的な倫理基準とは異なる、キリスト教的善悪の彼岸の世界である。それ故、「黄色い人」の精神的風土には、西欧キリスト教的「罪」や神の裁き「罰」に対する怖れは存在せず、その意味での西欧キリスト教的「罪の意識」もまた存在しない。読者の中には、この作品のどこに「黄色」が象徴として使われているのかと首を傾げる方が有るかもしれない。が、よく考えて戴きたい。この作品の登場人物たちのほとんどは日本人で、この日本人「黄色い人」の精神的風土そのものが「黄色」によって象徴されているのである。

1　作品の「主題」――「黄色い人」の罪意識はいかにして表現可能か

この作品の「主題」については、従来から「日本人の罪意識の欠如[3]」であると言われてきたが、それについて私は次のように思う。確かに第一章の序[4]では、日本人の「罪意識の欠如」や「罪意識の風化」の速さが問われているように見える。しかしながら序以下を徐々に読み進んで行くと、ことはそれ程、単純ではない。戦後すぐにリヨンに留学した遠藤は「白い人」の犯した罪悪や「罪意識の欠如」の実態を熟知していた[5]からである。

---

(3)　ローマ書のなかでパウロは言う。「律法がなかったなら、私は罪を知らなかったろう……罪は掟をとおして限りなく罪深いものとなった」(七・七―八)と。つまり「罪の意識」とはあくまで掟や規範を破っているという罪を認識する「心の習慣」によるのだ。私は遠藤が問題としたのは日本人の「罪意識」の欠如そのものではなく、日本人の「罪意識」がキリスト教的な「罪意識」を記述する言語では巧く表現出来ないことにあったのではないかと思う。もしそうでなかったら西欧キリ

スト教文化を「罪の文化」、日本の文化を「恥の文化」と単純に切り捨てたあの『菊と刀』の対立的図式を小説的手法で描いたという浅薄な企図になってしまう。遠藤は『カトリック作家の問題』のなかで、F・モーリアックの『小説論』やG・グリーンを引き合いに出して「神なき悲惨を悲惨として描くのもまたカトリック作家の仕事だ」（『異邦人の立場から』講談社、一九九〇年、二八頁）と述べているので、この作品の主題を論じる時に「神不在の悲惨」を描くという表現にはそれなりの意味があると思うが、一般的に言われる「日本人の罪意識の欠如」云々という考えにはあまり意味があるとも思われない。なぜなら「日本人が罪意識を欠く」という指摘そのものは正しいのだろうか。かつて中世において日本人の精神的な伝統のなかに「罪意識」がどれぐらい深く根づいていたことか。自らを「罪悪深重煩悩具足の凡夫」と断罪し、ただ「南無阿弥陀仏」と弥陀の名号を称えることによって堕地獄の罪から救われる教えを説く宗門が、もし「罪意識」が希薄な土壌ならば、どうして日本で最大の宗門と成りえたのだろうか。また古代における仏教儀礼の冒頭には必ず「罪の懺悔《さんげ》」があった。とすると一般に受け取られているように日本人が罪意識を欠いているというのは果たして正しいのだろうか。さらに過去の日本には歴史的に罪意識はあったが、近代の日本にはないのだという人に私は問いたい。お寺にいくと必ず「水子供養」の塔がある。どのくらい多くの日本人女性がそのことで「罪意識」をもって生きているのか考えて欲しい。問題は日本人に罪意識がないというのではなく、罪意識の表現方法が西欧（キリスト教）と異なるだけなのだ。

（4）「序章だけ短編として「中央公論」に発表する筈だった」と遠藤自身、述べているが、（対談「私と『テレーズ・デスケルウ』」『三田文学』一九六九年八月号）確かに序章は独立した印象を与える。序章では「罪意識の欠如と風化」が効果的に描かれている。一見、善良そうに見える小市民の平穏な日常生活の下に隠されている過去の蛮行への言及である。銭湯で「私」は体に傷跡を残すガソリンスタンドのマスターと会話する。どこにでもいる、ごく平凡な市民が戦時中に中国で犯した軍事的暴力の行使を自慢げに語る。「中支に行った頃は面白かったなあ。女でもやり放題だからな。抵抗する奴がいれば樹にくくりつけて突撃の練習さ」「女を？」「いや、男さ」「……シナに行った連中は大てい一人や二人は殺っているよ。俺んとこの近くの洋服や……知っているだろう……あそこも南京で大分、あばれたらしいぜ。奴は憲兵だったからな」に明白である。この洋服屋のショウ・ウィンドウに飾られている赤い髪の毛をした青い目、皮膚の白い人形を勝呂医師がじっと見つめるところがある。謎めいた微笑を浮かべたその人形といい、「私」は人間のもっている日常の平凡な装いを一枚めくったところに潜む、そこ知れぬ不気味さをスフィンクスの謎……答えは人間……に託して感じる。因みに序の旧題は「スフィンクスの謎」であった。旧『全集』二巻付録「月報」広石廉二「第二巻解題」。

（5）フランス留学中に、遠藤はナチス・ドイツによるアウシュヴィッツ絶滅収容所を初めとするユダヤ人虐殺の事実（V・

つまり全編を通じて遠藤が試みようとしていることは、日本人の「罪意識の欠如」ではなく、むしろ「黄色い人」日本人の「罪意識」はいかにして表現可能かということではないだろうか。

そして西欧的な「罪意識」の代わりに、「黄色い人」の場合には「生理的な疲労感」が象徴的に使われている。一見するとショッキングな「生体解剖事件」を巡る「黄色い人」の「罪と罰」の問題に焦点が絞られており、しかも巧みな「象徴」や「隠喩」により黙示的にしか語られていないので、他の作品程、「黄色」と「白」の対立は目立たない。しかし『アデンまで』、『白い人』、『黄色い人』に至る遠藤の「白」と「黄色」の対立の問題意識は、やはりこの作品にも引き継がれている。

私は本論において聖書神学的な象徴解釈や色彩に関するキリスト教図像学を援用することによって、遠藤がこの作品に籠めた「白、黄、黒、碧そして赤」という色に関する「象徴」や「海」という「隠喩」の意味を解き明し、最後にこの作品の『海と毒薬』という標題の意味[6]――遠藤が黙示的に我々に語ろうとしたもの――にも迫りたいと思う。

2 「白」と「黄色」の対立――「白い人」の罪意識対「黄色い人」の罪意識

では具体的にこの作品のどこに「白」と「黄色」の対立があるのかと問われるならば、私は次の二つがあると答えよう。すなわちまず一つは視覚的にも明らかな例で、ドイツ人である橋本教授夫人ヒルダが代表する、神の裁きを明確に恐れる「白い人」の罪意識、すなわち「キリスト教的」罪意識と、それに対する日本人看護婦上田ノブや医学生勝呂に象徴される「黄色い人」の汎神論的罪意識「無感覚」の対立である。

そしてもう一つの対立とは「象徴」や「隠喩」によって黙示的に語られ表面的には判りにくいが、アメリカ兵捕虜に対する日本人医師団による「生体解剖事件」である。つまり、この「生体解剖事件」[7]は遠藤によって、二つの意味——すなわち形而下の「殺人事件」としての意味と、形而上的な「白い人の神殺し」という二重の意味が付与されていると思うのである。すなわち前者は人間が人間を生きながら殺す生体解剖というおぞましい「倫理上の問題」として、もう一つは「黄色い人」すなわち日本という汎神論的な精神的風土が「白い人の神（キリスト教）を殺す（拒否する）」という比喩によって象徴される形而上的な、或いは「宗教思想的な問題」としてである。

実際の登場人物は創作ノート[8]に素描された遠藤の当初のイメージとは少し異なるようである。例えば創作ノートでは、ヒルダには聖母マリアのイメージが、看護婦上田ノブには誘惑者エヴァのそれが付されていた。ヒルダは、自然気胸を起こした瀕死の施療患者を安楽死させようとする看護婦上田ノブに対し「あなたは神様がこわくないのですか。あなたは神様の罰を信じないのですか」と詰め寄る。また創作ノート中の上田ノブは橋本教授を誘惑する魔性の女、エヴァという役が振られていたが、実際には浅井に「君ひとつ、部長（橋本教授）を誘惑してみない？」と唆されるに止まる。事実、彼女は誰をも積極的に誘惑せず、浅井ともなりゆきで情を通じるに

E・フランクル『夜と霧』みすず書房、一九七七年、六五頁、G・セレニー『人間の暗闇』岩波書店、二〇〇五年、一八四頁参照）や抗独レジスタンスに対するナチの拷問、処刑、また逆にレジスタンスの側による親独派の市民に対するリンチなど、およそ人間の暴力による悪とそれに対する「罪意識」の徹底した欠如をいやと言うほど知っていた。彼らは明白な「罪意識」をもちながらも、敢えてそう行動したと主張することは、単なる自己撞着に過ぎない。詳細は『青い小さな葡萄』『白い人』における遠藤の問題意識を見よ。

（6）遠藤自身は例えば佐藤泰正氏との対談のなかで「海というのは恩寵の海でも愛の海でもいい、人間の中にある毒薬と対峙するもの」（『人生の同伴者』新潮文庫、一九九五年、一三六頁）と言っている。遠藤文学研究において長年にわたりリーダー的存在である笠井秋生氏は『遠藤周作論』双文社、一九八七年で『海と毒薬』に関する批評六の最後に、それまでの諸説を紹介し、かつ自説を述べておられる。同書、一二〇頁参照。

（7）上坂冬子『生体解剖——九州大学医学部事件』毎日新聞社、一九七九年参照。

（8）「『海と毒薬』ノート」『全集』一五巻、二六二—二六三頁。

過ぎない。そして浅井に抱かれた上田ノブは、しきりにヒルダの皮膚の白さを回想し、また何度も生体解剖されるアメリカ人捕虜が白人として白い肌をもっていることに言及する。ここにはキリスト教を奉じる「白い人」の宗教・倫理的な世界と、かりに道徳的ではあっても未だ生理的・自然的な「黄色い人」の倫理観の対立が「白」と「黄色」の肌の色の違いによって象徴されている。

3　日本人の「罪意識」——生理的な疲労感

さらに小説作法的に言えば遠藤は「生理的な疲労感」に言及することによって、「日本人の罪意識」を描こうとする。「生理的な疲労感」の描写は日本人キリスト者である遠藤が「黄色い人」の世界で、「悪」という形而上的な存在を描くときに用いる便法なのだ。この作品の中で彼は西欧的に意識化された「良心の呵責」としてではなく、無意識のレヴェルにおける心理的動揺、生理的変調として「日本人の罪意識」を描く。例えば読者は気づかれたであろうか。「生体解剖」に加わった人達が感じた「罪の意識」に近い、ある種の生理上の変調の描写を。[9]否、それは単なる生理的な反応以上のものと言うべきだ。もう少し具体的に述べれば、軍人たちにとってそれは「たまらない頭痛」「眼の異様な充血」であり、勝呂にとってはいつもの手術のときとは違う「激しい吐き気」であり、戸田にとっても「いいようのない疲労感」として表現される。

4　「白」と「黄色」の対立——「黄色い人」による「白い人」の神殺し

ところで読者はアメリカ人捕虜はたしかに白人ではあるが、彼が「白い人」の神としての役割までは荷負わされていないと反論されるかも知れない。[10]そこまで穿って考えるのはU・エーコの言うところの「過剰解釈」の好例ではないかと。しかし祭壇ならぬ手術台の上で殊更、白い肌を見せながら「午後三時」という時刻に屠られること、無辜の彼が旧約のイザヤ書五三章七節にある「屠所に引かれる羊の如く」おとなしく殺されていくことこそ、遠藤によってイエス・キリストのもつ「生贄の仔羊」のイメージが投影されていると考えられるのである。これについては後に、反復される「ポプラの樹の伐採」の象徴解釈の所でより具体的に検証する。

5　「赤い色」の意味——情熱、犠牲（殉教者）の血

「赤」はカトリック教会ではまず、ローマ時代に殉教者が流した「血」の色の連想から、殉教を象徴する。それ故、聖なる殉教者の祝日に司祭の着る式服の色は赤である。この作品でも「赤」はまず「血」の色として使われる。ふとした偶然から勝呂医師の過去を知ってしまった「私」は医師の診察着に小さな「血」の跡を見て薄気味悪く思う。また裏庭に転がっている赤い子供の雨靴の描写もさり気ないが意味深長である。この赤は勝呂の過去が犠牲者の赤い血で汚れていることを暗示し、序章以下に展開する「生体解剖」というおぞましいドラマの不気味な幕開けを告げている。しかし他方で「赤」はまた「情熱」の色でもある。例えば「赤」はヒルダの口紅の濃すぎる色としても登場する。ヒルダは毎月三回、定期的に病院にやってきては施療患者たちの汚れ物を洗濯したり、手製のビスケットを病院のスタッフたちにふるまう。ヒルダの思いと周囲の受け取り方のズレはヒルダを本物の聖母から遠い存在として、その独善ぶりがやや戯画化されているようにも感じられるが、それでもヒルダ

（9）　軍人たちが感じる「たまらない頭痛」「眼の異様な充血」（『全集』一巻、一七〇頁）、勝呂のいつもの手術の時とは違う「激しい吐き気」（一七一頁）、戸田の「いいようのない疲労感」（一八一頁）。

（10）　U・エーコ『エーコの読みと深読み』（柳谷啓子、具島靖訳）岩波書店、一九九三年、第二章「テクストの過剰解釈」六六—九七頁参照。

自身は施療患者たちの役にたつことに大いなる情熱「赤」を感じていることは確かなのである。その赤い唇の色は、戦時下の病棟の鈍く沈み込んだ暗色のなかで、一際、彼女の一途な「情熱」を象徴しているように見える。

6 「海」の意味――「人間の深層心理（無意識）」または「汎神的な風土」の隠喩

この作品の「海」には二重、三重の意味がこめられていて解釈は一様ではない。まず聖書神学的に言えば「海」は陸の砂漠にも比すべき魔物の住む不気味な場所、海底に潜む「悪魔」の支配する領域である。例えば教父オリゲネス(11)は出エジプト記一四章二七―二八節に言及し、イスラエル人を迫害するファラオは「悪魔」の象徴で、モーゼはその「悪魔」を紅海の底に沈めたとする。つまり西欧キリスト教の世界では伝統的に「海」とは「悪魔」の支配する不気味な領域であり、たとえ「表面は穏やかに見えても、海面下では様々な生き物が絶えず争い合っている闘争の場」というイメージ(12)がある。そういう意味で「海」とは、まず第一にみかけと異なり、その深い底で様々な思いが葛藤している「人間の心」――後の遠藤の用語で言えば「無意識」の世界、罪の温床であると同時にまた「恩寵の光」の差し込む不可思議な世界――を象徴するものと言えるだろう。つまり、「海」とはまず、第一義的に勝呂自身の心の深層、「無意識(13)」のことだとする見方が可能だろう。

もうひとつのこれと次元の異なる解釈は「海」を日本という「多神教的、汎神的な風土の集合的な象徴(14)」とみる見方である。そして更にこの第二のものの具体的な表現として「運命」がある。これら二つの観方は、しかしながら決して矛盾するものではない。むしろ作品の解釈にあたって補完的な関係すらもっている。

7 色彩による象徴と隠喩――「碧《あお》」い海と「黝《くろ》」い海

ここでは「海」を勝呂の深層心理「無意識」を表すものとして考えてみよう。作品を丁寧に読むと、あるヒントが得られる。それは勝呂の見る「海」の色の違いである。

医学部の西には海がみえる。屋上にでるたびに彼は時にはくるしいほど碧く光り、時には陰鬱に黝《くろ》ずんだ海を眺める。すると勝呂は戦争のことも、あの大部屋のことも、毎日の空腹感も少しは忘れられるような気がする。(15)

一見すると、ここには海に対する憧れ、畏れ、依存の如き感情が述べられているように思える。たしかに「海」は勝呂にとって戦時下の病院内の現実を暫くの間、忘れさせ、希望や夢や癒しを与えてくれるやさしい慈母的存在ではある。しかし遠藤の色彩論は、実際のところもう少し複雑な内容をもっている。それはキリスト教美術の色彩論と深く関わっている。遠藤のこの作品では「碧い」または「黒い」という視覚上の形容詞がついた「海」は全部で八回でてくる。序章において F 医大の屋上から海をみるのは語り手「私」で、その海は非常に碧く遠く眼に染みるようだと形容されている。これはもちろん、勝呂とは無関係の語り手「私」の見る海で

(11) 出二〇・一―一七「モーゼの十戒」参照、M・ルルカー『聖書象徴辞典』(池田紘一訳) 人文書院、一九八八年、六四―六五頁参照。
(12) ヴェルコール『海の沈黙/星への歩み』(河野与一、加藤周一訳) 岩波書店、一九七三年、六五―一五七頁参照。
(13) 遠藤の用語「無意識」、エッセイ「私の愛した小説」『全集』一四巻、二四頁参照。
(14) キリスト教の視野以外から遠藤文学の本質につねに鋭く迫る佐伯彰一氏は文庫の解説二〇二頁で「海」を「人間を倫理的、宗教的な責任でしばると同時に、意志的、主体的に運命に否を唱える自由をも与えてくれる神の不在という異教的な風土の集約的な象徴」とみておられる。
(15) 『全集』一巻、一一〇頁。

あるからここでの検討からは除外する。その他の七回[16]は見る場所は屋上（四回）であったり、病棟の大部屋（一回）であったり、そして（多分）床の中（二回）と様々だが、すべて勝呂が見る「海の様子」であり色なのである。「碧」とは国語辞典を引くと[17]、いくぶん緑色がかった青色のことである。そしてまた「黝」というのはいくぶん青みがかった黒色を指す。これらの色をキリスト教美術の色彩論[18]で言うと、「青」は天上の色、愛、聖母マリアの色であり、「黒」は悪魔の支配、死の色である。それ故、勝呂が「海を眺めるとき、海が碧い」という遠藤の表現は、じつは「海（彼自身の無意識）、すなわち勝呂の魂が天上的な愛に満ちている」状態を暗示しているのであり、また「勝呂がみる海が黒い」という表現は、勝呂の心にはその天上的な愛が欠けているという意味なのではないだろうか。それは決して私のかってな想像ではない。勝呂が「海」を見る箇所は上に述べたように作中で七回もでて来るが、ではなぜ勝呂だけが「海」を見るのか。なぜ彼がみる「海」の色が微妙に異なるのか。

8　「海」の色の変化――勝呂の「深層心理（無意識）」の映し

ここで私はレオナルド・ダ・ヴィンチの『絵画論[19]』から次の言葉を引用したい。すなわち「陸から海が暗く見えるのは、君が海のうちに陸の暗さを映す波を見るからであり、大波が青く見えるのは、君がかかる波のうちに映る青空をみるからに他ならない」という引用を。作中で「碧い海」は彼の情緒的な不安を打ち消すことの出来る唯一の慰めであると述べられるが、これは彼の無意識の「平安な状態」を彼自身の主観が「意識化」したことにほかならず、「黒ずんだ海」とは彼の無意識の「陰鬱な状態」を同じく彼の主観が「意識化」したことに他ならぬのではなかろうか。「黒い海」または「黝ずんだ海」は計五回ほど出てくるが、いずれも死、死者、不吉な出来事が起きた時の勝呂の心の状態と深く結びついて使われている。したがって「碧い海」と「黝い海」という「海」の色の違いは勝呂の「心の深層」、「無意識」の状態の外部世界への投影の象徴だと言えるだろう。ところでこの時の「碧い海」を勝呂の主観とは独立の、すなわち外在的な出来事として考えても結論は変わらない。なぜなら勝呂は徹底して主体性を欠いているので、彼の意識の世界も「無意識」の世界も、所詮は彼を取り巻く外部世界の関数的な反映でしかないからである。

海が碧い時、彼は心の平安を感じ、戸田に教えられた「羊の雲の過ぎるとき、蒸気の雲が飛ぶ毎に……という」白い雲の詩[20]をくちづさむことができる。つまり主人公勝呂が見る「海」と「その色の変化」とは、まさに勝呂の「心の深層」、後の遠藤の言葉で言えば、勝呂の「無意識」を映し出している鏡そのものと考えられるのである。

9　登場人物の造形

(1)勝呂二郎の場合——徹底した能動的姿勢の欠如

遠藤は「誕生日の夜の回想」[21]の中で次のように述べている。「日本的感性は汎神的風土伝統を母胎としてうみだされたものであるが故に汎神性の二つの性格をもつ。第一にそれは一切の能動的姿勢を欠いている。第二に吸

(16)　病棟の大部屋で黒い海をみる場面（『全集』一〇八頁）、屋上で碧い海をみる場面（一一〇頁）、屋上で黒い海をみる場面（一一五頁）、生体解剖に参加を承諾した回想の場面、闇の中（床）で聞く海鳴りの音、波が寄せては引く黒い海二回（一二八—一二九頁）、最後に屋上で闇の中に白く光っている場面（一八〇頁、一八一頁）で合計七回になる。
(17)　碧（ヘキ）、青色の美石、緑を帯びた青（『大字典』、一五九八頁）。
(18)　中森義宗『キリスト教シンボル図典』東信堂、一九九三年、一一八—一一九頁。
(19)　『レオナルド・ダ・ヴィンチの手記（上）』（杉浦明平訳）岩波書店、一九五四年、二五九—二六〇頁。
(20)　「雲の祭日」杉浦明平編『立原道造詩集』岩波書店、一九八八年、一四一—一四二頁。
(21)　「誕生日の夜の回想」『異邦人の立場から』講談社、一九九〇年、一〇一頁。

い込まれる事（海の渦のイメージ―筆者）がただ一つの憧れであること」と。極めて日本的な感性の持ち主である勝呂は、まさにこの二つの性格を合わせ持つ人物だ。すなわち彼はその行為において徹底して能動性・主体性を欠いており、運命もしくは周囲の状況に飲み込まれ、流されることをもって幸福であると感じているからである。勝呂は戸田の言うように断ろうと思えば、或いは断れたかも知れない生体解剖への参加を結局、自ら否定しないままに当日を迎える。そして彼は行動の結果に関して「どうでもいい、ただ疲れた」としか言いようのない精神状態に身を任せる。この意味で彼は正しく「黄色人のぼくには……あなたたちのような罪の意識や虚無などのような深刻なもの大袈裟なものは全くないのです。あるのは、疲れだけ、ふかい疲れだけ、ぼくの黄ばんだ肌のように濁り、湿り、おもく沈んだ疲労だけなのです」と言う『黄色い人』千葉の分身である。勝呂と戸田は遠藤自身が言う如く『黄色い人』の「千葉」、『白い人』の「私」を発展させ二つの人格として誇張してみせたキャラクターだ。他人の死に対する感覚においても勝呂は戸田とは異なる。田部夫人の手術が失敗に終わった時、頭の奥でガラスにブリキの缶をぶつけたような音を絶えず感じながら、勝呂は腰が抜けたかのように床にしゃがみこむ。彼は吐き気を感じ、手で眼を擦り、額の汗を拭う。そして手術の失敗を隠すため死体に隠蔽工作が行われた直後、彼は動揺し頭のなかで「これは一体、なんだろう、なんだろう、なんだろう」という声を聞く。

だから本物の生体解剖に加わった後も彼は耳元で今度はもっと強く「殺した、殺した、殺した、殺した……」とリズミカルに叫ぶ誰かの声を聞く。解剖の最中に「おれあ何もせん、俺あ、あんたに何もせん」と心中で米兵に向かって必死に唱えていた彼は、たしかに何もしなかったし、積極的に関わろうとはしない。そして暗い「運命とも言える巨大な力」に押し流された後でさえ、彼は「良心の呵責」ではなく、ある種の「無気力」に襲われ辛うじて「神があってもなくても、俺にはもうどうでもいいんや」と嘯くのである。

(2) 勝呂と「おばはん」――自然的感情としての「憐憫」の対象

生来、優しい心の持主である勝呂は初めての担当患者である「おばはん」を見ていると胸が切なくなる。生体解剖の前夜に勝呂は戸田にこう問われる。戸田が問うところが重要である。戸田の神観念は日本人一般の多神教的神観念ではなく、むしろキリスト教的、唯一神的でさえある。

「神というものはあるのかなあ」

「神？」

「なんや、まあヘンな話やけど、こう、人間は自分を押しながすものから……運命というんやろうが、どうしても脱れられんやろ。そういうものから自由にしてくれるものを神とよぶならばや」

「さあ、俺にはわからん」火口の消えた煙草を机の上にのせて勝呂は答えた。

「俺にはもう神があっても、なくてもどうでもいいんや」(23)

「そやけど、おばはんも一種お前の神みたいなものやったのかもしれんなあ」(24)

運命から自分を自由にしてくれるものが、神と呼べるものならばと戸田は言うが、勝呂の神観念はもっと自然

(22)『黄色い人』医学教室の研究生、戸田と勝呂は遠藤自身が「わが小説」（『異邦人の立場から』一九九頁）で言う如く『黄色い人』の「千葉」『白い人』の「私」を発展させ二分したキャラクターである。

(23) 武田友寿氏は『遠藤周作の文学』聖文社、四四―四五頁で「ここには運命から自由になろうとする意欲の萌芽がある。そしてまたその意欲は氏（遠藤）の言葉でいえば『存在の渇望』といってよいものである。作中人物の生の悲惨さが〈神なき人間の悲惨〉であることはいうまでもないが、かれらの生がその悲惨さから脱出しようと意思するとき、かれは自分を運命から自由にしてくれる神を見いだすときがあるかも知れない。つまり救済の希望は自己聖化を意思する場合にのみありうるというカトリシズムの古い真理がここにかくされているのである」と述べておられる。

(24)『全集』一巻、一三一頁。

的なものだった。すなわち「運命」に対する勝呂の唯一の抵抗は「おばはん」への拘り――それは彼の自然的素質のなかにある生命への密かな共感、連帯心の現れ――だった。「おばはん」への彼の憐憫、優しさはしかし大事な局面で自己欺瞞となって現れる。解剖されている捕虜を前に執刀者のメスを奪いたくなるような感情に襲われながらも結局、彼は徹頭徹尾、無力であることに変わりはない。それ故、彼の「おばはん」に対する「憐憫」は彼の感じる「恥ずかしさ」とともにあくまで、自然感情の吐露という心理的な領域の出来事に過ぎず「罪の意識」というような倫理的、宗教的なもの足り得ない。結局、彼は周囲の状況に「嵐の海の木の葉」のように翻弄され押し流されていくだけだ。そして彼は一過性の後悔の念に襲われはしたものの、激しい「罪の意識」に苛まれ続けることがなかっただけに(つまり「罪の意識」のもたらす地獄の責め苦(懲罰)に合わなかったので)救済もまたなされなかったのだと遠藤は言いたげである。生体解剖に加担した後、苦しくなった勝呂は闇の中にそこだけ白く光っている「海」を見つめ何かを探そうとする。

勝呂は一人、屋上に残って闇の中に白く光っている海を見つめた。何かをそこから探そうとした。(25)

しかし彼は結局、今の彼を救済してくれるものを何であれ、そこに見いだすことはできなかった。「海」で象徴される彼自身の心の深層「無意識」、或いは日本の「汎神的風土」のなかにさえ「白い光(神の恩寵)」は射しているというのに、「罪の意識」が未発達で、熾烈な「罪意識」(良心の呵責)のないぶんだけ「救済」もまたなされなかったのだと遠藤は言いたげである。

(3)戸田剛の場合――無神論的、懐疑家の悲劇

他方、勝呂に向かって人間を運命から開放する「神というものはあるのかなあ」と問い、読者に向かって「ぼ

くはあなた達にもききたい。あなた達もやはり、ぼくと同じように一皮むけば、他人の死、他人の苦しみに無感動なのだろうか[26]」と問いかける戸田の場合は無意識にせよ「罪の意識」に渇いているだけ「救済」により近い存在と言えるのではないか。戸田はある関西の富豪の庶子として出生し、その後、内科医のところに貰われていった。彼が勝呂と異なるのは周囲の状況、或いは「運命」にただ押し流されるのではなく自ら選びとって「悪」を行おうとするところである。

彼はそういう意味では西欧的な主体性をもつ行為者だ。彼はたびたび少年時代からの悪行の数々を「想起」する。しかしそれは「想起」であって悔恨ではない。つまり「罪の意識」を欠いている点では勝呂の憐憫と変わりない。小学校時代の作文に彼はいかにも教師が喜びそうな欺瞞（嘘、偽証）を加え、中学時代には博物学の教師の大事にしている蝶の標本を盗む（窃盗）。旧制高校時代には従姉妹と姦通（姦淫）し、大学時代には田舎出の女中を妊娠させ自分の手で堕胎（カトリックの立場では殺人）する。

彼は時に苦い思いをもってそれらを「想起」するが、彼はそれによって強い「良心の呵責」を感じたことはないと（自分では）考えている。むしろそれがないことに自ら「不気味さ」さえ感じるのである。（これ（生体解剖）をやった後、俺は心の呵責に悩まされるやろか。自分の犯した殺人に震えおののくやろか。生きた人間を生きたまま殺す。こんな大それた行為を果したあと、俺は生涯くるしむやろか[27]）と彼は自問し「罪の意識」の湧き起こるのを待つ。しかし生きながら捕虜を解剖した後でも、戸田の場合、自ら不思議に思うほど「罪の意識」は希薄である。罪に対する呵責の念が起きないだけ、勝呂と同じく戸田もまた神の「救済」から遠いところにいる。これがいわゆる「神不在の悲惨」なのであろうか。

(25) 同書、一八一頁。
(26) 同書、一五六頁。
(27) 同書、一五七頁。

さらに戸田の悲劇は偽悪的なまでに虚勢を張るところにある。弱々しい声で自己の苦しさを告白する勝呂も苦しいかも知れないが実は戸田もまた同じなのだ。「何が苦しいんや」戸田は苦いもの——戸田の苦さは勝呂の心理的なつらさ、苦しさと同じレヴェルのものではない。むしろ勝呂のように己の情緒面の弱さを、苦しさとして表明することに対する苛立ちなのだ——が咽喉もとにこみあげてくるのを感じながら言った。

　戸田は苦しくないと虚勢を張りながら、弱い勝呂よりはむしろ「救済」により近いところにいるのかも知れない。なぜなら戸田は自らを不気味であると自己観察し「良心の呵責」の起きるよう自ら求めて「行動」しようとするからである。戸田は解剖の後、もう一度手術のあとを見に行く。戸田は捕虜が「ああ、エーテル」と叫んだ声を耳に蘇らせて一瞬、本能的な「恐怖心」に襲われる。しかし悪行に対する「恐怖」は瞬間的に自然の発露として起きたが、不幸なことに「良心の呵責」とか「罪の意識」までは起きなかった。戸田はエーテルの匂いがまだ残っている準備室に入って行く。

　今、戸田の欲しいものは呵責だった。胸の烈しい痛みだった。心を引き裂くような後悔の念だった。だが、この準備室に戻ってきても、そうした感情はやっぱり起きてはこなかった。普通の人と違って、医学生である彼はむかしからひとりで手術後、手術室にはいることに狎れていた。そういう場合と今、どこがちがうのか、彼にはよく摑めなかった。[28]

　彼は手術室の戸をそっとあけた。スウィッチを捻ると、無影灯の青白い光が天井や四方の壁にまぶしく反射した。戸田の心には今更、特別な心の疼きは起きていない。

（俺には良心がないのだろうか。俺だけでなくほかの連中もみな、このように自分の犯した行為に無感動なのだろうか。）堕ちる所まで堕ちたという気持ち（これはおそらく虚勢を取り除いた彼の本心であろう——筆者）だけが彼の胸をしめつけた。[29]

彼は電気を消してふたたび、廊下に戻った。その時、橋本教授もまた手術室の前にたちどまり手術室の扉とむき合っていた。ながい間、彼は扉をじっと凝視していたが、やがて去っていくのを戸田は見た。こうしてみると、戸田が一番「良心の呵責」に近い所にいるのではないか。しかし現実には戸田には渇望してはいても「良心の呵責」は起きない。戸田は内面に勝呂よりもっと苦いものを噛みしめながら、虚勢をはり続けて最後の場面でも屋上にいる勝呂に声をかける。

⑷戸田と勝呂の罪と罰――良心の呵責と世間の罰

「なにしててんねん。お前」

「なにも、してへん」

だが戸田は勝呂がそこだけ白く光っている海をじっと見つめているのに気がついた。黒い波が押し寄せては引く暗い音が、砂のようにもの憂く響いている……（中略）……

「どうなるやろなあ」と彼（勝呂）はひくい声で言った。「俺たちはどうなるやろ」

「どうにもなりはせん。同じこっちゃ。なにも変わらん」

「でも今日のこと、お前、苦しゅうはないのか」

「苦しい？なんで苦しいんや」戸田は皮肉な調子で「なにも苦しむようなことないやないか」勝呂は黙り込んだ……（中略）……

「でも俺たち、いつか罰をうけるやろ」勝呂は急に体を近づけて囁いた。

(28) 同書、一七四頁。

(29) 同書、一七五頁。

「え、そやないか。罰をうけても当たり前やけんど」

「罰って世間の罰か。世間の罰[30]だけじゃ、なにも変わらんぜ」戸田はまた大きな欠伸をみせながら、

「俺もお前もこんな時代のこんな医学部にいたから捕虜を解剖しただけや。俺たちを罰する連中かて同じ立場におかれたら、どうなったかわからんぜ。世間の罰など、まずまず、そんなもんや」

だが言いようのない疲労感をおぼえて戸田は口を噤んだ。勝呂などに説明してもどうにもなるものでもない[31]。

つまり生きながら捕虜を解剖するという非人間的行為を犯した後、主人公戸田が真摯に求めるのは悪行をはたらいた後の「ほんものの良心の疼き」、キリスト教的な「罪の意識」であった。しかし今のところ戸田に激しい罪の意識、良心の呵責はおきない。はたして戸田に救済の光はあたるのか。遠藤は医者としての勝呂のその後[32]を描きながら、医者としての戸田のその後はなぜ描かなかったのか。戸田は良心の疼きとその背後に自己を開放する神の存在を望みつつ、懐疑と無神論の間を往来し、永遠に救済の戸口に佇む役割を担うだけなのだろうか。

(5)阿部ミツ——「黄色い人」のなかの唯一の「光」の子

遠藤はヒルダを聖女として描くことには失敗したが、その代わり遠藤が「黄色い人」の世界の中に聖女として出現させた存在が「阿部ミツ」である。阿部のアベはAve MariaのAveであり、ミツは「光の子」（ヨハ一二・三六）の意味であろう。またそれは遠藤の諸宗教神学的な関心から言えば、「阿弥陀仏」すなわち「無量寿・無量光仏」（アミターユス・アミターバ）の無限の「光」から取られたものでもあろう。というのも大部屋で親鸞の『浄土和讃[33]』を読み聞かせ、施療患者たちの死の不安を静め安心立命の境地のまま浄土へと送りだすこの女祭司は、無学文盲であることから真宗のいわゆる「妙好人[34]」の如き存在とも思えるが、ひょっとすると（人間の歳

に換算すると）五六億七〇〇〇万年という途方もない永い時間の末に衆生を救済するために現れるとされる「弥勒菩薩」マイトレーアの化身であるのかも知れぬ。それはともかくとして、この阿部ミツは「黄色い人」の神なき悲惨の只なかにあって、少なくとも「白い人」の神、キリストによる救済以外の救済の可能性を示唆する唯一の存在である。作中でポプラの樹が老小使いによって伐採される挿話が何度も出てくるが、この老小使いによる「ポプラ」の樹の伐採の様子を見るのは終始一貫して勝呂である。しかしその唯一の例外が彼女、阿部ミツだということもまた単なる偶然ではあるまい。

10 「無意識」を表象する「象徴」と「隠喩」——反復的な行為、増幅する音

遠藤は日本人の「無意識的罪意識」を表現するのに「象徴」や「隠喩」の反復的使用を試み、それらによって自然的な描写に形而上的な意味づけを与えようと努める。それ故「象徴」や「隠喩」に注目してこの作品を読むと、最初、判然としなかったそれらの意味が次第に明らかになってくる。さらに「象徴」の解釈如何によっては、今まで見てきた景色と異なる風景が浮かび上がってくることさえある。その例として、ここで論じるのはまず①

(30) 時代的に見て遠藤のこの作品にも、R・ベネディクトの『菊と刀』中の「罪悪の文化対「恥の文化」」の対立的図式の影響を考えるのは可能だが、そうしたところでそれほど核心をついた議論は出てこない。武田友寿『遠藤周作の世界』中央出版社、一九六九年、一八七—一八九頁参照。
(31) 『全集』一巻、一八一頁。
(32) 勝呂は『悲しみの歌（改題）』（新潮社、一九七七年）で闇の中絶医として再度、現れ、末期癌患者の依頼に答えて安楽死させるが、戸田は『死海のほとり』で懐疑主義を捨てきれない聖書学者として再登場する。
(33) 『親鸞和讃集』岩波書店、一九七六年、一六四頁。
(34) 柳宗悦『柳宗悦妙好人論集』岩波書店、一九九一年、一三五—一四八頁参照。

反復される行為「ポプラの樹の伐採」、次に②「海鳴りの音」を取り上げてみよう。

⑴象徴と隠喩「ポプラ」の伐採――「キリストの死を悼む」

反復して描かれる象徴的行為に注目すれば、そこに遠藤によって仕掛けられたある種の「隠し絵」が浮かび上がると私は言ったが、次がその具体例である。すなわち、この作品で大学病院の老小使いが「ポプラ」の樹の根元を掘る描写が計七回現れる。尤も最後の七回目にはポプラは既に切株となっているのだが。

> 地面から灰色の切り口をみせてポプラの切り株がのぞいていた。これはあの年寄った老小使いが随分ながい間かかって伐り倒したものである。勝呂はその切り株をぼんやりと眺め、おばはんのことをふと、考えた。雨の日に木箱に入れられて運ばれていったおばはん。ポプラの樹はもうない。おばはんも死んでしまった[35]。

読者もこの繰り返し現れる「ポプラ」の樹とそれを切り倒す行為の比喩とは何かと訝られたかも知れない。キリスト教美術では「ポプラ」[36]は「キリストの十字架（の木）」との伝承から「十字架」或いは「磔刑に処されたキリスト自身」のことを指す。ではここで十字架刑に処されたのは誰なのか。この場合、殺された神とはいったい、誰のことなのか。

具体的な一回目の描写はこうである。廊下から外を見る勝呂の眼に長靴を履いた病院の老小使いが地面を掘り返しているのが見える。彼の頭上には梢を風にそよがせる瘤だらけの「ポプラ」が立っており、老小使はいつまでもシャベルで黒土を掘り返しては傍らに捨てている。一台のトラックが埃をあげて走って来る。その上には草色の作業衣を着た米人捕虜がかたまって乗っている。

二回目にも、老小使いは「ポプラの樹」の根元でさかんにシャベルを動かしている。三回目には、老人と勝呂の会話から、ようやく老人のしている行為の意味が明白になる。すなわち防空壕を作るのかという勝呂の問に老人は、いやポプラを伐り倒すためだ、せっかく伸びているのに学校でなぜ伐れと言うのかわからないと答える。ここでは老人がこの行為に反対なこと、またその行為が長引いている様子が描かれている。四回目に老人がシャベルを振るう描写は田部夫人の手術の直後であり、五回目は、既に二週間も彼が同じことを繰り返していることがハッキリと記されている。

冬のうすら陽の当たる中庭で彼はシャベルを動かす小使いを眺めながら、この老人はいつまで同じことを繰り返すのだろうと思う。考えて見ると、もう二週間の間、老人は同じ場所を掘っているのだ。まるでポプラを伐れと命じた人間や、こうした時代に陰気な復讐でも試みるように掘っては埋め埋めては掘っているみたいだった。(37)

この後「おばはん」は死に、次（六回目）に地面を掘る老小使いを見るのは勝呂ではなく阿部ミツである。そして最終的（七回目）に勝呂が「ポプラの樹」をみた時は、既に捕虜の生体解剖は実施された後で「ポプラの樹」は切株に変わってしまっていた。

この「ポプラの樹」の伐採が「キリストの死」を悼む行為の象徴であるとしたら、ここで遠藤によってキリス

(35) 『全集』一巻、一七一頁。
(36) ポプラはオヴィディウスの『転身物語』のなかでは死者の「哀悼」の意味で使われているし、ホメロスの『オデュッセイア』でもそれは冥界の入り口に立つ「弔いの樹」である。A・ド・フリース『イメージ・シンボル辞典』（山下主一郎主幹）大修館書店、一九八四年、五〇四頁。
(37) 『全集』一巻、一二四頁。

ト、或いは神に擬されているのはいったい、誰なのか。戸田が「おばはん」は一種、勝呂の神のような存在だったと喝破したことから、「おばはん」も候補の一人とも思えるが、彼女の死後もポプラの樹の根元の穴堀りは継続する。田部夫人ももちろん、キリストではない。すると残るは米人捕虜ということになる。

ここで小説の中で米人捕虜の肌が白いこと、つまり彼が「白い人」であることが勝呂や上田ノブによって幾度も言及され、しかも彼が生体解剖される時刻が「午後三時」ということをあらためて考慮すると、その三時という処刑の時刻もあながち偶然とは思えない。

読み返すと、たしかに捕虜の解剖予定時刻の「午後三時」に、この小説の一切の出来事は集約されている。つまり生体解剖というおぞましい行為に巻き込まれていく周囲の人間の過去が、すべてこの三時という時刻に向けて語られてきているのだ。イエスが十字架上で絶命したのは福音書（マコ一五・三三）の記述によると午後三時である。「三時にイエスは大声で叫ばれた『エロイ、エロイ、レマ、サバクタニ』」。すると遠藤は米兵「白い人」の死をキリストの受難と磔刑に擬しているのだろうか。手術台が犠牲の小羊を屠る祭壇、そしてこの解剖実験をキリスト（神）殺しという人間の罪の中で最も重い罪だと言いたいのであろうか。そう言う意味でキリスト教図像学[38]の知識を援用すれば、この米人捕虜の作業着の色が通常のカーキ色ではなく「草色」の作業衣を着せられていることも意味深長である。なぜなら「草色（グリーン）」とは草木と春の色を表し、キリスト教美術におけるその意味は春の冬に対する勝利、「生命の、死に対する勝利」の象徴であるからである。

以上の状況証拠からこう結論づけられるのではないだろうか。すなわち、老小使いが「ポプラの樹を切り倒す反復行為」が、何度も米人捕虜の生体解剖の前に描かれることは、遠藤によってこの「白い人」の生体解剖が、単なる「白い人」米人捕虜に対する殺人ではなく「白い人（の神）」が犠牲になる、すなわち、米人捕虜が「白い人（の神）」「犠牲の仔羊（神キリスト）」に見立てられていると考えられるのではないか。もしそうでないとすれば、なぜ遠藤がこうも繰り返し、繰り返して「白い人」米人捕虜の生体解剖に向けて、この老小使いが「ポプラの樹の根元を掘り返す行為」を挿入しようとするのか説明がつかないのである。

(2)象徴と隠喩――看護婦上田ノブの聞く「海鳴り」の音――「無意識」の叫び

看護婦として生体解剖に加わる上田ノブは内面にニヒリズムを抱く悪女である。しかし彼女のニヒリズムは積極的、能動的な契機を欠いている。戦争という巨大な「運命」に押し流され、遂には巻き込まれていく「渦」に、私怨というなりゆきから加わる上田ノブは西欧的な意味でのニヒリスティックな悪女ではない。彼女の最大の罪は、勝呂同様、自らの運命に主体的に立ち向かわないことなのだ。遠藤は彼女の心の深奥にも「罪の意識」とは言えないまでも、やはり何らかの「心の疼き」「魂の呻き」のようなものが働いていることを言いたいのではないか。そしてそのことを遠藤は戸田や勝呂の場合と同様に象徴的な手法で描く。すなわち勝呂の場合には視覚的な「海」の色の変化が心の深奥の変化を象徴するが、上田ノブの場合には、聴覚的な音の変化「海鳴りの音」が使われる。しかもそれが「海」からの音であることが、勝呂の場合と同じく重要な意味を持つ。彼女がこの「海鳴り」の音を聞くのは決まって夜、または夕暮れであることにも意味がある。光の射さない夜、または夕暮れの海とは、神の恩寵の光を奪われた状況下の人間の魂を象徴しているからだ。アパートの侘しい部屋で彼女は夜、眼を覚ましたときに「海鳴り」の音が、このところ段々、大きくなって聞こえることを意識する。

夜、眼を覚ましたときに聞こえる海の音がこの頃、なんだか、大きくなっていくような気がします。闇の中で耳をすましていると一昨夜よりも昨夜の方が、昨夜よりも今夜の方がその波のざわめきが強く思われます。わたしが戦争というものを感じるのはその時だけでした。あの太鼓のような暗い音が少しずつ大きくな

(38) 中森・永井他監修、前掲書、一二〇頁。

り、高くなるにつれ、日本も敗け、わたしたちもどこかに引きずりこまれていくかもしれない。(39)

この記述の前にも夜の「海鳴りの音」への言及があり、その音をきくと彼女はもうどうにも人恋しくてたまらなくなることが述べられている。この引用の箇所ではその音はさらに一層、強くなって彼女に聞こえる。では上田ノブが聞くこの「暗い太鼓」のような「夜の海鳴り」の音、次第に大きくなるこの太鼓のような音とはいったい、何を意味するのだろうか。このときの「海」は文脈からすると、自己や周囲の人間を取り囲み否応なく押し流していく強大な「運命」、否も応もなく人間性を押し潰してしまう「戦争」という巨悪の意味とも解釈できなくはない。しかし他の場面での「海鳴り」の音と併せて考えると、それは単に彼女の外側から来る何かではなく、むしろ彼女自身の内側から、心の奥底に発する何かだと考えられるのではないか。戦争という巨悪、戦争という巨大なニヒリズム（虚無主義）に彼女の心の奥底で共鳴し、呼応する何か、彼女が悪に加担するときの「心の疼き」のようなものではないだろうか。それは未だ明確な「罪の意識」を経ていないので、「良心の疼き」にまでは至っていない。倫理以前の自然な感情の吐露に近いものだ。

ノブは浅井助手の指示で自然気胸を起こした患者を注射で安楽死させようとするが、その時にも、ヒルダとのやり取りの後で突然、この「海鳴り」の音を聞く。すなわちノブはヒルダに「あなたは神様がこわくないのですか。神様の罰を信じないのですか」と詰め寄られるが、激しく机を叩くヒルダをみるノブの眼は、そのヒルダの右手の石鹼で荒れた肌の上に注がれているだけだ。激しく詰問されながらも、ノブはヒルダの手に生えている金色の産毛をみてふと可笑しくなる。が、やがて彼女は一切を面倒くさく感じ始め、その時に暗い、太鼓のような夜の「海鳴り」の音が彼女の心に拡がっていくのである。

またこの音は生体解剖に参加を要請され同意した夜、浅井に抱かれながらノブが聞く音でもある。浅井に抱かれながらノブは眼を開けたまま「太鼓の音」のような暗い「海鳴り」の音を聞く。

その夜、浅井さんにだかれながら、わたしは眼をあけて太鼓の音のような暗い海鳴りを聞いていました。ヒルダさんの石鹼の香りがまた蘇ってきました。彼女の右手、うぶ毛のはえた西洋人の女の肌、あれと同じ白人の肌にやがてメスを入れるのだなとわたしは考えました。(40)

それ故、この「海鳴り」の音とは上田ノブが悪事に加担する時に、彼女を襲う意識化される以前の「無意識の発する叫び」のことだと言っていいのではなかろうか。つまり勝呂が彼の心の深層、無意識を彼の見る「海の色」によって知るように、上田ノブは彼女の無意識、深層意識の変化を彼女が聞く「海鳴り」の音によって感じると作者は言いたいのではないだろうか。しかもそのニヒリズムは西欧的な能動的なものではない。そうではなく極めて受動的なものであることに特徴があるのだ。『黄色い人』の千葉は「白い人」であるブロウ神父に告白する。「黄色人のぼくには……あなたたちのような罪の意識や虚無などのような深刻なもの大袈裟なものは全くないのです」、しかしその代わりに千葉たちが感じるのは「黄ばんだ肌のように濁り、湿り、おもく沈んだ疲労だけ」なのだとされる。

千葉と同じく、ノブが感じるものは西欧的な「罪の意識」ではない。しかし「すべてがどうなってもよい」という彼女の投げやりな気持ち、諦めとも深い疲労感とも言うべき生理的、心理的な心の動きは「黄色い人」に特有な「罪の意識」の一つの表われであると言えるのではないか。つまり勝呂と上田ノブに共通するのは、この「黄色い人」特有の悪への関わり方である。すなわち積極的、主体的に罪悪を犯すのではなく、受動的に周囲の状況に巻き込まれて行く。周囲の「運命」、或いは「渦」にひたすら飲み込まれ流されていく。そして罪を犯し

(39)『全集』一巻、一四〇頁。
(40)『全集』一巻、一四四頁。

た後にさえ、彼ら二人が共通して感じるのは宗教的・道徳的な意味での明確な「罪悪感」ではなく、自然的、生理的な「疲労感」である。二人にとって己の行為が「罪や悪」とどう関わるのかという形而上的な判断は、それを意識して考えることすら億劫なことなのである。

それ故、なにをしても「誰もが、あの暗い海のなかにひきずりこまれる時代だ」と言う彼女は生体解剖後に軍人たちが捕虜の生き肝を所望したことを思いだし、本能的な嫌悪感を感じはするが、それは本能的な反応であって倫理的な否定ではない。だから彼女の赤子がもし死産でなければ、またもし夫に棄てられていなければどうなっていたのかと遠藤は優しい眼差しをチラリと投げかけているが、彼女にもまた「救済」の道は勝呂同様、未だ閉ざされているように思われる。

12　メタファー（隠喩）としての『海と毒薬』——海の意味、毒薬の意味

「毒薬」とは本来、生命体にとって致命的な危険をもたらすものであるが、同時にその作用が劇的であるので、ある意味では薬にも転じ得るものである。「悪」ではあるが、その認識が激しければ、人を善、或いは神の方に向けさせ得るものという意味での「罪」のことではないだろうか。というのも遠藤にとって文学上の事物で「毒薬」としてまず、念頭に思い浮かぶのは『テレーズ・デスケルー』の砒素であろうから。その砒素はまさに薬であるが、量を間違えれば致命的な毒となる。

『海と毒薬』の「海」と「毒薬」を対にしたタイトルによって、遠藤はキリスト教的な神を知らない個人の無垢の魂、例えば勝呂の魂は周囲の状況のいわば関数であって、汎神的風土によって規定される。さらに汎神的風土である海に罪である毒薬が一滴落ちたとしても吸収、同化されてしまって何も変わらない。だが毒薬の量が増えればやがて海がその性質を変える可能性はある。

そういう意味がここには籠められているのではないだろうか。神の恩寵の「白い光」は勝呂によって代表される、心優しい日本人の心の深層（無意識）の内にも差し込んでいるのだ。また日本の「海（汎神的風土）」にもそれは差し込んでいるのではあるが、ただそれが罪として意識されるには余りにも遠い距離がある。罪が形而上的な存在として認識されるのではなく、せいぜい生理的な徴しとしてしか認識されない「黄色い人」の精神的風土においては。だから最後のシーンの解釈はこうなる。


勝呂は一人、屋上に残って闇の中に白く光っている海を見つめた。何かをそこから探そうとした。

（羊の雲の過ぎるとき）（羊の雲の過ぎるとき）

彼は無理矢理にその詩を呟こうとした。

（蒸気の雲の飛ぶ毎に）（蒸気の雲の飛ぶ毎に）

だが彼にはそれができなかった。口の中は乾いていた。

（空よ。お前の散らすのは、白い、しいろい綿の列）[41]

(41)　私はこの「白い」と「羊の雲」という文字を見ると黙七・九の「神の子羊（イエス・キリスト）の血によって白くされた衣服」を連想する。立原道造のこの詩を遠藤が引用しているのは、上総英郎氏（「海と毒薬」『遠藤周作の世界』朝日出版、一五三頁）の言う如く「子羊と聖体によるカトリックのミサ聖祭」を想起させるものではなく、この詩を唱える人間が罪の汚れを知らぬ「純粋無垢、純白」な存在という意味ではないだろうか。勝呂は殺人に加担してしまった後では、もはや純粋無垢、純白ではあり得ない。無垢な勝呂の心にも殺人によって明らかな「罪の意識」が芽生えたのだ。だから生体解剖後の屋上では彼は今までのように、この詩を素直に口ずさむことは出来ない。生体解剖に参加した後では「白い雲（純粋無垢な心の状態）」はもはや彼の救いとはならない。小説では口が乾いているから彼はその詩をくちずさむことが出来ないと述べられるが、その渇きはもちろん、単なる生理的なものではなく魂の渇き（神への渇望）そのものであろう。つまり日常的な無垢（心理的、倫理的な純粋さ）を保証する力であるその詩には魂（形而上的、宗教的）の渇きまで癒すことは出来ないと

勝呂にはできなかった。できなかった……(42)

たしかに勝呂は闇の中に白く光っている海を見つめ、何かをそこから探そうとさえしていた。しかし結局、彼は今の自分を救いとってくれるものをそこに見いだすことはなかった。彼の「無意識」の内にも、また日本人の「汎神的風土(集合的な無意識)」のなかにさえ神の「恩寵」の光は届いているのに、「罪の意識」が未熟で熾烈な「良心の呵責」がないぶん、それだけ救済もまたなされなかったのだと遠藤は言いたいのではなかろうか。

参考文献(本文と注で言及していないもの、アイウエオ順)

単行本

川島秀一『遠藤周作——愛の同伴者』和泉書院、一九九三年。

小松左京、高階秀爾『絵の言葉』講談社学術文庫74、一九七六年。

佐古純一郎「解説五」椎名麟三、遠藤周作編『原罪と救い　現代日本キリスト教文学全集　五巻』教文館、一九七二年。

J・スピーク『キリスト教美術シンボル事典』大修館、一九九七年。

X・L・デュフール『聖書思想辞典』(Z・イエール翻訳監修)三省堂、一九七三年。

G・ハインツ＝モーア『西洋シンボル事典——キリスト教美術の記号とイメージ』(野村太郎、小林頼子監訳)八坂書房、二〇〇三年。

若桑みどり『イメージを読む——美術史入門』筑摩書房、一九九三年。

論文

南部全司「遠藤周作とフランソワ・モーリアック——『海と毒薬』における「海」の原型をめぐって」『仏語・仏文学研究』中央大学、昭和五一年三月号。

いう意味なのではなかろうか。

(42)『全集』一巻、一八一頁。

第三章　『おバカさん』と『ヘチマくん』における象徴と隠喩――人生の認識のドラマとして

「われらはキリストのために愚かな者となった」　　　一コリ四・一〇

「ほう、だとすりゃ、公爵、あんたは掛け値なし、ユロージヴィ（白痴）ってわけだ、あんたみたいなのは神様に好かれるとさ」　　ドストエフスキー『白痴』(1)

0　なぜ、いま『おバカさん』と『ヘチマくん』なのか

『おバカさん』と『ヘチマくん』は昭和三〇年代半ばにあい次いで発表された遠藤による新聞小説である。作品の価値は衰えていないが、作品の背景をなす日本の風俗習慣は我々の記憶の中で既にセピア色に褪色している。それなのに、なぜ、それらの作品をいま取り上げるのか。最初に「なぜ」かだが、これらの作品は遠藤文学の中でも「黙示文学的」な手法による典型的な作品であり、キリスト教作家遠藤が日本人読者に、より抵抗が少ない形でキリストの福音を伝えようと腐心した作品であること。その試みは少なくとも『おバカさん』において成功したと言ってよい。二番目に「いま」だが、これらの作品に描かれた主人公の持つ周囲の人間に対する「愛」と「信頼」、そして「赦し」はキリスト教信仰と否とに関係なく、現代社会で我々がいま最も必要とする、人類にとって普遍的な価値だからである。

(1)　『ドストエーフスキイ全集7　白痴　上』（米川正夫訳）河出書房新社、一九六九年、一六頁。

1　「黙示文学」としての遠藤作品

ここで少し言葉の説明をしよう。私が遠藤の作品を「黙示文学的」だと言うとき、私は次のような意味で言っている。すなわち遠藤の小説は言葉の表面の意味とその裏に隠された二重の意味をもつ。これは新約聖書の「黙示録」に典型的に見られる技法である。例として以下にヨハネの黙示録の一節を引用するが、その隠された意味は表面上の言葉の意味とは異なることが判るだろう。

> 七つの頭とはこの女（大淫婦・バビロン―筆者）が坐っている七つの丘のことである。そしてここに七人の王がいる。五人は既に倒れたが、一人はいま王の位についている……（中略）……以前いていまはいない獣は第八のもので、またそれは先の七人のなかの一人なのだが、やがて滅びる。(2)

この一見、判じ物のような文を読んで隠された意味まで読みとれる人は、紀元一世紀の古代ローマ史及び初期キリスト教史に明るい人ということになる。隠された真意は次の如くである。すなわち大淫婦・バビロン（偶像崇拝に満ちたローマ帝国）が坐っている七つの丘とは文字通り帝都ローマのカピトリーノ（カンピドーリオ）を初めとする七つの丘のことであり、七人の王とは歴代の皇帝、そのうち五人の皇帝は既に亡く、いま在位の一人とは軍人上がりで、かのヨセフス(3)に未来の皇帝と予言されたヴェスパシアヌス帝のことである。第八のもので、やがて滅びる先の七人のなかの一人とは、既に亡くなっているネロ帝が（伝説によれば）生き返り帝位につくが、やがて滅びるという意味である。だから迫害下のキリスト教徒たちは、このメッセージによって随分と励まされたに違いない。

2　遠藤文学における「シンボル（象徴）」と「メタファー（隠喩）」

多くの読者にとって意外なことに遠藤の作品もまた、上に述べたような「黙示文学的」構造をもつ。私は後で遠藤の晩年の作品『深い河』の理解のためには、その作品のシンボルとメタファーの解読が重要であると論じるがじつはそのことは遠藤文学のほとんどすべての作品についても言えることなのだ。そこではキリスト教的シンボルは異教的文化圏に住む我々の目からは、その真意が隠されている。だから作品中の「シンボル」と「メタファー」の意味を掘り起こして初めて、遠藤の作品の複雑な構成による面白さと、遠藤による真の、キリスト教的福音のメッセージが解読されることになるのだ。[4]

小論では『おバカさん』と『ヘチマくん』を取り上げ、それらの一見、軽いノリのユーモア溢れる小説の中にも隠されているキリスト教的「シンボル」と「メタファー」を解読し、それらの作品に秘められた遠藤による真の福音的メッセージを明らかにしよう。

3　「聖なるもの」との触れあい——認識の転換を促すもの

地上におけるガストンの至上命法「どんな人間も疑うまい。信じよう。だまされても信じよう」。これが日本

（2）　黙一七・九—一一参照。
（3）　ヨセフス「ユダヤ戦記」Ⅲ、九、四〇〇—四〇二『ヨセフス全集　2』（土岐健治訳）日本基督教団出版局、一九八五年、一八一頁。スエトニウス『ローマ皇帝伝　下』（国原吉之助訳）岩波文庫、一九八六年、二七二—二七三頁。
（4）　読売夕刊インタビュー「深い河」（平成五（一九九三）年七月一六日）。

で彼がやり遂げようと思う仕事の一つだった。他人を疑うのではなく、たとえ騙されても他人を信じ切ること。憎むのではなく他人を赦すこと、暴力による解決ではなく平和的な対話による解決。ガストンのこのメッセージこそ今の世界で最も必要とされるものではないのか。

またヘチマくんのように世間の功利的な生き方に背を向け「無償の愛」そのものに生きる生きかたは、ある意味では他人との競争に負ける敗者の生きかたである。国も個人もひたすら高度経済成長路線を突っ走っていた時代においては、それは負のイメージしか持ち得なかったかも知れないが、逆に現代社会においては、そのパウロ的ともいうべき「弱いが故の強さ」(5)はキリスト教とは無縁の日本社会においても、正のイメージに転換されつつあるのではないだろうか。

小論のタイトルの副題に私は「認識のドラマとして」と付け加えたが、その意味は作品の初めには積極的な生活至上主義者であった女性、巴絵がガストンによって世界観を変えられ、またやり手男性の熊坂がドラマの終りにはもはや生活一辺倒ではなく人生そのものの価値に目覚めるという認識のドラマとしてこれらの作品が読めるからである。そして私は遠藤が当時、世に問うた信頼、赦し、無償の愛というキリスト教的な価値に対して、日本人が必ずしもキリスト教的な徳としてではなく、文字通りグローバルな価値として目覚め始めた現在、これらの作品に再び光を当てて見たいのである。

4 『おバカさん』——遠藤の変身

『おバカさん』は昭和三四年三月二六日から八月一五日まで、朝日新聞夕刊に連載された作者初の新聞小説である。それまでの遠藤の小説のテーマと言えば『黄色い人』における日本人の罪意識の希薄さとか『海と毒薬』に見られる罪意識の風化の速さという深刻なものが多かった。しかし罪意識の究明ではなく、日本人を温かく見守る眼差しが『おバカさん』のなかには溢れている。それはこの作品が中・高生をその主要なターゲットとする新聞小説であることにも大いに関係がある。[6] しかし作者の眼のさらに決定的な変化は、おそらくフランスから帰国した井上洋治神父と日本人に親しめるキリスト像を徹底して語り合うことによってもたらされたものだろう。[7] つまり遠藤のイエスのイメージはそれまでの裁き主から、ともに苦しむ人へと変貌したのだ。それは『おバカさん』執筆の直前まで『婦人画報』に連載された「聖書のなかの女性たち」の次の言葉によって伺い知ることが出来る。

キリストの教えた本当の精神のひとつは、いかなる人間も高見から他人を裁く資格はないということであり……信仰者の陥りやすい過ちのひとつは……他人の過ちや罪を蔑むこと……キリストはこれをもっとも嫌った。大事なことは自分も他人も同じように弱い人間であることを知り、そして他人の苦悩や哀しみにいつも共感すること、これを聖書のなかで「女性を通して」教えている。[8]

---

(5)　二コリ一二・九―一〇。

(6)　また彼は「新聞小説について」というエッセイ（東京新聞夕刊、一九六〇年六月二五、二六日）のなかで、そのときの自分の抱負や心境を「高校生や中学生の世代を自分の読者対象の一番、大きな部分とすることで読者のイメージがはっきりして気分が楽になった」と述べ、また「濡れ場と恋愛場面をつかわない」こと、そして「デュマの三銃士やユゴーのああ無情のような今では失われたいわゆる小説らしい小説を新聞小説で実現させたい」と述べている。

(7)　山根道公「実際に遠藤はこの井上と再会し決意を語り合った直後から、井上がうったえたように日本人の心情でキリスト教をとらえなおす仕事に方向転換してゆく」（「遠藤周作と井上洋治・背中合わせの親友」佐藤泰正編『遠藤周作を読む』笠間書院、二〇〇四年、七二頁参照）。

(8)　『婦人画報』一九五八（昭和三三）年四月―五九（昭和三四）年五月連載。『聖書のなかの女性たち』講談社、一九六五年、一四一―一四二頁参照。

さて周囲の友人たちと比べるとやや遅い作家的出発をした遠藤の、この作品にかける意気込みには大変なものがあった。深刻なテーマを扱う純文学の限られた愛読者だけではなく幅広い老若男女の読者をターゲットにするという意味でそれは遠藤の作家としてのチャレンジであった。三月二三日付「朝日」に載せられた遠藤自身のPR文を紹介する。

哀しいが、あかるい小説を書いてみたいと思います。まず、主人公はぼくが平生からあこがれているような人物です。その主人公を作者はあえて、おバカさん……そうよびます。なぜおバカさんなのか、回を追っていくにつれて読者もハハアンと思いあたられるでしょう。しかし『おバカさん』はバカという意味ではありません。母親がいたずら小僧のわが子に「オバカサン」、そうささやく時のあのやさしい愛情を作者はこの小説の主人公に抱いているのです。一生懸命書くつもりです。ご愛読ねがいます。

この作品は俗にいうところの中間小説、軽小説ではある。しかしながら、その内容の意味深さと日本人読者に与えたインパクトの強さは遠藤の作品中でも最も大きいものの一つだ。文芸評論家の故江藤淳氏は『おバカさん』を単に新聞小説の傑作であるばかりでなく、処女作以来、それまでの遠藤の作品のなかで一番の傑作だと高く評価し、その理由を次のように述べている。

遠藤さんは新聞小説においてその資質と才能をはじめて十二分に発揮することのできた作家である。『海と毒薬』が頭で書かれているのに対して、この小説は心で書かれている。日本人でもあり、同時にカトリックの信者でもある遠藤さんという人の、神を求める素直な心がそのままに生きている小説である。一見、ただのユーモア小説に見えながら大部分の日本の近代小説にはないスケールの大きさを秘めているのは、そこに人間の基準にいわば垂直にまじわっている神聖なものの基準があるからである。[9]

つまり神聖なものの基準はしっかり残しながらも人間の弱さ、醜さ、切なさをユーモアたっぷりに描く作者の眼、そこに老若男女の日本人読者はまず惹かれたのである。

5 『おバカさん』――現代版「キリストの受難物語」

『おバカさん』は遠藤版『白痴』[10]と言える作品である。若い人で遠藤作品の古いものは目にしていないという人のために、本題に入る前にここで粗筋を述べておこう。何事にもおっとりとした銀行マン日垣隆盛のペンフレンドであるフランス人青年ガストン。その来日を告げる一通の怪しげな手紙からこの小説は始まる。ムイシュキン公爵ならぬ主人公ガストン・ボナパルトは隆盛としっかりもののその妹、巴絵の前に真っ白な船体をもつフランス船の客として現れる。

ナポレオン皇帝の末裔という青年の触れ込みに二人の期待はいやが上にも高まり、横浜港に出迎えた時についに最高潮に達する。以下は桟橋に兄妹がガストンを出迎えるシーンである。警視庁の吹奏楽団が奏でるクワイ河マーチをバックに映画の一場面のように描かれている。

---

(9) 江藤淳「解説」『おバカさん』角川文庫、三一二頁。

(10) 「ドストエフスキーは彼の理想的人間(キリスト)を『白痴』という題で書きました。私も自分のキリストをおバカさんという似た題で小説にしました」(「愛の男女不平等論」『婦人公論』一九六四年三月)。

隆盛と巴とが出迎えらしい人に近づくと、

「たいへんな人じゃないか」

隆盛もさすがにびっくりしたらしいが、急に群衆の前列に目をとめて、

「巴絵、みろよ、みろよ」

花束をかかえてはなやかな訪問着をきた女優らしいお嬢さんをカメラマンが右、左から写真をとっていた。

そう言えば新聞記者らしい人たちの姿も四、五人みえるのである。

「こりゃあ、みなガストン君を歓迎する連中じゃないだろうね」

「なに、言ってるの」

だが巴絵もなんだか胸がドキドキしはじめてきた(11)

しかし二人のいやがうえにも高まったこの期待はガストンを迎えに彼が寝泊まりする船底の四等船室に降りていったときに急速に萎む。小説にもツボというものがあるなら、遠藤はまさにこのツボを心得ていた作家と言える。

6 『おバカさん』——絶対博愛主義と非暴力

一週間ほど隆盛兄妹の経堂の家に滞在した後、ガストンは自らに課したミッション「どんな人間も疑うまい。信じよう。だまされても信じよう。これが日本で彼がやりとげようと思う仕事の一つだった」遂行のために日垣家を出ることを告げる。続く夜の渋谷で彼は様々な経験をし、蜩亭老人という占い師のところに厄介になる。しかし老人の代わりに殺し屋遠藤に拉致されて山谷のドヤ街に宿泊するところから運命が急転する。ビル建設現場

を利用した遠藤の復讐劇を危うく手伝わされそうになるが、ガストンは意外にもピストルの弾を抜いて邪魔をする。怒った殺し屋遠藤に目茶苦茶に打擲されても、ガストンは「エンドさん一人ぼっち、可哀相」と却って遠藤に憐れみをかけ、後を追おうとして遂に殴り倒される。彼は生来の弱虫・臆病のためにニヒルな殺し屋についていくことは、本当のところは死ぬほど怖いのだが、にもかかわらず、肺結核を病む遠藤を見捨てられず後を負う形で山形に向かう。

ガストンの決意を聞かされた巴絵は初めはなんとかその決意を翻させようとするのだが、ガストンの決意のあまりにも固いのを知って「バカじゃあない、あの人はおバカさんなのだわ」と彼に対する見方を変える。巴絵と隆盛は山形にガストンを追いかけるが、一足早く山形に入ったガストンは遠藤を見つけ、二人は遠藤の兄の仇、小林の先導で銀の延べ棒の隠し場所である大沼までやってくる。そこで元職業軍人の小林と遠藤は駆け引きに満ちた死闘を繰り広げるのだが、致命傷を与えようと躍起になる両方の間に割って入るのがガストンで、彼は小林にシャベルで叩かれ傷を負う。体力を消耗仕切った遠藤はやっとのことでピストルを拾い、小林に狙いを付けるが最後の瞬間にどうしても引き金を引くことが出来ない。彼の耳にガストンと戦災で亡くした妹の声が重なって止めるのだった。

7　殺し屋遠藤の回心の予兆――なぜ彼は引き金をひけないのか

そのシーンは再び映画の一場面を思わせる筆致で描かれている。少し長いが引用する。

（11）『遠藤周作文学全集（以降『全集』と略記）』五巻、新潮社、二九頁。

次第に失われていく意識のなかで遠藤は自分が引き金にあてた指先を動かせばいいのだと思った。けれどもその指先はまるでノリをつけたように動かなかった。

頭の遠いどこかから、だれかが彼に命じている。

(引け……引けばいいんだ)

(引け……引くんだよ)

小林の目をつむったゆがんだ顔が、自分を見上げている。遠藤はすべての余力を指先にかけようとする。

「ノン、ノン……エンドさん」

この瞬間、水の中から、かぼそいガストンの声が耳につたわってきた。

その声はなぜか遠藤にはもうずっと……ずっと昔にきいた声のような気がした。だれの声かわからない。あの空襲の日、神宮の外苑で両親と一緒に焼け死んだ妹の声に似ていた。

(引け、引くんだよ)

「ノン、ノン、わたしのおねがい」

二つの言葉は彼の昏睡した頭のなかで入り乱れはじめた。遠藤は気を失ったままガストンのそばに倒れた。(12)

いったい『おバカさん』のテーマは何かと改めて問われれば、それはこういうことではないだろうか。この地上には「憎しみ」と「争い」しかないが、人間の憎しみを克服し、人を「赦し」「信じる」世界を作り上げよう。それは絶対博愛主義ともよべる愛の実践であり、どんなに暴力を被っても決して暴力に訴えないという完璧な非暴力(強固な意志をもち、弱いけれども強いという逆説的なパウロの非暴力主義)の実践なのだ。

8　「おバカさん」――ガストンの最期

続けてガストンの最期のシーンを引用する。[13]

だが三日目……まだ極度の衰弱状態にあった遠藤が病院で取り調べの係官に、とぎれとぎれに告白した話はさらにふしぎだった。奇怪だった。

遠藤は自分がなにも知らぬガストンを伴って狐越街道をこえ、小林を大沼に案内させたことをみとめた。そしてガストンが自分を救うために傷つき、沼の浅瀬に倒れたことも言った。

「で、外人はどうしたんかね」

こう係官にきかれた時、遠藤は包帯をまいた首を痛そうにふった。知らぬのも無理はなかった。彼は気絶してしまったからである。

だがあの時、気絶してから……何十分ののち、ながれる霧がふたたび遠藤のほおをぬらした。かすかに目をあけると空の一角が青く晴れ渡っているのが見える。そしてその青い空にむかって、一羽のシラサギが真っ白な羽をひろげながら、飛び去っていくのがうつろな目にうつった。

おぼえているのはこれだけである。おぼえているといっても、この記憶はたしかではなかった。青空と白い翼をひろげたシラサギとは本当にこの目で見たようでもあり、幻覚か、夢であったような気もする。それからふたたび遠藤は水に頭を半分沈めたまま、気を失ったのである。ガストンはどこに消えたのだろう[14]

（12）『全集』五巻、一八一頁。
（13）『全集』五巻、一八五―一八六頁。
（14）ガストンは『おバカさん』の後、しばらくは姿をみせなかったが、約一六年後、『海と毒薬』の続編というべき『死ななそれ以来、杳として行方がしれないのであるが、隆盛の夢の中でガストンは恰も復活したキリストの如くに紺碧の空に上昇し、遂に天の一点に消失するのである。

9　ガストンの謎――彼はいったい、何者か、またその来日の目的は

右に述べたように『おバカさん』の最期の場面はたいへん印象的である。沼からシラサギが飛び立っていくのだが、時を同じくして地上におけるガストンのいくえは杳として知れぬ。読者はガストン青年が現代の東京に降り立ったイエス・キリストのような貴人であることを、小説を読み終わる頃には感じているのだが、このなんともお人好しのフランス人青年が消えたあたりから一羽のシラサギが悠然と飛翔して姿を消すというミステリアスな結末に、ある種のメルヘン的な感動をさえ覚えるのである。

それにしても彼はいったい、何者か。そしてまたなぜ彼は遠い日本という異国にやってきたのか。懐の深さを感じさせる好漢隆盛は言うまでもなく、現代日本を泳ぎ抜き、自らの幸福はしっかり確保していくチャッカリ娘の巴絵にも、いったいこの人物は何ものなのだろうか、という疑問が湧いて頭から離れない。彼の正体や来日の目的を知る唯一の手掛かりとなる遺留品のサックにも、ガストンの正体を明かす手掛かりはない。この連載小説を読みながら読者は、この男はいったい誰か、そして彼の示す無力な愛の行為の意味は何かという「人生」に関する宿題を遠藤によって課されているのであろう。

ガストンさんは一体、なぜ日本にやってきたのかしら。隆盛と巴絵は帰りの汽車の窓からシラサギをみる。ガストンさん、さようなら……隆盛はガストンは生きている。彼は遠い国からまたノコノコやってくると確

信する。(15)

作家遠藤はガストンは死に、その遺体が上がらないのではなく、イエスのように三日目に（殺し屋の意識を通して）蘇り、隆盛の夢の中で昇天し、（聖霊として）今もいつもガストンを必要とする人間の傍で働いていると言いたげである。(16)

10 「おバカさん」における「象徴」と「隠喩」――シラサギの意味するもの

三日後に殺し屋遠藤は病院で意識を取り戻す。三日後と言い、シラサギが青空に飛翔し去っていくことと言い、すべてはキリスト教的「象徴」や「隠喩」に満ちていることに注目して欲しい。「象徴」とは例えば「オリーブの小枝をくわえた鳩」が「平和の象徴」であるというように、自然界において本来的には無関係な二つの事物が、その象徴を使用する人々の間で人為的に結び付けられ「象徴」と「事物」の間の関係が人々によって広く知られているものである。また「隠喩」とは「象徴」と「事物」の間の関係がそれを使用する人の独自な発想により限定されている場合のことである。(17) 福音書記者ヨハネはイエスをして「私は道であり、真理であり、命である」(18)い方法（後に『悲しみの歌』と改題）』（「週間新潮」一月―九月連載）に登場し末期癌を病む老人を看取る。そして晩年の『深い河』でもガストンは木口によって美津子に、ビルマ戦線で人肉を食べたトラウマに苦しむ戦友の臨終を看取ってくれた外人として語られる。

（15）『全集』五巻、一九二頁参照。
（16）「遠藤文学における象徴と暗喩の色彩論Ⅰ――『白』と『黄色』を中心に」『横浜女子短大研究紀要』一九号、九五頁。
（17）拙著『遠藤周作の世界――シンボルとメタファー』教文館、二〇〇七年、六五頁。
（18）ヨハ一四・六。

と言わしめる。これは旧くから最もよく知られた「隠喩」の例である。

『おバカさん』の「象徴」と「隠喩」に関して話を具体的に述べよう。シラサギが紺碧の空に飛翔し去るところ、或いはナポレオンという犬の死の場面で死体にあたる白い太陽の光の二つを思い出して欲しい。大沼の辺で兄の仇、小林と死闘を演じた殺し屋遠藤が失神する直前に見た現実とも幻とも判然としないシラサギの姿。紺碧の空に一羽のシラサギが高く高く飛翔していく姿。シラサギは、帰りの列車の窓から隆盛と巴絵の二人の眼にもハッキリと見えた。そしてそのシラサギと引き換えにガストンの姿は杳としてきえたのである。これは単なるメルヘンチックな終わり方なのか。日本の古来からの伝説でも大和武尊は白鳥になって飛んでいく。かぐや姫は月に帰っていく。そう日本の一般読者は考えることも出来る。

しかしガストンは隆盛の夢の中でも不器用にズルズルと後退しながらも懸命に山道を登り、ついには頂上を究めると得意そうな顔で隆盛を振り返りやがて空高く上昇していく。遠藤はこう書いている。

> 意気地なしで弱虫で不器用なこの大男でも山の頂まできわめることができたのである。
> 今やガストンは真っ白な入道雲の方角にとんでいく。その雲は七月の陽の光に金色に縁取られながら光っている。
> 「ガスさあん」
> 大声をあげて隆盛は真っ青な空に次第に小さくなっていくガストンに呼びかける。だがしきりに帽子をふりまわしながら相手は小さな一点になると、紺碧の空に吸い込まれていった。[19]

ガストンがどんどん小さくなって遂に青い空の一点に消失する。これはまことに映像的な描写である。そしてキリスト教やキリスト教美術に馴染みのある人ならば、この描写を読むと直ちに「キリストの昇天」[20]のイエスはかれら（弟子たち）がみているうちに天にあげられたが、雲におおわれて、かれらの眼からみえなくなったという箇所を思い浮かべるだろう。「昇天」ではないが、西洋絵画の好きな人なら、空の色が「青」で「白い雲」をバックにイエスが空中に浮かんでいる図柄から、或いはヴァチカン美術館にあるラファエロの「キリストの変容」を思い浮かべるかもしれない。

いずれにしてもキリスト教図像学では「青」は天の色、天上的な愛のシンボルであり、聖母マリアの外套の色である。[21]「白」は霊魂の無垢、清純、命の神聖さを表し、さらに「雲」は旧約でも新約でも神の臨在のしるしである。上の描写の「白い雲」もその「金色の縁取り」もいずれもキリスト教の聖性を表す崇高な色である。

周囲の人々に不思議な印象を与えつつ、最後には復讐心に燃えるヤクザを殺人という大罪から救おうとして傷つき、忽然として地上から姿を消すガストン。「シラサギ」とは明らかに「復活したキリストの象徴」なのだ。なぜならキリスト教図像学では「白」は上に述べた如く霊魂の無垢、清純、命の神聖さを表し、「サギ」はコウノトリや鶴とともに賢明さ、用心深さを象徴し、天空を高く飛び、餌は水中に求めるが、巣は高い樹上に求め「子を守るためには身命を賭して闘う」鳥であり、中世の騎士たちが冒険に出る前に誓いをたてた高貴な鳥とさ[22]

(19)『全集』五巻、一八七頁。
(20)使一・九。
(21)白はキリスト教の聖性を表す象徴である。福音書中の「イエスの変容」（マタ一七・二）の箇所ではイエスの顔や衣服に包まれた全身が突如として真っ白になり光輝く様子が描かれる。また黙七・一四ではイエスという生贄の小羊の赤い血で（我々罪人でさえも）雪よりも白くされる（詩五一・九）という記述がある。『海と毒薬』の最後のシーンにおける立原道造の詩の羊の雲の意味もそうである。海は勝呂にとって情緒的な不安を打ち消すことの出来る唯一の慰めである。彼は海が青いとき、戸田から教えられた立原道造の「白い雲」の詩を口ずさむ。それについては上総英郎氏の解説（「海と毒薬」『遠藤周作の世界』朝日出版、一九九七年、一六〇頁）がある。
(22)中森義宗他監修『キリスト教シンボル図典』東信堂、一九九三年、四二頁。

れているからである。もちろん、ここで子を守るとは父であるキリスト・ガストンが懸命に殺し屋遠藤という我が子を殺人という大罪から守ろうとすることだ。

もう一度言うと此処での「シラサギ」とは「復活したキリスト」の意味である。ではガストンがナポレオンと名付けた例の犬の死の場面(23)はどうなのだろうか。野犬収容所の死体置き場でナポレオンの死体に「白い陽光」があたる場面を読者は気がつかれただろうか。そのような犬の死骸にもキリスト教的解釈を当てはめるのは、少々、穿ち過ぎた推測ではないかと言われれば、私はこう反論したい。たしかに陽光には一般に「明るい」という形容詞はつくが、「白い陽光」とは美大の油画科の学生でもなければ使わない表現だ。だからこそ遠藤はあの犬にも、イエスの愛（慈しみ、憐れみ）の徴である「白い光」が届いていたのだと言いたかったのではないだろうか。そしてもちろん、隠喩として、この小説のタイトルでもある『おバカさん』とは「受難（Passion）のキリスト」の意味である。

11　『ヘチマくん』――幕間の狂言（interlude）か、ひとつの聖人伝か

『ヘチマくん』は昭和三五年六月二日から一二月二二日まで、「河北新報」に連載された。たしかにそれは新聞の連載小説であり、その筆致は『おバカさん』よりむしろ完全に大人向け、風俗小説的ですらある。かと言って『ヘチマくん』は決して七年毎の大作の間に書かれたエンターテインメント的な幕間の狂言ではない。一見、遊び心満点の大人の読者サービスの展開のなかにも、やはりキリスト教的なメッセージが隠されているのである。主人公ヘチマくんの一途な純愛が、泥中の白蓮花か白百合かという汚れを知らぬ可憐な処女、典子に捧げられる。この作品は汚れなき聖愛アガペーの物語を縦糸に、横糸には銀座の風俗描写としての世俗愛エロースがふんだんに盛り込まれ、まことに面白い読み物になっている。しかもそこに散りばめられた「シンボル」と「メタファ

ー」を読み解けば、「おバカさん」に劣らぬ遠藤のキリスト教的メッセージを発見することになるのだが。

ところで『ヘチマくん』執筆時の作者（三七歳）はどういう状況に置かれていたかというと、健康を害し入退院、再入院を繰り返し、大手術の連続という人生最大のピンチの状態だったのだ。[24] したがって『ヘチマくん』には、ショックは受けるが、人生、どんなに頑張ってみても所詮、なるようにしかならないさ、というある種の楽観主義が貫かれている。作品の最後の所で主人公はあのヘチマの如く、自分はぶらりぶらりと風に吹かれるままにこれから先も生きていくだろうと言う。これは遠藤自身のどうにもならぬ闘病体験に発する居直り、逆立ちした楽観主義と言えるのだろう。まさにヘチマくんの心境の通り、遠藤の肉体的状況は「なるようにしかならぬ」状態にあったのである。

12 『ヘチマくん』――「無償の愛」をつらぬく無名の聖人

遠藤のすべての作品には巧みに俗謡の一節が挿入されている。『ヘチマくん』でもそれは例外ではない。ヘチマくんが一人哀しい思いを噛みしめるとき、ふと次のような唄が彼の心を過るのである。

なるようにしかならないわ

(23) 角川文庫版、二一七頁。
(24) 昭和三五年（三七歳）四月肺結核再発、東大伝研病院に入院。夏には一時退院、軽井沢で療養するが、九月初めに再入院の止むなきに至る。入院して、あらゆる薬を投与するが病状は回復せず、一二月慶応病院に転院ただちに手術の準備に入る。昭和三六年（一九六一年）三八歳、一月七日手術、月末に二度目の手術を受けるが失敗。二月、六時間を要した三度目の手術を受け、心臓が一時停止するけれども一応の成功を収める。

悲しく沈む夕日でも
あしたになれば昇るのよ(25)

ヘチマくんはガストンのように愛の「ちから技」を発揮しはしない。つまり彼はガストンとは異なり、現代の銀座に現れたキリストの柄ではない。そうではなくキリストの愛をそうとは知らずに後世に再現する無名の聖人なのだ。そういう意味では彼もまた『子羊』や『田舎司祭』の仲間だ。(26)この作品では遠藤はキリスト教のキの字も出さずに、しかもキリストからのメッセージを巧みに発信している。東京は銀座の「生活の渦」の中でぶらり、ぶらりとヘチマのように風に吹かれながら、一見、自分の意思など何も持たぬように見える平凡な青年が、ついに報われることのない一途な純愛を彼の記憶にある「永遠の女性」にささげ愛の聖人へと導かれるのである。

13　永遠の女性典子――ヘチマくんのベアトリーチェ（Beatrice）

現在の読者が目にする機会もあまりないと思われるので、ここで『ヘチマくん』の粗筋を簡単に紹介しておく。主人公は凡庸な青年、通称ヘチマくんこと豊臣鮒吉である。彼は飄々とした風采の青年であり、人間は人間にとって狼である「世間の渦」から一歩も二歩も引いた生きかたをしている。しかし彼の生きかたが「転んでもただは起きぬ」をモットーとする、友人熊坂の何よりも金が大事の生きかたにある変化を及ぼす点で、単なる風俗小説とは一味、違うのである。主な舞台は昭和三〇年代後半の東京は銀座。生き馬の眼をぬく夜の銀座を様々な人種が蠢く。失職中のヘチマはその銀座で掏摸にあい、懐中の全財産を掏られる。夜の銀座の生態、そこに描かれているのは狐と狸の化かしあい、弱肉強食の「世間の渦」の姿である。

一夜、銀座の夜を経験した後、ヘチマはバー「林檎」――バーの名前にしては奇妙だが、ラテン語の林檎

（malum）と悪（malum）の連想から「原罪」を表す——のマダム菊地銀子に拾われホステスのスカウト役の仕事にありつく。美貌、狡知にたけた銀子は常連客の一人熊坂から以前に話を聞いていて、まるで浮世ばなれしたヘチマに興味を抱く。しかし彼女はだんだん増長し無礼を働き、ついにヘチマは女主人と喧嘩し再度、失職する。なぜかヘチマは豊臣秀吉の子孫という設定で『おバカさん』のガストン青年がナポレオンの後裔であるという点と一脈相つうじるものがある。ここには作者遠藤の歴史小説や貴種流離譚[27]への興味が感じられる。

ヘチマは「無償の愛」をひょんなことで出会った「永遠の女性」に捧げる。その永遠の女性（センブキ屋の経営者のお嬢さん典子、ヘチマのベアトリーチェ）との出会いには果物の「イチゴ」が関わっている。つまり戦時中に同室の学生、熊坂と小田原の親戚の農家の苺をセンブキ屋に売りに行って、ヘチマは一目見た典子の清純な美しさに魅せられ、結局、苺を只であげてしまう。典子は戦後、財閥の御曹司鮎川英一郎の妻となるが、肺結核を発病し一人寂しく鎌倉、稲村ケ先の病院で療養生活を送っている。そのことを知ったヘチマは夫の見舞いを騙り、次々と無聊を慰める品物を送りつける。しかし後に直接、顔を会わしたとき、典子にはセンブキ屋で苺をくれた男性の記憶はない。

「何処かで、あなたにお眼にかかったのかしら……どうして見も知らずのわたしにあんなにご親切に色々

（25）　角川文庫、九九頁。

（26）　遠藤は「私は『おバカさん』という作品で、このベルナノスの『田舎司祭の日記』（渡辺一民訳、春秋社参照）やモーリヤックの『子羊』（遠藤周作編『モーリヤック著作集　5』春秋社、一九八三年参照）に描かれた主人公をもっと一般的な形で書こうとした」と述べている。『聖書のなかの女性たち』講談社、二〇六頁。

（27）　ガストンもヘチマも配流の身ではないが、高貴な血筋に連なりながらも目下の所、浮世の荒波に揉まれている様は、一種の貴種流離譚と見られないこともない。折口信夫全集刊行会編纂『折口信夫全集　8』中央公論社、一九九五年、四五頁参照。

な贈り物をして下さるのですか」


また、にぶい音をたてて、波が砕け、黒い水の湿りを残しながら消えていった。

陽の光がキラキラ反射するその痕にはいつか鮒吉がひろった紅色の貝があかく赫いていた[28][29]

ヘチマが「一度、お会したことがある」というと、典子はそれは「何処で、でしたか」ときく。額の汗を拭いながら、ヘチマは戦時中に友達と苺の箱をセンブキ屋に持っていったが、その時、偶然に店先にいた、まだ女学生の典子に全部あげてしまったことを告げる。


だが典子にはその時の記憶はなかったし、ましてやその時、この青年と出会った記憶はまるでなかった。

「そうだったかしら……忘れてしまいましたわ」

典子にとっては何でもない言葉だったが鮒吉は哀しそうな眼をしてこの返事を受けとめた。

「その後もお会いしたかしら」

「いや、それだけで……」

「まア、それきりなのに……あたしを憶えていて下さったのですか……こうして贈物まで……して下さったのですか?」[30]

つまりヘチマの愛は報われることのない「無償の愛」なのである。ヘチマはいつも、たとえ旅先でもひたすら典子の手術の成功を神仏に祈ってきた。しかし手術をする前に奇跡的に病巣が消滅してしまい、いよいよ退院していく典子はヘチマの存在に目もくれない。彼女は自分の病気治癒にそれ程、歓喜し夢中になっていたのだ。最後にヘチマは典子の退院をはなれた所から見届けるのだが、その直後、かつて自分が贈ったオルゴールがゴミと一緒に捨てられていることを発見しショックを受ける。しかしそれも束の間、やがて気を取り直し、ぶらりぶらりと風に吹かれるヘチマのように自分はこれからもどうにもならない夢を追って生きていくだろうと思う。

14　友人熊坂の回心——「人生」のなかで「生活」よりも大切なもの

もう一つの横糸の筋は熊坂が銀子とリゾート地（鹿児島桜島古市部落）の買収合戦で破れる顚末である。その勝敗には結果的に大ドンデン返しがあり、自信満々の熊坂が、鳶に油揚よろしく、銀子にさらわれてしまった古市の土地は、東京への帰途、車中で読んだ新聞の報道によると、今後数年以内に桜島の爆発によって引き起こされる溶岩流により完全に消滅してしまう可能性のあるものだった。何ともほろ苦い、皮肉な幸運に「何よりも金が命」の生活至上主義から人生には金、地位、権力よりもっと大事なものが——それが何かは明記されていないし、熊坂にはまだ判らないのだが。いや、ヘチマ自身、それがキリスト教的「無償の愛」とは知らないのだが——存在することに気づく人生の認識（perception）のドラマである。彼は眠りこけているヘチマの頰に涙の一筋の白い跡を見てそれに気づく。以下はヘチマと別れる前に同行してくれたことに対する異例の謝礼を奮発した熊坂がヘチマと交わす会話である。

---

(28)　帆立貝（サンジャック）が聖ヤコブのアトリビュートであるのはよく知られているが、一般的に貝は聖母マリアの象徴のひとつである。J・A・ハードン編著、A・ジンマーマン監修『現代カトリック事典』（浜寛五郎訳）エンデルレ書店、一九八二年、八四頁参照。
(29)　角川文庫版、二六一頁。
(30)　同書、二六二頁。

「なんなら俺の店で働かんか。ただ月給は牛田と同じようだぞ」

「そうやねえ」

鮒吉はコーヒー茶碗のスプーンに眼をおとして考えこんでいたが、

「今はやめとこうよ。いつか頼むかもしれへん」

「そうか。変わった奴だな。しかし俺も今度のことで……お前の生きかたが……少しはわかったような気がする」

熊坂は銀子と桜島で別れた夜、宿に戻った時、先に寝ていた鮒吉の頬に白い涙の跡があったのを思い出していた。この男に夢のあることは、自分の夢がつぶれたその時だけに熊坂にもしみじみわかったのである。(31)

熊坂にも読者にも、この時のヘチマの白い涙の跡の意味がはっきり理解できる日がやがてくるだろう。

15　遠藤の小説作法——弁証法的構造と象徴主義

一般に遠藤の小説では相反する人物・価値がぶつかりあい、止揚されるところにその特徴がある。それをここで弁証法的構造と呼ぼう。『おバカさん』でも「愛」、「信頼」「非暴力（平和）」「赦し」を体現するガストンと、その対蹠的存在としての殺し屋遠藤がいる。殺し屋遠藤は「復讐」、「憎悪」、「支配」、「暴力」などを象徴する。また『ヘチマくん』では「永遠の女性」典子ことヘチマの Beatrice と「凡庸な聖人」ヘチマくんはやはり「愛」「信頼」「希望」の側に位置するが、その対蹠的存在として「運命の女」femme fatal、バー「林檎」のマダム銀子がおり、その隣には彼女を手にいれようと躍起になる漁色家 Don Juan の青年実業家鮎川がいる。

面白いのはマダムの銀子がいつも「黒」を好んで着ていることである。銀子（ギンコ、ギンス）は文字通りお金を表し「拝金主義」の象徴とみることが出来るし、彼女の所有する銀座のバー「林檎」はバーとしては奇妙な名であるが、キリスト教図像学を齧った者にはピンと来る名でもある。すなわち「林檎」があらわすものとは悪の意味でもあり、「林檎」は原罪を象徴する。他方、典子とヘチマが出会う銀座のセンブキ屋はフルーツパーラーであり、ヘチマが少女典子にささげる「イチゴ」はキリスト教図像学では完全なる公正、もしくは心正しき人、また愛の女神や聖母マリアを表象する。イチゴが他の果実や花と一緒にあらわれる時は正しき人の善行、もしくは霊魂の果実を表すとされる。(32)

さらに言えば「ヘチマ」は植物の分類としては「瓢簞」の一種で南アジアに産し食用としてまた、本来、海の生物であるスポンジ（希語スポンゴス）の代用としても使われるが、イメージとしては風（pneuma）に吹かれるままにブラリ、ブラリと揺れる風まかせの生きかたであろうか。瓢簞はアフリカまたは中東起源であり、外皮が固く古代から旅行の際の水筒の役を果す植物として知られている。中東やアフリカにおいては水筒としての「瓢簞」はつまり「生命の水」を運ぶ大事な容器なのである。このヘチマの親戚の「瓢簞」はとくにキリスト教の文脈では「旧約聖書」の「ヨナ」で有名であり、キリスト教図像表現においては、そのヨナとの結び付きから「復活」のシンボルとされる。瓢簞はイエスと天使ラファエルのアトリビュートでもある。だから「林檎」とともに描かれた場合の「瓢簞」とは「キリストの復活」のシンボルとして「悪」や「死」のシンボル「林檎」の対抗物となるとされるのだ。

こう書いてくると読者は『ヘチマくん』の物語とは銀座という生き馬の眼を抜く闘技場（arena）を舞台に、拝金主義の俗物や好色なドン・ファンを手玉にとり、自らはマモンに仕える全身黒ずくめの「悪魔」銀子が、そのような「世間の渦」にはまったく無縁の、純真無垢な汚れなき魂の持ち主ヘチマや、元気のいい熊坂の魂を手に

(31) 同書、三九九頁。
(32) 中森他監修、前掲書、六四頁。

入れようとして失敗し、もう少しで魂を抜かれそうになった熊坂は心正しき人へチマくんの「無償の愛」、天上的な純愛の価値に触発されて回心し、真の「人生」の価値にめざめる「認識の物語」とも読めることに気づかれると思うのである。

結び

遠藤の作品を晩年の作品から処女作へと逆に辿っていくと、彼の主要な作品のタイトル名のすべてが「隠喩（メタファー）」であることに気がつく。これによって遠藤自身が小説作法として述べている「文章はわかりやすく、構成は非常に凝る」という言葉の意味もよく判るのである。作品のタイトル名のもつ「隠喩（メタファー）」によって読者は、恰もあのモナリザの微笑がもつ謎解きのような尽きざる興味を抱かされるのだ。キリスト教神学やキリスト教美術の知識をかりて、今回は『おバカさん』と『ヘチマくん』をとりあげ遠藤作品のもつ文字通りの意味とキリスト教的意味という二重の意味を読み解く手がかりを探った。これは決してディレッタント的な捻った読み方ではなく、知的な悪戯もまた得意であった作者遠藤が「どうですか、読者の皆さんはおわかりになりましたかな」と問いかけて来ることに対する読者の側の真摯なレスポンスの一つなのではないだろうか。


参考文献（本文や注で言及のないもの、アイウエオ音順）

木村三郎『名画を読み解くアトリビュート』淡交社、二〇〇二年。

M・クリスチャン『聖書のシンボル五〇』オリエンス宗教研究所、二〇〇〇年。

高階秀爾『名画を見る眼』岩波新書、一九六九年。

E・パノフスキー『イコノロジー研究』美術出版社、一九七一年。

アト・ド・フリース『イメージ・シンボル辞典』（山下主一郎主幹）大修館書店、一九八四年。

諸川春樹監修『西洋絵画の主題物語　カラー版　1　聖書編』美術出版社、一九九六年。

若桑みどり『イメージを読む――美術史入門』筑摩書房、一九九三年。

同『絵画を読む――イコノロジー入門』日本放送出版協会、一九九三年。

同『薔薇のイコノロジー』青土社、一九八四年。

第四章　『わたしが・棄てた・女』――「否定の道」としての文学

J・ナヴォーネ

「神は人間の物語を通して現れる」(1)

0　『わたしが・棄てた・女』――遠藤の中間小説(2)の傑作

人は人生で一度でも触れ合った人と無関係ではいられない。とくに聖なる存在と触れ合った人はその痕跡を決して忘れ去ることはできない。女主人公森田ミツは町工場に働くごく平凡な娘である。ただしミツは闇をてらす光の子（ヨハ一二・三六）の意味。遠藤によるとわたしが・棄てた・女とは弟子たちや大勢の人間によって棄てられたイエス自身のことである。自分の幸せよりも、可哀相な人をどうしても見捨てられない性格のミツちゃん、そのミツは隣人愛（agape）または憐憫（pity）の塊であり自分を棄てた吉岡（人間）をいつまでも待ち続ける。罪を犯した人間の過ちを赦し、いつまでも待ち続けるという意味では「放蕩（失われた）息子の帰宅」（ルカ一五・一一―三二）の父（神）の化身なのかも知れぬ。二度も映画化されミュージカルにもなったやや感傷的な作品である。しかしよく見ると人間に棄てられても裏切られても、なお罪深い人間を愛さずにはいられない愛の塊である神の姿を彷彿とさせる傑作である。キリストはほとんど表面に出てこないが、プロットを透かして見ると犠牲の小羊（キリストの自己無化 kenosis）を想起させる仕掛けである。

（1）　*“Seeking God in Story”* 6.

（2）　中間小説とは純文学と大衆文学との間に位置する中間的な小説のこと。小嶋洋輔『遠藤周作論――「救い」の位置』双文社出版、二〇一二年、五七―七八頁参照。

1　神学（theologia）における否定の道（via negativa）

我々が神は善であるとか、全知全能であるとか、あるいは自らは動くことなく他を動かすところの不動の動者[3]である等と言う時には肯定命題で表現する。しかし神は無限の存在なので、我々が神についてこれらの肯定命題「神は〜である」をいくら連ねても、神について完全に言い尽くすことは出来ない。そこで有限な人間知性は神を否定命題「神は〜でない」により、あえて負の側面から、例えば「神の慈しみは限りない」というように表現する。つまり逆説的に神の絶対性に迫ろうとするのである。六世紀、アレオパギテースのディオニシュオス（擬ディオニュシオス）は『神秘神学』（*De mystica theologia*）でこのような否定の極みにこそ観想（contemplatio）（神との一致）の極意があると言う。一般にギリシャ教父にはその発想が多く見られる。

2　神義論と文学における否定の道[4]——無力な神のもつリアリティー

さて神は善、全知全能、慈しみ深いというように、もし現代の小説家が作品中で神を肯定的に賛美したら護教の臭みが芬々で読者はすぐ白けてしまうだろう。というのも善である神が、この世界の中に容易に見あたらないからである。神の正義はどこにあるのか。なぜ悪がはびこるのか。もし神が全知全能で正義ならば、なぜ神はこの世の中の悪を野放しにしておかれるのか。またもし神が本当に慈しみ深く憐れみ深い存在なら、なぜ無辜の民が旧約聖書のヨブ[5]のように、突然の不幸に見舞われるのであろうか。旧約聖書中の預言者と異なり、ふつう我々は神からの回答を直接、聞くことはない。それ故、無神論者でなくとも現代では、大概の人は神は人間の運命に無関心を決め込んでいるか、または善意に満ちているにもかかわらず機能不全に陥っているか、のどちらかだと思っている。正義はどこにあるのか、なぜ悪がはびこるのかという問に対し神を弁護する神学的議論はライプニッツ以来、神義論（弁神論）（theodicy）と呼ばれる。遠藤は生涯、文学でその問に答えようと悪戦苦闘した。その回答が彼の描く無力な神の姿である。

もし『おバカさん』の主人公ガストンがスーパーマンのように、あっけなく暴力を排除する力を持っていたら、読者は一瞬、スカッとはするけれど『おバカさん』に籠められた重大なメッセージを捉え損なってしまうだろう。『おバカさん』によって作者が伝えようとするメッセージは他人への無限の愛と赦し、そしてそれを実践する際の徹底的な非暴力・平和主義である。やられても決してやり返さず、騙されても決して怒らず、たとえ騙されてもなお、その人間を信頼し何処までも付いて行く。ガストンは弱いがゆえの強さ（パウロ的逆説[6]）で私たちを魅了する。弱さのなかの本当の強さ故に読みおわって感動が私たちの喉元（魂）にまで、迫ってくるのではないだろうか。

3　留学後の二度の転機と中間小説――『おバカさん』と『わたしが・棄てた・女』

遠藤はある時期から深刻なテーマの純文学とユーモア溢れる軽小説やエッセイを書き分けてきた。後者に属す

（3）アリストテレス「形而上学」『アリストテレス全集　12』岩波書店、一九六八年、四一三―四一七頁参照。

（4）永年にわたり遠藤に師事した加藤宗哉氏（元『三田文学』編集長）が伝える興味深い遠藤の小説技法に関する挿話。あるとき遠藤は加藤氏に「真夏の暑さを描くのに、頭上でギラギラ輝く太陽ではなく、むしろ太陽が地面につくる影の濃さを描くこと」を教えたという。この挿話は含蓄に富む。

（5）ヨブ記『新共同訳聖書』（旧）八九七―九六四参照。

（6）二コリ一二・九―一〇参照。

る『おバカさん』と『わたしが・棄てた・女』は後述するがいずれも文芸誌ではなく新聞や雑誌に発表された。しかしこの二作を新聞や雑誌の一般的読者を対象とする軽小説として低くみるなら、とんだ眼鏡違いである。たしかに遠藤は深刻なキリスト教的テーマを生涯、追求した作家ではあるが、軽小説においてこそ読ませる力を発揮している。軽小説における遠藤の技法は正面からキリストを描くのではなく、あくまで平凡な日常生活の中でキリストの通過した跡をいわばネガに焼き付けて見せるのである。見かけ上の形而下の物語の背後に、神聖な形而上の世界を二重写しにして感じ取らせるのである。もちろん、我々が感動するのは平凡な悲劇の主人公の生きざまの背後に「友のために自分の命をすてる（ヨハ一五・一三）」キリストの自己無化が透けて見えることによる。また物語に二重の奥行きをもたらす仕掛けに象徴と隠喩[7]の働きがあるのは言うまでもない。

さて留学後に訪れた遠藤の第一の転機とは一九五八年（三五歳）の井上洋治神父との再会である。その年には最初の信仰的エッセイ『聖書のなかの女性たち』を婦人画報に連載するが、前年に日本に帰国していた井上師と再会する。同じ日本人のキリスト教を模索する同志として日本人の心の琴線に触れるキリストの姿を伝えていくことを確認したのである。すなわち異邦人の国日本でないものねだり的にキリスト教の神不在の悲惨を問うのではなく、日本人に理解されるキリスト像（罪人を裁くのではなく憐れみ赦す愛の神）の創造をめざすことが以後の遠藤の課題となった。

その第一歩が一九五九年（三六歳）の時の『おバカさん』という初の新聞小説である。それは二〇世紀の東京に舞い降りた現代版キリストの受難物語で、主人公ガストン青年は復讐の鬼と化した殺し屋遠藤を殺人の大罪から守ろうと復讐劇の邪魔をし、怒った遠藤に打擲される。生来、弱虫のガストンは遠藤の暴力が死ぬほど怖いのだが、それでも「エンドゥさん、ひとりぼっち」と彼の後を追い最終的には友のために（身代わり）自らの生命を失う。青空をシラサギとなって飛翔していく姿や、ガストンのよき理解者、日垣隆盛の夢のなかのガストンの昇天はメルヘン的な最期ではあるが感動的である。深刻なキリスト教の話は一切なく、読みおわって爽やかな思いの残る傑作である。江藤淳の賛辞にある如く、この作品はひろく好評を博した。

しかし順風満帆と見えた遠藤の人生航路に突如、嵐が襲う。すなわち一九六〇年（三七歳）肺結核の再発である。病状は芳しからず、一九六一年（三八歳）に再三の手術を試みるが、最終的な退院までに二年二か月の入院生活を送る。この頃の死と隣り合わせの緊迫した体験（三度目の六時間に及ぶ手術の途中では心停止をも経験する）と病床で読みふける切支丹ものが後に代表作『沈黙』を生む力となった。周囲の患者や自己の死と否応なく真剣に向き合い、また自身は死の淵から辛うじて生還したが、この病床体験こそ遠藤に「神は沈黙しているのではなく、苦しむ者とともにいるのだ」という信仰上の確信を与えたのだと言える。これが遠藤の留学後の第二の転機であり、生死の深淵を彷徨っただけに第一の転機に劣らぬ大きな深い影響を与えた。その影響下に制作されたのが一九六三年（四〇歳）『わたしが・棄てた・女』で、『主婦の友』に連載された。

4 『わたしが・棄てた・女』——人生における「交わりの痕跡」の意味

「もしミツがぼくに何か教えたとするならば、それは、ぼくらの人生をたった一度でも横切るものは、そこに消すことのできぬ痕跡を残すということなのか」と吉岡は言う。この小説は吉岡努という貧乏学生が二度目のデイトで、生来の憐憫癖という相手の弱みにつけこみ身体を奪った後にあっさり棄てる話である。彼の人生と、彼が棄てた田舎娘森田ミツの人生が交錯し、その後にも色々な場面で二人は袖触れ合って生きていく。だからこの小説は人間どうしの「交わりの痕跡」の意味を問うメロ・ドラマである。吉岡はいったん手にいれると邪魔にな

（7）拙著『遠藤周作の世界——シンボルとメタファー』教文館、二〇〇七年。
（8）文芸評論家の故江藤淳氏は「一見只のユーモア小説のように見えながら、大部分の日本の近代小説にないスケールの大きさを秘めているのは、そこに人間の基準にいわば垂直に交わっている神聖なものの基準があるからだ」と称賛している。

った子犬かボロ布のようにミツを棄てて省みないが、ミツの方は孤独と貧乏に耐えながら、朗らかに流行歌を唱って、ひたすら吉岡からの連絡を待っている。ミツはしかし生来の憐憫癖が祟り、その後も人生の坂道を次々と転落し、とうとう川崎のソープ嬢にまで身を落とす。男に棄てられ人生を転落していく悲劇はL・トルストイの『復活』[9]にも前例があるが、ミツの場合には最後にハンセン病の疑いという過酷な運命に見舞われる点で救いの無さに読者は強烈なパンチを喰らう。

人間的な性愛（eros）は、そのままでは聖愛（agape）にはならない。しかし性愛の中には、聖愛が密かに契機として含まれている。このことを理解するのに男は何年かの歳月を要するのだ。吉岡努はミツの最期を知らせるスール山形の手紙を読み終わると「ぼくのしたことは男なら誰でもすることではないか」と嘯くのだが、同時に「この寂しさは、一体どこから来るのだろう」と自問する。小説の冒頭「ぼくの手記（一）」で「ぼくは今あの女を聖女だと思っている」と告白し、二人がどういう切っ掛けから人生で袖触れ合うようになったかを物語り始める。当初、彼を突き動かしていたものは、若い男性特有の生理的欲求であったが、この物語の最後には幼児《おさなご》の魂をもったミツに触れた吉岡は「男なら誰でもすることではないか」と嘯きながらも、なお一抹の寂しさのよって来たる所を自問せざるを得ない。吉岡は単なる（自己中心的な）エゴイストではなくミツという聖女に誘われて聖愛の門口にまで近づき、その門の外に佇んでいる人間なのだ。だからこの小説は性愛（eros）を通して聖愛（agape）へと進む人間の魂の歴程（progress）を若い男性に託して語る物語でもある。

主人公吉岡努の「努」という名前は努力するという意味だから少し意味深長ではないか。

5　『わたしが・棄てた・女』――ミツとは誰か、ミツを棄てたのは誰か

この小説の女主人公森田ミツは愛すべき無力の人である。彼女は世間的な尺度で言うとマイナスとしか言い

ようがない程お人好しで、およそ悲しんでいる人、苦しんでいる人を見ると黙ってはいられない。その結果、自分はさらに惨めな境遇に陥ってしまうのである。しかもその生来の憐憫癖ともいうべきマイナスも彼女には天賦の才として与えられている。それはキリスト教的霊性の言葉で言えば、幼児《おさなご》のような（神に完全に委託する）魂、霊魂の小ささ（無限の遜り）に由来するものだ。遠藤はわたしが・棄てた・女とは私達人間が棄てたキリストであると述べている。たしかにミツは弟子たちや人間に棄てられたキリストの表象である。読者の意識にないかも知れないが、小説中で安物の十字架が吉岡の手で側溝に捨てられるシーンがある。つまり象徴的にキリストは一度、吉岡によって棄てられるのだが、しかしミツが纏め買いしたその同じ十字架が縁で、吉岡はもう一度ミツと会うことが出来たのだ。捨てられた十字架が吉岡とミツとをまた結びつける。吉岡の心に一旦、焼きつけられた聖なる痕跡が吉岡にまたしてもミツの存在を想起させるのだ。

遠藤は棄てられた対象がキリストで、棄てたのは人間だと普遍化して言い切るが、私は遠藤のもの言いに何かもう一つ釈然としないものを感じる。私にはここで棄てられた女は第一義的にはキリストではなくどうしても女性の誰かだと思える。ミツは男性であるキリスト自身よりも、むしろキリストに倣う無名の聖女でありかつ男に棄てられる設定から、私には遠藤の好きなイタリア映画『道』[10]のジェルソミーナの分身と思えるのである。ジェルソミーナがトランペットで吹くあの哀切なメロディーと、小説中で「あの日に棄てたあの女　今ごろ　何処で　生きてるか」という歌詞とともに吉岡がミツを繰り返し想起する場面。私には遠藤の言うガストン[11]よりも、ミツこそジェルソミーナだと思われるのである。

（9）トルストイ『復活　上・下』（中村白葉訳）岩波書店、一九七九年。
（10）一九五四年制作の伊映画『道』（La Strada）の少々おつむが弱いが心優しい女主人公の名前。ジャスミンの意味で聖母マリアのアトリビュートの一つ。
（11）『聖書のなかの女性たち』講談社、一九六七年、二〇六頁参照。

6　小論の課題　『わたしが・棄てた・女』の磁力の核心――苦しみの連帯

『わたしが・棄てた・女』は昭和三八（一九六三）年『主婦の友』に連載され、二度、映画化されミュージカル[12]にもなったロングセラー小説である。私見ではそのミュージカルが一番原作に忠実だが、いずれにしても多くの観客を魅了し続ける秘密が原作の何処にあるのかが問題である。それゆえ小論の課題は『わたしが・棄てた・女』を色々な観点から考察し、その強力な磁力の秘密に迫ることである。

(1)象徴と隠喩――雨・霧雨、風、陽光と犬・子犬

作品に対する私のアプローチはいつもながら形而下の物語の背後に象徴や隠喩に隠された形而上の物語を読み解くというものであるが、『わたしが・棄てた・女』にもまた象徴と隠喩は効果的に使われている。それらは例えば雨（霧雨）、風、陽光等の自然現象を用いた象徴（symbol）と雨に濡れながら道を横切っていく犬や子犬という隠喩（metaphor）である。作中の人間の営みの中で愛の枯渇した悲しいシーンでは、必ずといっていいほどに降っている霧雨や雨。作者は恰も雨が人間を憐れんで流す空の涙とでも言いたそうである。さらに主人公ミツに、ここぞというときに必ず働きかける風の不思議な働き。そして神の慈愛の徴として天上の雲間から降り注ぐ陽光の束を取り上げよう。

愛の枯渇した悲しいシーンの例としては、ミツを欲望の捌け口にまた利用しようと吉岡がミツの働く酒場を探して歩く次のような場面[13]にも雨が常套的に使われている。

製薬会社からソープ、ソープからパチンコ屋の店員をやって遂にあいつは、「いやらしい酒場」で働くよ

うになったわけか。
今ごろ　なにを　しているか　知ったことではないけれど
あの曲の歌がぼくを追いかけるようにまた聞こえてくる。本当にあいつがどう生きようと、ぼくの知ったことではないけれども、男には一度、寝た女が人生を少しずつ滑り落ちていくのを知るとやはり一種の感傷のようなものが起こってくるのだった。
そうだ、ぼくはその時、がらにもなく妙に感傷的になっていた……

（そして吉岡はミツが病気でその酒場を休んでいることを知る。）

（病気か……あいつ。）ぼくはひどく疲労を感じた。なぜか知らないが体だけではなく、心の芯までくたびれているのを感じた。雨にぬれて一匹の犬が路をよろめきながら横切っていった。その瞬間、突然、誰かが耳もとでぼく自身にといかけるような錯覚に捉われた。今でもあの瞬間、どうしてあんな声を聞いたような気がしたのか不思議である。
（ねえ、君があの日彼女と会わなかったら）とその声は呟いた。（あの娘も別の人生を……もっと幸せな平凡な人生を送ったかもしれないな。）
（俺の責任じゃないぜ。）とぼくは首をふった。（一つ一つそんなこと気にしていたら、誰とも会えないじゃないか。毎日を送れないじゃないか。）（そりゃそうだ。だから人生というのは複雑なんだ。だが忘れちゃ

（12）　社会派の浦山桐郎監督『私が棄てた女』日活、一九六九年、熊井啓監督『愛する』日活（新）、一九九七年。音楽座ミュージカル（R・カンパニー）『泣かないで』一九九四年初演、以降再演あり。
（13）　『遠藤周作文学全集（以降『全集』と略記）』五巻、新潮社、二七四頁。

いけないよ。人間は他人の人生に痕跡を残さずに交わることはできないんだよ。）ぼくは首をふって、雨のなかを、ぬれながら、歩きつづけた。ちょうどあの渋谷の夜、子犬のようについてきたミツに眼もくれずに駅にむかって歩きだしたように……

ここで雨に濡れてよろめきながら道を横切っていく犬はキリストの隠喩（metaphor）であり、子犬のようについてきて吉岡に棄てられたミツはその分身なのだ。

もっとずっと感動的で泰西名画のようなワン・シーン(14)もある。ミツが復活病院に戻ってきて加納たえ子を探すシーンである。

「たえ子さん、どこにいるう?」「ああ。あなたが帰ったので随分、しょんぼりしていたけど……さっき畠のほうを歩いていたわ」「行っていい?」「もちろんよ。」

ミツは急いで事務室を飛びだした。病棟と病棟との間の中庭をぬけ、雑木林のふちにそって傾斜地をおりると畠に出る筈だった。

雲の間から幾条かの夕陽の光が束のように林と傾斜地とに降り注いでいた。その畠で三人の患者が働いている姿が豆粒のように小さく見える。ミツはその落日の光を背にうけながら林のふちに立ちどまった。あれほど嫌悪をもって眺めたこの風景がミツには今、自分の故郷に戻ったような懐かしさを起こさせた。林の一本の樹に凭れて森田ミツはその懐かしさを心の中で噛みしめながら、夕陽の光の束を見上げた。

ここでの光の束とは言うまでもなく神の恩寵の象徴である。神の慈しみは患者の上にも間違いなく降り注いでおり、戻ってきたミツの選択をも心から嘉みしているようだ。

(2)象徴と隠喩──風(聖霊の働き)

次に風の働きである。ミツは吉岡とのデイトに着ていくカーディガンのため貯めた残業代の千円を結局、同僚の女房に貸す破目になる。夫が給料の半分を花札や酒に使い、明日の子供の給食費にも事欠くという女房の愚痴に、ミツも一度はウンザリして一刻も早くお目当てのカーディガンを買いにいこうとはしたのだったが、その時、突然、ミツの眼に風がゴミをいれるのだった。

風がミツの心を吹き抜ける。それはミツではない別の声を運んでくる。

その声はミツや周囲の人間の悲しい日常をじっと眺めているくたびれた顔の発する声である。

(ねえ。引き返してくれないか……お前が持っているそのお金が、あの子と母親とをたすけるんだよ。)

(でも。)とミツは一生懸命、その声に抗う。

(でも、あたしは毎晩、働いたんだもん。一生懸命、働いたんだもん。)

(わかってるよ。)と悲しそうに言う。(わかっている。わたしはお前がどんなにカーディガンが欲しいか、どんなに働いたかもみんな知ってるよ。だからそのお前にたのむのだ。カーディガンのかわりに、あの子と母親とにお前がその千円を使ってくれるようにたのむのだよ。)(イヤだなア。だってこれは田口さんの責任でしょ。)

(14) 同書、三二─三三頁。

（責任なんかより、もっと大切なことがあるよ。この人生で必要なのはお前の悲しみを他人の悲しみに結び合わすことなのだ。そして私の十字架はそのためにある。）[15]

その最後の声の十字架云々の意味はミツにはわからない。だが、風にふかれた子供の口許に赤くはれていたデキモノが、彼女の胸をしめつける……風がミツの眼にゴミをいれる。風がミツの心を吹き抜ける。その眼をふきながら、彼女は引き返して千円札を母親に握らせた後、懸命に「でも、田口さんにだまっててよね、ね。」と言う。

読者はもうお判りと思うが、この風、人間の悲しい日常をじっと眺めているくたびれた顔の主、すなわち神の声を運んでくるこの風とはもちろん、神の息吹・聖霊（pneuma）のことである。

(3) 象徴と隠喩――ミツの手首の痣（聖痕 stigma）

もちろん最大の象徴はミツの手首の痣《あざ》である。彼女の手首の痣は何の象徴なのか。そのヒントは二度、述べられる。ミツが千円札を渡したその時、急に彼女は腕の手首に痛みを感じる。半年ほど前に、ある日、突然、ここに赤黒い銅貨大のしみができた。そのしみは平生は痛くも痒くもない。だがミツはこの間、吉岡に抱かれたとき、この痣が一瞬、焼けるように痛んだことを覚えている。イエスに倣う生きかたをする聖人の身体に現れる徴し（証し）が聖痕である。ミツの場合、それは赤黒い色をしており、ここで聖書神学の色彩論から言えば、赤は火のイメージであるから、火によって罪が浄化され、ミツの愛がさらに強く鍛えられることを意味している。ミツはもちろん、無辜であるが、人間の罪を愛によって聖化するためには、キリストが地上でそうであったように現世で彼女もまた苦しまなくてはならない。彼女は他者の罪の贖いのための犠牲としての役割を負っている。何も悪いことをしていない自分がなぜ、こんなに苦しい悲しい目に会わなくてはならないのか、ミツはハンセン病の診断が下されたとき、そう自問する。ミツの頭にはその謎は不可解だった。しかしミツは自殺を考える程の絶望感や、この世界にたった一人で放り出されたという圧倒的な孤独感に苛まれながらも、最終的には御殿場に向かう列車内で絶望感で心身ともに疲れ切っているにもかかわらず、病気の老人に座席を譲るのである。

そして修道女たちの手助けをする間に彼女は他人との苦しみの連帯を知っていく。しかもリジューの聖テレジア[16]がそうであったように、彼女はごく自然に、もし自分の苦しみが他者の苦しみを無くすための犠牲であるなら、その犠牲を少しも厭わないことをも表明する。

結局、彼女はこの痣によって人生を狂わされ、却って孤独なハンセン病者達の真の同伴者となり自らの生命をも捧げることになる。見方を変えれば、彼女の生来の過度な憐憫癖（pity）はこの痣の働きによって聖愛（agape）にまで高められるのだ。彼女の痣はキリストの苦しみにあやかって聖人たちが身にうける十字架、聖なる痕跡の徴し（聖痕）なのではないだろうか。

（15）　同書、二四一頁。

（16）　リジューの聖テレジアは迫り来る結核による死を前に不可解な苦しみ（信仰の闇、十字架の聖ヨハネの言葉では、霊魂の暗夜）に襲われる。テレジアはその苦しみの意味を、まだ神の存在を知らぬ無神論者の罪の贖いのための犠牲と捉える。『幼いイエスの聖テレーズ自叙伝――その三つの原稿』（東京女子跣足カルメル会訳、伊従信子改訳）ドン・ボスコ社、一九九六年（改定版）、二七六―二七七頁。

7 「汝、幼児《おさなご》の如く非《あら》ずんば」(17) ——ミツとリジューの聖テレジア

この作品で主人公ミツの聖愛の核心をなす造型に一番、与って力があったのは幼子の道で世界中のキリスト者を魅了したリジューの聖テレジアの霊性(霊魂の小ささ)ではないかと思う。というのも「ぼくの手記(七)」でシスター山形が吉岡に宛て次のように報告しているからである。それはミツの誤診が明らかになった後も、ミツがあえてハンセン病患者のコロニーで人手不足の病院スタッフの手伝いをしている時の様子である。ミツは映画が大好きだったが、決して一人で御殿場の映画館に行こうとはしなかった。なぜならミツは他の患者は見たくても病院の外で映画を見ることはできないので、患者たちに気の毒で自分は行かないのだと言う。その会話の後でシスター山形はこうミツを評するのである。

彼女の場合、こういう行為は殆ど自発的にでるようでした。私はさきほど愛徳とは、一時の惨めなものに対する感傷や憐憫ではなく、忍耐と努力の行為だと生意気なことを申しましたが、ミツちゃんには私たちのように、こうした努力や忍耐を必要としないほど、苦しむ人々にすぐ自分を合わせせられるのでした。いいえ、ミツちゃんの愛徳に、努力や忍耐がなかったと言うのではありません。彼女の場合には、愛徳の行為にわざとらしさが少しも見えなかったのです。

私は時々、我が身と、ミツちゃんを引き比べて反省することがありました。「汝、幼児の如く非んば」という聖書の言葉がどういう意味か、私にもわかります。『伊豆の山々、日がくれて』という流行歌が好きで、石浜朗の写真を、自分の小さな部屋の壁にはりつけている平凡な娘、そんなミツちゃんであればこそなお、神はいっそう愛し給うのではないかと思ったのです。(18)

さらにその後に、壮ちゃんという六歳の男の子が肺炎になり瀕死の状態になった時のミツのことをシスター山形は言及する。

壮ちゃんは既に、神経まで犯されていましたし、その上、急性の肺炎のため、ほとんど絶望的な状態になりました。ペニシリン・ショックを受けやすい子なので、あの特効薬も使えなかったのでございます。三日間、ほとんど寝ないで、ミツちゃんはこの子に、付き添っておりました

私じゃないと壮ちゃんはだめなのと言うミツにシスターは強く交代を申し出ると、ミツはこう言いだした。

「あたしね、昨晩、壮ちゃんを助けてくれるなら、そのかわり、あたしが病気になってもいいと祈ったわ。本当よ。」ミツちゃんは真剣な顔をして、そう言うのでした。「もし、神さまってあるなら……本当にこの願をきいてくれないかなあ。」「馬鹿ね。あなたは……」私はきびしい顔でたしなめました。「眠りなさい。あんた、神経まで疲れているわよ。[19]」

(17) マコ一〇・一五。この小説の女主人公のモデルの一人は井深八重であるが、神山復生病院で八重にリジューの聖テレジアの自叙伝『小さき花』(注16の自叙伝と内容同一)を貸しあたえたのは本田ミヨというカトリックの信者だった(小坂井澄『人間の分際——神父・岩下壮一』聖母の騎士社、一九九六年、四二四—四二六頁)。八重は出自、教養、上品な容貌からもまるでミツではないが、この本田ミヨはミツのもう一人のモデルかも知れない。聖テレジアの自叙伝『小さき花』は「幼子の道、魂の小ささ」で一躍、カトリックの霊性・求道性に影響を与えた。

(18) 『全集』五巻、三三〇—三三一頁。

(19) 同書、三三一頁。

しかし私には昨夜のミツちゃんの姿が目にうかぶようでした。この娘なら本気で手をくみあわせ、つめたい木造病棟の床にひざまずいて、壮ちゃんが助かるなら、自分がどんなに苦しくても辛抱すると、祈ったに違いありません……悲しいことに、子供はそれから五日間して、息を引き取りました。ミツちゃんがその時うけた苦痛を、私はここでは書きません。ただ彼女は怒ったようにはっきり、こう申しました。

「あたし、神さまなどあると、思わない。そんなもん、あるもんですか。」……

純真な小さな子供にハンセン病という運命を与え、そして死という結末しか呉れなかった神に、ミツちゃんは、小さな拳をふりあげているようでした。

「なぜ悪いこともしない人に、こんな苦しみがあるの。病院の患者さんたち、みんないい人なのに」ミッちゃんが、神を否定するのは、この苦悩という意味にかかっていました。しかし、どう説明したらよいのでしょう。人間が苦しんでいる時に、主もまた、同じ苦痛をわかちあってくれているというのが、わたしたちの信仰でございます。どんな苦しみも、あの孤独の絶望にまさるものはございません……私たちの苦しみは、必ず他の人々の苦しみにつながっている筈です。しかし、このことをミツちゃんにどうわかって貰えるか。いいえ、ミツちゃんはその苦しみの連帯を、自分の人生で知らずに実践していたのです。[20]

8　苦悩の意味――苦しみの連帯、自己犠牲、代受苦

「『なぜ悪いこともしない人に、こんな苦しみがあるの。病院の患者さんたち、みんないい人なのに』。ミッちゃんが、神を否定するのはこの苦悩という意味にかかっていました。ミッちゃんには苦しんでいる人たちを見るのが、いつも耐えられなかったのです」というシスター山形の手紙は読者の胸をうつ。

なぜこんな苦しみがあるのか、どうしてこの病気になってしまったのか、については我々には納得の行く説明はできない。人間の知識では「どのようなプロセスで」という因果関係の詳細な問にはある程度答えられるが、「なぜ」という問には人間の自由意思の選択による行為の説明を除いては、そもそも、答えようがないからなのだ。つまり「なぜ」という問には答えのない疑似問題（pseudo-question）が含まれている。だから問題はその原因を究明することではなく、人間がその苦しみをどう受けとめるか、現在の時点でその病気にどう立ち向かうのかということになる。イエスの時代の苦しみや病気、そして障害について、人々はその原因を本人または両親が犯した罪のせいだと因果応報論的に考えた。だからこそ時代はもっと遡るが、ヨブの友人たちも、ヨブの不幸の原因はヨブが知らずに犯した罪のせいではないのかと言ったのだ。ではイエス自身はどのように考えていたのか。

ヨハネによる福音書九章一―四節に生まれつきの盲人をイエスが癒す話が記されている。弟子たちはイエスに「この人が生まれつき眼が見えないのは、だれが罪を犯したからですか、本人ですかそれとも両親ですか」と尋ねる。それに対してイエスは「本人が罪を犯したからでも両親が罪を犯したからでもない。神の業がこの人に現れるためだ」と答える。弟子たちは当時の発想法にしたがって目が見えないという障害を神から与えられたのは、本人か両親の過去に何らかの罪があったのではないかと因果応報論的に考えたのだったが、イエスは問題は過去に何があったかではなく、いま、これから神の業が現前することだと目的論的に、これから起きる未来に眼を向けよと回答したのである。福音書によると、しかもイエスはその盲人の眼を開けた。聖書の記述を文字通りの事実の描写、つまり奇蹟と受け取るかどうかはともかくとして、神の業が現れるためだと言うイエスの答えは神に絶対の信頼を置く者のみが語る真実の言葉だ。

ミツも復活病院の患者たちも、自分たちの苦しみが何に由来するのか、何も悪いことをしていない自分たちが、

---

(20) 同書、三三二頁。

どうしてこのような苦しい目に遇うのかと何度も天を仰いで嘆息したことだろう。この問はもちろん「どのようにして」という感染のルートを確かめる病理的な問ではない。そうではなくその問は倫理の範疇を超え、人間の実存（生きる意味）の根底に関わる宗教的な次元の問だ。与えられた苦しみの意味、それが判れば人間はその苦しみに耐えることが出来る。答えのない問には耐えられない。だがその時にも人間に生きる希望を与えるものは、じつは自分一人で苦しんでいるのではないという苦しみの連帯だ。或いはひょっとして自分のこの苦しみが他人の苦しみの代わりになっているのだという代受苦の感覚。それがあれば人は自分に咎のない、いわれのない苦しみにも耐えられる。イエス自身の経験した苦しみとは、まさにこの身代わりの苦しみ、代受苦であった。

9　ミツとマリ子と吉岡と――聖女の意味

最終章「ぼくの手記（七）」を読んで初めて読者は冒頭で吉岡がミツのことを「理想の女というものが現代にあるとは誰も信じないが、ぼくはいまあの女を聖女だと思っている……」と告白した意味を理解されたと思う。ミツに対する憐憫の情から余った賀状を送り、その返事から知るミツの最期は、吉岡にとって衝撃的なものだった。吉岡には知る由もなかったハンセン病者のコロニーにおけるミツの様子。そして彼の知らぬ間にミツは聖人にしか出来ない愛徳そのものを実践していたのだった。この世の苦しみを一身に背負って生きていくハンセン病患者たちと、自らの病気の疑いが晴れたあとも、その苦しみを分かち合い、彼らと苦しみの連帯を生きることを当たり前の如くに選んだミツ。患者たちの大切な労働の果実、かれらにとっては生命と同じ程大切な鶏卵を守るためトラックに轢かれ生命を落としたミツは、まさに「友のために生命をすてた」のだった。そう言う意味ではミツの最期はキリストと同じ代受苦・身代わりの死だった。しかしそのことだけで吉岡はミツをいまや聖女だと言うのだろうか。

吉岡とマリ子の結婚式は型どおりの、祝福されたカップルにふさわしいものだった。新婚旅行に思い出の山中湖に向かった二人だったが、途中のバスの中で吉岡はマリ子との結婚には人生における打算やエゴイズムがなかった訳ではないが、でも確かに自分はマリ子を愛していると頷く。マリ子は途中で見えたハンセン病の病舎が切っ掛けで、あの社員旅行のときの吉岡の反応を冷酷だと自分が憤慨したことを思い出す。さらに吉岡はあの湿った雨の降る日に「御殿場にいくの」と泣きベソをかいていたミツの顔を思い出し、がらにもなく感傷的になる。自分たちの幸福に引き比べ、川崎で別れたあの時のミツはあまりにも惨めで可哀相だった。吉岡は憐憫の情から「謹賀新年、病気の快復を祈る」という賀状を投函したのだった。返事はなかなか来なかったが忘れた頃に戻ってきた返事はミツからではなく、ミツの最期を看取った修道女からのものだった。

その手紙を読みながら「受けた驚きや衝撃のことはここではふれない」と記す吉岡はいったい、その手紙の何に驚き、何に衝撃を受けたのだろうか。「ここではふれない」という吉岡の言葉によって遠藤は読者自らに衝撃の意味を考えさせたいのではないだろうか。ハンセン病者の苦境に素直に同情できる心優しいマリ子。そのマリ子をやはり愛していると呟く吉岡。吉岡やマリ子はこの人間社会のなかで決してエゴイストではなく、他人の幸せを慮る点で人並み以上の優しさを持っている。しかし彼らの願う幸福とは所詮、世俗の人間の願う幸福であり人間的なレヴェルでの幸福なのだ。それは黄昏の空の下で、繰り広げられる吉岡の眼に映ずる人々の生活の中の当たり前の幸福、吉岡の言う手堅い幸福だ。

しかし自分の性愛の対象だったミツ、あの愚鈍とも思えたミツが、ハンセン病の疑いの晴れた時点で、当然の如くに世間に戻り、世間並みの幸福を追求する道を選ばず、人間ならもっとも避けたいハンセン病患者たちとの苦しみの連帯に生きた事実。ミツの選択は、吉岡にとっては常識では考えられないほど愚かな衝撃的な選択だった。しかし愚かで衝撃的な人生の選択だからこそミツの人生は、かなりの程度までは俗物である吉岡の眼にも、到底、真似のできない崇高な存在、聖なる存在として映るのではないだろうか。信じられないくらい愚かな選択、考えられないくらい避けたい選択なだけに、ミツを自然にその選択に導く聖なる力の不思議な働きにうたれたのではなかっただろうか。ミツを動かしている力の存在を微かに意識しているが故に、彼女が与えた痕跡を吉岡は忘れ去ることが出来ず、ミツの存在を今後も一抹の寂しさをもって想起せざるを得ないのである。

ぼくのミツにしたようなことは、男なら誰だって一度は経験することだ。ぼくだけではない筈だ。しかし……しかし、この寂しさは、一体どこから来るのだろう。ぼくには今、小さいが手がたい幸福がある。その幸福を、ぼくはミツとの記憶のために、棄てようとは思わない。しかし、この寂しさはどこからくるのだろう。もし、ミツがぼくに何か教えたとするならば、それは、ぼくらの人生をたった一度でも横切るものは、そこに消すことのできぬ痕跡を残すということなのか。寂しさは、その痕跡からくるのだろうか。そして亦、もし、この修道女が信じている、神というものが本当にあるならば、神はそうした痕跡を通して、ぼくらに話かけるのか。しかしこの寂しさは何処からくるのだろう。(21)

否定の道の作家としての遠藤の巧みさは吉岡に衝撃的と言わせておきながらも、吉岡の表面的な生活はたぶん、何一つ変わらぬだろうことを読者に暗示しつつ、しかもこれからも一抹の寂しさの意味を吉岡と読者の両方に問い続けさせる点にある。不器量で愚鈍で世間的な尺度で言えば何の取り柄もないミツが、最も人の嫌がる選択をいとも易々と受け入れ、ハンセン病者たちの苦しみの連帯に生きるという行為によって、いつの間にか世間の利口な人々の手の届かぬ聖なる存在にまで上昇した。しかしそれはあくまで通過した後のいわば、ネガに焼き付けられた痕跡によってしか知ることができない聖性なのである。現代においては作家が聖なる存在を正面から描くことは、いかなる意味でももはや至難の技であり、作家が聖なる存在になんらかのリアリティを与えようとすれば、主人公を男女を問わずガストンやミツのように一見、愚鈍なお人好しの道化に仕立てる他ないのだろう。シナイ（ホレブ）山でモーゼが神を直視できなかったのとは逆の意味で、我々現代人はまた神を正面から聖なる存在として直視することは出来ないのではなかろうか。

参考文献（本文や注で言及しないもの、著者アイウエオ順）

マリー・エウジェンヌ『わがテレーズ——愛の成長』（伊従信子訳）サンパウロ、一九九一年。

大貫隆、名取四郎、宮本久雄、百瀬文晃編『岩波キリスト教辞典』岩波書店、二〇〇二年。

J・ゴティエ『イエスの渇き——小さきテレーズとマザー・テレサ』（伊従信子訳）女子パウロ会、二〇〇七年。

杉村靖彦『ポール・リクールの思想——意味の探索』創文社、一九九八年。

並木浩一『「ヨブ記」論集成』教文館、二〇〇三年。

山根道公『遠藤周作——その人生と沈黙の真実』朝文社、二〇〇五年。

山内清海『「ヨブ記」を読む』聖母の騎士社、二〇〇一年。

T・R・ライト『神学と文学』（山形和美訳）聖学院大学出版会、二〇〇九年。

P・リクール『隠喩論——宗教的言語の解釈学』（麻生建、三浦國泰訳）ヨルダン社、一九八七年。

（21）『全集』五巻、三三四—三三五頁。

第五章　『留学』第三章における象徴と隠喩――「白」「赤」と「ヨーロッパという大河」

「これによりて汝の真の姿を正せ」
『留学』第一章「ルーアンの夏」

0　「真の自己の喪失」――第一章パウロ工藤と第二章トマス荒木の場合

こんな鏡を工藤は日本で一度も見たことはない。楕円形の形はいいとしても唐草模様の縁をけばけばしい金色で塗りたくっている。バロック風の装飾を真似たのだろうが、どう見ても品のいい品物ではない。おまけに「これによりて汝の真の姿を正せ」という言葉をかいた銅板がはめてある

言うまでもなく「ルーアンの夏」の主人公工藤は若き日の遠藤の分身である。彼は終戦まもない頃、フランスに留学する。フランス語を覚え、よき作法・習慣に慣れるよう、身元引受人たる司祭は彼を篤信のベロオ家に無償で預ける。ベロオ家にはかつて日本布教を夢みながら、病気で早世した息子パウロの影が亡霊の如く漂っている。

冒頭の引用はその息子が使っていた室、現在の工藤の居室にある姿見を描写したものである。おそらく遠藤は読者の注意を引くために、殊更、鏡の存在[1]をけばけばしく装っているが、ここで重要なのは鏡という、否応な

（1）遠藤の『ルーアンの丘』（PHP研究所、一九九八年）を見ると、この鏡のモデルはアルモワール（洋服ダンス）に付属の大きいが何の変哲もない鏡である。ただしホームステイ先のロビンヌ夫人は遠藤に「この鏡を見ること、我を見るごとくせよ」（同書、七八頁）とつねづね言ったそうであるが、遠藤は鏡をみて否応なく己の姿を正すことを強いられたようである。

く己を映し出す道具の存在とその銘だ。

考えてみると、この銘もいささか奇妙である。すなわち「これ（鏡）によりて汝の姿を正せ」ならば姿見の銘として、その意味するところは明白であるが、「汝の真の姿を正せ」とは如何なる意味であろうか。ユングを繙くまでもなく、何人も見かけの姿の奥に偽らざる姿を持つ。他人の目に写る見かけの姿ばかり気にして、真の姿を忘れるならば、生き方としてそれは誤りである。だから、その銘の意味は「汝、真の自己を失うことなかれ」ということではなかろうか。実際、私はここに『留学』全編を貫く遠藤のメッセージ、すなわち「真の自己（姿）の喪失」[2]の戒めがあると思うのである。

1　仮面の重荷——留学生工藤と荒木の憂鬱

第一章「ルーアンの夏」と第二章「留学生」に共通するテーマとは、時代や場所が異なるにせよ、ともに日本人の青年信徒（トマス荒木は叙階された司祭）[3]がヨーロッパの地に留学し、知遇を得て周囲の人々から期待されるにつれ、その期待に応えようと振る舞う見かけ上の自分と自分の本当の姿との乖離に苦しむこと、いわば「真の自己を喪失」し、留学先においてこれ以上、仮面をかぶり続けることに耐えられなくなった悲喜劇である。

渡航と滞在の費用、はてはタバコ銭にいたるまで工藤が町を歩けば、善意のフランス人信徒は彼らの期待の証しとして恵んでくれる。彼らはザビエルによって種を蒔かれた東洋からの留学生、将来の布教の役割を担う模範的信徒としての工藤に、善意の期待を隠さない。工藤は有り難いと思うとともに次第に心の重荷を感じる。なぜならそういう善意のフランス人の熱い期待の眼差しほど、真の自己から隔たっているものもないからだ。たしかに工藤はカトリック信徒ではあるが、密かにジッドを読む日本人インテリ青年であり、この留学という幸運さえも、まずは将来の出世のための足がかりとして考えているからだ。そのジッドの本の中にこう言う句がある——

選ぶな、一つの立場を選ぶな、選べばお前はその角度でしか人生を眺められなくなる。

教えられた教理で凝り固まっているとして、工藤はジッドを禁じた司祭やベロオ家の人達を軽蔑しようとする。だが、その軽蔑はたちどころに自分自身に跳ね返る。この人たちには少なくとも教理に対する信念があるが、自分は周囲にあわせて保護色を変える意気地なしに過ぎぬ。工藤は顔をあげ、早世した息子の写真をそっと見上げる。写真のなかのパウロは黙ってこちらをみている。

2　遠藤のなかの二人のパウロ――宗教か文学か

その息子の名前がパウロであることから判る如く、工藤をじっと見つめる神経質そうな息子とは言うまでもなく、遠藤自身――ヨーロッパのキリスト教を日本人に伝えようという使命を帯びたキリスト者遠藤の姿であり、他方に真の自己――ジッドやサドにも心ひかれる文学者としての遠藤がいる。つまりこの作品中の二人のパウロとは作家遠藤のなかの文学者たる自己とキリスト者たる自己、換言すれば、遠藤の中の文学と宗教の相剋を象徴しているのではないだろうか。

第一章の終わり近く、ヨーロッパの白人から見た、いい子と悪い子を対照的に演じる二人のアフリカ人留学生の挿話がある。この描写はすこし誇張的で、二人がヨーロッパ人からみた、いい黒人と悪い黒人のステレオタイ

（2）「鏡の中にうつった自分はどう見てもきたない。それは彼の容貌が悪いためだけでなく『汝の真の姿』がどこにもないからだ。今、しおらしげな顔をして手を組み合わせている自分は本当の自分なのだろうか」（『遠藤周作文学全集（以降『全集』と略記）』第二巻、新潮社（新版）、一九頁参照）。

（3）遠藤周作・三浦朱門『キリシタン時代の知識人――背教と殉教』「トマス荒木――最初のヨーロッパ留学生の苦悩」日本経済新聞社、一九六七年、一一五―一三六頁参照。

プであるだけ、効果的であると言えなくもない。気の弱い、あるいはあまりにも気の優しい日本人留学生（白でも黒でもない）異邦人工藤は善意の西欧の白の集団（キリスト教社会）に対し、堂々と否ノンは言えない。そしてノンを言える反抗的黒人（非西欧、非キリスト教的異邦人）のことを「あいつはつよいなあ」と羨ましく思いながら、結局の所かれら善意の人たちの期待を裏切ることは出来ないのだ。

鏡をみるたび、皆の善意のかげにはエゴイズムが隠れているという声を頭のどこかできく。たしかにそれに違いないが、しかし善意は善意だ。この人々の善意を裏切ることは出来ないと工藤は思う。

工藤はこの段階では第二章の荒木トマスに近いところにいて──それ故にこそ、初稿「留学」(4)では連続して一個の作品として発表されたのだが──まだ田中ほど強烈にヨーロッパという異文化とぶつかり、拒絶されてはいない。それ故「真の自己」の発見にも未だ至ってはいないのである。

3 「真の自己の喪失」──第三章　田中の場合

そういう意味では第三章「爾も、また」の田中も「真の自己の喪失（またはその裏返しとしての獲得）」と無関係ではない。「東洋人のあんたがなぜサドをやるのかわからん」という、狷介な研究者ルビイの指摘を待つまでもなく、田中自身、自分のサド研究の真の動機を知ってはいない。建前の答えとしては革命前のサドの置かれた状況と戦後日本の知識人の置かれた状況の近似性などがあり得るのだが、本音は世俗的、功利的な理由しかみつからない。だから田中は自分自身が、俗物として軽蔑する他の日本人と少しも変わらぬ存在であることに内心、忸怩たるものを感じるのだ。

「一体何だろう外国文学者とは」深夜、安ホテルの自室で──このホテルで、あのM・プルーストが喘息や金銭的な不安と闘いながら、文字通り最後の日まで己が文学に執念を燃やし続け、それは彼に強烈な刺激となって作用する——彼は自問する。「俺たち外国文学者は、どういう風に文学と結びついているのだろう。モンパルナスで小説家の真鍋が、からんできたように……外国文学者は生涯、創造という仕事をやりはしない。外国文学者は所詮、九官鳥だ……が、しかし外国文学者が自分を語る方法が一つある。それは彼が外国の数多くの文学者から誰を選ぶかだ。俺はサドを選んだのだが、それは何のためだったのか。俺が選んだのは功利的な理由からだ……しかしそれだけじゃない」。

4　田中とサドとの距離——日本人とヨーロッパ文化との距離

日本人である田中とサドとの距離は大きい。しかも、もう一つの超えがたい距離——日本人田中とヨーロッパ文化の間に横たわる距離——の問題も劣らず大きく立ちはだかっている。最初の問いは第二の問いに還元されるのか。田中は向坂同様、モンパルナスに屯する日本人グループとは一線を画し、向坂に導かれてトロカデロ広場近くの美術館に赴く。そこには古代から年代順にヨーロッパの聖堂・修道院に施された彫刻像の複製が展示されている。しかしそこで田中を待っていたのはあまりにも強烈なヨーロッパの伝統の重みだった。

（4）今日、我々が一本として目にする『留学』の構成であるが、遠藤がこういう形に一本化したのはそれなりの理由がある。各章の発表された順を書誌的に詳しくみると（山形和美編『遠藤周作——その文学世界（国研選書3）』国研出版、一九九七年、遠藤周作年譜参照。『遠藤周作文学全集』新版二巻の山根道公氏による『留学』の解題、三三二—三三七頁を参照）、そもそも現在の第三章「爾も、また」は昭和三九年二月から翌年二月にかけて『文学界』に連載。次いで「ルーアンの夏」「留学生」が四〇年三月に「留学」一編として『群像』の巻頭を飾る。同年六月、「留学」の余分を省き（山根道公氏の右記解題参照）、二章に分けて文芸春秋社から『留学』が現在の構成で発刊。遠藤が雑誌に掲載された「留学」の一部を割愛、二章に分割し「ルーアンの夏」を先頭に「爾も、また」を最後に据えた理由は『留学』三章を貫く共通したテーマ「真の自己の喪失」の為ではないか。

「この顔や、眼をみているとたまらなく息苦しいです」という田中の告白に、息苦しくなければ嘘だとばかりに、向坂は「息苦しいでしょう、この室内は」と肯定する。一室一室の彫像の一つ一つの表情にもただ一つの運命で生きる者の孤独が滲んでいる。どの像も穴のような暗い眼で自分の前方を凝視している。向坂は「この息苦しさがヨーロッパ文化の本質なのだ。しかしヨーロッパの河[5]そのものの本質と日本人の自分とを対決させなければ、この国に来た意味がなくなる。田中さん、あんたはどうします。河を無視したまま帰国しますか」と厳しく田中に迫る。

5　トロカデロ美術館――東は東、西は西

田中は黙って向坂の挑むような顔をみる。河を無視しないで、しかも留学生活を続けることは難しいことだ。毎日々々、あの息苦しいばかりの重さに、今日も明日も耐え続けるなどということは。しかし河に入るために留学生は代償を支払わねばならぬ。向坂が支払ったものは健康であった。「こんな小さな美術館に入っても、ぼくらはすぐに長い世紀に亘るヨーロッパの大河の中に立たされてしまうんだ」田中は向坂が無念の帰国をした後、彼の言葉を思い出す。そしてあの建築家がなぜ、この美術館をしばしば訪れたのか理解できた。しかし田中はこの段階ではまだ、ヨーロッパと格闘して破れた向坂の血を吐くような思いを十分理解することはできなかった。田中自身にとっても、ヨーロッパと格闘することと、文学者として反教会の牢獄文学者サドをやることがじつは同じ意味をもつことを理解することができなかった。だからこの時点の田中は、向坂のように体を壊すことだけはしまいと自戒するに留まっている。

6 サドを探す旅——真の自己の発見

しかしながら田中も本格的にサド研究にのめり込むことにより、否応なく外国文学者として自分がサドを選んだ本当の理由を突き詰めざるをえない。それは異邦人の田中が石の文化のもつ息苦しさと闘いながら、サドが厚い石の牢獄に幽閉されることによって初めて想像力を武器に、キリスト教会や王権と闘うサドに成りえたこと。単なる貴族の放蕩児から自由人リベルタンへと変貌するサドの真実を発見する旅であり、人間である田中がサドを選ぶ自己の内に本当の理由たる「自己の本質」[6]を発見する旅でもあった。

だから遠藤は主人公田中をしてこう言わしめる。「選ぶということがすべてを決定するのではなく、人生におけるすべての人間関係と同じく、我々は自分が選んだ当の相手によって苦しまされ、まさに相手との対立によって、相手と対立している自分の側の真の姿を少しずつ発見していくものだ」と。現に田中はサドをこの国で本格的に研究していくにしたがって、東京にいる間にはほとんど何も感じなかったサドと自分との間の大きな距離に苦痛を感じ始めていた。

（5） 向坂はヨーロッパの河に圧迫感を感じるという。つまりヨーロッパの精神文化、キリスト教伝統、二〇〇〇年の歴史の重みの圧迫であろうが、結核に倒れ、留学の半ばで帰国する無念・悲哀はこのヨーロッパの河にぶつかり跳ね返されることを象徴的に表現している。向坂の感じる圧迫感の正体は結局キリスト教という一神教の宗教のもつ圧迫感であろう。

（6） 後年の『スキャンダル』等にみられる「真の自己」の問題がここで顔を出している。たしかにサドの研究者としての田中は自分の中に二つの自己（小市民的な俺、サドの城になんとしてでもたどり着きたいと執着する俺）をみている。M・ウィリアムズ「『留学』——意識と無意識の世界」山形和美編『遠藤周作——その文学世界（国研選書3）』国研出版、一九九七年、一三一—一四七頁参照。

外国文学者とは、外国文学と者（自分）との間の違和感を絶えず意識している人間なのだと思った。自分とは全く異質で、自分と全く対立する一人の外国作家を眼の前におき、自分とこの相手とのどうにもならぬ精神的な距離と、劣った存在としての自分の惨めさをたっぷり味わい、しかもなおその距離と格闘し続ける者を外国文学者と呼ぶのだ。サドは俺ではない。俺はサドのように偉大ではない。サドと俺は私生活でも精神の上でもあまりに隔たった人間だ。だから俺はサドを選び研究する甲斐があるのだろう(7)。

田中はそう考えて初めて少し納得する。この言葉の「外国文学者」の代わりに「日本人」を、「サド或いは外国作家」の代わりに「ヨーロッパ文化」という言葉を当てはめれば、そっくりそのまま遠藤の説く、西欧キリスト教と日本人の距離感の克服に使われる公式（フォーミュラ）に変化する。つまり田中はサドに肉薄するとともに「真なる自己」を発見していく。それによって向坂の突きつけた問題すなわち東西文化の相剋の問題も自ずと田中という認識の主体の中で高められ、止揚（アウフヘーベン）されることになるのだ。

7　トロカデロ美術館再訪——もう一つの圧迫感の正体

この頃から田中は向坂に案内されて知った、宗教的な彫刻像を集めたあの美術館に一人で行くようになった。かつて向坂は田中に対して、自分はヨーロッパの河の一部を他の日本人の如く、コソ泥のように盗みたくはなかったと述懐した。しかしながら田中は少し違った立場からこの美術館に通う。遠藤のこの記述は注目さるべきである。つまり田中は美術史上の圧迫感ではない、もう一つの圧迫感。本当のヨーロッパが、ヨーロッパ文化に無縁な者に与える本質的な圧迫感をより強く感じだしていた。それは日本人には無縁の宗教、キリスト教のことであるが、田中はあまりにも安易に自分の感じている圧迫感の正体をその言葉で片づけてしまいたくなかった。外国文学者とは自分とは異質の偉大な外国精神を眼の前にして、それとの距離をたえず味わい劣った者として生きていく人間なのだ。

だからこの美術館は、ともすれば相異なる二つのものを巧みに折衷し、妥協させようとする自分の弱い心を厳しく鍛えなおす訓練の場なのだと考えるようになったのである。

8　田中の目眩の如き快感――サドとの確かな絆

留守宅の妻に宛てる手紙にはなによりも「平凡が幸せ」と諭すような、小市民的な田中が観念上の遊戯に近いとはいえ、なぜ、反教会・反王権の牢獄文学者サドを己の研究対象に選んだのか[8]――私個人にとっては、ほかならぬ作者遠藤自身がなぜサドにあれ程までの関心を抱いて、研究しだしたのか興味津々たるところである――

（7）『全集』二巻、一三三頁。

（8）遠藤自身がなぜあそこまで（「サド伝」『遠藤周作文学全集』旧版九巻、六五―一六三頁参照）サドに興味を抱くようになったかについては次のことが考えられる。留学時代の体験の中で、第二次大戦中の出来事を通してキリスト教文化圏の人間の心の奥底に潜む闇、不可思議な悪魔的な存在としての人間を知ったことが大きい。サドは反キリスト教のシンボル的存在であり、キリスト教をよりよく理解するためにはサドをこそ知る必要があると遠藤は信じていた。ただし小説の技法上の問題としては難点があると言わねばならぬ。田中のサド研究が本物になっていくことによって田中と小説家真鍋との間の「君達、外国文学者は創造者の苦しみを知らない。外国の作家のものを器用に翻訳して見せる九官鳥に過ぎない」「僕たちは作家を選ぶことによって自分を懸けているのだ」という論争に対する解答は得られるかもしれないが、真鍋も意識し田中と向坂が強烈に意識している東西文化の対立の解決には結びつかないように思える。それ故、サド研究の成果（上記「サド伝」参照）を作者が主人公田中の留学生活の中に援用しながら、田中のサドに対する肉薄ぶりを描けば描くほど、作者のサド研究の蘊蓄を拝聴させられているようで、その割に田中が観念的な研究から本物のサド研究家へと変貌する様子がうまく描けているとは言えない。

「東洋人のあんたが何故サドをやるのかわからん」とルビイに言われた田中だったが、結局のところ、自分でもなぜサドと取り組まねばならぬのか明確にわからなかったのである。

ところがサドの足跡を追っているうちに、彼は自己という存在の深奥に一八世紀のサドと共通する何かを発見しはじめる。それは言葉や観念でこれこれと表現出来るものではなく、ある種の目眩のような快感、たぶんサドも感じたであろう肉の快感の形で与えられる。

田中はサドがアルキュエイユ事件を起こした家に面した道路を歩きながら、サドが歩きローズ・ケレルが走っていったこの石畳の石を、いっそほじくりだして持って帰りたく思った。

そしてもし恥ずかしくさえなければ、それを舐めまわしてみたいとさえ思った。肉欲の疼くような感覚を感じながら、田中は眼鏡を幾度も指でずりあげる。その時、田中は自分にあるこの石畳の道を舐めたいような欲望こそは、自分にとってなにより確かなサドとの結びつきだと思った。

この疼くような快感は田中がマルセイユを訪れたときにも感じられた。サドが踏み、四人の女たちがのぼったに違いない痕跡の石の窪みをほじくり、舐めまわしたい。この感覚だけは、田中がサドについて、持っているもので一番、確実なもの、嘘のないものだった。

それはノートの中のキリスト教とか処女のイメージというような手軽な言葉より、俺の内側に結びついたものだ。そしてこの石の窪みになぜ、痺れるような感動をおぼえるのか田中は壁に凭れたままじっと考えていた。

9 象徴としてのラ・コストの城——ヨーロッパの闇

光があたっているところが明るければ、それだけ闇もまた濃い筈である。だからキリスト教の光があたっていればいるほど、その影が投げかけている闇もまた深い。

「東洋人の君がなぜサドをやるのかわからん」と懐疑的な問いを繰り返すルビイは、それでも別れ際、田中にサドの城跡のあるラ・コストに是非、行くことをすすめた。

後輩の菅沼がパリに到着するという報に接して、田中は己のちっぽけな競争心や心中の不安から少しでも逃れるかのように、マルセイユを経由してアヴィニオン近郊のラ・コストの城に向かう。

城のある丘は遠目にではあるが、少しずつ田中の前に近づいてくる。もはや塔も壁もなく、すっかり廃墟と化した城は確かに存在していた。しかしそれ以上、田中は積雪のために城に近づけない。ラ・コストまで来て城に行けぬ。城は遠くにあって自分を寄せつけぬ。結局、田中はラ・コストにあるサドの城を前にして、積雪のためにそれ以上接近できずにラ・コストの城が遠くに存在するのは俺自身のせいだ。城が俺を寄せ付けぬのは俺のサドが本物ではないからだ。と田中は立ちどまって考えた。

この城の箇所はKという土地測量士が城に接近しようとして妨げられる、例のカフカの小説を連想させるが、この場合の城や雪は田中にとっていったい何を意味するのだろうか。自分はサドの本質を見抜くことができなかった。俺のサドは本物ではない。俺のなかの二つの俺、一つは俗人で小市民的で臆病な俺。もう一つの俺、あんな雪の中でどうしても城にたどりつきたかった俺。だがそのどちらの俺も今、追い詰められている。田中はそう呟くが、この雪はいったい、何の象徴なのか。

田中の接近を阻む雪とは白色に象徴されるキリスト教あるいは処女の如き純潔の世界のことではないか。そしてそれによって阻まれるものとは、やはりキリスト教会の伝統に対してつねに反抗の頭を擡げてくるヨーロッパのもう一つの伝統、反キリスト教的、悪霊的な力の根源のことではないのだろうか。それはちょうど、かつて明晰そのものだと思われていたギリシャの伝統のなかにアポロ的なものと同時にディオニュソス[9]的なものをみるように。ヨーロッパのキリスト教の伝統と同時に反キリスト教的な伝統、キリスト教の伝統を陽の部分だとすれば、陰の部分の伝統。反キリスト教的力の根源のことではないのか。それは言い換えれば、キリスト教会への反抗者、王権・国家権力への反抗者たる文学者サドの存在そのもの[10]ではないのか。

10　田中のサドに関するノートから――牢獄文学者への変貌

ヴァンセンヌ牢獄にサドは一七七八年から五年間幽閉された。アルキュエイユ事件についで、マルセイユで四人の娘に変態的な暴行を加えた事に対する刑罰だった。ヴァンセンヌでの五年間がサドの文学の非常に大切な契機をなしていることが、田中にもパリにきてからわかった。ヴァンセンヌでの牢獄生活を経験するまでのサドは女優や淫売婦と奔放な性生活を送る単なる遊蕩児だったが彼はリベルタンに変貌した。

リベルタンの特性とは何か。それは普通の遊蕩児とは違い、自己の自由と主体性を決して失わないことだ。彼の意識はいかなる愛情や肉欲の中でも決して陶酔することがない。このことをシモーヌ・ド・ボーヴォワールはサドは非情の目をもっていると書いている。サディスムとはこの自由と主体性を失わないことだ。ヴァンセンヌから移されてバスチイユでさらに六年間、牢獄に閉じ込められてからは、サドは想像力を唯一の武器に書くという行為にかける牢獄文学者、反キリスト教、反王権の文明思想家になったのである。

しかし、ひとつひとつの言葉はそれを書いた田中自身にとって、自分の存在とは無関係な浮き上がった文字の列としてしか見えなかった。いったいこの文章の中で本当に自分の内側に結びつく言葉はどれなのか。真の自己から発している言葉と呼べるものは何なのか、田中の苦しみはそこにあった。

11 「俺はまいったよ」――突然の病気の兆候

その日、いつものように国立図書館で文献を筆写していた田中は突如、目眩に襲われて昏倒する。帰宅の途中、田中は病気の不安、菅沼に代表される日本人からの隔絶の寂しさを一人、マルヌ河の辺で噛みしめる。その時の田中は本当に寒く寂しかった。この寒さと寂しさはいったい、どこから来るのだろう。田中は寂しくて、寒くてほとんど泣きだしそうなくらいだった。しかしそういう田中にもう一人の自分が言う「甘ったれるな、お前など、なにが孤独なものか。お前の内側から出たものは一つもない。ただ小さな俗っぽい出世欲の挫折だけじゃないか。そんなお前が、文学をやっている」。

たしかに東京の大学にいるときには、本からの知識だけで外国文学をこなして来た田中が、サドをきっかけに「真の自己」の姿に少しでも接近するためには、フランス文学者としての自負や人格を根底から覆すような研究上の挫折、対人関係における絶対的孤独な人生そのものに対する絶望などの、少なからぬ人間的苦しみに遭遇することが必要だった。

翌日、田中はサドの墓地のあるシャラントンの病院で検査を受ける。レントゲンは予約制のため、結核かどうかの最終的な診断はすぐには下して貰えない。精神的にまいってしまった田中はその帰り道、そういうときにいつもして来たように、東京に残してきた幼い息子に呼びかける。「啓一、父さん、参ったよ。参ったよ。どうし

---

(9) F・ニーチェ『悲劇の誕生』岩波書店、七―五五頁、E・R・ドッズ『ギリシァ人と非理性』みすず書房、一九七二年。
(10) 村松剛氏の「サドの城はキリスト教の本質」という指摘は舌足らずではないか。『留学』新潮文庫版、一九六八年、村松剛による解説を参照。

たらいいかねえ」寒いパリの冬空の下で、田中は温め合う仲間も、享受していた大学講師たる社会的地位も、一切の名誉からも無縁で、頼れるものは何ひとつない。彼は無力のどん底から、唯一血肉の絆をもつ息子に呼びかける。

12　間の狂言としてのリヨンの祭――ヨーロッパの真の姿

田中は突然、かつて自分を厳しく拒んだラ・コストの城を訪ねたくなった。それは気を紛らわしに入った映画館で偶然、眼にしたニュースの一場面の所為だったかも知れない。そのニュースにチラッと写った景色はラ・コストに似ていた。その気まぐれな気持ちは、或いは向坂と同じく入院を余儀なくさせるやも知れぬレントゲン撮影の結果を恐れたためだったかも知れない。自分でもよくわからなかったが、しかしとにかく田中はラ・コストに向かっていた。荷風の文章に誘われたかの如く、リヨンで途中下車し、駅前のキャフェで彼は白いコートを来た女子学生を見かけ、ひょんなことからリヨンの街を案内して貰う幸運に恵まれる。偶然、その時リヨンはお祭りだった。田中は久しぶりに、楽しく明るい青春の日のような若やいだ経験をする。女子学生との間の精神的な繋がりは言うならば、一種の疑似恋愛のようでもあった。白いコートと言い、アンジュ（天使）という女子学生の名前も示唆的である。

田中はその夜の再会を約して、一人リヨンの街を見下ろす丘にのぼる。眼下にソーヌ河とローヌ河とを間に挟んで家々が拡がっている。そうだ、これがヨーロッパだ。これがヨーロッパの生活だ。理屈ではなくそう体感できるものが、いま田中の眼前にあった。

この灰色の哀しそうな生活の拡がり。車の音、人々のざわめき。そしてそのみすぼらしい人生の中に、尖塔へ曇った空の割れ目から数条の光線が落ちている。田中にはヨーロッパというものが、長い長いあいだ、本質的にはこのような姿でうずくまってきたような気がしてならなかった。その姿の芯に向坂が「河」と呼んだものがあった。そして彼サドも結局はこの姿勢をとって生き、この河の人だった。(11)

13 ヨーロッパの河の本質——キリスト教の光と影

日本にいるときのヨーロッパはこれとは別だった。それは書物の上の知識だった。泰西名画さながらに、空から幾すじかの光線が尖塔にあたっている。突然、言い知れぬ感動が田中を襲う。これがヨーロッパなのだ。ヨーロッパの光の部分、言い換えれば、キリスト教の光に照らされた明るい部分のヨーロッパである。暗い、重い歴史のなかでここだけは明るい陽光のあたる部分だ。それは田中がそう認識したわけではないが、キリスト教徒なら遠藤でも誰でも「優しい神の慈しみの光（愛の光）」として表現する所のものだった。

田中は満足してラ・コストに向かう。そして今度こそサドの城に到達する。すべての描写はあまりにも象徴的だ。因みにこの比較的長い小説でもう一か所、白い微光が差し込む箇所がある。それは田中が向坂とトロカデロに初めていって、一つ一つの彫像がたった一つの運命の下で生きる、暗い表情しかもっていない部屋を回っている時、たまらなく息苦しさを感じた直後のことだった。たった一つの暗い表情というのは、中世のヨーロッパを支配しているあの死の相の下に、神と人間が絶対に隔絶している時代の表情なのだが。——突然、部屋のなかに一すじの白い微光がさしこんだ。それは広間の左端にあるランスの天使像から来ていた。天使は微かな笑いを顔に浮かべて大きな翼をひろげている。白い微光はその石膏とその微笑から生まれているのだ。「ああ、これはい

（11）『全集』二巻、一六三頁。

い。これはいいですね」田中はそう向坂に言う。穴のような暗い眼と硬直した表情とはこの天使像を境として終了するのだ。田中は閉じ込められた夜の部屋から東雲の空と新鮮な空気に触れたように、その微笑[12]と白い微光をむさぼり味わった――ランスの天使……それは一五世紀のはじまりに中世とルネッサンスの人間的なものが結合した夕映えの一瞬の光だった。

14　ラ・コスト再訪――ヨーロッパと対峙して得た血の代償

幸い雪は、この前のように深くはない。崖の上に田中はやっと城の崩れた壁を認めることが出来た。城は確かにそこにあった。もちろん、塔の屋根も崩れてはいたが、初めて訪れた時の忘れることの出来ない姿そのままで城は直立している。今、田中は城の内側にいた。彼がたっている場所はサドが歩いた場所だった。日本人で此処まで来たのは自分だけだ。独りでに笑いがこみ上げて来た。すると向こう側の壁に真っ赤な染みが見えた。崩れ落ちた部屋と積もった雪のなかで、その朱色は妙になまなましかった。それは恰も快楽にあいた人間の唇のようだった。田中はじっと壁のところに立ったままでいた。随分、永い時間が経過した。

自分はまたパリの生活に戻らねばならぬ。しかし俺にこの消すことの出来ない朱色はあるだろうか。決して滅びることのない朱の一点が欲しい。その時だった。城の外の雪の眩しさに眼が眩み、田中は突然、真っ赤な鮮血を積雪の上に吐いた。血、サドの城の壁の赤い染み、決して滅びることのない朱の一点。雪の白のなかで赤い血を吐く。この朱はいったい、何の象徴だろうか。永遠の価値をもつ文学または文学に対する人間の情熱のことではないだろうか。

15　真の自己の発見の可能性――向坂と田中の違い[13]

パリでの生活によって、田中の内面に二つの変化がおきる。一つはサドに肉薄することによって田中が自己の

(12) ランス大聖堂の西側ファサド、中央扉口、「受胎告知」の天使像（一三世紀）のもつ盛期ゴシックのいわゆる「ゴシックの微笑」のこと。遠藤はすぐ後に「それは一五世紀のはじまりに中世とルネッサンスの人間的なものが……」と書いているが、一三世紀が正しい。

(13) パリにおける、東京の延長のような日本人社会の縮図から距離をおこうとする建築家向坂と仏文学者田中はいずれも著者遠藤を二分した存在である。向坂はヨーロッパという河に立ち向かう三つのタイプ（河を無視するタイプ、器用に河を真似るタイプ、河とぶつかり沈没するタイプ）を指摘したが、じつはもう一つある。それは河とぶつかり、しかも沈没して大河に呑み込まれたままになってしまうのではなく、河とぶつかり河と絶えず対峙しながら、河の意味を問い続けるタイプだ。外国文学者田中の場合、それは如何にして可能かというと、見栄とか世間的な出世欲からではなく命懸けの文学を行う決意に至った時である。それは田中が学問研究の功利的対象としてサドを見るのではなく、サドのなかに己と同じ赤い血の流れているのを発見するときにほかならぬ。また田中の投宿先がプルーストの終焉の地だというのも決して偶然ではあるまい。そこで田中が見るのは、文字通り命懸けで文学を生きた文学者の執念の姿だ。田中がヨーロッパという大河とぶつかり己の実存のすべてを掛けてヨーロッパと対峙し、敗北しても決して諦めなければ、自ずと展望は開けてくる。そうすればやがてそこで問題となってくるのは人間そのもののあり方であって、もはやヨーロッパとか日本のとかいう特殊性の契機は捨象される。そこでは人類そのものに固有の永遠に価値ある営み（文学・芸術・学問の質）が問題とされるのである。

田中は結核に倒れ、留学の半ばで帰国せざるを得ないのだが、単に向坂の如くヨーロッパの大河にぶつかり、沈没してしまったままではないのである。向坂の手紙にはしつこい程、法隆寺や中宮寺の仏像とモウサックやシャルトル等の寺院のキリスト像、聖母像、聖人の像との驚く程の外見の近似性とそれにもかかわらず厳然として存在する内実の相違性が延々と続く。東と西は決して相まみえることがないのである。外形は同じでも血液は違う。我々は違う血液の人から血は貰えないと向坂は主張する。しかし田中はそこまで悲観的ではない。俺は捨て石だったのか、踏み石だったのか。留学で支払った田中や向坂の代償は無駄なのか、それとも後に続くものにとって前進のための踏み石なのか、田中にはよくわからない。しかし田中の後に、あのプルーストの最後の地のホテルに入室する留学生の出現は、文学に微かな希望が残されていることの示唆と思うのは楽観的過ぎるだろうか。

心の奥深い所に「真の自己」を発見していくことであり、もう一つは彼がヨーロッパという日本とはまったく異質の文化とぶつかり、格闘していくことによって両者の厳然たる違いのなかに、もはやヨーロッパとか日本とかいう特殊性の契機ではなく、人類の文化そのものを本質的に見通す眼を持ったことである。

田中はまだキリスト教が何か、ヨーロッパの長い歴史と人々の生活の中で、それが果たしてきた役割を知らない。知っていたとしてもそれは本の上の知識に過ぎず、ちょうどサドがヨーロッパの逆立ちしたキリスト教伝統の一部であり、サドに肉薄することはキリスト教というヨーロッパの河の本質に裏側から迫ることなのだということを知らぬようにである。

外国文学者田中とパリにおける彼の先達、プロタゴニストたる建築家向坂――上り坂に向かうという、この名前もかのシジフォスの神話を連想させて極めて意味深長ではないか――この二人にはやはり大きな違いがある。まず向坂はヨーロッパとぶつかり沈没したままだが、田中は沈没して押し潰されそうになるが、そのままではいない。確かにサド研究者としての田中は、パリ、否、フランスの文化や歴史と真正面から対峙することにより、向坂と同じく結核を得て留学を断念する敗北者には違いない。しかし田中はヨーッパの文化と日本人の距離[14]をハッキリと意識するだけでなく、サドの真の姿に肉薄することによって、自らの内奥に外国文学者としての「真の自己」を発見し、そのことによっていつの日にか、主体的にヨーロッパの大河を乗り越える可能性を微かに暗示してくれるからである。

参考文献（本文及び注で言及しなかったもの）

Å・S・クランデル著『ケンブリッジ西洋美術の流れ2　中世の美術』（西野嘉章訳）岩波書店、一九八九年。

A・ジッド「汝も、亦」『キリスト教文学の世界1　J・グリーン　ジッド』主婦の友社、一九七七年。

前川道郎『聖なる空間をめぐる――フランス中世の聖堂』学芸出版社、一九九八年。

(14) 遠藤の初期の評論から後期の大作まで、一貫して流れている問題意識(『異邦人の立場から』二六九頁、Ⅱ・六―一四)は西欧キリスト教対日本の精神的文化的伝統、またはもっと遠藤流の言い方をすれば一神教の血液対多神教(汎神論)的血液の対立、西欧と日本の埋めがたい距離感である。遠藤が小説を生涯書き続けたのはこの問いに対する終わりのない解答の提出なのだ。「東西の乖離、断絶をみつめる自己の宿命をこそ、バネとして、やがて彼は自己の『西欧』を、その核なる『神』を、自らの手に奪いとろうとする」(佐藤泰正「沈黙にいたる最初のバネ」『国文学』昭和五〇年一一月巻二〇―一五号)。

『旅愁』(たんなる風俗小説の域をでない作品)の横光利一に一種の脅迫観念としてとりつき、作品を未完のままに終わらせたものも、遠藤の抱いた問題意識と同じもの、すなわち横光のなかの西欧対日本、あるいは西欧近代が抱えている問題に対する日本人としての超克の姿勢だったのだろう。この『留学』という小説にも「西欧キリスト教による文化的伝統対日本の精神文化的伝統」の問題意識は一貫して流れている。しかし同時に遠藤の場合は横光の問題意識より、もっと深い動機から、そしてそれ故、より豊かな内容をもって書かれていると指摘しておかなければならない。つまり横光が対象とするヨーロッパはせいぜい近世ヨーロッパであり、パリであれ他のヨーロッパの地であれ、簡潔に言えば近代ヨーロッパの科学的物質文明における優位と、それに押しつぶされまいとする日本人の精神的拠所の問題でしかない。横光の寺院や広場は名勝旧跡にしか過ぎぬが、遠藤の場合は、それは田中や向坂や更に「ルーアンの夏」に出てくる工藤にとってさえ、赤い血を流すアレナ闘技場に他ならない。つまり遠藤の場合は、キリスト教という宗教によって鍛え抜かれた、二〇〇〇年というヨーロッパの文化的伝統との対峙であり、石の文化の内実の問題であり、まさにヨーロッパの大河を相手に奮闘しているのである。そしてそれに対置するものは近世日本の洒脱な町人文化の枠などではなく、六世紀の仏教伝来以来の精神的文化的伝統である。だから同じ問題意識が流れていながらヨーロッパ対日本という対立の重みがまるで違う。しかも横光は解決の糸口を見いだせなかったが、遠藤はこの問題についてそれなりの解答をこの小説のなかで我々に提示している。

第六章　象徴と隠喩で読み解く『沈黙』――闇の塊にさす「白い」光

「主よ、あなたがいつも沈黙していられるのを恨んでいました」

「私は沈黙していたのではない。一緒に苦しんでいたのに」

『沈黙』

0　「象徴」と「隠喩」の使用――形而下の世界と形而上的世界の重ね描き

遠藤の小説には言葉の文字通りの意味とその裏に隠されたもう一つの意味という二重構造がある。[1] 遠藤は初期の評論「カトリック作家の問題」の中で「作家の秘密は往々にして、その自然描写に発見されるのだが、モーリアックの自然描写のなかには異端的自然観とキリスト教的自然観のあつくるしいたたかいがある」[2]と言う。周知のように遠藤はモーリアックから小説作法に関して多くを学んだ。だとすれば遠藤の小説のなかにも当然、モーリアック流の異端的自然観とキリスト教的自然観の「あつくるしいたたかい」があると考えても不思議はない。

『沈黙』という作品の主題[3]に関しては、これまでにも様々に論じられてきたが、小説作法に関しては、これこれの実験的、意欲的な試みがなされたという指摘は少ない。もちろん、例えば『沈黙』の叙述には大まかに言う

(1)　教会建築における内陣と身廊の象徴的な二世界（辻佐保子『古典世界からキリスト教世界へ――舗床モザイクをめぐる試論』岩波書店、一九八二年、七一頁参照。ウクライナの民間に伝わる聖俗二世界の人形芝居など、ヨーロッパでは凡そ聖と俗の二世界が宇宙観、世界観として存在する。江川卓氏はドストエフスキーの世界はウクライナのヴェルテップに繋がるものと言う。
(2)　『遠藤周作文学全集（以下『全集』と略記）』一二巻、新潮社、一九頁。
(3)　神の沈黙（神義論）、ユダの救い（ユダ論）、日本沼地論（宣教論）。

と三つの語り口があることなどは既に指摘されている[4]。すなわち疑似歴史的な語り口（「まえがき」と最終章の二つの日記）、主人公ロドリゴの一人称による語り口（「ロドリゴの書簡」）、そして主人公を彼（または司祭）と三人称で呼ぶ語り口（五章以下最終章まで）である。

これらの語り分けはそれぞれ異なった視点に対応している。すなわち個人の主観を排した歴史的視点、ロドリゴという外国人司祭が日本の風景や人間を見る視点、そして彼の運命を物語る作家の視点の三つである。だがこの作品には厳密に言うと、さらにもう一つの視点が秘められている。それは全編のいたる所にいわば「重ね描き」されているところの「神の視点」であり、作家遠藤の真に伝えたいメッセージがそこに秘められている。そしてその「重ね描き」に必要な道具だてが、キリスト教図像学や聖書神学における「象徴」[5]の使用なのである。

それゆえ、この小説はとくに「ロドリゴの書簡」から「回想」までの箇所をキリスト教図像学や聖書神学的な「象徴」解釈で読み解くと、そこに秘められた作者の思いがはっきりと浮かび上がるのである。例えば、日本的な自然描写の中に読みようによってはキリスト教対異教のあつくるしい「たたかい」が見てとれるし、さりげない風景描写の背後に西欧的な劇の要素、すなわち人間の魂を巡る「神と悪魔の綱引き」の息づいているのが感じられる。あるいはさらに、厳しい運命に翻弄される人間の悲劇の背後にさえ恩寵に満ちた「神のやさしい眼差し」が隠されているのである。

1　「象徴」による「重ね描き」——自然描写の例

例えば、第四章で危険の迫るトモギ村を捨てたロドリゴが夜陰に乗じ船で五島に渡り、早朝に廃墟と化した寒村を抜けていく箇所がある。

海沿いの狭隘な土地では彼らは生きることも年貢を納めることもできない。貧弱な麦と粟に肥の匂いが一面に漂っていました。そしてその臭気にむらがる蠅が顔のまわりをかすめながらうるさく飛んできます。ようやく明けはじめた空に向こうの山々が鋭い剣のような姿をみせ、今日も白い濁った雲には烏の群れが嗄れた声をあげて舞っています。(6)（傍点―筆者）

これは表面的には西欧人司祭ロドリゴの眼に映じた、山と海が迫る典型的な日本の寒村と、その上空に烏の舞う自然描写の一例でしかないが、いまそこにキリスト教図像解釈と聖書神学的「象徴」解釈を当てはめてみると、この風景はにわかにまた別の様相を帯びて来るのである。すなわち西欧人司祭ロドリゴにとっては、この典型的な日本の寒村の風景が極めて敵対的、異教的なものに見えているらしいことが述べられているのだ。

この描写の中でとくに蠅、烏そして剣に注目して欲しい。ここでの蠅は、日常生活に見られるところの非衛生なあの好まれざる昆虫ではない。蠅の役割は悪疫の運び手として、悪の伝播に手を貸すれっきとした悪魔の手先なのだ。なぜならキリスト教の象徴体系では蠅は悪魔の手先または罪の象徴であり、(7)烏は死者の眼や脳を貪り腐肉を好むことから、人間の魂を暗闇に投げ込み知性を冒し、その腐敗を喜ぶ点でやはり悪魔の象徴とされるからだ。(8)

---

(4)『沈黙』新潮文庫版「解説」（佐伯彰一）二五二頁参照。
(5) 中森義宗・永井信一・小林忠・青柳正規監修『キリスト教シンボル図典（世界美術双書2）』東信堂、一九九三年、四八―四九頁。
(6)『全集』二巻、二三一頁。
(7) 中森義宗他監修、前掲書、四八―四九頁。
(8) 同書、三八頁。

したがってここの貧しく急峻な段々畑を登っていく司祭、彼を取り巻く周囲の肥の悪臭や蠅のぶんぶんと飛び廻る非衛生な風景、上空に烏の舞うありふれた日本の自然描写は、作者遠藤によってもう一つの、形而上的な意味が付け加えられているのである。すなわちそれらの日本的風景、極めて形而下的な自然描写が、その上に形而上的な意味を重ねられて、悪魔の支配下にある異教的風土、しかも前途に鋭い剣のような山が連なる——剣は正義や裁きとともに受難を象徴する——異教的世界のただ中で司祭の前途に横たわる険しい受難の数々を暗示する描写だと考えられるのではないだろうか。

いくら何でもそれは少々、穿ち過ぎた勝手な解釈だと思われる方に私は反論しよう。数行後に遠藤は烏について、さらに次のような描写を付け加えているのである。

> 空は今日も曇っていましたが、蒸し暑くなりそうでした。烏の一団は執拗に頭上で円を描きながら舞っていました。その暗い押しつけるような声は、立ちどまるとやみ歩きだすと追いかけてきます。時々、その一羽が近くの木の枝にとまり羽ばたきをしながらこちらを窺っています。一二度私はこの呪われた烏に小石を投げつけました。(9)（傍点—筆者）

烏は日本の神話や民間伝承では、決して不吉な呪われた鳥ではない。むしろそれは神聖な神の使い(10)であったり、のどかに田園で悪戯する愛嬌のある鳥である。したがってキリスト教的な文脈の中でしか、この鳥に対してロドリゴが抱く過度の嫌悪は説明できない。

2 「象徴」による「重ね描き」——魂をめぐる「あついたたかい」の例

次に魂をめぐる「あついたたかい」の例をあげよう。六章の終わり近く、長崎郊外の雑木林に囲まれた牢屋に囚われているロドリゴが、格子窓越しにたった今、踏み絵を拒否した囚人の一人が処刑されたことを知る場面である。

むきだしの中庭に白い光が容赦なく照りつけている。真昼の白い光の中で地面に黒い染みがはっきり残っていた。片眼の男の死体から流れた血である。

さっきと同じように蟬が乾いた音をたて鳴きつづけている。風はない。さっきと同じように一匹の蠅が自分の顔の周りを鈍い羽音で回っている。外界は少しも違っていなかった。一人の人間が死んだというのに何も変わらなかった。（こんなことが）司祭は格子を握りしめたまま、動転していた。（こんなことが……）

彼が混乱しているのは突然起こった事件のことではなかった。理解できないのは、この中庭の静かさと蟬の声、蠅の羽音だった……これが殉教というのか。なぜ、あなたは黙っている。(11)

遠藤作品に馴染んだ読者にとって、この白い光が神の恩寵の光を指すことは言うまでもない。同じく風は聖霊、蠅は悪魔の手先、そして蟬は——一般的には現世の儚さや移ろいやすさという時間的変化を表す象徴であるが

（9）『全集』二巻、二三二頁。

（10）八咫烏（ヤタガラス）、『古事記』『日本書紀』『古語拾遺』等に記された神武東征の際に天照大神より遣わされた神の使い。朝倉治彦他編『神話伝説事典』東京堂出版、一九六三年、四三八頁参照。俗謡「権兵衛が種まきゃ烏がほじくる」、童歌「カラスなぜなくの」等。

（11）『全集』二巻、二七三頁。

――これも、キリスト教的象徴体系から言えば復活、再生を指す。[12]それゆえ、ここの箇所をそれらを踏まえて総合的に解釈するとこうなる。

真昼の処刑の庭には神の恩寵の光が強く当たっている。もちろん、たった今、無残に処刑された片眼の男の流した殉教の血の上にも。この男の死は決して無駄死にではない。なぜなら蟬、すなわち主の復活の信仰は先程から辺りに高らかに宣言されているからだ。ただ積極的に人間の行動に結びつく聖霊の働きは今のところ見られない。先程から悪魔の手先はロドリゴの心の隙を窺ってその顔の周りを飛び回っているが、鋭い衝撃を受けた司祭に感じられるのは、自分が思い描いてきた殉教とあまりにもかけ離れた異質な辺りの静けさと、その静けさを貫く現世の儚さとしての蟬の声、そしてひたすら眠気をさそう蠅の羽音だけであると。

すなわちここでロドリゴは神に対してこの殉教のもつ不条理性を糾弾するが、彼にはまだこの殉教に秘された神の真意がわかっていない。華やかな栄光に満ちた殉教しか頭にない西欧人司祭にとっては、この場面における殉教はあまりにも惨めで、無意味なだけなのであろう。そう言う意味では、ロドリゴには殉教者の確信する復活の信仰が悪魔の誘惑の声と熾烈に繰り広げている闘い、ましてやその背後にある神の恩寵の光を十分に理解することは出来ないでいるのである。だから遠藤はその時のロドリゴの心境をこう表現せざるを得ない。「（ロドリゴは）キリエ・エレイソン（主よ、憐れみたまえ）漸く唇を震わせて祈りの言葉を呟こうとしたが、祈りは舌から消えていった[13]」。

3 「蠅」――「悪魔的な行為（罪）」の象徴

たしかにこの作品の中では蠅がたえず出現する。蠅は人間が悪の支配下におかれ、罪を犯す場面でつねに悪魔的な行為の象徴として描かれる。キチジローの最初の出現からして蠅はキチジローに付きまとっている。マカオの貧民街の一室にロドリゴとガルペがキチジローを訪ね、キチジローは薄汚い部屋で酒に酔って二人と対面するが、その場面にも蝿は周到に描き込まれている(14)。

蝿が活躍する場面はまだある。糞尿譚を愛する遠藤ならではの場面すらある。最初の潜伏先トモギから五島に渡ったロドリゴが人恋しさに彼の先を行く人間の足跡を追いかける箇所がある。突然の驟雨をさけ小屋に飛び込んだロドリゴを驚かせたものはたった今、排泄されたばかりの人糞だった。そこから飛び上がる蝿の群れ。これも一見、自然の摂理のリアルな描写のようであるが、後にキチジローが心ならずも司祭を銀三〇〇枚で売り渡す伏線となっているのである(15)。

これ以外にもキチジローの描写には蝿がつきまとう。しかしながらこの作品では、決して蝿はキチジローに固有な属性(アトリビュート)として使われている訳ではない。むしろ彼は絶えずいろいろな動物に譬えられている。ある時は蜥蜴に、またあるときは犬に——頻度から言うと犬が一番多い——そしてまた他の時には鼠にさえ譬えられる。したがって悪魔の手先、蝿はキチジローに固有の象徴ではない。むしろ蝿は悪魔的行為(罪)一般の象徴であって、ほとんどすべての人間——そこには司祭でさえも含まれる——の所業に関係する。だからロドリゴが捕らわれている牢屋の場面のすべてに蝿(悪魔)は描写されているが、やがて少しずつ出番は減ってくる。例えば第五章の牢屋の場面以降、蝿はロドリゴの眼に映ずる画面から消え去ることはないが、それでも少しずつ言及は減る。そして第六章で片眼の男が処刑されてしまった後、第八章に至ると最後通牒的にロドリゴに転びを勧めにくる通辞が「そうか……仕方ない」と呟く場面以降、蝿はもう姿を現わさない。作者によると悪魔の誘惑

---

(12) アト・ド・フリース『イメージ・シンボル辞典』(山下主一郎主幹)大修館書店、一九八四年、一二七頁 cicada 参照。
(13) 『全集』二巻、二七三頁。
(14) 同書、一九四頁。
(15) マタ二七・三。

は終わりを告げた。悪魔はロドリゴの魂をつり上げようとしたのだが、もう彼は神の恩寵の支配下に入ったのだ。

ここでキチジローの裏切りの真相にも一言、触れておくべきだろう。つまりキチジローは、はたして最初からロドリゴを売り渡すつもりだったのかどうか。よく読めば彼は悪魔の手先ではなく、ただ極端に臆病なだけである。すなわち喉の渇きを訴えるロドリゴのために水を酌みにいったキチジローは、そこで役人に見つかり脅かされてロドリゴの居所に案内してしまう。もし最初から売り渡すつもりだったなら野宿の夜こそ絶好の機会だった筈だ。

4　干魚と水——「キリストの象徴」としての「魚」と枯渇した「生命の水」

ギリシャの哲人ターレスは水は万物の根源アルケーであると考えたし、かのアリストテレスも『形而上学』[16]の中でその理由を述べている。たしかに水は自然界でも動物の生存に必要不可欠な物質だが、キリスト教の象徴体系[17]ではさらに神学的根拠をももつ。すなわち水は浄化と潔白の象徴であり、罪を清め新生をもたらす物質として扱われる。それゆえ、水は洗礼の秘蹟に用いられるのだ。周知の如くヨハネ福音書四章七—一四節でもサマリアの女にイエスは一杯の井戸水を所望し、逆に女に永遠に渇くことのない「生命の水」を与える。

魚（ichthys）は「イエスス・キリスト・神の子・救い主」のギリシャ語の頭文字アクロニムとその綴りが同じなため、初期キリスト教徒によって「主イエス」の象徴として使われた。それを念頭においてロドリゴがキチジローに勧められるままに「干し魚」を食べる箇所を見て欲しい。トモギから五島に渡ったロドリゴは焼き討ちにあった部落でキチジローに追いつく。

「パードレ」岩かげの間で小さな眼がじっと私を窺っていました。「あってまあ、お久しゅう」……「何ばしに、島に来んさったとですか。こん島ももう危なか。しかし俺あ、かくれの残っとる部落ば知っとりますけん」[18]

しかしロドリゴはキチジローの通過する部落が次々と役人に襲われることから、彼を役人の手先ではないかと疑念を抱く。キチジローは足を引き摺りながらロドリゴを追いかけ、ロドリゴはパードレの値段が銀三〇〇枚だと聞かされる。その夜は野宿することになり、キチジローはロドリゴに袋から幾つかの干し魚をだし「食べなっせ」と勧める。キチジローを疑いの眼で見つめるロドリゴだが、眼の前の焚き火に塩魚があぶられ、旨そうな匂いがあたりに漂うともう抵抗できない。

歯をむきだし、私はあさましくその干した魚にむしゃぶりつきました。たった一きれの魚で私の心はもうキチジローと妥協していたのです。[19]

翌日、喉の渇きに耐えかねてロドリゴはキチジローに水を求める。「水んほしかとですか。あげん干し魚ばベラっと食べなさったもんな」キチジローの罠に嵌まったかと後悔するロドリゴだが、この「渇き」[20]は単に生理的な渇きのみならず、「永遠の生命への渇望」（黙七・一六）をも意味していることは言うまでもない。水を酌み

（16）アリストテレス「形而上学」一巻三章『アリストテレス全集　12』岩波書店、一四頁参照。
（17）中森他監修、前掲書、二二頁「水」、M・ルルカー『聖書象徴事典』（池田紘一訳）人文書院、一九八八年参照。
（18）『全集』二巻、二三六頁
（19）同書、二三八頁。
（20）「渇きは義への絶対的欲求」。M・ルルカー、前掲書、三四九―三五一頁参照。

にいったキチジローは役人に脅かされてロドリゴを売り渡す。しかしキチジローが最初から計画的にロドリゴを売るつもりでなかったことは前夜の行動で明白である。「パードレ、眠っとんなっとですか」とキチジローがき、ロドリゴが眠ったふりをしていると、キチジローは静かに小用にたち、すぐまた帰ってくるからである。

この場面の「干し魚」は魚がキリストを象徴することから、永遠の「生命の水」が干上がったままの、迫害下のキリシタンたちのその時の状況を象徴していると考えられるのではないだろうか。

5 「白色」——キリスト教の聖性（霊魂の無垢、清純）の象徴

この作品では随所に白い色が象徴として使用されている。マタイ福音書では「変容」に際しイエスの「服が光のように白くなった」（一七・二）とかキリストの墓に下った天使の「衣は雪のように白かった」（二八・二）とあることから、その源は、例えば旧約詩篇五一篇九節にまで遡るのだが、白または白色はキリスト教、もしくはキリスト自身の聖性の象徴である。他の作品でもそうであるが、遠藤の作品中の白は必ずしも通常の日本語の表現としてそぐわない印象を受ける。しかしそれらをキリスト教の象徴体系の中で考えるならば、なるほどここでの白いという描写の意味はキリスト教、もしくはキリスト自身の聖性の意味なのかと合点がいく。それを念頭において以下を考えてみよう。

⑴白い雲——キリスト（神）の乗り物または玉座の象徴

第八章でロドリゴは主の苦難と自らの受難を重ね合わせ、かつてないほどの精神の高揚を覚える。その彼は驢馬の馬上から午後の光にかがやく湾の向こうに、大きな入道雲を見る。入道雲は金色に縁取られ、なぜか空の宮殿のように白く巨大だった。いままで数限りなく入道雲を眺めながら、司祭はこのような感情で眺めたことはな

い。日本人信徒の歌う悲しいだけの例の調べ、「参ろうや、パライソ寺に参ろうや」の唄も初めて彼の耳に美しいものに響く。

「自分がガルペや彼らとつながり、更に十字架上のあの人と結び合っているという悦びが突然、司祭の胸を烈しく疼かせた」。「湾のむこうに大きな入道雲が金色に縁どられながら湧いていた。雲はなぜか空の宮殿のように白く巨大だった」というこの箇所は明らかに遠藤が旧約の「主の栄光」に重ねている箇所だ。すなわち主の栄光は雲のなかにあらわれ（出一六・一〇）、また雲のかたちをとってソロモンが建てた「神殿」を満たす（王上八・一〇―一一）。そしてまた黙示録には最後の審判に際して「人の子」が輝く雲に坐し、手にもった鋭い鎌で地上の刈り入れをおこなう（一四・一六）とされるからである。

したがってここの白く巨大な宮殿のような入道雲が金色に縁取られている光景の「白」はキリスト（教）を指し「金色」は神聖な（神の）色だから、白く巨大な宮殿の解釈は、すなわちキリストの治める天の宮殿（天国）に殉教者が栄光に満ちて迎えられること（の悦び）を象徴していると考えられる。

⑵背教者フェレイラの流す「白い涙」——誘惑者サタンは救われているか

西勝寺というお寺でロドリゴがフェレイラに再会する場面がある。司祭としての名誉も誇りもなにもかも奪われて、ただ生ける屍となった彼がキリスト教を否定する書物を書かされているとロドリゴが知る場面。「むごい」ロドリゴは思わずつぶやく。「どんな拷問よりこれほどむごい仕打ちはない」顔をそらしているフェレイラの眼にそのとき突然、白い涙が光ったと遠藤は描いている。

このときの白い涙の「白い」という形容詞は日本語としてはいささか奇妙な——日本語の「白い」は例えば切腹に赴く武士の白装束や花嫁の白無垢姿などという「ハレ」を表す形容詞か、または「白々しい」嘘をつくというような、「純然と混じり気なし」のという意味における用法が適切だ――表現だがこれは他ならぬ「神の恩寵」を象徴する白色の意味なのである。つまり遠藤は裏切り者、そしていまやロドリゴを誘惑するサタンと堕したフェレイラにさえ、神の恩寵の光がやはり注がれているのだと言いたいのではなかろうか。次に「白い光」がもっと意味深長に使われている重要な例をみよう。

(3)踏み絵の場面に描かれた「白い光」――「神の恩寵」の象徴

フェレイラはロドリゴに言う「もしキリストが、ここにおられたら、基督は人々のために、たしかに転んだだろう」と。しかしそうであろうか。「この状況下ならキリストご自身も愛の実践のために踏み絵を踏むだろう」というフェレイラの言葉ははたして正しいのだろうか。その言葉に押されるようにして「踏み絵」を踏んでしまったロドリゴの判断は正しいのだろうか。神の意図を知ることは難しいが、少なくとも作者遠藤がどう考えていたかについては、この場面の象徴や隠喩の解読から推察できるのではないか。

フェレイラに再会した後も転ばないロドリゴに井上筑後守はいよいよ、最後の老練な心理戦を仕掛ける。死刑が翌日に行われることを予想させる市中引回しの後、ロドリゴは「受難のキリスト」と自己を同一化し、キリストとの連帯の悦びに浸る。しかし漆黒の夜の闇の中で、理屈ではない死の恐怖と孤独に怯えるロドリゴ。そんな彼の耳に最前から聞こえる牢番の鼾。他人の死や苦しみに臨んでも眠りこけることの出来る牢番の無関心をわらうロドリゴだが、実のところ、それは鼾ではなく穴つりにあって苦しむ信徒の瀕死の呻き声だった。フェレイラから真相を聞かされ、己の傲慢にロドリゴは衝撃を受ける。今や動揺し、殉教の決意に綻びの見えたロドリゴに対し、フェレイラの「もし基督がここにいられたら……」という最後の一撃が加えられる。

フェレイラの誘惑に必死になって抵抗するロドリゴ。「わしが転んだのはな、わしの必死の祈りに神は何も答えなかったからだ……」「あなたはもっと神に祈るべきだった……そして殉教する信徒には天上の栄光が待ち受けている筈だ」とロドリゴは言う。しかしロドリゴの口から出るすべての奇麗ごとや護教的な建前論はフェレイラによって一蹴される。「わしは祈ったとも。しかし祈りもあの男たちの苦痛を和らげはしまい」フェレイラは続ける。「わしだってそうだった。あの真っ暗な冷たい夜、わしだって今のお前と同じだった。だが、それが愛の行為か。司祭は基督にならって生きよという。もし基督がここにいられたら」。

司祭は基督にならって生きよと言う。もし基督がここにいられたら。このフェレイラの言葉ははたして悪魔の誘惑か、それともキリストに倣う真実の愛の言葉か。(21)

フェレイラは一瞬、沈黙を守ったが、すぐはっきりと力強く言った。

「たしかに基督は、彼等のために、転んだだろう」

夜が少しずつあけはじめてきた。今まで闇の塊だったこの囲いにもほの白い光がかすかに差しはじめた。

「基督は、人々のために、たしかに転んだだろう」

「そんなことはない」

司祭は手で顔を覆って指の間からひきしぼるような声を出した。

「そんなことはない」

「基督は転んだだろう。愛のために。自分のすべてを犠牲にしても」

「これ以上、わたしを苦しめないでくれ。去ってくれ。遠くに行ってくれ」

司祭は大声で泣いていた。閂が鈍い音をたててはずれ、戸が開く。そして開いた戸から白い朝の光が流れ込んだ。

(21) フェレイラは長与善郎『青銅の基督』でも、『沈黙』のオランダ商館員ヨナセンの日記でも「その心は腹黒い」悪人として描かれている(『全集』二巻、三一九頁)。

「さあ」フェレイラはやさしく司祭の肩に手をかけて言った。「今まで誰もしなかった一番辛い愛の行為をするのだ」[22]

よろめきながら廊下を進むロドリゴをフェレイラは後ろから押す……踏み絵は今、司祭の足元にあった……黎明のほのかな光。光は剝き出しになった司祭の鶏のような首と鎖骨の浮いた肩にさした。作者は筆を抑えてはいない。理性的な正邪の判断や冷厳な論理性を離れ、ときに遠藤作品の持ち味の一つですらあるセンチメンタリズムぎりぎりの所で、作品の最大の山場に向かって二人は進んでいく。しかし我々は冷静に判断してみよう。

「基督は愛のために転んだだろう」というこの判断は例えば『深い河』の大津の今、あの方（キリスト）がこの町に寄られたら、やはり自分と同じくヒンドゥー教徒の行き倒れを火葬場まで運ぶだろうという言葉と比較してみたらどうなのか。その場合は純然たる愛の行為で何も問題はない。しかし『沈黙』のロドリゴのこの判断はどうであろうか。そこには純粋な愛の実践以外には何もないだろうか。彼の人間的な怯懦は介在していないのか。小説のかなり早い段階から窺われる彼の過多な憐憫についてはどうなのか。もちろん、憐憫それ自体は自然の情の発露であり非難すべきものではない。しかし他ならぬ司祭が他人に対する憐憫という陥穽に足を掬われたならどうであろうか。もちろん、他人とともに苦しむこと、他人とともに痛みを分かち合うことが罪だと言うのではない。もしそうだとしたら病人を憐れむ福音書のイエスは罪人になってしまう。

そうではなく一時的に愛の行為に見えようとも、神の目からみてそれが偽りの愛の行為であれば、神はそれを嘉みされることはないということだ。しかしではその「神の判断」を人間はどうやって知ることが出来るのだろうか。それは容易に我々人間には知ることのできないことだ。ここで紛れもなく、我々一人ひとりが遠藤によって決議論的な問いを突きつけられている。しかし翻って作者遠藤がどう考えていたのかは、この場面の象徴や隠喩からはっきりと推察できる。

ヒントになるのは、「白い朝の光り[23]が流れ込んだ……。黎明のほのかな光。光は剝き出しになった司祭の鶏のような首と鎖骨の浮いた肩にさした」という描写である。悪の支配を象徴する「夜の闇」は微かな白い朝の光によって破られる。たしかに朝の光は情景の描写として白いという形容詞を付けてもそれほど違和感はない。しかしここの白い光もまた単なる自然の光の色ではなく、「神の恩寵（の光）」の象徴なのだ。鶏のような首という表現も栄養不足と体力の衰えを指す囚人のごく自然な描写とも見えようが、やはりそれ以上の意味が鶏のもつキリスト教聖書神学的象徴として、作者によって敢えてここに付け加えられているのではないだろうか。

司祭は足をあげた……この足の痛み。その時、踏むがいいと銅板のあの人は司祭にむかって言った。踏むがいい。お前の足の痛さをこの私が一番よく知っている。踏むがいい。私はお前たちに踏まれるために、この世に生まれ、お前たちの痛さを分かつため十字架を背負ったのだ。

こうして司祭が踏み絵に足をかけた時、朝がきた。鶏が遠くで鳴いた。[24]

夜明前の闇の塊[25]とは真っ暗な夜の静寂という自然の描写に重ね合わされて完全な悪魔の支配（神の光が閉ざされている）の意味がある。また司祭の鶏のような首とは劣悪な環境のなかで、心身ともに痩せ衰えているロドリ

（22）『全集』二巻、三一一頁。

（23）遠藤は草稿と異なり、清書草稿（初版本）では「朝」「白い光」が真っ黒な闇の中に最初に訪れる記述を「たしかに基督は人々のために転んだろう」というフェレイラの言葉の直後に変更している。このことはフェレイラの言葉が神の恩寵のもとに語られたことを示唆するものではないか。藤田尚子編集・解説『遠藤周作『沈黙』草稿翻刻』長崎文献社、二〇〇四年、三七一―三七二頁、「解説」（藤田尚子）参照。

（24）『全集』二巻、三一二頁。

（25）「形而下の闇は形而上の闇のシンボルである」。中森他監修、前掲書、二三頁、M・ルルカー、前掲書、三八一―三八二頁。

ゴの肉体の状態を示す記述でもあろうが、ここにわざわざ、鶏のような首と遠藤が描きこんだのは他でもない。鶏鳴や雄鶏というキリスト教的象徴(26)を意識してのことである。すなわち雄鶏は人の子の到来に対して常に注意深く目覚めていることの象徴であり、真の光の告知者である。また古代キリスト教の墓石と石棺の上に描かれた雄鶏は死の夜の後に訪れる新たなる日を指し示しており、そう言う意味で復活の象徴でもある。

もちろん、ここでの鶏（雄鶏）のような首とは、第一義的にはペテロとともに描かれた場合の雄鶏、すなわち悔い改めた罪人の象徴を連想させるものに他ならない。ここでは朝がくるまでに「三度、イエスを否んだ」というあのペテロの裏切り（マタ二六・三四）と同じく、司祭ロドリゴが主イエス・キリストを裏切る行為の象徴であろう。

裏切り者、ユダの身に己を堕してみて初めてキチジローの裏切りを赦すロドリゴ。ロドリゴにとって永い間の謎であったユダの赦し。そして裏切り者ユダでさえ赦す「あの人」の底知れぬ愛の深さ。永い間、澱のようにつかえていた疑問に対する答えは己の裏切りをもって初めて知ることが出来た。そこには、初めて沈黙を破り、語りかける主イエス・キリストの愛があった。したがって「光はむき出しになった司祭の鶏のような首と鎖骨の浮いた肩にさした」という右のくだりは、「恩寵の光がロドリゴに降り注いで」おり、キリストはロドリゴの裏切り（憐憫のためにあえて踏み絵を踏むこと）をも許して下さっていることを作者は密かに示したいのではなかろうか。

6　いくつかの隠喩——黒い海、繰り返されるキチジローの告解、日本という沼地

(1)黒ずんで沈黙する海——「神の沈黙」の隠喩

日本人信徒がロドリゴの前で殉教する場面は三度ある。その最初の殉教はしめやかで、悲痛なトーンが支配す

る場面、モキチとイチゾウが水礫の刑に処せられる場面である。長崎で転ばなかった二人の農民はトモギの海で見せしめのため一日中降り続く霧雨の中で杭に縛りつけられ、二日目についに波間に没する。初めは「パライソの寺に参ろうや」と歌って自らを励ましていたモキチも、その隣のイチゾウの頭も再び潮がはりつめてくると暗い波間に隠れる。そこにロドリゴが見るのは栄光にみちた、聖人伝に記された輝かしい殉教ではなく、あまりにも惨めな、あまりにも辛い殉教だった。

海はただ陰鬱に黒く拡がっている。丘の上から見下ろしているロドリゴは、海が暗く単調な音をたてて浜辺に打ち寄せることに耐えられず「この海の不気味な静かさのうしろに私は神の沈黙を——神が人々の嘆きの声に腕をこまぬいたまま、黙っていられるような気がして……」(『全集』二巻、二二八頁)と呟く。その後にも度々、遠藤によって「黒ずんで沈黙した海」が描かれるが、海が黒ずみ押し黙っているとき、それは神の沈黙の隠喩であると言えよう。

(2) キチジローの判りにくさ——「隠れ(潜伏)キリシタン」の隠喩

かつて武田友寿氏は『遠藤周作の世界』[27]のなかでキチジローが一番の主役であり、ロドリゴもフェレイラも皆、脇役にしか過ぎない。またキチジローが人物像として一番よく描かれていると書いておられるが、私はキチジローという人物像には小説の作中人物として、なにかもう一つ判り難いものがあると思う。遠藤の描く弱者には時として聖性が欠けており恩寵の光が十分に当たらぬまま、弱者が単なる弱者に終わってしまうことがある(『死海のほとり』のネズミ)。

しかしここでの判り難さの主たる原因はキチジローの弱虫で臆病な性格にあるのではない。彼が心ならずも何

(26) 鶏鳴、雄鶏、ペテロの否み(マタ二六・三四、二六・六九)、M・ルルカー、前掲書、八二頁。
(27) 中央出版社、一九六九年、三五〇頁。

度も転び——それは彼の天性の怯懦、弱虫に起因するのであろうが——その度ごとにロドリゴに対し「信心戻しの告解」を求めて煩くつきまとうことなのである。少なくとも三度、彼はロドリゴに「信心戻しの告解」を求めてやって来る。それ以外にも彼は護送されるロドリゴの近辺に現れては、あるときにはロドリゴの前にそっと食料を置き、またあるときには哀しそうな眼で遠くから見つめる。

なぜ執拗なまでに転びと告解が繰り返し描かれるのか。何度も転ぶのはキチジローの弱さの表明であり、自分は強か者と異なり生まれつき弱か者だと、いわば弱さに居直るという武田友寿氏の「弱者の復権説」では、ではどうしてキチジローは信心戻し（告解の秘蹟）を何度も何度もロドリゴに要請するのかを説明できないのではないか。

同様に笠井秋生氏(28)の次の解釈にも私は納得できない。氏はキリストのユダに対する言葉「去れ、いきて汝の思うところをなせ」を手掛かりに、「父の宗教」に依っている時のロドリゴが「母の宗教（母性的愛の宗教）」に変わった時、初めてキリストの赦しの言葉を理解し、自分もまたユダであるキチジローを赦すことが出来たといわれるが、ロドリゴの気持ちの変化は説明できても、やはりキチジローによる度重なる信心戻しの懇請の謎は解けない。

しかしこのキチジローが「隠れ切支丹（正しくは潜伏切支丹）」の隠喩（メタファー）だとする解釈にたてば、キチジローの再三の裏切りと執拗な告解の懇請の意味もすべて了解される。すなわちキチジロー（隠れ切支丹）が毎年、毎年「踏み絵」(29)を踏んでは、後悔の涙を流し信心戻しの「オラショ」を唱える（おそらく無限抱擁的に、何度でも罪を赦して下さる母としての「マリア観音」に縋りつつ赦しを乞う）隠れ切支丹の隠喩ということがわかりさえすれば。つまりキチジローの反復する裏切り行為とロドリゴに対する再三の告解の懇請はキチジローに象徴される隠れ切支丹の踏み絵を踏んでは許しを請うという屈折した信仰のあり方だったのだ。

だから「キチジローが主役である」と遠藤が言うとき、それはキチジローによって象徴される隠れ切支丹に対する賛辞（オマージュ）でもあった。しかしもちろん、それは手放しの称賛ではない。遠藤はフェレイラと井上の言葉として、教会の指導者をうしなった場合の日本のキリスト教信仰の危うさをも同時に指摘しているのであるから。

(3)「日本という沼地」――「多神教的風土」の隠喩

フェレイラは棄教後、再会したかつての教え子ロドリゴに対し半ばは自己正当化から、半ばは心底からの述懐として自分の二〇年に及ぶ宣教の総括をロドリゴに語る。彼は日本人のキリスト教受容に当たっての変容・屈折の傾向を慨嘆する。彼が知ったことはこの国にはロドリゴや彼たちの宗教は所詮、根をおろさぬということ。しかし根をおろさぬのではなく、根が切り取られたのだとロドリゴは反論する。だがフェレイラは司祭の反論に顔さえあげず眼をふせたまま、意思も感情もなく「この国は沼地だ……この国は考えていたよりもっと恐ろしい沼地だった。どんな根もその沼地に植えられれば、根が腐りはじめる……我々はこの沼地に基督教という苗を植えてしまった」と言う。「キリスト教の神は日本人の心情のなかで、いつか神としての実体を失っていった。あれは神ではない。蜘蛛の巣にかかった蝶とそっくりだ。はじめはそれは蝶だが、やがて外見だけは蝶だが、それは実体を失った死骸となっていく……日本人は神の概念をもたなかったし、これからももてないだろう[30]」ともフ

(28)『遠藤周作論』双文社出版、一九八七年、一七二―一七三頁。
(29) 絵踏みは寛永五年（一六二八）開始され、一九世紀中頃に諸外国の圧力で安政五（一八五八）年停止（E・ケンペル『日本誌』一七二八年、清水紘一『キリシタン禁制史』教育社、一九八一年、一八七―一九二頁）。毎年正月四日に絵踏みの儀式が執り行われ、隠れでないことが確認される。絵踏みする側の、つまり隠れ切支丹の人々の心理（屈辱や慚愧の念）を知れば、納得できることである。本当に遠藤が語りたかったこととは、この何度も踏みながらなお信仰を棄てられない、その裏切り者の後ろめたい信仰の在り方だ。小説の中では、この反復される転びと赦しがキチジローの行為として表される。
(30)『全集』二巻、二九五―二九七頁。

ェレイラは言う。

フェレイラの言う「宣教師がたずさえてきた苗はこの日本とよぶ沼地でいつの間にか根も腐っていった」という言葉には真摯な諦めがこもっていたと遠藤自身も書いているが、ある意味ではこの台詞はフェレイラの本音の慨嘆でもあろう。

また井上は日本の多神教的、精神的土壌の中にキリスト教という一神教は根づかない。「五島や生月の百姓たちが奉じているデウスはキリシタンのデウスとは次第に似ても似つかぬものになっている」と言う。これらの警鐘、慨嘆はいわゆる「日本沼地論」として遠藤が抱く危惧でもあった。だからこそ『沈黙』の続編とも言うべき後年の『侍』のなかでも遠藤は、この「日本沼地論」を先祖崇拝に対する批判という形で継続して問題提起(31)している。もちろん、「日本」は所詮「沼地」で、「キリスト教の苗」は育たぬという懐疑に対する遠藤の反論は小説の中ではキチジローとロドリゴのその後を描くことによって象徴的に否定されている。すなわちこのキチジロー(「隠れ切支丹の隠喩」)は、遠藤が明示的に言わなくても二五〇年後に歴史が証した「潜伏切支丹の人々」の存在とローマ教会への帰一に繋がっていくし、またロドリゴのいう「新しい愛の教え」は小説の最後部の「切支丹屋敷役人日記」を注意深くよめば、ロドリゴとロドリゴを助ける中間《ちゅうげん》キチジローの布教の証として微かに示唆されているのであるから。

7　キリストの顔（キリスト教の象徴）の変化——西欧キリスト教から日本的キリスト教へ

ロドリゴはキリストの顔に惹かれ、いつも心に思い浮かべる。そう言う意味ではキリストの顔はロドリゴの心の変化を映し出す鏡とも言える。キリスト像の変化はじつに一三、四回も描かれている。ここでは『沈黙』の中に、とりわけロドリゴの心象に描かれるキリスト像の変化に注目しよう。というのも遠藤自身、「異邦人の苦悩」

の中で次のように言っているからである。「沈黙という小説は、そこに様々の主題が含まれているために、いろいろな批評家から、様々な解説や分析を受けたけれども、私にとって一番大切なことは、外人である主人公が、心にいだいていたキリストの顔の変化である」[32]と。今まで、象徴とか隠喩とか述べてきたが、考えてみるとこの作品における遠藤による象徴の最大の使用はロドリゴの抱く「キリスト像の変化」であると言えよう。つまりキリストの顔とはキリスト教の象徴なのだ。そしていままでの象徴や隠喩はそれぞれの場面において隠された作者の思いを伝える道具であったが、それらがいわば、『沈黙』というタピストリーを織る横糸とするならば、このキリストの顔の変化は全編を貫く縦糸[33]としての役割を担っているのである。それを踏まえた上でロドリゴの心象に描かれるキリスト像の変化に注目しよう。

　ヨーロッパから布教の熱意と師フェレイラの転びの真相を確かめにきたロドリゴが当初、懐いていたキリストの顔は威厳のあるキリストの顔である。それはキリスト教美術では「復活のキリスト」といわれるもので、死に打ち勝った復活のキリストの雄々しい自信に満ちた顔である。例えばピエロ・デラ・フランチェスカの「復活のキリスト（一四五八年頃）」（サンセポルクロ市立美術館）を想起せよ。

　しかし転びバテレンのロドリゴの踏むキリストの顔はそのように威厳にみちた美しい西欧キリスト教のキリストの顔ではない。西欧キリスト教のキリストの顔は、日本での迫害の前に無力である。それは殉教者を前にしたロドリゴの悲痛な祈りに対して頑なまでに沈黙を守る。しかし「踏み絵」にまさに足をかける時に、彼がみた足下の顔は日本人職人の作った見すぼらしい、哀しそうなキリストの顔であった。が、そのキリスト像はしかし初めてロドリゴに語りかける。「踏むがいい。私はお前たちに踏まれるためにあるのだ」と。遠藤のキリスト教理

（31）『全集』三巻、三四五頁。
（32）『全集』一三巻、一七五頁。
（33）同書、一七六頁。

解における決定的、画期的な変化はこの顔の変化によって象徴される。つまり沈黙を破って語りかけるのは西欧キリスト教の神ではなく日本人職人が見様見まねで作った日本人のキリスト像なのだ。

小説の進行とともに少し具体的に跡づけてみよう。それはまず学生の頃にポルゴ・サンセポルクロで見た王者たる威厳にみちた復活のキリスト像のもつ「力強い雄々しい顔」に始まり、五島での逃避行の最中に抱く「最も美しく、最も聖らかな顔」を通じて、「何者も侵すことの出来ぬ、何者の侮辱をも許さぬ顔」から、やがてガルペの殉教を経て、「苦しんでいる顔」へと変わる。苦しんでいるキリストの顔、ロドリゴにとって最初、苦しんでいる主の顔だけはなぜか遠いものに思えたが、しかしあるとき牢屋の中でその顔ははっきりと焦点を結ぶ。ついで「受難のキリスト」に自己同一化して殉教に向かって高揚しているロドリゴの心が映し出すあの人の顔はかつてないほど生き生きしたイメージで彼に迫る。殉教への道中で「苦しんでいる顔、耐えている顔」、その顔にロドリゴはますます近づく。ここにはともに苦しむ神の顔がある。主は言われる。「お前が苦しんでいる時、私もそばで苦しんでいる。最後まで私はお前の側にいる」と。しかし最後の晩、牢屋の中でロドリゴの死への恐れが強まり、「受難のキリスト」との一体化も力をなくした。その時、彼がイメージしたものは「血の汗を流したあの人の歪んだ顔」だった。

次に彼が見るのは、想像によるあの人の顔ではなく、足元にある「踏み絵」のキリストの顔である。それは細い腕をひろげ、茨の冠をかぶった「キリストのみにくい顔」だった。絵踏み後の回想によるあの人の顔もやはり、やせこけ、疲れ果てていた顔だった。それは今まで司祭がポルトガルやローマ、ゴアやマカオで幾百回となく見てきたキリストの顔ではなかった。それは威厳と誇りをもったキリストの顔ではなかった。彼の足元のあの人の顔はやせこけ、疲れはてていた。

夜、風がふくと（聖霊の見守る中で）ロドリゴはあの人の顔を心に浮かべる。その顔は踏み絵の中で磨滅し、凹み、哀しそうな顔をしてこちらをみている。踏むがいいと哀しそうな眼差しはロドリゴに呼びかける。このキリストの顔の変化とキチジローに対する司祭の気持ちの変化は最後の絵踏の回想の場面で一つに結ばれる。すなわちロドリゴがキチジローを心の底から赦すことが出来たのは、踏み絵を踏むことで自らをユダの立場に落としてみて初めて可能だったのだ。そしてそのとき初めて「神の沈黙」の意味が彼にも了解される。それにしても何という野心的な作品、しかも小説として練度の高い作品なのであろうか。今回、丹念に読み返してみてつくづくそう思う。

8　神の沈黙——神はほんとうに沈黙しているか

この作品において表面的には神は沈黙したままだが、作者遠藤は象徴や隠喩を駆使することによって、じつは神をして雄弁に語らせているとも言える。つまりここで神はほんとうに沈黙しているかが問われねばならない。主人公ロドリゴは「神の沈黙」の意味を図りかねて「神の存在」そのものをも疑う。「神の沈黙」から導きだされる推論は次の三である。

つまり①「神は存在しない（故に神は沈黙している）」、②「神は存在する、しかしなぜか沈黙している」、③「神は存在し沈黙していないが、我々が神の言葉を聴く耳を持たない」。主人公は最後に三番目の結論「神は沈黙されていないで（苦しむものとともに苦しまれている）」に到りつくのだが、そこまでの「彼の心の変化」は彼が抱く「キリストの顔の変化」によって象徴的に映し出される。

この作品の象徴の使用で最大のものは、じつにこのキリスト像（顔）の変化なのだ。すなわちロドリゴが自らを「復活のキリスト」や栄光に満ちた「受難のキリスト」と無意識的に同一化している時には神はあくまで沈黙されたままである。しかしロドリゴが裏切られ、裁かれ、理屈ではどうしようもない死の恐怖にうち震え、牢獄で孤独のうちに夜を過ごし、ついには踏み絵を踏むことで（殉教者に許された）栄光をすべて剝奪されたときに、キリストが裏切り者ユダに示された無限の愛を理解する。そしてそのとき初めて「踏むがいい。私はお前たちに踏まれるためにあるのだ」と神は沈黙を破る。

つまり彼が西欧キリスト教の強者の論理に縛られている時には、それは西欧の名画に描かれた雄々しく美しい「基督の顔」であったが、次第にそれは痩せこけ、疲れはてた、日本人職人の稚拙な踏み絵の中の「あの人の顔」、凹んだ眼で「踏み絵」を踏もうとする人を見上げる悲しげな顔へと変化する（三一二頁）。畢竟、キリストの愛は綺麗な、優れたものに向けられたのではなかった。それは卑しいもの、醜いもの、どうしようもなく弱いもの、時には唾棄すべきものに向けられていたのだ。そのことにロドリゴが徐々に気がついていったとき、キリストは「沈黙」を破られたのだった。「踏むがよい。私は踏まれるためにあるのだ」と。

じつにこのロドリゴの抱くキリスト像の変化こそ、『沈黙』という作品中の最高に効果的な象徴の使用と言えよう。ロドリゴは穴吊るしにあって苦しんでいる農民信徒を救うために自らも「踏み絵」を踏み、裏切り者ユダの立場に身を堕して初めてキリストの極みのない愛を知る。彼が知ったのは天上の高みから、迫害される信徒の苦しみの前に沈黙する神ではなく、自ら病み傷つき悶えともに苦しむ神だった。ここには闘病生活から得た遠藤自身の「神の沈黙」に対する体験的理解[34]が込められている。そしてこの主人公が最後に到達する「神は沈黙されていない。そうではなく神は苦しむものとともに苦しんでおられたのだ」という「神の沈黙」に対する解答が「ユダの救済」と密接に結びついていることは意味深い。

すなわち自ら裏切り者ユダに身を堕してみて初めて知るキリストの愛であるから。しかしキリストの愛とは、なぜユダの身に己を堕して初めて判る愛なのか。なぜ自ら裏切り者にならなくては理解できぬ愛なのか。それはたぶんキリストの前にたったときに、一切の誇り得るものを奪われ、只、惨めな屈辱と後悔の中に己の身を置かなくては、人間の身には本当の「砕けたる魂」（詩五一・一九）には到達し得ないからであろう。主の受難にあやかり、殉教の栄光に酔っているときではなく、愛のためとは言え、殉教の栄光を一切剥奪されたときに初めてロドリゴは神の声を聞く。つまり「砕けたる魂」にのみ神は「沈黙」を破られたのだ。


参考文献（本文や注で言及の無いもの。アイウエオ順）

川島秀一『遠藤周作――愛の同伴者』和泉書院、一九九三年。

X・L・デュフール編『聖書思想事典』（Z・イエール翻訳監修）三省堂、一九七三年。

G・ハインツ＝モーア『西洋シンボル事典――キリスト教美術の記号とイメージ』（野村太郎、小林頼子監訳）八坂書房、二〇〇三年。

E・パノフスキー『イコノロジー研究――ルネサンス美術における人文主義の諸テーマ』（浅野徹、阿天坊耀、塚田孝雄、永澤峻、福部信敏訳）美術出版社、一九七一年。

H・ビーダーマン『図説　世界シンボル事典』（藤代幸一監訳）八坂書房、二〇〇〇年。

諸川春樹、利倉隆『西洋絵画の主題物語　カラー版　1　聖書編』美術出版社、一九九六年。

若桑みどり『薔薇のイコノロジー』青土社、一九八四年。

（34）　山根道公『遠藤周作　その人生と『沈黙』の真実』第二部第三章「結核再発の病床体験と信仰的回心」朝文社、二〇〇五年、二〇八―二〇九頁参照。またその改訂復刊版『遠藤周作研究――I　遠藤周作　その人生と『沈黙』の真実』日本キリスト教団出版局、二〇二三年の第二部第三章「病床体験と踏絵体験――『満潮の時刻』を中心に」一五二―一八六頁を参照。佐藤泰正「回心をめぐって」『鑑賞日本現代文学25　椎名麟三・遠藤周作』角川書店、一九八三年、四一五―四一六頁参照。

第七章　『深い河』――「永遠の生命」の水と人間の「深い河」

「わが家はヨルダン川の彼岸にある。深い河、神よ、私は深い河を渡って約束の地へ行きたい」

黒人霊歌

「愛の神、神の愛、それを語るのはやさしい。しかしそれを現実に証することは最も困難なことである。なぜなら愛は多くの場合、現実には無力だから」

『イエスの生涯』

0　文学としての『深い河』――作者の思い入れ

黒人霊歌に歌われる深い河は苦悩に満ちた此岸（現世）からの解放を意味する。それは苦難に満ちた砂漠での彷徨の末に漸くヨルダン川の此岸から約束のカナンの地を望むヨシュアの故事に因んだ歌だ。そこには現世における黒人たちの絶望的な状況と、それだけ強烈な彼岸への思いが込められている。低い腹の底から絞り出すような黒人の歌声を聴くとその思いが私たちにも伝わってくる。

遠藤は現代日本人作家のなかで最も多産な作家である。その遠藤が自らの柩のなかに『沈黙』と『深い河』をいれるよう子息に遺言したと伝えられる。つまり遠藤にとってこの二作は特別な意味を持つ作品なのだ。『沈黙』について何人もその傑作たることに異議を唱えないだろう。その衝撃的な内容、人物の造形、日本の墨絵を見ているような自然描写の素晴らしさ、何れをとっても『沈黙』が彼の最高傑作であることは間違いない。たぶん『沈黙』は戦後日本文学の中で最も重要な作品の筆頭に数えられるだろう。このことは海外で『沈黙』が多くの読者を獲得したことからも言える。

私は他の所で遠藤の『沈黙』と『深い河』を取り上げ、神学的な観点から、それらの作品における遠藤のキリスト教理解について論じた。[1] しかしここでは神学や思想ではなく文学としての『深い河』を取り上げ、この作品の小説としての構成と特に、その象徴(シンボル)と隠喩(メタファー)によって表されるものについて明らかにしたい。

1　遠藤の小説作法――文章はわかりやすく、構成は凝る

遠藤は平成五(一九九三)年七月一六日付の読売新聞(夕刊)のインタビューの中で「私の仕事の集大成のような作品だと読者から言われる」と述べている。確かに登場人物は何れも遠藤の小説の読者にとっては懐かしい顔ぶれである。その記事によると物語はインド仏跡旅行に参加した人々の人生を支流として遡りつつ、彼らの人生をすべて束ねる深い河、ガンジス川に向かって流れ、進んで行く。癌で死んだ妻の生まれ変わりを探す磯辺。真似事ではない人生の手応えを求める美津子。沼田は動物を身代わりに命拾いした体験を、木口は人肉を食べた友人の告白を、それぞれ背負う。大河の辺では美津子が捨てた男、カトリックの神父として不適格者の烙印を押された大津が異教徒の死体処理に身を投じていた。「河を真ん中において、死と永遠、時間の流れを描きだすという構成が浮かんだ時、しめたと思いましたね。インドでの取材は計四回。主人公は美津子と、僕のイエスのイメージである、醜く何の威厳もない大津、大津には実在する神父のモデルがいる。彼ら二人だけの小説にすることも確かに可能でしたが、登場人物が多いほど書き手としては息切れがしない。読者も作中のだれかに自分を当てはめられるでしょう。彼らは自分の求める何かを見いだせないから、深い河の辺に集まるわけだ。文章はわかりやすく、構成は非常に凝る。が私の流儀ですが、どうです、一気に読めましたか?」と述べている。

文章はわかりやすく、構成は非常に凝る。これは遠藤が小説を書くときの基本である。

かつて遠藤は『死海のほとり』を書くときに二つの物語、「巡礼」と「群像の一人」を交互に組み合わせ、ある種の実験を試みた。(2)今度はヒンドゥー教徒にとっては死と再生の河、ガンジス河を中心に据え、死と永遠、此岸における人間の罪深さ・悲惨さと彼岸における解脱・救済を描きだす。個人の過去はすべて深い河に流れ込むことで贖われる。時間の多様な流れがこれほど一点に凝集される仕掛けは他に見当たらない。

2　枠物語としての巡礼――人生は巡礼であり、キリスト教会は旅する教会である

ガンジス河の辺の聖地ベナレスへと向かう巡礼を縦糸に、様々な人間の背負う過去を横糸にしてこの作品は構成されている。現代日本のせわしない時間とは異なり、ゆったりと流れるインド的時間と広大な自然空間のなかを、ひたすらベナレスの沐浴場へ、聖なる一点へと集中していくこの作品の構成は、まことにテクニシャンの遠藤にふさわしいものだ。それは映画の中では特に視覚的な映像として非常に判り易い。つまりこのインド観光旅行は、ベナレスの河辺へと不思議な力によって導かれる人達にとって永遠の生命に触れる巡礼の旅に他ならない。巡礼を物語の枠として使うのは、一四世紀英国のG・チョーサーの『カンタベリ物語』(3)に先例があるが、キリストご自身と同じくキリスト者は人生のなかで、じつは旅をしているという意味も作者は示唆しているのではな

(1)「日本におけるキリスト教受容の問題――遠藤の『沈黙』から『深い河』まで」『比較思想研究』第二三号（一九九六年）、二一七―二三三頁参照。

(2) 二つのストーリーを交互に組み合わせる試みは上総英郎氏の指摘（『遠藤周作論』春秋社、一九八七年、二四八―二六三頁）の如く何かの先例（フォークナー『野生の棕櫚』（*The Wild Palms*, Random House, 1939)）に倣ったものではなく、むしろ遠藤の内的必然性によって裏打ちされていた。つまり遠藤の「真実のイエス」と「事実のイエス」が漸近して第一一章で交わるのである。武田友寿『『沈黙』以後――遠藤周作の世界』女子パウロ会、一九八五年、一二九―一七六頁参照。

(3) *The Works of Geoffrey Chaucer*, ed. by F. N. Robinson, pp.1-265, Oxford University Press 参照。

いか。たしかにキリスト者はこの世に永遠の住処をもたない。つまりこの世にあっては我々は皆、巡礼者に過ぎない。かくして過去の人生の重荷を背負う様々な男女がガンジスの辺、聖地ベナレスへと贖罪と生まれ変わりのためにやって来るのだ。

3　映画化と原作の違い──二か所の変更の意味

この作品は熊井啓監督の手によって映画化（一九九五年）された。映画は原作者の賛辞（『プログラム……原作を超えた映画「深い河」』）の示す通り全体として素晴らしい出来映えである。しかし原作にはないシーンが少なくとも二つあって、一つは木口が塚田と再会するシーン。原作では東京の地下鉄のホームで、ごく平凡に再会する。しかし映画では視覚的によりドラマチックな設定のなかで再会する。奈良、東大寺二月堂の「お水取り」のシーン。大勢の見物客の中に木口は戦友である塚田の姿を見いだす。これは水と火のシンボルで後ほどより詳しく、小論の主旨との関連で言及するが非常に意味深い変更だったと思う。

しかしもう一つの変更は最後のシーン──私には精霊流しを想わせた──原作ではミステリー仕立てで、大津の危篤の報が入るところで小説は終わる。ミステリアスな余韻を残して、私はこの方が好きだが、映画では大津の死体を焼いた灰をガンジス河上に漕ぎだした小舟の上から美津子が撒くところで終わる。ということはツアーの一行が帰った後も美津子はインドに残り、大津を焼いた灰はガンジス河に撒かれることによって再生されるのだ。ここでの意図は明白である。美津子は大津の生き方を今やはっきりと肯定し、大津の生き方そのものが意味する「永遠の生命の水」によって生まれ変わったのだ。一人の美津子、玉ねぎの存在に懐疑的で、インドの女神のように破壊的な内部衝動をもつ美津子は死に、今や慈悲の心に満ちた、或いはキリスト教的に表現すれば、愛そのもののために自己を捨てる生き方を選ぶ女性に変化した。大津の肉体は滅んで、灰は再生の河に撒かれたが大津の愛の行為は、こうして美津子を変え、美津子はまた他人に愛の行為を施す。それが遠藤の言うところの大津の転生なのだ。

「永遠の生命の水」で生まれ変わったという意味では、美津子はイエスに水を与えたサマリアの女とも受け取れるし、イエスに癒されたマグダラのマリアとも読めるし、イエスを悼む母マリアであるのかも知れない。私は沐浴のシーンで美津子がブルーのサリー（青衣《しょうえ》）を纏って出て来た時にしきりに聖母を思い浮かべた。そのように変更されたのであったが、美津子の回心は予告されていればよいので、私個人としては余韻を残す終わりかたの方がよかったように思う。

4　登場人物の名字の意味――水のシンボル、木のシンボル、土のシンボル

ところでこの作品はキリスト教、特に新約的なメタファーとシンボルに満ちている。そういう意味で私は以下に水、木、土のシンボルの意味の解明を試みる。特に水に関わりのある名前は、この作品では非常に重要な意味をもっている。洗礼[4]や福音書中のいろいろな箇所を引用するまでもなく、キリスト教では「水」は「生命の水」「永遠の生命の水」である。だからこの作品中では男女をとわず「永遠の生命」を求めて止まない人達、或いは「深い河」の隠喩（すべての人間が神の愛のなかにある、或いは一切《いっさい》衆生《しゅじょう》悉《しつ》有《う》仏性《ぶっしょう》）を肯定的に捉えている人達には皆、「水」に関係のある名字が与えられているのだ。「深い河」はすべての人間を包み込む人間の河であり「永遠の生命の水」を求める人達の存在は、結局そこに流れ込む支流であるからだ。大津、美津子（彼女は成瀬という名字なので二重に水と関係がある）はもとより、転生（？）した亡妻に再会するためにやって来た磯辺（磯は確か

（4）洗礼とは罪を洗い清める水浴であり（ヘブ一〇・二二、エフェ五・二六）、パウロによれば志願者が水に入り、そこから出ることはキリストとともに葬られ、彼とともに霊的に復活することを象徴する（ロマ六・三―一一）。

に水辺であるが少し微妙である）。インドに居ついてしまったガイドの江波等は皆、そうである。これは残念ながら私の発見ではなく『深い河』の英訳を担当したV・ゲッセル氏の指摘である[5]。ただ私の論文はそれらをさらに敷衍し、聖書神学的、宗教学的に作品に使われた「象徴」と「隠喩」を分析し、また文学的にこの作品の立体的な構成を解き明かそうとするものである。

5　女主人公、成瀬美津子——求道するエヴァ

「神さま、あの人をあなたから奪ってみましょうか」と神に挑戦する成瀬美津子はなによりも「永遠の生命」を真摯に追い求める求道者である。しかしもちろん、彼女は大津をその官能的魅力で誘惑し神の手から奪うエヴァでもある。「あなたが勝つか、私が勝つか競争しましょう」と彼女は言う。彼女の試みは一度は成功し神との競争に勝利する。しかし彼女の内面のより深い所には、もう一人の、求道者たる自己が存在し彼女を絶えず何かわけのわからない存在Xへと駆りたてずにはおかない。彼女は裕福な、しかし平凡な青年と結婚するが、日常的な見せ掛けの幸福に満足せず「永遠の生命」に至る道を最初はほんの真似事として、次いで真摯に模索して行く。彼女が病院でボランティアとして働くのもそのためである。

小説のなかで繰り返し述べられる如く、彼女は言うまでもなくF・モーリアックの作品中の女主人公テレーズ・デスケルーの分身である。テレーズが破壊的衝動に駆られるのは日常的な幸福の価値を露ほども疑ってみない夫のような存在に対してなのだ。孤独に閉じ込められ、夫をふと殺害しそうになるテレーズ・デスケルー。彼女こそは真実の愛に飢え渇く求道者、美津子の原型である。ひたむきに求道の道を歩む大津は、美津子の先達であるとともにライバルでもある。シンボル分析の上からも美津子が大津と「津」を分け合っていることも偶然ではない。彼女は大津に惹かれるが、それは男性的魅力にではなく、またその人間性によってでもない。彼女がわ

けのわからない力で引きつけられるのは、実は大津が愛の根源である玉ねぎからの聖なる磁力をより多く分け持っているからに他ならない。

言い換えれば彼女は大津にではなく、大津のうちに働いている大いなる愛、聖なる存在に引きつけられるのだ。『スキャンダル』の女主人公のように（名前からしても彼女は『スキャンダル』の成瀬夫人ともまた多くを分け持っている）偽善の匂いやナイーヴ過ぎる神経の持ち主をふと破滅に追い込んでみたくなる魔性の女、と同時にその内面深く存在する、愛に飢え渇き、聖なる存在を必死に追い求めずにはいられない求道者が彼女の真の姿なのだ。小説の最後には沐浴と真似事の祈りによって彼女の回心が予告されている。[6]それを大津の死とからめて判りやすく描くと、あの映画の最後のシーンになるのであろうか。

6 大津――現世における「生命の水」の与え主、哀しきピエロ（キリストの隠喩）

主人公、大津のモデルはルオーの描く哀しきピエロキリスト[7]であり、さらに旧約聖書のイザヤ書に出てくる虐げられた義人である。「彼は醜く、威厳もない。惨めで、みすぼらしい。人は彼を蔑み、見捨てた。忌み嫌わ

（5）『遠藤周作と Shusaku Endo アメリカ「沈黙と声」遠藤文学研究学会報告』春秋社、一九九四年、二〇三頁参照。

（6）映画の中の秋吉の演技で素晴らしかったのは終わり近くの沐浴のシーンである。とくに彼女が見せる至福の表情は素晴らしい。生命の根源であり、永劫の輪廻から人間を解脱させる聖なるガンジスの流れのなかに全身を浸した後で、彼女の見せる何とも言えない晴々した悦びに満ちた表情。永遠の生命に至る道に確実に辿りついた悦びの顔は、計算されたものというよりは女優としての天性の資質によるものだろうか。彼女の演技力、役の理解（プログラム参照）、この小説の意味、すべてをあの演技は完璧に示したように見えた。若々しい肉体の魅力とともに近来の映画に見られない出色の演技であった。

（7）ルオーの連作「ミゼレーレ」はイザ五三章のこの箇所で終る。Cf. G. Rouault, MISERERE 58 C'est par ses meurtrissures que nous sommes gueris, 1922（出光美術館蔵）。

れる者のように、彼は手で顔を覆って人々に侮られる。まことに彼は我々の病を負い、我々の悲しみを担った」。イザヤ書五三章二—四節のこの箇所は美津子が退屈を紛らわすために大津を誘惑しようとして、網を張っているクルトゥルハイムのチャペルの場面にさり気なく挿入されている。

イザヤ書のこの「惨めで、見すぼらしく、軽蔑」される男こそ後のキリストを予告する姿だ。なぜなら「彼は軽蔑され人々に見捨てられ、多くの痛みを負い病を知っている。彼が担うのは私たちの病、彼が負ったのは私たちの痛み。彼は自らを投げうち死んで罪人の一人に数えられる。彼は多くの人の過ちを担い背いた者の罪を贖った」のだから。つまりこの冴えない虐げられる義人こそ贖罪の子羊、多くの者のために十字架上で無辜の血を流す救い主の予型なのだ。だから以後も度々、繰り返される「醜く、見すぼらしい」義人とは大津と重ね合わて、キリストの生涯の意味を表象しているのだ。

終章（第一三章）のテーマが「彼は醜く威厳もなく」となっていることから、大津の惨めな死に様こそキリストの磔刑にも比すべき出来事と作者は考えている。つまり大津は「イエスは奇跡など行えず、ただ病者や苦しむ人とともに、その痛みや苦しみを分かつだけであった」という遠藤のイエス理解(8)による現代版イエスなのである。大津は何をやってもなぜか失敗する。フランス、イスラエル、インドでも彼は西欧キリスト教の枠の中に収まり切れない。しかし彼はキリスト教を決して捨てはしないし、それどころかキリストが絶えず自分の中にあって彼を励まし彼を動かすエネルギーの源であることを知っている。彼のアシュラムでのミサとその後の瞑想の情景を思い出して欲しい。彼はキリスト教の体制に安住しているどの司祭よりも、むしろキリストに一番、近いところに位置している。

彼には惨めで威厳もない所にこそ真のキリストがおられることがわかっているのだ。彼は言う「もしキリストがこの場におられたら、自分と同じように行き倒れを火葬場につれていかれるだろう」と。自分と何の縁もゆかりもない異教徒の行き倒れの死体を火葬場まで運ぶ仕事。これは最も卑しい身分の人間のする仕事であり汚れており不潔で、この世の中で最もしたくない行為だ。それを大津は行う。一見、惨めな敗者の如き大津の姿に実は栄光のキリストの姿を遠藤は見え隠れさせている。惨めで滑稽であればあるほど、その与える逆説的なインパクトは大きい。大津の最期の独語「これでいい。僕の人生は……これでいい」はG・ベルナノスの田舎司祭の最期の言葉「すべては聖寵である」（『田舎司祭の日記』二〇四頁）と重なっているのではないか。

7　大津のモデル――無力のイエス

ここで『死海のほとり』から参考になる箇所（九三―九五頁）を少し引用してみよう。ゲヘナの谷で捕縛された大工は大祭司カヤパの屋敷の地下牢に入れられている。カヤパの舅のアンナスは大工に会いに来て、大工との間でドストエフスキーの『カラマーゾフの兄弟』中の「大審問官」の挿話を思わせる場面を展開する。

うずくまった大工はひどく痩せてその手足は枯れ枝のように細かった。「私が誰か知っているか」大工はうなずいた……

アンナスは大工に、大工の説いた愛などというものは砂漠の蜃気楼のように実体がない。人々に秩序と幸福を与えることが出来るのは、目に見える確かな存在である神殿や律法であると語った後で、自分は神の存在などとっくに信じてはいないが、ユダヤの大勢の民からなる羊を司牧する勤めを立派に果たしている。それにひきかえ

（8）『イエスの生涯』新潮社、一九七三年、一一二頁参照。他に『死海のほとり（一九七三年）』『キリストの誕生（一九七八年）』、さらにG・ベルナノス『田舎司祭の日記　キリスト教文学の世界5』主婦の友社、一九七七年、一五―二〇四頁等参照。

大工のやろうとしたことはすべて失敗だと言う。

「ずいぶん細い手と細い足をしている」と私は笑った。「お前はナザレの大工だそうだが、その手では重い材木も持てまい。人のために役にも立たなかったであろう。お前はこの世で何の役にも立たなかったようだ。癩者と一緒に住んでやったそうだが、お前の愛でその癩病を治せたのか」大工は弱々しく首をふった。「お前はガリラヤの熱病患者を看病したそうだが、愛でその病気が治ったか」「いいえ」「お前は、子供を亡くした母親や死にかけた老人の手をいつも握っていたという話だが、子供は母親の腕に生きかえり、老人の力ない眼に光りが戻ったか。お前は愛で奇蹟が行えたのか」大工は口を噤んだまま、震え続けていた。「結局、お前は何もできず、何の役にも立たなかった。することなすこと、一つの実も結ばなかった(9)」。

ここは『死海のほとり』の中でも最も重要な場面だ。ここには遠藤のイエス像、無力であって何の役にも立てなかった男、ただ他人の苦しみ悲しみを共にする人・同伴者であるイエス像が実によく描かれている。遠藤は福音書中の奇蹟物語より、慰め物語により多くの信頼をおいている。こう言うイエス像は神の子であるという彼の出自からして、一見、自己矛盾的に思えるかも知れないが、神の子が受肉し人間になられたのは奇蹟を行うためではなかった。むしろ地上において人間と同じ高さで人間と共に苦しみ、人間の病の辛さを分かち、人間の罪を一身に背負って十字架上で苦しみながら死に絶えるためであったのだ。

キリスト者がこの不条理な逆説を理解するためにはパウロの次の言葉「神の愚かさは人よりも賢く、神の弱さは人よりも強い」(一コリ一・二五)を思い出すとよいだろう。いずれにせよ、一見、無駄に思われるマザー・テレサの修道女たちの行為とともに、この大津の献身は我々日本人にはわかり難い逆説であり、キリスト教作家の描く絵空事に受けとられやすい箇所であろう。

8　磯辺夫妻——典型的な日本人サラリーマンとその妻の心の交流

「わたくし……必ず生まれ変わるから、この世界の何処かに。探して……私を見つけて約束よ」磯辺の妻は息を引き取る前にそう言い残す。磯辺は典型的な日本人サラリーマンであるが、彼はどのようにして「永遠の生命」の存在と関わりを持つのだろうか。大津や美津子がその発想や行動において、かなり日本人離れしているのに対して、磯辺と癌に冒されたその病妻の心温まる交流は（此処では一寸、小津安二郎監督の映画を思わせるような、日常生活のもつ生きること、愛することの確かな手応えを感じさせる）、心優しいが必ずしもキリスト教とは無関係な人物として多くの日本人読者に親しみ易さを与える。これは小説家遠藤のテクニックによるキャラクターの創造というよりは、キリスト教以外の宗教にも神はおられるという遠藤の晩年の諸宗教神学的な信仰のありかたと無関係ではないだろう。ただしここで誤解がないように言っておくが、遠藤はこの作品でキリスト教信仰を捨てた訳ではないし、キリスト教信仰を捨ててもよいと言っているわけでもない。

大津は「玉ねぎがキリスト教の中だけでなく、仏教にもヒンドゥー教の中にもおられる」（二九六頁）と言うが、その時の大津は飽くまでキリスト教の神父であり死体を焼き、ガンジスに灰を撒くときに祈るのは彼に永遠の生命を与える玉ねぎ、キリストに対してなのだ。

9　磯部の名字の由来——水辺にあるが、砂や石の塊

磯辺という名前の意味を考えると、大津や美津子そして沼田とも根本的に違うのは、磯辺は「永遠の生命の

（9）『遠藤周作文学全集（以降『全集』と略記）』三巻、新潮社、九四—九五頁。

水」の辺にたってはいるが、まだ水によって癒されてはいない、あるいは癒されようとしていないということだ。原作から示唆的と思われる、その箇所を引用する。

だが、一人ぼっちになった今、磯辺は生活と人生が根本的に違うことがやっとわかってきた。そして自分には生活のために交わった他人は多かったが、人生のなかで本当にふれあった人間はたった二人、母親と妻しかいなかったことを認めざるをえなかった。

「お前」と彼はふたたび河に呼びかけた。「どこにいった」河は彼の叫びを受けとめたまま黙々と流れていく。(10)

少し補足すると、彼は癌で妻を失って初めて自己の人生の中で一番、大事なものを喪失したことに気付く。現在の生活と過去の記憶のなかに彼は必死になって妻の姿を求め続け妻に会いたいと切望する。しかしそれは形而下の生活の場のなかに妻を取戻したい、或いは形而下といわないまでも目に見えない心理的な世界における妻との関係を取戻したいのであって「永遠の生命」に関わる霊的な存在としてではない。眼に見えない世界、心の交流を大事にはしているが、彼はまだ妻との本当の関係（人間としての霊的関係）に気付いていないとも言えよう。

磯辺は転生した妻との再会の約束を果たすためにインドに来る。転生はあるのか、ないのか、それについて遠藤はもちろん、肯定も否定もしない。第一、磯辺の言う転生と遠藤の言う転生とは意味が異なる。遠藤の言う転生とは、イエスの場合のように、イエスの愛の精神が弟子の行う行為のなかに、イエスの死後も生き続けるという意味においてである。つまり遠藤は転生というヒンドゥー教的、仏教的な概念を拡大解釈してキリスト教流に言い換えているに過ぎない。この辺はイタズラ好きの遠藤が、教会のまじめすぎる信徒や聖職者の顰蹙をわざと買うような試みをしているのであろう。遠藤は同じインタビューの中で「聖書の中には復活の概念のほかに、転生の概念を記した箇所もありますよ。私はカトリックのつもりですけど、そろそろ教会側からお叱りが来るんじゃないかな」と述べている。

10　童話作家沼田――メルヘンチックな遠藤の分身

童話作家の沼田は遠藤の自叙伝を読むまでもなく、すぐ作者自身の分身とわかる存在だ。少年期に大陸で両親の離婚を経験した沼田は飼い犬のクロによって慰められる。クロは彼の哀しみの理解者であり、話を聞いてくれる唯一の生き物、彼の同伴者であった。沼田はクロと出会わなかったら、おそらく童話を書いていなかっただろうと自分で思う。動物と人間とが話を交わせることを彼に初めて教えてくれたのは、クロだった。だから沼田は童話のなかで、子供たちの哀しみを理解している犬や子馬を好んで書いた。そして鳥たちのことも。小説家となった彼はピエロという名の犀鳥を飼っていた。ところが突然、病気で入院することになった彼は犀鳥と分かれざるを得なくなる。その代わり思わぬ長期入院を余儀なくされた沼田に妻は九官鳥を与えた。しかしその九官鳥も看病の多忙さ故に、恰も彼の身代わりになったかの如くに死ぬ。そのことは彼の心の中で永い間、引っ掛かっていた。彼はベナレスの郊外の保護区で一羽の九官鳥を森の中に放してやることによって恩返しの真似ごとをする(映画ではあまりに筋が煩雑になるので、この沼田の話はすべてカットされている)。

---

(10)『全集』三巻、三二一―三二二頁。

11　ガイドの江波──水辺へと人を導く案内人

インドに留学しインド哲学を四年間修めた江波は国内のどの大学にも空きがなく、やむなくツアー・ガイドのアルバイトで生計をたてている。したがって日本人観光客に対しては彼はいわゆる、面従腹背の姿勢をとっている。つまり表面的には愛想のいい親切な添乗員。本音の部分では土産物（物質的な徴し）を買いあさる日本人達を軽蔑している。そんな彼が時に本気で観光客を案内する所がある。それがヴィシュワナート寺院の地下洞窟にあるチャームンダ女神の像だ。墓場に住み着いているチャームンダの周りには動物や人の死体が転がっている。彼女の乳房は萎びて、その右足はハンセン病で爛れている。腹部は飢えでペチャンコに凹み、さらに蠍が嚙みついている。それは疫病、飢餓、動物の害、多民族の侵入というすべてのインド的受難や苦患に耐えながら、なおも飢えた人間の子に乳を与えようとする愛の女神の姿だ。大津の見すぼらしさは西欧キリスト教の威厳あるキリストの裏返しだが、この女神はそれと同じ意味で見事に倒立させた聖母マリア像と言えよう。

江波の役割は人を水辺、「永遠の生命の水」の辺り、「深い河」の辺りに誘うことだ。

12　木口と塚田──生命力と人間の儚さの象徴

木口、塚田という名前にも意味がある。例えば木口の木は「生命の木」生命力の象徴──旧約聖書（創二一・三三）の中でアブラハムはベエル・シェバの井戸の傍らに一本の「ぎょりゅうの木」を植える。この木は根を地中深く数十メートルに至るまで伸ばし砂漠の地の僅かな水を吸い取る。古来から生命の木と称されている所以である──ととれる。彼はビルマのジャングルの中を生き延び、戦後の混乱の中で成功したのだから。さらにキリスト教芸術の図像学的に言えば、木は十字架を表し、生贄と贖罪、刑罰（絞首刑や磔刑）を表象する。そう言えば木口はビルマ戦線で死んで行った戦友の菩提を弔うためにこのツアーに参加しているのだ。木口の唱える「阿弥陀経」(11)はいわゆる、『浄土三部経』の中で一番、短いお経であるが極楽浄土をまことに美しく絵の如くに描いているので有名だ。塚田の塚は土の堆積の意味であり、土は他ならぬシンボルとして人間存在の塵的な儚さを表象する。

映画のなかで木口が塚田に再会するのは奈良、東大寺二月堂の「お水取り」のシーンであった。この変更は言うまでもなく「永遠の生命の水」に因んだ意図的なものだ。お水取りとは三月の中頃、春分まじかに香水《こうずい》を閼伽《あか》井屋《いや》（若狭井戸）から組む行事であるが、同時にこの儀式には燦然とした巨大松明(12)による目くるめくような火の儀式が出てくる。八世紀（イランから？）の渡来僧、実忠によって修二会《しゅにえ》の法の全体は定められたと言うが、観音に献じられるこの香水はもちろん、生命の水である。ではこの火は何か。兜率天《とそつてん》から舞い降りた八天の中でも特にこの火天は、水天と対を成すもので拝火教的神話解釈——善神アフラマズダは火、光、知恵の神、悪神アーリマンは暗黒、愚、暴力の神——が可能であろう。だからこの火（大松明）の意味は仏教的或いは拝火教的な文脈でいえば、人間の無明を照らす知恵の光、或いは悪魔を払う浄化の火と解釈出来るだろう。満行明けの一五日、早朝から子供達を連れて親がお参りし大松明を担いだ僧侶の帽子（達陀帽《だったんぼう》）を無病息災を願って子供に冠らせて

(11)「彼国常有、種々奇妙雑色鳥……」、中村元他訳註『浄土三部経　下（観無量寿経・阿弥陀経）』岩波書店、一九九〇年、一三七頁参照。

(12) 達陀（ダッタン、大松明）による火の行法。陰暦二月一日から一四日まで行われる修二会中の一二日から一四日にかけて深更、内陣にて行われる（佐保山堯海『東大寺』淡交社、一九八一年、一三六—一三七頁）。この儀式の意味については伊藤義教「修二会のイラン的要素」『東大寺お水取り——二月堂修二会の記録と研究』小学館、一九九六年、一九六—二〇二頁に詳しい。

貰う。

私はこの大松明の箇所を見たときなぜか次の聖句が頭に浮かんだ。「私に従う人は闇の中を歩かず生命の光りを持つであろう」(ヨハ八・一二)。

13　メタファーとしての「深い河」ガンジスと「水」のシンボル——死と再生

ガンジスは死と再生の河である。ヒンドゥー教徒は霊的な再生を求めて度々ガンジスに沐浴する。水はどんな宗教の文脈においても意味は明らかだ。すなわちそれは分解し、形を破棄し、罪を洗い流し、浄めかつ再生する。キリスト教の洗礼の歴史では「水は神霊の座であり、生命を最初に生みだしたのは水であるが、言葉が発せられるや否や、聖霊が降下して水の上に止まり、その産出力によって水を浄める。かくて浄められた水は他を浄化するものとなり永遠の救済を与える」(テルトゥリアヌス「洗礼について」III.V)、「水に浸ることにより古き人は死に、彼から新しい再生の存在が生まれる」(ヨハネス・クリュソストムス「ヨハネ説教集」XXVIII)、「ノアの洪水は人類全体に与えられた洗礼である」。

インドでは古くから遺体は火葬する。火葬されると霊魂はどうなるか。ウパニシャッドにはこう書かれている。霊魂は「月になって、雨となって、大地に降って食べ物となる。ついで男子の精子となり、母親の胎内で肉体をとり、誕生する(五火説)」。現代日本人にとって現在のこの生が終われば、それですべてが終わりであろうが、インド人にとってはそうではない。生は無限の過去から無限の未来に向かって限りなく続く。未来永劫に生と死が繰り返される。それが輪廻である。神々でさえも人間やあらゆる他の生物と同じく「輪廻転生」[13]を繰り返す。しかし死後にガンジスに遺骨を撒いて貰えば、この輪廻からの解脱が可能になる、或いは少なくともより良い生を授かる可能性があるのだ。

読者は原作のなかでガンジスが「深い河」と呼ばれ、また「人間の深い河」とも呼ばれていることに気がつかれたと思う。ヒンドゥー教徒による死と再生の河はすべての人間の贖罪と恩寵の意味を担っている。つまりメタファーとしての「深い河」「人間の河」とはキリスト教的に言い変えてみれば、すべての人間の生がキリストの愛、つまり贖罪の死と復活に繫がっていることに他ならない。終章でサリーを身に纏った美津子は河岸にやって来てヒンドゥー教徒の沐浴の群れに加わる。

「本気の祈りじゃないわ。祈りの真似事よ」と彼女は自分で自分が恥ずかしくなって弁解した。「真似事の愛と同じように、真似事の祈りをやるんだわ」

視線の向う、ゆるやかに河はまがり、そこは光りがきらめき、永遠そのもののようだった。

「でもわたくしは人間の河のあることを知ったわ。その河の流れる向こうに何があるか、まだ知らないけど。でもやっと過去の多くの過ちを通して、自分が何を欲しかったのか、少しだけわかったような気もする」

彼女は五本の指を強く握りしめて、火葬場のほうに大津の姿を探した。

「信じられるのは、それぞれの人が、それぞれの辛さを背負って、深い河で祈っているこの光景です」「その人たちを包んで河が流れていることです。人間の河。人間の深い河の悲しみ。そのなかに私も混じっています」

彼女はこの真似事の祈りを、誰にむけているのかわからなかった。それは大津が追いかけている玉ねぎに

（13） samsara サムサーラの訳、生死《しょうじ》流転《るてん》とも言う。仏教では三界（欲界・色界・無色界）六道（地獄・餓鬼・畜生・修羅・人間・天上）に生死を繰り返すこと。原作でも磯部の妻の葬儀の後、住職が「四十九日（中有）」の忌明（満中陰）、転生について説明する所がある『全集』四巻、一七八―一七九頁。

対してかも知れなかった。いや、玉ねぎなどと限定しない何か大きな永遠のものなのかも知れなかった。(14)

単なる河ではなく人間が流れ込む河、この深い人間の河とは人間がすべての罪深い過去を背負って流れ込む彼岸とそこにおける救済であり、そこではどのような過去をもつ人間も決して拒まれることはない。なぜならその河は人間を愛しておられる至高の存在の「愛そのもの」「慈悲そのもの」であるからだ。その河とは人間に「永遠の生命の水」を与え続け、悠久の時間の流れの中で過去から未来へと人間の営みのある所へ、流れ続ける「愛そのもの」に他ならない。それをキリスト教徒である遠藤は大津とともに多分、玉ねぎの働き「聖寵」と呼ぶのであろう。

参考文献（注で言及した以外、著者アイウエオ順）

江藤淳他『群像　日本の作家22　遠藤周作』小学館、一九九一年。

M・エリアーデ『大地・農耕・女性――比較宗教類型論』（堀一郎訳）未来社、一九六八年。

M・エリアーデ『生と再生――イニシェーションの宗教的意義』（堀一郎訳）東大出版会、一九七七年。

M・エリアーデ『聖と俗――宗教的なるものの本質について　新装版』（風間敏夫訳）法政大学出版会、二〇一四年。

遠藤周作『イエス・キリスト』新潮社、一九八三年。

遠藤周作『スキャンダル』新潮社、一九八六年。

X・L・デュフール『聖書思想辞典』（Z・イエール翻訳監修）三省堂、一九七三年。

アト・ド・フリース『イメージ・シンボル辞典』（山下主一郎主幹）大修館書店、一九八四年。

中村元『新・仏教辞典』誠心書房、一九六二年。

G・バシュラール『水と夢――物質的想像力試論』国文社、一九八〇年。

F・モーリアック『テレーズ・デスケールー　キリスト教文学の世界2』（遠藤周作訳）主婦の友社、一九七七年。

(14)『全集』四巻、三四〇―三四一頁。

第八章　遠藤周作とドストエフスキーにおける象徴と神話について——蠅と蜘蛛とキリストと

0　小論の課題——「象徴」の解釈と「重層的な構造」分析による比較の試み

　多面体の作家遠藤の諸作品にはキリスト教的な「象徴（隠喩）」が多用されている。言い換えると遠藤の描写には表面的（形而下的）な意味の裏に形而上的とも言える作家のメッセージが隠されている。[1]そしてまた遠藤が大小説家[2]として一目も二目も置くドストエフスキー作品の随所にも同じ意味で「象徴」が使われ、行間に作者のメッセージが隠されている。遠藤は小説作法に関しモーリアック、G・グリーン、J・グリーン、ベルナノス等から多く学んだことを自ら述べているが、[3]ドストエフスキーからもまた多く学んでいることは両者の作品の比較から容易に窺い知れる。

　もちろん、ドストエフスキーの遠藤に対する影響を具体的な因果関係において論じるためには狭義の比較文学的裏付けが必要だ。そのことは十分、承知しながらも私は小論でまず遠藤とドストエフスキーの両者に見られる「象徴」の使用に注意を向け、次に遠藤がドストエフスキーから「剽窃」（T・S・エリオットが「下手な詩人は真似るが、上手い詩人は盗む」と言う時の意味で）し、巧みに自己の作中に取り込んだ「大審問官」神話の比較から両者の「キリスト（像）」の違いについて発言してみたい。

（1）拙著『遠藤周作の世界——シンボルとメタファー』教文館、二〇〇七年、三四—三六頁参照。
（2）「ドストエフスキーは大説家で、自分のような小説家の到底及ぶところではない」（佐藤泰正氏との対談『人生の同伴者』新潮文庫、一九九五年）参照。
（3）「カトリック作家の問題」『異邦人の立場から』講談社、一九九〇年、九—七八頁、「私の文学」同書、二七〇—二七六頁。

その比較考察の過程において私は厳密な方法、すなわち江川卓、亀山郁夫両氏がドストエフスキー作品への有効なアプローチとして述べた方法——ドストエフスキー作品の「重層的な構造」分析[4]——を採り、遠藤とドストエフスキーの「大審問官」神話について体系的な比較を試みるつもりである。

1　遠藤の象徴の使用——『沈黙』と『白い人』における「蠅」

ここでまず『沈黙』における「蠅」を取り上げる。キチジローの最初の出現から「蠅」は彼につきまとう。すなわちマカオの貧民街の一室にロドリゴとガルペがキチジローを訪ね、キチジローは薄汚い部屋で酒に酔って二人と対面する。その場面に「蠅」は描き込まれている[5]。そしてそれ以外の場面でも「蠅」は薄汚いユダ役のキチジローにつきまとって離れない。では「蠅」は彼に固有のアトリビュート（西欧絵画で描かれている人物を特定するため描き添えられる、その人物固有の持物）なのだろうか。そうではない。なぜなら潜入司祭ロドリゴの傍らにも「蠅」が描かれることがあるからである。すなわち第六章のロドリゴが牢屋に捕らわれている場面でも「蠅」はロドリゴの視界から消え去ることはない。ではユダ役の裏切り者キチジローだけではなく、キリスト役のロドリゴの傍らにも執拗に描き続けられる、この「蠅」とはいったい、何なのだろうか。

一般的に言ってキリスト教神学の文脈においては「蠅」は「罪」の象徴である[6]。その意味における「蠅」の描写はもちろん、『沈黙』一作だけに限られない。『白い人』の中にも「蠅」は描かれている。『白い人』の語り手「私」はリヨンの町を占領したゲシュタポの協力者であり、抗独のマキを捕らえては拷問を加え、仲間を裏切らせることにサディスティックな悦びを感じる。「私」は主義や思想に殉じる人間の偽善的なヒロイズムに我慢ならない。「私」がとくに許せないのは母親に押しつけられたピューリタニズム、カトリシズム、そしてキリスト教的ヒューマニズムである。その「私」はかつての学友で今や抗独運動に加わっている神父ジャックの口を割らせようと躍起になる。どんな厳しい拷問にも決して仲間を裏切ろうとしないジャック。しかしその彼の泣きどころを「私」は最後の手段として利用する。それはかつてジャックがリゴリスティックに自己の信仰を押しつけようとしたマリー・テレーズという貧相な女子学生の存在だ。ジャックは彼女を庇おうと泣き声をあげ、彼女は彼女で「私」に凌辱されながらも、ジャックをぶたないでと懇願する。まさに出口なしの状況。しかしここでまったく予想外の出来事——ジャックの自殺——が起きる。

絶対に逃れられない王手をかけたつもりだった「私」からジャックはキリスト教徒の禁じ手を使って逃れたのだ。問題の描写はこう続けられる。

最前からしきりに一匹の蠅が出口を求めて窓ガラスに体をぶつけている。その窓ガラスに「私」は先程、ジャックが身につけていた銀色の十字架の幻をみたような気がする。(7)

しきりに出口を求めているこの蠅は自殺の大罪を犯すジャックなのか。しかし大事な点は「その窓ガラスに銀色の十字架の幻をみたような気がする」と言う「私」の独白である。

それは罪の背後に救済をみることではないのか。銀色の十字架とは他ならぬイエスの十字架上の磔刑による死

(4) 亀山郁夫『『カラマーゾフの兄弟』続編を空想する』光文社、二〇一三年、一〇一、一〇四頁参照。
(5) 『遠藤周作文学全集（以降『全集』と略記）』二巻、新潮社、一九四頁。
(6) 中森義宗・永井信一・小林忠・青柳正規監修『キリスト教シンボル図典（世界美術双書2 別巻）』東信堂、一九九三年、項目120。
(7) 『全集』六巻、七六—七七頁。

を象徴し、他人のために自己の命を捧げるイエスの行為を意味するからだ。[8] だからキリスト教の教義からすれば自殺は大罪であり、断じて赦されざる行為ではあるが、しかしその目的が自己の苦しみからの解放ではなく、より大きな愛の行為のためだとすれば、神はそれをもお赦しにならぬだろうか。いやキリストの愛の行為、十字架上の死の本来の意味からすれば、ジャックの自殺はたとえ教会の神が赦されなくとも、愛の根源であるキリストによって赦される筈だというのが遠藤の隠されたメッセージ[9]ではないだろうか。したがってこの「蠅」が罪を象徴していることは明白である。

2　ドストエフスキーの象徴の使用――『白痴』ロゴージンのスカーフと甲虫のピン

今度はドストエフスキーの「象徴」を取り上げよう。それは彼の代表作の中でも死と復活というテーマ以外は全体として判りにくい『白痴』の一節である。小説中、最大の山場である女主人公ナスターシャ・フィリッポヴナ、彼女の名前はアナスターシス（希語で復活）、フィリッポス（馬好き）に由来するが「命名日」に大勢の人を招きいよいよ、自分がこの先、誰のものになるか発表するときのことである。彼女はその美貌ゆえに世界さえ変えられると噂される女性[10]だが、人一倍、プライド高く傷つきやすい存在でもある。というのも田舎貴族の娘ながら少女時代に孤児となった彼女は中年の養親トーツキー（江川卓氏[11]によれば彼の名は独語 Tod「死」に由来する）に囲われていた過去をもつからである。

その場にはムイシュキン公爵のように自からやって来た人も含め大勢の人が集まっている。そこにロゴージンが意気揚々、乗り込んでくる。彼の両手には朝から駆けずり回って掻き集めた一〇万ルーブリがブラ下っている。ナスターシャと眼があうとよろけながら、彼はテーブルの上にその紙包みをおく。そのときの彼の服装をドストエフスキーは次のように描写する。

彼の服装は、ただ、濃い緑に赤のまじった真新しい絹の襟巻きと、甲虫を象った大きなダイヤのピンと、右手のきたない指にはめたすばらしいダイヤの指輪を除くと、何から何まで今朝と同じであった。(12)

この描写も読み流してしまえば何ということもないが、ドストエフスキーはここにも彼一流の仕掛けを施している。もしロゴージンの服装が何から何まで今朝と同じなら取り立てて言及する必要もない。したがって上の引用の「ただ……を除くと」が意味深長となる。

襟巻き（スカーフ）はキリスト教図像学(13)の象徴としては愛とロマンスを表す。そして他の箇所をおなじく図像学の「色」の象徴使用に基づいて解釈すると、赤の混じった「緑」とは春、植物、樹木、水（ギリシャ哲学の四大元素の一）、生命、復活を表し、「赤」は血の連想からキリストの十字架上の死、犠牲動物の流す血の色、また火の連想から情熱、愛を表す。次の甲虫を象った大きなダイヤのピンの「甲虫（スカラベ）」とは墓のなかから生まれ旧い肉体を脱ぎ捨てるという謂れにより死からの再生・復活の象徴である。そして「ダイヤモンド」は完全性と不死性の象徴であり、「指輪」は言うまでもなく契約、約束、誓願、貞節を表す結婚の象徴なのだ。したがってこの引用部分の描写に秘められた作者の意図とはロゴージンのナスターシャに対する火のように熱

（8）ヨハ一五・一三。
（9）兼子、前掲書、四八頁参照。
（10）『ドストエーフスキイ全集（以下『ドスト全集』と略記）7　白痴　上』（米川正夫訳）河出書房新社、一九六九年、八七頁。
（11）江川卓『謎とき『白痴』』新潮社、二三一—二四一頁。
（12）『ドスト全集7』一七一頁。
（13）中森他監修、前掲書、項目303参照。

い思いを表面的な描写の間に二重写しで潜ませているのだ。動物的とも言えるロゴージンがその横溢する生命力と激しい恋慕の情でナスターシャを地獄(囲い者)の境遇から救い出し、新たな生活を送らせる(復活)ため求婚しに乗り込んできたと読めるのだ。ロゴージンが今朝と異なり、新たにはめてきた「ダイヤの指輪(結婚の約束)」と「スカラベ(復活)」の形をしたピンがこの描写の謎を解く鍵だ。

われわれ日本人読者と異なりドストエフスキーの愛読者である当時のロシア・インテリゲンツィアはほとんど無意識的にこの場合の「甲虫」が墓の中から生まれ古い肉体を脱ぎ捨てるあのエジプトの「スカラベ」のことと了解できたのであろう。この場のロゴージンはナスターシャに外ならぬ「新生、復活」を与えるために乗り込んで来たのだから。

3　では両者に共通する「象徴」はあるのか――『悪霊』にみられる「蠅」の意味

ここで遠藤とドストエフスキーの両者に使われる「蠅」について考えてみよう。つまり遠藤にあっては「蠅」は罪の象徴であったが、ドストエフスキーではどうなのか。『悪霊』のなかでスタヴローギンが数日前に凌辱した少女マトリョーシャの自殺するのをじっと待つ場面がある。(14) 彼がふと室外に眼をやるとゼラニウムの葉っぱに赤い「蜘蛛」――筆者の注意はむしろそこに向いてしまうのだが――が見える。スタヴローギンの部屋の敷居に現れたマトリョーシャは顎をしゃくり上げ威嚇するように彼にむかって拳をふるった後、中庭の鶏小屋みたいな納屋に入って行く。スタヴローギンはそこで何が起きるか予感しているが動こうとはしない。アパートの四階の窓からその姿を見届けた後、彼は椅子に腰をおちつけ時計を測っては何かをじっと待つ。そのとき彼の頭にうるさく「蠅」がまといつく。顔にとまった「蠅」を彼は指で捕まえ窓の外に放す。その後、「蠅」は再び、一匹々々の「蠅」の唸り声さえ聞き分けられる程の静寂の証として、描写されるが、そこでは「罪」らしきものが示唆されてはいない。

繰り返しになるが「蝿」はキリスト教では「罪」の象徴である。しかしこのときのドストエフスキーは「蝿」によって「罪」を象徴させていないのではなかろうか。少女の自殺をスタヴローギン――彼の名はスタヴロス（希語、十字架）に由来する――は知りながら止めなかったが少女の自殺が「罪」を暗示するのか。それともまたスタヴローギンの犯した少女凌辱の行為、あるいは自殺を知りながら待っている非人間的な行為自体が「罪」なのか。答えはたぶん否である。なぜならここでの「蝿」は羽音が聞こえるくらいに辺りが静かで、その中でじっと時間が経過していくことを羽音によって効果的に表現しているのであって「蝿」は「罪」としての意味を担ってはいないと言えるだろう。

さらにドストエフスキーの場合、「蝿」が必ずしも悪魔の使いとはいえない箇所[15]が他に存するからである。それは『白痴』の他の箇所で、イポリットの告白に触発されて主人公ムイシュキンが回想する――毎朝のように明るい陽光の下で繰り返される大自然の饗宴を前に自分一人だけが除け者だという孤独感、大自然の至福の状態から自分だけが疎外されているという激しい孤絶感に苦しむ――場面である。そこではなんと陽光を受けあの蝿たちでさえブンブンと楽しそうなコーラスを演奏しているとドストエフスキーは描写している。

これではおよそ罪とは無関係だ。これはドストエフスキー独自の体験に基づく「象徴」で、幼少年期の田舎における楽園的生活の記憶に基づくものであり遠藤とは共有していない経験なのだ。ドストエフスキーの昆虫、蜘蛛に対する必要以上の恐怖感は遠藤にはない。その違いは風土や自然環境の差とそれに基づく文化の影響によるものと思われる。それ故ここでドストエフスキーにとってむしろ「罪」や「悪魔（的行為）」との繋がりが疑わ

（14）『ドスト全集9』（米川正夫訳）、四六〇―四六二頁。
（15）『ドスト全集7』（米川正夫訳）、四四五―四四六頁。

れるのは赤い小さな「蜘蛛」[16]の方である。

4 多面体の作家への有効なアプローチ——作品の「重層的な構造」の分析から

さて遠藤とドストエフスキーの作品にでてくる「象徴」を比べてみたのだが「象徴」としての単一語ではなく、作品の中に丸ごと挿入されている「神話」の比較の際には事情はより複雑である。つまり仮に一見、両者に共通性が見られるにしても「重層的な構造」の内部をよく吟味してみると、それがじつは表面的な共通性・類似性に過ぎず、根底の思想においては微妙な違いもあり得ることを次に指摘したい。

ここで私は恰好の実例として遠藤とドストエフスキーに共通する「大審問官」神話を取り上げたい。そしてその論証の方法として私が採るのが作品の「重層構造」の分析による比較なのである。この方法は私のオリジナルではなく江川卓・亀山郁夫両氏[17]の示唆によるものだ。つまり『謎とき『罪と罰』』(新潮社、一九八六年)でそれまでのドストエフスキー解釈にまったく新しい視点をつけ加えた江川卓氏によれば、ドストエフスキーの小説は「聖と俗」の「二層構造」から出来ており、ウクライナに伝わるヴェルテップという人形劇を連想させるものである。江川氏に触発され、それを敷衍する形で亀山氏はドストエフスキー作品の解釈に有効なアップ・ヴァージョンを述べておられる。同氏によれば『カラマーゾフの兄弟』という小説はこの二層構造にさらに一層を加えた三層に分析されると言う。すなわち構造的に一番下位の層「物語層」では登場人物同士の行動や心理の葛藤が描かれ、上位の層「象徴層」では神の存在、善と悪、パンか自由かというような形而上的、神学的な論議がドラマを形づくるとされる。

亀山説が江川説と異なるのは、その中間に「自伝層(作家の幼・少年期における個人的体験の痕跡)」をおき、それが物語(ドラマ)の中に見え隠れするという点である。さらに最近では亀山氏は四層構造[18]として「歴史層(作家の生きた時代の影響)」まで設定されている。

5 「大審問官」――ドストエフスキーの大審問官と遠藤の大祭司の舅アンナス

ドストエフスキーの愛読者はその少年期に強く印象付けられたと告白するシラーの『群盗』の影響を作品のあちこちで見るのだが、そのシラーの『ドン・カルロス』のなかに大審問官の原型[19]が垣間見えたとしても不思議には思わないだろう。「大審問官」のくだりひとつとってみてもドストエフスキーという作家のスケールの大きさがわかる。「大審問官」は『カラマーゾフの兄弟』という連峰のうちでも最も鋭く、最も輪郭のくっきりした峰である。次兄イワンは三男アリョーシャと料理屋で対談し駄作だと断りながら、一六世紀セヴィリアに舞台をとった一大宗教詩劇を披露する。

それは「精神的自由」という天上のパンではなく、地上のパンを要求する人類を巡って闘わされる神と悪魔の対立劇である。すなわち人類を買いかぶる余り自由を与えてしまった神人「イエス・キリスト」と、人類の本質

---

(16) ドストエフスキーでは「蠅」よりむしろ「蜘蛛」や他の「昆虫」に気味の悪い悪魔の象徴が付されることが多い。例えば『罪と罰』のなかでスヴィドリガイロフがラスコーリニコフに来世の生活を信じているのかと尋ね、来世の生活とは田舎の風呂場みたいに小さな場所に蜘蛛が群がっている所かも知れませんよ（『全集』七巻、三〇四―三〇五頁）と言う。
(17) 江川卓『ドストエフスキー』岩波書店、一九八四年。亀山郁夫「悲劇のロシア――ドストエフスキーからショスタコーヴィチ」『知るを楽しむ――この人この世界』NHKTVテキスト、二〇〇八年、三八―四一頁参照。
(18) 『『カラマーゾフの兄弟』続編を空想する』光文社、二〇一三年、一〇〇―一〇四頁参照。
(19) G・スティナー「トルストイと大審問官」J・S・ワッサーマン編『ドストエフスキーの「大審問官」』ヨルダン社、一九八一年、一七一―一七二頁参照、大審問官の原型は他にもある。関心のある方は同じ本のP・ラーヴ「大審問官伝説」二一一―二二二頁を参照。

的弱さを熟知するが故に自由を取り上げ代わりに「地上のパン」を与えることにした人神「大審問官」の相剋のドラマである。ドストエフスキーはその空想的詩劇によって「宗教と人間の本質」を鋭く抉って見せたのである。

小説の他の箇所で、ある時は神の存在を明確に否定し、またある時には肯定もするイワンの本質は、決して無神論者でもフリーメイソンでもなく、神が人類のために創造されたこの世界のどうしようもない「不条理性」、本来は調和的に神の正義がおこなわるべき世界に存する「本質的欠陥」を決して認めない筋金入りのヒューマニストなのである。神が創造した世界を受け取ることを、人間に対する深い愛情から拒否――彼の言葉によると入場券を神様にお返し――するヒューマニストなのだ。天使の如き純真なアリョーシャに向かい「神様、あなたはこの世界の矛盾や悪をどのように説明なさるのですか」と拳を振りかざして見せるのが彼なのだ。だからこそアリョーシャは「さあ、どうする」と兄イワンに迫られると詩劇のなかで、キリストが大審問官にした如く接吻をもって答えるのみである。

対する遠藤の「大審問官」は『死海のほとり』第七章でこう展開する。すなわち囚われの身となった大工イエスを大祭司カヤパの舅アンナスが訪ね、恐怖のあまり震えている無力の大工に向かいこう説く。「人間は眼に見えない愛（精神の自由）より現実的な神殿や律法（パン）を欲しがるものだ」「お前は人々に何を与えることができたか」「お前の説く愛で病人を癒すことが出来たか」「お前の説く愛で死者を生き返らせることができたか」結局、お前は何も出来なかったではないか、お前の説く愛などこの世界では無力だと語る。そして自分はとっくに愛や神など信じてはいない。

こう書くと、これはそっくりそのままドストエフスキーの「大審問官」から遠藤が「剽窃」――T・S・エリオットの言う「下手な詩人は真似るが上手い詩人は盗む（剽窃する）」――したものだと言えそうだ。もちろん、遠藤の独創もあるので興味のある方は是非、見くらべて欲しい。だが、この「剽窃」による酷似性は「物語層」におけるドラマの次元であって、作品の「象徴層」における神学的・形而上的な部分ではじつは似ていない。遠藤の大工は無力の人イエスで、奇跡とは無縁で苦しむ人の傍らで共に苦しむ「同伴者」であるが、ドストエフスキーの方は一六世紀セヴィリアに（この一六世紀セヴィリアという設定も一五世紀マドリッドで始められたトルケマダの異端審問の史実を少し変えて）あらわれた紛れもないキリストであり、彼が大審問官の眼に留まるのも次々と起こす聖書的な奇跡のせいなのだ。ここでイエスとキリストとを分離するのはキリスト教神学として問題かも知れないが、遠藤とドストエフスキーではそれほど大きな違いがある。遠藤の神はなによりも「同伴者」イエスであり、もっぱら受動的・母性的存在である。

対するドストエフスキーの神は男性的で大審問官の威圧的態度にも臆するところは少しもない。むしろ彼は今や自分に代わり民衆の苦悩を一身に引き受ける眼前の大審問官に限りない同情と憐れみを感じているので何ひとつ反論するどころか、ただ黙って大審問官のカサカサに乾いた唇に接吻して立ち去るのである。懐疑論者（無神論者ではない）イワンは弟アリョーシャに禅の師家が弟子にするように、「さあ、お前は（この神話を創った俺を）どうするか」とばかりに迫るが、アリョーシャは黙ってその唇に接吻して立ち去る。するとイワンはなぜか有頂天になり「剽窃」だ、お前は俺のアイデアを盗んだのだと言う。

6　遠藤の神、ドストエフスキーの神——重層的な構造分析から明らかになるもの

「象徴層」つまり神学の部分における比較においては遠藤の神とドストエフスキーの神との違いは明らかだが「三層構造」[20]の中間層、すなわち「自伝層」の比較においてもそれらは異なる。遠藤の神とは言うまでもなく遠藤の母と分かちがたく結びついた「母なるイエス」であり、ドストエフスキーの神は『カラマーゾフの兄弟』

（20）江藤淳『成熟と喪失』講談社、一九七三年、XXIV、九三—九五頁。

（父殺しのテーマ）の作家にふさわしく、フロイト的な憶測を試みるまでもなくそれは（ユダヤ・キリスト教的）ヨーロッパ人の伝統的父親像の変形だ。ナザレの大工イエスとセヴィリアに再臨したキリストでは、こんなにも違う存在なのだ。

もちろん、二人のキリスト像には共通点も多くある。すなわちなにより『沈黙』以来の遠藤の異端的とも言えるラディカルなキリスト理解、つまりキリスト教会ではなくキリストその人を問う姿勢とドストエフスキーのローマ・カトリック嫌いで——大審問官はローマ教皇とも言われている[21]——かつ伝統的なロシア正教よりもロシアの大地に根ざす民衆的、メシア待望論的キリスト教信仰のスタンスは時代や場所を超え共通性をもつことも事実だ。ドストエフスキーは「もしキリストが真理の外にあるなら自分は真理よりもキリストをとる」[22]と言うが、アウグスティヌスの言う人間キリストによってキリスト者の神におもむく点などは遠藤とまったく同じスタンスだといえようか。

両者の共通性にせよ差異にせよ、私が強調したいのはドストエフスキーと同じく遠藤の作品理解にあたっても、この三層構造（表面的な物語層、象徴により表わされる神話・象徴層、そしてその中間の自伝層）から総合的に検討することが必要かつ有効だということなのだ。

例えば遠藤の『沈黙』を取り上げてみよう。ロドリゴは井上筑後守とキリスト教について論争する。論争の進行とその前後の経緯は「物語層」におけるドラマであるが、この「物語層」におけるロドリゴの言動を真に理解するためには、キリスト教神学の一大変化という、『沈黙』執筆時における神学的背景の変化という「象徴層」——さらに詳しく分ければ亀山氏のいうところの「歴史層」——をまず理解しなければならない。「象徴層」のドラマとしてロドリゴの口から出るセリフは日本人に判るキリスト教（キリスト教の土着化または文化内開花）であり、これは第二バチカン公会議以降のローマ教会の変化を先取りするものだ。他方、彼と論争する井上筑後守は公会議以前のローマ教会を代弁する。ロドリゴの「物語層」における行動のドラマはかくして上位の「神話

（象徴）層」のドラマに支配されており、そしてまた中間層の「自伝層」はというとロドリゴの踏絵のシーンにそれは現れている。すなわちロドリゴと「踏み絵」のキリストの顔の関係、言い換えれば遠藤自身と彼の母との関係において「自伝層」が顔を出すのである。

おわりに――多面体の作家、遠藤周作とドストエフスキーへの有効なアプローチ

以上、述べてきたことからドストエフスキー作品の随所にも遠藤と同じ意味でキリスト教的「象徴」が使われ行間に作者の真のメッセージが秘められていること。しかしドストエフスキーにはまた彼独自の経験に由来する「象徴（隠・暗喩）」も使用されていること。さらに両者の「神話」を比較する際には「重層（物語層、神話層、自伝層そして歴史層）的構造」からの分析が極めて有効であることを論じてきた。いまこの方法を使って我々が『深い河』の登場人物の名前や地名の「象徴」を分析すると、次のような面白い事実が明らかになる。すなわち遠藤の『深い河』の登場人物の名前に隠された意味「象徴層」を探ると「物語層」のその後の展開も予想可能なのである。例えば落伍した神父「大津」の名は大いなる津・港・渡し場の意味で行き倒れの死者を此岸から彼岸へと渡す彼にふさわしい名だ。「大津」の津の「さんずい」は彼が大いなる「水」の授け主であるともまた読める。ガイドの江波、女主人公成瀬美津子にも二重に水の象徴「さんずい」がついているが、この水とはイエスがサマリアの女に与えた「永遠の生命の水」と考えられる。さらに転生した（?）妻をインドに探す磯辺は水辺ではあるが、いまだ「生命の水」に浸って（つまり救われて）はいない存在と解釈すれば、それはドストエフスキ

（21）フランスの文豪ヴィクトール・ユゴーの詩劇「ヴァチカンのキリスト」がドストエフスキーの「大審問官」の原型。注19のP・ラーヴ「大審問官伝説」（J・S・ワッサーマン編、前掲書）を参照。
（22）「フォンジーブナ夫人宛手紙」『ドスト全集16　書簡上』（米川正夫訳）、一一五頁。

ーの「象徴」に基づく命名遊びに嵌まった、あまりにも恣意的な深読みだと遠藤に笑われてしまうのだろうか。

参考文献（本文・注で言及しないもの、アイウエオ順）

亀山郁夫『『悪霊』神になりたかった男』みすず書房、二〇〇五年。

同『ドストエフスキー　父殺しの文学（上・下）』日本放送出版協会、二〇〇四年。

小林秀雄『ドストエフスキイ全論考』講談社、一九八一年。

作田啓一『ドストエフスキーの世界』筑摩書房、一九八八年。

G・ステイナー『トルストイかドストエフスキーか』（中川敏訳）白水社、一九六八年。

G・ハインツ＝モーア『西洋シンボル事典——キリスト教美術の記号とイメージ』（野村太郎、小林頼子監訳）八坂書房、二〇〇三年。

H・ビーダーマン『図説　世界シンボル事典』（藤代幸一監訳）八坂書房、二〇〇〇年。

アト・ド・フリース『イメージ・シンボル辞典』（山下主一郎主幹）大修館書店、一九八四年。

森有正『ドストエーフスキー覚書』筑摩書房、一九六七年。

M・ルルカー『聖書象徴事典』（池田紘一訳）人文書院、一九八八年。

V・ローザノフ『ドストエフスキイ研究——大審問官の伝説について』（神崎昇訳）弥生書房、一九六二年。

第九章　多面体の作家遠藤周作とドストエフスキー
——作品の重層的構造分析による対比文学研究の可能性

0　小論の課題——作品の重層的構造分析による「対比文学」研究の可能性

ここでの課題は遠藤周作とドストエフスキーのような「多面体」の作家の重層的な構造の作品を従来の「比較文学」的方法、すなわち厳密な因果関係の実証によってではなく、「比較（対比）思想」的方法——二つの相異なった文化の間に発生した思想（哲学）や宗教をその類似性と差異性において構造的に比べ合わす方法——により解釈することは出来ないか、またそれにより何らかの方法論的な寄与が可能かどうかを明らかにすることである。

1　「多面体」の作家遠藤周作とドストエフスキー——どちらも一筋縄でいかぬ作家

「多面体」の作家遠藤とは遠藤の作品がアプローチによっては様々な姿を呈するという意味で、その作品の解釈が一筋縄ではいかぬという意味である。この点についてはドストエフスキーもまったく同じだ。ここで遠藤の場合の実例として『スキャンダル』と『深い河』を考えてみよう。『スキャンダル』の主人公勝呂にそっくりな贋者（二重人格、分身、二重身）(1)の理解にはまずユング心理学の元型の影(2)に関する知識が有効である。また『深い河』の主人公大津の言動の理解にはＪ・ヒック(3)のキリスト教的多元主義に関する知識が必須だ。だが、もしそれらの知識だけで単旋律的に作品分析を試みてもその作品理解は浅薄なものにならざるを得ない。というのも『深い河』の場合にはヒック以外の宗教多元主義(4)、仏教、ニュー・サイエンス等に関する知識とさらにそれ以上にカトリックの教義についての正確な知識、信仰一般に関するある種の体験的理解が要求されるからである。同様に『スキャンダル』の理解には無意識、影、夢判断等、深層心理に関わる知識もさることながら罪と悪、性（情欲）、神、恩寵という哲学的、キリスト教神学的な知識もまた求められるからである。もちろん『スキャンダル』全体のテーマが老いと永遠の若さの追求なので、構想にゲーテの『ファウスト』の影も無視出来ない。ドストエフスキーについては『白痴』に関して後に簡潔に触れる。

2　「多面体」の作家遠藤作品の理解――「屈折率」の解釈学

以上のことから判るように「多面体」の作家遠藤の作品理解には一筋縄ではいかぬ困難さが伴うが、それは次の二つに由来する。すなわち一つは内容的に遠藤が創作にあたって作品に取り込んだ思想（哲学）・宗教に関する諸々の学問的知識、その時代特有の歴史認識、作品の随所に見え隠れする遠藤の個人的体験の痕跡とさらには先行の作品群からの影響という複合的なものであり、二つめは形式的に遠藤の作品が「黙示文学」的な構造をもつことである。さらにまた遠藤は先行の文学作品その他から影響を受けながらも同時に彼固有の何かを付け加える。

それゆえ遠藤の原作品・原思想に対する「屈折率」の解釈学が我々の課題となるのだ。さて彼のような「多面体」の作家の作品理解のためには従来の文学研究の方法だけでは不十分という思いから私としては例えば従来からの比較文学的方法ではない、比較（対比）思想的方法——二つの相異なる文化の間に発生した思想（哲学）や比較文学的方法[5]

（1）露語ドヴォイニーク（英 double）、そっくりさん、二重人格、ドッペルゲンガー（独の民間伝承、ロマン派の詩人等に影響）。ドストエフスキーへの影響は、E・T・A・ホフマン『悪魔の美酒』（一八一六年）、E・A・ポオ『ウィリアム・ウィルソン』（一八三九年）参照。

（2）河合隼雄『影の現象学』思索社、一九七六年、第一章「影」の概念、二五—二七（影は自分の劣った性向や両立しがたい傾向の人格化した補完的存在）及び第二章「二重身ドッペルゲンガー」の現象の項五九—七三参照。同書の講談社学術文庫版（一九八七年）には遠藤の解説付。

（3）J・ヒック『神は多くの名前をもつ——新しい宗教的多元論』（間瀬啓允訳）岩波書店、一九八六年。同『増補新版　宗教多元主義——宗教理解のパラダイム変換』（間瀬啓允訳）法藏館、二〇〇八年他参照。ただし「創作日記」の遠藤の感懐と遠藤自身のスタンス、さらに小説中の大津の主張は微妙に異なる。

（4）間瀬啓允編『宗教多元主義を学ぶ人のために』世界思想社、二〇〇八年参照。

（5）比較文学という言葉を一番、最初に用いたのは英国のH・M・ポズネット（一八八六年『比較文学』（H. M. Posnett, *Comparative Literature*, Kegan Paul, 1886））であろう。因みに日本では坪内逍遙が比照文学という言葉を使っている。フランスでは社会学の影響で一九世紀末から二〇世紀初頭にかけてもっぱら実証を旨とする比較文学が誕生、発展した。二つの大戦間の、すなわち二〇世紀前半の比較文学はソルボンヌ大学の実証研究が主流で二国またはそれ以上の国の文学作品の間に知られる文学上の史的関係、つまり文学作品の外国における材源、作家や作品の国際的な名声や受容、国境をこえた影響の授受などに関し具体的、実証的な追跡が行われた。そして実証不可能、明確な歴史的因果関係を伴わない現象の研究は恣意的な解釈として退けられた。しかし方法が厳密であればあるほど、この狭義の比較文学、厳密学としての実証研究には弱点——研究の対象領域が極めて限定的なこと——もある。この歴史主義的なアプローチでは文学作品の内的意味の探究や評価が蔑ろにされ、もっぱら瑣末主義（重箱の隅をつつくような枝葉末節の議論）に陥いる傾向がある。また厳密な因果関係の実証だけでは文学の周辺問題の研究、文学の補助学に過ぎぬという批判も強い。とくに第二次大戦後のアメリカにおいては広義の比較つまり対比文学研究——史的には直接の因果関係が実証できないような国際間の文学現象の比較——を含む広義の「比較文学」が提唱された。日本における重要な研究の詳細については日本比較文学会（一九四八年設立）編『比較文学』、東大比較文学会編『比較文学研究』、早稲田大学比較文学研究室編『比較文学——方法と課題』を参照。アメリカの「対比研究」の興味深い具体例については以下を参照。A・O・オールドリッジ『比較文学——日本と西洋』（亀井俊介序論、

宗教の類似性と差異性を構造的に比べ合わす方法――を応用した「対比文学」的方法によって作品解釈することを提案したいのである。それによって文学が個人の恣意的な解釈ではなく、何らか方法的な考察による解釈も可能になるのではないかと考えるのである。

3 『ヘチマくん』を読み解く――聖愛アガペーと世俗愛エロース

ところで遠藤の作品はどういう意味で「多面体」なのか。一言で言うと遠藤の作品は表面の形而下の意味（物語層）とその奥に秘められた形而上的意味（象徴層）の二重構造――ヨハネの黙示録のような黙示文学的構造――を持つことである。ここで「多面体」である遠藤の作品解釈の「二層（物語層と象徴層）または四層構造（二層に自伝層と歴史層を加える）」の恰好の分析例として『ヘチマくん』をとり挙げる。

『ヘチマくん』は昭和三五年六月二日から一二月二二日まで「河北新報」に連載された新聞小説で、その筆致は『おバカさん』に比べて完全に大人向けの風俗小説的である。主人公ヘチマくんの一途な純愛（無償の愛）が泥中の白蓮華か白百合かという汚れを知らぬ可憐な処女典子に捧げられる。この作品は汚れなき聖愛（agape）アガペーの物語を縦糸に、横糸には銀座の風俗描写としての世俗愛（eros）エロースがふんだんに盛込まれ面白い読物となっている。しかし同時にそこに散りばめられた「象徴」と「隠喩」を読み解けば『おバカさん』に劣らぬ遠藤のキリスト教的メッセージを読者は発見することになる。

主人公（通称ヘチマ）は飄々とした風采の青年で、人間が人間にとって狼である世間の渦から一歩も二歩も退いた生きかたをしている。主な舞台は昭和三〇年代後半の東京は銀座。生馬の眼をぬく夜の銀座を様々な人種が蠢き、失職中のヘチマはその銀座でスリに全財産を掏られてしまう。夜の銀座の生態。そこに描かれるのは狐と狸の化しあい、まさに弱肉強食の世間の渦の姿である。

一夜、銀座で夜を過ごしたヘチマはバー「林檎」のマダム菊地銀子に拾われホステスのスカウトの仕事にありつく。美貌で狡知にたけた銀子は常連客の一人熊坂から聞いていたまるで浮世離れしたヘチマに興味を抱く（この後の詳しい展開は各自でお読み下さい）。「ヘチマ」は無償の愛をひょんなことで出会った永遠の女性（センブキ屋の経営者のお嬢さん典子、ヘチマのベアトリーチェ（Beatrice））に捧げるのだが、その出会いには果物の「イチゴ」が関わっている。

4 「物語層」と「象徴層」の二重構造――「黙示文学」としての『ヘチマくん』

ただし上述の粗筋は物語層のそれであって象徴層のストーリーが背後に隠れている。そこで象徴層を「キリスト教図像学」で読み解くと、表面のストーリーとは異なった意味が現れる。すなわちバー「林檎」は原罪を、常に全身黒ずくめでマモンに仕える拝金主義者のバーのマダムは悪魔を、ヘチマくんが永遠の女性に捧げる果実の「イチゴ」は聖母マリア・善行・霊魂の果実を意味する。さらに瓢箪の一種である「ヘチマ」は瓢箪が生命の水を運ぶ器としてキリストの復活を象徴するので、それに準じた存在となる。つまり林檎とともに一幅の絵の中に描かれた瓢箪（ヘチマ）とはキリストの復活の象徴として悪や死の対抗物となる。ここで「二層構造」に加え

秋山正幸編訳）南雲堂、一九七九年。その中には極めて日本的な作家と思われている川端康成や三島由紀夫における外国文学の影響について次のような研究がある。三島について『仮面の告白』のエピグラフにドストエフスキー『カラマーゾフの兄弟』からの一節が使われている。『金閣寺』の主題にJ・P・サルトルの『水いらず』（『サルトル全集第五巻　壁（改訂版）』人文書院、一九七五年）の「エロストラート」の影響がある。モーリアックの『テレーズ・デスケルー』から『愛の渇き』、古代ギリシャのロンゴス『ダフニスとクローエ』から『潮騒』と。川端については『山の音』とH・ジェイムズの『使者たち』に関しての対比研究がある。

「四層構造」による分析の項目を以下に示そう。
物語層（形而下の出来事）　夜の銀座の世俗愛と拝金主義の競争社会における闘争
象徴層（形而上の出来事）　聖愛アガペーの世俗愛エロースに対する勝利
歴史層　日本の高度経済成長と万事につけ金が命（拝金主義）の世界観の反映
自伝層　結核の闘病体験、なるようにしかならぬ人生、ヘチマのように風まかせ

5　「対比文学」の方法――「重層的構造」分析による対比文学研究

しかし今回、私が提案したい研究方法とは右の場合のように単独の作品の構造分析ではなく影響関係が読み取れる二つの作品のそれぞれに上の「四層構造」の分析を加えることで両者の構造的な類似性・差異性の検討に一層役立てようとするものである。しかし、ではそれは従来の比較文学的方法とはどう違うのか。

学問として確立されている比較文学的方法とは影響を与えた作品と与えられた作品間の厳密な因果関係を検証するものである。すなわち遠藤とドストエフスキー作品の比較の場合には現在までに知られている遠藤によるドストエフスキーに関する述懐・対談の記録、創作ノートや作家の日記さらに蔵書に残るドストエフスキー関連の書込等から両者の因果関係を実証的に論じるものである。つまり直接の因果関係に関する仮説の下に両作品を構成（主題の展開）、人物の造形、文体と語彙における特徴（殊に象徴や隠喩の使用）等にわたり実証的に比較検討することである。

私が提案したいのは、しかしこの伝統的な比較文学的方法ではなく、いわば重層的構造分析による新しい「対比文学」的方法である。すなわち両作品を四つの重層的な構造において比較（対比）するものである。四つの重層的な構造とは「物語層」――物語の次元における類似性、「象徴層」――作品の思想の次元、「自伝層」――作

家の幼児期の体験の痕跡、そして「歴史層」——作品創作当時の歴史的状況の影響、において両者を比較・対比することである。

　ではそれによって何が判るのか。それにより両者の作品の外見上の類似性ではなく構造としての類似性と差異性が浮かび上がり両作品の特徴がより明確になる。この方法によると主として実証可能な因果関係のなかに類似した姿を求める「比較文学」的方法に比べ、外見上の類似性よりむしろその差異性がより多く目立つことになる。しかしそのことによって両作品の特徴がより一層、明確に把握されるのではないか。

6　遠藤周作とドストエフスキーの作品における類似と差異——「巧い詩人は盗む」

遠藤周作はドストエフスキーから多くを学びまた作家としてドストエフスキーの器の大きさを高く評価[6]している。思いつくままに具体的な作品で言うと聖書関連では『黄色い人』のエピグラフ（ヨハネ黙示録のラオディキアの教会への手紙から）は『悪霊（悪鬼ども）[7]』他にある。作品の主人公で言うと『おバカさん』のガストン青年は『白痴』のムイシュキン公爵に、『スキャンダル』の主人公勝呂の贋者は『分身』のゴリャートキン氏の分身と、そして、同じ『スキャンダル』の中で成瀬夫人がレズ相手の糸井素子が自殺するのをじっと待つ箇所はまさに『悪霊』のスタヴローギンの告白[8]の一節（凌辱した少女の自殺を待つ）を想起させる。

またスタヴローギンの五つの告白（窃盗、二つの姦淫、無関心他）は『海と毒薬』の戸田の告白[9]のヒントかも

（6）遠藤周作（聞き手佐藤泰正）『人生の同伴者』新潮社、一九九五年、一二八—九頁参照。
（7）『ドストエーフスキイ全集9　悪霊　上』河出書房新社、一九八一年、四五〇頁。
（8）同書、四五三—四六七頁参照。
（9）『遠藤周作文学全集』一巻、一四四—一五六頁参照。

知れぬ。さらにT・S・エリオットは「下手な詩人は真似るが、巧い詩人は盗む」と評したが、その意味で遠藤の剽窃の圧巻は『死海のほとり』における前の大祭司アンナス対大工の対話である。それはまさに『カラマーゾフの兄弟』中の「大審問官」における老大審問官とキリストとのやりとり[10]そのものである。もちろん、後者のキリストは沈黙したままであるが。これらの箇所は一見よく似ているがはたして内容的にもそうだろうか。それを見分けるにはどうしたらよいのか。

7　「対比」のための格子（または図式）――「象徴層」の構造の対比

江川卓[11]によればドストエフスキーの小説は「聖と俗」の二層構造からできておりウクライナに伝わる人形劇ヴェルテップを想起させる。しかし西欧の芸術の伝統[12]に鑑みれば、この二層構造は人形劇ヴェルテップに限らない。一つの画面のなかに聖と俗を描きこむ技法はルネッサンス絵画にあるからだ。それはともかくここで私は江川・亀山両氏の「聖と俗」の階層構造（二もしくは四層）の指摘からヒントを得て対比の視点を考えてみた。以下は遠藤の『おバカさん』とドストエフスキーの『白痴』の対比的な素描である。

『おバカさん』	『白痴』
・物語層（形而下）　殺し屋遠藤の復讐をガストン青年が妨害し殺人（大罪）を防ぐ、平和主義（無抵抗主義・非暴力）の弱さ	白痴と性的不能の青年と二人の女性との恋の確執（三角関係＋一人）変則四辺形の恋愛の悲喜劇

・象徴層（形而上）　キリスト（ガストン）同伴者イエスによる贖罪死（身代わり）（自己無化ケノーシス）平和（非暴力の強さ）のパウロ的逆説、愛アガペーと人間への信頼 N・B・夢における象徴（隠喩）と仄めかし	キリストの死と復活（聖痴愚ムイシュキン）世界で一番、美しい人キリスト＋ドン・キホーテの現代における冒険と挫折の物語エロースとアガペーの交錯 象徴的な人名(13)の意味に注意

（10）『遠藤周作研究』第二号の拙論「遠藤周作とドストエフスキーにおける「象徴」と「神話」について――「蠅」と「蜘蛛」と「キリスト」と」七一―一〇頁参照。

（11）『ドストエフスキー』岩波書店、一九八四年、六〇―七二頁参照。

（12）例えば盛期ルネッサンスのラファエロの「キリストの変容」（一五一八―二〇年、バチカン美術館所蔵）。上半分ではキリストの変容が下半分にはキリストによって癲癇に苦しむ少年が癒される姿が描かれている。この二つの場面はもともと聖書の異なる箇所（マコ九・二―八他とマコ九・一七―二六他参照）の記述だがラファエロは同一画面に描くことである効果を狙っている。もう一つは少し時代が下るがスペインのヴェラスケスの「台所の情景マルタとマリアの家のキリスト（ルカ一〇・三八―四二）」（一六一八年頃、ロンドン・ナショナル・ギャラリー所蔵）である。これらはいずれも新約聖書の「場面（聖）」と「人間の日常生活の場面（俗）」とを同時に描くことである相乗的な効果をもたらす。

（13）例えばナスターシャ・フィリッポヴナ・バラシュコヴァのナスターシャは復活、バラシュコヴァは小羊、父姓フィリッポは愛馬であるから彼女の名前が示唆するのは、奔馬の如き性質を秘め犠牲の小羊として殺される運命にあるのだが後に復活するとなる。彼女の復活には二つの意味、すなわち愛人の境遇（生き地獄）からの脱出という意味とキリスト教でいう復活の意味がある。拙論「ドストエフスキーの『白痴』と二枚の絵――ラファエルロの『サン・シストの聖母』とホルバインの『棺の中のキリスト』」『横浜女子短期大学研究紀要』二三号（二〇〇八年）六一―七四頁参照。

・歴史層　昭和三〇年代後半高度経済成長下における人間の孤独・疎外、暴力主義（力の論理）、唯物主義・経済至上主義	一九世紀後半のロシアにおける近代化の問題　人間疎外、唯物主義・拝金主義、機械論的生命観 vs 自然愛好、愛国主義 vs 西欧かぶれ
・自伝層　結核の闘病経験（殺し屋遠藤）	持病癲癇との闘い（死の恐怖）　愛娘ソフィアの死

8　ムイシュキンとガストンの「物語層」における共通性――「白痴、聖痴愚」[14]

ドストエフスキーはこの作品でこの世で「最も美しい人キリスト」を描こうとした。遠藤はそのムイシュキンを意識[15]しながらガストンを描いた。フランスの間の抜けた漫画の主人公と同名の主人公はホームステイ先の日垣家での日常生活の受け答え一つにしても「ファーイ」と返事をし、また馬のような長い顔（ときには河馬）で出された食物をパクリパクリと呑み込む。さらに拉致され、殺し屋遠藤の手から逃れる最もスリリングな場面でも検問中の警官の面前でパラリと日本の伝統的男性用下着を拡げたりとすべてが滑稽ではある。もっとも先輩のムイシュキン公爵のほうもエパンチン将軍家で初対面の奥方と三人の令嬢を前に念入りにバーゼルで見たロバの話をする。ここでのロバの役割とはバーゼル（王の都）という都市名の由来からも平和の君キリストのエルサレム入城を連想させるのだろうが、ロバとは何とも間の抜けた動物しかもやや性的に不謹慎な連想[16]を伴う動物のイメージが読者の脳裏に湧く。かくして彼の描くキリスト公爵（ムイシュキン）はユーモラスな、幼子の如きまったくの無私の精神をもって周囲に接し始めるのだが、結果的には人を不幸にするばかりである。しかもムイシユキンの聖性は小説の進行とともに徐々に衰退していく。

9　ムイシュキンとガストンの「象徴層」における差異——自己無化（ケノーシス）の有無

江藤淳は遠藤の『おバカさん』を新聞小説の傑作であるばかりでなく処女作以来、一番の傑作だと評価しその理由として一見只のユーモア小説のように見えながらも、大部分の日本の近代小説にはないスケールの大きさが秘められており、人間の基準にいわば垂直にまじわっている神聖なものの基準があるからだと述べている。(17) ではそこで江藤の言う人間の基準にいわば垂直にまじわる神聖なものとはいったい何であろうか。一言で尽くせば、それは『おバカさん』がこの江藤は『おバカさん』のもつキリスト教文学としての本質を見抜いている。世のなかで「もっとも美しい人キリスト」の聖性を担っていることである。現代においてキリストを描くことは

(14)　ユロージヴィ（男）ユロージヴァヤ（女）、聖痴愚は苦行のためしばしば首から重い鎖を垂らし寒空にも半裸体である（トレチャコフ美術館所蔵スーリコフ「モロゾヴァ公爵夫人」の画面右下の苦行者の図を参照）。聖痴愚については中村喜和『聖なるロシアを求めて——旧教徒のユートピア伝説』平凡社、一九九〇年、付論二章「瘋癲行者覚書」二四九—二七四頁参照。聖痴愚の三条件とは清貧、貞潔に加え智慧を望まないこと。他の作ではプーシキン『ボリス・ゴドノフ』のハック、『罪と罰』でもラスコーリニコフがソーニャを「ユロージヴァヤ（米川訳では「狂心者」となっている）」と呼ぶ所がある。『ドスト全集』六巻、三一八頁。

(15)　遠藤は「愛の男女不平等論」『婦人公論』一九六四年三月の中で「ドストエフスキーは彼の理想的人間（キリスト）を『白痴』という題で書いた。私も自分のキリストを『おバカさん』という似た題で小説にした」と述べ、『聖書のなかの女性たち』講談社、二〇六頁でも「私は『おバカさん』という作品で、このベルナノスの『田舎司祭の日記』やモーリヤックの『小羊』に描かれた主人公をもっと一般的な形で書こうとした」と述べる。

(16)　A・ド・フリース『イメージ・シンボル辞典』（山下主一郎主幹）大修館書店、一九八四年、三六—七頁参照。

(17)　遠藤周作『おバカさん』角川文庫版（江藤淳解説）、三一〇—三一二頁。

じつに難しいにもかかわらず遠藤はキリスト教に馴染みの薄い日本人読者に対して見事にキリストを描いている。そのキリストは世俗的な価値の只なかにあって毅然として聖なる価値（自己無化もしくは無私の愛）のもつ本当の強さ本当の美しさを見せる。それに対して最も美しい人を描こうとドストエフスキーは望みながら結果として『白痴』の主人公に我々が見いだすものは一種の精神障害、生命力の衰退、存在感の希薄である。[18]当初にはキリストと見紛うばかりの謙遜と見えたものが後には一種の精神障害、持病の癲癇による白痴とさえ見えてきてしまうのである。例の歪な恋愛四辺形でもムイシュキンの愛情生活はまるで分裂している。

とにかく『おバカさん』は読みおわって清々しい思いがするが、それは世俗的な物語の進行の奥にキリスト――自らは無辜でありながら人類に対する愛のために身代わりとなった――キリストの自己無化（ケノーシス）の物語が二重写しになっているからである。『白痴』は作家自身の半ば開き直りとも受け取れるコメントにもあるようにドストエフスキーは極めて不可解な終わり方をさせている。

10　最期の場面における差異――「死して蘇れ[19]」

ここで両作品の最期の場面を振り返ってみよう。まずは『白痴』のほうから。ロゴージンがナイフで刺殺したナスターシャの死体を前にムイシュキンと二人なかよく通夜をする場面である。その場面はドストエフスキーが、かつてドレスデンでみたラファエロの「システの聖母[20]」を小説中で再現しているかのようだ。ロゴージンは去勢派の父親からたぶん少年期に去勢を施されたに違いない。なぜなら彼はナスターシャに死ぬほど恋焦がれながらも新婚の新床をそれまで経験しなかったことが暗示されているからだ。毎晩、トランプばかりやっていたと彼はムイシュキンに告白する。性的に不能の男性二人と死ぬ間際に「オリヨールにいこう（去勢派の聖地[21]）」という謎めいた言葉を残した絶世の美女による奇妙な恋愛の結末はなんとも後味が悪い。しかし二枚腰、三枚腰のドストエフスキーはそんなことは先刻承知とばかり、小説の中で傍観者エヴゲーニー[22]をして「最初から、ここにはまじめなものなど一つもない……事件の原因はまず何をおいても、あなた（ムイシュキン―筆者）の生まれながらの無経験とあなたの無邪気、それから適度という観念の欠如にある……」と読者の思いを代弁させている。

ガストンは逆である。臆病で少し足りないんではという所から出発して小説の最後の所では愛の実践のためには自らの死をも厭わない聖なる強虫へと変身するのである。つまりガストンはキリストと同じく自らは無辜であるにもかかわらず暴力の犠牲になって死ぬのに対し、ムイシュキンは誰のためにも死なない。死なないキリストはもとより復活もしないし奇跡も行わない。万に一つの希望を抱いてムイシュキンを訪れるイポリットに対してムイシュキンは「どうか我々の傍をとおり抜けて下さい。そして我々の幸福をゆるして下さい[23]」とさえ言う。

ここで我々はドストエフスキーの描く最も美しい人キリストとは新約聖書に描かれた神キリストではなく一九世紀に流行したロマン派のたぶんに人間的なキリストであること、つまり神の子キリストではなく文字通りの「人の子」であったことに想い至る必要がある。作中でナスターシャはムイシュキンの優しい扱いに触れ

---

(18) R・ジラール『ドストエフスキー――二重性から単一性へ』（鈴木晶訳）法政大学出版局、一九八三年、七二頁参照。
(19) ヨハ一二・二四参照。
(20) ラファエロの「シストの聖母」は左右に大きく開かれた緑色のカーテンの下に幼子イエスを抱き白い雲に乗った聖母マリアが右足を地上界に踏み出さんとする様子が描かれている。画面左手の教皇シクストゥス二世はたったいま天井界から降り立った聖母子に向かって、画面と画面を見ている我々の間に置かれている柩の主の救霊（天国での永遠の命）のとりなしを願っている。詳しくは冨岡道子『緑色のカーテン――ドストエフスキイの『白痴』とラファエッロ』未來社、二〇〇一年及び兼子の論文（注13）参照。
(21) 亀山郁夫『ドストエフスキー父殺しの文学（下）』日本放送出版協会、二〇〇四年、四六―四八頁、江川卓『謎とき『白痴』』新潮社、一九九四年、一一八頁。
(22) 『ドストエーフスキイ全集8　白痴　下』（米川正夫訳）河出書房新社、一九六九年、一三〇頁。
(23) 同書、七〇頁参照。

て、はじめて人間らしい人間に出会ったと言うが、これはドストエフスキー特有のダブル・ミーニング（double entendu）で新約聖書に出てくる「人の子（人間の形をした神）」と人間そのものとの両方を示唆しているのだ。

結び

以上を三点に要約すると、①遠藤は多面体の作家である。というのも彼の作品はいわば一種の黙示文学であり眼に見える形而下の世界すなわち「物語層」と眼に見えない形而上の世界すなわち「象徴層」の二層（また歴史層、自伝層の四層）構造からなる。②遠藤の作品を理解するにはそれらの重層構造の分析によって特に「象徴層」における「象徴(24)」と「隠喩」の意味を読み解く必要がある。③この重層構造分析をさらに他の多面体の作家（本論ではドストエフスキー）のそれらと「対比」することは両者の、あるいは少なくとも遠藤の作品理解をより深くするのではないか。

そういう意味で小論はもとより精緻な作品分析に基づく実証研究ではないが「多面体」の作家遠藤の研究方法に関する方法論的試案の一つにはなると思うのである。

参考文献（本文及び注で言及していないもの。著者アイウエオ順）

P・エフドキーモフ『ロシア思想におけるキリスト』（古谷功訳）あかし書房、一九八三年。

遠藤周作『へチマくん』（奥野健夫解説）角川文庫、一九六三年。

同『おバカさん』（矢代静一解説）中公文庫、一九七四年。

岡田温司『もうひとつのルネサンス』人文書院、一九九四年。

亀山郁夫『ドストエフスキー　共苦する力』東京外国語大学出版会、二〇〇九年。

A・サミュエルズ他『ユング心理学辞典』（浜野清志、垂谷茂弘訳）創元社、一九九三年。

M・バフチン『ドストエフスキーの詩学』(望月哲男、鈴木淳一訳)ちくま学芸文庫、一九九五年。

(24) ガストンが渋谷で泊めて貰う占い師の蜩亭老人の蜩(ひぐらし)とは蟬の一種で、蟬はキリスト教図像学ではキリストの復活を宣言するものとされている。ガストンがシラサギとなって飛翔していくのもキリストの象徴である。詳しくは拙著『遠藤周作の世界——シンボルとメタファー』教文館、二〇〇七年、三四—三六頁参照。

本論２　神学篇　神学と文学の接点

第一〇章　東西の距離の克服（西洋キリスト教対日本人の感性）——異邦人の苦悩

「今日までの私の小説とは、一言で言うと、この洋服を、日本人である肉体にあった和服に仕立て直そうと試行した跡にほかなりません」『私にとって神とは』（一九八三年）

（このテーマの遠藤の軌跡を知るため各作品に発表年を付した。引用中の省略は筆者による。）

「神々と神と」と遠藤の衣装哲学的比喩

ここで私はまず遠藤の有名な衣装哲学的比喩、すなわち「ダブダブの洋服を身にあった和服に仕立て直す」とは具体的に何を意味するのかを明らかにしたい。遠藤は小説以外にも多くの評論、エッセイを残した。したがって遠藤自身の言説から、その真意がくみ取れると思う。例えばフランスから帰国後、一九五七年のＮＨＫのラジオ番組「私とキリスト教」で遠藤は自分の抱える、「異邦人の苦悩」と言うべき感覚を概ね以下の如くに語っている。それは東西の相違（彼我の距離）の問題に対して、日本人の感性（感覚）の側からの発言である。

フランス留学を経て日本人としての自分と基督教信仰との間の矛盾する気持ち、それは基督教に積極的に反発するというよりは、むしろ無感覚で「異邦人の苦悩」というべきもの。それらは以下の三つに集約される。すなわち神に対する無感覚（神があっても、なくてもどうでもよい）、罪に対する無感覚（罪意識の欠如）、死に対する無感覚（死を生物として怖れぬではなく、死後に神の裁きがない）である（括弧内—筆者の補足）。

遠藤は「私の文学——自分の場合」（一九六七）で、それまでの作品を振り返り次のように言う。

大学時代、「神々と神と」（一九四七）という小エッセイを書き……（中略）……その題でもわかる通り、私のテーマはその時からすでに始まったのであった。つづく『堀辰雄覚書』(一九四八)でも私は西欧と日本との距離という点からスポットライトを堀氏に当ててばかりいた……(中略)……小説の場合も私には、ほとんどこの一つの主題が縦糸となっている。『白い人』(一九五五)、『黄色い人』(一九五五)『海と毒薬』(一九五七)もそうであり、『留学』(一九六五)もまたしかりである。それらのほとんどから読者は基督教と日本人、或いは西欧と日本人というテーマを引き出すことができる。たしかにそれらの中で私は自分の洋服に感じてきた距離感を語りたかったからである。(1)

直後に遠藤は、その距離感の依って来る所についてもこう語る。

私は基督の教えが他の諸思想より私には一番ふかい一番たかい真理だと考えている……(中略)……にもかかわらず、基督教のなかには私にはなじめぬものが数多くあった。それは特に西欧の——特にトミスムの思考によって鍛えられた基督教だった……(中略)……それは一部分であるにもかかわらず、今日それは基督教の全部であるように言われ、そのような形で日本でも教えられている。私がさっき「洋服」と言ったのはそのためだ……(中略)……私は日本人の体にあった和服もまた基督の教えにはずれないと思う。(2)

以上の遠藤自身の言説から、我々は遠藤がごく初期の段階から「西洋キリスト教と日本人の感性」といういわゆる「彼我の距離」の問題を抱えていたことを理解する。しかし問題はここで終わりではない。今度はその二項対立的概念双方の内実が明らかにされねばならない。遠藤研究者は私も含めしばしば「西洋キリスト教と日本人云々」と言うが、その対立概念の内実について、それほど深く考えてはいない。しかしこれを明らかにすることは遠藤の生涯を貫く問題意識を正確に知ることになる。そのためには遠藤の「神々と神と」に遡って具体的に見ていく必要がある。というのも、そこにこの問題の一切が集約的に提示されているからである。

処女評論「神々と神と」――評論家としての出発

周知の如く遠藤の文学活動は渡仏前の評論活動に始まった。『堀辰雄覚書』とそのプレリュード「神々と神と」である（同名の評論が『カトリック作家の問題』（一九五四）に所収。過度な抒情性・独断論が後退し文意が追い易くなっている）。後者は当時、病臥中の堀に代わり『四季』の編集を担っていた神西清が、遠藤に書くよう促した処女評論である。遠藤自身もその評論を「自分のその後の文学作品の中心的テーマとなる最初の石」と言う。いま、その内容を大きなテーマごとに纏めると概ね以下の如きものになる。

それはカトリック詩人野村英夫に宛てた（H・N様とイニシャルがある―筆者）書簡形式の評論だが、ある意味で遠藤の哲学的詩人としての資質を十分に窺わせるものだ。しかもそこにはやや衒学的な若者特有の背伸びが見られる。例えばエピグラフにラテン語句「*Facienti quod est in se non negatus gratia* 己が全能を尽くすものに恩寵は拒否されぬ」[3]が引かれ、全集でたかだか一〇頁程の短い評論の中でJ・マリタン、P・クローデル、F・モーリアック等フランスの哲学者や文人に言及し、最後には論証の過程で必要とはいえゲーテ、リルケ、ニーチェ、そしてヘルダーリンに依るハイデッガーの詩論にまで、言及・援用するからである。

付言すると、此処での言及はプレリュードとして表面的なものだが、本格的な言及と考察は『堀辰雄覚書』、なかでも特に遠藤によって付された「注」においてなされる。

（1）「私の文学」『遠藤周作文学全集（以降『全集』と略記）』一二巻、七八頁。
（2）同所。
（3）J・リヴィエール、P・クローデル『信仰への苦悶』（木村太郎訳）ヴェリタス書院、一九五七年、七三、九二、一一六頁。遠藤がここから引いたことは間違いない。『全集』一二巻、一七頁参照。

一神論対汎神論（キリスト教対ギリシャの段階的汎神論と東洋の直接的汎神論）

遠藤は野村自身の「瞬く星」という詩を冒頭で引用し、次にリルケの「ドゥイノの悲歌」の天使（カトリックのコスモロジーにおける天使ではない）や、堀に倣い『マルテの手記』中の「生は運命より高し（Leben grosser ist als Schicksal）」を引用する。[4] 遠藤は西洋キリスト教に立ち向かわんとするリルケの英雄主義（地上を然りと受け止める能動的姿勢）に対し、地上を受動的に屈折して受け止める堀の日本的・汎神論的感性をトマスの「存在の秩序」で批判する。それを日本文学研究者の永藤武は『日本カトリシズムと文学――井上洋治、遠藤周作、高橋たか子』の中で以下の如く説明する。

同じ汎神論的でありながら、この基本姿勢の違いはどこから来るのか。そこで問題にされるのが、西欧ではその汎神論をさえ厳しく規制してやまないカトリシズム、特に聖トマス（トマス・アクィナス）の思想における「存在の秩序」観である。神と天使と人間と動物との間には厳然たる存在条件の違いと隔たりがあり、「人間は人間にしかなり得ぬ孤独な存在条件を課せられて」いる。したがって「神や天使に対立している」がゆえに、「神を選ぶか、拒絶するかの自由」をもち、「自己に対して、罪に対して、彼を死に導く悪魔に対して、そして神に対して」たえず闘わねばならない「戦闘的な、能動的なもの」がカトリック本来の姿勢であり、それに反して堀辰雄の汎神論的世界（東洋的汎神論）にはそうした「存在の秩序」はない。全（自然とか神々）は個（人間）の集合や延長であり個は全の一部である。したがって個は全にいかなる闘いも抵抗もなさずに合致するという受け身の形にならざるを得ないと若き日の遠藤氏は強調する。[5]

一神教（キリスト教）的血液対多神教的（日本人の）血液

あの方（堀辰雄―筆者）が目覚めさせて下さったあの血液、あの神々の世界への郷愁があれほど魅力があり誘惑的であったのは、僕たち東洋人が神の子ではなく神々の子である故ではないでしょうか。万葉の挽歌や伊勢物語から始まった僕たちの長い血統は、神々の血統であり汎神論的であり決して神の一神論的血液ではありませんでした。(6)

この旋律（多神教的血液対一神教的血液）は後の遠藤作品にも繰り返し現れるが、(7)「花あしび論（汎神の世界）」の「鎮魂曲」及びその「注」でも繰り返される。「鎮魂曲」で遠藤は宗教性作家（宗教作家ではない）の堀辰雄の求める宗教性は決して一神的ではなく汎神的であり、アウグスティヌスの「神の国」ではなく「神々の国」に対するものであったと記し、その「注」に「堀氏は元来『神々の国』の血液者であるがゆえに我々東洋人のもっとも本質的なものに還ったということができよう。そして本来僕らもまた汎神的血液を有するがゆえに堀氏のこの魅力的な誘いに限りない愛着を感ずるのであろう(8)」と述べている。

ここで我々が看過ごしてはならぬことは遠藤が堀の『花あしび』により覚醒された自らの体内に宿る汎神的血液を意識すること、尊敬する堀を批判しながらも、それによってむしろ自戒せんとする姿勢である。それ故、遠

（4）「生は運命より偉大である」、リルケ『マルテの手記　世界文学大系53』（手塚富雄訳）筑摩書房、一九五九年、七六頁。
（5）戸田義雄編『日本カトリシズムと文学――井上洋治・遠藤周作・高橋たか子』大明堂、一九八七年、八六―八七頁。
（6）「ボードレールやランボオの彼方にある、あのカトリシズムの気候クリマに、僕たちは非血液的な無縁さと烈しい抵抗を感じないでしょうか――」（『全集』一二巻、一六頁）。
（7）『留学』第三章の向坂が田中に送った手紙「私が知ったことは結局、シャルトルの寺院と法隆寺との間の越えがたい距離であり……外形はほとんど同じでもそれを創りだしたものの血液は、同じ型の血ではなかった」（『全集』二巻、一七五頁）。
（8）『全集』一〇巻、三五頁（注）参照。

藤は最後に野村の詩に「異邦人の祈り」という句を付け加えるよう願う。

遠藤は二項対立的概念を巧みに使い、問題の輪郭を明確に提示する。すなわち汎神論[9]を西洋的汎神論と東洋的汎神論に二分し、脱キリスト教的な近・現代ヨーロッパの汎神論、すなわちゲーテやリルケの汎神論と日本のそれとを区別するのである。元来、キリスト教伝統と抗い対立し発展してきたリルケの汎神論には「生は運命より高し」と運命に対する能動的姿勢があるが、堀にはそれがないと遠藤は言う。

因みにリルケの能動的姿勢を、現代日本を代表するキリスト教の学匠詩人（poeta doctus）川中子義勝は、ロマン主義の絵画における山頂の人物像[10]との関連において『詩学講義』で次のように表現する。

> 神を喪った西欧近代人が、自我に固執し精神の内的な屹立に存在の意義を求めた……（中略）……リルケが外的世界に対置した内的空間とはまさにそのような垂直性への足場であったと言えよう。切り立っていく精神の突端に立ち、心の山頂にさらされて神、世界、人間の秩序の再興性を図る、その様な傑出した個がそこここに屹立する。それが近代の風景である。リルケは、その最晩年に向けて、こうした近代人の方向喪失の状況に対し、精神の垂直性を獲得した。ドゥイノの悲歌十の終結部[11]で人間の存立をあるがままに肯定した詩人は死をも、降り下る幸福《さち》として肯定する。[12]

ここでさらに「神々と神と」のテーマの展開を追うと、フランスのボードレール、ランボー、ヴェルレーヌ、J・リヴィエール（N・R・Fの編集者でP・クローデルの導きによる宗教的回心を記した往復書簡[13]で有名）等は人生の最終局面でカトリックに回帰することができた。つまり彼らはキリスト教伝統（一神教的血液）をもつが、これに対してキリスト教的伝統を一切持たない我々日本人は汎神的・自然憧憬的伝統に戻っていくしか道はないのだろうかと遠藤は問う。

つまり遠藤は堀のリルケ受容の非英雄主義、運命受容的姿勢を批判することで、カトリック者として一神教的世界を目指す自分たち（野村・遠藤）にとって、キリスト教の一神教的血液ではなく多神教的・汎神的血液のもたらす苦しみを慨嘆し、ともすると精神的な故郷、日本の無意識的な自然讃美の伝統的血液に立ち帰ることを懼れる。それ故、一神教的血液という異質な血液との対立から自分たちは目を背けてはならず、絶えず西洋キリスト教伝統に立ち向かって行かなくてはならないと言うのである。(14)

さて我々は、ここから遠藤の「西洋キリスト教対日本人の感性」という二項対立的概念の内実を明らかにしよう。

(9) たしかに遠藤は汎神論を西欧的と東洋的に二分したが、ここでの遠藤の用語法は必ずしも正確ではない。例えば一神教はユダヤ、イスラム、キリスト教といずれも唯一神（キリスト教は三位一体で他の二者とは少し異なる）を信仰する宗教で一括りにも出来ようが、汎神論すなわち多神教の方は、例えば古代ギリシャ・ローマの多神教と日本の伝統的な八百万の神々ではその存在様式がまるで異なる。古代ギリシャ・ローマでは我国の汎神論とは違い地上の事物のすべてが神的存在になり得るわけではない。例えば神々は木とか石とかの事物ではありえず、人間の形をとるが人間以上の存在で人間にはない超能力を有し不老不死であった。これに対し伝統的な日本の八百万の神信仰（汎神論的多神教）は非業の死を遂げた英雄的な人間はじめ、地上の無情的事物もすべて神として尊崇の対象になるのであるから。

また同じキリスト教だが、東方教会には汎在神論（panentheism 神の存在が全宇宙を包括し、その中に浸透しているという思想）がある。つまり宇宙内のすべてものに神が存在するとする考え方で、宇宙内のすべてのものが神になり得る汎神論とは方向性が異なる点に注意。大貫隆他編『岩波キリスト教辞典』岩波書店、二〇〇二年、九一三頁参照。

(10) カスパー・D・フリードリッヒ「霧海の山頂にたつさすらい人」ハンブルク美術館蔵、一八一八年。

(11) 『筑摩世界文学大系60　リルケ』筑摩書房、一九七一年、一四〇頁。

(12) 『詩学講義――「詩のなかの私」から「二人称の詩学」へ』土曜美術社、二〇二一年、一一六―一一八頁。

(13) 『P・クローデルとの往復書簡』（木村太郎訳）ヴェリタス書院、一九五七年。

(14) 『全集』一二巻、二四頁。

西洋キリスト教の意味するものI——中世ヨーロッパにおける精神共同体

一口に西洋キリスト教と言っても漠然としている。例えば、それはキリスト教の伝統を哲学的・神学的に導いた西洋キリスト教のいわば上部構造としての思想・観念の学的体系（中世スコラ哲学）を指すのか、或いはまた精神共同体とそれを束ねる教会制度の意味なのか。

慶応の学生時代に遠藤が入っていたフィリポ寮（現真生会館）の舎監、吉満義彦に遠藤が多大な影響を受けたことは事実だが、他方で西欧キリスト教（カトリシズム）に日本人として何の違和感も感じない吉満の姿勢に遠藤は不満を抱いていた。後年の回顧でその間の事情を遠藤は次のように述べる。以下は佐藤泰正との対談『人生の同伴者』(15)からの抜粋である。

吉満先生は東大の哲学の講師で非常に文学も好きな方で、フランスのジャック・マリタンという哲学者の弟子で、近代における神を離れた人間の問題をしきりにパスカルとかデカルトを引き合いに出して書いておられる。マリタンも吉満先生も、もういっぺん神によって充足されていた中世に戻ろうじゃないか。中世以後、神を失って人間中心の世界になるにつれ、こういう神々におけるルネサンスが生まれてしまったのだと語っておられた。

そのときに私がマリタンや吉満先生に反発したのは、西洋には中世というキリスト教で充足した時代があったかも知れないが、日本にはそういう中世がない。それに対して吉満先生は戻るのではなく自分たちで創るのだと言った。

遠藤の伝える吉満の言葉には第一高等学校在学中に熱心に通った内村鑑三の影響で日本人の基督教は可能だと

いう確信にも似た希求がある。それ故、吉満は『吉満義彦全集』で次のように述べる。

われわれは純粋に日本人であって同時にカトリック者たり得るのである。否、純粋に真正日本人たることの内にカトリック者たらねばならない。カトリシズムはそれが神のものであればあるほど、われわれ自らのものであり、決して西欧人のものとしてわれわれに対するものではない。日本的リズムの内に日本的個性の内に、日本的文化の善なるもの美なるものを超自然的永遠的価値へ高揚せんことにこそ、日本におけるカトリシズムの固有の使命はあるのだ。[16]

『人生の同伴者』の対談を見ると、遠藤は尊敬する吉満への反発と同時に吉満の確信に満ちた言葉に対する信頼もまた感じられる。後年、吉満の希求、西洋のキリスト教的中世（精神共同体）の日本における模索こそ遠藤自身の生涯を貫く課題となった。すなわち遠藤は小説を書くことによって、カトリシズムが決して西欧人だけのものではなく、日本的文化の固有の価値、日本的文化の内の善なるもの、美なるものを超自然的永遠的価値へと高揚しようと努めたからである。

吉満は遠藤の文学者的素質を見抜き「君は哲学なんかより小説や詩を書いた方が向いている」と親友の堀辰雄に紹介し、リルケ詩集の翻訳者で『曠野』の著者である堀は遠藤にモーリアックを教えた。遠藤は堀のヨーロッパや日本の文学に対する深い素養・蘊蓄に触れ、堀の仮寓の追分に月に一度、通ってくるようになる。その遠藤に堀は親しい間柄の『四季』の神西清を紹介し、遠藤はカトリック者の立場から堀の「花あしび」を批判し、

（15）　新潮文庫版、一九九五年、四四—四五頁。
（16）　「カトリック的宗教復興の現象と理念」『吉満義彦全集　第一巻　文化と宗教』講談社、一九八四年、二九六頁。

「神々と神と」によって評論家としての幸運なスタートを切ったのだった。

西洋キリスト教の意味するものⅡ――アウグスティヌスとトマス・アクィナス

以上のように「西洋キリスト教」で、遠藤が肯定的に意味していたものがまず明らかになった。それは我々日本にはない中世ヨーロッパの理想的な精神共同体の意味である。が、今度は遠藤のいう西洋キリスト教の否定的、少なくとも遠藤にとってしっくり感じられないキリスト教について問わなくてはならない。ここで遠藤自身の言説を、小論の肝心な箇所なので、少し長いが再度、引用する。すなわち遠藤は「私の文学　自分の場合」（一九六七）のなかで次のように言う。

私は基督の教えが他の諸思想より私には一番ふかい一番たかい真理だと考えている。基督の教えにたいする信頼感は私の心の底に今日あるのだ。……（中略）……小説を書けば書くほど私は彼を信じてきたし、その信念は今のところ当分、ゆるがないように思える。

にもかかわらず、基督教のなかには私にはなじめぬものが数多くあった。それは特に西欧の――特にトミスムの思考によって鍛えられた基督教だった。もちろんそれは基督教のすべてではない。一部分である。一部分であるにもかかわらず、今日それは基督教の全部であるように言われ、そのような形で日本でも教えられている。私がさっき「洋服」と言ったのはそのためだ。だが私のなかのキリストの教えにたいする信頼感は「洋服」必ずしも衣服の全てでないことを考えさせる。私は日本人の体にあった和服もまた基督の教えにはずれないと思う。（もし基督教神学がトミスムに重点をおいて育たず、聖アウグスチヌス（ママ）の神学に重点をおいて発達したならば事態は別のものになったかもしれない。）[17]

カトリック内部でもアウグスティヌスとトマスを対立的に捉える向きはある。トマスは精緻な論理のみで人間味に欠けるが、ローマ帝国北アフリカの人であるアウグスティヌスは論理の人である前に熱情の人であり、知性に訴える前に強く信者の魂に呼びかけると。しかし体系だって中世キリスト教史を学ぶなら、トマスは正当なアウグスティヌスの後継者でもあることを理解する。吉満は「中世哲学の二人の巨人を対立軸で捉えるのではなく、高次の意味での一人格としてとらえること[18]」、「謙虚と従順の人アウグスティヌスと論理的形而上学の成熟にほかならぬトマスを同時に肯定せねばならない[19]」という。

遠藤とネオ・トミズム

遠藤は慶應義塾大学で仏文学を専攻する以前、すなわち上智大学の予科生（予科甲類、ドイツ語クラス）の頃には盛んに哲学書を読んでいた。それは『形而上的神、宗教的神[20]』（一九四二）をみればよくわかる。体系的な勉強は相変わらず敬遠したが、興味のあるものは乱読・多読して飽きない。卒論はマリタン夫妻の美学を論じた『ネオ・トミズムの詩論』なので、遠藤が吉満経由のネオ・トミズム[21]に関する知識をかなり持っていたことは推

（17）『全集』一二巻、三七八頁。『われらの文学10　福永武彦・遠藤周作』講談社、一九六七年。
（18）若松英輔『吉満義彦——詩と天使の形而上学』岩波書店、二〇一四年、一一四—一一五頁参照。
（19）『吉満義彦全集　第四巻』、三〇七頁。
（20）『全集』一四巻、四六五—四六九頁。短い中に数回、引用されるカント、さらに遡って中世のアウグスティヌス、アンセルムス、トマス・アクィナスとデカルト、パスカル、マイスター・エックハルト、D・ヒュームと宛ら西欧中・近世哲学史の観がある。その主旨は哲学（形而上学）にはないが、宗教から得られる実在感（the sense of reality）こそ求めらるべきというもの。
（21）ネオ・トミズム（新トマス主義）とは近世ヨーロッパ（カトリック圏）で啓蒙思想、合理主義の影響で衰退していたトマス・アクィナスの思想・哲学を、一九世紀後半に教皇レオ一三世が、トマスの再発見によるキリスト教哲学の復興（カトリ

測できる。また三田でトミストの松本正夫先生[22]の形而上学の授業を覗き、黒板上の「存在の類比」「神の存在証明」というラテン語の言葉に触れ、西欧人はなんでこんなに理屈っぽいのか辟易したと書いている。

他方、遠藤は聖アウグスティヌスの神の存在証明には親近感を感じた。外ならぬ罪人である自分の魂の最奥に見出す内在的超越者[23]としての神は、遠藤にとって日本人にしっくりする神と感じられた。それに対してトマスによる神の存在論的証明[24]は、アリストテレスの形式論理を駆使し、次々と第一原因を求めるもので、たとえ精緻で論理的には誤りのない方法としても、いまや（仏文学専攻となった）遠藤には随分、理屈っぽい、まさに煩瑣な形而上的論証だと感じられたのだろう。

さて、右の引用の「（もしキリスト教神学がトミスムに重点を置いて育たず、アウグスティヌスの神学に重点を置いて発達したならば[25]、事態は異なっていたかもしれない）」という言明からは、遠藤が西洋キリスト教の教理を構成している中世スコラ哲学、なかでも特にトミズムに反発を感じていたことが判る。戦前・戦後の公教要理の勉強は教理の内容を真理だということで呑み込ませた。例えば『カトリック教会のカテキズム（公教要理）』では「復活」とはなにか第九九七項をこう説明する。

「霊魂と肉体とが分離する死において、人間の肉体は腐敗するが霊魂は神のもとに至り、栄光を受ける肉体に再び結合される日を待つ。神はその全能によって私たちの霊魂に肉体を結合させながら、イエスの復活の力によって最終的には肉体に不滅のいのちを戻して下さる」と。また「いつ復活するのか」第一〇〇一項は「最終的には世の終わりの日」だと述べ、死者の復活はキリストの再臨と密接に結ばれているとされるのだが、それは我々現代日本人にとってすんなり呑み込める内容ではない。

ック信仰と科学の発展）を呼びかけた回勅アエテルニ・パトリス（一八七九年）に始まるトマス哲学の再興運動のこと。教皇はローマとベルギーのルーヴェン（メルシェ枢機卿）に高等研究所を設置し、トマスの批判版全集（いわゆるレオニナ

版）を発行させ、続くピウス一〇世はすべてのカトリック研究機関の神学教科書に『神学大全』を使うことを義務づけた。ネオ・トミズムはトマスの哲学に永遠に絶えることのない哲学「久遠の哲学」（philosophia perennis）を見出し、それを継承するとともに、他方で物理学などの勃興する科学、その他の近代哲学との総合も意図するものであった。したがってフランスの中心的ネオ・トミストのJ・マリタンに学んだ吉満義彦が言う如く、ネオ・トミズムは世間の誤解のような中世スコラ哲学の再興そのままではなく、トマスの黄金の知恵によりカトリック信仰の復活、社会の美、科学の発展のため現代にも通用する「久遠の哲学」としてのトマス哲学のことである。詳しくは稲垣良典『トマス・アクィナス　人類の遺産20』講談社、一九七九年、四二九―四四五頁参照。

(22) 稲垣、前掲書、一四頁。

(23) 『告白』三・六・一一。山田晶責任編集・訳『世界の名著14　アウグスティヌス　告白』中央公論社、一九六八年、三一頁参照。

(24) 『神学大全』第一部第二問第三項「神は存在するか」。稲垣良典『トマス・アクィナス』講談社、人類の知的遺産20、一九七九年、二九七―三〇三頁及び山田晶責任編集・訳『世界の名著5　トマス・アクィナス』中央公論社、一九七五年、一二九―一三六頁参照。

(25) 『全集』一二巻、三七八頁。此処での「事態は」以下の文章を仮に日本における事態ではなく、西欧キリスト教世界における事態と受け取ることも文章上は可能だが、此処での遠藤の意図に鑑みて、やはり「日本における事態」に限定しておく方が賢明だろう。ただ一九六七年という年代から私には遠藤の含意がもう一つあるような気がしてならない。それはアウグスティヌスによるカトリック内の分離派とも言うべきドナティストに対する論争である。ドナティストはいわゆる、異端ではない（『アウグスティヌス著作集　第8巻　ドナティスト駁論集』（坂口昂吉・金子晴勇訳）教文館、一九八四年、五〇七―五三〇頁「総説――アウグスティヌスとドナティスト論争」、五三一―五四三頁「『洗礼論』解説」参照）。むしろカトリック内部の熱烈な殉教主義者であり、ディオクレティアヌス帝の大迫害の時に強制され、教会への圧力を緩和するために偶像崇拝（背教）を犯した司教の任命、その司教が授けた洗礼が有効か否かをめぐる論争で、ドナティストたちは洗礼を無効とし自分たちの教会に参加するためには再洗礼が必要であるとした。この古代ローマにおける迫害の状況と日本のキリシタンが被った迫害は相似的である。アウグスティヌスは青年期における放蕩、知性主義のマニ教への傾倒、カトリック教会に自己の最終的平安を見出した前歴をもつだけに、忍耐強く愛に満ちてドナティストと論争した。この経緯は背教を経験した司教、司祭が教会のサクラメントを行い得るかという点で、『沈黙』執筆当時の遠藤の関心を大いに引いたと思う。

最前の引用で遠藤の告白する如く、たとえ新約聖書から受け取るイエス・キリストの愛に全幅の信頼を置くことは出来ても、現代日本人にとってスコラ哲学の神学用語で裏打ちされた教理の字義通りの内容は時に意味不明でさえある。むしろ『死海のほとり』や『深い河』に示された遠藤の復活観（二〇〇〇年の時と場所を隔てていても、イエスの愛の行為を模範として人間が普段の力以上の利他行をやってしまう）の方がよほど説得力があると思うのは私だけだろうか。

公教要理をはじめ入試勉強や丸暗記的勉強が大嫌いだった遠藤は、このトミズムに対して反発を感じ、逆に罪人の自覚のもとに限りなく謙虚に自己を見つめ、外部にではなく外ならぬ自己の最奥に神の声を聴くアウグスティヌス(26)に親近感を抱いたことは自然の成り行きであろう。そして「事態は違ったものに」という遠藤の発言の趣旨は神の存在証明における論理的正しさにではなく、神の存在をむしろ心で感じる、つまり神を「存在」ではなく「働き」(27)として捉えるやりかたが日本人にはしっくりくると言うのであろう。

いずれにしても、遠藤のこの発言、すなわちキリスト教がトミズムにではなくアウグスティヌスの神に重点を置いて育てば事態は違ったものになったという発言は遠藤一八歳の時の哲学的小論文『形而上的神、宗教的神』からの一貫した姿勢が伺える箇所ではある。すなわち我々が必要とするのは哲学者の神ではなく、信仰の対象たる神だという神観である。

「日本人の感性」とは何か――美即善、自然愛好、個の否定

今度は二項対立的概念のうち、遠藤の言う「日本人の（日本的）感性」とは何かが明らかにされねばならない。一口に日本人の感性と言っても、日本人の審美観を指す場合も、エートスまたは日本宗教における独特の傾向性の意味もあるだろう。そこでまず日本人の審美観から言うと、直ちに思い浮かぶのは日本人の伝統的な審美的感性が倫理的感性と相即であることである。つまり日本人にとって美は真であり善なのだ。それは何も万葉の宮廷

歌人人麻呂の挽歌、在原業平や西行の短歌、芭蕉の俳句に止まらない。厳しい修行で有名な道元(28)、同じく禅僧でありながらも洒脱な辞世の歌を残した良寛(29)も主体的存在である自己と、周囲の自然(30)との関係は混然一体である。彼等にあっては美即善、美即真であり、その逆も亦、可なのである。ここには遠藤が『神々と神と』の中でまさに自分の中にもあると惧れる、日本人の心の故郷（Heimat）たる自然への回帰の傾向、汎神性の感覚があるのだ。

しかし現代のキリスト教理解では、大事なのは福音体験の有無、聖霊の働きを感ずるか否かであって、日本人がもっているこの自然に対する感覚を汎神論的だとして即、全否定する必要はない。

つぎに日本的宗教観（日本人の宗教性）についても簡単に二つ触れる。一つは自然神道においても仏教においてもすべてを貫く理解は自然法爾《じねんほうに》(31)である。自然法爾とは、他から力が加えられるのではなく、そのものが、そのものとして自ずからそう成っていることを言う。もう一つの日本人の宗教的特質とは信仰の内容ではなく、教

---

(26)「神は我々自身の最も深いところよりも尚、奥におられる」（『告白』三・六・一一）。

(27) 神は働きだというのはキリスト教でも、聖霊〈第三の位格〉の働き（ヨハ一六・七）のことであり、必ずしも日本人の感性だけに限るものではない。遠藤のそれについては『私にとって神とは』光文社、一九八三年、一九頁参照。

(28) 道元「春は花、夏ほととぎす、秋は月、冬雪さえて涼しかりける」。中村元『日本人の思惟方法』春秋社（普及版）、二〇一二年、三〇—三一頁参照。

(29) 良寛は生死の境を踏み越えんとするその時にも「かたみとてなに残すらん春は花、夏時鳥、秋はもじみば」と歌う。中村元、前掲書、三一頁。

(30) 中村元、前掲書中にインドで発生し中国を経て日本に伝わった仏教の多くが、日本に受容されていくうちに変容していることが例示されている。それは自然愛好、現実重視、現世主義、人間重視、文化の重層性と批判の未発達等々である。第二章三参照。また中国の自然愛好はスケールが大きいが日本では身近なものに変わっている。

(31) 親鸞は他力の計らいを棄てて、弥陀の手に任せきることを言う。中村元監修『新・佛教辞典』誠信書房、一九六二年、二四二頁参照。

えを説く人に対する絶対的な信頼の関係である。例えば親鸞と法然の信仰における関係を、後に弟子の唯円が書き残した『歎異抄』中の有名な一句「たとひ法然上人に空かされ参らせて、念仏して地獄に落ちたりとも、さらに後悔すべから須佐不老」[32]という親鸞の言葉に見られる法における先達への信頼である。それは禅の師家であろうと仏教における他の宗派の先達であろうと、凡そ法を説く人に対して弟子が師に抱く全き信頼（キリスト教で言えば、完全なる委託）である。それは知性によって導かれる教えの内容の真理性からではなく、教える人の人格に対する全幅の信頼である。このことは遠藤がトマスよりもアウグスティヌスをより頼む姿勢に関係するのかもしれない。

これらはいずれも日本人の自我の在り方と深く関わっている。個が独立していれば、このような関係は起きにくい。モーリアックが言うには東洋人は自我を主張しないから神を必要としない[33]。小論の冒頭近くで紹介したNHKのラジオ番組の中で、遠藤はそれらの無感覚がまさに自分にもあるのを知って愕然としたと言う。言い換えれば、遠藤はフランス留学時に東洋的な汎神論やその諦念の世界への回帰の傾向が外ならぬ自分にもあることを自覚した。西洋においては個は全体の一部ではなく、あくまで独立した主体である。個は他と闘い、個は神ともまた闘わねばならない。それ故、信仰者としても作家としても遠藤にとってキリスト教は救済に与る安住の場ではなく、絶えざる闘いの場であった。

ここで日本人の感性を倫理的・審美的なもの、ひいては宗教的感性に関わるものに絞った遠藤自身の言説があるので、以下にそれを祖述する。すなわち遠藤の「神々と神と」、「堀辰雄覚書（花あしび）」、そしてフランスから帰国後の「日本的感性の底にあるもの――メタフィジック批評と伝統美」（一九五六）を紐解くと、そこに遠藤自身が日本的感性によって意味するものの輪郭がやや抽象的・観念的ではあるが記されている。

遠藤自身が言う日本的感性――汎神的風土における日本的自我のありかた

日本的感性（日本人の感性）とは汎神的風土を母胎とするが故に、①個と全体との区分や境界を感じない②したがって対立を要求しない③受動的である等。「メタフィジック批評」には境界や区分の意識、対立性、能動的という西洋の美的感性に対して、日本的感性は受動的であり、はっきりした区別や境界を嫌い、全的なるものへ、そのまま吸収されたいという郷愁があり、カトリックに帰依した後も絶えず自分を誘惑し、虚無に陥らせると遠藤は告白する。(34)

以上述べてきたことから我々は「ダブダブの洋服を身にあった和服に仕立て直す」という遠藤の衣装哲学的比喩の意味するものを明確にした。それは以下の如くである。

「西洋キリスト教」と「日本人の感性」の距離

衣装哲学の「洋服」とは中世スコラ哲学の、特にトマス・アクィナスの哲学・神学（自然理性による論理の体系とその上に恩寵の啓示をおく神学・信仰の体系）というキリスト教の主知主義的伝統と、同時にアウグスティヌスの超越的内在としての神、それらに培われた西洋キリスト教伝統そのものを指す。

ただし洋服を和服に仕立て直すという遠藤の言葉の否定的ニュアンスから察すると、つまり遠藤が西洋キリスト教と否定的に言う時には、もっぱら主知主義的なトマスの哲学・神学を指すと言えよう。対する遠藤の言う日本的感性とは自我を主張しないので、個は全体（人間の集合、あるいは総体としての自然）の一部であり、その中で対立せず、受け身的であり絶えず全的なるものに吸収されたいという習性をもつ。

(32) 金子大栄校注『歎異抄』岩波書店ワイド版文庫、四三頁。
(33) 「堀辰雄覚書（花あしび論）」『全集』一〇巻、四五頁。
(34) 「日本的感性の底にあるもの——メタフィジック批評と伝統美」『全集』一二巻、三〇二—三〇三頁。

自然観における西洋キリスト教と日本的感性の対比

これ等、二項対立概念の対比をここで仮に比喩的に表現するならば、自然そのままを感じさせる日本式庭園と、イタリアやフランスの幾何学的形態からなる王宮内前庭が想起される。すなわち前者では自然のままに、しっとりしたたたずまいを見せる樹木だが、後者では樹木はくっきり、はっきりした幾何学的な形態と配置を与えられる。それらの対比は自然に対する西洋キリスト教と日本人の感性の関係を判り易く説くことになるかもしれない[35]。

小説をかくこと——異邦人の苦悩の解決

「異邦人の苦悩」（一九七三）の中で遠藤は概ね次のように述べている。慶応義塾大学で二〇世紀フランスのカトリック文学を勉強するにつれ、キリスト教文学と自分との間の距離感は深まった。この距離感はキリスト教に対してだけではなく、西欧の文化一般に対してかも知れないが、とりわけキリスト教の場合には、我々の感覚とあまりにもかけ離れた部分があるだけ、その距離を感ぜざるを得なかったと。

しかしまさにこの距離感が遠藤に小説のテーマを与えたのである。この距離間の克服が母親が着せてくれた洋服をもう一度自分の手で仕立て直し、日本人である自分の体に合った和服に変えるという比喩の内実である。以下に遠藤自身の言葉を引く。

私は『沈黙』を書くことによって、自分と基督教との距離感の一端をうずめたような気がした。つまりそれは父の宗教から、母への宗教への転換[36]ということであり、私の主人公が心の中でもっていた父の宗教の基督が母の宗教の基督に変わっていくというテーマである……『沈黙』を書いたあと、私が次に自分に課したテーマは、それでは日本人の信じられるような、また日本人の実感でわかるイエスと言うのはどういうものかということであった。[37]

遠藤は聖地イスラエルを訪ね、聖書を繰り返し読んだ。またた遠藤はカトリック側ではなく、ブルトマンらプロテスタントの神学者たちの本も多く読んだ。[38]しかしこれらの学者たちが史的イエスと神話化されたキリストとを区別して考えることに遠藤は全面的に賛成したわけではなく、彼らの学問的方法に興味を抱いたのである。そうして発見したことは、キリストが少年時代に教えられたような力強い人ではなく、奇跡などまるで無縁の人であることだった。遠藤はこの解釈が個人の恣意的なものではないことを証しするため、『イエスの生涯』という、評伝というよりはむしろ歴史小説と[39]『死海のほとり』を書いたのである。

(35) 和辻の『風土』を西語訳したホアン・マシア師は佐久間勤編著『ネイティブ・インカルチュレーションの時代――福音とグローバル世界の出会いの神学』サンパウロ(二〇〇二年上智大学夏季神学講習会講演集)、二五九頁でこの対比を使用する。ただしヨーロッパの庭園史から言うと、一六世紀イタリアのメディチ家の庭園も自然の部分のボスコ(叢林)やグロッタ(洞窟)と、人工的・幾何学的に構築したジャルディーニ(庭園)の両方からなっていたが、時が経過するとともにボスコの部分が喪失したと言われる(E・V・シェルヴィーンスキー)。

(36) 『全集』一三巻、一七六頁。松本滋『父性的宗教・母性的宗教』東京大学出版会、一九八七年、二九頁参照。

(37) 小説技法としては基督の顔の変化という象徴を使い、遠藤は「私が見た踏み絵のキリストは、あまりにたくさんの人に踏まれてしまっているために、その顔は摩滅して、もとにあった荘厳な、高貴な、力強い容貌を失い、くたびれ果てたもの悲しい顔をしていたけれども、またその顔が私にとって日本人とキリスト教をうずめてくれる、大きなきっかけともなった」と言う。『全集』一三巻、一七六頁。

(38) 『遠藤周作研究』一一号、一二号、一三号における拙論「神学と文学の接点――遠藤周作の『イエスの生涯』『キリストの誕生』と「史的イエス探求史」(上・中・下)」(本書第一八章)参照。

(39) 拙論「神学と文学の接点:遠藤周作の『イエスの生涯』『キリストの誕生』と「史的イエス探求史」(上)――教義のキリストから歴史のイエスへ、そして信仰のキリストへ」『遠藤周作研究』一一号(二〇一八年)二四頁。神谷光信「イエスのすこし短絡的な括り方かも知れないが、遠藤の「彼我の距離」の問題はヴェクトルで言うと、渡仏前はネオ・トミズムの影響下にあり（それは『堀辰雄覚書』に顕著である）、そこでは日本人キリスト者が一神教の方に歩みよるべき、或いは少なくともその距離から眼を背けてはならずという姿勢がみられたが、フランス滞在中に日本人の感性の奥深いところにある魂の郷愁を再発見し（『アデンまで』にそれは明らかに見出せる）、帰国直後の小説『白い人』『黄色い人』『海と毒薬』では、未だに西洋キリスト教の一神教と日本の多神教は作家遠藤の心中で微妙に綱引きをしていたが、後に『沈黙』作成の頃には、今度はキリストの勝利の顔を潮垂れた同伴者イエスの顔に作り変えることで、西洋キリスト教を日本人の感性の側にぐっと引き寄せたと言えよう。

さらに最晩年の『深い河』において遠藤が描くキリストとは何らの形容句をも必要としない無名の愛そのものである。だから大津は「トマト」でも「玉ねぎ」でもいいと美津子に言う。と同時に彼がアシュラムでひとりミサを捧げる時の祈りの対象はキリストであることも忘れてはならない。大津は最下層のヒンドゥー教徒の行き倒れを背負い、深い河の辺に連れて行く。美津子がバラモンではない貴方がなぜそうするのかと問い質すと、大津は「もしあの方が今、この町におられたら、彼こそ行き倒れを背負って火葬場に行かれると思う」(40)と答える。

その愛とはもはや西洋キリスト教だけの愛ではない。それはナザレ人イエスの実践した愛であり、二〇〇〇年後にマザー・テレサがインドで実践している愛の行動そのものである。ここで遠藤の最晩年の言葉を付け足すならば、『深い河』を書くことによって、漸く『神々と神と』で提起した一神教と多神教の問題の解決をみたとM・ウィリアムズ氏に語ったそうである。(41) それ故、『深い河』は遠藤をして一神教と多神教の距離（東西の距離）の問題を解決させた作品と言えるのではないだろうか。

生涯」『遠藤周作事典』（遠藤周作学会編）鼎書房、二〇二一年、二五―二九頁参照。
(40) 『全集』四巻、三一七頁。
(41) ヴァン・C・ゲッセル、M・ウィリアムズ「英語圏における遠藤文学の評価と研究動向」『遠藤周作事典』鼎書房、二〇二一年、五〇〇頁、注四九参照。

第一一章　神学と文学の接点——キリスト教の婚姻神秘主義と遠藤の置き換えの手法

「おお導く夜よ！　暁より好ましい夜よ！　おお　結んでくれた夜よ！
恋人と恋人を（amado con amada）
恋する人（女）は恋する人（男）に変容《かえ》られて！」（括弧内は筆者）
十字架の聖ヨハネ『霊魂の暗夜』(1)

0　「ダブダブの洋服を和服に仕立て直す」——衣装哲学的比喩と小論の課題

遠藤がこの比喩によって意味することとは、西欧キリスト教と日本人の感性の間の距離を生涯かけて、小説を書いて埋めることであった。しかし現代作家遠藤にとって克服すべき距離はいま一つあり、上の比喩が東西という「空間的な距離」の克服なら、いま一つの距離とは、ヨーロッパ中世——これは遠藤(2)によれば必ずしも歴史的なヨーロッパ中世ではなく理想的な精神共同体としてのヨーロッパ中世——とポスト・モダンの現代日本との「時間的な懸隔《へだたり》」である。これらの水平軸と垂直軸の交差によって生み出される十字は、日本人カトリック作家遠藤が生涯、担った十字架を象徴している。

『沈黙』で遠藤は西欧キリスト教の伝統的なキリスト像を——それは水平軸の最左端に位置する——日本人の感性にしっくり来る右端のキリスト像にまで大胆に引き寄せることで初めて日本人読者の共感を得た。すなわちロドリゴが心中に抱くキリストのイメージが、西欧キリスト教の威厳ある「王たるキリスト」の顔のときは神は

（1）『霊魂の暗夜』第五の歌（L・マリー編『十字架の聖ヨハネ詩集』（西宮カルメル会訳注）新世社、二〇〇三年、三七頁）。
（2）加藤宗哉、富岡幸一郎編『遠藤周作文学論集　宗教篇』講談社、二〇〇九年、一一七頁。

沈黙を守ったが、日本人職人の手になる草臥れ、すり減った憂い顔のときに初めてロドリゴに「踏むがいい」と語りかけたのである。国家権力による理不尽な拷問に苦しむ農民信徒を見かねて絵踏みするロドリゴ。そのロドリゴを赦す愛の神、如何なる意味でも高みから裁くのではなく、「ともに苦しむ神」の創造により、遠藤は西欧キリスト像のもつ距離感を克服したのだった。

しかし、じつはその遠藤にも西欧キリスト教の核心に、どうにも扱い難い秘義があったのではないか。それが、私見によれば西欧キリスト教伝統の「婚姻神秘主義」である。そう憶測する根拠を二つ挙げる。

一つは後述する「マイナスはプラスになる（『私が愛した小説』）」というエッセイ(3)の中で、遠藤は現代カトリック作家が効果的に使う「手法」として「愛の置き換え」を紹介し、『侍』の中で自分も使ってみたと告白するが、遠藤が使った「手法」とはじつは「置き換え」であって、モーリアックや二人のグリーンが使った「愛の置き換え」とは異なるものであること。二つめはそのエッセイの中で遠藤が十字架の聖ヨハネの「暗夜」他の霊魂のキリストに対する情熱的な愛の詩を三篇も紹介しながら、必ずしもそれらの詩の当該の文脈における引用の妥当性（relevance）を明確にしてはいないことである。それはなぜであろうか。

というのも十字架の聖ヨハネのそれらの詩こそ、まさに遠藤がエッセイの冒頭で引く聖ベルナルドゥスの「雅歌についての説教」を初め、西欧キリスト教伝統の底流をなす「婚姻神秘主義」の至高の境地を示すものだからである。吉満義彦を通じ若き遠藤が影響されたネオ・トミズム――遠藤とネオ・トミズムの関連に、ここでは踏み込まない――の哲学者J・マリタンは「存在の類比」で名高いトマスの哲学と、この十字架の聖ヨハネの「神秘哲学」とを統合しようとしたと言われる(4)。にもかかわらず遠藤の引くエッセイをよく読むと、十字架の聖ヨハネの「神秘哲学」の核心をなす「婚姻神秘主義」に関しては、遠藤は軽く表面をなぞったに過ぎないのである。

そのことは日本人作家遠藤の感性がネオ・トミズム以上に、西欧キリスト教の根底にある「婚姻神秘主義」に何らか共感し難いものを感じていた証ではないだろうか。それは究極的には西欧キリスト教の「婚姻神秘主義」

を育んだ旧約以来の婚姻観と、それを表現する西欧キリスト教伝統（教会の典礼や文化全般）における「寓意（比喩）的象徴による修辞法」と、日本語の自然的な修辞法との違いに基づくものなのではないだろうか。カトリックの祭儀であるミサにおいて「パン」と「葡萄酒」を、キリストの「体」と「血」に変化させる「聖変化」（consecratio）の教義こそ、まさに寓意（比喩）的象徴による秘儀中の秘義である。[5]

以上のことから、ここではまず①西欧キリスト教伝統における霊的婚姻（pneumaticos gamos）すなわち「婚姻神秘主義」とは何かを「雅歌講話（説教）」を通じて明らかにし、次に②遠藤が（悪戯心を籠めて）提示した二つの恋文（?）を取り上げ、異性愛と宗教的愛がその「愛の激しさ」において相似していること、そして遠藤が影響を受けた現代ヨーロッパのカトリック作家がその「相似形」の応用として「愛の置き換え」の手法を利用したこと、③最後に「置き換え」の手法を遠藤自身が試みたと言う『侍』と、『深い河』の二作において、遠藤が言う「置き換え」とカトリック作家たちが使った「愛の置き換え」とは構造的に異なるものであることを論じる。

そのことによっては上に述べた私の憶測、すなわち日本人作家遠藤の感性が西欧キリスト教の根底にある「婚姻神秘主義」に何らか共感し難いものを感じていたことが、あながち的外れなものではないことの傍証ともなるだろう。

（3）『遠藤周作文学全集（以降『全集』と略記）』一四巻、新潮社、三七—四五頁。
（4）鶴岡賀雄『十字架のヨハネ研究』創文社、二〇〇〇年、五七頁の注7参照。
（5）ヘブライ・キリスト教の婚姻観の根底には男女間の「契約」の思想がある。「契約」は義務と権利の一切を含む共同体を意味する。「契約 brith」なる観念は聖なるものであり、すべての人間同士の「契約」の根源にも神の力が働く。金子武蔵編『ギリシア思想とヘブライ思想』以文社、一九七八年、八七頁参照。イスラエルの民と神の間の契約思想は男女間の契約と構造的に同一性をもち、容易に交換可能なのではないか。

1　ヨーロッパ文芸における修辞的伝統――寓意（比喩）的解釈アレゴリー

周知の如く聖書の解釈には比喩的解釈（allegory）と予形論（typology）とがある。聖パウロはガラテヤ書四章二一―三一節の「二人の女のたとえ」のいわゆる「サラ・ハガル論」の箇所において「創世記」のアブラハムの二人の妻について語り、「この二人の女とは二つの契約（律法と福音）のことで――これらは比喩として語られている」と述べている。また彼はイスラエル民族が出エジプトの際に紅海（葦の海）を渡ったことを洗礼の予表と見なしている（一コリ一〇・一―六）。それらの解釈が聖書の伝統的な釈義法であるが、古代・中世を通じて聖書の寓意（比喩）的解釈の典型的な例は「どうかあの方が、その口の接吻をもって私に接吻して下さるように」で始まる旧約中の「ソロモンの雅歌」（Canticum Canticorum）についての解釈「雅歌講話」である。

しかしながら古代において寓意（比喩）的解釈アレゴリーは必ずしもキリスト教の護教的な意図を伴う解釈法をさすだけではなく、ヘレニズム文学一般にも共通する修辞学的方法であった。例えばアリストテレスは『オデュッセイア』第一二巻一四一にみられる太陽神ヘリオスの所有する五〇頭からなる七つの牛と羊の群れを一年、三五〇日の神話的表象と解釈したと言われる。しかし小論では遠藤が『私の愛した小説』中のエッセイ「マイナスはプラスになる」で引用するクレルヴォーの聖ベルナルドゥスの『雅歌についての説教』との関係から、もっぱらヘブライ・キリスト教伝統に見られる寓意（比喩）的解釈の例に絞ろう。

2　ヘブライ・キリスト教伝統における「婚姻神秘主義」――雅歌の寓意（比喩）的解釈

旧約聖書のイザヤ書六二章五節やホセア書三章一節にイスラエル民族と神との婚姻の一致の思想は現れるが、

文学として完成度の高いものは、紀元前四—三世紀の雅歌である。それは若者(花婿)、乙女(花嫁)と合唱隊による掛合いの進行による相聞歌の型式をもつ。シトー会大修道院長ベルナルドゥスの雅歌についての説教は一二世紀フランスのものだが、雅歌についての講話の伝統は古く古代に遡り、アレキサンドリアのオリゲネス(一八四頃—二五三)、その影響を受けたニュッサのグレゴリオス(三三〇頃—三九五)に由来する。雅歌は歌の中の真の歌(Song of songs)とよばれ、伝説的な一—二世紀のラビ・アキバによると雅歌は旧約の至聖所(the holiest of holies)であり、ともすると男女間の恋愛歌として誤解されるが、何人もその真価を疑ってはならぬとされる(ミシュナー・ヤダイーム三・五)。

ユダヤ人は旧約の雅歌を終末論的メシア待望の文脈において、すなわち人間(イスラエル民族)と神との関係を男女の愛の情熱的関係に擬して捉えるのだが、キリスト教伝統の中では「恋しい人(花婿)」は再臨のキリスト、その恋しい人を待ち焦がれる「乙女(花嫁)」とは個々の信者の「霊魂」、さらにそれらの集合体としての「教会共同体」の比喩である。そういう意味で雅歌はオリゲネスや彼の影響をうけたニュッサのグレゴリオスにとっては、もっぱらキリスト者の完徳、霊的向上のためのテキストとして解釈された。今日、我々が日本で眼にすることが出来る霊的な『雅歌講話(雅歌についての説教)』はオリゲネスのもの[6]、上に述べた四世紀のニュッサのグレゴリオスによる『雅歌講話』[7]と遠藤がエッセイで引く一二世紀の聖ベルナルドゥスの『雅歌についての説教』[8]である。

(6) オリゲネス、上智大学神学編(P・ネメシェギ)『キリスト教古典叢書10 雅歌注解・講話』(小高毅訳)創文社、一九八二年。
(7) ニュッサのグレゴリオス『雅歌講話』(大森正樹他訳)新世社、一九九一年。
(8) 聖ベルナルド『雅歌について(一)(四)』(山下房三郎訳)あかし書房、一九九七年。

3　キリスト教（東方）の寓意（比喩）的解釈——ニュッサのグレゴリオス

以下に雅歌の一見、男女の愛を歌うように見えながら、神と人間の間の情熱的な愛の関係を歌うものと解釈されてきた一節を引用する。

眠っていてもわたしの心は目覚めていました。
恋しい人の声がする、戸をたたいています。
「わたしの妹、恋人よ、開けておくれ。わたしの鳩、清らかなおとめよ。
わたしの頭は露に
髪は夜の露にぬれてしまった」。
衣を脱いでしまったのにどうしてまた着られましょう。
足を洗ってしまったのにどうしてまた汚せましょう。
恋しい人は透き間から手を差し伸べ
わたしの胸は高鳴りました。
恋しい人に戸を開こうと起き上がりました。
わたしの両手はミルラを滴らせ
ミルラの滴は指から取っ手にこぼれ落ちました。
戸を開いたときには、恋しい人は去った後でした。
恋しい人の言葉を追って

わたしの魂は出て行きます。
求めても、あの人は見つかりません。
呼び求めても、答えてくれません。
街をめぐる夜警にわたしは見つかり
打たれて傷を負いました。
城壁の見張りは、わたしの衣をはぎ取りました。（雅五・二―七、新共同訳）

これらの歌は一見、夜更けに寝床に就いた乙女の待つ家に恋人が訪ねてきて戸を叩き、「開けておくれ」と声をかけ、躊躇する乙女に恋人は戸の透き間から手を差し伸べる。戸を開けに乙女が立ち上がると、もう恋人の姿はなく、乙女は声をかけながら後を追う。しかし探しても呼んでも恋人は見つからぬ。乙女は夜警に見とがめられる。

そういう艶っぽい場面として解釈できる恋愛歌ではある。ただ恋しい人（男）が夜おそく訪ねてくる場面にしては、追いかけるのがなぜ「わたし（自身）」ではなく「わたしの魂」なのか、さらに「わたしの両手はミルラを滴らせ、ミルラの滴は指から取っ手にこぼれ落ちた」という「ミルラ」の出現はまるで不可解である。というのもミルラは没薬で死者の埋葬に使われるものだからである。性（eros）と死（thanatos）が交錯して恋愛詩としては奥深さがあり、想像力を掻きたてて頗る効果的だが、字義通りの読解ではもうひとつ意味不明である。

ここではグレゴリオスが『雅歌講話』第一一講話[9]で上の『雅歌』本文の箇所を霊的指導の観点から寓意（比喩）的に解説しているので、かい摘んで要点のみ紹介しよう。

（9）ニュッサのグレゴリオス『雅歌講話』（大森正樹他訳）新世社、一九九一年、二五八―二七六頁。

乙女が既に寝ている臥床とは霊魂の浄化の場所で、「没薬ミルラ」は死の象徴で完全な自我の死・自己無化（kenosis）を意味する。「わたし＝乙女（花嫁）」とは講話に耳を傾けている徳高い信者の「霊魂」であり、「恋しい人（花婿）」とは神の「御言葉」のことである。それゆえ「眠っていてもわたしの心は目覚めていました」とは人生における夢や幻影、すなわち世俗のあらゆる富、官職、権力、虚栄、快楽、名声欲から「霊魂」が自由でいること、精神が目覚めていることである。

こう述べてくると、デカルト以来の心身二元論的な「精神」や、近代的な「自我意識」と異なり、この「霊魂」が意味するものは、私たち現代日本人にとってかなり理解しにくいものではあるが、当時のキリスト教徒たちは死によって「肉体」は滅びても「霊魂」は死後も存続するところの、人間存在の本質的基体（substantia）と考えていたことを想起する必要がある。「衣を脱いでしまったのにどうしてまた着られましょう」とは「霊魂」が、もはや罪の衣、すなわち闇の衣を再び身に纏わず、光輝く非質料的な衣をのみ身に纏うべきであるとの意味である。

以上の解釈の説明は私たち現代日本人の自然的な感性にとっては、かなり異質なものであるが、ヨーロッパの宗教や文学の伝統の底を流れるキリスト教的「象徴表現」に関心を持たれた方は、この際にぜひとも旧約聖書雅歌の本文と、グレゴリオスによるその霊的解説（日本語訳）にも直接触れられることをお勧めする。

4　西欧キリスト教の「婚姻神秘主義」(10)の伝統

――聖ベルナルドゥスの説教とスペインの婚姻神秘主義

一六世紀はカトリック側にとっては対抗宗教改革の時代であり、異端審問のもっとも盛んな時代でもあった。一六世紀にそれまでのカルメル修道会を改革し、厳しい戒律の「跣足カルメル会」を創設したアビラの聖テレジア（Santa Teresa de Avila）と彼女よりはるかに年少であったが、厳しい霊的指導者であった十字架の聖ヨハネ（San Juan de la cruz）によるスペイン神秘主義のことは、近年、我が国にも知られるようになった。しかしキリスト教神秘主義そのものはスペインのみならず、フランス、イタリア、そしてドイツにおいても盛んであった。なかでも我が国でよく知られているのは中世ドイツの神秘家（mystic）マイスター・エックハルトであるが、そのエックハルトと並び称される女性の神秘家ヒルデガルト・フォン・ビンゲンが体験した「幻視」に、異端ではないとのお墨付きを与えたのが、一二世紀フランスの聖ベルナルドゥス（Saint Bernard de Clairvaux）である。

彼は貴族の出身でギリシャ・ローマの古典に関する博識と尊敬すべき人柄で、ひろく声望を集めていた。痛烈な皮肉屋のあのダンテでさえ彼を『神曲』天国篇第三一―三三歌でベアトリーチェから天国への導手の役を引き継ぐ白衣の老人として登場させている。彼の徳を慕って全ヨーロッパから集まったシトー会（トラピスト会）の修道士たちを前に彼は四旬節中に説教をした。それは今日、現代日本語（口語）に訳出されているが、残念ながら聖書の甘美な比喩的解釈者として「蜜流れる博士」と称された一二世紀ルネッサンスの人文主義者ベルナルドゥスにふさわしい、文学の香り高い翻訳ではない。しかしその神学的内容に関心のある方は、こちらも眼をとおして頂きたい。

ここでは遠藤がエッセイで引用している説教の箇所の少し前からの要約と解説に止める。「どうかあの方がその口のくちづけをもって私にくちづけして下さるように」（雅一・二）という冒頭の「口づけ」を頂くとは、汚れ（情念）を浄め、霊的生命を豊かにするイエズス（イエス）の「御言葉」の受容のことである。それを一度でも経験したものにとって、その口づけは最高に甘美なものであると、彼は第三説教（第三の神秘的口づけ、それはイエズスの御口への口づけ）で次のように言う。

(10) ベルナルドゥスは第三四の説教でオリゲネスの名前に言及している。注6の一二―一三参照。

イエズスの御足への口づけ、イエズスの御手への口づけによって、神の愛についての二重の体験を味わったあなたは、そろそろ、もっと神聖なもの（イエズスの御口への口づけ）に憧れても身分不相応とは言えない。なぜなら、あなたは神の恩寵に富めば富むほどあなたの神への信頼もいや増すだろうし、またそれだけ神への愛も熱烈になっていくからです。いきおいあなたは、自分が今欲しがっているもの（イエズスの御口への口づけ）を獲得するため、ますます確信にみちて戸をたたくようになるのです。「だれであっても、たたく者には戸が開かれます」（ルカ一一・一〇）。

このような心構えの人には、神はけっして、この口づけ、すなわちイエズスの御口への口づけを拒否されません。イエズスの御口への口づけの中にこそ、神の最高のおおらかさと言語に絶する甘美さの神秘が隠されています。以上の説明で、霊的生活においてたどるべき道、歴昇すべき諸段階のことがおわかりになったと思います。

まず、わたしたちは主イエズスの御足もとに身を投げて、わたしたちを創造して下さった神のみまえで自分の犯した罪を嘆き、悲しみ、泣かねばなりません（詩九五・六）。罪の泥沼から立ち上がらせてくれる……イエスの御手をさぐりあて、最後に、多くの熱烈な祈りと痛悔の涙によってこの二つの恵み（イエスの御足と御手への口づけ）をいただいたなら、こんどは謙虚に自分のまなざしをイエズスの口もとにそそぐことができるのです。それはいとも神聖な神の御口……この御口もとにただ眼差しをそそぐばかりでなく、その御口の口づけをいただくことが出来るのです……私たちは主キリストのこの御口の口づけによって、キリストと固く一致し、その無限の愛の神秘をとおして彼とまったく一つの霊（一コリ六・一七）となることができるのです。

5　遠藤の引用する二つの情熱的な文章――「ぽるとがるぶみ」と「雅歌についての説教」

ここでは遠藤がエッセイの冒頭で「相似的」だと紹介する箇所をそのまま引用する。

「そうです。わたくしは自分の生涯のあらゆる瞬間をあなたさまの為に費やさずにいられません。噫、自分の心を一杯にしている極度の憎と愛とを外にして何をわたしは致しましょうか……以下略」（佐藤春夫訳）

「噫、あなたに向かってわたしの心はどれほど真実こめて申し上げることでしょう。『わたしの顔はあなたを慕い求めます。どうかお顔をわたしに隠さないでください』（詩篇二七・八―九）……何がまだ残されているのでしょう。それはあなたの口づけ、そうです。あなたは御自分の光の充満のなかで、わたしに口づけをめぐんでくださろうとしておいでになります……以下略」（山下房三郎）

二つの文章をそれほど注意をはらわずに読むと、両方とも恋する男にあてた女性の手紙だと思うだろう。しかしそれが違うのである。前者はなるほど有名な「ぽるとがるぶみ」の任意の一節で修道女アルコフォラードが恋するシャミリイ伯爵にあてた恋文から引用したものだが、後者は聖ベルナルドがクレルヴォーの修道院で修道士たちのために行った「雅歌についての説教」（あかし書房）の一節だ。前者は本当の恋文で実在の男性にあてて書いたものであり、後者は聖ベルナルドの信仰体験にもとづく宗教的説教である。

このように遠藤の引用をそっくりそのまま引用したのは、遠藤自身がこの二文を並べておおかたの読者が、それをほんものの恋文と間違えるだろうと茶目っ気たっぷりに述べているからである。この二文を見た人は遠藤の狙いどおり、それらを情熱的な恋文二通と見間違うことだろう。というのも、一七世紀のポルトガル尼僧マリアナ・アルコフォラードが、自分を棄てたフランスのシャミリー伯爵（軍人）に宛て情熱的な思いのたけを述べる手紙（第一―四）「ポルトガルぶみ」と、雅歌について聖ベルナルドゥスが霊的修養のために行った「説教」とは、女が男を熱愛し、人間が神を慕う「愛の激しさ」において共通性が見られるからである。

遠藤によれば、モーリアックは男女の愛欲心理と宗教心理に、次の三つの相似点を認める。それらは①相手に限りなく絶対的な愛を求める、②愛する相手のためなら死をも厭わない（自己犠牲）、③愛の成就を妨げる苦しみが更に一層、情熱や信仰を増すことである。しかし西欧の「婚姻神秘主義」を可能にしている神と人間の愛の関係と、通常の男女間の愛には根底において、また大きな違いもある。例えば「ポルトガルぶみ」はその好例であるが、異性愛（love）は容易に憎悪（hatred）に走りやすい。俗にいう「可愛さ余って憎さ一〇〇倍」である。というのも異性間の愛（eros）には根底に自己愛（egoticism）があるが、聖愛（agape）にはそれがないからである。聖愛の根底には自己愛を限りなく無にする自己無化（kenosis）がある。

ただし異性間の愛にもモーリアックの分析のとおり自己犠牲はある。愛する人のためなら私はどうなっても構わないという具合に。しかしそれは相手が自分を裏切らない限りにおいてである。もし裏切りの事実を知れば、エウリピデスの悲劇の主人公王女メデイアのように、自分と愛人との間の子どもたちをも手にかけて殺す。他方、聖愛は見返りを求めぬ無償の愛である。マザー・テレサが愛の反対は「無関心」と言うときの愛とはこの聖愛であり、異性間の性愛ではない。

さて尼僧からの手紙がフランスで公開されると、一大センセーションを巻き起こした。手紙が男性による創作だという虚構説と、実在する女性のものという実在説が争った。その手紙が古典主義の悲劇作家ラシーヌ、『クレーヴの奥方』のラファイアット夫人、恋愛論（情熱恋愛の例）のスタンダール等、後のフランス文学者に与えた影響は大であった。

ドイツ語訳をした詩人R・M・リルケは『マルテの手記』[11]で言及し、もちろん実在説をとるが、『ヌーヴェル・エロイーズ』の著者J・J・ルソーは断固、創作説を唱えた。遠藤の引用した佐藤春夫訳はコルデイロという研究者の訳をオックスフォードのE・プレステージ教授が英訳したもの[12]からの重訳である。現在、仏語や英語からの重訳ではなく、ポルトガル語からの直接の翻訳があり解説も含めてたいへん参考になる。

6　問題の所在（その一）――「置き換え」と「愛の置き換え」

遠藤は上に引いた「ポルトガルぶみ」と「雅歌についての説教」を興味深い相似関係の実例として、すなわち前者の世俗的な男女の愛と、後者の神に対する人間の愛を「その激しさ」において相似するものと言う。さらに彼はF・モーリアック、J・グリーン、G・グリーンら現代カトリック作家の作品にそれらの相似関係が「愛の置き換え」の手法として応用されたと述べ、自らも『侍』のなかで「置き換え」の手法を使ってみたと告白する。しかしこのとき遠藤は「愛の置き換え」と「置き換え」の差異を無視している。そのことをはっきりさせるために、遠藤の言葉を少し前から引用[13]しよう。

「置き換え」の手法とは例えば箱のなかの犬がいつの間にか別のものに変わっているという手法である。さきほどのグレアム・グリーンの『情事の終わり』をもう一度ふりかえって見よう。主人公の一人である人妻のサラは凡庸な夫との結婚生活にみたされなかった心を小説家との情事で埋めようとする。もちろん彼女の気持ちは真剣である。

（11）『マルテの手記』（望月市恵訳）岩波版ほるぷ図書館文庫、一九七三年、一三六頁。
（12）M・アルコフォラード『ぽるとがる恋文』（安部眞穏訳）東洋出版、一九九九年。
（13）『全集』一四巻、四四―四五頁。

だがある夜、空襲で恋人が瓦礫につぶされ死にかけたと思い込んだ彼女は神に誓ってしまう。彼の命を助けて下さるなら自分は彼と別れます、と。

これは先に言った「置き換え」の手法の一変形である。小説家の存在が彼女の心を占めていた場所に次第に神がはいりこみ、いつの間にかすりかわっていくからである……。

つまり、遠藤は意図的にか否か西欧の小説に使われている「愛の置き換え」を単なる「置き換え」にシフトしている。が、そのときに「愛の置き換え」に必要な西欧の「婚姻神秘主義」の最も重要な契機である「愛の激しさ（情熱的愛）」を欠いているのである。遠藤は「愛の置き換え」を「置き換え」の手法の一変種であると言うが、はたしてそうだろうか。例えば「黒い犬（黒くて、しかも犬であるもの）」は確かに「犬」の一変種である。しかし「愛の置き換え」を「置き換え」の手法の一変種であるというのは正しくない。なぜなら「愛の置き換え」の場合には①世俗的な愛（性愛）が聖なる愛（聖愛）に変容（聖化）させられるのであり、②それを可能にするのは、両者の構造的な共通性と、そのときに働く「愛の激しさ（情熱的愛）」の存在である。だからこそ入れ物はそのままに、その内容（恋する者と恋される者の中身）だけが変化する（入れ代わる）ことが出来るのだ。「黒い犬」の例は静的で、運動を伴わない形式論理学の範疇だが、「愛の置き換え」には「愛によって置き換え」の運動が起きる点が異なる。

遠藤の「マイナスはプラスになる」というエッセイの主旨は神は人間的で平凡な世俗愛（性愛）をも、崇高な神への愛（聖愛）に変容させることの不思議なのである。そこに遠藤の言う「カナの婚宴」の奇跡、神の技が働くのであるが、その変化には運動ダイナミズムが含まれている。

しかし「愛の激しさ」が仲立ちして聖化が起きるというとき、我々は頭ではともかく、感性面でキリスト教と関わるときに経験する判りにくさと遭遇するのである。つまり異性間における愛と、神に対する人間の究極的な愛が、その「激しさ」において相似しているのは事実であり、まさにその点において「愛の置き換え」が可能なのだが、その「愛」の「甘美な激しさ」にある種の居心地の悪さを感じてしまうのである。

「愛の激しさ」をうたう歌は我国でも、例えば新勅撰集の定家「来ぬ人をまつほの浦の夕なぎに焼くや藻塩の身も焦がれつつ」や、あるいはもっと素直に藤原道隆との恋の悦びを歌った新古今集の儀同三司母「忘れじの行く末まではかたければ今日を限りの命ともがな」等があげられる。前者は些か技巧的な感じはあるが、それでもジリジリと恋の炎で身を焼き焦がされている表現には「愛の激しさ」は感じられるし、後者はあなたの愛が将来、変わるくらいなら、いっそ今日中に死んでしまいたいという情熱的な愛の模様はよく伝わってくる。他方雅歌の側の熱情を示す歌は、最後の有名な一節、八章六―七節「愛は死のように強く熱情は陰府のように酷い。火花を散らして燃える炎。大水も愛を消すことはできない　洪水もそれを押し流すことはできない……」に尽きるだろう。

つまりここで私は「愛の激しさ」の違いを言っているのではない。仮に「愛の激しさの表現」に違いはあっても、愛の「激しさそのもの」に東西の違いがあろう筈がない。私が言いたいのは神と人間の間の愛の関係を「男女間の愛の関係に擬する発想」の違いなのだ。それはたぶん究極的には西欧キリスト教の「婚姻神秘主義」をもたらした婚姻観と、それを表現する西欧キリスト教伝統（キリスト教の典礼や文化一般も）に根ざす「寓意（比喩）的象徴」による修辞法の違いによるものなのだろう。

7　問題の所在（その二）――「置き換え」と「愛の置き換え」の違い

遠藤はJ・グリーン『仇』、モーリアック『愛の砂漠』からも、このテーマで影響を受けたが、とりわけG・グリーンの『情事の終り』から影響をうけたことを明言している。女主人公サラの愛人の小説家ベンドリックスに対する愛が神への愛にすりかわる。どろどろした性愛が神への聖愛にと入れ変わる。彼女の愛は激しくて、単なる一時的な火遊びではないことを遠藤はわざわざ断っている。つまりこの「愛の置き換え」では、相手を「激しく愛」していること、そしてそれが切っ掛けで、人間ではなく神を愛するようになる。

そして遠藤は自らも『侍』のなかで「置き換え」の手法を使ってみたと告白するが、じつは遠藤は右の「愛の置き換え」と単なる「置き換え」の重要な差異を無視している。

侍は「地上の王」に会いに波濤万里を越えていったのだが、結果として彼が（心のうちで）会うことが出来たのは、王の王（King of kings）だった。そういう意味ではたしかに「置き換え」はあった。しかしそれには「愛の激しさ」は介在していない。主人公は淡々と運命に従って歩んだだけだ。しかし「激しい愛」が介在していないことで、却ってしみじみとした語りくちが可能になり、『侍』の哀感がまし読者の心をとらえる。

最後にここで『深い河』における大津と成瀬美津子の関係を考えてみよう。この二人のどちらの恋心が、いつの間にか神に向けられていたのだろうか。大津の異性愛は美津子に対して激しく燃え、美津子に棄てられることで、結果として神への愛にめざめた。これは「愛の置き換え」だ。他方、美津子は、はなから誰も愛してはいない。大津との関係も、離婚した夫との関係にも、否、彼女の場合は性愛だけでなく、小児病棟のボランティア（隣人愛、博愛）のときでさえ、「真似事の愛」しか働かないのだ。つまり彼女は自分以外の誰も愛してはいなかった。したがって彼女の場合には他者に対する「激しい愛」はどこにもなく、ただ大津自身ではないが、大津のうちに働く「玉ねぎ」の磁力によって、いつの間にか世俗的な自我を捨て自己を無にする生き方、自己無化（kenosis）に目覚めていったとは言えよう。自分が何を求めているのか判らぬままに、しかし何かを激しく捜し求めた美津子は、ついに先達のテレーズは通り抜けられなかった闇の向こうに微光を見いだしたのだ。自我に属するすべての動きが既に寝静まったとき、魂は愛に燃え立ち、せき立てられて「暗夜（noche oscura）」に抜け出し、愛するものに身を委ね、やがて花婿との完全な一致を遂げる。十字架の聖ヨハネはそれを次のように歌う。

或　暗夜に、愛にもだえ　炎となって
おお　幸いな（冒険）[14]よ！
気づかれずに　私は出ていった
我が家は　既に　鎮まったから（『暗夜』第一の歌[15]）

西洋キリスト教の婚姻神秘主義の精華とも言うべきこの詩に遠藤が、なにか馴染めぬものを感じていたように思うのは私だけだろうか。

参考文献（本文や注で言及しないもの。著者アイウエオ順）

奥村一郎『奥村一郎選集七　カルメルの霊性』オリエンス宗教研究所、二〇〇七年。

ファーガス・カー『二十世紀のカトリック神学――新スコラ主義から婚姻神秘主義へ』（前川登、福田誠二監訳）教文館、二〇一一年。

O・カーゼル『秘儀と秘義』（小柳義夫訳）みすず書房、一九七五年。

J・カトレット『十字架の聖ヨハネの信仰の道』（高橋敦子訳）新世社、二〇一〇年。

N・O・C・D・カミン『愛するための自由　十字架の聖ヨハネ　門』（山口女子カルメル会訳）ドン・ボスコ社、二〇〇〇年。

W・ジェイムズ『宗教的経験の諸相（下）』（桝田啓三郎訳）岩波文庫、一九七〇年。

ダンテ『神曲』（平川祐広訳）河出書房新社、一九九二年。

（14）原文では ventura である。十字架の聖ヨハネ『暗夜』（山口女子カルメル会改訳）一九八七年、一八頁では「幸運」と訳されている。ヨハネによる「解説」同書、一四一頁参照。

（15）『霊魂の暗夜』第一の歌、L・マリー編『十字架の聖ヨハネ詩集』（西宮カルメル会訳注）新世社、二〇〇三年、三三頁。

R・ペルヌー『ビンゲンのヒルデガルト』（門脇輝夫訳）聖母の騎士社、二〇一二年、三七頁。

ホメーロス『世界古典文学全集1　ホメーロス　イーリアス／オデュッセイア』（呉茂一、高津春繁訳）筑摩書房、一九六八年。

宮本久雄『愛の言語の誕生』新世社、二〇〇四年。

T・R・ライト『神学と文学――言語を機軸にした相関性』（山形和美訳）聖学院大学出会、二〇〇九年。

P・リクール『隠喩論――宗教的言語の解釈学』（麻生建、三浦國泰訳）ヨルダン社、一九八七年。

論文・対談

今道友信・北森嘉蔵「愛の日本的構造」『国文学　愛の古典文学』学灯社、一九八一年四月号、二六巻五号、六―二五頁。

海老原晴香「ギリシャ教父による聖書解釈」『エイコーン』東方キリスト教研究四一号、教友社、二〇一一年、二一―二五頁。

鶴岡賀雄「近世神秘神学の誕生――近世カルメル会学派の『神秘主義』と『スコラ学』」宗教学年報 XXVIII。

第一二章　神学と文学の接点から見る『沈黙』Ⅰ——笠井秋生氏の『沈黙』論[1]をめぐって

0　笠井論文における三つの問題提起

笠井氏は冒頭、『沈黙』をどう読むかということは、ロドリゴの絵踏み場面と「切支丹屋敷役人日記」をどう読むかということであり、そしてそれはまた遠藤周作をどう読むかということと不可分だと述べておられる。その趣旨は『沈黙』の解釈においては、まず絵踏み場面（神の声）をどう捉えるかが極めて重要な契機であること、次いで絵踏み後のロドリゴの神への新たな愛の痕跡が遠藤により「切支丹屋敷役人日記」において提示されていることである。

笠井氏の標記論文に接して私が思うことは、いつもながら極めて良質な検事調書（例えば用語においても従来、曖昧だった「踏絵」とそれを踏む動作の「絵踏み」を区別）を読むような心地がすることである。すなわち氏は錯綜した問題をキチンと仕分けし、議論すべき問題の所在を明確化される。小説の行間を読み犀利な分析を下すことに氏は長けておられるが、導き出された明快な結論とそこに至る妥当な議論の積み重ねは、我々が『沈黙』というテキストと向き合う際に、そしてまたこれまで試みられたすべての「沈黙論」を検討する際に、模範とすべき論文として金字塔的な存在と言えよう。

さて笠井氏の論文に触発された私は氏が提起された三つの問題、すなわち①絵踏み場面の三つの解釈と代表的な『沈黙』評（神の沈黙と神義論）、②イエス像の変容（遠藤のキリスト論）、③「切支丹屋敷役人日記」における

（1）笠井秋生「『沈黙』をどう読むか——ロドリゴの絵踏み場面と「切支丹屋敷役人日記」」『遠藤周作研究』第五号（二〇一二年）七一—八六頁。

改変とその意味（背教司祭ロドリゴの救済と新たな宣教論）[2]について、氏の議論とそれに対する異論を紹介しつつ私自身のコメントを述べるつもりである。右の括弧内は氏の議論を踏まえた私自身の問題意識である。

つまり小論で私は笠井氏の問題提起を要約・検討しつつ『沈黙』という文学作品に含まれる四つの神学的命題、すなわちタイトルでもある神の沈黙（神義論）、主人公背教司祭ロドリゴの脅迫観念であるユダの救済（ユダ論）、笠井氏のこの論文の中では直接、取り上げられていないが、今やユダと堕したロドリゴの新たな宣教、それと関わりある井上筑後守とロドリゴの間で交わされる（日本沼地論）、そして最後に作品の縦糸をなす遠藤のイエス像の変化（キリスト論）の問題を順序は不同ながら取り上げていくつもりである。

1　笠井論文の要約とそれに対するコメント――プロ・エト・コントラ

(1)絵踏み場面の三つの解釈とそれに基づく『沈黙』評

笠井氏はまず「踏むがいい」と神が言ったという五文字のみを短絡的にとり上げるのではなく「踏むがいい」から、それに続く「十字架を背負ったのだ」までの七八字全体がイエスの言葉なのだと述べる。その上で氏が取り上げる「第一の解釈」は絵踏み場面において実際にその七八字の言葉が（音声となり）ロドリゴの耳に聞こえ、その言葉に促されてロドリゴは踏絵を踏んだ。つまり「現実に神の声が聞こえた（「神は沈黙を破った」）」という解釈である。この解釈は笠井氏によると三〇〇篇近い沈黙論のなかの多数派であり、カトリック司祭粕谷甲一師、プロテスタント牧師で評論家の佐古純一郎氏もこの分類に入る。

前者については「この書の最も残念な点は踏み絵を踏むようにと神が沈黙を破った点にある」[3]という言葉を引用し、後者については「自分の信仰リアリズムから言うと、ここでイエスに踏むがいいと言わせないで、ロドリゴが内に悶え苦しみながら踏絵を踏んで、その後に神がロドリゴに踏むがいいと語りかけて欲しかった」[4]を引用、両者とも神が「沈黙を破った」という解釈にたつと分類されている。

『沈黙』は昭和四一年の第二回谷崎潤一郎賞を受賞するが、選考委員の大岡昇平は『沈黙』を高く評価しながらも、絵踏み場面に関し作者遠藤が神に沈黙を破らせ、しかもキリストの顔がそう言ったというのは幻聴説を打ち破るだけのリアリティを欠くと批判する。

また同じく選考委員の三島由紀夫は遠藤の最高傑作と評価しながらも、神に沈黙を破らせたことについては文学的な疑問を呈していると笠井氏は述べておられる。

さて「第一の解釈」の是非について笠井氏は次のように述べ否定的である。すなわち当初の絵踏み場面の「その時、踏むがいいと銅板のあの人は司祭に向かって言った」という記述は一年後の（さらにその後も）ロドリゴの回想中では「踏絵のイエスの眼が（踏むがいい。踏むがいい。お前たちに踏まれるために、私は存在しているのだ）と訴えていた」という言葉に還元されるのであり、現実に「神が踏むがいい」と言ったという表現は正しくない。ひらたく言うと「神（イエス）が言った」と記されてはいても、その本意は「神（イエス）の眼、眼差

（2）背教、棄教（apostasia）の定義は「ゴメスによる講義要綱」「丸血留の道」でも「公に信仰を否定し棄てること（絵踏みも含む）であり、大罪」とされる。浅見雅一『キリシタン時代の偶像崇拝』東大出版会、二〇〇九年、二四三―二九一頁参照。「還俗」とは聖職者が一般信徒に戻ることだが、神学や宗教に関する用語が日常の用法と混用される傾向がある。多くの文学研究者は「棄教」神父と「還俗」神父の区別に無頓着である。例えば『沈黙』のロドリゴは教会からは「転びバテレン（棄教神父）」とされるが、笠井氏が論文末尾に言われるように、彼はキリストの愛を生涯信じ続けたと言える。『火山』のデュランは「棄教」神父だが、遠藤母子の指導司祭のヘルツォーグ師は還俗されても「棄教」されてはいない。教会法二九〇条によれば還俗後も司祭の叙品は無効にはならず、その身分を失う。『カトリック新教会法典』（日本カトリック司教協議会教会行政法制委員会訳）有斐閣、一九九二年。

（3）粕谷「『沈黙』について」『世紀』一九六六年七月号、七頁

（4）佐古「『沈黙』について」『世紀』一九六六年九月号、七八頁。

しが踏むがいい……と言ったように見えた」という解釈である。

「第二の解釈」は踏むがいいという着想自体幻想で、底が割れているという「幻聴（想）説」で、その立場をとる例として上智大学の中野記偉氏の論を挙げ[5]、中野氏の幻想説を甚だ愉快な説としながらも、もしこの論に立てば著名な神学者、小説家、評論家は皆そろって素朴な老婆と同じ単純（むしろ無知蒙昧か―筆者）な読者と見なすことになるとされ、この説をとる人は極めて少数と批判的に紹介されている。そこだけ引用すると中野氏の真意をくみとり損ねるので、私は些か長いが少し前のところから引用しよう。

（グリーンの『力と栄光』の主題と異なり）『沈黙』の主題は愛や義務ではなくそれらと錯覚されたユダ・コムプレックスと筆者は断じたい。だからこそ技法の点ではおおむね好評を博しながら、この作品がその中核の宗教性で毀誉褒貶の渦にまかれることになったのである。だがロドリゴ対井上筑後守という形で盛りあがるはずの大詰の場面、息をのむ葛藤の踏み絵の部分は、西洋の挑戦としてのロゴス対日本のエトスという遠藤の文明批評を背後の主張に響かせながら、それを満場を圧するやりとりにもできず、また満場の慟哭を誘う敗北にもできなかった。それは遠藤のモチーフにそもそものはじめから感傷性があったためである（傍線は筆者）

ここまでの中野氏の批判は適切である。さらに氏は続けて次のように述べている。

『沈黙』出版前年の『狐狸庵閑話』（桃源社刊行）の「踏絵」のなかにすでに「あの踏み絵の磨滅した基督の表情はいかに哀しかったか。天草、島原の風景と同じようにそれはまた哀しい。彼はその時、ぐうたら信徒たちにこういったかもしれぬのだ。『ふめ。ふめ、ふみなさい。それでいいのだ』と」。歴史には文献でうめることのできない空白がある……この空白を想像力をかつて（ママ）うめるのが歴史小説家の仕事なのである。たまたま遠藤の耳に「ふみなさい」という声が幻聴のごとく聞こえたのだろう。「いったかもしれぬ」神の言葉を、確かにいったように納得させるため遠藤の力量が全部発揮されたのが『沈黙』で、この作品は十三ページの一から始まっているのではなく、二百二十五ページの「踏むがいい」から実は構想されたことを知る必要がある。「踏むがいい」着想は、はじめて映画を観て、画面のなかを汽車がこちらに直進してくると跳んで逃げた素朴な老婆のような単純な読者にはほんとうに聞こえたらしいのだが、読み巧者には通用しなかった。選評者円地は「神は沈黙していてこそ神」とまっとうな判断を下し、大岡昇平は「棄教者の怯懦を正当化する幻想という世俗的解釈を排除する説得力をもたない」と辛く、三島は「神の沈黙を沈黙のまま突き放すのが文学ではないのか」と遠藤の感傷的着想をしりぞけている。しりぞける理由は作家の技術のせいではなく着想の「いつわり」だと大岡はきめつける。ともかく問題の箇所を採録してみよう……中略（中野）……「踏むがいい」着想は、それが幻想だと底が割れていることに欠陥があるのではなく、それがこの緊迫した歴史小説を途中まで盛り上げていきながらクライマックスを創り損ねていることにある（傍線は筆者）。

スクリーン上の汽車を本物と勘違いし跳んで逃げた素朴な老婆云々の比喩は、この文脈での表現の適切さも作家に対する礼儀上からも甚だ問題であるが、右のように多くを引用すれば頷ける箇所もないわけではない。私はこの批判を読み四十数年前に中野氏への反論[6]を試みた当時と同じく、今読み返しても残念ながら、ある種の揶揄以外に氏の真意が読み取れないままである。

（5）「G・グリーンと日本の作家たち（二）――遠藤周作の場合」『世紀』一九七〇年六月号、七八―八〇頁。
（6）拙論「沈黙の謎――〈一司祭の妻帯〉」『世紀』一九七一年六月号、四五―四九頁。

「第三の解釈」は笠井氏自身の解釈でロドリゴが「踏むがいい」以下の七八字の言葉をイエスの顔から読み取った、いわば神の声の「現象学的還元説」ともいうべき論である。「現象学的還元」というのは今、眼前の机の存在を記述するのに「ここに机が存在する」という判断には認識論的に誤りの可能性がないわけではない。が、「ここに机が存在するよう私には見える」という記述には私という認識の主体にとって絶対確実なものとして「机の見えが存在する」という意味である。哲学談義はさて措き氏の言葉を引用する。

従って、『沈黙』八章末尾の絵踏み場面の「その時、踏むがいいと銅板のあの人は司祭にむかって言った」は、二度の回想場面と同じように、「その時、踏むがいいと銅板のあの人の顔は司祭にむかって言った」あるいは、「その時、踏むがいいと銅板のあの人の眼差しは司祭に訴えていた」という意味に受け取るべきではないか。つまり、「銅板のあの人」の顔が「踏むがいい。……」と言っているようにロドリゴには思われたというふうに読むべきであるというのが私の意見であります。（傍線は筆者）

以上三つの解釈は「（神は踏むがいいと）実際に言った」というすなわち、神の声の外在説と「（主人公は）神が言ったように幻想を抱いた」という幻想（聴）説、そして「イエスの顔や眼差しが踏むがいいと言っているようにロドリゴに思われた」という顔や眼差しが語った説とである。さて以上、「沈黙を破る神の声」をめぐって三つの解釈があり、笠井氏は、いわば現象学的な厳密学の立場（筆者の推測）から「第三の解釈」をとられることを言われたのであるが、私自身は次のように考える。すなわち、笠井氏の言われる如く厳密学の立場から言えば「第三の解釈」が正しい解釈であると判断すべきではあるが、文学的に言えば、私はむしろ素朴な第一の解釈、すなわち「外在説」でかまわないのではないかと思う。理由は次の三つである。

すなわち『沈黙』八章末尾の絵踏み場面でテキストには明示的に「その時、踏むがいいと銅板のあの人は司祭にむかって言った（以下傍線は筆者）」と記されていること。そしてまたその後のロドリゴの回想場面では、「言った」そのものではなく「言ったように……に思われた」という具合に「言った」を対象とするメタの命題に微妙に言い換えられてはいるけれども、それは事後の回想なので、回想の性質上そう書く方が自然だからである。

さらには事後の回想場面ではなく最初の絵踏み場面でも、もし作家が「踏むがいいと言うように……には思われた」。あるいは「踏むがいいと言うように……には聞こえた」という表現では、つまりクライマックスシーンで「神は言う（言った）」ではなく、「踏むがいいと（神が言ったように）……には聞こえた」では文学的なレトリックとしてはどうだろうか。絵踏みというクライマックス・シーンで「……と神が言った」ではなく、「……と神が言ったように……には聞こえた」とすれば、現実に起こっている現象を記述するのに厳密ではあっても、文学としては明らかに迫力がトーン・ダウンしてしまうのではなかろうか。大岡や三島という作家は、だから疑いもなく「第一の解釈」すなわち「神が言った」という神の声の外在説（神が沈黙を破った）をとったのではなかろうか。

いずれにしても迫害され苦しむ信徒に対する神の沈黙は破られた。「神はなぜ黙っているのか、神の正義は一体、どこにあるのか」という神義論的疑問は答えられた。神は沈黙されていたのではなく「ともに苦しんでおられた」のだ。そしてそれは力強い全能の裁き主によって明かされたのではなく、自らも苦しむ神が沈黙を破ったのである。

(2)イエス像の変容（遠藤のキリスト論）

笠井氏は遠藤文学を理解するうえで最も重要なことはイエス像の変容という事柄であるとした上で遠藤自身の「異邦人の苦悩」中の次の言葉を引用される。

私にとって一番大切なことは外人である主人公が、心にいだいていたキリストの顔の変化である。私の主人公は、心の中に力強い威厳のある、そして秩序をもった、秩序が支配するようなイエスの顔を心にもっていた。（中略―笠井）しかしさまざまの困難や挫折のうちに、彼はついに捕らえられて踏絵の前に立たされた。彼がはじめて日本で見た日本人の手によって作られたキリストの顔は、彼がヨーロッパ人として考えていた、秩序があり威厳があり、力強いキリストの顔ではなくて、くたびれ果てた、そしてわれわれと同じように苦しんでいるキリストの顔だった。この顔の変化が私の『沈黙』の主題の縦糸となるはずだった（傍線は筆者）

笠井氏は『沈黙』の一番重要な主題は「イエス像の変容」であり、遠藤が聖書を永年、研究した後に確信をもって摑んだイエス像は人々の「永遠の同伴者」だったことも引用されている。私自身も拙著のなかで遠藤の「象徴」の最大の効果的使用例として「キリストの顔の変化」をあげた。遠藤の終生の課題は、衣装哲学的に「ダブダブの洋服をしっくりする和服に仕立てなおす」という比喩で知られる「彼我の距離（西欧キリスト教と日本人の感性）の克服」であるが、『沈黙』の中でロドリゴは計一二、三回、キリストの顔に言及する。それは西洋美術史でいうところの「復活のキリスト」の威厳のある美しい顔から徐々に変化し、最後は日本人職人の手になる見すぼらしい、惨めな、踏まれてすり減った顔に収斂する。

回想では、踏絵の中のあの人の眼がそう語っていたと書かれているが、その顔（眼）がロドリゴを見上げ「踏むがいい」と言うのである。中世末期のN・クザーヌスは神の顔について（私たちが）神の顔をみるというとき、それは私たちをみておられるところの神の顔なのだと言う、またその他にもとりわけ顔を重視するのは現代ユダヤ人哲学者レヴィナスである。彼は他者という存在を語るときに、すぐれて他者の顔の存在を強調する。

福音書記者はイエスの肖像についてのいかなる記述も残さなかった。それは史的イエスが古代の人だったからではなく（ソクラテスはイエスより三〇〇年以上も前の人だったにもかかわらず、シレヌス神のような獅子鼻の持ち主と顔の特徴が後世に伝わっている）釈尊もイエスもその言行を伝える人たちにとっては具体的な顔の特徴ではなく、人間的魅力をはるかに超越した宗教的人格性にこそ関心が寄せられていたからに違いない。

だからイエスの場合は福音書記者たちが美的な意味での肖像画も心理的な意味での肖像も描かずに、ただ周囲の人たちに与えた強烈な人格的印象だけを記したのであった。E・ルナンから遠藤まで作家は史実の隙間を自由な想像力で埋めようとする。そういう意味で「イエス・キリストとは誰か」という（難しく言えば）「キリスト論」を構成する際に、遠藤は自由な作家的裁量を駆使する。隠喩（象徴）としての遠藤の「眼（鳥の眼、犬の眼、あの人の眼）」の使用は笠井氏の上記の解釈の根拠に遡って、その観点からもっと関心をもたれるべきものかも知れない。

いずれにしろ、ここで遠藤はロドリゴの抱く西欧キリスト教の威厳に満ちた堂々たるキリストの顔、例えばハギア・ソフィアにあるビザンチン風のパント・クラトール（全能の神）やピエロ・デラ・フランチェスカによる有名な『復活のキリスト』（サン・セプルクロ）の死に打ち勝った勝利顔の回想ではなく（その場合にはキリストは農民信徒の苦難を前にして、ただじっと沈黙していただけだが）日本人職人の手になる見すぼらしく、惨めで、踏まれてすり減ったイエス像を回想したときに初めて「踏むがいい」と口を開かせたのであった。

この遠藤の文学上の冒険は神学的にも極めて意味深長である。つまりキリスト像の変容・変化のプロセスを文学的に「象徴」を使って巧みに表現したことに止まらず、日本人的な感性で捉えられたイエス像だけが、迫害下の日本人信徒に「共苦の姿勢」を見せたことは重大な神学的意味をもつと言わねばならない。というのは筆者はここで遠藤が「象徴的な手法」を駆使し、日本人にとってのキリスト教の土着化（indigenization）（文化内受肉・開

（7） 拙著『遠藤周作の世界――シンボルとメタファー』教文館、二〇〇七年、一五九―一六〇頁参照。
（8） 『沈黙』の姉妹編である『黄金の国』ではイタリア人の絵描きではなく、フェレイラ自身が描く稚拙な絵となっている。

花（inculturation）[9]をも表現していると思うからである。たしかに迫害下にある信徒たちにとって全知全能の威厳ある神の似姿は、イメージとして宇宙的規模の裁き主にこそふさわしくとも、迫害されている自分たちの今の苦しみとは無縁の存在だろう。自分たち同様に惨めで「苦しむ神」でなければ信仰の対象として、この苦しみをわかってくれるという信頼と神にすべてを委ねる委託の念は湧き難いだろうからである。

ここで従来、考えられてきた全知全能の神がそもそも人間のように苦しんだり、痛みを抱くのだろうかという現代の神学上の問にも言及しておく。

一九六七年（遠藤の『沈黙』が出版された翌年）に「希望の神学」で一世を風靡したJ・モルトマン（彼は来日経験もある）は二〇世紀を代表するプロテスタント神学者の一人だが、彼の一九七二年の『十字架につけられた神』[10]はより大きな反響をよんだ。「十字架の神学」という課題は古くはマルチン・ルターの神学的命題でもあるが、モルトマンは、かつてのようにキリストの十字架（磔刑）を人間の罪に対する贖いの意味にではなく、神にとっての苦難の意味を問うものに置換えたのである。

つまり「十字架の神学」を人間がどこで神を知るのかという神認識の問題ではなく、苦難のそれも神の苦難の問題として提起し直したのである。彼はキリストの十字架を「子なる神」の十字架として理解し、「子なる神」の十字架の苦難が同時に「父なる神」の苦難であると言う。しかしこのモルトマンの神はキリスト教史で異端とされた「受苦する父神」ではなく苦しんで十字架上で死ぬのはあくまで「子なる神」であるが、「父なる神」もまたその時に共に苦しむのである。

戦争の悲惨さを身をもって体験したモルトマンは、文学的なセンスも持ち合わせていたので、遠藤が『死海のほとり』で借用するエリ・ヴィーゼルの『夜』[11]の中から引用する。

アウシュヴィッツ収容所で見せしめのためにナチスの親衛隊によって吊るされたユダヤ人の若者が断末魔の苦しみに喘いでいるとき「神はどこにいるのか」と背後で一人の男が問う。そのとき私（ヴィーゼル）の中で一つの声が答えるのを聞く。「神はどこにいるかって、ここに神はいる。……神はあそこで絞首台にかけられているのだ」

モルトマンは従来の神の全知・全能という観念を余りにもギリシャ的・ヘレニズム的だと（アリストテレスのいう哲学者の神を想起せよ）批判する。つまり神の完全性を従来は不死、不苦、不動、不変化だと理解してきた。しかし聖書が伝える神は愛ゆえに苦しむ神だと言うのである。キリスト教神学に馴染みが少ない我々には、このように神の観念が変わることはそもそも、理解困難だがこう考えればよい。すなわち神自体は不変・不動だけれども、人間の神に対する観念は時代とともに変化するのだと。ちょうどカントの「もの自体（われわれはそれについて知り得ない）」と「悟性によって構成された世界（認識の対象）」の違いのように「神それ自体」の存在と我々の「神の観念」とを別けて考えるのである。たしかに聖書のなかのキリストの苦しみには迫害や弾圧に苦しむ人々の苦しみを「ともに苦しむ」姿勢が見られる。キリストは信徒の苦しみに先立って十字架上で、あるいは今、ともに苦しんでいるのだという「苦しむ神」の観念は理解可能である。

(3) 「切支丹屋敷役人日記」について——改変の意味するもの

遠藤はわざわざ「あとがき」で史実の岡本三右衛門（本名ジュゼッペ・キアラ神父）を「日記」では岡田三右衛門としたこと、キアラ神父は八四歳まで生存したが「日記」中のロドリゴは六四歳で死亡したこと、さらに「日記」は『続々群書類従』中の「査祆余祿」を適当に改変したものであることも明かしている。「日記」中の岡田

（9） 拙論「井上洋治師と遠藤周作の日本人のキリスト教を求めて——福音の文化開花・文化的受肉の観点から」『比較思想研究』三六号（二〇一〇年）七三—八〇頁参照。

（10） J・モルトマン『十字架につけられた神』（喜田川信他訳）新教出版社、一九七六年。

（11） E・ヴィーゼル『夜』（村上光彦訳）みすず書房、一九六七年、一〇九—一一〇頁。

（三右衛門）と吉次郎の名前には傍線まで付してあるので、この二人とその動向は嫌でも眼につく仕掛けである。これなどは遠藤が自分の小説の主題と係わる最も大事なところには注目して読んで下さいと読者に注文する常套的な手法なのだろうか。(12)

以前に筆者は『遠藤周作研究』第三号で「遠藤研究とは遠藤が改変した屈折率の解釈学だ」と述べたことがある。笠井氏は遠藤の改変の箇所（出来事や年月日）を子細に検討し、その改変の意味を問うておられる。氏の論文を評して、恰も良質な検事調書を読むようだと（失礼をも顧みず）小論冒頭で私が述懐したのは、『沈黙』論の絵踏み解釈の分析や、この改変箇所の検証にみられるような氏の仕事の的確さに対してなのである。このように笠井氏のお蔭で我々は直ちに遠藤による改変の意味を問うことが出来る。

具体的な改変箇所の一つに例えば「査祆余祿」の「宗門之書物」（『西洋紀聞』にも岡本三右衛門が三冊の説明書を書いたと記されている）が「日記」中では「宗門の書物」となっており、その改変の意図は史実のキアラ（ロドリゴのモデル）が作成したキリスト教に関する説明文書が、ロドリゴの提出させられた再度の棄教誓約書とされていることなどがある（つまりロドリゴは信心戻しを繰り返したという示唆）。その他にも「査祆余祿」に記されている窃盗事件の、内部犯行説に基づく容疑者への刑法的な詮議の意味が、キリシタン改めの宗教的な詮議に改変されていることなどが挙げられている。

私は笠井氏の指摘を参考にしながら、高木一雄著『江戸キリシタン山屋敷』（聖母文庫、二〇〇二年）に記載の寛永元年（一六二四）―寛政四年（一七九二）の「年表」と新井白石「西洋紀聞」のシドッティと長助お春に関連する箇所を読んでみた。前者にはフェレイラの救援隊は二派に渡って来日していること、彼らは悉く捕らえられ転んだこと。寛文元年（一六六一）には初代宗門改役井上筑後守政重が七七歳で死去、同じく寛文一一年六月には与力河原甚五兵衛（「日記」の最後に名前が連ねてある）の手になる記録「査祆余祿」が始まるとされている。後者には長助お春夫婦が召使として（キリシタンの類族は生涯、山屋敷に囚われていた）シドッティ（宝永六年、一七〇九年、山屋敷に入牢）に仕えるうち、彼の人格に影響され、亡親の宗旨と同じ信者となることを望んでその旨、自白したことが記されている。(13)つまり遠藤は後に自ら明らかにするが「査祅余祿」以外にも白石の文書を参考にしたのだった。(14)

いずれにしても遠藤による改変の意図は、ロドリゴは転んだ後も中間キチジローと協力し、キリシタン改お膝元の山屋敷において、教会の教える神ではなく（ナザレ人イエスの説いた）永遠に変わらぬ愛を死ぬまで宣教し続け（おそらく）彼の人格と愛の教えに感化され同心となった周囲の役人たちまで厳罰に処されたことが淡々と述べられているのである。つまりロドリゴのその後を描くことで遠藤は裏切り者ユダと堕した転び司祭にも救済の微かな光を当てようとしたのである。(15)

2　『沈黙』の最大のモチーフ——ユダ論と遠藤のユダ論

ユダ論（ユダをめぐる神学論争）は、初期キリスト教の時代からあった。イエスの弟子の中でも唯一のインテリのユダが何のために銀三〇枚の端金で主を裏切ったのか。裏切りの動機、ユダの性格、イエスとの関係、その最期について、そしてユダの救いはどうなのか。なによりもイエスの十字架によっても救われない罪があり得るのか。すべては謎である。

(12)　小嶋洋輔『遠藤周作論——「救い」の位置』双文社、二〇一二年、四—五頁参照。
(13)　新井白石（松村明校注）『西洋紀聞（日本思想大系三五）』岩波書店、一五頁。二人が影響された人については二説ある。二〇頁参照。
(14)　『オラショ紀行』については山根道公『遠藤周作研究』第四号、六五頁参照。
(15)　山根道公『遠藤周作——その人生と沈黙の真実』朝文社、二〇〇五年、一五—二〇頁参照。

遠藤自身の強迫観念である裏切り者ユダとは還俗し教会の汚点となりながらも余生を過ごさざるを得なかった妻帯司祭の生き様だ。遠藤の『沈黙』にはじつに多様なテーマが盛られているが、私自身は最大のテーマとは還俗し妻帯した司祭が裏切り者としての疾しさを噛みしめつつ、生きていかねばならぬ哀しい生と、にもかかわらず彼に注がれる、人間にはおよそ計り知れぬ神の慈しみだと思うのである。

右に述べたように史的ユダの存在はキリスト教会史上大きな謎であるが、我々の時代における ユダ論は従来のユダ論とはまた異なるユダの見直しを迫るものである。例えば神学的な意味では二〇世紀最大の神学者K・バルトによるユダの「神的引き渡し」説[16]がありキリスト教文化圏ではない我が国でもそれは知られている。

文学としては太宰治の「駆け込み訴え」[17]が有名だが、外国ではワルター・イェンス『ユダの弁護人』(小塩節・小槌千代訳、ヨルダン社、一九八〇年)が注目された。しかも近年グノーシス派の文書としての『原典 ユダの福音書』(邦訳、日経ナショナル・ジオグラフィック社、二〇〇六年)が出版されるや、それを受け研究書として荒井献著『ユダとは誰か——原始キリスト教と「ユダの福音書」の中のユダ』岩波書店、二〇〇七年や同じく大貫隆篇著『イスカリオテのユダ』(日本キリスト教団出版局、二〇〇七年)が相次いで世に出た。

前者によれば最初の福音書記者マルコと古伝承は復活のイエスに再会するユダを前提(つまりユダは呪われた存在ではなかった)にしていたが、やがてユダの扱いは「むしろ産まれてこないほうがよかった」(マタ二六・二四、マコ一四・二一)という厳しいものになっていく。ユダの裏切りの動機についても、また彼の最期についても異同が多すぎる。これに対してグノーシス派のユダの扱いはまるで逆だ[18]。そして後者はユダをめぐる文学や組織神学・新約聖書学までの重要な文献を網羅した内容で、ユダ論のほぼすべてを簡潔に記している。

ここで遠藤のユダ論について考察しよう。ロドリゴのオブセッションはすなわち遠藤のオブセッションである。そのことを証するために今から四十数年前に私が中野氏の『沈黙』批判に応える形で書いた文章[19]から抜粋して引用する。

確かに沈黙という作品が十三ページの一から始まのではなく、二百二十五ページの「踏むがよい」から構想されたという中野氏の指摘は正しい。しかしそれならばなぜ、遠藤はロドリゴの踏絵をもって筆を置かなかったのであろうか。ロドリゴの踏絵こそ「踏むがいい」という着想の全き成就であり最も劇的な盛り上がりをもつ場面ではなかっただろうか。それにもかかわらず彼が踏絵の後日譚をあのように長々と描き続けたのはなぜか……中略（筆者）……私はすでにこの作品における作者の最大の関心はロドリゴの踏絵そのものよりも、むしろその後日譚により多く向けられている。

この事は、一見付け足りのような「切支丹屋敷役人日記」によっても確証される。だとすれば、この作品においてユダとは作者にとり何なのか。我々はここで事実としての踏絵と後日におけるその再現との間にひとつの重大な挿話があることを想起すべきであろう。それは、やがて彼が江戸に移り、そこで妻帯することを井上筑後守から、半ば強制的に勧められる箇所である。終生不犯の司祭であった彼が妻を娶る。彼はしかし、その運命の皮肉に対して「私はあなたを恨んでいるのではありません。あなたに対する信仰は昔のものとは違いますが、やはり私はあなたを愛している」と独語する……中略（筆者）……『沈黙』という作品は、他のいくつかの作品の制作の動機と同じもの、すなわち遠藤の個人的な体験の深みに根ざし、絶えずその解決を迫らずにはいないあの謎に対する一つの了解の試みなのであろう

（16）K・バルト『イスカリオテのユダ』（吉永正義編訳）新教出版社、一九九七年また『教会教義学　神論　Ⅱ』分冊、一九九一―三七二頁「神の恵みの選び　下」。
（17）『走れメロス』新潮社、一九六七年、一一九―一三八頁。
（18）荒井献『ユダとは誰か――原始キリスト教と「ユダの福音書」のなかのユダ』岩波書店、二〇〇七年、一六〇―一六一頁。
（19）注6を参照。

『沈黙』が出版された一九六〇年代の後半には第二バチカン公会議の余波もありじつに多くの聖職者が還俗し結婚された。教会学校や青年会で指導を受けた神父さんが結婚した噂が伝えられると、若い信者にとって言葉につくせない程の衝撃だった。だから私は遠藤のこの作品のモチーフ（『火山』『黄色い人』『影法師』にも共通する還俗し妻帯する司祭）[20]が自分自身の衝撃と照らしよく理解できたつもりであった。

さてここで「日本沼地論」[21]について触れておきたい。小論冒頭の粕谷甲一師は「泥沼論」の観点からも『沈黙』を論じておられるが、この沼地論は宣教論の観点からの遠藤の真摯な問題提起のようでもあり、また逆説的な意味での肯定表現のようにもとれる。井上はロドリゴとの対話のなかでフェレイラの日本宣教における悲観的総括をさらに敷衍する形で日本は泥沼だ。日本には本質的にキリスト教を受けつけない何かがあると本気で慨嘆する。

文学上の誇張を離れれば、つまり神学的・宗教学的に言うならばこれは事実ではない。なぜなら①四〇万とも言われる一六世紀末から一七世紀初頭のキリシタン人口の内実はともかく、全国で少なくとも三〜四〇〇〇人の殉教者をだしていること、②日本の宗教的土壌がすべて多神教的・汎神論的だと思っている人は誤解している。キリスト教受容にあたり日本仏教（当時の浄土真宗）は多神教的ではなく唯一神的な発展を遂げていたから。[22]日本人の宗教が多神教的（あるいは汎神論的）と思い込んでいる人には戦時中に遠藤が悩まされた「お前は天皇陛下とアーメンの神のどちらが偉いと思うか」という二者択一的な問の意味が理解不可能であろう。近代日本の国家神道の神はまさに唯一神であった。③現代日本にあっても日本人の神観念（自然神道における）が、[23]余りにも外在的な西欧キリスト教の神観念に対して、内在的なものとしてよい影響を与えていることが指摘され、日本人の宗教的感性のなかにも十分、キリスト教の神を受け入れる能力があると考えたほうが合理的だからである。

最後に一言触れておきたいのだが「あとがき」で遠藤は「ロドリゴの最後の信仰はプロテスタンティズムに近

いと思われるが、しかしこれは私の今の立場である」と記しているが、この意味はいったい、何なのだろうか。冒頭に笠井氏によって引用された粕谷甲一師と佐古純一郎師はそれぞれカトリックとプロテスタントの聖職者の立場から、カトリックの「聖霊による聖化」とプロテスタントの「信仰による義認」（粕谷師は義化と義認とに区別されるが）の違いを根拠に、カトリックでは信徒が救われる（永遠の命に入る）ためには恩寵と同時に本人の善き成長の努力が必要とされるが、プロテスタントではただ信仰によってのみ義認されるので、ロドリゴ（遠藤）がカトリック教会の定める位階制度などとは無関係で絶対的な「神の恩寵」のみを信じる点で、プロテスタンティズムに近いと言うのだろうと考察・推測されている。

そうなると確かに強き者だけは救われ、弱き者は救われないという宗教上の罪人（弱者）救済の差別もなくなり、弱者の復権を主張するキチジローの弁護にもなるが、他方すべての人が救いに与るオリゲネスの万人救済説や親鸞の悪人正機説などが関わってきて話がたいへん複雑になる。

遠藤はモーリアックを通じてジャンセニズム（一七世紀フランス、ポール・ロワイアル修道院のアウグスティヌス主義者たちは、ジャンセンの著作『アウグスティヌス』中の恩恵・恩寵論の絶対性を主張したが、後にその五か所が異端とされ修道院は廃院に追い込まれる。一七世紀のラシーヌ、パスカルにも影響をあたえたが、二〇世紀に至るまで、その余波は続いた）の影響を受けており、ロドリゴのあの人（主キリスト）に対する信仰告白を聞くと、トマスの恩寵

(20)　還俗。注2を参照。
(21)　遠藤の泥沼のイメージ。片山はるひ「遠藤周作の文学における『母なるもの』再考――『かくれキリシタン』とフランスカトリシスムの霊性」『遠藤周作研究』第四号（二〇一一年）一―一三頁参照。
(22)　末木文美士『日本宗教史』岩波新書、二〇〇六年、一二〇頁参照。
(23)　E・D・ピレインス『出会いと対話からの宣教と福音化』オリエンス宗教研究所、一六三頁参照。

論[24]よりもむしろジャンセニズム的な絶対恩寵の影響を感じさせるので、遠藤の真意は恩寵論争によりも、むしろローマ教会の位階制度を中心とした教会組織を介さないところの、いわばナザレ人イエスの愛そのものに生きる司祭の心境の吐露ではないかと思う。

遠藤の『沈黙』には第二バチカン公会議の諸改革を先取りするような内容まで含まれるが、ロドリゴがキチジローの再三の求めに応じて授ける「告解の秘蹟」とはまさにカトリック的な秘蹟の中心でプロテスタントと区別されるものなので遠藤の信仰的立場はしっかりとカトリックの上に根ざしていると言える。プロテスタンティズム云々の話によって必要以上に遠藤にミスリードされてはならない。この点で小嶋洋輔氏の近著のなかで氏が遠慮がちに記されている見解[25]に私は賛成である。

(24) トマス・アクィナス『神学大全』「恩寵論」第一〇九―一一一問題。恩寵には「成聖の恩寵」と「無償の恩寵」があり、前者はさらに「作動的」と「協働的」に別れる。同問第二項。邦訳は稲垣良典、山田晶他訳、創文社、一九八二年を参照。

(25) 小嶋洋輔、前掲書、一九七―一九八頁の注18参照。

第一三章　神学と文学の接点から見る『沈黙』Ⅱ〈神の「母性化」〉

――ロドリゴの「烈しい悦び」をめぐって

「彼が無意識のうちに求めるものが『母』による赦しと『父』への復讐である以上『私』に『あの人』をつまりイエスを母性化する以外にどんな方法があるだろうか」

江藤淳『成熟と喪失』

「この作品の最大の功績は、日本において、キリスト教が直面する……一つの本質的な問題の所在を明らかにしたことである。しかしそれに伴う最大の危険はその問題の解決への意欲そのものを内部から崩してしまうが如き可能性を内にもっている点である」

粕谷甲一『世紀』

0　『沈黙』の諸問題とイエスの母性化[1]――その肯定と否定

今更言うまでもないことだが『沈黙』はじつに多くの神学的問題を孕んでいる。例えばタイトルの「(神の)沈黙」これは神の正義を問う問題なので神学的には神義論である。次に巧みな文学的象徴表現で「キリストの顔

(1)　イエスの母性化については以下を参照。武田友寿「カトリックの母性化」『遠藤周作の世界』中央出版社、一九六九年、第五章「遠藤文学とカトリシズム」三八〇―四一五頁。佐藤泰正「遠藤周作における母のイメージ――『母なるもの』の原像をめぐって」『国文学』昭和四八年二月号、一〇四―一〇九頁。井上洋治「同伴者イエス」「母なる神」『イエスのまなざし――日本人とキリスト教』日本基督教団出版局、一九八六年、二一二―二二三頁参照。

の変化」の意味を問うキリスト論。三番目には宣教論から最も興味ある問題提起、日本沼地論。最後にユダ論[2]である。そしてこれらすべての鍵となるものが「日本人のキリスト教」、「神（イエス）の母性化」の問題である。

さて右に述べた「神学的な問題」は、当然ながらまた「文学上の問題」と分かち難く結びついている。例えば神の沈黙の問題に関して言えば、「踏むがいい」と神が沈黙を破る箇所の代表的な神学的批評が冒頭に引用した粕谷師の批評[3]であるが、『沈黙』発表直後の新・旧キリスト教の聖職者及び保守的な信徒の受け取り方は概して批判的なものであった。

因みに冒頭の粕谷師の指摘する「一つの本質的な問題の所在を明らかにした」功績とはいわゆるキリスト教受容、言い換えればキリスト教の「土着化」(indigenization)、「文化内開花・受肉」(inculturation) の問題であり、もう一つの「それに伴う最大の危険」とは、キリスト教の「変容」(acculturation) と言われる問題である。

これらを言い換えると、遠藤の『沈黙』はキリスト教を日本人にも受け入れやすく提示したけれども、同時にそれはキリスト教の本質まで変えてしまう虞があるという意味であり、具体的にはロドリゴの絵踏みを是認する如き神の言葉「踏むがいい。お前たちの足は痛むだろう。私はお前たちに踏まれるためにある」という言葉の投じる波紋の大きさのことである。

絵踏みは当時の切支丹の教え[4]からすると当然「背教」(apostasy) であり、それは如何なる状況にあろうとも、信徒の守るべき最大の規範を破ることになる。「踏むがいい」という言葉は神が自ら教えを破棄することを意味する。そしてこの「踏むがいい」という絵踏み是認の根拠には、それが絵踏みの事前か事後かによっても問題が大きく変わる性質をもつ。もし絵踏みの事後になら、一方で「七の七十倍まで（無限に）赦しなさい」（マタ一八・二二）というキリスト教的愛の赦しが関わるし、他方で「なんでもあり」の「いいよ、いいよ、母さんはお前をゆるします」式の無限抱擁的な日本の母性的宗教の問題にも関わってくる。遠藤の小説ではもちろん、神が沈黙を破るのは司祭の絵踏み前である。回想場面ではなく実際に絵踏みする場面を時系列的に想い起こしてみよう。

「踏むがいい」という司祭の内面のあの人の声は絵踏みを覚悟して司祭が足を上げた後に聞こえるが、それは実際の絵踏みの動作の完了以前である。だからそれは事前か事後かと問えば、絵踏みの前である。この時の事前と事後とでは神の言葉の意味はまるで違ったものとなる。それゆえ椎名麟三[5]も佐古純一郎師[6]も、たとえ作者が神に沈黙を破らせるにしても、ロドリゴの絵踏み前に破るのではなく、神に絵踏みをいわば、追認して貰いたかったと言う。これは「精一杯、努力したんだけど、やっぱり踏んじゃいました。神様ごめんなさい」ということでキリスト教の倫理神学的には罪と赦しの観点から極めて真っ当な批評である。もっともロドリゴに対して神はあくまで沈黙すべきだったという亀井勝一郎や三島由紀夫のような文学的な観点からの正統派のコメント[7]もある。

1　『沈黙』は危うい書物――にもかかわらずなぜ、多くの日本人に読まれてきたか

発表から二〇一〇年までの四五年間で、文庫本を含む単行本の出版総数が二三五万部という驚異的な数字[8]は

(2)　大貫隆編著『イスカリオテのユダ』日本キリスト教団出版局、二〇〇七年。
(3)　「『沈黙』について」『世紀』一九六六年七月号、七頁。
(4)　背教、棄教（apostasia）は「ゴメスによる講義要綱」でも「丸血留の道」でも公に信仰を否定し棄てることで、絵踏みもそこに含まれる。浅見雅一『キリシタン時代の偶像崇拝』東大出版会、二〇〇九年、二四三―二九一頁参照。
(5)　座談会「遠藤周作『沈黙』について」『兄弟』昭和四一年九月。
(6)　『世紀』一九六六年九月号、七八頁。
(7)　亀井勝一郎「長編小説『沈黙』の問題点――私は沈黙をこう読んだ」「感想」（『沈黙』付録）の(6)(7)及び三島由紀夫「谷崎賞選後評　遠藤氏の最高傑作」『中央公論』昭和四六年九月。
(8)　加藤宗哉『没後一五年遠藤周作展』神奈川近代文学館、二〇一一年一一頁。

いったい、何を意味するのであろうか。そもそも、キリスト教信者総数が人口の一％にもみたない異邦人の国で『沈黙』の何が日本人の心の琴線に触れたのだろうか。私はそこに大袈裟に言えば「日本宣教論」の一つの大きな鍵が潜んでいるように思う。誤解のないように言うが私は手放しで遠藤の『沈黙』に賛成するものではない。なぜなら、そこには一歩誤ると、キリスト教受容の本質にかかわる問題が含まれているからだ。もし過度な「神の母性化」がキリスト教の本質だと誤解されれば神学からの批判だけでなく『沈黙』という文学作品の価値をも貶めてしまう虞があるからである。

『沈黙』の成功は一言で言えば適度な「神の母性化」にあり、それが日本人の「母なる神を求める心」にしっくり感じられたのではないか。『沈黙』の成功は日本人の心の空洞を埋める何かがあったからに相違ない。本質的には『沈黙』という作品から滲み出る、愛するが故の「裏切り行為」に注がれる神の慈愛、キリスト教的に言えば神の無限の「愛と赦し」の功徳ではないだろうか。かつての思想的な転向者は大切にしてきた思想信条や信念に背くことの自責の念から、『沈黙』の神の言葉に慰めを見いだし、また時代背景からすれば、心ならずも自分と仲間を裏切った経験者は、そこに理屈抜きの慰めを見いだしたのかも知れない。

2 「神の母性化」――遠藤の「母なるイエス」と「同伴者イエス」

ここで「神の母性化」の意味を遠藤自身の言葉をかりて明らかにしよう。[9] 遠藤によれば「父の宗教とは神が人間の悪を裁き罰し怒るような神であり、母の宗教とはそうではなく、ちょうど親ができの悪い子供に対してするように、罪をゆるし一緒に苦しむような宗教である」と。要するに「母性的な神」とは罪を犯しても怒り罰するのではなく、やや時代遅れの譬えで言うと、いま仮に万引きした我子が首根っこを摑まれ、つれて来られたときに父親はいきなり拳骨を喰らわすかも知れないが、母親ならば泣きながら一緒に謝ってくれるという場面であろう。たとえ反抗期の子供であっても申し訳ないと思うのは母親の詫び方のほうである。遠藤は同じ箇所で『歎異抄』にも触れているが、これはキリスト教的に言えば「罪が増えたところには恵みはいっそう豊かになった」[10]というあのパウロの発想に近いと言えよう。

『沈黙』では微かな萌芽であったが『死海のほとり』では遠藤の確信となっていた「同伴者イエス」とは「神の母性化」そのものである（遠藤は評論家の江藤淳との対談「死海のほとりをめぐって（初版付録）」で「同伴者イエスってのは、わたくしは『沈黙』以来、最終的な決め手になるもんだっていう感じがしたんです。つまりあなたがさっき母親とおっしゃったけど、母親ってのは同伴者ですからね。……」と述べている）。

たしかに遠藤の「イエスの母性化」をいちはやく指摘したのは江藤である。江藤は『成熟と喪失』[11]で概略すると、次のように言う。

踏まれたのはまず「父」なる神であり、教会そのものを支える世界像である。それはいわばこの行為の公的な意味である。踏絵を踏むことによって司祭は、したがって作者は「父」の機軸を抹殺した。しかしこの踏絵のイエスの顔は「悲しげ」な眼差しをした「母」である。その声にはげまされてついに踏絵に足をかけた彼は、同時にその行為によって「父」を抹殺し、「母」との合体をとげた。破壊し、汚すことによって「母」と合体すること。そのとき彼をつらぬいた燃えるような恍惚と痛みとは、ついに母子相姦の願望をとげた者のひそかな、しかし激しい歓喜にほかならない。

江藤らしい鋭く刺激的な断定である。彼はまず絵踏みの行為を公的な意味（父なる神の否定）と私的な意味とに分けて捉え、さらに絵踏みのイエスの顔がじつは「母の顔」であるとしてロドリゴの感じた「烈しい悦び」の

（9）「異邦人の苦悩」『別冊　新評』昭和四八年（一九七三）二月号。
（10）ロマ五・二〇。
（11）江藤淳『江藤淳著作集　続1　成熟と喪失その他』講談社、一九七三年、一〇六―一〇七頁。

意味を「母子相姦」によるものと断定する。

3　ロドリゴの感じる「烈しい悦び」の意味――「性的な歓喜」か「聖なる悦び」か

しかしよく読むと江藤のこの断定には遠藤の原文に本来ないものまで含まれているのが判る。すなわち絵踏みの行為は、たしかに「父なる神」を否定し教会を裏切ることである。しかし「母の顔」を踏むことはどういう意味をもつのか。一〇〇歩譲って仮に踏絵の「イエスの顔」が「母の顔」であるとしても、絵踏みすなわちイエスの顔として「母の顔」を踏むことがどうして「母子相姦」を意味するのだろうか。なぜなら『沈黙』のロドリゴによる回想場面には次のように書かれているだけだからである。


「主よ。あなたがいつも沈黙していられるのを恨んでいました」

「私は沈黙していたのではない。一緒に苦しんでいたのに」

「しかし、あなたはユダに去れとおっしゃった。去って、なすことをなせと言われた。ユダはどうなるのですか」

「私はそう言わなかった。今、お前に踏み絵を踏むがいいと言っているようにユダにもなすがいいと言ったのだ。お前の足が痛むようにユダの心も痛んだのだから」

その時彼は踏み絵に血と埃とで汚れた足を下ろした。五本の足指は愛するものの顔の真上を覆った。この烈しい悦びと感情とをキチジローに説明することはできなかった。(12)


たしかに小説の原文にはロドリゴが五本の足指を愛するものの顔の真上に下ろした時に「烈しい悦び」と感情

とを感じ、しかもそれをキチジローに説明することはできなかったと書いてある。愛するものすなわちイエスの顔、さらに江藤によれば「母の顔」の真上にロドリゴが血と埃で汚れた足を置くことは、大切なものを汚すこと、最も大切なものを踏みにじる行為には違いない。しかしはたしてそれが山本健吉の言う「性的な倒錯の歓喜」に繋がる行為であるだろうか。それが直ちに江藤の言う「母子相姦的な行為」に結びつくものなのだろうか。原文をみる限り「母子相姦」を思わせるものは何もない。ならば江藤はなぜ「母子相姦」とまで言い得たのだろうか。

そもそも、ロドリゴの感じたこの「烈しい悦び」と感情とはいったい何に起因するものだろうか。さらにロドリゴはなぜそれをキチジローに説明することができなかったのだろうか。

4　『沈黙』における「母なるもの」——「あの人」は母性か

『沈黙』九章の最後に近い箇所で、夜になるとロドリゴはいつものように「あの人」の顔を心に浮かべる。つまりここでの絵踏みは回想シーンの中での行為である。

夜、風が吹いた。耳をかたむけていると、かつて牢に閉じ込められていた時、雑木林をゆさぶった風の音が思い出される。それから彼はいつものように、あの人の顔を心に浮かべる。自分が踏んだあの人の顔を。[13]

そこへキチジローが告解を求めてやってくる。ロドリゴは自嘲的に自分にはもう告解を聴く司祭としての効力はないと断るが、キチジローは「たとえ転びのポウロでも告解を聴く力を持たれようなら、罪の許しば与えて

(12)『遠藤周作文学全集』二巻、新潮社、一九九九年、三二五頁。
(13) 同書、三二四頁。

くれ」と食い下がる。「わしはパードレを売り申した。踏み絵にも足かけ申した」キチジローのあの泣くような声が言う。「この世には、弱か者と強か者がある。強か者はどんな責苦にも負けず、パライソに参れるだろうが、自分のように生来の弱か者は役人に踏絵を強制されれば……（踏絵を踏むしかないのだ）」と言う（括弧内は筆者）。そうして、その踏絵にロドリゴも足をかけた。

その顔は今、踏絵の木のなかで磨滅し凹み、哀しそうな眼でこちらを向いている。（踏むがいい）と哀しそうな眼差しは私に言った。

（踏むがいい。お前の足は今、痛いだろう。……。だがその足の痛さだけでもう充分だ。私はお前たちのその痛さと苦しみをわかちあう。そのために私はいるのだから）

「主よ。あなたがいつも沈黙していられるのを恨んでいました」

「私は沈黙していたのではない。一緒に苦しんでいたのに」

「しかし、あなたはユダに去れとおっしゃった。去って、なすことをなせと言われた。ユダはどうなるのですか」

「私はそう言わなかった。今、お前に踏絵を踏むがいいと言っているように、ユダにもなすがいいと言ったのだ。お前の足が痛むようにユダの心も痛んだのだから」

そのとき彼は踏絵に血と埃とでよごれた足をおろした。五本の足指は愛するものの顔の真上を覆った。この烈しい悦びと感情とをキチジローに説明することはできなかった。(14)

これはロドリゴの回想における絵踏みであるが、現実に絵踏みしたときの描写はこうである。

司祭は足をあげた。足に鈍い重い痛みを感じた。それは形だけのことではなかった。自分は今、自分の生涯の中で最も美しいと思ってきたもの、最も聖らかと信じたもの、最も人間の理想と夢にみたされたものを踏む。この足の痛み。その時、踏むがいいと銅板のあの人は司祭にむかって言った。踏むがいい。お前の足の痛さをこの私が一番よく知っている。踏むがいい。私はお前たちに踏まれるため、この世に生まれ、お前たちの痛さを分かつため十字架を背負ったのだ。(15)

つまりここでは現実に絵踏みする足の痛み(もちろん、その痛みとは釘を踏み抜いた時のような生理的なものではなく、どんなに鋭いまたは逆に鈍い痛みであろうとも、あくまで心理的な痛み)だけが、述べられているのであって、決して後の回想場面に描かれているような「烈しい悦び」の感情を伴ってはいない。ではこの回想場面に現れるロドリゴの感じる「烈しい悦び」とはいったい、何に起因するものなのだろうか。つまりかつては心理的な痛みの感覚として感じられたものが、時間を隔てた回想では「烈しい悦び」の感覚となって感じられるものとは。

これについて山本は「倒錯したセックスの喜び」と解釈しているし、江藤はもっと確信をもって「ついに母子相姦をとげた者のひそかな、しかし烈しい歓喜」と解釈する。いずれも遠藤をよく知る立場から、いかにも遠藤作品の最も奥深い所にある「聖」と隣り合わせの「性」を嗅ぎ取ろうとした解釈ではある。しかし残念ながらこの「烈しい悦び」の意味をはき違えている。なぜなら両者とも作者が絵踏みとその回想とに区別して描いている点を見落としているからである。よく読めばロドリゴが絵踏みに際して「烈しい悦び」の感情を覚えるのは、絵踏みの行為そのものにおいてではなく、その後日の回想においてであるからである。(16)

(14) 同所。
(15) 同書、三一二頁。
(16) 奥野政元「『沈黙』論」笠井秋生、玉置邦雄編『作品論 遠藤周作』双文社出版、二〇〇〇年、一五〇頁。

5　「烈しい悦び」の正体――母なるイエス「母性的な神」の赦しによる「烈しい悦び」

私はこの烈しい悦びと感情とは絵踏みという行為によってはっきり裏切ったにもかかわらず、ロドリゴを赦して下さった神（イエス・キリスト）に対する強い感謝の念、悦びではないかと思う。つまりそれは裏切りによって心中に烈しい痛みを感じたけれども、その痛み、慙愧の感情が一転、赦されていたと判った瞬間、いっきに歓喜へと沸騰するような悦びの感情だと思う。その痛悔・慙愧の念が強ければ強いほど、にもかかわらず赦された時の悦びは大きい。

じつはその間の心理的事情をよく説明する「許され型の罪意識」という日本的複合観念がある。それは古沢平作（一八九七―一九六九）という日本人精神分析家が一九三一年に東北帝大医学部の機関誌に発表した古沢平作のこコンプレックス」である。今日の日本で「二種類の罪意識」という独訳論文をフロイトに提出した古沢平作の「阿闍世《あじゃせ》とを知る人は少ない。古沢は一年間のウィーン滞在中にフロイトに面会し上記論文を提出した。後日、フロイトから「阿闍世コンプレックスの批判」という手紙を貰っており、(17) かつウィーンを離れる際には他者を介してフロイトが古沢の勉強ぶりを褒めた話を聞いてもいる。

阿闍世王と「阿闍世コンプレックス」については後述するが、古沢の右の論文によるとフロイトの分析によるヨーロッパ人の罪意識とは悪事を働いて発覚した時に絶対者である父親から処罰されることを恐れる「処罰恐怖型」であるが、東洋の「許され型」の罪意識とは罪の発覚とともに当然、処罰を覚悟している本人が思いがけず許された時に感じる「ああ、悪かった。二度とすまい」というより高次な自律型の倫理観の醸成である。処罰そのものを恐れる時よりも処罰を覚悟しながら思いがけず罪を許されたときの安堵や、罪を許した寛大な相手に対する感謝の気持ち、悦びの気持ちは大きい。

6　「烈しい悦び」――性的なエクスタシーと宗教的な悦び（法悦）の共通性

性的なエクスタシーと宗教的な悦び（法悦）に共通性があるのは確かである。古来「性」と「聖」は紙一重で、その激しい悦びにおいて相似的だからである。しかしだからと言って、ロドリゴが感じた悦びが性的なもの、ましてや「母子相姦」の激しい歓喜だと断じるのは早計ではないか。むしろ江藤の頭のなかで遠藤の描く宗教的なそのときの歓喜の境地を、最初から性的な歓喜と見なす「先入観」が働いていたのではないだろうか。彼の念頭には最初から絵踏みによってロドリゴが父なる神を殺し、しかも最も大切な者の上に足かけた瞬間、それが烈しい悦びを引き起こすならば、それはもう「父を殺し母と交わる」あのフロイトの「エディプス・コンプレックス」を措いて他にないと思いこんだのではないだろうか。

7　「エディプス・コンプレックス」――ユダヤ・キリスト教的伝統による「父性原理」

精神分析の創始者であるS・フロイトはドイツ語圏のユダヤ人であった。そのことは彼の創始した「精神分析」も、当然ヨーロッパ的なユダヤ・キリスト教的「父性原理」の強い文化を背景にもち、かの「エディプス・コンプレックス」も「父性原理」の強い観念であると言える。オイディプス自身はソフォクレスの劇中人物で、ユダヤ・キリスト教には直接関係はないが、彼の物語にヒントを得てフロイトがその名を冠した「父性原理」の強い複合観念を創出したのである。他方、「二種類の罪意識」中の「阿闍世コンプレックス」は古沢が仏典中の

(17)　古沢自身が昭和二八年に記し、その再録版「フロイド先生との最初の会見」は日本教文社『精神分析入門上』の付録「フロイド・ノート」昭和四五年に収載。

人物、阿闍世王にヒントを得て創出した「母性原理」の強い複合観念である。その論文は戦後（一九五七年）古沢によって加筆・再録され、フロイト派の精神分析家として著名な弟子の小此木啓吾によって存在が明らかにされた。(18)

8　『オイディプス王』――「人間的な」余りに人間的な情念による悲劇

運命が逆転する「逆転変」ペリパテイアと無知の状態から何事かを知る状態へと変化する「発見的認知」アナグノーリシスが同時に起きた好例としてアリストテレスが『詩学』(19)で称賛するソフォクレスの『オイディプス（王）』の粗筋を参考までに以下に述べる。

そのむかしテーバイの王ライオスと王妃は待望の王子を授かる。しかし予言によるとその王子は成長し父を弑し、その妃である母と交わると言う。おどろき恐れた王は、王子が産まれるとすぐ家臣に命じて殺害させようとするが、家臣は隣国の羊飼いに王子を託す。隣国の羊飼いは襁にくるまれ踝を針で突き通された（故にその名前が腫れた足オイディ・プス）王子を国につれ帰り、ちょうど、世継ぎを欲していたコリントスの王夫妻に献じる。

王子は成長するとこの予言を知りそれを避けるため自ら国を出る。そして旅の途上で一人の無礼な老人の暴力に反撃し殺害してしまう。辿り着いたその国はスフィンクスの謎に苦しんでいたが、王子は謎を解き請われて王位につく。やがて王妃との間に子供も設けるが、国は疫病や飢饉という災害に見舞われる。王の使者がもたらしたデルフォイの神託によればその原因は先王殺害、人倫に悖る行為にあると。王は熱心に真相を究明するが、すればするほど彼は自分で自分の首を締めることになる。だが、彼は決して途中で究明を放棄しない。真相を察した王妃イオカステは首を吊り、やがてすべてを知った王も自ら両眼を潰して放浪の旅にでる。

人間的プライドが高く自己の知的欲求のために彼は幸福の絶頂から不幸のどん底へと突き落とされるのだが、

この落差が悲劇のインパクトを強めるとアリストテレスは言う。

さて本題に戻るが、イエスならぬ「母の顔」を汚れた足で踏むことが、江藤特有の鋭い勘で増幅され、母を汚すことが母と合体しついには母と交わるとまで敷衍された。そしてまさにこのとき江藤の念頭には、かのフロイトの「エディプス・コンプレックス」があったことは想像に難くない。というのも江藤の『成熟と喪失』のテーマこそ他ならぬ「母性原理」と「父性原理」の成熟と喪失をめぐるものだからである。

9　「阿闍世王」の物語――堕地獄必定の阿闍世が釈尊に救われる話

ここで古沢の「阿闍世コンプレックス」――許され型の罪意識――懺悔心についても、そのもととなった仏典中の阿闍世王の物語を紹介する。しかし古沢が発想を得たものは『涅槃経』そのものからではなく、それをベースにした親鸞聖人の『教行信証』[20]の阿闍世に関するくだりであると小此木は言う。『教行信証』では親鸞の文章はあちこちと飛び、阿闍世の記述も重複するので判りにくい。したがってそのエッセンスを簡潔に述べる。

阿闍世は父王殺害という悪行のために心因性の重い皮膚病にかかり王自身、病気の原因も自覚している。母は看病しようと努めるが効果はない。次々と六人の大臣（臣）が名医を推挙するが王は耳を貸さぬ。最後に耆婆《ぎば》という侍医が王に大逆非道のあの提婆達多《だいばだった》でさえ許された釈尊の下にいくことを薦める。そのとき空中に父王の「釈尊の下に行け」という声をきき王は悶絶し病は一層、悪化する。

釈尊は阿闍世のために自らの悟り（入滅）の時期を遅らせて王を待つ。月愛三昧に入った釈尊は額から清らか

（18）「精神分析・フロイド以後」『現代のエスプリ』一四八号。
（19）『アリストテレス全集　17』岩波書店、一九七二年、四三頁参照。
（20）『親鸞』信巻「涅槃経」の阿闍世の部分、『世界の名著6』中央公論社、一九六九年、二八三―三一〇頁参照。

な光線を放ち、その光に照らされた王の皮膚病はたちまち快癒する。王は耆婆に釈尊は自分のことを気にかけて下さるのかと問う。耆婆は譬えて、大勢の子供をもつ親がいると子供に対する愛情はみな平等だが、とくに病気の子に対しては気にかけるのだと答える。

その後、王は釈尊に癒されて帰依し国中の男女すべてが救済されるのだが、阿闍世王の誕生以前の、父王による仙人殺害に起因する有名な「未生怨《みしょうおん》」や提婆達多の大罪（釈尊の仏身を傷つけ、また僧伽《さんぎゃ》（僧団）を破壊する行為）も元はと言えば釈尊と提婆達多の耶輸陀羅妃《やしゅだらひ》をめぐる釈尊自身の愛欲の罪に遡るという話も挿入される。[21] 大きなテーマは阿闍世王のような大罪を犯したものも仏に帰依すれば救済される。つまり阿弥陀仏の本願の成就を妨げるような大罪や悪人は一人も存在しないという趣旨である。

さて古沢と小此木の「阿闍世コンプレックス」にはインド発祥の「本来」の大乗仏典にはない事柄まで付加されるという無意識的な「母性化」があった。古沢の行った母性化に弟子の小此木自身がさらに付加するという「二重の母性化」だったのである（私は親鸞の『教行信証』自体にも漢訳仏典を解釈するときに当然、日本化・母性化が働いていたと思うが、ここでは示唆に止める）。

二人の例はユング派の精神分析家河合隼雄が指摘するようにまさに「文化の変容」、小論の趣旨から言うと「神（超越者）の母性化」の例である。詳しくは次の文献、すなわち「精神分析・フロイト以後」[22]（『現代のエスプリ』一四八号）を見て頂きたいが、これは小此木の発表論文に出典の根拠を訝った研究者の質問に対し、小此木自らが古沢論文を精査し、その母性化のプロセスを跡づけ、さらに自らの行った母性化をも検証して見せたものである。

10　エディプス・コンプレックスの「父性原理」対阿闍世コンプレックスの「母性原理」

河合は『ユング心理学と仏教(23)』のなかで、古沢は自分の考えを示すためにフロイトが「エディプス王」を用いた顰みにならい仏典の阿闍世王伝説を用いたが、古沢の語る阿闍世王伝説は、故意か偶然か仏典にある話とは異なるものになったと述べ、もとの話を要約しこのような改変は故意になされたというよりは、物語が日本人の心のなかで「文化的変容」を生じたもので、仏は男性であるが、男性たちのドラマが日本では母性原理を背景に行われていると言う。

また精神分析家の藍沢鎮雄(24)は『母なる者』新潮文庫版の解説(一九七五年)で遠藤の「母なるもの」の本質を無限の愛とゆるしとみて、概略、次のように述べている。遠藤氏は十字架上で自分を見棄て裏切った弟子たちに無限の愛と許しを身証するイエスを描いた。イエスの許しは弟子たちの魂に衝撃的な痛みを与えたのだが、この魂の痛みが生み出す宗教的な清めを、わが国の精神分析学の泰斗、古沢平作博士は阿闍世の物語をかりて次のように解釈する。

(21) 『無量寿経』阿弥陀仏が未だ法蔵比丘であったときに一切衆生の救いを願い四八の誓願をたてる。その中の有名な一八願(至心信楽願)は「もしすべての人が救われて極楽浄土に往生するのでなければ自分も悟りを得て往生はしない」である。

(22) 古沢ばかりか、古沢論文をフロイト的というよりは、もはや仏教的と述べた小此木自身がさらにそれを敷衍している。小此木は仏教教典の原出典を問われて、そのことに気づき古沢の「罪悪意識の二種……アジャセコンプレックス」、「精神分析・フロイト以後」一六六―一七五頁、「古沢版　あじゃせ物語の出典とその再構成過程」一七六―一八二頁、「あじゃせコンプレックスよりみた日本的対象関係」二二八―二四七頁(いずれも『現代のエスプリ』一四八号(一九七二年))という論文のなかでそれを検証している。

(23) 河合隼雄『ユング心理学と仏教』岩波書店、一九九五年の牧牛図と錬金術6、アジャセ・コンプレックス、一〇〇―一〇四頁、同『生と死の接点』②元型としての老若男女三。父親殺しと母親殺し、九三―九四頁参照。

(24) 山根道公『遠藤周作　その人生と沈黙の真実』八七頁。筆者が「阿闍世コンプレックス」に関心を抱いたのは『比較思想学会』でパウロと親鸞の罪意識の違いを発表したことによる。「罪の文化再考――キリスト教と仏教における罪の比較思想的考察」『比較思想研究』二一号、一九九五年三月。

古沢博士によると阿闍世の回心の契機は自分の所業に対するフロイト的恐怖のためではなく、また性欲という煩悩を認識したゆえでもない。それは怒りのあまり殺戮せんとまでした母に無償の愛によって抱擁され許された時間に生じたのである。この瞬間、阿闍世の魂の中から内発的に生じてくる「悪かった」という感情こそ真の罪悪感であると古沢博士はいうのである。さらに博士の高弟、小此木啓吾博士は師の精神分析はすでにフロイトとは全く異なり、仏教的な行であったとのべている。ここにも西欧の所産である精神分析が、フェレイラ流の日本的な「何か」によって溶解された跡をみることができるように思う。

藍沢のコメントは精神分析という極めて西欧的な治療法が、阿闍世コンプレックスの提示によって日本的に変容、応用されたことを、フェレイラ流の変容の例と示唆したものだが、河合のコメントは古沢だけでなく小此木もまた仏典に対し「無意識の母性化」を行っていたという指摘で、たいへん興味深いものである。

11　仏の性別——親鸞の夢に現れた「救世観音大菩薩」は女性か

浄土真宗の開祖親鸞聖人は、自らの性の悩みに懊悩し一〇〇日参籠を行ったところ、九五日めに救世観音大菩薩が夢に現れ「行者たとひ女犯すとも　我れ玉女の身となりて犯せられむ　一生の間、よく荘厳し　臨終に引導して極楽に生ぜしむ」と告げ、これを「一切群生に説き聞かすべし」と命じられた話による。救世観音大菩薩が親鸞の夢に現れ自分が美女となってお前に犯されて、性の悩みを解消しようと言う、しかもそれを公言し性の悩みをもちながら修行の身で隠れて女犯の罪を犯す人々に告げよと言うのである。救世観音の夢の内容は親鸞の宗教家としてのスケールの大きさを伺わせるものだが、この救世観音菩薩も他の観音菩薩も日本では一般に女性（的）だと思われているが本来女性ではない。しいて言えば男性である。ここで旧約聖書の神の母性化についても一言、付言する。出エジプト記でモーセに語りかける神は畏怖の対象でモーセでさえ面と向かうのを憚るくらいの男性的な怖い神である。そしてイスラエル民族の姦淫（周囲の神々、偶像崇拝）を怒り、預言者を通じて裁きに言及する旧約の神の一般的イメージは男性的、父性的であるが旧約聖書の次の文句をきくとたぶん印象が少し変るだろう。「お前達は乳を含みながら脇に抱えられ、膝の上であやされる。母が子を慰めるように、わたしはお前達を慰め、お前達はエルサレムにおいて慰められる」（イザ六六・一二―一三）。「イスラエルが幼子のころ、わたしは彼を愛した……私はエフライムに歩むことを教え、彼らをわたしの腕に抱えた。慈悲の紐や、愛の絆で、私は彼らを導いた」（ホセ一一・一―四）。

だから遠藤が有名な「父の宗教・母の宗教――マリア観音について」（『文藝』昭和四一年一月号）で「断っておくが基督教は白鳥が誤解したように父の宗教だけではない。基督教のなかにはまた母の宗教もふくまれているのである。それは例えばマリアにたいする崇敬というようなかくれ切支丹的な単純なことではなく、新約聖書の性格そのものによって、そうなのである。新約聖書は、むしろ「父の宗教」的であった旧約の世界に母性的なものを導入することによってこれを父母的なものとしたのである」と言うとき、彼は「基督教のなかにはまた母の宗教もふくまれている」とまったく妥当な発言をし、さらに「新約聖書は、むしろ「父の宗教」的であった旧約の世界に母性的なものを導入することによってこれを父母的なものとした」と述べ、旧約の前に「むしろ」と一言付け足すことで正確に新・旧約聖書の性格の違いをも表現しているのである。

12　カトリック教会における「マリア」の位置――聖母「マリア」と聖三位一体

鋭い洞察力、それを表現するキレのある文章で有名な文芸評論家江藤淳の精神的支柱は儒教的であり、キリスト教に関してはどちらかと言えばカトリシズムよりは無教会派的なプロテスタンティズムに近しいように思われるが、彼はカトリックとプロテスタントの教義上の区別を正確に把握している。『成熟と喪失』のなかで彼は次のように言う[25]。

カトリック教会は父なる神の教会である。それはルターのプロテスタンティズムとは違って、女性原理を排除しはしないが、決して父を母の下位に置こうとはしない。母は父と子と精霊の聖三位一体のかたわらにぬかずくつつましやかな位置をあたえられているにすぎないからである。つまりそこでは父性原理が支配する。

私自身、これに異論を唱えるつもりはなく、むしろ神の母（theotokos）であるけれども人間である聖母マリアの位置づけ、彼女と神である聖三位との関係、さらにカトリック教会とプロテスタント教会の違いまでこれ程無駄なく的確に表現した文章も他にないと思う。

ここで江藤を援用して私が言いたいことは、カトリックでは「母性化」の要素、母性的原理はすべて聖母マリアが担い、聖母は神ではないが御子イエスに執り成して下さる存在なので、イエス自身を女性化する必要はまったくないし今後もないということである。その理由はもしイエスを「女性化」すると、聖三位一体の概念から父神も聖霊も（因みにグノーシス派のトマス行伝では、聖霊は母[26]）女性化されてしまい、ドミノ倒し的にキリスト教の神は三つの顔、三つのペルソナ（personae）（語義は面）をもつ多神教的女神になってしまうからである。

13　「母性化」概念の多義性——「母なるもの（母性・女性性）」と「母（個人）」

以下は『私のもの』の一節である。

そして、「君なんか……俺……本気で選んだんじゃないんだ」

おむすびのような顔がじっと勝呂を見つめ、おむすびのような顔に泪がゆっくりと流れた……（中略）……私（勝呂―筆者）は妻を棄てないように、あんた（あの男、イエス―筆者）も棄てないだろう。[27]

「母なるもの」は遠藤作品における執拗低音（basso ostinato）である。江藤は『成熟と喪失』[28]で、遠藤の『私のもの』に見られる「あの男＝イエス」「妻」「母」そして「父」の四者の関係を総括する。すなわち「あの男＝イエス」は結局のところ遠藤の母であり、したがって遠藤はイエスを母性化したと言う。江藤によれば遠藤は「あの男」を女性化すると同時に「妻」に宗教的雰囲気を与え「母」に近づけた。「父」は「母」を捨てたが、しかし自分は惨めな疲れた「母＝母性イエス」を決して捨てはしない。江藤は「遠藤氏はここで『あの男』を女性化し、おそらく母性化している。そこに作用しているのは一般的な文化の屈折を越えたある激しい個人的感情でなければならない」と推論する。

江藤の総括に出てくるのは「あの男＝イエス」「妻」「母」「父」の四者である。個人の「母」と一般的な母性「母なるもの」は異なる。この違いを無視すると奇妙なことになる。勝呂が「イエス」と呼ばずに「あの男」とよぶのは問題ない。しかし「父（遠藤の父常久、同時に父性的なキリスト教のメタファー）」は遠藤の「母」を棄てたが、自分は「妻」を棄てないように「あんた、あの男＝イエス」も棄てないと言うとき、一般的な集合概念またはメタファーの次元と個人像の次元がごっちゃになり、ついには四者が二者に統合される。つまり「あの男

（25）江藤淳、前掲書、一〇〇頁。
（26）湯浅泰雄『ユングとキリスト教』講談社、一九九六年。
（27）『遠藤周作文学全集』七巻、一五〇―一五一頁。
（28）江藤淳、前掲書、九二―九五頁。

（イエス）」の顔は「母」の顔と、そして母の顔は「妻」の顔に同定される。そうなるとそれら三者と対立するのは「父」だけである。それはまさに遠藤の心中で「父＝父性的キリスト教」だけが孤立しているようにである。

しかし問題はさらに紛糾する。なぜなら江藤は鋭く「母なるもの」の原像を遠藤の個人的な母と同定したが、言われた遠藤はそれを肯定したからである。そこまではよかったのだが、遠藤はあるとき「母なるもの」の原像を自分の記憶にある「個人的な母の姿」ではないと修正し初めたのである。そこで読者と批評家の困惑を解消するために武田友寿は、「母なるもの」の原像を遠藤の個人的な母と断定する江藤に対し、遠藤の記憶にある「烈しく生きる女」の姿から、「母なるもの」の原像は遠藤の個人的母ではなく「存在の聖化」の媒介者としての「理想化された母性」(29)であると批判する。

結び

以上、絵踏みの回想時にロドリゴの感じた「烈しい悦び」と感情とは何に起因するものかを考察してきた。ではロドリゴはなぜそれをキチジローに説明することができなかったのか。私の解釈はこうである。ロドリゴは絵踏み以来、何度もイエスの顔を踏んだ「裏切り者」の罪意識に苛まれてきた。穴吊るしの拷問に苦しむ農民信徒のためとはいえ、愛する者、最も大切に思ってきたイエスの顔を踏んだという痛恨、慙愧の念に毎夕のように苛まれてきた。しかしキチジローが赦しの秘蹟を求めてきたとき彼は突如、悟ったのだった。

教会の定める制度としての「告解」のゆるしではなく、他者と神を愛するが故に最愛の神まで裏切らざるを得なかった自分の絵踏み。あの足の痛み、しかし、あの多く愛するがゆえに多く赦された」(ルカ七・四七参照)罪の女のように、神はあの時、あの足の痛みを通じて既に自分を赦されていたのだ。自分の裏切りの行為、農民信徒の苦しみを前に自分の大切なもの一切を捨てざるを得なかった自分の苦しみ。

毎夕、噛みしめてきた自分の行為が屈辱や不名誉に塗れた「裏切り」の行為ではなく、むしろ、神が嘉みするものであったこと。そのことを知ったとき、すなわち神の限りない慈愛と赦しの大いさを知ったとき「裏切り者」ロドリゴの心中の苦痛は、神に対する思いで一気に大いなる歓喜に変わった。

しかしこの感情、この歓喜は他人には説明できないものだ。たとえ説明しても自分と同じ痛悔、慙愧の念に苛まれ続けた者でなければ。

その時点のキチジローは己の弱さを誇るばかりで、ロドリゴの経験した「裏切りの罪」に対する烈しい痛悔と、その後に初めて与えられる、さらに一層「烈しい悦び」の意味を理解できないだろうからである。この時点におけるキチジローは制度としての教会の定める「告解」の秘蹟、つまり司祭職が教会から与えられた権限・効力としての赦しは理解しても、神を愛するが故に「裏切り者」とならざるを得なかったあのユダと同じく、ロドリゴが経験した烈しい痛悔と慙愧に苛まれた後に、初めて体感できる神の慈愛、恩寵としての赦し。その大いなる悦びを到底、理解でき得なかったからではないだろうか。その証拠にロドリゴの与える「告解」が自分の考える教会の秘蹟の要件を満たしていないが故に、キチジローは怒りながら去っていったのではないだろうか。

参考文献・論文（本文・注で引用しないもの、著者アイウエオ順）

遠藤周作（聞き手佐藤泰正）『人生の同伴者』新潮社、一九九五年、一九―三六頁。

笠井秋生『遠藤周作論』双文社出版、一九八七年。

小嶋洋輔「文学と母性――高橋和己『邪宗門』と遠藤周作『母なるもの』から」名桜大学紀要一九号（二〇一四年）、別刷り。

(29) 注1及び宮野光男「文学のなかの母と子――遠藤周作「母なるもの」の場合」佐藤泰正編『文学における母と子』笠間書院、一九八四年、七五―九二頁。佐藤「遠藤周作における同伴者イエス――『死海のほとり』を中心に」『解釈と鑑賞』一九七五年六月、五一二頁。江藤、武田をユングの元型概念を使って批判する労作もある。辛承姫『遠藤周作論――母なるイエス』法政大学出版、二〇〇九年。

第一四章　『沈黙』と『権力と栄光』[1]の重層的な構造分析による対比研究
――主役はユダか、それともキリストか

「よき羊飼いは羊のために生命を差し出す」　ヨハ一〇・一一

「あなたに対する信仰は昔のものとは違いますが、やはり私はあなたを愛している」　『沈黙』

0　重層的な構造分析による対比研究の一事例として

かつて私は遠藤の『おバカさん』とドストエフスキーの『白痴』を重層的な構造分析[2]により比較・対比することによって新たな文学研究の可能性を提示した。今回はその中でも特に物語層と象徴層を中心に遠藤の『沈

（1）G・グリーン『グレアム・グリーン全集8　権力と栄光』（斎藤数衛訳）早川書房、一九八〇年、二四六頁。訳者も触れているがタイトルの *The Power and The Glory* に対する邦題『権力と栄光』は誤解を招く。なぜならプロテスタント教会が「主の祈り」の後に「国と力と栄光は限りなく汝のものなればなり」と唱え、カトリック教会がミサで「国と力と栄光は代々に至るまで」という時の「力と栄光」はいずれも神のもので世俗的権力の意味ではないから。

（2）拙論「多面体の作家遠藤周作とドストエフスキー――作品の重層的構造分析による「対比文学」研究の可能性」『遠藤周作研究』第三号、一―一三頁参照。

黙』とG・グリーン[3]の『権力と栄光』を比較・対比したい。両者を比較する論文[4]は既に何点か存在する。では小論はそれらとどう違うのか。端的に言うと、私が論証したいことは重層的な構造分析（物語層と象徴層）を使って、表面的な「物語層」における類似性にもかかわらず、背後の「象徴層」の次元では両者が明らかに相違することである。

言い換えると両者の相違は真の主役が「ユダ」なのか「キリスト」なのかという点にある。全体的な物語上の展開としてはどちらも歴史的な禁教下[5]における潜伏司祭の逃避行、官憲による追跡、「ユダ」の裏切りによる司祭の逮捕とその後の背教や殉教のドラマである。それらの大筋で両者はたいへんよく似ている。したがって表面的なストーリーの展開という、すなわち「物語層」の次元における違いは少ない。しかし「象徴層」つまり物語の背後にある、作品の形而上的な意味の次元における差異は大きい。

1 「物語層」における比較・対比——ストーリーの大きい所から細かい所まで

両者の類似点はどちらも潜伏司祭の惨めな逃避行にあるのだが、さらによくみると細部に至るまでじつによく似ている。例えば『権力と栄光』では革命の理想に燃える辣腕の警部 Lieutenant（彼には固有名詞がない）が巧みに逃走する司祭の身代わりとして村人から人質をとり殺害をも辞さない。同様に『沈黙』でも一筋縄ではいかぬ村人に対し役人は人質作戦にでる。スパイものを多く手掛けてきたグリーンには潜伏司祭の逃避行を描き、読者をハラハラさせることは容易である。以下の引用はお訊ね者の司祭がわが子の住む村に立ち寄り、紙一重で警部の追求をかわす箇所[6]である。

（3）『作家の日記』福武文庫、一九八〇年、三〇五頁、一九五一年一二月一〇日の記述。「グリーンの小説技術はモーリアックのように心にくい程うまいとはいえない。技術的な仕組みが鮮やかに読者にはわかるからである。しかしそれだけに小説技術を学ぶ上には非常に都合がよい」。また遠藤はJ・マドールのグリーン論（邦訳は『愛と罪の作家グレアム・グリーン』（野口啓祐訳）南窓社、一九六六年、九三―一三六頁「『権力と栄光』研究」参照）を読みカトリック小説と探偵小説の間の関係を面白く思い「やはり僕は小説の技術を学ぶには映画と探偵小説に頼るのがいいと思う」と述べている（同書、三二六頁）。

（4）渡辺仁「二つのカトリック――『権力と栄光』と『沈黙』」『西南女学院大学研究紀要』一七号（一九七一年）六四―九三頁。瀬尾勲夫「遠藤周作とグレアム・グリーン――「神の像」の探究について」『徳島大学学芸紀要』二三号（一九七三年）四五―六三頁。島根国士「遠藤周作とG・グリーン――『沈黙』におけるグリーンの影響」『キリスト教文学研究』六号（一九八九年）一九―三六頁。安徳軍一「G・グリーン『力と栄光』（一九四〇年）――〈愛〉の輻射状的構図」『キリスト教文学研究』一二号（一九九五年）一二七―一三四頁。Kazumi Yamagata, "Endo Shusaku and Graham Greene,"『キリスト教文学研究』二〇号（二〇〇三年）二二六―二一六頁参照。

（5）「歴史層」日・墨におけるキリスト教禁止令――徳川禁教令とメキシコ革命
『沈黙』は一七世紀初頭のキリシタン禁教下の潜伏司祭の史実に依っている。禁教令下の日本への潜入、潜伏・逃亡と捕縛、拷問（穴吊るし、絵踏み）とその後の長崎及び江戸の牢屋敷における南蛮改めの職務が下敷きにある。穴吊るしの拷問にあい絵踏（棄教）したフェレイラと同じく、イタリア人神父J・キアラの存在は史実でロドリゴのモデルだが、小説中の牢屋敷における密かな宣教の記録「切支丹屋敷役人日記」は遠藤の巧みな創作である。すなわち新井白石の『西洋紀聞』、『続々群書類従』中の「査祆余祿」の記録から遠藤が小説の趣旨に沿うよう改変したものである。

『権力と栄光』の史的背景は一九三〇年中頃のメキシコにおける教会と革命政府との対立である。潜伏司祭の逃亡と捕縛、棄教と妻帯、処刑（殉教）の史実が下敷きにある。ヨーロッパの情勢と同じく、中米のメキシコでも一八五七年に始まる政教分離政策（ライシテ）以降、数度の揺り戻しを経て政治と宗教の対立は続く。一九一七年には急進社会党の政策（憲法改正）で学校教育における宗教教育が禁止される。二八年から三一年まで大統領ポルテス・ヒルと教皇使節、つまり政府と「教会」の間に和解（休戦）が成立した。その後、三四年から事態が再び悪化したが、迫害は後に緩和される。大統領とローマ教皇の間の休戦はメキシコ全土に及んだが、小説の背景となるタバスコ州では烈しい迫害が続く。タバスコ州で赤シャツ隊を使い苛烈な弾圧政策をとった知事はトマス・カリド・カナバルである。

（6）『権力と栄光』早川書房、一九八〇年、九五―九六頁。

今、警部の前に立っているのは司祭一人だけだった……（中略）……「名は」コンセプシオンでのあの男の名前が浮かんできた。司祭はいった。「モンテス」「あの坊主に会ったことがあるか」「いいえ」「おまえは何をしてる」「小さな土地をもってます」

「結婚してるか」「はい」「どれが女房だ」

マリアが不意に叫んだ。「女房はわたしです。なぜそんなにたくさん質問するんですか　その人が司祭に似てるとでもいうんですか」……（中略）……

警部は、もう一度、くぼんだ不精ひげの顔を見て、また写真を見た。「よし、次」と、彼はいい、それから司祭がわきへ寄ろうとすると、「待て」と、いった。

彼は、ブリジッタの頭に手をおいて、女の子の黒い、こわばった髪の毛をそっとひっぱった。「こっちを見るんだ。おまえはこの村のものをみんな知ってる、そうだな」「知ってる」と、彼女はいった。「じゃ、その男は誰だ？　名前は何という？」

「わかんない」と、子供はいった。警部は息をのんだ。「おまえは、この男の名前を知らんのか」と、彼はいった。「じゃ、この男はよそからきたんだな」

マリアが叫んだ。「あのね、その子は自分の名前も知らないよ。その子の父は誰かきいてみるんだね」「誰がおまえの父さんか？」

子供は警部を見上げ、それから抜け目なく目を司祭にむけた……司祭は心の中で「申し訳ありません。わたしのすべての罪をおゆるし下さい」と幸運を祈って指を十字に交差して、繰り返していた。子供はいった。「その人よ、ほら、そこの」「よし」と警部はいった。

質問は続いた。名は、仕事は、結婚は？　その間に、太陽が森の上にのぼった。

同じく『沈黙』では農民信徒の組織的な連携によって司祭が地下活動する様子が緊迫感をもって描かれる。そしてあくまで司祭を匿う村人に対し役人は身代わりの人質をとり殺害する。みせしめのため水磔の刑に付された農民信徒を飲み込んで沈黙する海。

参ろうや、参ろうや　パライソ（天国）の寺に参ろうや
パライソの寺とは申すれど……遠い寺とは申すれど

みんな黙ってモキチのその声をきいていました。監視の男も聞いていていました。雨と波の音で、途切れ途切れてはまた聞こえました……（中略）……ただ私にはモキチやイチゾウが主の光栄のために呻き、苦しみ、死んだ今日も、海が暗く、単調な音をたてて浜辺を噛んでいることが耐えられぬのです。この海の不気味な静かさのうしろに私は神の沈黙を――神が人々の嘆きの声に腕をこまぬいたまま、黙っていられるような気がして……。(7)

ロドリゴが日本で経験する初めての殉教である。『権力と栄光』ではモンテスという名前の村人が司祭の身代わりとなって射殺されたが、人質の殺害そのものは警部の報告と司祭の逗留を歓迎しない村人たちの話で終わる。対する『沈黙』では最初の殉教は「神の沈黙」を示唆する重要な場面として、映画で言うとロングショットで描

(7)「沈黙」『遠藤周作文学全集』二巻、新潮社、一九九九年、二二六―二二八頁。

かれる。

「参ろうや、参ろうや、パライソ（天国）の寺に参ろうや……」と気丈にも自分を励まし、また自分がまだ生きていることを浜辺の家族たちに知らしめていたモキチの歌声もやみ、三日目の夕方には海はモキチとイチゾウを飲み込んでしまう。ロドリゴは今まで聖人伝にある輝かしい殉教を夢見てきたが、現実の日本人信徒の殉教は只々、惨めで辛いものだった。すべてが終わった後も、雨は静かに降り続き海は不気味に押し黙っている。「主よ、あなたはなぜ沈黙しているのですか」

ロドリゴはこの海の不気味な静かさの背後に「神の沈黙」を感じざるをえないと遠藤は記す。

司祭に煩くつきまとう「ユダ」の設定にもまた重要な類似が見られる。『沈黙』ではキチジローがユダであり『権力と栄光』では混血児 Mestizo の青年がユダである。もちろん両者には明確な相違もあり、それについては後述する。さらに細かい類似点でいえば、どちらの作品でも悪童連が転向司祭を揶揄する場面が挿入される。ロドリゴは「転びのポウロ」と子どもたちに囃され、また妻帯司祭パードレ・ホセは「ホセ、ホセ、はやくベッドにおいで」ともっと際どく揶揄される。[8] 後者には人間的なリアリティがしつこく纏わりついている。

2-1 『権力と栄光』の作家の技法（その一）——古典的な循環構造と劇中劇の効果

この作品は古典的な悲劇の型を踏んでいる。奥野政元氏の指摘の如く『沈黙』においては地理上の「円環」[9]に深い意味があるが、『権力と栄光』では時間軸上の「循環」が使われる。すなわちグリーンが『権力と栄光』の冒頭で酔どれ司祭 Whisky Priest を登場させ歯科医のテンチ氏とお喋りさせるのも偶然ではない。じつに巧いと遠藤も感嘆する[10]のは、警察署の中庭で進行する処刑をグリーンは直接描かず、代わりに篤信の婦人が子どもたちに「殉教物語」を読むことである。それは却って読者の想像力を刺激する。しかもその処刑の場面に、冒頭で登場した歯科医のテンチ氏が再登場し、署長との掛け合いで補完するから見事である。このときに読まれる「フワン少年の殉教伝」は一種の「劇中劇」の役割をはたしている。

2－2 『権力と栄光』の作家の技法（その二）――コミカルな描写とソドム的世界の描写

『沈黙』の場合には全編を通じもっぱら悲壮（pathetic）なムードが漂い人間を取り巻く自然までがもの悲しいが『権力と栄光』の場合は徹底して人間模様が滑稽（comical）に描かれる。それは例えば司祭が州知事の従兄弟から闇のブランデーとワインを手にいれた後のちょっぴり祝祭的な場面にも見られる。タイミングよく現われる署長、密売の手引、州知事の従兄弟と司祭は仲良くベッドに坐り、何度も「サルー（乾杯）！」を繰り返しながら司祭がミサ用にやっと手にいれたワインの最後の一滴まで飲み干す。ここは司祭に同情しながらもかなり笑えるシーンである。これはW・シェイクスピアやC・マーロウの悲喜劇の伝統を想わせる、いかにも英国人作家グリーンらしい皮肉に満ちた笑いの箇所である。

なおグリーン自身が高い評価を与える場面にも言及しよう。[11] それはドストエフスキーの言うソドム的な場面のただ中でさえ、崇高な光が一瞬、感じられる瞬間である。主人公は皮肉にも（反逆罪ならぬ）禁酒法違反の罪

（8）『作家の日記』二八二頁参照。J・フォード監督による映画「神は死なず（邦題「逃亡者」、一九四七年）」ではパードレ・ホセの存在はストーリーから割愛された。J・フォードのこのやり方に遠藤は不満を抱いている。

（9）遠藤の空間的な円環はたしかに意味深長である。奥野政元「『沈黙』論」笠井秋生・玉置邦雄編『作品論遠藤周作』双文社出版、二〇〇〇年、一四八―一六三頁参照。

（10）『作家の日記』二八五頁。

（11）第一部三章。『グレアム・グリーン全集8』一四七―一五八頁。この箇所はグリーン自身も高い評価を与えている。『グレアム・グリーン全集23 ある種の人生』（田中西二郎訳）早川書房、一九八二年、一六二頁参照。

で留置場で一夜を明かす。真暗闇の狭い空間で次々とポリフォニー的に繰り広げられる囚人たちのお喋り、バケツから立ちのぼる糞尿の悪臭、間歇的に聞こえる男女の愛の営みの声。人間的に最も俗悪な環境の中で「真実の愛」が酔どれ司祭によって語られる。

暗闇に慣れた神父は自分が懸賞金つきの司祭であり、女犯し子どもまで設けたことを隠そうとしない。司祭は淡々と、しかしある種の威厳さえもって「善い本」を隠し持っていたために収監された女性、愛の営みの声の主を「けだもの！」と罵るその信心深い女性相手に「誤解してはいけない。自分たちには無理だが、聖人はこのような苦しみや醜ささえ美に感じることができるのです」と苦しみの美学、罪の美学を語るのである。

3-1　類似点と相違点（その二）　二人のユダ――「弱者」と「サタンの手下」

主人公の司祭は二人とも彼らにしつこく付きまとうユダにより官憲に売り渡される。しかし準主役のこれらのユダは異なる性格をもつ。すなわち『沈黙』のユダ、キチジローは心ならずもロドリゴを裏切るのであり、彼は決して根っからの悪人ではない。彼は小狡いところも備えたお調子者で極端な弱虫に過ぎぬ。もちろんユダとしての彼のアトリビュート（キリスト教絵画や仏像でその人物が特定できる固有の持物）は作者によって蝿や蛇[12]の挿入によってさり気なく、あるいは繰り返し描写されてはいるが。

対する混血児 Mestizo の青年は明確にユダ、というよりはむしろ、悪魔サタンの手下そのものである。彼は司祭に劣らぬ知能をもち対話における駆け引きも負けてはいない。裏切り者ユダに対する司祭の恐怖・疑念は司祭の剝き出しの足元をたびたび脅かす想像上の蛇への言及によって示唆される。キリスト教文化圏の読者なら、司祭が何度も蛇をおそれる様子をみて作者の意図に気がつくだろう。

さらに外見に関する描写でもキチジローは人間としてぱっとしない特徴しか持たないが混血児はより攻撃的な

外見を備えている。すなわち牙を思わせる二本の突き出た黄色い犬歯と、同じく黄色い足でそのユダ性が特徴づけられている。なぜなら「黄色」はキリスト教図像学の色彩分類から言えば、悪魔としてのユダの持ち色なのであるから。[13] キチジローは自らの棄教の理由もロドリゴの裏切りの言い訳もすべて己の弱さの所為にして居直り気味に弱さを誇るが、混血児の方は堂々とメキシコ革命の原因となる社会・経済的理由つまり、この世の中の貧しさによる不平等・不合理を糾弾する。これはこの作品の書かれたメキシコ革命の歴史的背景をよく説明する。

3－2　類似点と相違点（その二）「象徴層」における主役の姿――弱者ユダとキリストの似姿

さて両作品はどちらもカトリック司祭の惨めな逃避行と背教や処刑であり、そこに共通性はあるものの、よく読むと「物語層」の見かけの類似性にもかかわらず、「象徴層」における主人公の姿が主題の明確な相違を示す。つまりロドリゴはユダに堕してしまうが、酔どれ司祭 Whisky Priest はキリストの似姿に近づく。ここに明白な主題の違いが存する。言い換えると『沈黙』の主題はあくまで「弱者」たるユダの救いであるが、『権力と栄光』の主題は弱者がいつのまにか強められ、弱さから罪を犯す人間がキリストの愛によって遂には「聖徒」となる mystery（神秘）である。

具体的に言うと『沈黙』の主人公ロドリゴは憐憫から絵踏みし、その後押しつけられるまま妻帯し江戸の牢屋敷で生き永らえる。彼は福音書に描かれたユダ、つまりイエスを裏切り絶望のあまり縊死した、あのイスカリオテのユダとは異なり、自らの裏切りを噛みしめつつ真実の「キリストの愛」に目覚め、それを支えに妻帯司祭

（12）　拙著『遠藤周作の世界――シンボルとメタファー』教文館、二〇〇七年、一三七―一三九頁参照。
（13）　同書、一六三―一六四頁参照。

として屈辱のなかに生きる。その彼の背中に注がれる「キリストの愛」は恰も冬の陽の温もりのように温かい。[14] ロドリゴは屈辱に満ちた自分の余生で逆説的に愛の神の存在証明を完結する。

他方、救いがたいアル中で逃避行の孤独感から女性と過ちを犯し、罪の結果として私生児まで設けた酔どれ司祭は最後には自らの意思により敢えて国外に逃亡せず殉教する。彼は当初、「高慢」のために国外逃亡の機会を逃すが最後には自分の自由意思で殉教する。彼は殉教することによって、十字架に架けられたあのイエス・キリストの似姿に限りなく近づく。つまり両者は「物語層」における見かけ上の共通性にもかかわらず「象徴層」のキャラクターとしては本質的に相違する。ロドリゴは裏切りにもかかわらずキリストに赦されたユダだが、酔どれ司祭は彼自身がもう一人のキリストなのだ。

ここで「象徴層（神話層）」とは何かを改めて説明しよう。それは表面的な物語の背後に透けて見える元の物語のことである。周知の如くイエスの受難物語やギリシャ・ローマの神話は西欧の芝居や小説の豊かな水源になっている。ながい西欧の文芸の伝統[15]ではそれらに由来する悲劇や喜劇が形を変え繰り返し現れる。それらはまた神や太古の神話的人物が活躍するという意味では「神話層」[16]とも呼ばれる。表面的には必ずしもそう見えないかも知れぬが、ここでイエスの受難物語が下敷きになっている例をあげよう。

4 「象徴層」の具体例――キリストの隠喩としての「おバカさん」

遠藤の『おバカさん』ならば判りやすい。「おバカさん」ことガストン青年は高度経済成長下の渋谷に降り立ったキリストである。つまり「おバカさん」とはキリストの隠喩メタファーなのだ。というのも最終的に主人公は殺し屋遠藤の復讐劇を阻止し、わが子を殺人の大罪から守るキリストの現代版であるから。ガストンが友のために「身代わり死」（ヨハ一五・一三）を遂げたあと、隆盛の夢の中で空高く昇天していく様や、帰りの列車の窓から隆盛たちがみるシラサギの飛翔などはそれを暗示している。このときのシラサギとはキリスト教図像学から言えば、わが子を殺人という大罪から守るキリストの象徴である。シラサギの「白」は霊魂の無垢、清純さ、命の神聖さを表し「鷺」は賢明さ、用心深さを象徴する。「鷺」は天空を高く飛び餌は水中に求めるが巣は高い頭上に作り「子を守るためには身命を賭して闘う鳥である」とされているからである。詳しくは拙著を参照して頂きたい。(17)

5 類似点と相違点（その二）——象徴層における能動的な酔どれ司祭と受動的なロドリゴ

今まで述べてきたが二つの作品は表面の「物語層」におけるストーリー展開はよく似ているが、水面下の「象徴層（神話層）」における物語の意味は明確に異なる。外的な運命によって弄ばれるロドリゴには凡そ行為者としての主体性はないが、酔どれ司祭 Whisky Priest には行為者としての主体性がある。キチジローによって売り渡され、フェレイラによって唆されるロドリゴは最終的に外部の力によって、殉教か背教かの二者択一を迫られる。つまり可能な選択は彼の殉教か（それは農民信徒の拷問死も意味する）さもなければ背教のどちらかに限られている。生来、憐憫癖の強いロドリゴは拷問によって苦しむ農民信徒への憐憫から読者の予想どおり絵踏みを選

(14) 山根道公「日向の匂い」『遠藤周作——その人生と「沈黙」の真実』朝文社、二〇〇五年、一〇頁参照。
(15) J・ハリソン『古代芸術と祭式』（佐々木理訳）筑摩書房、一九六四年、E・アウエルバッハ『ミメーシス　上・下』（篠田一士、川村二郎訳）筑摩書房、一九七五年、とくにG・ハイエット『西洋文学における古典の伝統　上・下』（柳沼重剛訳）筑摩書房、一九六九年を参照。
(16) 江川卓『ドストエフスキー』岩波書店、一九八四年、六〇—七二頁参照。
(17) 前掲拙著『遠藤周作の世界——シンボルとメタファー』八二頁参照。

択する。その瞬間、彼は一人のイエスから裏切るユダの身に転落する。

他方、『権力と栄光』の酔どれ司祭（混血児や警部と同じく彼にも固有名がない。脇役達には立派な意味深長な名前すらあるのに）の方は、西欧の作家グリーンによりカトリック司祭らしくより主体的な行為者として描かれている。すなわち彼の前には三つの選択肢がある。第一の選択は州外に逃亡し司祭としての名誉と自由を享受する選択、ただしその場合は羊飼いとしては信徒を見捨てることになり、彼の生来のプライドが許さない。二番目の選択は州内に留まり棄教し妻帯した上で命だけは生き延びる。これは妻帯司祭パードレ・ホセの選択である。そして三番目の選択は州内に留まりかつ結果として殉教の道を選ぶことである。それらの選択にあたり主人公は自ら自由意思を行使し、州内最後の司祭としてのプライドと義務感ゆえに殉教の道を選ぶ。

じつは酔どれ司祭は第一の道を選ぶ機会にも二度、恵まれる。その第一の機会が小説の冒頭に描かれるオンボロ定期船ジェネラル・オブレゴンに乗り込むことであったが、ちょっとした偶然も重なり、彼は司祭としての義務のためその機会を逃す。二度目の機会は逃避行の終わり近く、用意された騾馬に乗りラス・カサス（州外）を目指し脱出を計ったときである。しかし二度とも彼は司祭としての義務のためその機会を失う。とくに二度目の州外に脱出するときには、もう少しで司祭としての名誉を保ちつつしかも安全に脱出することが出来たのだったが。彼はその二度の機会とも司祭としての義務感（瀕死者の告解を聴き、罪の赦しを与えることで、その霊魂を堕地獄から救う）からチャンスを逃してしまうのである。彼は結果として州内最後のカトリック司祭の名誉を担う。ちなみにロドリゴもまた巻末で「私はこの国でいまでも最後の切支丹司祭なのだ」と独語する。

以上のことを端的に言うとロドリゴには行為者としての主体性はないが、酔どれ司祭には行為者としての主体性がある。『沈黙』の主題は運命に翻弄される「弱者」ユダの救いであり、にもかかわらず彼にも注がれる極みない神の慈愛だが、『権力と栄光』の主題は弱く罪を犯しやすい人間をも次第に変えていくキリストの愛の不思議（mystery）である。

6　『沈黙』と『権力と栄光』における神学論争——多か、一つか

『沈黙』では一三、四回にわたってロドリゴはキリストの顔を想いうかべる。最初はビザンチンのパント・クラトール（全能の神）風の厳かな顔。次には例えばピエロ・デラ・フランチェスカの描く「復活のキリスト」の勝利顔。そして最後にロドリゴが見るのは日本人職人の手になる見すぼらしいキリストの顔である。

象徴的にキリストの顔がすべてを物語る『沈黙』では、このキリストの顔の変化が重要な意味を担うのだが、「キリストとは誰か」というキリスト論以外にも『沈黙』ではじつに多くの神学的命題が提出される。日本宣教論の大問題である「沼地論」が筑後守によって提起され、さらにまた小説のタイトルとも関わる神は無辜の民への迫害を前になぜ沈黙したままなのかを問う「神義論」がロドリゴの最大の関心事として要所で顔をだす。『権力と栄光』にはこれらの問題提起は一切ない。あるのはアル中で、捕まって処刑されるのが怖くてたまらない弱虫の一人の司祭が、ただ司祭としての義務感から罠と知りながらも心中で葛藤しつつ死地に赴くこと、そしていつのまにか彼が聖徒になっていく神の不思議な「恩寵」をめぐる問である。彼は決して「神の正義」すなわち、なぜ神は信徒の苦難を前に正義を佶し歴史に介入しないのかとは叫ばない。それどころかなぜこの世の中には一方で働いても働いても貧乏から抜け出せない貧乏人がおり、他方では豊かな土地を独り占めしつつ、年貢を払えない最下層の農民を打擲する金持ちたちがいるのかと不条理を神に愚痴ったりはしない。つまりこの作品では警部によって、キリスト教のコロニアリズムとの関係や、阿片としての罪が問題視されることはあっても、「沼地論」も「神義論」も提示されない。したがって『権力と栄光』における神学的問は唯一つ、臆病で小狡いところもある酔どれ司祭に働く神の「恩寵」の不思議（mystery）である。なぜ欠陥だらけの神父が聖徒となりえたのかという問、彼に働きかける「神の愛」とは何かという問である。その問こそキリスト教に特別、熱心でも

なかった作家グリーンが結婚のためにカトリックに改宗しその後、生涯にわたって問い続けたテーマであった。

思えば、酔いどれ司祭が留置場の中で遠慮がちに説く「神の愛」とは信心会の（respectable）ご立派な信者たちが口にする愛ではなく福音書にある、あの神殿で決して眼を上げようとはせず、ひたすら胸を打ちながら「神よ、罪人である私を憐れんで下さい」（ルカ一八・一三）と訴えた徴税人に与えられた恩寵としての「神の愛」なのだろう。

7-1 登場人物の造形（その一）——警部 Lieutenant と井上筑後守

相違点の大きなものはまだある。それは登場人物の造形と行動の原理に関するものである。『権力と栄光』では、逃亡者を追い詰める執拗さにおいて、あのジャベール警視を思わせる理想家肌の警部の存在は大きい。夜、彼は禁欲的なまでに質素な自分の部屋で、この国に未だに愛と慈悲をたれ給う神を信ずる者がいるのかと思って腹をたてる。神を直接、経験したといわれる神秘主義者たちの存在も癪の種だ。しかし彼自身もまた別の意味で神秘主義者、完璧な唯物論的ヒューマニズムの信者だった。

対する『沈黙』ではやはり井上筑後守に言及しないわけにはいかない。絵踏み後にロドリゴは筑後守と対面する。彼はロドリゴが負けたのは自分にではなく、この「日本という泥沼」に負けたのだと言う。ロドリゴは自分が闘ったのは自分の心中にある切支丹の教えだったと答える。「そうかな」井上は皮肉な笑いを浮かべ、踏絵の中の基督が転べといったからロドリゴは転んだそうだが、それは自分の弱さを偽るための言葉ではないか。仏の慈悲は己の弱さを許して貰いひたすら縋るものだが、切支丹デウスの慈悲は力の限り守る心の強さが伴わねばならぬと述べ、さらに追い討ちをかけるようにロドリゴに五島や生月の信徒が密かに奉じている切支丹デウスは、今や本来のものとは似て非なるものになっていると言う。

ロドリゴが筑後守を見ると微笑している彼の眼もとは笑っていない。筑後守の嘆息は苦しげな諦めの声でもあったと遠藤は書く。ここだけが両者に通じ合うもののある断片で、後はまったく立場の違いが鮮明になる二人である。いささか理屈っぽい所が勝っているが、この小説における井上筑後守の存在感は際立っている。しかしそれはふくよかな外見に包まれた冷徹な悪役、敵役としての存在であって『権力と栄光』の警部のように人間的な魅力を覗かせたり、権力行使の正当性を自己弁護的に語ったりはしない。『沈黙』に描かれている権力側の描き方は圧倒的な力の差をみせつけ、反撃の手段を持たぬ鼠を弄ぶ猫の姿である。グリーンのほうはメキシコ革命の正当性もまたその限界や相対的な不当性もよく弁えた上で登場人物に立場の違いを吐露させている。だから主人公二人の間にはある種の友情とも言うべき共感が芽生え、悲劇の主人公の立場の違いによる対立を際立たせている。

7−2　登場人物の造形（その二）——警部と司祭の対立をこえた共感

警部は自らが幼少年期に体験した構造的な社会の貧困がすべての悪の元凶であり、それを助長しているものが教会制度としてのキリスト教であると言う。キリスト教は富の不平等を肯定し助長さえしていると信じている。ゆるせないのは現世では貧困に耐えて天国で幸せを手にいれろと説く坊主たちの存在だった。宗教は阿片であり遺棄すべき制度だ。彼は人間というものの本質を知るには経験不足だったが、その分、正義を追求する情熱は人一倍もっていた。他方で人間の本質的な弱さを熟知する経験豊富な酔どれ司祭と、人間社会の恒常的な不正義に対して憤る警部の間に、ある種の共感が産まれても不思議ではない。州境近くの逮捕から警察署までの護送の道中で二人は会話する。そしていよいよ明日が司祭の処刑という晩に警部は言う(18)。

「こんな夜にひとりでいるのはよくない。雑居房がよければ、そちらへ移し……」司祭が断ると「おれはな、おまえに何かしてやりたいんだ。すこしブランデーをもってきた」「法にそむいて?」「そうだ」「あんたはほんとにいい人だ」「ときどきおれはおまえの口車にのせられそうな気分になるんだ」「どう乗せるんだね」「うん、まあ、おまえを脱走させてしまおうかとか、あるいはカトリック教会や聖徒の交わりとかを信ずるようになるとか……」。

警部はもう何も欲しいものはないと聞くとドアを空けて出ていこうとした。彼の気持ちはふさぎこんできた。彼は苦い優しさをおぼえていった。かれはこの小男を憎む気持ちにはどうしてもなれなかった。「ねむるようにしろよ」彼がドアを閉めようとしたとき司祭は言った。「人が銃殺されるとき、苦痛はつづくのかね」「いや、いや一秒だ」と警部は声を荒らげてドアを閉めた。

司祭はそれから独房の孤独の中でいろいろと考え事をした。そして夢をみた。彼が眼をさましたのは夜明けだった。彼の希望は完全に消えた。それは彼の死の朝だった。彼は片手に空のブランデーの瓶をもち床にうずくまって痛悔の祈りを思い出そうとした。「ああ神よ、わたしの犯したすべての罪を後悔し、許しを願い……十字架にかけられます」。

警部と司祭の間には、いつの間にか、立場による対立を超えた共感、友情の萌芽のようなものが芽生えている。そして司祭は色々な夢を見るが、まだ大事なこと、罪の赦しを得ていないことが気がかりだった。彼は罪の懺悔の機会をもう少しで逃す夢ばかり見た。しかし彼は、最期には自分が何も持たず、何もできないがゆえに、たった一つのこと、自分には聖徒になる事しか残されていないことが解った。いかにもグリーンらしい、もっとも価値のないものからでも神が聖徒を創り出すミステリーである。

7-3　登場人物の造形（その三）——歯科医テンチ氏と『聖人伝』を読む婦人

ところで小説の冒頭に出てくる歯科医テンチ氏とはいったい、何者なのか。彼はなぜこの小説の最初と最後に顔をだすのか。冒頭で歯科医テンチ氏は州都の港近辺で州外逃亡をはかる司祭と遭遇し、出帆までの時間潰しにと自宅に誘いブランデーを飲みながら家族についてお喋りする。そしてこの小説の巻末にも彼は警察署長の部屋の窓から中庭で執行されるその司祭の最期を見届ける。つまり彼の役目は酔どれ司祭の殉教の証人なのだ。

グリーンは司祭の処刑の場面を直接には描かず、平行して読まれる聖人伝とテンチ氏という歯科医の報告に委ねている。警察署長は治療台の前の椅子に腰をかける。テンチ氏は前に身をのりだすと、穿孔器のアームをぐるりと廻しペダルを踏みはじめた。ぶんぶん、ぎしぎし。ぶんぶん、ぎしぎし。署長は体全体を強張らせ椅子の腕にしがみつく。

「しっかりつかまっているんだ。ほんのちょっと角をとるだけだ。もうすぐ終わる。さあ、そらね」ところが彼は突如、治療を中断し「あれっ、あれは何だ」と署長をほったらかして窓際に行く。下の中庭では警官の一隊がちょうど武器を地面においたところだった。テンチ氏は「また革命じゃなかろうな？」署長は両手を梃子にして上体を起こし、詰め綿を吐き出した。「もちろん、そんなもんじゃない。ある男が銃殺されるところだ」「なんの罪で？」「反逆罪だ」「わしはあの男を知っている」。その後、司祭の最期が描写される。署長は「早く治療をすましてくれ」とテンチ氏をせっつくが、テンチ氏は考えごとに耽っている。あの男は自分の子供たちについていろいろ話をきいてくれた。銃が一斉に発射される。テンチ氏は内蔵が飛び出すように感じ吐き気を催した。やがて一発の銃声が聞こえ、すべては終わった。

一方、篤信の婦人は子供たちに殉教者フワンの最期のところを読み聞かせていた。「射て、と命令しました」

(18)　以下『グレアム・グリーン全集8　権力と栄光』早川書房、二四二—二四六頁参照。

と婦人は言った。「そしてフワンは、両腕を頭の上に掲げ、逞しい勇者の声で、兵士たちと狙いをつけた銃に向かって、『主なる神、万歳！』と叫びました。次の瞬間、彼は一二発の弾丸に撃ち抜かれ倒れました。指揮官は彼の死体の上にかがみこむと、フワンの耳元にピストルをあてて、引き金を引いたのです」。

「それで、あの人、今日うたれた人ね、あの人も英雄だったの？」「そうですよ」「あのとき、うちで泊まって行った人ね？」「そうですよ。あの人は教会の殉教者の一人だったんですよ」「あの人、変なにおい（酒—筆者）がしたわね」と妹の一人が言った。「そんなこと二度といってはいけません。あの方は聖徒の一人かもしれないからね」。

少年はわずか二四時間だったにせよ、とにかくこの家にかつて英雄がとどまっていたことに深い感動を覚えた。処刑を済ませ、ある種の達成感を感じながら警部は少年の家の前を通りすぎようとした。いつかの少年が見えた。警部は少年に近づいた。すると予期せぬことに少年はピストルの台尻に唾を吐きかけた……。その後、少年はベッドに眠りに行くが何かある大事なものが失われたような失望感を感じていた。

8　少年のみた夢——傷つき血を流している魚

少年は夢[19]をみた。その日の朝、処刑された司祭が父から貰った服をきて埋葬の準備を整えて貰い、この家に戻ってきた夢だった。少年はベッドのそばに坐っており彼の母親の足元には魚の籠があった。魚は彼女のハンカチに包まれ血を流していた。少年は疲れていた。誰かが廊下で柩に釘を打っている。すると死んだ司祭が不意に少年に目配せした。間違いなく瞼がぴくっぴくっと動いた、少年にはそうとしか思えなかった。

夢の中の傷つき血を流している魚[20]とはキリストのことであり、今朝、処刑された司祭のことでもある。また死んだ司祭が彼に目配せしたのは司祭の「復活」を示唆している。事実、少年の家には新手の潜伏司祭がやってくる。彼の手にした小型のスーツケースにはミサに必要な道具一切が入っているに違いない。因みにこのシーンは遠藤の戯曲『薔薇の館』[21]の最後でそっくりそのまま使われている。遠藤はグリーンのこういう所を巧いと感嘆するのである。

少年は眼をさました。誰かがドアを叩いている。少年は少し怖かったが、家の中にいる唯一の男だったので表のドアを開けに行った。するとそこには見たこともない男が小さなスーツケースをさげて、自分はたった今船でやってきた司祭なのだと名乗った。少年は男が名前を口にするよりまえに、彼を内に招じ入れ彼の手に唇をつけていた。

結　「物語層」における類似と「象徴層」における差異――逃亡司祭はユダか、それともキリストか

「物語層」における表面的な類似性の背後に大きな差異が存することが「象徴層」の分析によって明らかになった。「物語層」における表面的な類似は禁教下の司祭の逃亡とその追跡であるが、酔どれ司祭は結果として殉教の道を選びとり、そこに悲劇特有の「カタルシス」が生まれる。しかも彼の処刑の直後に新たな司祭が到着したことでグリーンによって「キリストの復活」と「教会の永遠性」が示唆される。カタルシスの生まれる所以は

（19）　グリーンは若い頃に精神分析を受けており（『グレアム・グリーン全集23』七八―八三頁参照）またフロイトをも読んでいるので、司祭の見る夢や少年の夢はフロイト流の夢の解釈の影響を感じさせる。F・クンケル「グリーンの作品にあらわれた夢の役割」『愛と罪の作家グレアム・グリーン』（野口啓祐訳）南窓社、一九六六年、五三―六二頁参照。

（20）　元々、魚（ichthys）は古代地中海世界で葬送美術にかかわる象徴として存在したが、とくにキリスト教の誕生以降はギリシャ語の「イエスス・キリスト・神の子・救い主」の頭字語とその綴りが同じことからキリストの象徴として使われた。前掲拙著、一三九頁参照。

（21）「薔薇の館」『遠藤周作文学全集』九巻、二〇三―二〇四頁参照。

処刑をあれほど怖がっていた酔どれ司祭がいつのまにかキリストの愛の炎の中に自己を滅却しキリストの姿に変えられていくことにある。それはまさに「（私は）キリストとともに十字架につけられた。生きているのはもはや私ではなく、キリストこそ私のうちに生きておられる」というパウロの言葉（ガラ二・一九―二〇）そのままにである。

他方ロドリゴは自らユダとなることで「同伴者イエス」の愛を発見し、新たな信仰と生きる力を与えられる。それは遠藤の言うようにそれまでの制度としての教会の教える神ではなく、ロドリゴ自身の個人的な神[22]「ともに苦しむ神」である。彼の人生が屈辱に塗れたものであればあるほど、彼の神への愛は一層、確かなものとなる。ただしロドリゴの人生、真正な悲劇の主人公たり得なかったロドリゴの人生は、ある種の共感は生むとしても悲劇がもたらす「カタルシス[23]」とは無縁である。それ故、ロドリゴは自分を捧げつくし[24]（kenosis）十字架にかかったあのキリストではなく、終生、悔い改めた「ユダ」として生きねばならぬ運命にある。

参考　四層（物語、象徴、歴史、自伝）構造による比較・対比の図式

遠藤周作『沈黙』	G・グリーン『権力と栄光』
・物語層　禁教下の潜伏司祭の逃亡と追跡	禁教下の潜伏司祭の逃亡と追跡
村人の司牧、人質作戦、ユダの裏切り	村人の司牧、人質作戦、ユダの裏切り
捕縛、入牢、絵踏（棄教）、妻帯	捕縛、入牢、女犯（私生児）
牢屋敷内で真実の神の愛の発見と新たな宣教	牢獄内の一夜と真実の神の愛の説教
人物　キチジロー（フェレイラ）井上筑後守	混血児（パードレ・ホセ）警部

・象徴層　裏切り者ユダの救済、キリスト像の変化 （神の母性化、同伴者イエス）神の沈黙（神義論）	キリストのまねび（自己無化） よき羊飼いに与えられる恩寵
・歴史層　一七世紀初頭の日本、徳川政権初期 禁教と潜伏切支丹、絵踏み制度	三〇年代のメキシコ革命（教会破壊） 司祭・信徒の弾圧（司祭の妻帯強制）
・自伝層　妻帯司祭の強迫観念 母を裏切った悔恨	三八年タバスコ州への取材旅行 精神分析治療の経験、フロイト夢判断

（22）U・ベック『〈私〉だけの神——平和と暴力のはざまにある宗教』（鈴木直訳）岩波書店、二〇一一年参照。

（23）「カタルシスという語は、もともと、ある特定の供犠がもつ浄化の効果をさしている。シェイクスピアはアリストテレス詩学を見抜き、劇とはすべてスケープゴート・プロセスのミメーシス的再演である……」R・ジラール『ミメーシスの文学と人類学——ふたつの立場に縛られて』（浅野敏夫訳）法政大学出版局、一九八五年、二五二頁参照。

（24）本書一三章注16の前掲書、一六二頁で奥野氏は「遠藤は転びの正当化と弱者の復権を悲劇的に描こうとしたのであったが、ロドリゴはむしろ残酷喜劇の主人公に相応しくなっていく」とややアイロニカルに的を衝いている。

第一五章　『侍』洗礼の秘蹟と惨めな王——日本宣教論序説

「ここからは……あの方が、お仕えなされます(1)」　『侍』

「一度、神とまじわった者は、神から逃げることはできぬ」　『鉄の首枷』

0　『侍』——二つの回心の物語

ヨーロッパのいかなる国民にも劣らぬ知恵と好奇心に富む日本人が、ことキリスト教の神に対しては精一杯、無関心を装う。これは滞日、一〇年のスペイン人宣教師ベラスコが自らの経験を述懐する言葉である。『侍』は遠藤の他の作品と同じく一見単純なストーリーの中に重層的な構造を秘め、幾つものメッセージが谺する作品である。つまりこの作品は一つは無名の日本人侍の回心の物語であり、もう一つは宣教師ベラスコの真の回心の物語でもある。主人公をみる語り手の描写と、ベラスコによる手記が交互に小説の進行を進めていくが、侍の視線とベラスコの視線とは旅の間中、遂に交わることはない。

侍とベラスコ、二人の旅は、日本人キリスト教作家としての作者遠藤の永い苦闘の軌跡を表すものだ。そうい

(1)　遠藤は『死海のほとり』刊行の直後、はやくも『侍』執筆の準備に仙台に赴き、翌年に太平洋を越えメキシコを訪問している。そしてさらに『侍』のエスキースとして「一つの肖像画」「偽りの宗教使節」を発表している。またこの間、独立した作品としては評伝『鉄の首枷——小西行長伝』『銃と十字架』等を刊行している。前者には「洗礼の秘蹟」について『侍』と同じ旋律が既に奏でられているし、後者には「泥沼の中の踏石」という殉教の意義がベラスコのために用意されている。では『侍』の創作意図は何なのか。それは『死海のほとり』の教訓をいかしつつ、こんどは日本人に判りやすいキリスト像、王たるキリスト、王中の王の本当の意味。それは、苦患に満ちたこの世において、仕えられるためではなく、仕えるために、苦しみ悩む人の友として仕える「さぶろう」人を描きだすことである。

う意味では両者とも遠藤の分身だが、強いて言えば、侍が遠藤と共有するのは、せいぜい自ら欲したものではない洗礼が、やがて本物の信仰に変わっていくことくらいで、侍はその無名性・一般性が示すように、日本人一般の類型的な性格を表していると言える。他方、ベラスコはポーロ会（ポールというのは遠藤の洗礼名でもある）という名前の由来からして、カトリックの宣教者としての作家遠藤の姿がより強く出ていると言えるのではないか。この点は笠井秋生氏の炯眼の通りである。(2)

1　侍の回心――普遍的日本人と洗礼の秘蹟

つまり遠藤は典型的日本人、侍の回心への軌跡を、自らの受洗後における信仰の軌跡と重ね合わせ、そこにはたらく洗礼の秘蹟の神秘(3)を描き出す。この小説は主人公、侍の内面の変化を描き出すとともに、一七世紀初頭の日本、メキシコ、そしてヨーロッパを背景に、恰も海洋時代小説の如く要所には読者を惹きつけるスペクタキュラーでエキゾチックなシーンが配されている。その意味では深刻なテーマを扱う『沈黙』よりも、よほど映像化しやすい見どころ満載の小説でもある。

小説の中では出発の年（史実では慶長一八年九月一五日、一六一三年一〇月二八日）は明記されず、五月五日としか記されない。使節の乗った洋式帆船（二本のメーンマスト、三層のサン・ファアン・バウチスタ号。史実では三本マスト、五〇〇トン中型ガレオン船）は男鹿半島の月浦を出て北太平洋をほぼ真東に進み、二度の嵐に遭遇しながらも無事にメンドシーノ岬沖に接近し、そこから南下してアカプルコに到着する。

小説はノベスパニア（メキシコ）からイスパニアそしてローマへと展開するのだが、主人公の心の旅路は終始、荒野の冬景色のように悲壮・陰鬱な色調に彩られている。使者のうち唯一人、商人とともにメキシコに残留し、帰国する決意の松木だけは宣教師ベラスコの策謀と、このミッションの欺瞞性(4)を察知しており、侍たちとの別

（２）「むしろ宣教師ベラスコに作者の血がより多く注入されている」。笠井秋生『遠藤周作論』双文社出版、一九八七年、二一七頁。

（３）私はこの遠藤の秘蹟観に触れた時に、なぜか浄土系宗教でいうところの「回向」を想起した。回向の根源は阿弥陀仏による本願力である。衆生が善行功徳を積み、浄土に往生できるのも、結局は阿弥陀仏の衆生に対する回向によるものである。遠藤の発想はもちろん、キリスト教徒としての信仰体験からきているると思われるが、そのなかに或いは何らか真宗からの影響があるかも知れない。

（４）遠藤の支倉像と遣欧使節に関する疑惑の念（「牡鹿半島。月ノ浦港〈偽りの使節〉」『走馬灯』）は遠藤が信頼をおく我国の東西交渉史の第一人者、松田毅一教授の支倉観、遣欧使節観に大きく影響されている。因みに松田教授の『伊達政宗の遣欧使節』新人物往来社、一九八七年（『慶長遣欧使節』朝文社、一九八七年）に記されている考えは、①家康には太平洋貿易の夢があり、航海上・地理上の理由でその意を体した政宗が現実化した。ただし家康は一貫してキリスト教布教は否定している、②ソテロの野心または狂気がスペイン王、ローマ法王宛の伊達政宗の外交上の管理責任は大きい。④支倉は凡庸な人物を書かせている、③そのソテロに、いわば白紙委任状を与えた伊達政宗の外交上の管理責任は大きい。④支倉は凡庸な人物で悲運の人である。遠藤は小説の中で主人公侍を権力者の策略に弄ばれた悲劇の人、遣欧使節そのものも真実の目的（太平洋航路と航法を知る目的）をカムフラージュするための虚偽の派遣として描いているが、そういう遣欧使節観や支倉観が歴史的に妥当かということは大いに議論の余地のあるところであろう。慶長の遣欧使節派遣の歴史的意義や支倉の人格或いは指導力について、松田教授や遠藤と対照的な見方をとるのが、東北大美術史の田中英道教授である。両者の文献を読むとどちらの言い分にもそれぞれなるほどと首肯できる点があり、私自身もいくつかの点で史実に関しては、こうだったのではないかと憶測を逞しくする所はある。例えば松田教授のフライ・ソテロ観（半狂僧）はかなり妥当なものだろうが、ノベスパニアやヨーロッパへの使節の派遣に関する伊達政宗自身の思惑に関してはどうか。最初からそれほど欺瞞性に満ちた悪意あるもの、或いはまったく無責任な盲判をついたとも思われない。奥州での禁教は結果的に幕府との関係で止むを得ざるものとなったのであり、当初の事態は後世の我々が知っているよりもっと流動的だったのではないか。例えば一六世紀から一七世紀初頭にかけての英国のプロテスタントとカトリックの歴史を考えて戴きたい。また少なくとも遠藤の描く長谷倉と殿の関係は史実の支倉と政宗の関係とは実態としてかなり異なっていただろう。帰国した支倉に対し政宗が棄教を強制し、支倉もそれに応えたという一六二二年のイエズス会士G・ロドリゲスの報告（大泉光一『支倉常長』中公新書、一九九九年、一〇七—八頁）にしても幕府の手前そうしたのであって、支倉の側も、衷心からそれに肯んじたとは思われない。ましてやイれ際にベラスコの策謀に乗りキリシタンに帰依はするな、自分の身は自分で守れと警告する。

しかし愚直なまでにお役目に忠実な侍はミッションの挫折と政ごとの非情さに向かい、ただ黙々と歩を進めるしかない。その悲劇は運命のもたらす不条理とも言うべきもので、ベラスコ自らの野心による自業自得の挫折とは異なり、侍の挫折は本人の責任ではなく、只、周囲の状況による不運なのだ。

それは単なる歌舞伎調の悲壮なだけのモノトーンな道行ではなく、当時の国際政治の冷徹な論理、東洋布教の覇権を競う修道会同士の角逐、そして日本の為政者の思惑や恣意という運命の転変に弄ばれた一人の男の悲劇である。しかし同時にそれは人生の最後にキリスト教を受容する日本人の眞の回心の物語でもある。そしてそこに働く人間の思いを超えた神の恩寵ともいうべき洗礼の秘蹟（mystery）。抑制の効いた筆運びによって遠藤は最後まで読者を引きつけてやまず、しかも読了後にジーンと心に滲み透るような感動を与える名作に仕上げている。

2　遠藤の創作意図——日本宣教論の試み

では遠藤はこの『侍』において何を訴えたかったのであろうか。私はこの作品で遠藤が提起したかったものが三つあると思う。まず第一は洗礼の秘蹟の功徳とも言うべきものであり、それは一度、神と関わると、たとえ人間の側で忘れていても、神はその魂を決して捨てておかれぬという遠藤の信仰である。

第二には新たな日本泥沼論。それは『沈黙』(5) で展開された日本泥沼論と日本宗教の汎神性という点では共通するが、むしろ新たな展開と言えよう。すなわちその泥沼論の根拠は、日本人の強固な祖先崇拝と個我の主体性を失った宗教的全体主義とでも呼ぶべき傾向に対してである。

第三は日本人——西欧キリスト教に違和感を覚える——にも判るキリスト像の再構築である。侍が旅の途上の至る所で出会う痩せこけた惨めな王の姿。それは無論、前作『死海のほとり』のイエス像、あの「同伴者イエス」のより普遍的な、それこそ世界の至るところで見られる十字架上のキリスト像である。

この三つがどう関わるかというと、洗礼の秘蹟の功徳も、受洗した信徒を単なる泥沼の捨て石にしないためには、日本人の心に深く滲み入る惨めな王との邂逅が不可避ということなのだ。なぜならその惨めな王とは国や民族の違いを超えて、仕えられる者であるよりも、むしろ身を低くして仕える者である点で、普遍的に理解可能なものだからだ。それ故、惨めな王の像、瘦せこけた裸体の男の像(image)は全編を通じてあたかも通奏低音(basso continuo)の如く静かに流れる。

しかし上の問題の具体的な議論にはいる前に、まず私はこの作品における創作と史実の違いを指摘し、この小説における遠藤の詩的真実の意味と狙いに触れておこうと思う。


エズス会士の言う如く支倉と政宗の関係は所詮「罪人の子で旅先でのたれ死に」しても痛痒を感じない間柄であったとは思えない。もしそうなら支倉を迎えにアカプルコまで、藩船が迎えに行くだろうか。また支倉の能力に関して言えば、あの時代に大勢の日本人を率いて太平洋をわたり、さらに(二〇人程に減ったとはいえ)大西洋まで越え、日本人チームを率いて東回りでローマに行くことは至難の技であったと思う。旅が命懸けの仕事だった時代に海陸の旅を大勢のチームのリーダーとして行うことは精神的、肉体的に並大抵のことではない。ちょうど、二五〇年後に咸臨丸で太平洋を渡った時の勝海舟を考えてみればよくわかるが、極めて強固な意思力と並外れた指導力がなければとても出来ないことである。松田教授の説の如き「凡庸な人間」にはとてもできない偉業である。

(5)『沈黙』で転びバテレンのフェレイラはロドリゴに「この国は沼地だ、どんな苗もここでは根が腐る。我々はこの沼地にキリスト教という苗を植えてしまった。あの布教の最盛期でさえ日本人の信仰の対象はキリスト教の神ではなく彼らの屈折させたものだった。そもそも日本人は人間と全く隔絶した神を考える能力をもたぬ」と言う。

3 『侍』における「詩的真実」――創作における「真実と事実」

遠藤はハードバックの『侍』の(海を象徴するブルーの)函の表紙下段に下記のように記している。

悲劇的な大旅行を私の内部で再構成した小説である。常長にとって、この旅行は単なる旅行ではなかった。彼はヨーロッパの王に会いに行き、事実、エスパニア王やローマ法王に出会ったが、しかし本当に廻りあったのは惨めな「別の王」だったのである。私の主人公もまた同じだった……

たしかにここに登場する主人公は対話の際には、六とか長谷倉とか呼ばれるので、支倉六右衛門常長[6]を指しているように見える。しかし語り手(遠藤)は意図的に一貫して侍と呼び、歴史上の人物、支倉常長を指すことを避けている。ここには固有名詞を排し侍と言う普通名詞によって無名の日本人一般を意味させたいという遠藤の狙いが働いている。この作品の主人公の晩年に関して、遠藤は回心の可能性を示唆的に描いているが、史実としてはその頃の支倉に関する資料がないので判断しがたい。それらは例えば、支倉は心底、信じていたわけではないので帰国して直ぐキリスト教を棄てたという説。表向きは棄てたことにしていたが、心の中では最後まで棄てず、むしろ家族や周囲のものに信仰を伝えたという説。政宗に配慮して田舎に引き籠もりキリスト教については棄てたふりをした説等がある。遠藤はやや強引に自分の思いこみに引きつけて[7]、支倉の晩年を小説化したのではないだろうか。

しかし遠藤の作品には、遠藤自身の詩的想像力によって自由に生み出された部分、すなわち詩的真実のなかに、史実よりも一層リアリティを持つ人物像が描き出されるのであって、加賀乙彦氏の指摘[8]のように、そこにこそむしろ遠藤の言わんとする力点が如実に顕れているのである。だからここで私は、創作の内容を論じることに専念し、どうしても明確に言っておきたい史実との異同を四点ばかり、指摘するに止める。

(1)旅の目的地　旅の目的地と会見予定の人物が小説と史実は最初から異なる。小説ではメヒコの総督が、使節の要請に対して責任ある回答が出来ないということで（松木を除いて）、ベラスコの策に従い、スペインさらにローマまでやむをえず足を延ばすことになっている。しかし史実では支倉は最初からローマに赴き法王に謁見を賜り、その仲立ちの力を借りてスペイン王に働きかけることが目的だった。伊達政宗の署名、花押・落款付のローマ法王宛てラテン語・邦文併記の信書[9]がヴァチカン図書館にある。

(2)洗礼式　侍の洗礼（第七章）は小説では司教会議の決定を有利に運び、ひいてはスペイン国王の謁見を引き出さんがため、ベラスコの入れ知恵で嫌々、行われたように描かれている。しかし事実は国王の謁見の後、その場で支倉自身によって国王に要望、快諾されたのである。

したがって洗礼式の場も小説では宿舎であった聖フランチェスコ修道院、司式も司教、ベラスコの伯父が代父、列席者は一族に過ぎないが[10]、史実では式場は王室付属洗足女子修道院、司式は王室聖堂付き主任司祭ドン・デ

（6）　支倉六右衛門長経は正しいが、常長は後世の誤りだという指摘がある。松田毅一、前掲書、一三四頁、田中英道『支倉六右衛門と西欧使節』丸善ライブラリー、一九九四年、五六頁参照。
（7）　「これは自分を投影できる人物だ、支倉は私だと感じはじめた」（加賀乙彦との対談「侍について」『文学界』一九八〇年八月）。「自分の意思で洗礼を受けたわけじゃない僕は支倉を書くことで、洗礼の動機やその後の心理に僕自身を投影できると思ったんだ」（三浦朱門との対談、『波』一九八〇年四月）。
（8）　「沈黙の虚実」『遠藤周作文学全集』三巻、月報参照。
（9）　松田毅一、前掲書、二一三頁、仙台市博物館編『ローマの支倉常長と南蛮文化』石巻文化センター、一九八九年、一二七頁参照。
（10）　田中英道、前掲書、一三六頁参照。

ィエゴ・デ・グスマン師、臨席者はスペイン国王、フランス王妃等、代父母（レルマ公、バラーハス伯夫人）の顔ぶれに至るまで王室が深く関わっており、東洋の一島国の奥州地方の王からの使節に対する破格の厚遇は驚きである。尚、洗礼名ドン・フェリペ・フランシスコ・ファシクラには、わざわざ国王の名前フェリペが一字冠されている。

(3)ローマ入市と法王パウロ五世による謁見[11]　小説ではローマまで行けば或いは司教会議にもたらされた奥州におけるキリシタン弾圧の開始（奥州における禁教令布告は、元和六年八月二四日（一六二〇年九月二〇日）、支倉帰国のじつに二日前）の情報が誤報と判明するかも知れぬと言う、ベラスコの示唆による一縷の望みを託した悲壮な旅として描かれており、当然ながら小説では入市式はない。

史実ではローマ入市式は一六一五年一〇月二九日か一一月三日で、ローマ到着が時間的に約五年ズレている。入市式は各種のパレード付き、馬車を何台も連ねた豪華盛大なものであった。[12]法王の謁見も元首の接見に使う王の間でこそないが、枢機卿が二六人も参列し枢機卿会室で行われた別格のものであった。

(4)支倉に対する伊達藩の対応　小説では奥州におけるキリシタン弾圧は司教会議の決着直前に始められたように書いてある。司教会議は小説中の架空の出来事としても、その後、使節はマドリッドを追われる如く去りローマに向かう。史実の使節がマドリッドを去ってローマに向かうのは一六一五年八月二二日であるから、小説と史実では五年のズレがある。そして支倉に対しても藩当局は帰路に藩船（アカプルコに船手奉行横沢将監）を準備、支倉は太平洋を越えてマニラまで伊達藩所有のサン・フアン・バウチスタ号で帰国の途についている。マニラからは事情（マニラ総督から対オランダ戦に備えて譲渡を要請され）により便船を使用した。

支倉に対するその後の対応は小説の如く切腹ではないが、死因は判然としない。支倉は所領に引き籠もり二年後には死亡。息子勘三郎常頼は一六四〇年（支倉死後の一六年後）になり、一族が禁教政策に違背した罪で断罪、御家断絶になったが、一六六八（寛文八年）年に再興[13]された。

4 侍の創作意図――「惨めな王」日本人にわかるキリスト像

「俺は大きな海を二つわたり、王に会うためエスパニヤまで出掛けた。それなのに王には会えず、あの男ばかり見させられた」。『侍』

グワダルキビル河を遡り使者たちは遂にヨーロッパに上陸する。初めて見るエスパニヤの町。田舎の地侍[14]に過ぎぬ使者たちには、この大きな町のすべてが驚きだった。使者たちは毎日、よく外交使節としての任に耐え奮闘した。ベラスコは些かの皮肉と優越感を秘めて巨大な大聖堂の上から、「こここそ、日本の方がたがおっしゃっているエスパニヤでございます」と侍たちに故郷セビリヤの街の様子を説明する。

このセビリヤとは比べ物にならぬ程、大きい都マドリッドで使者たちはエスパニヤ王に会うことになると告げられ、田中と侍は身震いする。ベラスコはさらに続ける。だがそのエスパニヤ王も跪くお方こそ、ローマにおわす法王というキリシタンの王であり、その法王さえも一人の下僕に過ぎぬお方がキリスト、あの醜い裸体の男であるとベラスコは述べる。

(11) 田中教授は『支倉六右衛門と西欧使節』六五頁の中で松田教授の本(『伊達政宗の欧使節』)には「目的地ローマでの記述が殆どなく」と指摘するが、入市式の記述はある。松田、前掲書、二〇七頁以降参照。
(12) 田中、前掲書、一五二頁以降、松田、前掲書、二〇七頁以降参照。
(13) 仙台市博物館、前掲書、一三四頁参照。
(14) 現実の支倉常長は中・上級藩士であった。養子先の伯父、支倉紀伊守時正の石高は一二〇〇石だが、後に実子が誕生し分家したので六〇〇石取りとなる。

「ノベスパニヤの至るところで、皆さまはその方の像を眼にされた。ノベスパニヤ、エスパニヤだけではない。ヨーロッパのすべての国々はその方を崇め、額ずき、拝礼をしております」。

侍には旅の間中、彼らが眼にした「痩せこけた裸の男」がなぜ、王中の王なのか到底、理解出来なかった。王ならば美服を纏い、大勢の家来にかしずかれ、威厳をもって金殿玉楼に住んでいて然るべきではないか。それなのにヨーロッパ中の諸王が額ずくのが、この「痩せこけた裸の男」とは。思えば侍が初めてその男に出会ったのは、ノベスパニヤに向かう往きの船中である。激しい二度目の嵐に見舞われた後、侍はいつのまにか数珠を持ってきてしまった自分に気がつく。数珠はベラスコが負傷した従者を見舞い、昨夜、置き忘れたものだと与蔵は言う。

数珠（ロザリオ）の先端に十字架がくくられ、その十字架に痩せこけた男の裸体が彫り込まれてある。力なく両手をひろげ、力なく首垂《うなだ》れたその男を見ながら、侍はベラスコを始め南蛮人すべてがこんな人間を「主」と呼ぶのがわからなかった。侍にとって主と呼べるのは、殿だけだったが、しかし殿はこのようにみすぼらしい存在ではなかったし、無気力なお方である筈はなかった。この痩せこけた者を拝むだけでも侍には切支丹が奇怪きわまる邪宗のように思われた(15)。

5　惨めな王たるキリストの正体——同伴者イエス

次に侍がその惨めな姿をした裸の男と対面するのは、セビリヤを経てエスパニヤの都マドリッドに至り、ベラスコがヴァレンテ師と司教会議の場で対決し、その結果を待つ箇所である。日本における布教の継続の是非をめぐって、二人は激論を闘わす。雨の音を聞きながら侍は宿舎の修院の一室でなすこともなく、当惑した眼で部屋の中をみまわす。

それは今まで宿泊してきた修院の室内と大差なかった。剝き出しの壁にあの両手を十字架に釘づけにされた「痩せこけた男」が首垂れていた。侍は自分が見たのはあまたの土地、あまたの国、あまたの町ではなく、結局は人間のどうにもならぬ宿業だと思った。そしてその人間の宿業の上にあの「やせこけた醜い男」が手足を釘づけにされて首を垂れていた。

（こんな男が……）侍はいつものことながら、この時も同じ疑問を感じた。（なにゆえ拝まれるのであろう）……

（もし、俺がこんなものを拝めば……谷戸の者たちは何と思うであろう）すると心にそんな自分の姿がうかび、たまらない恥ずかしさがこみあげてきた[16]

利のために形ばかりの洗礼をすすんで受ける商人たちを複雑な思いで捉えながら、同輩の説く如く、侍もお役目のためにはどのような偽りも辞さない覚悟は持っていたが、こころは未だそれを許さなかった。（それはできぬ……）そして侍にそれを許さぬものは、谷戸における祖先との血の繫がりだった。キリシタンになることは谷戸を裏切ること。谷戸はそこに現在、生きている者だけの世界ではない。すべての祖先[17]や血縁がそこでひそか

（15）『遠藤周作文学全集（以降『全集』と略記）』三巻、新潮社、二七二頁。
（16）『全集』三巻、三四一頁。
（17）『定本　柳田国男全集』一〇巻、筑摩書房、一九九八年、一二〇頁「先祖の話」参照。遠藤周作『聖書のなかの女性たち』

に見守っている。長谷倉の家がある限り、侍の死んだ祖先も谷戸から離れるはずがなく、キリシタンへの改宗など死者たちが許すはずがない。

6　元修道士との再開――その人とは誰か

帰途、田中の死が思いだされるコルドバの集会所、そして元修道士に再会した侍たちは彼に問う。

「あのような、みすぼらしい、みじめな男をなぜ敬うことができる。なぜあの痩せこけた醜い男を拝むことができる。それが俺にはようわからぬが……[18]」

それに対する元修道士の答えは、自分もかつては同じ疑問を持った。しかし今はあのお方が痩せこけて醜い姿故に信じられると言う。あの方は現世で人間の嘆きや苦患に目を瞑ることが出来なかったが故に、あのように痩せて見すぼらしくなられたのだから。

西がしかしヨーロッパやローマの教会を見るがよいと反論すると、元修道士はあのような金殿玉楼に住まうことは、あの方の望みとは違うものという。あの方の住まいはむしろこの哀れなインディオの住まいの中だ。また自分はこのインディオたちのなかにイエスを見ると言う。侍にはどうしても合点がいかなかった。どうしてもあの男を元修道士のように思うことは出来ないと言う。それに対する彼の答えはこうである。

「あなたさまがあの方を心にかけられずとも……あの方はあなたさまをいつも心にかけて下さいます……（中略）……世界はどのように変わろうとも、泣く者、嘆くものはいつもあの方を求めます。あの方はそのためにおられるのです」

「俺にはわからぬ」

「いつか、おわかりになります。このこといつか、おわかりになります(19)」

お役目のために心ならずも受洗した典型的日本人、侍は人生の最後に至り初めて惨めな王としてのキリスト像に心を開く。彼の心の奥底で、形だけの洗礼の筈が微妙に少しずつ本物の神への渇きに変わっていく。

復路でのテカリの元修道士との対話も、いま一つ判然と意味を理解できなかった侍は帰国後に藩から受ける屈辱的な扱いの数々に怒りを覚えながら、現実には運命と諦め受け入れるしかなかった。そういう侍が元修道士から貰った福音の邦訳の文、「我等、悲しみの谷に涙して御身にすがり奉る」テカリの元修道士はその書き物の最後にそんな言葉を書いていた。それは侍の心にしみ込んで行く。

「その人、現世《うつせみ》に在《ま》します時、多くの旅をなされ、傲《おご》れる者、力ある者はたずね給わず、ひたすら貧しき者、病める者ばかりを訪われ、それらの者たちとのみ語らわした。病める者の死する夜は、傍らに坐り、夜のあけるまでその手を握られて、生き残る者と共に泪ぐまれ……おのれは人に仕えるためにこの世に生まれしぞと申され……(20)」

---

(18) 講談社文庫、一九七二年、二三九―二四八頁「聖ザビエルの驚愕」「手近なもの」。
(19) 『全集』三巻、三九五頁。同書、三九七頁。
(20) 同書、四一五頁。

侍はあの弁髪の男が、テカリの小屋のなかでこの紙に文字を書き続けている姿を想像した。……弁髪の男がなぜこんなことを書かねばならなかったのかは、侍にも漠然とわかるような気がする。あの男は自分だけの「その人」がほしかったのだ。ノベスパニヤの教会で豊かな司祭たちが説く基督ではなく、見捨てられた自分とインディオたちのそばにいてくれる「その人」がほしかったのだ。(21)

人にも藩にも裏切られ、従者の与蔵を除いては彼を理解してくれる者もいない境遇に落ち、初めて侍にも「その人」、つまり痩せこけた裸の男のことが少し身近に感じられるようになった。

ここに描かれているその人とは誰であろう。それは神の子であるにもかかわらず、へりくだって人と等しいものとなり、人に仕え、人を愛するが故にその罪を贖って、十字架上で死んだキリストのことである。そのキリストの生前の名が遠藤によれば、同伴者イエスであった。このようにして、元修道士の視線と従者与蔵の視線の交叉する一点に向かい、侍は心の旅路を進んで行く。

7　『沈黙』から『侍』へ——日本はキリスト教を受け付けぬ沼地か

「彼という個人はいない、彼の背後には村があり、家があります」　　『侍』

『沈黙』と『侍』という二つの小説の底流には日本宗教の「沼地論」がある。『沈黙』で井上筑後守はフェレイラやロドリゴに対し「日本はキリスト教の根を枯らしてしまう泥沼だ」と言う。その議論は形を変えて『侍』にも引き継がれている。もっとも『沈黙』での主張は日本人はキリスト教の神をいつの間にか他の神に換えてしまう。形はキリスト教の神だが、内実は違うものだ。日本人は超越的な唯一神を信じることが出来ないという、一神教対多神教の相克の議論であったが、ここでの主旨はむしろ、信仰の主体が個人ではなく、日本人の祖先崇拝[22]に結びつく同質性・宗教的全体主義の問題を提起している。つまり本来、個人が主体であるべき信仰の主体性の問題が提起されている。それは小説の最大のやま場ともいうべき司教会議の場で、日本で布教経験のある二人の神父によって闘わされる議論である。

使節の真正性を認め、奥州王の要請に応えることが日本のキリスト教迫害を終わらせることになるという積極論者ポーロ会（史実ではフランシスコ会）のベラスコに対してライヴァル、ペテロ会（イエズス会）のヴァレンテ師は三〇年の布教経験から得た悲観的な議論を展開する。彼は皮肉っぽく、そうしたところで、はたしてキリスト教に対する日本人の嫌悪感を消すことが可能だろうかと問う。

「日本人はこの世界のなかで最も我々の信仰に向かぬ者だ。日本人には本質的に人間を超えた絶対的なもの、自然を超えた存在、我々が超自然と呼んでいるものに対する感覚がない……日本人は人間を超越した我々の神を考えることができない」[23]

（ここまでは『沈黙』における議論と同じ内容だ——筆者）

司教の一人が問う。

「では……一時は四十万もいた日本の信徒たちは……何を信じていたのか」

「わかりません。皇帝がキリスト教を禁じると、彼らの半ばは霧のように消えてしまいました」

「霧のように消えてしまった？」

---

(21) 同書、四一五頁。
(22) 同書、三四五頁。
(23) 『全集』二巻、二九七頁。

「領主がキリシタンの教えを棄てるとその一族や騎士たちが、村の長が棄教すると村人のほとんどが教会から離れて行きました……六十年にわたる我々の会の宣教にもかかわらず日本人は一向に変わっていなかったのです。もとに戻ったのです」

「もとに戻った……それを説明してほしい。ヴァレンテ神父」

「日本人は決して一人では生きていません……ここに一人の日本人がいます……彼を改宗させようとすると、彼の背後には村があり、家があります。彼とは一人の人間ではない。村や家や父母や祖先のすべてを背負った総体なのです。もとに戻ったとは、彼が……その強く結びついた世界に戻ったことです(24)」


司教たちがもうひとつ判然としないと言うと、ヴァレンテ師はフランシスコ・ザビエルの遭遇した障害を引いて説明する。日本人たちが言うにはキリシタンの教えは善いものとは思う。しかし彼らは祖先がいない天国にいきたいとは思わない。だからこれは単なる祖先崇拝ではなく強い信仰ですらある。それに対してベラスコは日本人の殉教者も出ているし、自分が同行した日本人三八名も洗礼を受けた。現に使者衆のうちの一人もここで洗礼を受けたいと希望していると反論し、最後の切り札をきる。

「その洗礼の事実を私は否定しない。しかし同時に彼らが本心からそれを求めたかもわかりません」と答えるヴァレンテ師に対して、ベラスコはたまりかねて口を挟む。

今の言葉は聖職者として悲しむべきだ。なぜならそれは当のヴァレンテ師の手で洗礼を受けた多くの日本人信徒をも侮蔑するものだから。そしてベラスコはそれでは「あなたの授けた洗礼は何だったのか」と問い返す。この小説の最大のモチーフが「洗礼の秘蹟」のもつ神秘的な効力を巡るものであるから、ここの議論は重要である。

8　洗礼の秘蹟——形ばかりの洗礼とは言うものの

史実の支倉がマドリッドまで受洗の機会を引き延ばして来て、いよいよスペイン国王臨席のもとで受洗したことは、支倉の外交感覚が只者でないことを伺わせる。それは見事、図にあたりカトリックの守護者、大国スペインの国王フェリペ三世は東洋の一島国の奥州王のしかもその使臣に破格の厚遇を与えた。[25] スペイン国王のこの好意も後に日本を取り巻く国際情勢の変化（布教を植民地主義の手段とするスペイン・ポルトガルと商売第一主義の新興国イギリス・オランダの対立）による家康の禁教政策の徹底で無為に終わるのであるが、この時点（慶長二〇（一六一五）年二月一七日）では奥州王政宗の受洗を早め、ひいては日西両国の友好促進のために最大限のサービスを惜しまなかったということだろう。

それはともかく小説中の侍、長谷倉は第七章で「形ばかりの洗礼」を受ける。洗礼式の場面は日本人使節の洗礼の動機が「お役目のため」という日本的な不純さの点を除けば、ほとんど感動的ですらあるシーンである。実際、この小説のなかで彼らの「洗礼」は最も重要な意味を持つだけに、ベラスコ側の勝利という司教会議の判定とその直後のドンデン返しの場面を別にして、遠藤はほとんど一章すべてをその為の描写に費やしている。

聖フランシスコ大聖堂（前述の如く史実とは異なる）の祭壇にむかって、最前列に腰かけた使者衆の三人。その後ろには同じく洗礼を受ける従者たち。祭壇の左右の内陣席には代父と、フランシスコ派と思われる多数の修道

（24）日本人の宗教的な特色が祖先崇拝や全体主義（個人が欠落）にあるというヴァレンテ師（遠藤）の指摘はあまりにも観念的・表面的すぎる。この辺りを川島秀一氏はその鋭い評論集『遠藤周作——愛の同伴者』和泉書院、一九九三年の中で「日本人に課せられた条件が、その深底を語るにしてはいささか額縁的すぎると感じるのは私だけであろうか」と注文を付けておられる。同書、一九三頁参照。

（25）大泉光一『支倉常長——慶長遣欧使節の悲劇』中央公論新社、一九九九年、一〇三頁参照。

者たちが坐り、聖堂の中は大勢の市民たちで埋まっていた。ここ数日、侍たちはベラスコに朝から晩までこの洗礼式の準備を授けられた。ベラスコはキリシタンの教えと痩せこけた男の生涯を語ったが、侍たちには奇怪きわまる話であり、なぜベラスコたちが信じているのか皆目、判らなかった。

侍はベラスコの話をぼんやり聞きながら「すべてはお役目のため、すべてはお役目のため」と心のなかで繰り返す。両側に居並ぶ人々のうちから、三人の代父が立ち上がり、いよいよ使者衆たちは祭壇の側に進む。水盤を持ったベラスコと銀の水差しを手にした司祭が司教を真ん中に近づく。司教の唇が動き、侍たちにはわからぬ言葉が述べられた。ベラスコはそれを日本語に直し、三人に応えるよう囁く。

「汝は」と司教はたずねた。「主イエス・キリストを信じるか」
「信じ奉る」
「主イエス・キリストの復活と終わりなき生命を信じるか」
「信じ奉る[26]」

仮にその言語を解したとしても、使者達にはその質問の意味は皆目わからなかったに違いない。だからベラスコに促されるたび、侍たちは口を揃えて「信じ奉る」と愚かなオウムのように繰り返さざるを得なかった。しかし侍の胸に後悔の念がこみあげてきた。心からではない、これもお役目のためだ、と自分に言い聞かせても、父や叔父や、りくを今、この瞬間に裏切ったような哀しい気持ちが苦い感情を伴って起こってくる。三人が首を横に向けると、司教は水差しの水をそれぞれの額に注ぐ。侍たちにとっては形だけのもの、教会にとっては動かしがたい秘蹟。（形だけのことだ。俺はあの惨めな男など拝む気にはなれぬ……俺はなにも信じてはおらぬ）なぜこの男にむきになるのか、侍は自分でも不思議だった。もし本当に形だけならば、このように繰り返し同じ言葉を自分に言って自分を納得させる必要はなかった。首をふってこの拘泥を心から追い払おうとした。「やがて忘れるときがくる」彼はいくども自分に言い聞かせようとした。こうして長かった洗礼式が終わった……。

おそらくこの洗礼式の場面は遠藤自身の受洗、そして遠藤が代父として参列した友人の洗礼式の模様を再現していると思われるが、映画でも見ているような鮮明な描写である。「支倉も形ばかりで洗礼を受けたようだけど、晩年の彼は……[27]」という遠藤は、自身の体験と重ね合わして述べているのであり、そうでなければ侍の内面の拘泥をこのように執拗に描写はしない筈だ。

9　神の沈黙と謎の哄笑――ベラスコの挫折と回心

「主よ、主が一体、この私に何を望んでおられるかをお示しくださいまし。

主よ、すべて思召しのごとくあれかし。

主よ、私の心に今、芽生えはじめたものが、主の御意志であるならば、それをお示しください[28]」

第一章で宣教師ベラスコは江戸で捕らわれの身となっている時、次のように呟いたのだった。この国での布教は戦いで、ペテロ会の無能な指揮官ぶりのせいで多くの無駄な血が流れている。自分はなんとしても生き延びよう。だがもし主が自分を必要とされないなら、いつでも生命を捨てる覚悟はできている。彼はペテロ会の失策で布教が不可能になったとして、そのやり方を非難する。「もし自分が司教なら……」彼の耳にはあの野心の囁き

(26)『全集』三巻、三五四頁。
(27) 遠藤周作『走馬燈――その人たちの人生』新潮文庫、一九八〇年、一二八―一二九頁。
(28)『全集』三巻、三九九頁。

が聞こえる。自分がもし日本の布教のすべてを立案し実行できる司教に任命されたなら、この数十年間にペテロ会が失った失地を回復してみせる。

そういう中で彼は自分を利用しようとする勢力の手で釈放された。彼が新たに知った事実は、日本人がガレオン船を造ることだった。日本人はノベスパニヤとの貿易の利を求めて太平洋を渡ろうとしている。だがこの日本人の貪欲さを布教のために利用すべきである。彼らには利を与え、我々には布教の自由をもらう。こうして両者の思惑は一致し、ベラスコは使者を率いて波濤万里二つの大洋を越え、使者たちを時には騙したりすかしたり、また他の時には脅したりしてマドリッドまで連れてきた。

そこでベラスコは日本の布教継続の可能性をめぐり、司教会議でペテロ会のヴァレンテ師と論戦した。野心がまさに成就するかに見えた時、突如、笑い声が聞こえる。(29) なにかにむせた女の声のようだった。ベラスコはヴァレンテ師から予想外のドンデン返しをくらい、得意の絶頂から真っ逆様に転落する。

たしかに直前までベラスコの思惑どおり、使者衆を受洗に導き事態を好転させたかに見えた。が、突然の空虚感が襲い、転落の予兆を感じる。自分のしたことはすべて徒労、意思したことはすべて無意味、信仰であったものが実は自己満足に過ぎなかったことが眼前に突きつけられた気がする。そしてもっと大きい哄笑が響く。私は主から愛されているのではなく、主から見棄てられているのではないかとベラスコは初めて疑惑を抱く。

帰路は惨めな旅だった。ベラスコは神に呟く。

(すべて……あなたのせいです。あなたがもしあのような結果をお与えにならなければ、帰国の船は悦びにみち、あなたを賛美する日本人の声も流れたろうが、あなたはそれをお望みにならなかった)(30)

往路と異なり、帰りの船中でのミサには無言の抗議を籠めて使者は誰ひとり出席しようとはしない。そればかりか使者の一人田中は帰路の途中で切腹する。往路より緊張が解け、それらしい気配を周囲に少しも感じさせぬ田中の自決だった。「自殺は神の教えに反する。使命の挫折は田中の責任ではない」と言うベラスコに侍は言う。「ベラスコ殿は日本人をご存じないのだ」と

10　ベラスコの回心――ヨーロッパ的布教の失敗

「人の子は仕えられるためではなく、仕えるために来た」　マコ一〇・四五

ベラスコは己の野心のつい去ると同時に、自らの神に対する姿勢を反省し始める。今度の旅はすべてあの日本を主の国にしたいという一念から始めたものだった。だがそこには都合のいい自己弁護があり、利己的な征服欲が隠されていなかったろうか。心底には自分が日本の司教となり、日本の教会をこの手で動かしたいという野心がなかったろうか。主はそんな私の心を見抜かれ、罰し給うたのだろうか。

そう祈るベラスコはもう挫折した使者たちを皮肉な優越の眼で見てはいなかった。田中の自殺ですら、教会のたてまえを離れてふと弁護したくらいだ。教会はたしかに自殺を大罪と見ている。だがこの自殺した日本人を主が見捨てたもうとは思いたくない。司令官はそういうベラスコの呟きを理解できない。もし田中に自殺の大罪を侵させたならば、それは私のせいだ。私の傲慢な企みが彼を死に追いやったのだ。田中を罰するならば、この私

(29)　『全集』三巻、三六六頁。作中なんども聞こえる高笑い。後の『スキャンダル』にも通じる主人公の無意識の世界からの警鐘か、それともベルナノス風の悪魔の哄笑か。いずれにしても唐突である。悪魔の存在が想像もできない日本の風土では、小説の技法としても、もうすこし客観性、或いは必然性の伏線が必要ではないか。

(30)　『全集』三巻、三八四頁。

こそ罰されねばならぬ。主よ、彼の魂をお見棄にならないで下さい。でなければ、この私にこそ自殺という罪の罰をお与え下さい。

また田中の死がきっかけとなって、ベラスコは主の死を思う。死ぬことによって果たせなかった使命を完成させることもあるのだ。田中の死は使命を果たせぬためであったが、主は多くの人に仕えんために贖いとして、十字架上の死を引き受けられたのだ。私にもまた仕えねばならぬ多くの人間がおり、担わねばならぬ十字架がある。神父とは、この地上で人々に仕えるために生きるのであり、己のために生きるのではない。我が来たれるは多くの人に仕えんがため、命を与えんがためなり。主は無意味なことをなさらなかった。田中の死はこの事を教えてくれた。

このようにミッションの挫折によってベラスコの回心（metanoia）は始まり、ベラスコは主のみ旨に従って生きる謙遜を知る。そして自らを多くの人に仕えんため、あの主の最後に倣うため再び、日本に潜入する機会を伺う。彼の脳裏にあるのは、かつての如く己の野心のためではなく、雄勝の海岸で彼に告解を求めてきた、あのボロを着た信徒の姿であった。ああいう信徒がまだ残っている限り、彼は日本にもう一度、潜入しなければならないのであった。

11　二人の最後――二人の侍の「回心の旅」の終わり

「ここからは……あの方が、お仕えなされます」　　　　『侍』

谷戸に帰って「ひっそりとめだたぬように」暮らしている侍は皆が寝静まった頃に、囲炉裏の側で旅から持ちかえった文箱をあけた。思い出の品はすべて焼却しなければならない。底から小さな古い紙束が出て来た。テカリの元修道士が別れ際にそっとくれたものである。そこには「その人、我等のかたわらにましします。その人、我等が苦患の嘆きに耳傾け、その人、我等とともに涙ぐまれ……」[31]と記されてあった。

その翌日、侍は与蔵を連れ、城山の麓の沼に行く。風が吹き、沼の水面にさざ波がたつと、鴨もしらどり[32]も静かに移動し始めた。俯いた忠実な下男与蔵の横顔が侍にふと、あの男を思い出させた。「その人、我等のかたわらにましします。その人……」

与蔵は昔も今も侍を決して見棄てなかった。影のようにあとを従いてきてくれた。

「俺は形ばかりで切支丹になったと思うてきた。今でもその気持ちは変わらぬ。だがご政道の何かを知ってから、時折、あの男のことを考える。なぜ、あの国々ではどの家にもあの男のあわれな像がおかれているのか、わかった気さえする……」

この時、俯いていた与蔵が初めて顔を上げた。

「信心しているのか、切支丹を」

「はい」

「人には申すなよ[33]」

数日後、二人の役人がきて侍に謹慎を申しつけた。さらに正月明けに、再び寄親の家に呼ばれ、新しい御沙汰

(31)『全集』三巻、四一五頁。
(32) しらどり（白鳥）は中世後期以降、キリストの象徴（symbol）として使われている。G・ハインツ＝モーア『西洋シンボル事典——キリスト教美術の記号とイメージ』（野村太郎、小林頼子監訳）八坂書房、二〇〇三年、三三九頁参照。
(33)『全集』三巻、四一七頁。

を申し付けられる。寄親の家の屋根の雪が軋み、静かに滑り落ちる。雪の軋む音は侍に船旅でよく聞いた帆綱の軋む音を思い出させた……ふと気がつくと、与蔵は雪の庭に正座して俯いていた。侍は永い間の労いの言葉をかける。今、侍は遠い国に一人で旅たとうとしていた。与蔵は引き絞るような声で「ここからは……あの方がお供なされます。ここからは……あの方が、お仕えなされます」と言った。

侍は振り返って、大きくうなずき黒光りする廊下を（元修道士の視線と与蔵の視線が結ぶ前方の一点に向かい）進んで行った。

侍は静かに歩んでいく。その時、侍という仕える者は、主によって仕えられる者となり、キリスト教の逆説は成就する。事の始まりは形ばかりにせよ、洗礼の秘蹟の功徳によって神は侍の魂を招かれているのだ。

捕らわれたベラスコは長崎の牢の中でかつての宿敵ペテロ会の神父に告解を願う。

「私の傲慢さと虚栄心は多くの人を傷つけてきました。私は神の名を借りて、己の虚栄心を満たそうとしました……私は神を否んだことさえあります。神が私の意思を無視されたために」

「私は己の征服欲と虚栄心に気づかず、それを神のためと自惚れていたのです」(34)

カルヴァリオ神父が赦しの秘蹟を与え終わると、やがて処刑の朝がきた。

（十字架刑を受けた主のときと同じく）三人が杭に縛りつけられている。足軽の一人が点火した火は風に煽られ真っ赤な炎が立ちのぼる。三人の口から祈りの声が大きく聞こえ、やがて一人また一人と静かになる。その時、白煙の中からベラスコの声が「生きた……私は……」と一際、大きく響く。その声は、勝ち誇った叫び声ではなく、最後に主のみ旨に従って生きた者の謙虚な爽やかな声ではなかっただろうか。こうしてキリストに倣う生きかたへと己を向けかえた「二人の侍」は日本という泥沼の中の「踏み石」として最後を全うしたと遠藤は言いたかったに違いない。

12　日本宣教論試論——捨て石から踏み石へ

「あなたがたの国、日本《ハポン》が神の国となりますように」　『侍』

この作品は否定的方法（via negativa）によって神の愛を逆説的に描くことの巧みな遠藤の小説の中で、珍しくキリスト教の宣教色の強いものである。それは静かな侍の回心と、それとは対照的な激しいベラスコの回心とを対置したことによって可能になった。ミッションの挫折を通して初めてベラスコは日本人と心を通わすことが出来、迫害の渦中にある日本人の信徒に仕える決意をもって、それが主の御旨ならば殉教をも甘受しようとする。

なぜ、ベラスコが日本に再度、潜入したのか。それはとうてい狂気としか思えぬと刑場役人が言う時、彼には（そしてイエスの十字架上の死の意味を理解しない者には）ベラスコの殉教をも辞さぬ心理などとうてい理解不可能だ。かつてのような、ベラスコの野心や策謀に裏打ちされた栄光を、神はもとより望んでおられない。しかしその栄光の絶頂からの転落と神の沈黙による懐疑を通して、神はベラスコに真の回心の機会を与え給うたのだ。

侍よりもむしろベラスコに、より多く遠藤自身の血が流れていると最初に述べたが、この小説の中で遠藤は自己の信仰の軌跡とダブらせながら、つまり私小説を逆手にとったやり方で日本のキリスト教宣教のあるべき姿を述べているのではないか。すなわち往路のヨーロッパ・キリスト教の栄光の王（覇権主義的キリスト教）に会う旅は挫折し、復路の同伴者イエスが変化した惨めな王（仕えられる者でなく、僕として仕える者）に出会う旅にお

（34）『全集』三巻、四三四頁。

いて、二人の侍の回心の旅は成功する如くにである。だからこれは遠藤の「洗礼の秘蹟」に対する信仰告白であるとともに、彼の「日本宣教論試論」でもあると言えるのではなかろうか。

参考文献（本文並びに注で言及しなかったもの、アイウエオ順）

論文

佐藤泰正「『侍』――『沈黙』以後の軌跡を軸として」山形和美編『遠藤周作――その文学世界（国研選書3）』国研出版、一九九七年、二〇一―二三一頁。

山崎正和「個別への情熱」『新潮』一九八〇年七月号。

単行本

阿満利麿『日本人はなぜ無宗教なのか』筑摩書房、一九九六年。

有賀喜左衛門『日本の家族』至文堂、一九六五年。

井門富二夫、堀一郎他編『日本人の宗教（世界の宗教12）』淡交社、一九七〇年。

井上英治、中村友太郎編『宗教のこころ――日本の宗教とキリスト教』みくに書房、一九八四年。

遠藤周作他『日本人を語る――対話集』小学館、一九七四年。

遠藤周作、佐藤泰正『人生の同伴者』新潮文庫、一九九五年。

河野純徳訳『聖フランシスコ・ザビエル全書簡』平凡社、一九八五年。

今野達、佐竹昭広、上田閑照編『岩波講座　日本文学と仏教　八巻　仏と神』岩波書店、一九九四年。

高瀬弘一郎『キリシタンの世紀』岩波書店、一九三六年。

L・パジェス『日本切支丹宗門史　中巻』（吉田小五郎訳）岩波書店、一九九一年。

G・ベルナノス『悪魔の陽のもとに』（山崎庸一郎訳）春秋社、一九七六年。

堀一郎、中村元、北森嘉蔵『宗教を語る』東大出版会、一九七二年。

松本滋『父性的宗教・母性的宗教』東京大学出版会、一九八七年。

柳田国男編『日本人』毎日新聞社、一九五四年。

第一六章　神学と文学の接点『深い河』と『創作日記』再訪
――宗教多元主義対相互的包括主義

「様々な宗教があるが、それらはみな同一の地点に集まり通ずる道である」　ガンジー

「（キリストを）まねぶ者には、仲保者を越えて他者へと向かう新しい真の道が示される」

D・ボンヘッファー

0　『スキャンダル』から『深い河』へ――遠藤のテレーズを求めて

『深い河』の女主人公、成瀬美津子は小説中で明かされる通りF・モーリアックの「テレーズ三部作[1]」の主人公テレーズ・デスケルーの生れ変わりである。遠藤は前作『スキャンダル』で彼自身のテレーズ、成瀬夫人（万理子）を創造した。彼女はテレーズゆずりの広い額と大きな眼をもつ魅惑的な女性だが、内に善と悪の二面牲を持つ妖しい存在でもある。彼女はまた勝呂――内面の「影」二重身[2]の出没に悩まされるキリスト教作家勝呂――を悪の世界へ誘うメフィストでもある。彼女は亡夫との閨房の秘事により自らの内面にサディストの性向を発見し、わざと告白めいた手紙を勝呂に送りつけてくる。たしかに成瀬夫人が作家勝呂の前で中華料理をかみ砕きながら、じっと見つめる眼には獲物を捉える前の蜘蛛のような不気味な雰囲気が感じられる。彼女は小児病棟

（1）『医院でのテレーズ』『ホテルでのテレーズ』（一九三三年）、『夜の終わり』（一九三五年）。

（2）二重身（露語ドヴォイニーク、英語daouble、そっくりさん、二重人格、ドッペルゲンガー（独の民間伝承））、ロマン派の詩人等に影響。ドストエフスキーへの影響はE・T・A・ホフマン『悪魔の美酒』一八一六年、E・A・ポオ『ウィリアム・ウィルソン』一八三九年。影（河合隼雄『影の現象学』思索社、一九七六年、第一章及び第二章参照）。

のボランティアとして重篤な幼児の為に神に祈るかと思うと、他方でS・Mプレイの相方が自殺するのを時間を計りながら待つという、あのスタヴローギン(3)を想わせるような悪魔的な側面も持つ。

遠藤は『スキャンダル』を書くことによって罪ではなく悪、底の底まで下降しても、なお底知れぬ悪への傾きが残る人間の内面性に挑戦した。言い換えると、それは遠藤の若い頃のサドへの傾倒、熟年になってからの「無意識」の世界への関心、個人的には自らの内面のアニマ(4)のもつテレーズ性に対する究極の究明、さらには宗教と文学の相剋を問うという壮大な文学的営為であった。

しかし『スキャンダル』は不評だった。自らの内面性を深く掘り下げ無意識の領域に蠢く悪への傾き、モーリアックや遠藤にとっては罪をきっかけにバウンドして救済に向かうという人間の罪深さと、にもかかわらずすべてを見通す神の恩寵の世界の神秘（mystery）を描いた意欲作であったにもかかわらず『スキャンダル』は不評だった。河合隼雄(5)や少数の人を除く、大方のファンや読者からの非難に遠藤は意欲的な試みだけに失望した。しかし彼はモーリアックが自ら生み出したテレーズの下降に何処までもついて行こうとしたように、自らのテレーズである成瀬夫人の魂の救済を諦めることは出来なかった。それ故、次作『河（後に深い河）』で彼女の救済を図ろうしたのである。『創作日記』冒頭の記述（一九九〇年八月二六日）を読めば、そのことがまず第一の目的だったことは明らかである。

1　美津子の「渇き」――「作中人物の自由」

サルトルはモーリアックを批判して一九三九年二月N・R・F誌の「フランソワ・モーリアック氏と自由」の中でこう述べる。「作中人物を生かそうと思ったらこれらの人物を自由にしてやることだ。定義するのではない。まして説明することではない。予見できない情念と行為を提出するべきなのだ(6)」と。大戦後のある時期にヨーロッパのみならず世界がサルトルの犀利な哲学的分析や、小説・戯曲さらに辛辣な文芸批評にも魅了された。一方のモーリアックは、戦前・戦後の思想や文学・宗教のスタンスにおいて、左から右へと揺れ動いた経歴をもつ。無神論者のサルトルからすればブルジョワ的キリスト教作家として揺るぎなき地歩を築きつつあったモーリアック（当時五四歳）はある意味で恰好の攻撃目標だった。「小説家と作中人物」というモーリアックの『小説論』の内容をサルトルは相手の武器を逆手にとり完膚なきまでに批判した。かつてモーリアックはそのエッセイの中で「われわれの人物は、生きていればいるほど、われわれに従わない」と述べたのだったが、サルトルは『夜の終わり』の中ではモーリアック氏はテレーズを神のように支配し、その自由を奪っている」と言う。つまりサルトルはモーリアックの小説作法における言行の不一致・矛盾を衝いたのだ。モーリアックは自ら神の如き立場に立とうとする「傲慢の罪」を犯していると決めつけられ衝撃で暫く小説が書けなかったという。[7][8]

それはさておき、『深い河』の読後には『沈黙』のときのような素直な感動はない。なぜか。作中人物、美津子にはテレーズと同じくやはり「自由」がないからである。少なくともガンジスの辺、ベナレスに来るまでの美津子には「自由」がない。彼女は勝手気儘に生きているように「説明」されながらも自分の意思で行動する「自由」は持たない。モーリアックを批判するサルトルの言い方を真似るならば、遠藤氏の「作中人物」美津子にはインドに来るまでは「行動の自由」がないのである。

（3）『ドストエーフスキイ全集9　悪霊　上』（米川正夫訳）河出書房新社、一九八一年、四六〇—四六二頁参照。
（4）C・G・ユング『元型論』（林道義訳）紀伊国屋書店、一九八二年、一〇八頁参照。
（5）三浦朱門×河合隼雄「対談　『深い河』創作日記を読む」『三田文学』一一号（一九九七年）一七九頁参照。
（6）サルトル「フランソワ・モーリアック氏と自由」シチュアシオン『サルトル全集第一一巻』人文書院、一九五六年、三一頁。
（7）渡辺一夫他監修『サルトル全集』第一—三八巻、人文書院、一九五〇—一九七七年参照。
（8）『世界文学大系　五九巻A』筑摩書房、『モーリヤック著作集　二巻』春秋社、一九八三年、小説文学編二。

2 美津子の「渇き」——「私は一度も、人を愛したことがない」

新婚旅行なのに夫を一人巴里に残してボルドーにやってきた美津子は巴里で夫が今何をしているのかと、ふと思う。しかし夫にたいする懐かしさは一向に起きない。美津子は窓硝子に映る自分のやや険しい表情や大きな眼をみつめテレーズの心が痛いほどわかる。(昔はモイラ今はテレーズ)頭の奥で誰かの声がそう歌う。美津子は自分が他の女性たちと違い、誰かを本気で愛することができないと思う。砂地のように渇ききって枯渇した女。愛が燃えつきた女(いったい、あなたは何がほしいの)。

ボルドーに一泊し彼女はサン・サンフォリアンに赴き、テレーズを運ぶ鉄道がじつはモーリアックの創作であることを知る。そうしてみるとテレーズは現実の森の闇の中を進んだのではなく、心の奥の闇を辿ったのだ。美津子は巴里に夫を残しこんな田舎に来たのも、実は自分の心の闇を探るためだったと気がつく——このあたり、遠藤は徹底して美津子にテレーズを演じさせる——彼女は今後、ベルナールのような夫の傍で生きていこうと思う。しかしその夜、夫に身を任せながらも彼女は陶酔できず自分が本質的に人を愛せぬ女と思う。しかし愛とは何だろう。大津は「玉ねぎ」を愛の塊だと言ったが。美津子は修道服を身に纏った大津の姿を想い出す。そもそも、その大津の手紙がきっかけで彼女は巴里への帰途、リヨンで修道院にいる大津に会ってみたのだった。

3 大津、美津子と「玉ねぎ」——「神は手品師のように何でも活用する」

大津は昔とはすっかり変わっていた。かつて自分に捨てられた大津。あなた、変わったわねという美津子に、大津はぼくが変わったのじゃなく手品師の神に変えさせられたのだと言う。神という言葉はやめてと美津子は抗議する。大津はその言葉が嫌ならトマトでも「玉ねぎ」でもいいと答え、戸惑う美津子に「玉ねぎ」は存在ではなく、愛の働きの塊りだと言う。二人はベルクール広場に面したレストランで食事をするが、大津は運ばれてきたタマネギのスープを美味しいと言う。

『創作日記』の記述によると、この頃（一九九二年の一―三月）遠藤は創作に行き詰まるとモーリアックよりG・グリーンの小説を読んで、巧いと思いつつヒントを漁っていた。例えば日記（一九九二年一月二六日）には『ヒューマン・ファクター』の主人公カースルの台詞も引用されているが、この「玉ねぎ」もG・グリーンの『情事の終り』から借用した。グリーンは艶っぽいイメージで使ったのだが遠藤は別の効果を狙ったようだ。(9) 大津は教会の説く愛は信じられなくとも、幼い頃の母の手の温もりを通じ、自分に染み込んでいる「玉ねぎ」の愛だけは信じられる。「玉ねぎ」はいつも自分の傍にいる。「玉ねぎ」はまた美津子の傍にもいて、その苦しみも孤独も理解できる。美津子が以前に手紙で告白した「愛の真似事」も夜の行動も「玉ねぎ」は手品師のように変容すると大津は手紙の中で告げるのだった。

4　大津――イザヤ書の「苦難の僕」か「神の道化師」か

彼は醜く、威厳もない。みじめで、みすぼらしい
人は彼を蔑み、みすてた
忌み嫌われる者のように、彼は手で顔を覆って人々に侮られる
まことに彼は我々の病を負い　我々の悲しみを担った

（9）『グレアム・グリーン全集2』早川書房、一九八〇年、一二九頁。タマネギには芯がないので遠藤は河合隼雄の日本の神観念の中空構造に引っかけているとも考えられる。河合隼雄『中空構造日本の深層』中央公論社、一九八二年、三五頁参照。

イザヤ書五三章二―一二節の「苦難の僕」の一節は大津の登場を予告する、オペラで言えば「音楽モチーフ」だ。それは彼の運命を象徴するようにクルトゥル・ハイムを初め要所でさり気なく使われる。美津子に棄てられた大津は神の「召命」を感じ、今やフランスで司祭になるための修行に勤しむ。しかしそこでも彼は規格外れの出来の悪い見習い僧だった。同僚の神学生や指導教授たちとのやり取りは遠藤の盟友、井上洋治師の修行時代[10]をも思わせるが、具体的な会話はむしろ遠藤の西欧カトリシズムに対する反発を反映している。

大津は美津子に宛てた手紙で自分の考えの中のジャンセニスム[11]やマニ教的な「異端的なもの」の所為で神父になるのを延期されたと述べ、神学校で一番批判されたのは自分の無意識に潜む「汎神論的[12]」な感覚だと言う。小さな生命と大きな生命を等しく尊ぶ日本人の自然観とヨーロッパ人の秩序だった自然観（遠藤の言うトマスの「存在の秩序」）との対比が言及される。さらにまた「宗教間対話」の問題点も取り上げられる。すなわち第二バチカン公会議[13]以来、対話は促進されてはいるが結局ヨーロッパの教会にとって他宗教は一種の無免許運転みたいなものという遠藤の口癖が披露される。

対等な対話こそ肝要だという大津の主張は神父たちの不興をかう。ここで大津の口にする「神はいくつもの顔を持たれ」はJ・ヒック『神は多くの名前を持つ』（一九八〇年）をおもわせる宗教多元主義の主張で、カトリックの指導教授たちがそれを認める筈もないが、遠藤に神学上の誤解もある。例えば「神とは何か」という問に大津は「神とは外在的かつ内在的なもの」と答え、指導教授は直ちに「それは汎神論的だ」と否定するが、パウロの書簡（一コリ六・一九）をみれば人間の体は神の神殿であり、神は人間の外にも内にも存在するし、ヨハネ福音書六章五六節でもキリストの血を飲む者は「いつも私の内におり、私もまたその人の内にいる」と言われる。さらにまた西洋の教師アウグスティヌスは外ではなく、自らの最奥に神（『告白』三・六・二）を見つけたではないか。だからここでの指導教授たちの反論はステレオタイプで疑問だ。

ここまでの大津の言葉は異端的に聞こえるかも知れないが、小説中のその行動はまったくキリスト教的である。大津がヒンドゥー教徒の行き倒れを火葬場に運ぶ行為はまさに『キリストのまねび』[14]である。『沈黙』でフェレイラが言う農民信徒の苦しみを前にキリストは絵踏みするだろうは微妙だが、もしキリストが此処におられたら、キリストは行き倒れをガンジスの河辺まで運ぶと言う大津の台詞は妥当だ。毎晩、アーシュラムの粗末なベッドで「さまざまな宗教はみな同一の地点に集まり通ずる様々な道である」というガンジーの言葉[15]を反芻しながら大津は眠りにつく。大津がドーティを身に纏いガンジーの「語録集」を枕頭に置いても、彼は紛れなき一人の司祭である。なぜなら彼の祈りの対象はつねにキリストであり、彼の生き方はまさに二〇〇〇年前のイエス・キリストの生き方そのものだからである。彼は最期に身勝手なカメラマン三条のため「身代わり死」を遂げるが、それは十字架上のキリストの「犠牲の小羊」としての死をなぞっているのだ。

---

(10) 井上洋治『余白の旅――思索のあと』日本キリスト教団出版局、一九八〇年、七〇―七三頁参照。

(11) アウグスティヌス恩恵論の影響を受けた一七世紀オランダのジャンセンの思想。その著『アウグスティヌス』の五か所が異端とされポール・ロワイヤル修道院は廃院となる。その思想的影響はラシーヌ、パスカルにも見られ二〇世紀に至るまで、底流にある。

(12) 廣松渉他編『岩波哲学・思想事典』岩波書店、一九九八年、一二九五―一二九七頁参照。

(13) 一九六二―一九六五年、全世界の司教による第二回公会議。信教の自由（基本的人権である信教の自由を認め、カトリックの国教化廃止）、教会憲章、典礼の改革（従来ラテン語だったミサが各国語で司式可能）、信徒使徒職（聖職者と信徒の階級差を失くす）、諸宗教対話（キリスト教以外の宗教との対話）、エキュメニズム（カトリック以外のキリスト教諸派に対する一致運動）、修道生活の刷新他多くの現代化への改革が成された。『第二バチカン公会議公文書（改訂公式訳）』カトリック中央協議会、二〇一三年参照。

(14) *De Imitatio Christi.* トマス・ア・ケンピスの著と言われるが確かではない。中世以来のキリスト教の霊的手引き書。また D. Bonhoeffer, *Naþfolge*, DBW 4S94 参照。

(15) マハトマ・ガンディー『私にとっての宗教』（竹内啓二他訳）新評論、一九九一年、四五頁。

5　磯辺とその妻の場合――「俺は妻を愛していただろうか」

「わたくし必ず生まれかわるから、この世界のどこかに。探して」磯辺の妻は息を引き取る前にそう言い残す。磯辺は妻の死後、突然空虚になった日常生活に彼女の姿を捜す。妻の遺品を眼にする度、磯辺は寂しさと悔いを噛みしめ「俺は妻を愛していただろうか」と自問する。しかし多くの日本人男性の常として「愛する」とはいったい、何なのか。それまでの結婚生活で真面目に考えたことはない。妻は夫にとって空気のような存在であればよい。西欧人のようにわざわざ、愛しているなぞとは言わなくてよい。夫婦の間には時間の経過とともに連帯感が育っていく。夫婦愛とはこの連帯感を指すものではないか（滞日経験の永い、私の尊敬するあるフランス人司祭O・S師は日本の文化や文学に造詣が深いが、この小説で一番、興味深い存在はじつは磯辺だと漏らしたことがある）。

遺言ともいうべきあの譫言、妻の激しい情熱は驚きだった。約束は少しずつ重く深い意味を持ちそれが彼をインドに導く。インドに来てから磯辺は日本にいる時よりもっと妻を思い出すようになった。磯辺はアメリカの大学研究員から「生まれ変わり」に関する報告を貰っていた。近代合理主義が支配する、ある意味では欧米的な「世俗化」の進んだ現代日本の男性として磯辺は、科学的に「生まれ変わり」の可能性を報告する手紙に対しても依然半信半疑だった。確かなのはあの時の妻の声だけで信じられるのは心に隠れていた妻への愛着だけだった。

タクシィは砂煙をあげて田舎道を通り抜ける。どこまでもまったく同じように続く田舎の景色を通り過ぎると、目的地のカムロージ村に到着する。磯辺は眼をつむり妻の声を聞こうとするが、なぜか今朝まで耳の奥で聞こえた妻の最後の声は蘇ってこない。裸の子供たちが集まり母親や姉らしい女たちが車から下りた運転手と磯辺を不安気に見つめ、子供たちは手を出して金をねだり始める。そのこどもの中に黒髪で眼の黒い少女がいた。磯辺は「ラジニ」とヒンディ語で問いかける。少女は首をふり、こどもたちは「ラジニ、ラジニ」と磯辺の口真似をして囃し立てる。悲しみが磯辺の胸にこみ上げた。

ここで磯辺にとり唯一確かな妻の声が聞こえないというくだりは意味深長である。第一章「磯辺の場合」で遠藤は流行のニューエイジ・サイエンスや生まれ変わりや、七〇年代にアメリカで流行し、日本でも拡まりつつあった疑似科学やオカルトっぽい超心理学などを導入して読者サービスに徹するが、よく読むと磯辺に妻の声が聞こえる時の区別をキチンと立てている。明らかに妻は磯辺の外にではなく磯辺の心の中に住んでいるのだ。それをはっきり遠藤が示すのは磯辺が帰りの空港行きのバスを待っている時である。

「ひどい暑さですね」美津子は磯辺に尋ねた「お疲れじゃないですか」。「いや、いや。来てよかったですよ」「少なくとも奥様は磯辺さんのなかに転生していらっしゃいます」と美津子は言う。そして無論、この「転生テンセイ」は仏教・ヒンドゥー教的な「輪廻《りんね》転生《てんしょう》」(16)ではなく『死海のほとり』で勝呂と戸田が言う「復活」の意味(17)である。かつて磯辺の妻に「転生」の可能性について問われた時に美津子は冷たく突き放したのだが、ベナレスで人を愛する意味を少しだけ知った彼女は心から磯辺をそう労るのである。

6　ヒックの多元主義とラーナーの包括主義——よき仏教徒は無名のキリスト者か

此処でJ・ヒックの提唱する宗教多元主義を若干、補足しつつおさらいしよう。ヒックの著作(18)によると現在

(16)　インド古来の死後に関する思想。仏教では人間は三界（欲界、色界、無色界）に六道（地獄、餓鬼、畜生、修羅、人、天）の生死を永遠に繰り返すとされる。ただし悟り（正覚）を得て解脱すると輪廻しない。中村元監修『新・佛教辞典』誠心堂、五四二頁参照。

(17)　『死海のほとり』『遠藤周作文学全集（以降『全集』と略記）』三巻、一四三―一四四頁参照。

(18)　『増補新版　宗教多元主義——宗教理解のパラダイム変換』（間瀬啓允訳）法蔵館、二〇〇八年。とくに訳者間瀬啓允氏の

の宗教的態度に次の三つがある。すなわち排他主義（exclusivism）、包括主義（inclusivism）そしてヒックの立場である相補的宗教多元主義（complementary religious pluralism）である。この他に一般には多元主義を極限まで押し進めた相対主義（relativism）があり、これら四つの宗教的態度に対し神の存在については不可知という立場がある。それは古代ギリシャの昔から不可知論と呼ばれ近世では懐疑主義さらには、それが徹底すると無神論（atheism）となる。

次に排他主義を詳しく述べると、一九六二年―一九六五年の第二バチカン公会議までローマ・カトリック教会のテーゼは「ローマ教会以外に救いなし」（Outside the Church, no salvation）であり、他のキリスト教諸派も救いの対象外で、仏教にいたっては邪教の扱いであった。ローマ教会以外のキリスト教諸派のテーゼは「キリスト教の外に救いなし」（Outside Christianity, no salvation）であり、現在でも原理主義的なキリスト教福音派の一部とイスラム教の一部には自分たちの信仰だけが唯一の正しいものという排他主義が存在する。

排他主義の次には第二バチカン公会議の理論的な指導者の一人イエズス会のK・ラーナー師の包括主義がある。有名な師の言葉にキリスト教の洗礼を受けていなくても、その道徳的な言行においてキリスト教徒と同じ人々が存在する。この人たちはいわば「無名のキリスト者」[19]（anonymous Christian）である。ヒックはこのラーナーの包括主義を穏やかな排他主義と批判するが、たしかにローマ教会の包括主義は他宗教の「啓示（宗教的真理）」については尊重するが「救済の効力」については否定的である。

つまりローマ教会は相互に対等な包括主義[20]を認めているわけではない。遠藤はよくキリスト教会は本音では他宗教のことを無免許運転だと思っていると言うが、それはこのローマ教会の救済論における一方向性（特殊主義）をさしている。しかし真の「諸宗教間対話」を可能にするためには両者が対等でなければならない。そしてその最良の果実は遠藤（或いはガンジー）が言うように互いに他を尊重しつつ、しかしあくまで自分の信仰に留まることである。これが要諦で相手を吸収するとか大同団結しようということではない。

7　ヒックの多元主義に対する疑問と遠藤の相互的包括主義——究極的実在は検証可能か

ヒックの相補的宗教多元主義は人間が思考で捉え体験する個別的な神や仏とは異なる「神そのもの」「仏そのもの」という究極の神的実在を前提にする枠組みである。現象としての個々の神的実在を超えた本質的に究極の神的実在そのものである。それは有神論的（人格的）なキリスト中心ではなく、また非有神論的（非人格的）な空（シュニヤター）でもない一層メタの「究極的実在」である。哲学を齧ったものなら神学者A・マクグラスが指摘するように[21]、このヒックの発想がカントの「もの自体」（Ding an sich）にあることは容易に推察できる。しかしここで疑問が起きる。すなわちヒックのいう「唯一・同一な究極的実在」とはあくまで理論上の要請（theoretical postulate）であって、その実在性を現実には把握できぬもの[22]ではないだろうか。むしろ可能なのは遠藤の言う包括主義的でかつ相互的なものではないのか。これは遠藤が『沈黙』の英訳者ジ

解説とその著『現代の宗教哲学』勁草書房、一九九三年、第五章「ジョン・ヒックの宗教多元論」一九四—二二七頁参照。

(19)　K・ラーナー『キリスト教とは何か——現代カトリック神学基礎論』（百瀬文晃訳）エンデルレ書店、一九九四年、二二九頁以下参照。無名のキリスト者、或いはその逆の可能性について。E・コンゼ「聖人は……よいキリスト者であっても悪い仏教徒なのだ」A・E・マクグラス『キリスト教神学入門』（神代真砂実訳）教文館、二〇〇二年、七三八頁。より有名な逸話は京都を代表する宗教哲学者、西谷啓二が講演したラーナーに「では貴方がたキリスト教徒は無名の仏教徒ですね」と返した。

(20)　A・マクグラスは前掲書、七四四頁でラーナーとバチカン公会議の違いを、ラーナーは啓示においても救済論においても包括主義的であるが、公会議は啓示については包括主義的だが、救済論的には特殊主義的であると言う。拙論本文参照。

(21)　マクグラス、前掲書、七四五—七四六頁参照。

(22)　キリスト教の三位一体と仏教の三身の比較による把握は可能。中村元監修、前掲書、四五三頁参照。

ヨンストン師との対談[23]で述べていることでもある。そこで遠藤は「問題は内在する大きないのち——我々の外にあるのではなく我々を包んで我々の内にある聖霊、おおきな生命、これが仏教とオーバーラップするけれども同時に違うものだということをもう少しハッキリさせないと危険があるのではないか」と言う。つまり重なり合うけれども決して同一（identical）ではない。しかも確認できるのは個々の現象としての宗教の段階であって、その背後の究極的実在そのものにおいてではない。

8　木口の場合——「人の肉を食べたのは塚田さんだけじゃない」

『創作日記』の冒頭一九九〇年八月二六日をみると遠藤は成瀬夫人の救済とともに「人肉食」を扱おうとしていたことが判る。第二次大戦中の出征兵士の人肉食や、それに関する遠藤の複合的な強迫観念については笠井氏や山根氏の詳細かつ適切な論考[24]が既にある。しかし私は塚田が永く苦しんできた秘密をガストンに告白し安心立命のうちに死んでいったと言う時、遠藤には別の意図があったのではと思う。つまりこの「人肉食」テーマはキリスト者遠藤にとって『深い河』の中心とも言える挿話であり、そこでは遠藤のテレーズ・美津子の救いと「人肉食」テーマが、「愛と赦し」によって止揚され結びつくのではないか。

木口はビルマ戦線で飢餓とマラリアのために死んでいった戦友を弔うためこのツアーに参加しベナレスにやって来た。彼は戦友で命の恩人塚田が上京後、浴びるように酒を飲み死に急ぐ理由を彼の大量の吐血後、初めてきく。他の誰にも心を許さなかった塚田が道化を演じる病棟ボランティア、ガストンにだけは懐いた。

塚田の死の床でガストンは「人肉食」の罪の告白を聴く。「ビルマでな、死んだ兵隊の肉ば……食うたんよ。何ば食うもののなか。そげんせねば生きさらんかった。そこまで餓鬼道に落ちた者ば、あんたの神さんは許してくれるとか」。ガストンは普段と異なり真面目な顔をして祈るように体を折り曲げ、じっと眼を瞑って聴いていたが「ツカダさん、ひとの肉食べたのはツカダさんだけでない」と、木口も聞き知っていたアンデス山中の飛行機事故と「人肉食」で餓死を免れた生存者の話をした。死んでいった酒飲みの男は生涯で一度だけいいことをした。彼は自分が死んだらその肉を食べ、生き残ってくれと仲間に言い残したのだ。七二日目に奇跡的に救出された生存者は、死んだ男の妻も含むすべての人から祝福されたと言う。

ガストンはたどたどしい日本語のすべてを使って塚田を慰めた。以後、毎日のように病床を訪れ塚田を慰める。その慰めが塚田の安心立命に繋がったかどうかは木口には判らない。しかしベッドの横に跪いたガストンの姿勢は折れ釘のようで、折れ釘は懸命に塚田とともに苦しもうとしていたと遠藤は記す。二日後、塚田が息をひき取った時、ガストンの姿は消えていた。『おバカさん』のガストンも殺し屋遠藤を殺人の大罪から救うと姿を消す。此処でのガストンも塚田の苦しみを拭い取ると姿を消した。遠藤はまた「折れ釘」のイメージを使うが「釘」は十字架にイエスを打ちつけた連想からキリスト教美術でアルマ・クリスティ[25]といい、キリストのアトリビュートだ。つまりここで遠藤はガストンを復活したキリストだと示唆している。そう言えば祈るような姿勢で瞑目し

（23）『「深い河」をさぐる』文藝春秋、一九九七年、一九三—一九四頁。

（24）笠井秋生氏は「『スキャンダル』から『深い河』へ——『創作日記』を読み解きながら」『遠藤周作研究』七号（二〇一四年）六四—六五頁で遠藤の人肉食テーマの書誌的な経緯といわゆるカニバリズムに関する戦後作品等を紹介。山根道公氏は『遠藤周作『深い河』を読む——マザーテレサ、宮沢賢治と響きあう世界』朝文社、二〇一〇年、一五一—一七九頁、第五章「木口の場合——戦友の死後の平安を祈る旅」で戦中派、遠藤の死んだ世代へのある種の罪責感・拘りの問題と人肉食タブーを犯した人間の罪と赦しの普遍的な問題を読み解き、遠藤の「最後の晩餐」に言及。また『深い河』におけるガストンの役割を諸宗教的文脈の中で説明する。武田秀美氏は控えめにだが遠藤の人肉食タブーとカトリックの聖体拝領の結びつきを示唆する。「深い河——多元的宗教観のテーマ」『キリスト教文学研究』一六号（一九九九年）注2参照。

（25）Arma Christi（キリストの武具）キリストの受難に関わる様々なモチーフ（十字架、茨の冠、槍、釘、鞭、鞭打ちの柱等）を集めた図像。大貫隆他編『岩波キリスト教辞典』岩波書店、二〇〇二年、四八頁参照。

罪の告白を聴くのは告解室における（キリストの代理人）聴罪司祭の姿勢そのものだ。

9　木口、美津子とガストン——美津子の回心（真似事の看取り）

美津子は病棟ボランティアの「愛の真似事」によって啓子と磯辺を知るが、ここでもまた看取りによって木口を知る。「人肉食」のテーマで遠藤は単なるカニバリズムに対する人道的・倫理的問題、或いは戦中派の「すまない」という思いから拘ったのではない。彼はその「人肉食」の罪と罰をキリストの体を食べることで赦される「聖体祭儀」[26]で、昇華させようとしたのだ。

美津子はガイドの江波の窮状を見かね、半ば運命に導かれて木口の看護を申し出る。江波が大学病院から現地人医師をつれてくる間、美津子は二人だけで部屋に残った。彼女は木口について何も知らない。何のため一人で印度旅行に加わったのか。だがその老人の寝顔を見下している時、彼女には一瞬テレーズと同じ、ヒンドゥー教の女神カーリーと同じ破壊的なものが過る。その時、老人は「ガストンさん」と譫言を言う。老人の頭に浮かんだ汗をコロンを垂らしたタオルで拭う。すると彼女の衝動はその声で鎮められる。

10　木口、美津子とガストン——美津子の回心（転生とはこのことではないか）

「人肉食」の告白はもう一度、ガンジス河畔で繰り返される。それは「人肉食」テーマが、次第にその構想の中で練られ『死海のほとり』以来の遠藤の復活観（転生）[27]と結びつく、重要な場面においてである。一二章「転生」で美津子と木口は早暁の沐浴見物のためバスでホテルを出、ガートへと続く小径を歩く。

「熱のある間、私はガストン、ガストンと譫言を言ったでしょう」と木口は言い、美津子は気にしていないと答える。すると木口はガストンとは昔、戦友を臨終の時まで看病してくれた外国人の名前だと言う。

その時、ガンジス河畔の上空は薔薇色に割れ、太陽が姿を現した。たちまち河面は金色に輝き、左右のガートから一斉に歓声があがり、男たちが河に飛び込む。木口は美津子に戦時中のビルマでの人肉食の経緯を述べる。塚田の告白を聴いたガストンは飛行機事故と生存者の挿話について触れ、良い動機に基づく人肉食もあると塚田を慰める。すると塚田の死に顔は意外にも安らかであった。

「なぜ、そんなお話、急になさるんです」と美津子は問う。「なぜ秘密を今、うち明けたのか自分でもわからんです」「ひょっとすると、ガンジス河のせいですわ。この河は人間のどんなことでも包み込み……私たちをそんな気にさせますもの」美津子は本気でそう感じ始めていた。日本の何処にもこのベナレスのような町はない。戦友の死後、ガストンは忽然と姿を消した。木口はガストンが戦友の巡礼に同行する遍路だったと述べる。その時、美津子が連想したのは大津のことだったが、木口は言う。耐えられぬ飢えに負けて人肉を食べた戦友は罪の呵責に負け自暴自棄になったが、ガストンはそんな地獄にも神の愛を見つけられると言った。木口はその言葉を嚙みしめ今日まで自分も生きてきたと言う。

「成瀬さん、印度人はこの河に入ると来世でよりよく生き還ると思っているそうですね」と言う木口に、美津子は「ヒンズーの人たちはガンジス河を転生の河と言っているようです」と答える。すると木口は自分が譫言を言ったあの夜、戦友を抱き抱えたガストンが、人肉食の行為は怖しいが慈悲の気持ち故に赦されると言った夢をみたと言う。仏教に親しんできた木口がここで「転生」という言葉を使うのは自然で、塚田を阿弥陀菩薩が極楽浄土に生まれ変わらせたとも読めるが、木口の言う「転生とはこのこと」はやはり説明不足だ。善悪不二《ぜんあくふに》故におぞましい悪行もまた赦されるくだりは判るが、「人肉食」を直ちに「転生（生まれ変わる、遠藤の復活）」と結び付

(26) ヨハ六・三四―五八。
(27)『全集』三巻、新潮社、一六九頁。

けるには何かが不足している。その何かこそは最後の晩餐でイエスが弟子たちに自分の体を食べよと命じ、罪の赦しを与えた「聖体祭儀（拝領）」という秘儀の秘義であろう。[28]

11　象徴と隠喩から『深い河』を探る──「命の水」と「白い光」

この『深い河』でも象徴は多く使われており詳しくは拙著の第一章を参照[29]していただきたいが、二つだけ挙げれば深い河の辺に「永遠の命」の水を求めて集う人々には水に関わりのある名（大津、成瀬美津子、江波等）が付されていること、そしてまた遠藤作品では恩寵を感じさせる箇所にしばしば「白い光」が指すが、本作でもそれは同じである。例えば第九章「河」[30]で妻の生まれ変わりの探索が無駄足だったと悟った磯辺が翌日、悲しみを酒で紛らわしながら自室で過ごす午後の描写がそうである。

部屋の中は磯辺の心のように空虚だった。カーテンの隙間から白い光の棒が洩れ、油虫が一匹すばやく擦り切れたカーテンの裏にもぐりこむ。磯辺は妻の声をきくまいと熱い酒精を咽喉に流しこんでいた。酔いは回り彼は床に流れる午後の「白い光」をじっと凝視する。

同じく美津子もその「白い光」を見ながら自室のソファに腰かけている。彼女は他の観光客のようにタージマハルやインド舞踊に興味はなかった。唯一、印象深かったのはガンジス河と江波の案内してくれたチャームンダ女神（インドのあらゆる災難、苦しみに苛まれながら尚、痩せた体で子供たちに授乳している姿）だった。そこには現世の苦しみに喘ぐ東洋の母がいた。それは西欧の清らかな聖母とは全く違っていた。その時、彼女は「白い光」の差し込む放課後のクルトゥル・ハイムのチャペルと大津とを想い起こす。[31]

遠藤は落胆した磯辺と真似事ではない愛に気づき始めた美津子にやさしい光を注がせる。これらの「白い光」は単なる自然描写に見えながらも、やはりそこには重ね書きされた「神の恩寵」の徴があると読み取れるのではないだろうか。

12　象徴と隠喩から『深い河』を探る――『沈黙』と『深い河』を枢にいれるように

しかしこの「白い光」が神の恩寵の徴だとしたら、美津子が沐浴するあの感動的なシーンの河面にはなぜ「白い光」が輝いてはいないのだろうか。

美津子は河の流れる方角に向いた。

「本気の祈りじゃないわ。祈りの真似事よ」と彼女は弁解する。「真似事の愛と同じように真似事の祈りをやるんだわ」

視線の向こう、ゆるやかに河はまがり、そこは光がきらめき、永遠そのもののようだった。

「でも私は人間の河のあることを知ったわ。その河の流れる向こうに何があるか、まだ知らないけど。でもやっと過去の多くの過ちを通して、自分が何を欲しかったのか、少しだけわかったような気もする」(32)。

その口調はいつの間にか本物の祈りに変わっている。筆者にはこの河面にキラキラと輝く光がキリスト教に限

(28)　O・カーゼル『秘儀の秘義』（小柳義夫訳）みすず書房、一九七五年参照。
(29)　拙著『遠藤周作の世界――シンボルとメタファー』教文館、二〇〇七年、七―三二頁参照。
(30)　同書、一三頁。
(31)　『全集』四巻、三一〇頁参照。
(32)　同書、三四〇頁参照。

定せず「永遠そのもの」のようだったという遠藤の表現に、むしろ仏教やヒンドゥー教の永遠（nirvana）が連想され、「深い河」の救いはすべての宗教に通じるという作者の思いを感じるのである。

『創作日記』を読むと遠藤の心技体の衰えが痛々しいまでに伝わってくる。それをおしてやっと完成に漕ぎ着けた『深い河』である。しかしそれは芸術的に完成された『沈黙』とは完成度において異なる。ではなぜ、遠藤は『沈黙』と一緒に『深い河』を柩にいれるよう遺言したのだろうか。私は『深い河』は遠藤が諸宗教的な装いの下に現代の宗教のあるべき姿を示そうとした作品だが、同時にまた穿って考えれば、死を意識したキリスト教作家遠藤が自らの生涯の総括として「カトリック信仰を告白する小説[33]」を書いたのではと思うのである。それは図らずも遠藤の「無意識」がそう導いたのかも知れないが。

（33）大津は（同伴者）イエスを演じ、江波（遠藤の分身）は母への想いをこめ熱っぽくインドのマリア像・チャームンダを語る。それは遠藤のキリストとマリアで母性的キリスト教の具体化。登場人物たちは七つの秘蹟と関連深い。すなわち大津は叙品、木口は人肉食を介し聖体、美津子・磯辺と三条夫妻は婚姻。美津子の沐浴は洗礼（堅信）、木口の看取りによる病者塗油。看取りの挿話中ではガストンによる告解（聴罪と赦し）。

第一七章　『死海のほとり』歴史のイエスから信仰のキリストへ
――〈永遠の同伴者イエス〉を求めて

「イエスの復活とは、人間がそういう愛の行為を受け継ぐということかしらん」

『死海のほとり』

0　『死海のほとり』の課題――現代・日本人に実感できるイエス像

『沈黙』はキリストの顔の変化を効果的な象徴として用いた力作である。しかしそこで描かれたイエスの顔は西欧キリスト教の正統的なイエス像、しかも現代日本人に実感できるイエス像を描くことが、遠藤の次作の課題であった。それ故、そういう批判に耐え得るイエス像、しかも現代日本人に実感できるイエス像を描くことが、遠藤の次作の課題であった。また遠藤は『沈黙』を彼の文学における第一期の円環を閉じる作品と位置づけるので、以後の作品はその第一期を超えるものでなければならないと考えた。(1)

文字どおり『沈黙』を超えられたかどうかはさておき、右の理由からこの作品にかける遠藤の意気込みは大変なものであった。何度も現地を踏み、その体験は『死海のほとり』と、創作ノートの一部である評伝（歴史小説）『イエスの生涯』の中で、ユダの荒野という砂漠的風土や、それとは対照的なガリラヤ湖周辺の緑の色濃い風景描写の随所に生き生きとしたリアリティを与えている。『イエスの生涯』が遠藤の「史的イエス」の探究ならば、この小説『死海のほとり』は、（ともに遠藤の分身である）中年の作家と、かつての寮友で聖書学者戸田の

（1）「異邦人の苦悩」『遠藤周作文学全集（以後『全集』と略記）』一三巻、新潮社、一七六頁。

「信仰のキリスト」への「巡礼」の旅といえる。

小論では『死海のほとり』を読み解く上で問題となる箇所を取り上げ、それに関する私見を述べてみたい。それらは大きく纏めれば以下の四点になる。

(1)〈非神話化〉理論と遠藤の「無力なイエス」——「苦難の僕」としてのメシア

遠藤の「無力なイエス」は、堀田雄康師が遠藤との対談[2]で言うようなブルトマンの「非神話化」理論の受肉化ではない。それはむしろ遠藤自身のイエス像、すなわち第二イザヤの苦難の僕によって予告される無力なメシア像の受肉化・小説化である。

(2)『死海のほとり』の主題——「復活」の神秘

遠藤の言う復活[3]とは何か。歴史のイエスを求める旅「巡礼」はことごとく失望に終わる。しかしイエスの愛を実践する現代人の行為に、主人公の中年作家は「イエスの復活」を感じとる。この遠藤の復活観には「ねずみ」が大きな役割をはたす。イエスは卑劣な弱者「ねずみ」をも見捨てたもうことなく(「札の辻」のねずみは殉教するが)『死海のほとり』の「ねずみ」は殉教はしなくとも少し強められる。

(3)Ⅷ章「知事ピラト(群像の一人)四」における「母なるイエス」——歪んだイエス像

遠藤の描く永遠の「同伴者イエス」は井上洋治師が言われるように「無力なイエス」「母なるイエス」と分かち難く結びついている。しかし遠藤の描く「母なるイエス」は神学的に可能なのか。それは普遍的な母性としてのイエス[4]をもはや逸脱してはいないか。母性としてのイエスではなく、遠藤と母との個人的関係があまりにもイエス像を歪にしてはいないか。

(4)「剽窃」の冴え　Ⅵ章「大祭司アナス(群像の一人)三」——愛かパンか

ドストエフスキーの大審問官を遠藤はいかに巧く盗んだか。では「大審問官」との違いは何か。

1　聖書の非神話化と遠藤の無力なイエス――聖書学者は自分の足を食う章魚

「西洋人のイエスなんかどうでもいいんです。日本人のぼくにわかるイエスのほうが」。第Ⅸ章「ガリラヤの湖〈巡礼　五〉」で主人公の作家はやや旧弊とも言える信仰の持ち主、熊本牧師に思わず呟く。それに対して熊本牧師は「信仰に日本人も外人もないでしょうが……」と答え、生真面目な顔でさらに畳かけてくる。

「どうもよくわかりませんな。この頃の聖書学者はどの人も、結局、イエスを自分たちの人間的な次元に引き下ろして考えようとする傾向がある。つまりイエスを卑小化して知識として摑んどるだけだ。これは信仰じゃないね。」

牧師が私だけでなく戸田を皮肉っていることを私はすぐ感じた。そして信仰じゃないと言う牧師の言葉が

（2）　遠藤『対談集　日本人はキリスト教を信じられるか』講談社、一七二頁
（3）　『イエスの生涯』第一三章「謎」及び山根道公氏の詳細な解題（『全集』三巻、四三九―四四三頁）参照。
（4）　中世の生理学では血と乳が同質とされ、自分の血で子を哺育すると言われるペリカンはイエスの表象でもある。母が子を哺育するようにイエスは自分の血と肉で（聖体拝領）信者を育てるのであるから。西洋絵画ではイエスの脇腹から血が絞り出され、乳のように女性修道者の口に入る図像もある（「救世主キリスト」ベネツィア、アカデミア美術館蔵）。バイナム女史（C. W. Bynum, *Jesus as Mother*, U. C. Berceley, 1982, 125-8）によると中世では孕み、生み、授乳し・育てる（知識を与える）ことが聖ペテロや聖パウロのような偉大な宗教的指導者の属性としてよく言及された。これはクレルボーの聖ベルナルドゥスに特有な中世の発想ではなく、既に旧約にみえる神の母性性の表現（イザ六六・九―一三）にまで遡る。岡田温司『キリストの身体――血と肉と愛の傷』中央公論新社、二〇〇九年、二四二頁参照。したがって遠藤が神の子イエスの母性性に言及することは神学的に誤りではない。問題はそれを遠藤が自分の母と過度に結び付けることにある。

戸田の痛いところをついていることもたしかだった。

「今の聖書学者は自分の足を食う章魚ですな。自分で聖書をくって聖書の本質的なものを見失っている……」[5]

この引用はたしかに遠藤の偽らぬ本音を述べたものである。遠藤は聖書を何度も読み返したが、その際に参考にしたのはR・ブルトマンたちの様式史派[6]、編集史派の主としてプロテスタントの聖書学者たちの研究であった。それは『イエスの生涯』で遠藤によって次のようにやや具体的に述べられている。

ドイツの聖書学者ブルトマンの研究以来、我々は聖書の中には原始キリスト教団のケリュウグマ（信仰）から生まれた部分が沢山そこに織り込まれていることを知っている。聖書作家たちはイエスの死後、彼を目撃した弟子たちや地方に伝わっているイエス民話や伝承を集めて、当時、入手できた資料（キリスト語録集）を使いイエスの生涯を彼らなりに組み立てたということも知っている。したがって聖書に書かれたイエスの生涯はたしかに一貫した真実をもっているが、一つ一つの事実という点では必ずしも正確に書かれてはいないのである。学者たちのなかには聖書のなかでイエスの言葉として語られているものも、実は原始キリスト教団の信仰告白が多いことを指摘する人は多いし、またある町や村でのイエスの行為も実は、その町や村に伝わっているイエス民話をあたかも事実のように書いたものであると述べる人もいる。ブルトマンはこうした聖書のなかの事実と創作との区分けをしながら、遂に聖書のなかの史的イエスの姿はますます我々に遠くなると絶望的な言葉を漏らした。[7]

つまりこれらの学者たちは従来、盲目的に信じられてきた聖書を対象に批判的に史実としてのイエスと、信仰

（宣教）によって神話化されたキリストとを区別していったのである。遠藤の『イエスの生涯』や『死海のほとり』を読むと、遠藤がR・ブルトマンたち聖書学者の「非神話化」理論に目配りをしていることは確かで、その意味でまったく影響されていないとは言えない。なぜなら遠藤が聖書（福音書）というテキストを対象に、特にイエスの奇跡に対してはその事実性を全否定し、つまり徹底した非神話化を行い、また他の聖書的出来事にしても、イエスの同時代人にイエスがどう捉えられたかという、いわば「実存論的解釈」[8]にのみ真実としての意義を認めるので、たとえ様式史・編集史派的な分析方法を明示的に用いていなくとも、堀田神父の言うブルトマン云々の発言はあながち見当違いとは言えない。

しかしではどうして遠藤は右の対談において、堀田神父のいう「この小説はいわばブルトマン理論の受肉化だ」という発言に対して猛反発しているのであろうか。

2　遠藤の「無力なイエス」——第二イザヤの「苦難の僕」

私の見るところ、その理由として次の二点が考えられる。それは、①遠藤のイエス像は本来、旧約の第二イザ

（5）『全集』三巻、一三八頁

（6）第一次大戦後のK・L・シュミット、M・ディベリウスとR・ブルトマン等。大貫隆、佐藤研編『イエス研究史——古代から現代まで』日本基督教団出版局、一九九八年、第六章、一六八—一九一頁参照。また大貫隆『イエスという経験』岩波書店、二〇〇三年、六—一〇頁参照。

（7）『全集』一一巻、一〇三頁。

（8）ブルトマンは自分自身の実存にかかわるやり方でしか共観福音書の記述に関心を示さない。すなわち今、この時において、この私に神の恩恵と審判とを告知して、信仰への決断を迫る語りかけの意味である。大貫隆他編、前掲書、一八九—一九一頁参照。

ヤ書「苦難の僕」のメシア理解から来ているものである。②第二にこの小説をブルトマン理論の受肉化だと言ってしまっては、遠藤の「復活」理解がこの小説において果している重要な役割をまるで無視することになるからである。つまりこの小説の主題はあくまで「復活の神秘」なのだという点が遠藤にとっては非常に大切なのだ。

そのへんの経緯を遠藤は次のように述べている。

先ほど、堀田神父様は私の作品をブルトマンの受肉化と仰ったけれども、冗談じゃない。神父様はよくご存じのように、ブルトマン以後の様式史編集派の聖書学者は、みんな一人一人聖書における史的イエスと信仰のイエスの捉え方について意見が違うんだ。このイエスのことばは事実だ、ここはそうじゃない、その点について一人一人が違う考えを持っている。そうすると、われわれがとる態度は一つしかないです。たとえこれが事実でなくとも真実だ、ということです……[9]

ここでの遠藤の事実と真実の区別について端的に言えば、前者は「史実そのもの」、後者は先に述べた「実存論的」に評価された出来事、あるいはより端的に文学的な表現を使えば「詩的真実」の意味である。問題はこの先である。

それからもう一つ、私の作品がブルトマンのような近代聖書学者のインカーネーションと神父様が先程おっしゃったので、誤解のないように言っておきますけれども、これら聖書学者の一番の欠点は「復活」という問題を避けて通っているということです。ここのところは事実性がないからといって、おそらく大半の聖書学者、とくにプロテスタントの聖書学者はこれを、原始キリスト教団のイデオロギーから生まれたことだろう、というふうに考えているでしょう。私はそうじゃないんだ。はっきり言えば、あの最大の奇跡物語はそのまま信じる、と言っているわけなんです。ですから先ほど、ブルトマンのインカーネーションだという、誤解されるような言葉が神父様からあったのですが、とんでもない、もう少し私の本をよく読んでいただきたい。(10)

もう少しよく読んでくれと言うことによって、遠藤は「復活」を巡る立場がブルトマンたち聖書学者と自分では明白に異なるのだと言っているのである。言い換えると「復活」がこの小説の一番、大事なところで、そこを見落として貰っては困ると遠藤は堀田神父との対談の中で抗議しているのである。

3 「無力なイエス」——旧約聖書における二つのメシア像

つまり遠藤の「無力なイエス」は第二イザヤの「苦難の僕」(イザ五三章)にその起源を遡れるのだが、「苦難の僕」とは如何なるものなのか。周知の如く旧約聖書のメシア像には伝統的なメシア、すなわちイスラエルの民をその迫害から救う力強いメシア(ダニ七・一三—一四)の系譜と、それとは対極の、第二イザヤにみられる「苦難の僕」としてのメシアすなわち無力で人類の身代わりとなって苦しむメシア像の二種類がある。

イエス自身はルカ福音書四章二一節に記されている所によれば、会堂でイザヤ書六一章一—二節を朗読し「この聖書の言葉は、今日、あなたがたが耳にしたとき、実現した」とご自身のことを言われた。

イエスは「神の子が地上に降りて人間として受肉したものであり、本来、無辜でありながら人類の罪を代わりに贖うのである」から、言うまでもなく身代わりとなって苦しむ「代受苦」(vicarious suffering)のメシアの系譜

(9)『文学界』一九七四年二月号、一八六—一八七頁参照。
(10) 同所。

にあたる。しかしもちろんキリスト教信仰によれば、イエスは単に代受苦のメシアであるだけでなく、身代わりの死を経たのち三日後に復活し昇天する（「このため、神はキリストを高く上げ、あらゆる名にまさる名をお与えになりました」フィリ二・九）という栄光を神から与えられ、人々から尊崇されるのだから、代受苦としてのメシア像と栄光ある力強いメシアという、二つの性格を併せ持つと言える。

遠藤のイエス像は、すぐれて第二イザヤ的な「代受苦のメシア像」なので必然的に無力で迫害され人々から侮辱を受け、そのあげく罪を一身に背負って屠られるのである。つまり「苦難の僕」としてのメシア・イエスには栄光に包まれた奇跡など本来、無縁なのだ。このように遠藤はイエスを無力の人、奇跡に無縁の人として描き、イエスの「苦難の意味」を旧約聖書の第二イザヤの「苦難の僕」によって予告されたものとして捉える。これは『イエスの生涯』[11]を読めば明白である。

それはまた『死海のほとり』では「奇跡を待つ男」という群像の一人[12]において小説的に忠実に肉付けされている。そこでは奇跡とは無縁の人イエスが描かれ、石もて村から追い出されるその姿は我々に正しく、あのイザヤ書の「苦難の僕」を想起させる。徹底して遠藤はイエスから奇跡治癒の力を奪っている。イエスは原始キリスト教団の信仰からくる神話的尾ひれを一切奪われた形で、無力で憐れみ深い人間としてのみ描かれている。つまり「非神話化」の理論的影響の大小に関係なく、遠藤のイエスはもともとイザヤ書の「苦難の僕」であるが故に無力なのだ、ということに遠藤は拘っているのだ。

しかも問題はそこで終わりではない。遠藤は「復活」したイエスを信仰の中核に据えているので、無力だけではなく無力の力強さ（パウロ的な弱さにおける強さ（二コリ一二・九―一〇））というような逆説を小説の途中から垣間見せるのである。それは例えば、Ⅵ章「大祭司アナス」において明白である。追い詰めたと思ったイエスが最後に放った神に対する全幅の信頼の言葉は大祭司の胸を深く抉る。またローマの百卒長（Ⅻ章）がイエスに対して抱く到底人間技とは思えないという印象も、小説の展開とともにクレッセンド的に強くなっていく。バラバならば最期の瞬間に獅子吠し、衆議会の祭司や自分たちに呪詛の言葉を投げて死んでいくだろう。それなのにこの男は今もかぼそい声で他人の苦しみを一身に背負おうとするのだ。それは人間技ではない。人間のすることではないだけに、この男は本当の救い主なのかも知れない。しかし救い主ならば……。

さらにイエスの「復活」が俗に言われる如き、空虚な墓に代表されるような信じ難い馬鹿げたことではなく、イエスの愛の教えが人々の行為のうちに伝播していくこと。時代や場所はかわっても、イエスの愛の教えがイエスとなんらか触れ合った人間のなかに生かされ、その最も弱い人間でさえ実存的な意味で強められる（聖化される）こと――遠藤の奇跡観――が終章XIII章の「ねずみ」の最期でカデンツァとして、力強く謳い上げられるのであるから、作者遠藤としては自分の小説の大事なところをもう少しよく読んで下さいと言いたくなるのであろう。

そういう意味で、この小説は「同伴者イエス」の属性である「無力のイエス」にばかり注目が行くが、それは遠藤の「無力のイエス」のじつは半面でしかない。私は『イエスの生涯』や『死海のほとり』[13]を論じる際に、このことはまずもって言っておかなくてはならないことと思う。それゆえ遠藤の復活観を具体的に小説の中で見ていこう。

4　復活――究極の神秘

IX章「ガリラヤの湖〈巡礼　五〉」の中で主人公の作家は日本人巡礼団を引率しているやや旧弊とも言える信仰の持ち主熊本牧師に「今の聖書学者はみな自分の足を食う章魚だ」といわれたことを思いだし、車を運転して

（11）「イエスの生涯」『全集』一一巻、一九九―二〇〇頁。
（12）「死海のほとり」『全集』三巻、三三三頁。
（13）同書、一六九頁。

いる戸田に君の場合にはなぜそうなった、とふと尋ねる。

「さあねえ、どうしてだろう」

だが戸田は、私のつくった調子にあわせたのか、同じように陽気に

「聖書にはいろんな謎があってね」

「そうだろうな」

「第一、無力だったイエスと……」彼は一瞬、口を噤んでから、「生きているときには何もできなかったイエスのために、なぜ弟子たちが後半生あれほど身を捧げたのか、俺にはまだ解けないんだ」

「聖書にはそのわけ書いてないのか」

「イエスの復活という形でしか書いてない。だが復活を除けばどこにも書いてない。イエスを見捨てた弟子のほうにあんたは気をひかれると言ったが、どんな弟子たちも結局は、みんなイエスを見捨てるさ。その連中が……イエスの死んだあと、どうして立ち直ったんだろう。復活って一体、なんだろう(14)」

「復活」とはいったい、何かということの問いに答える作業がこの小説の主題だということは今更、言うまでもない。つまり『死海のほとり』では「復活」とはこういうものではないか、あるいはイエスの「復活」がこういう意味であるならば、弱い意気地なしの自分にも信じられると主人公によって表明される。だから『死海のほとり』という小説は「無力の人」イエスの探究によって、イエスの「復活」という最も深奥な、もっとも聖なる神秘（mystery）を主題とした小説だとも言える。最も聖なるものであるが故に小説という文学形式の中では、ああいう形で微かに暗示することしかできないのかもしれない。「復活」について小説のなかで、具体的にその意味が問われているのは次の二か所である。

5　遠藤の「復活」観——愛の実践の伝播

戦時中に寮の舎監をしていたノサック神父とゲルゼン収容所で若い男の身代わりになったマデイ神父との間の共通性に思いを馳せていた主人公は車を運転している戸田にきく。

「その神父（マデイ神父―筆者）はなぜ、そんなことができたんだろ」

「なぜって……」戸田は、私が考えていたのと同じことを口にだした。「イエスの死をまねようとしたんだろう」

「じゃ、イエスの死がもし頭になかったら……彼はそんな行為をしなかったかな」

「だろうね」

「イエスの復活とは、人間がそういう愛の行為を受け継ぐということかしらん」

「ああ」戸田が素直にうなずいたので私は意外な気がした。だがうなずいたあと、戸田は天井を向いたままぽつりと呟いた。

「だけど、その神父は死んでも……当の若い男は結局は助からなかったんだろ。我々の現実も何もかわらん。そういうもんだろ(15)」

マデイ神父の献身にもかかわらず、その男は死を免れなかった。ノサック神父が危険をおかして手にいれた病

(14)「死海のほとり」『全集』三巻、一四三―一四四頁。
(15)同書、一六九頁。

気の寮友の牛乳は結局、その友の口には入らなかった。美しい愛の自己犠牲や献身という理想的行為も冷厳な現実の前にはいつも徒労だった。ニヒリストの戸田も懐疑家の私もそう呟やかざるを得ない。

収容所のなかには「マデイ神父型」の強い人間と「ねずみ型」の弱い人間がいる。「マデイ型」の人間は大切なコッペパンを友に譲ってやるし処刑の身代わりにもなれる。だが「ねずみ型」の人間には、どうもがいてもそんな芸当はできない。世界にはどうしてもイエスが見捨てざるを得ない人間がいるのかもしれない。主人公の作家はそう悲観する。

6　復活——弱者「ねずみ」(16)も救われるのか

作家の私は中途半端な信仰にケリをつけるためにイスラエルに立ち寄ったのだが、そこで発見したものは絶望的とも言えるほどイエスに関する史実的な証拠のないことだった。ただ「事実のイエス」を追いかけている間に、私はあの「ねずみ」の最期がどうしても知りたくなった。

以下は「ねずみ」という仇名をもつ小心なポーランド人修道士コバルスキが、ナチの絶滅収容所でも自己保身に立ち回り、最後にはちょっぴり勇気ある行為を示すことが手紙で伝えられる箇所である。私はエルサレムの閉館間際のホロコースト記念館にたった一人でいる。蠟燭の煤で汚れた周りの壁には鳥撃ち帽をかぶって両手を上に上げた少年や、こちらを見ている疲れ切った老人、幼児を抱きしめ銃殺を待つ女の写真が見える。

あそこでは生きることは馴れることでした……生き残るためには他の人間のことを愛してはならぬのでした。思いやりとか、憐憫とか愛とかは、この収容所では自分を自殺させる有害な感情だったのです。だから私は今でもコバルスキをふくめて生きるために他人に関心のなかった人たちを非難しようとは思いません……[17]。

私は急いで「ねずみ」の消息を伝えるイーガル医師の手紙の先を読んだ。マデイ神父が死んだからといって、毎日は何も少しも変わりませんでした。コバルスキは医務室を辞めさせられ強制労働の列に加えられました。皆はまもなく彼が姿を消すだろうと考えていました。彼は誰からも狡さのために軽蔑されていて、仲間にパンを分けてやらなかったし、我々にも彼を助けようにもできなかったのです……。

イーガル医師の手紙の終りにはコバルスキの最期の様子が記されていた。コバルスキが朝の点呼の列から外されるときが来た。背広のドイツ人の命令でイーガル医師がコバルスキの腕をとると、その膝頭は痙攣したように

---

(16)『死海のほとり』では「ねずみ」が絶えず現れ重要な役割をはたす。戸田の揶揄の如く、主人公がはるばるイスラエルに追跡してきたものは、イエスではなくむしろ「ねずみ」だと言えるかも知れない。主人公は自分もまた「ねずみ」のもつ小狡さ、弱さ、卑怯な性質を共有しているが故に、あの「ねずみ」の存在を忘れることができない。『札の辻』の「ねずみ」は、初めのうちはおよそ殉教などしそうもない人物として描かれる。だから「ねずみ」がポーランドで同胞の身代わりとなって英雄的に死んだときいて、かつての彼を知る皆は「ねずみ」の変わりように驚く。しかし『死海のほとり』では「ねずみ」は英雄的な死を迎えるのではなく、その役はむしろマデイ師のような強い信仰の持ち主に振られ、「ねずみ」には相変わらず卑怯者の役が振られている。が、その卑怯者の「ねずみ」すら人生の最期には微かな愛の行為に目覚める。つまり「ねずみ」でさえも救われる。「ねずみ」でさえもキリストの愛の力によって強められることが肝心なので、イエスを直接、感知することは出来なくともイエスの通過をいわば「ねずみ」という最低の感光紙についた足跡で知る、そう言う仕掛けになっているのだ。だからこの「ねずみ」の登場の意味は単に遠藤ごのみの弱者、小心で小狡く卑劣な裏切り者の再登場ではない。「ねずみ」を価値ある存在にする力——それは「イエスの復活」の力によるものではないのかという遠藤の復活観に注目するべきだ。遠藤が言うには、その「ねずみ」を強め、聖なる存在に近づける力こそ「復活」したイエスの愛なのであるから。武田友寿『『沈黙』以後——遠藤周作の世界』女子パウロ会、一九八五年、一〇六—一六一頁参照。

(17)「死海のほとり」『全集』三巻、一九五—六頁。

震え足元に水が流れ始めた。彼は恐怖のあまり他の飢餓室にいく囚人のように尿を洩らしていた。行こうと言うと彼は泣いて首をふったが、その後で私に彼の最後の日の食料になる筈だったコッペ・パンをくれた。背広を着たドイツ人が彼の左側にたって歩きだす。うしろで私はじっとそれを見送っていた。コバルスキはよろめきながらおとなしくついて行った。その時、私は一瞬、ほんの一瞬だが、彼の右側にもう一人の誰かが、彼と同じようによろめき足を引きずっているのをこの眼で見た。その人はコバルスキと同じように惨めな囚人の服装をして、コバルスキと同じように尿を地面にたれながら歩いていた。

主人公の私は自分のなかに「ねずみ」と同質の弱さ、その弱さに由来する小狡さを共有するが故に、「ねずみ」がどうなったのかがどうしても知りたい。あのように弱く、そして弱いが故にイエスの命じる愛を実行できない人間、あの「ねずみ」のような最低の人間ですら最期の瞬間までイエスは見放さず傍に付き添っていたのだということを知る。

だから私は二〇年以上も私につきまとい、こんなイスラエルの地に足を運ばせ、最後に「ねずみ」の消息まで知らしめた私の神にほとんど泣きださんばかりに呟く。

二十数年前、私はねずみの人生のほんの一部しかしらなかった。あのねずみが収容所で死んだあと、石鹸にされてしまったのか……そして死のまぎわ、あなたはいつもお前のそばに私がいると呟かれた。だからあなたは、ねずみにも石鹸になるように仕向けられたのですか。そしてあなたは尿をたれて引きずられていくねずみのそばで、ご自分も尿をたれながらついて行かれ、最後には自分の運命に似たものを私のねずみにもお与えになったのですか……。それを認めるのは辛いが、それは私があなたの復活の意味をほんの少しだけでも考えだしたからなのでしょうか。(18)

ここのところは読者のセンチメントに過度に訴え過ぎているような気がする。しかもなんとなく舌たらずでさえある。にもかかわらず長々と引用したが、私の本意はこの小説は徹底して遠藤の「復活」をめぐる小説だということを強調したかったからである。つまり自分のイエスにけりをつけるために、イスラエルに立ち寄った主人公は「ねずみ」の最期を通してイエスが「永遠の同伴者」であること、永遠の同伴者イエスは二〇〇〇年前と変わらず今も働いておられることを確認する。それが主人公である私が、このイスラエル旅行で微かに知ったイエスの「復活」の意味なのだ。

「付きまとうね、イエスは」と私はかつての寮友戸田に言い、昔を回想する。あの時、神父や戸田や、そして「ねずみ」が押す寮の壊れた扉のギイという音。あれから、すべてが目だたぬように始まったのだ。あれから長い長い歳月が経ったのに、私も戸田もまだイエスに拘っている。いつも、お前のそばに私がいると言うイエスに。「付きまとうね、イエスは」私の言葉に戸田は黙っていた……私が創りだした人間たちのそのなかに、あなたはおられ、私の人生を摑まえようとされている。私があなたを棄てようとした時でさえ、あなたは私を生涯、棄てようとされない(19)と作家は呟く。

この旋律は遠藤文学の読者にとっては既にお馴染みのものである。

7　問題の箇所――「母なるイエス」は可能か

このようにつきまとう存在であるイエス像は小説の中でまた別の表象――息子に捨てられても決して息子を捨てない母親――をもって描かれる。それはいわば「母なるイエス」像である。井上洋治師は『イエスのまなざし

(18)　同書、二〇二―三頁。
(19)　同書、二〇四頁。

――『日本人とキリスト教』[20]の中で、遠藤の「悲愛をとことんまで生き抜いた同伴者イエス」を高く評価し、これはオーソドックスなもので、何人も異論を唱えることはできないと言う。しかし、もし伝統的なキリスト者が違和感を覚えるとすれば、それは「同伴者イエス」と分かち難く結ばれた「無力なイエス」と「母なる神」だとして、この「母なるイエス」の問題を指摘されている。

つまり日本人キリスト者は遠藤の『イエスの生涯』や『死海のほとり』に描かれたイエス像の徹底した無力ぶりに違和感を覚えたり、遠藤がそれに自らの個人的体験の色濃い「母なるもの」を重ね合わせようとすることに当惑を感じるかも知れない。しかし、この「母なるイエス」は新約学の観点からなんら間違いではないと肯定されるのである。

私たちが今日、福音書から受けるイエスの印象は決して女性的でも母性的でもない。相手が女性の場合、例えば「姦通の女」（ヨハ八・一―一一）、或いは「罪ふかい女」（ルカ七・三六―五〇）の罪を赦されるときの優しさ。また「長血を患う女」（ルカ八・四三―四八）に対する憐れみなどには、神経が細やかで限りない優しさが見られる。しかしそれは自らが女性的というよりは、女性や他人には優しいが自分には厳しい、強靱な神経の持ち主の男性という印象を受ける。それは福音書から受けるかなり普遍的なイエス像であり、日本人でも西欧人でもその印象は変わらないと思う。

しかるに遠藤の『死海のほとり』におけるイエス像[21]は女性的であり、さらに「母なるイエス」として母性的ですらあることは第Ⅷ章「知事の場合」において明白である。そこではピラトは出世のために母親を見捨てるが、母親はピラトを見続ける。小心なピラトはそれを気にやみ母親が死んだときほっとしたが、母親は消えたのではなかった。孤独な夕暮れ、母はいつも哀しそうな眼でどこからかピラトを見つめている。母は夢の中でも姿を見せたが、その時も非難の言葉は口に出さず、ただ哀しそうな表情をしているだけで、それがまたピラトには余計に辛い（あなたは、いつまで私に……つきまとうのか）。

たとえ息子が見捨てても、つきまとって自分からは息子を決して見捨てることのない母親。遠藤の神のイメージは、だから放蕩息子の帰りを待つ慈父ではなく、慈母なのだ。遠藤の神はイエスが「アッバ、父よ」と呼びかけられた慈父ではなく、むしろ湿っぽい慈母なのである。それも内に強靱な精神的強さを秘めた慈しみあふれる慈母なのではない。

それは夫にも息子にも見捨てられた哀しげな眼をもつ女の姿なのである。遠藤の説く如くにイエスが父母的[22]

（20）日本基督教団出版局、一九八一年、二〇四―五頁。

（21）「女か子供のような体つきをしている。胸毛など一本もない、白い胸なのにちがいない」（『全集』三巻、一一九頁参照）。女性的あるいは両性具有的イエス像は西洋美術の中でも見られる。永い間ダ・ヴィンチのものと信じられてきたルイーニの「博士たちとの論議」（ロンドン、ナショナル・ギャラリー所蔵）のイエス像の顔には（少年だからか）髭がなく、卵みたいにのっぺりしている。その優しい目つき、前に大きく出された両手の細くて長い指も女性的（あるいはダ・ヴィンチの「洗礼者ヨハネ」のような意味で両性具有的）だ。またマドリッドのラザロ・ガルディアーノ博物館にあるポルトラッフィオの「若きキリスト」もほとんど女性の、冴えない顔に描かれている。

（22）『父性的宗教・母性的宗教』（東京大学出版会、一九八七年、三〇頁参照）の中で松本滋氏は遠藤の言葉として次の内容を紹介している。「日本人の宗教心理の中には、仏像などをじっと見つめたとき、父親のイメージがあるような場合だと、宗教としては日本には根をおろさない。ところが、これが赦す神という形をとってくる場合だと違いますね。日本人のキリスト教の神に対する誤解が無意識にある。父親であると同時に母親であるという感じのものが、根本的に欠けていたのではないかと思うのです」。遠藤はまた他の有名な箇所（「父の宗教・母の宗教」『全集』一二巻、三七六頁）でもこう述べている。「断っておくが、キリスト教は白鳥が誤解したように、父の宗教だけではない。キリスト教のなかには、また母の宗教も含まれているのである。それは例えばマリアに対する崇敬というような隠れキリシタン的な単純なことではなく、新約聖書の性格そのものによって、そうなのである。新約聖書は、むしろ〈父の宗教〉的であった旧約の世界に〈母性〉的なものを導入することによって、これを〈父母的〉なものとしたのである」と。『イエスの生涯』のなかで「人間が永遠の同伴者を必要としていることをイエスは知っておられた。自分の悲しみや苦しみを分かち合い、ともに涙をながしてくれる母のような同伴者を必要としている」と述べている。

であるとしても、夢の中に登場してくる悲しみに溢れた眼をした母がイエスと重なるというのはどうして可能なのだろうか。イエスもまたペテロや弟子たち全員から見捨てられ、哀しい眼で見返されたからであろうか。

8　「母なるイエス」は可能か——心理的誤謬

哀しげな眼は哀しみの聖母、マーテル・ドロローザ[23]かピエタ[24]にこそふさわしいのであって、それがイエス自身の眼であるというのは、見るものと見られるものが曖昧さのうちに混同されている。読者は覚えておられるだろうか。『母なるもの』という短編の最後の方に、主人公の作家（遠藤の分身）が「隠れ」の家で納戸神を見せて貰う場面があることを。他人の眼を欺くための偽装と室内の暗さに漸く慣れた主人公の眼に映じたものは、予想外の稚拙な彩色と絵柄からなる「授乳する農婦」を描いた一種の聖母子絵だった。

「隠れ」は踏絵を踏んだ後、この聖母の絵に向かってオラショを唱え、罪の赦しの「取りなし」を願うのである。父なる神を裏切った後、とりなしを母なる聖母に願うのである。しかし日本的宗教風土の中で、父なる神に対する信仰はいつのまにか「母なるもの」に変質していった。それを遠藤はこう描いている。

彼らはこの母の絵にむかって、節くれだった手を合わせて、赦しのオラショを祈ったのだ。彼らもまたこの私（作家—遠藤の分身）と同じ思いだったのかという感慨が胸にこみ上げてきた。昔、宣教師たちは父なる神の教えをもって波濤万里、この国にやって来たが、その父なる神の教えも、宣教師たちが追い払われ、教会が壊されたあと、長い歳月の間に日本の隠れたちのなかでいつか身につかぬすべてのものを捨て去り、もっとも日本の宗教の本質的なものである、母への思慕に変わってしまったのだ。私はその時、自分の母のことを考え、母はまた私のそばに灰色の翳のように立っていた。ヴァイオリンを弾いている姿でもなくロザリオを繰っている姿でもなく、両手を前に合わせ、少し哀しげな眼をして私を見つめながら立っていた。[25]

母のことを考えたと書かれているが、ここで自分のそばに立っている母はもちろん現実の母ではない。「隠れ」の島を訪ねる作家は、その幼年期に両親が離婚した経験を持つ。彼は母につれられて内地に戻り、放蕩息子よろしく不良少年の真似事をすることによって母を裏切る。また後年、父に従ってその母を見捨てた経験も抱いている。彼の記憶の中の母、現実の母はつねに厳しい顔付きで、たった一つの音を探して何時間もヴァイオリンを弾き続ける。また夫に見捨てられた辛さを乗りきるため、電車の中で懸命にロザリオを繰りながら神に祈る姿を持つ。

しかしこの『母なるもの』の最後の所で、主人公の記憶に蘇ってくる母の姿は、実際の記憶とは違ってヴァイオリンを弾いてもいないしロザリオを繰ってもいない。そうではなく、彼女はただ両手を前に合わせ少し哀しげな眼をして私を見つめながらじっと立っているのだ。この姿はたしかに母であるが、（現実の）母ではない。同様に手術後の病室や書斎や、はてまた夕暮れの陸橋で作家の夢に現れる母もやはり現実の母ではない。それは作中の作家の言葉を借りれば、貝の中の真珠のように少しずつ出来上がった「母のイメージ」なのである。

この「母のイメージ」とは言うまでもなく「母なるイエス、母親の如きイエス像」なのだ。そばにいて黙って、ただ両手を前に合わせ、少し哀しげな眼をしてじっと私を見つめている「同伴者イエス」なのである。しかしここで想い出して欲しい。「隠れ」たちが裏切るのは神イエスであり、「とりなし」を願うのが聖母マリア（この場合は納戸神のご神体である授乳する農婦像）であること、そして作家が過去において裏切り見捨てるのは母なので

（23）マルミオン派「マーテル・ドロローザ」ブリュージュ、グローニンゲン博物館所蔵参照。
（24）フラ・アンジェリコ「ピエタ」フィレンツェ、サン・マルコ修道院所蔵参照。
（25）『全集』八巻、五五頁。

あることを。

　だからともに裏切られる者が有する「哀しげな眼」という一点では共通するが、本来イエスと作家の母とは別物であるのだ。なるほど作家の言うとおり、日本的宗教事情でいつのまにか父なる神に対する信仰が聖母（あるいは納戸神である授乳の農婦）にすり変わったとしても、授乳の農婦である聖母に対する敬慕の念の発端は「隠れ」が裏切った神イエスに対する「とりなし」であって、母マリアに対する裏切り行為の赦しではないのである。

　つまり『母なるもの』において、隠れの神と作家の母が平行関係（parallel）にある、あるいは相似的存在として主人公の作家（遠藤の分身）によって想起されるのだが、その相似性を成立させているものは、唯一、裏切られる二つの存在がもつ「哀しげな眼」という一点だけで、「隠れ」が裏切る神イエスと息子によって裏切られる作家の母との間には、本来なんらの相似性も存在しないのである。

　しかるに遠藤は「隠れ」の信仰においては「父の宗教」が「母の宗教」に変質しているという事実の指摘によって、この関係をむりやり成立させようとしているけれども、納戸神である聖母は毎年の踏絵で裏切られるイエスへの「とりなし」を願う母性的存在であって、決して「隠れ」によって裏切られる対象、神そのものではないのである。

　したがって遠藤の「母なるイエス」を擁護しようとする如何なる論法(26)も畢竟、成功することはない。それらはすべて心理的誤謬を犯しているに過ぎない。遠藤の論法は、日本の宗教は母性的であり新約聖書の神は父母的である。したがって日本人に実感される神（イエス）の像は母性的であらねばならぬという要請（postulate）であって、個人的体験にそれを被せているだけだ。しかしカトリシズムの歴史上の聖母の位置づけを考えると、聖母の崇敬は公式にはイエスを決して超えてはならないし、母なるマリアに対する敬慕・尊崇の念がキリスト教の母性的性格をすべて吸収してしまうので、イエスは可能な限り「母性的」であっても母そのものである必要は論理的にあり得ないのである。論理的にあり得ないものをあるように錯覚するのは心理的誤謬でしかない。

9 「大祭司アナス」遠藤の「大審問官」――「下手な詩人は真似るが、巧い詩人は盗む」

さて大祭司アナスの章は『死海のほとり』全一三章中の圧巻で、T・S・エリオット流に言えば遠藤はドストエフスキーからこの場面のアイデアを「盗んで」、この小説のやま場に仕立て上げたのだ。しかし「大祭司アナス」について述べる前に、盗まれたドストエフスキーの「大審問官」のくだりを少しばかり紹介する必要があるだろう。

イワン・カラマーゾフは弟アリョーシャと対話する。それはイワンの言う所に依れば、詩劇の形を借りた譬え話であり、舞台は一六世紀のスペイン。

ふと人間を訪れてみたくなったキリストが異端審問のさなかのセヴィリアに降り立つ……するとたちまち「福音書」に記されている奇跡が起き、人々の間に驚愕と賛嘆の声が巻き起こる。それを目撃した大審問官はキリストを捕らえさせる。大審問官にしてみれば、いまさらキリストは邪魔者なのだ。彼は尋問のために一人で牢獄にやって来て次のような長広舌をふるう。

お前（キリスト）は我々に一切の権限を委ねて行ったのだから、今更のこのこやって来ても何一つ付け足す権利はない。お前は人間を買いかぶって精神的自由を与えたが、あれは間違いだった。人間は結局それを持て余し、自由の重みに耐えきれず地上で教権を預かる我々に返上してきた。人間が求めるのは自由ではなく地上的幸

---

(26) イエスの母性化については武田友寿『遠藤周作の世界』中央出版社、三〇八―四一五頁の五章「遠藤文学とカトリシズム」一・カトリックの母性化を参照。佐藤泰正「遠藤周作における母のイメージ――〈母なるもの〉の原像をめぐって」『国文学』一八巻二号（一九七三年）一〇四―九頁。井上洋治「同伴者イエス」「〈母なる神〉」『イエスのまなざし――日本人とキリスト教』日本基督教団出版局、一九八一年、二一二―二二三頁参照。

福、パンだ。自由とパンとは両立しない。天上のパンを求めるようにとお前は人間に自由を与えたが、そのために人間はかえって不幸になったのだ……。

10 「精神的自由」対「地上のパン」——ドストエフスキーの「大審問官」の場合

大審問官は福音書中の三つの試みを賛嘆する。石をパンに変えてみろという試み[27]（悪魔の第一の試み）をお前は退けた。お前は悪魔が拠り所としている地上のパンを、天上のパンと自由の名で退けた。この三つの問い、石をパンに変えること、神殿の頂上から身を投げて神を試みること、そしてサタンにひれ伏して地上の栄華を手に入れることこそ、地上における人間性の解決不能の歴史的矛盾をすべて言い尽くした問いなのだ。この問いこそ奇跡だ。しかし人間は精神的自由ではなく、奇跡を求めパンを求めて右往左往して不幸に陥るのだ。だから我々は人間を愛するあまり、お前の御名により代わりに（時として暴徒と化す）人間の群れを牧するのだ。我々は彼らのパンを取り上げ、再配分してやる。彼らは自分たちの献上した同じパンを喜んで受け取る。また彼らの犯す罪をもお前の御名で許してやる。彼らに日常的なたわいもない楽しみを与えてやる。ただこういうやり方は本来的に欺瞞なので、それを知っている我々だけは苦しむことになる……そして大審問官はついに本質的な告白[28]に入る。

私はお前（神）ではなく、もう永い間、悪魔（反キリスト）と手を組んできた。お前の仕事を訂正した人々の群れに投じたのだ。老人はたとえなんでもいいから囚人に口をきいて欲しかった。囚人はしかし終始、沈黙したままである。最後に囚人は無言のまま老人に近づき、そのカサカサの唇に接吻した。それが答えの全部だった。老人は彼を焚刑に処することはやめドアから追い出し、もう二度と来るなと言う。「で兄さん、老人は？」とアリョーシャがきくとイワンは答えた。「かの接吻は胸に燃えていたが、依然として老人はもとの理想に踏みとどまっていた」「で兄さんは老人と同じなんでしょう」……アリョーシャは別れ際に兄の唇に黙って接吻する。イワンは笑いながら叫ぶ「剽窃だ、俺の詩劇からお前は盗んだ」と。

11 「剽窃」の冴え「大祭司アナス」――「無力な愛」対「地上のパン」

「愛の神、神の愛――それを語るのはやさしい。しかしそれを現実に証することは最も困難なことである。なぜなら愛は多くの場合、現実には無力だからだ」と遠藤は『イエスの生涯』のなかで強調する。ドストエフスキー「大審問官」では〈人間の自由（天上的なパン）対地上のパン（地上的幸福）〉の相剋の問題提起があり、またナザレ人イエスの愛の教えから乖離する教権組織への批判、反キリストの指摘がなされている。もちろん、そこで言う組織とはローマ教会またはイエズス会を指し、返す刀で切られているのはフリーメイソン的無神論であろうか。

これに対し遠藤の「大祭司アナス」（Ⅵ章）では〈人生対生活〉の相剋、「無力な愛対地上のパン」の相剋の問題が問われている。アナスの心は地上の最高権力を手にした者のみが抱くニヒリズムに覆われている。彼は空虚な思いと寄る年波のせいで、もはや何物にも好奇心を抱くことはない。しかしたったいま婿から告げられたガリラヤの大工、婿の手によって政治的な犠牲の小羊に仕立て上げられるイエスの存在は、彼の枯渇しかかった好奇心をかき立て、遂には直接会いたいとさえ思うようになる。それはアナスのほとんど虚無的とも言うべき精神状態にあかい火を灯す。

カヤパの報告書を繰っているうちに、アナスにはひょっとすると、この大工の狙いは「過越の祭り」に逮捕さ

(27) マタ四・一―一〇。
(28) 『ドストエーフスキイ全集12』（米川正夫訳）河出書房新社、三〇五頁。

れ殺されるのを待っているのではないかとさえ思われる。彼は好奇心のあまり黄昏のイエルサレムの街を駕籠にのって探しにいく。しばらくの間、無為に探し廻った彼の眼に、ついに血のような夕日に染まったケデロンの谷の斜面を背に人間の姿らしきものが見え、あの大工ではないかと思う。

そのとき初めてアナスはこの大工が多くの自称預言者たちとはまったく違う存在だということが理解できた。大工が巡礼たちの罵言を浴びて石もて追われても、なお説き続けて来たものが何であるか判るような気がした。皮肉なことにイエスと袖触れ合った多くの人の中でアナスという人物だけが、いわば初めてイエスを、イエスの説く愛――アナスとは生きかたにおいて正反対のものであったにせよ――を正しく理解できたのである。アナスの老いさらばえた肉体に久しぶりに微かな妬みの心が生じる。かつて自分が遙かな高みに垣間見たもの、自分はとっくにその道に見切りをつけ正反対の道をたどってきた。しかしそれだけに自分にはその愛の不毛性、無力さが痛いほど判るのだ。その大工とは誰なのか、大工の説くこととは何なのか。それが知りたい。

帰宅して書類を読み返して彼ははっきり悟る。大工が言っていることはただひとつ愛だけである。そして囚われたイエスがいるカヤパの邸に彼は大工を訪ねる。もちろん、その目的は大工の背後の、大工を遣わした神に対する復讐である。地下の暗い牢のなかで大工は寒さ、恐怖、不安で体を震わしている。

「私が誰か知っているか」

大工はうなずいたが、地下の寒さのためか、それとも恐怖のせいか、震えていた。

「おそらく……お前は石打ちの刑になるだろう。場合によっては死刑になるかも知ぬ」

彼はだまっていたが、その体は更に震えた。

「こわいか。こわいなら、何故、このエルサレムに来た。この都で神殿や律法《トーラ》を冒瀆した言葉を吐けば、どのような裁きを受けるか、お前とて知っていたであろう。こわいなら、何故、そのような冒瀆を皆の前で口にしたのか[29]」

これに対して大工は沈黙したままである。

12　本当の勝者――「無力のイエス」によるアナスへの一撃

アナスは更に続ける。結局、誰一人として、大工の言うことに耳を傾けたものはいなかった。愛など砂漠に浮かぶ蜃気楼のようなものだ。それに比べて大工が侮辱した神殿や律法は蜃気楼の如き実態のない愛よりは人間の役にたつと。

ドストエフスキーの大審問官流に言えば、律法は「地上のパン」であるが、イエスの説く愛は「天上のパン」である。大審問官アナスは神殿や律法は民に秩序を与え裁きもするし罰も与える。大工は愛を説くことによりこの地上の法と秩序を冒瀆した。地上における権威や権力、秩序の一切を馬鹿にした。だからその償いをしなくてはならぬ。しかしそれにしてもこの男の力と権威は何処から来ているのか。

突然アナスは要点をつく。お前は神を信じているかと。私はもう、神など信じてはいないとアナスは告白する。彼は祭司として民に地上のパンと秩序を与えてきた。それに対して大工は実際的な役にたつことを何一つしていない。大工は癩病を癒すことも子供を生き返らせることもできなかった。結局、何もできなかった。その大工が律法や神殿を冒瀆できるだろうかと。

すると大工は意外なことを言う。そんなことは始めから分かっていた。何もできず何もかも失敗すると自分

（29）『全集』三巻、九三頁。

でもわかっていたと答える。では、惨めな失敗に神が酬いてくれると思ったのか。神は何一つ酬いてはくれぬぞ。神があのヨブに酬いられなかったように、神はお前に酬いはしないと、アナスは漸く大工を追い詰めたと思った。だがアナスは最後に反撃を食らう。彼が大工にお前は最後にはあの詩篇にかかれた言葉「主よ、なぜ私を見捨てられるのですか」と唱えるだろうと勝ち誇って言うと、大工はこう答える。「主よ、すべてをあなたに委ねます」と。「主よ、すべてをあなたに委ねます」というその言葉こそ神に対する全幅の信頼の言葉である。「もういい、もう二度とお前に会うことはないだろう」。「いいえ」と大工は叫んだようだった。なぜそう言ったのか判らなかった。枯れ枝のように細い手足と醜い貧弱な大工の肉体よ。あの肉体を神や愛のために死なせぬ。お前が馬鹿にした別の世界のなかで死なせてやるとアナスはせせら笑った。そのとき、突然、さきほど大工が叫んだあの言葉が胸を刺すように走った。「主よすべてをあなたに委ねます」という言葉が……。

死海のほとり、すなわちユダの荒野でイエスは試みられた。そして如何なる地上的パンでもなく愛のみを説こうとされた。ユダヤ教の教権勢力、神殿供犠と律法遵守に象徴される形骸化した信仰と馬鹿馬鹿しい程の権威主義がイエスの前に立ちはだかった。宗教的救済を真に必要とする「地の民」に人々の求める奇跡ではなくただ愛だけを説いたイエス。

だからこの章で遠藤が描く劇的対立は、ドストエフスキーの「地上のパンか自由か」という相剋を「地上のパンか愛か」という遠藤の用語に置き換えているだけで、本質的には全く同じ問題意識に貫かれていると言えよう。全編のちょうど中間に置かれたこの章はアナスとイエスの対話によって、地上のパンを守ろうとするユダヤ教指導者の姿勢と、愛という一見無力そのものにしか見えないキリスト教的行為の根底が象徴的に対立させられていると見ることも可能だ。

つまりこの章はイエスの説かれた愛がユダヤ教（荒野の宗教）的根底からキリスト教（愛の宗教）的根底へとシフトされていくことを象徴的に表している箇所ではないだろうか。もちろん、そう言ったからと言って、私はイエスがキリスト教徒だったと敢えて主張するつもりはないのだが。

結び（復活の神秘）――「歴史のイエス」から「信仰のキリスト」へ

『イエスの生涯』の中で作者は今後も自分はイエスの生涯を書いていくと述べる[30]。それは復活の謎に迫ることだ。『死海のほとり』と『イエスの生涯』の大きな違いは復活という神秘を小説の中では自在に描き得ることだ。聖なるもの――謎や神秘（mystery）という曰く言いがたい（ineffable）もの――を学問の枠を超えて扱うことができるのは小説や詩、劇作というフィクションである。そういう意味で『死海のほとり』はイエスの同時代人の証言からなる「群像の一人」と、現代に生きる日本人作家と聖書学者の信仰への旅「巡礼」を交互に進行させ、最終章で見事に統合させた[31]意欲的な作品である。

前者では奇跡とは無縁のただ愛の人、奇跡など行い得なかった人として歴史のイエスを徹底して非神話化し、同時に後者、すなわち現代に生きる日本人作家と聖書学者の信仰への旅「巡礼」においては復活したイエスの愛の痕跡からイエスの存在を逆説的に検証していく。さらにそこから人間イエスの神の子キリストとしての可能性を遡っていく。それゆえこの小説は誤解を恐れずに言えば、遠藤による究極の「下からのキリスト論」的試みだと言えるのではないだろうか。

（30）『全集』一一巻、二〇四頁。
（31）この章で「あの人」と「イエス」は統合されるが、それには、熊本牧師から貰った「少年のためのエルサレム物語」が自然な導入の効果を発揮する。

参考文献（本文及び注で引用のないもの、著者アイウエオ順）

単行本

荒井献『イエスとその時代』岩波書店、一九七四年。

加藤隆『新約聖書はなぜギリシア語で書かれたか』大修館書店、一九九九年。

教皇庁聖書委員会『聖書とキリスト論』（和田幹男訳）カトリック中央協議会、二〇一六年。

田川建三『イエスという男——逆説的反抗者の生と死』三一書房、一九八〇年。

R・ブルトマン『共観福音書伝承史　Ⅰ、Ⅱ』（加山宏路訳）新教出版社、一九八三—八七年。

A・E・マクグラス『歴史のイエスと信仰のキリスト——近・現代ドイツにおけるキリスト論の形成』（柳田洋夫訳）キリスト新聞社、二〇一一年。

ダニエル＝ロプス『イエス時代の日常生活　Ⅰ、Ⅱ、Ⅲ』（波木居斉二・純一訳）山本書店、一九六四年。

論文

佐藤泰正「遠藤周作における同伴者イエス——『死海のほとり』を中心に」『解釈と鑑賞』一九七五年、五一二頁。

宮野光男「文学のなかの母と子——遠藤周作『母なるもの』の場合」佐藤泰正編『文学における母と子』笠間書院、一九八四年、七五—九二頁。

第一八章　『イエスの生涯』『キリストの誕生』と「史的イエス探求史」（上）*
——歴史のイエスから信仰のキリストへ

「それではおまえたちは、私を誰というか」　マタ一六・一五

*遠藤の『イエスの生涯』『キリストの誕生』を読み解くためには「史的イエス」探究の知識が不可欠である。しかし膨大な探究史の代表的なものを粗述するだけで実に多くの紙数を要する。そこで今回は上・中・下に分けて扱うが、これもまったくの素描に過ぎない。本来は注に付す事柄も、事項の膨大な羅列になるので出来るだけ本文にはめ込んだ。また必要があれば、直接、邦訳書本文に当たれるよう引用の出典・頁数も多く明記した。

0　『イエスの生涯』は「評伝」か「歴史小説」か——「事実」でなくとも「真実」

遠藤は『イエスの生涯』（以後『イエス』と略記）の中で、これは歴史の書であり必要ならば資料的根拠も示せると述べるが、同時にまた他の箇所でこれは小説であり、そこに描かれている事柄は歴史的な「事実」でなくとも「真実」なのだと言う[1]。そこで遠藤の『イエス』は史実に基づく評伝なのか、それとも歴史小説なのかが問われる。遠藤が、それは「事実」ではないが「真実」であると語る時の「真実」とは、ある意味でより豊かな人間的価値を含むかも知れないが、やはり遠藤の価値判断による主観的なものである。

したがって「評伝」が出来るだけ多くの客観的な史実をもとに歴史（Historie）を構築するのだとすると、遠藤の『イエス』はイエスに関する「評伝」というより「歴史小説」[2]と言うべきであろう。

（1）『遠藤周作文学全集（以降『全集』と略記）』一一巻、新潮社、一〇四頁参照。
（2）荒井献『イエスとその時代』岩波書店、一九七四年、一—三頁参照。

なぜなら遠藤は随所で歴史学や新約聖書学とは異なる彼独自の詩的想像力による解釈を採るからである。例えば最後の晩餐に関する記述がそうだ。共観福音書による最後の晩餐は弟子たちとイエスが祝った過越の食事である。ところが遠藤は様式史派の最後の晩餐はなかったという説を否定し、しかもその席はイエスと弟子たちだけの密やかなものではなく多くの巡礼客とも対立した席だったと言う。

ブルトマンのような様式史派の学者はこの晩餐の史実性を否定して、それは祭儀伝説から生まれた創作であり、しかもポーロの影響下にあるヘレニズム的教会から発生した物語だという。ボルンカム[3]でさえ「私たちはもはや、その晩餐がどういう風にして行われたかテキストから確実にみつけ出すことはできない。なぜなら現在のテキストは後の教会の祝いの食事や典礼の反映だからである」と述べている。しかし、これらの学者たちはこの晩餐が行われた夕暮れの興奮した巡礼客や群衆の感情をこの場面で無視して考えているのだ。私自身はこの晩餐はたしかに行われたと思う。しかし同時に晩餐の場面は今まで想像されたようにイエスと弟子たちだけの厳粛なひそかな形ではなくて、イエスと巡礼客、イエスと弟子との劇的な対立を孕みながら行われたのだと考えるのである。[4]

この引用には様式史派の見解に対する反論と、その場の状況についての遠藤独自の解釈（傍点—筆者）がある。筆者は遠藤と同じくこの晩餐（過越の食事）は行われたと考える。それは過越祭の期間中にエルサレム滞在のユダヤ人が過越の伝統を守らないとは考え難いからである、たとえそれが一日の差で聖別された羊肉を欠いていても。しかし遠藤の言うように、そこに巡礼客が関与し何らかの緊張を孕んだ状況だったというのは疑わしい。なぜなら、もし大勢の巡礼客とイエスとの間で劇的な対立があったのなら、それが遠藤の言う山上の説教のように民衆のメシア待望に水を差すものだったとしても、多くの巡礼客の耳目を集めたイエスをカヤパが直ちに逮捕させるだろうか。過越祭の期間中は何としても騒動を避けたいカヤパにとって、それは危険すぎる賭ではないだろうか。

1 「史的イエス」について確かなこと——イエスの死以外には歴史的資料がない

「史的イエス」について資料的に確かなことはイエスの死だけである。つまり彼が紀元二六年から三六年(ピラトの在任期間中)にエルサレムで十字架刑に処せられた以外は資料がないのである。彼の生年や没年、生誕の地を明らかにしようとする歴史家も多いが、(5)それらはいずれも確定的ではない。またイエスとほぼ同時代の歴史家、例えば『ゲルマニア』の著者タキトゥス(『年代記』一五・四四・四)や『ユダヤ戦記』を書いたフラヴィウス・ヨセフス(『ユダヤ古代誌』二〇・二〇〇)、さらに時代は下るが『皇帝列伝』(クラウディス篇二五・三)を記したスエトニウス等のイエスに関する報告は結局のところ、イエスとおぼしき男の処刑と最初期のキリスト教徒の存在を伝えているに過ぎない。イエスは第二神殿時代にパレスチナの一寒村で生まれ、主にガリラヤ地方で活動し、三〇歳を少し過ぎた頃にエルサレムにおいて十字架刑で死んだ。それが我々に残されたイエスの生涯の輪郭である。

共観福音書から受ける人間イエスの印象は多様であるが、そこには共通の要素もある。異邦人の地ガリラヤとはいえ、イエスとその周囲の人々は当時のヘレニズムの影響をほとんど被ることのない庶民の生活を送っていた。

(3) 『ナザレのイエス』(善野碩之助訳)新教出版社、一九六一年、二一四頁参照。そこでボルンカムが述べているのは晩餐の形態についてであり、遠藤の言い方は誤解されかねない。
(4) 『全集』一一巻、一五八—一五九頁参照。
(5) 荒井献、前掲書、二五頁参照。

譬え話（マコ四・一―三〇、一二・一―一二、マタ一八・一二―一四、ルカ一五・八―一〇）から判断すると、イエス自身は違うが、彼の交わった人々の多くは社会の最下層の民だった。彼はティベリア湖畔のそれら庶民の生活空間を移動しては人の集まる所や会堂で説教した。福音書（マコ一・二三―二八、ルカ四・三一―三七）によればガリラヤ一帯で彼は霊能力（charisma）を使って悪霊を追い出す悪魔払い師（病気治癒師）として成功を収めた。[6] 当時の教師は自ら職業を持っていたが、イエスは養父と同じく大工（希語テクトン）だったろう。それは現代の建築士というよりは、もっと指物師兼修繕専門の大工に近かったかも知れない。

　歴史学者や聖書学者の描くイエスは多様である。ある時はユダヤ人小作農の革命家でギリシャ哲学の犬儒派を思わせる巡回のラビ。[7] またある時は伝統的なユダヤの敬虔派ハシディームの智慧の教師、地方を巡回する病気治癒の悪霊払い師[8]というぐあいに。イエスが喋っていた言葉はアラム語だが（ピラトとの対話はたぶんギリシャ語だったろう）、彼ははたして文字が書けたのだろうかという問い[9]さえある。『聖書（旧約）』の該博な知識は伝統的なやり方で耳から覚えたものかもしれない。一二歳で神童ぶりを発揮した話（ルカ二・四一―四七）、会堂でイザヤ書を朗読し「今日、この話が実現した」（ルカ四・二一）と述べた話は後代の信仰によるルカの挿入だが、彼がしばしば印象的な説教をしたのは確かだ。ではなぜ彼自身は何も記さなかったのか。自らのメシア意識の問題[10]とともにこれは謎である。

2　イエスの十字架刑による死の意味――ユダヤの体制派、そしてローマとの関係

　そもそも巡回の一教師（rabbi）のイエスがなぜローマ式の極刑で人生を終えたのか。それはピラトが固執した「罪状書　ナザレのイエス、ユダヤ人の王（ヨハ一九・一九、マコ一五・二六、マタ二七・三七、ルカ二三・三八）」にヒントがある。イエスは自ら王と称したことはないが、多くの民衆から彼こそは旧約に約束されたかのメシ

ア、ローマから祖国を開放するユダヤ人の王と期待された。ガリラヤのナザレ出身というだけでピラトの頭の中には武力革命家という疑いがあっただろう。[11]

悪霊払い師（病気治癒師）として成功を収めたガリラヤの地以外でも、イエスは説教の巧いラビとして名声を得た。エルサレムにおけるパリサイ派の優れたラビであるニコデモとのやりとりがそれを証明している。大事な点はイエスの説教が律法の優れた解釈者、説教者のそれではなく神的権威をもって行われたことだ（マコ一・二七、ルカ四・三六）。さらにイエスはこともあろうに人々の信仰の対象である神殿を侮辱した（マタ二四・一―二、マコ一三・一―二、ルカ二一・五―六）。十字架刑から彼をローマの支配に対する武力革命家だと考える歴史家も多い。古くはH・S・ライマルス（『イエスとその弟子たちの目的に関して』）から、現代のJ・カーマイケル（『キリストはなぜ殺されたか』）まで後を絶たない。たしかに「宮きよめ」[12]のような実力行使（マコ一一・一五―一八、マタ二一・一二―一七、ルカ一九・四五―四八、ヨハ二・一三―二二）や「私は地上に火をもたらすために来た」というような不穏な発言（マタ一〇・三四、ルカ一二・四九）はあるが、他方で柔和な印象も強い。福音書すべてに

（6）G・ヴェルメシュ『ユダヤ人イエス――歴史家の見た福音書』（木下順治訳）日本基督教団出版局、一九七九年、二三―二九参照。また大貫隆『イエスという経験』岩波書店、二〇〇三年、一五一―一五五頁参照。
（7）J・D・クロッサン『イエス――あるユダヤ人貧農の革命的生涯』（太田修司訳）新教出版社、一九九八年。
（8）G・ヴェルメシュ、前掲書、一二六頁参照。
（9）土岐健治、村岡崇光『イエスは何語を話したか？――新約時代の言語状況と聖書翻訳についての考察』教文館、二〇一六年。
（10）J・D・クロッサン、前掲書、五七参照。クロッサンは否定的だが、肯定的なものもある。G. S. Gleaves, *Did Jesus Speak Greek? The Emerging Evidence of Greek Dominancen in First-Century Palestine*, Eugene Oregon: Pickwick Publications, 2015.
（11）G・ヴェルメシュ、前掲書、二四〇―二五七頁。また同書、二一八―二二四頁参照。
（12）「宮きよめ」をO・クルマンは暴力の行使ではなく論争だと言うと遠藤は述べており（一一巻、一五三頁）、またその時期についても遠藤は宮きよめを「ヨハネ福音書」とは異なり「共観福音書」と同じく逮捕・死の直前の出来事としている。

記されているイエスのエルサレム入城は『旧約聖書』のゼカリヤ書九―一〇節の故事にあやかるべく後代に挿入されたものだが、イエスが驢馬の子に乗ってという所はいかにも平和の君を想起させる。

虚心に福音書を通読するとイエスがガリラヤに輩出したゼロテのような武力革命家であったとは、やはり考えにくい。それ故、イエスが「宮きよめ」のように実力を行使し動物供犠のもたらす莫大な権益を指弾することがなければ、殺されずに済んだかもしれない。サドカイ派の神殿貴族たちはローマから許されている政治・宗教的、同時に経済的な自分たちの権益を守るためにイエスを抹殺した。さらにパリサイ派の長老や律法学者たちもイエスがあくまで律法の優れた解釈者、説教者に留まるならば、つまり神的権威をもって伝統的解釈に異を唱えさえしなければ、イエスを看過したかもしれない。実際、イエスの神殿冒瀆の言動は当時の異端律法[13]に照らせばもっとも重大な死に値する行為だった。

いずれにしても当時の誰が、十字架刑で死んだユダヤ人の宗教的革新が後のキリスト教を生むと想像できたろうか。ソクラテスの場合は師を敬慕するプラトンやクセノフォン、さらには彼を新興宗教の教祖と揶揄するアリストファネスたちの文書資料[14]に事欠かない。が、イエスの周囲にはイスカリオテのユダ以外はおそらく文字を書ける弟子はいなかったろう。それに加えてパウロの肉によるイエスを知らず（二コリ五・一六）という初期キリスト教の方針も影響しただろう。パウロが問題とするのは復活後の信仰のキリストであって、生前の人間イエスではないからである。十字架刑で死んだこと以外の歴史的資料の少なさはそこに起因する。人間イエスは十字架刑で死んだが、復活を経験した弟子によってキリスト教はそこから始まった。福音書は詳しい序文つきの受難史というM・ケーラーの表現はその意味でまったく正しい。

3　資料としての「福音書」――「歴史」の書ではなく「聖書物語」

R・ブルトマンの歴史的不可知論の言葉[15]がそれを裏書きしている。「私たちはイエスの生涯や人物についてほとんど何も知ることはできない。というのはキリスト教側の資料はイエスの生涯や人物について何の関心も示しておらず、その上、資料は断片的であり、しばしば民話的伝説である」。他方、我々はイエスの全生涯についての新約聖書ことにその四つの福音書に描かれたイエスの言動と事跡を通じ、生き生きとしたイエスの姿を知る。福音書記者がどのような視座から誰を対象とし、それらの物語を編集していったかには留意しながらも、我々は福音書をイエスの生涯を考察する資料の中心に据えなくてはならないのである。

今日ではマタイとルカは共通の資料、すなわちマルコ福音書とQ資料（イエスの言葉資料でドイツ語の資料Quelleの頭文字から）をもとに、それに加え各特殊資料から福音書を書いたと考えられている（二資料説。ホルツマンの著書（一八六三年）で展開された）。我々が福音書を読むと同じ内容の話（並行記事）が記されているが、よく読むと少しずつ異なる箇所が見つかるのはその為である。またこれらの福音書は共観福音書と呼ばれるが、それらの内容の共通性が一目で見て取れるからである。つまり共観福音書の間の相違は記者がどこに自分の視点を据えるか、また誰を対象に書くのかで異なるのである。

「史的イエス」探究は当初に期待されたような成功に導く道ではなかった。ブルトマンたちの厳密な資料批判の後では福音書やその他の資料からは、もはや歴史的な意味でのイエスの原像（史的イエス）に迫ることは不可能に近い。しかし西洋の諺にあるように、汚水と一緒に桶のなかの赤児まで棄ててしまわないために、我々は福音書の中に「史的イエス」の言動そのものではなくとも、信仰の「キリスト」の姿を通し背後のイエスの姿に迫

（13）遠藤「イエスの生涯」『全集』一一巻、一三九頁。
（14）プラトンの初期対話篇と『饗宴』、クセノフォン『メモラビリア』、アリストテレス『メタフィジカ』とアリストファネス『雲』。
（15）『イエス』（川端純四郎、八木誠一訳）未來社、一九六三年、一二頁。

る道は残されていると考える。

だから一九世紀に思い描かれたように「史的イエス」から「信仰のキリスト」へと辿るのではなく、逆に「信仰のキリスト」から「史的イエス」へと迫るのである。これがブルトマンの弟子たち、例えばケーゼマンやボルンカム、ロビンソンという学者たちの中から蘇ったイエスにいたる道である。「第三探究」の社会学的アプローチもその延長線上にある。そのことを頭の片隅に置きながら、ここでは「史的イエス」探究の歴史とその結果を素描しよう。

4　啓蒙主義時代の「イエス伝」から現代の「史的イエス」探究へ
——ライマルスからブルトマンまで

「自由主義神学」がイエスを教義（dogma）から開放した。一八世紀以前、イエスの生涯は歴史的な問題とはなり得なかった。聖書の内容は神聖で一字一句正しいものとされていたからである。しかし一八世紀になると啓蒙主義の影響により批判的・合理的精神をもって聖書を自由に読むことがプロテスタントの世界で盛んになる。すなわち教会の教義から人間精神を自由に開放する「自由主義神学」が登場したのである。聖書は初めて本格的・批判的に論じられ、イエスは神ではなく只の人、律法の合理的で自由な解釈を示す道徳の教師、一人の自由主義的なユダヤ人教師（rabbi）である。二〇世紀の保守的な新約学者J・エレミアスは[16]「今日それらを読むと微苦笑を禁じえない……イエス伝は種々様々だ。合理主義者はイエスを道徳の説教者として、理想主義者は博愛の権化として……一方多くの似而非学者はイエスを材料として虚構を作り上げる」と批判する。

通常の「史的イエス」探究史は大まかに言って次の三つに時代区分される。すなわち①「イエス伝」の時代、②再探究の時代、そして③第三探究の時代である。が、拙論では遠藤著『イエス』との関係から①「イエス伝（史的イエス探究）」の時代をさらに二分しブルトマンたち様式史派、編集史派をやや詳しく述べる。すなわち①「イエス伝」の時代前期――ブルトマン以前（ライマルス、シュトラウス、シュヴァイツァー）、②「イエス伝」の時代後期――ブルトマン以後（ブルトマンたち様式史派、編集史派）、③再探究の時代（ブルトマンの弟子E・ケーゼマン、G・ボルンカム、J・M・ロビンソン）そして④第三探究の時代[17]（B・マック、D・クロッサン等のイエス・セミナー、社会学派のG・タイセン、ユダヤ人研究者G・ヴェルメシュ）である。括弧内の人名は拙論の考察上、筆者が重要な人物として書き込んだものである。

しかし重要な人名がここでは多数抜け落ちている。例えばイエスをメシアにしたのは福音書記者マルコだと言う『諸福音書におけるメシアの秘密』（一九〇一年）のW・ヴレーデ、『主、キリスト』のW・ブセット、歴史学・宗教社会学のE・トレルチ、プロイセンのリベラル・ナショナリストで『キリスト教の本質』（深井智朗訳、春秋社、二〇一四年）を書いたA・ハルナック等、「史的イエス」探究史で重要な人物は多いが、拙論では専ら紙数の関係と筆者の「史的イエス」探究の知的限界から、その名前に言及することしかできない。

さらに遠藤との関わりで言えば『キリストとその時代（全三巻）』（S・カンドウ、金山政英訳、三省堂、一九四九―五二年）を書いた歴史家ダニエル・ロプスの存在も大きい。彼と遠藤著『イエス』との関係を精緻に分析した考察[18]があるので是非そちらをご参照頂きたい。また文学の分野でも非常に多くの「イエス本」が書かれ、そのなかで特に遠藤との関連から取りあげるのは、J・E・ルナンとF・モーリアックである。この二人については

（16） エレミアス『新約聖書の中心的使信』（川村輝典訳）新教出版社、一九六六年、一二頁。エレミアス自身については同書「あとがき」を参照のこと。

（17） 『失われた福音書――Q資料と新しいイエス像』（秦剛平訳）青土社、一九九四年。また訳者の「あとがき」参照。

（18） 菅原とよ子「ダニエル・ロプスの受容――遠藤周作『イエスの生涯』とダニエル・ロプス『キリストとその時代』」『国語国文学研究』二〇〇九年二月。

後の「6　J・E・ルナンとF・モーリアックのイエス像」でごく簡単に扱う。

5　「史的イエス」探究（イエス伝）前期
――ブルトマン以前（ライマルス、シュトラウス、シュヴァイツァー）

A・シュヴァイツァーが『イエス伝研究史』第一版「ライマルスからヴレーデまで一九〇六年」で「ライマルス以前にはイエス伝を史的に把捉しようと試みた人はいなかった」[19]と述べて以来、史的イエス研究はライマルスに始まるとされるが、イエスを政治革命家だと論じる『イエスと弟子たちの目的』（一七七八年）は、それまで福音書において渾然としていた「信仰のキリスト」と「史的イエス」を切り離したこと以外、探究の方法論からは採るべき所はない。しかも彼の時代にはイエス伝のような著作を公にすることは社会的に危険な行為だったので、その著作の一部が死後レッシング[20]によって公表されたのみである。

実際に「史的イエス」探究で方法論的に嚆矢と考えられるのはD・F・シュトラウスの『イエスの生涯第一巻・第二巻（一八三六―七年）』（岩波哲男訳、教文館、一九九六年）である。彼の立ち位置は啓蒙主義の行き過ぎた合理主義・自然主義的解釈からは距離を置きながらも、さりとて伝統的・超自然主義的神話解釈にも戻らない第三の解釈である。またシュトラウスの意図のなかには後述するルナンに対する競争意識（と若干の称賛）[21]もあった。ルナンは探究史から言うと、歴史的な資料を学問的に扱うと言いながらも結果的には美しい創作を世に出したに過ぎない。

原文で一五〇〇頁にものぼる大著の緒論「福音物語についての神話的立場の発生」（訳書で若干の異同あり―筆者。邦訳では『イエスの生涯・緒論』生方卓他訳、世界書院、一九九四年）は福音書の奇跡の解釈をめぐる対立をヘーゲルの弁証法で止揚したものだ。すなわち奇跡は起きていないという合理主義・自然主義的解釈と、実際に起きたと信じる伝統主義・超自然的解釈の対立を、そのどちらでもない第三の解釈「神話論的解釈」によって止揚した。では「神話論的解釈」とは何か。それはどのようにして奇跡が神話的物語として成立したのか、どのように民衆の口碑の伝承から文書資料へと発展したのか、物語形式の起源・発生を探究する立場であり、後の様式史探究に繫がる画期的なものである。

6 J・E・ルナンとF・モーリアックのイエス像――あまりにも文学的な成功作

かつてカトリック神学生だったルナンは一八六三年に極めてロマン主義的な『イエス伝（キリスト教起源史第一巻）』（津田穣訳『イエス伝』岩波文庫、一九四一年）を世に問うた。パレスチナの牧歌的風土の実体験に基づく美しい風景描写や極めて人間らしいイエスの心理や言動は多くの共感とともにまた多くの批判をも招いた。ルナンの描くイエスは神の子ではなく優しい人間であり、道徳の教師として当初ガリラヤで成功を収めたが、最終的にはエルサレムで自らの黙示思想に殉じるという近代心理主義的小説である。一九世紀フランスのロマン主義的な時代風潮に合った文人ルナンの『イエス伝』はまさに一世を風靡した。目まぐるしく変化する政治状況に翻弄されながらも彼自身はコレージュ・ド・フランスのヘブライ語教授、晩年にはアカデミー・フランセーズの会員にも選ばれた。

---

(19) A・シュヴァイツァー『イエス伝研究史（上）』第六版（遠藤彰、森田雄三郎訳）白水社、一九六〇年、五九頁。
(20) ドイツ啓蒙主義の文学者G・E・レッシング（1729～1781）。宗教的寛容を説いた詩劇 *Nathan der Weise*（『賢者ナータン』）の作者。
(21) ルナン『イエス伝』（津田穣訳）岩波書店、一九四一年、三三二―三三三頁参照。

遠藤自身も「ルナンの『イエス伝』は今日、既に色褪せた本だが」と的確に一度だけ『イエス』[22]のなかで言及する。さらに遠藤に影響した可能性の一つはルナンが洗礼者ヨハネを描くにあたり、その顔立ちに触れていることだ（岩波文庫、六章、一二六頁）。

中年の信仰の危機も肉体的な危機もともに乗り越え、名誉あるアカデミー会員にも選ばれたモーリアックの自信作『イエスの生涯』は一九三六年にフランスで出版された（杉捷夫訳、新潮文庫、一九五二年）。カトリック公認の出版許可を得た作品だったが、翌年にバチカンからイエスの描き方があまりにも人間的過ぎると批判された。既に大家の位置にあったクローデルも、作中のイエスの身体的優位（聖骸布から証明される背の高さ）を巡って苦言を呈した。筆者がここで参照するのは遠藤も編集者として関わっている春秋社の『全集（モーリアック著作集全六巻）』（第六巻、高山哲男・上総英郎訳、一九八三年）である。

その中でモーリアックがイエスの顔に触れている箇所がいくつかある。例えばペテロに否認された時のイエスの顔（三三二―三三三頁）、「彼が弱々しい顔つきをしていなければ、私たちがイエスに付加するあの威厳がいつもそなわっていたとすれば、賤民たちは彼に距離をおいて近づかなかったろう。いや、このナザレ人は、台所から飛び出してきたこんな屑のような人々を抑さえつけるようなものを持ってはいなかったのだ……私たちがそれぞれ顔をもっているとすれば、神の子の顔はどんなだったろう」というように。

またモーリアックは（新版のための序文）でわざわざ、次の文章を引いている。イエスは「背が高く、容貌は、やがて雲の裂け目から、大いなる栄光といかめしさをそなえて天に現れる人のようだったにちがいない……」（三五一頁）と。遠藤も『イエス』の冒頭でまずイエスの顔立ち、容貌に触れているが、この巻の解説の矢代静一の言葉（三八頁、二一―三参照）を見るかぎり、ひょっとするとそれは天羽[23]の指摘するシュタウファーの影響よりも、モーリアックの影響が大であることを表すものかもしれない。いずれにしても遠藤は『沈黙』でキリストの顔の変化を重要な隠喩[24]として使う。『イエス』でもその外貌にまず触れるのは極めて自然であろう。

7　「史的イエス」探究の時代後期（ブルトマン以後）——宗教史派と様式史派

先述のシュヴァイツァーの『イエス伝研究史』はイエス伝そのものではなくイエス伝研究史だが、その著書の中で彼はイエス伝によって信仰のキリストから歴史のイエスへ遡行する期待とは、実は教会の教義に対する反発から生まれたもので、彼らの生んだイエス像は決して「史的イエス」と呼ばるべきものではない。それは時代の合理主義や観念論が生んだ架空のイエスであり、イエス伝の作者は好き勝手に創作していたに過ぎないと言う。彼自身も自らのイエス像を『イエス伝の素描』（邦訳『イエスの生涯——メシアと受難の秘密』（波木居斉二訳）岩波文庫、一九五七年）で徹底した終末論的メシアとして描く。シュヴァイツァーは彼の総括したイエス伝研究史と彼自身のイエス伝によって「イエス伝」の時代（前期—筆者）に文字通り幕を引いたのであった。[25]

実際、一九世紀におけるイエス伝の恣意性、学問的な未熟さは聖書というテキストに対する資料批判の方法がなかったことによる。一九世紀後半になって初めていわゆる二資料説（ルカとマタイはマルコ［原マルコ］とQ資料から伝承を採っている）が定着する。これによって宗教史派が登場し聖書学の方法論と「史的イエス」探究への新たな段階が始まる。すなわち福音書も史実を記した歴史書ではなく、福音書記者によって創作された物語であること。福音書がイエスの時代のユダヤ人の使っていた言語アラム語ではなく、当時の地中海世界の共通語で

(22)　『全集』一一巻、九〇頁参照。
(23)　天羽美代子「遠藤周作『イエスの生涯』における〈イエス像〉造形過程の一考察——シュタウファー『イエス——その人と歴史』の影響について」『高知大國文』三五号（二〇〇四年）四九—五八頁。
(24)　拙著『遠藤周作の世界——シンボルとメタファー』教文館、二〇〇七年、一五五—一六〇頁参照。
(25)　ボルンカム『ナザレのイエス』一五頁参照。

あるギリシャ語で記されている[26]こと。それからも判るように、そこに書かれている信仰の内容もユダヤ教独自のものではなくヘレニズム化された内容であることが明かになった。

ここに宗教史学とそれに続く様式史批判によって、それ以後の聖書批判の方法論が確立された。様式史批判とは伝承（Tradition）（多くは口承伝承）が幾つかの類型に分類できることから、その成立についてどのように、なぜ成立したのかを研究することである。伝承の類型が様式（Form）であり、その変遷の研究が様式史（Formgeschite）、それを用いる研究が様式史批判なのである。これは元来、ブルトマンの師H・グンケル（一八六二―一九三二年）が旧約について試みた方法で、例えばグンケルは様式史的方法により旧約創世記一章の創造と新約黙示録一二章の背後に共通のバビロニアの創造神話の存在を認め、旧約詩篇の分析においてもまた然りと言う。ブルトマンはこの師の様式史的方法を新約の分析に応用した。さらにそれらの伝承に類型があるのは、その伝承を伝えるキリスト教共同体（Gemeinde）の活動の場、すなわち生活の座（Sitz im Leben）があったからだと考える。具体的には洗礼式、教会教育、伝道、護教活動等のことである。

二〇世紀初めにこの様式史の本格的な研究書（様式史三部作）が次々と世に出た。それらがK・L・シュミット『イエス物語の枠』（一九一九年）、M・ディベリウス『福音書の様式史』（チュービンゲン、一九一九年）、R・ブルトマン『共観福音書伝承史』[27]（ゲッチンゲン、一九二一年）である。ブルトマンは様式史の方法によりキリスト教最古の史実を求めていくが、その結果として見いだしたものは教団によって救い主として信じられた「キリスト」であって、史実としての「イエス」の姿ではない。つまり福音書は歴史の書ではなく信仰告白の書であり、最古の層は「史的イエス」の言葉を伝えてはいるが、福音書記者の関心はそこにはなく、このイエスを救い主と信じる教団の宣教の言葉（Kerygma）にあった。ブルトマンの用語を使えば、それは客観的事実としての歴史（Historie）ではなく、主観が受け取るところの歴史の解釈（Geschhite）なのである。

8　ブルトマンの「非神話化理論」――哲学的な教養学者としてのブルトマン

一九四一年にブルトマンが講演「新約聖書と神話論」を行い、その中で「新約聖書の非神話化」という五〇頁程の短いパンフレットが出された。しかしその非神話化（Entmythologisierung）という用語はまったく誤解されがちな言葉である。それは Ent という独語接頭辞の「非」の印象にもよるが、実際は反対・排除の意味ではなく合理的に解釈することである。新約聖書は当時の神話的表象に依拠して書かれており、当時の言葉の意味を正しく理解することで初めて時代を超えて働く神の言葉を理解できる。つまり新約聖書は天・地・陰府という三層の世界観や、悪魔や天使などの超自然的存在を信じていた人々に向けて書かれた「黙示録」的書物なのである。

例えばイエスは「私は悪魔サタンが天から稲妻のように落ちるのを見ていた」（ルカ一〇・一八）と言う。地上数百㎞の宇宙空間に衛星が無数に飛ぶ現代の私たちには荒唐無稽な話と思われるが、古代の人々の宇宙観・世界観を知ればその表象の真の意味を理解できる。

ブルトマンにとって非神話化とは決して神話そのものの排除ではなく、神話は人間の実存に影響を与え決定づける力を与えるものである。大事なことは新約聖書の神話、黙示録的な物語を実存主義的に再解釈することなのである。

様式史研究により今までトータルなものと理解されていた受難物語も孤立した単位伝承ペリコペ（聖書の一区切り）に分解される。イエスの伝承は言葉伝承と物語伝承とに区別され、前者はアポフテグマ（イエスの言葉に

(26)　加藤隆『新約聖書はなぜギリシア語で書かれたか』大修館書店、一九九九年参照。
(27)　ブルトマンの翻訳は新教出版社から二巻本『共観福音書伝承史Ⅰ・Ⅱ』（加山宏路訳、一九八三―八七年）。『イエス』は川端純四郎、八木誠一訳、未來社、一九六三年。良質な解説書は熊沢義宣『ブルトマン』日本基督教団出版局、一九六二年。

伝承の過程で言葉の語られた史的状況が物語形式で後から付加されたもの）と主の言葉（状況描写なしに単独で語られたもの）に分けられ、後者の物語伝承はさらに奇跡物語と歴史物語とに分けられる。分析の結果それらの原型はラビ文学やヘレニズム文学の平行例と酷似していることが判り、それらの物語伝承は「史的イエス」に遡るものではなく原始教会の創作であることが結論づけられた。

しかし我が国でも著作をとおして比較的よく知られるO・クルマンはブルトマン及び弟子たちの様式史的研究はむしろ実存主義的解釈と結合しイエスを無視していると批判する。

たしかに同じ様式史派でもディベリウスは「史的イエス」探究において楽観的、リベラルであったが、ブルトマンは教義学者であると同時にマールブルク大学の同僚ハイデッガーの実存主義に深く影響されていたので、哲学的な傾向が強く神学においてもラディカルである。つまり「史的イエス」の可能性について徹底して悲観的であった。

彼はM・ケーラーの概念を借用して言う。「史的イエス」でさえ他の歴史的事象の中の一つの事象である。歴史家は過去の歴史を振り返るとき自然界の観察者のように、中立的な第三者として歴史の外にたつ。その意味で歴史は過去の出来事の連続体と見なされるが、その場合の歴史はHistorieで、「私の実存理解」のきっかけとなる歴史はGeschichteと呼ばれる。「私」はその意味での歴史において決して局外者、特権的観察者ではなく過去の出来事に対する実存的理解の主体である。過去は「今」の現実に働きかける過去であるので、ブルトマンにとって救いの出来事としてのキリストの十字架は神話的出来事ではなく、客観的・歴史的（historisch）なナザレのイエスの十字架から生れる実存的・歴史的（geschichtlich）な出来事なのである。

ケリュグマ（Kerygma）は宣教の言葉であり、それを通してキリストの出来事が「今・ここ」の個人に向かい合う。神の言葉が神の人格的言葉となり、個人に向けられ彼もしくは彼女らの意識に訴え決断を要求する。つまりケリュグマとは救済史を終末論的要求へと凝縮・集中させるのだ。以上がブルトマンの非神話化理論、「史的イエス」をめぐる実存的歴史解釈であり、二〇世紀の新約聖書学に衝撃を与え、かつ多くの批判の対象となったものである。

かくして二〇世紀初めのシュヴァイツァーとその後にブルトマンが提示した成果によって、イエスの奇跡の多くは福音書記者によって伝承のなかから適当に拾い集められた物語群であることが明らかになり、また一九世紀的な「イエス伝」は時代の子である研究者自身の世界観・人生観をイエスに投影したもので「イエス伝」研究とはいわば時代精神の関数であることが明らかになった。現実の歴史のイエスに迫るためには批判的・歴史的な方法が不可欠だが、同時にイエスが神からの者であるという信仰の視点を抜きにしては真実のイエスに到達することは不可能なのである。言い換えると復活に始まる初期教会のキリスト信仰を顧慮しなくては完全にイエス・キリストを論じることはできない(28)。

9 「史的イエス」再探究の時代
――ブルトマンの弟子たちによる批判(ケーゼマン、ボルンカム、ロビンソン)

一九五三年、ケーゼマンがブルトマン学会で「史的イエスの問題」という講演を行い、一時は暗礁に乗り上げたかに思えた「史的イエス」の再探究の時代が始まった。J・M・ロビンソンの『新たな史的イエス探究(*A New Quest of the Historical Jesus*, 1959)』は一九世紀のイエス探究を概観して次のように言う。歴史学的方法でイエスの原像を求めようとしたが、歴史学の方法ではうまく行かなかった。次の様式・批判的な方法はすぐれた方法だが、イエス自身にはやはり到達できなかった。イエスについてはケリュグマの中においてのみ深い意味を語るこ

(28)「告知されるキリストは、もはや史的イエスではなく信仰と祭儀のキリストである」(『共観福音書伝承史 I』三九六頁)。

とができる。そういう意味では一九世紀の「史的イエス」探究は成功する筈がなかった。イエスを人間の枠内で理解しようとして、信仰への呼びかけと直結したイエスの本質については避けるやり方だったからだ。ブルトマンは実存的信仰理解に閉じ籠ってしまったが、ケリュグマの生活の座をブルトマンのように原始教会におくのではなく、地上でのイエスと弟子の集団に遡ってケリュグマのキリストから地上のイエスに至る道を求めるように提案すると。

一九五六年に書かれたG・ボルンカムの『ナザレのイエス（*Jesus von Nazareth*, 1956）』（善野碩之助訳、新教出版社、一九六一年）はその意味でひろく好評裡に迎えられた。歴史学的方法で迫ろうとして結果として摑み損ねたイエスを「史的イエス」とするなら、ナザレのイエスは「史的イエス」探究の手垢のつかないいわば生のイエス、あの場所に確かに実在したイエスのことだ。そこで彼はその一見、歴史に逆行するかに見えるイエス探究の道をまずもって資料批判に関わる「状況の説明（時代と環境）」から始める。様式史の批判的吟味に耐えてきたイエスは福音書の中にも多くあるではないか。例えば洗礼者ヨハネによるイエスの受洗、イエスのヨハネ教団への参加、まもなく彼等から別れ故郷ガリラヤでの活動、弟子を集めたこと、律法学者やパリサイ派との論争、エルサレム行きとユダヤへの旅、ユダヤ人指導層やローマ人官憲との衝突、そして審理と十字架上の死等である。

福音書にはイエス・キリストについての報告と信仰告白、歴史物語と証言が混在しているが、教会の信仰と神学がイエスの歴史の伝承形成にあずかったことは確かである。この特殊性をもつ伝承を史的記録として受け取ることも、また過激な批判によって捨て去ることも共に不当である。イエスの歴史は私たちが福音書に記されたイエスの語りかけに応えてイエスとの同時性に生きることだ。方法論として様式批判を採らないシュタウファーがイエスの実像をユダヤ教側の資料から徹底して照らしだそうと試みるなら、ボルンカムは師ブルトマンが先鋭すぎて中断したケリュグマの中にさらに「史的キリスト」を求めるのだ。

ここでロビンソンが『新探究（*New Quest*）』の中で一九世紀的逆行だと評したシュタウファーにも少し触れる。

とくに遠藤著『イエス』に関連の深いものとしてシュタウファーの『イエス――その人と歴史（*Jesus, Gestalt und Geschichte*, 1957）』（高柳伊三郎訳、日本基督教団出版局、一九六二年）は無視できない。またそれにはエアランゲン大学においてシュタウファー教授に師事した荒井献の「シュタウファー教授――その『人』と『神学』」が含まれている。そこで同氏が強調することは①シュタウファー教授は権威に対する抵抗心の極めて強いヒューマニストであること、②神学者というよりキリスト教的歴史学者であること、様式史のブルトマン教授の業績と人格に対しては、つねに深い敬意を払っていたことである。そしてなによりも現在（一九六一年当時）のドイツ神学界における「史的イエス」問題の解説がブルトマンとシュタウファーの方法論の違いも含め、判りやすく解説してある（同書、二七八頁一〇行―二八五頁一三行）。是非、一読されることをお薦めする。

『イエス――その人と歴史』本文の方はイエスの姿と出来事の史実を描く。その方法はユダヤ教の資料を含むあらゆる歴史資料を吟味し、資料・年代からイエスの生涯を時代順に辿り初期時代、洗礼者ヨハネとの関係、ガリラヤ伝道、ユダヤにおける最後の冬、死の過越しと「自己証言」を扱う。それは荒井の言う如くまさにキリスト教的歴史学者の堅実な仕事の連続であるが、イエスの「自己証言」と「奇跡」の扱いに関しては遠藤とまったく異なる点に注意すべきである。つまり傾向的な福音書に記述される「奇跡」についてもシュタウファーはユダヤ教側の証言をもって、その評価は正反対ながら出来事の有無そのものについては信頼できる証拠とする。教授の叙述は平易でブルトマンとは異なり、哲学的な難しい論理構成はない。歴史学と神学の接点を扱う時もボルンカム同様、背景に篤実なプロテスタント的信仰が感じられる古典である。

10　第三探究の時代——クロッサン、タイセン、ヴェルメシュ

近年、英語圏（北米）で新しいイエス探究が盛んである。一九七〇年代に始まり今日でもなお活発に活動している。この運動はまたイエス・セミナーとも称されるが、その特徴は①共観福音書の史的信憑性に深い疑義を抱き、トマス福音書などの外典に関心を持つ。②イエスの言葉（人の子、終末論、審判）は後の教会に由来するものでイエス本来の言葉は旧約の知恵文学的なものである。③様式史及び編集史の伝統的な文献批判の方法は用いながらも、新たな人類学や社会学の知見を取りいれる。その最たるものがセミナーの主宰者であるD・クロッサンの『歴史のイエス（*In Parables: The Challenge of the Historical Jesus*, 1973）』と『イエス——あるユダヤ人貧農の革命的生涯（*Jesus: A Revolutionary Biography*, 1994）』（太田修司訳、新教出版社、一九九八年）である（彼の場合、学問的な進展を示す旧著作・論考が輻輳している点に注意）。著者の言うところによると後者は三つのベクトルの交差するところに歴史のイエスを位置づける方法をとる。第一のベクトルとは地中海の通文化人類学的（cross-anthropological）なもの、第二はイエスと同時代のギリシャ・ローマ史のなかに置かれたユダヤ人の歴史で、第三は文献学・資料批判的なものである。彼は「旅のために杖一本のほかには何も持たず、パンも袋も帯のなかには銭もいれず……」（マコ六・八—九）のようなイエスの言葉から、イエスを古代イスラエルにおけるキュニコス主義者（ギリシャ哲学の犬儒派）として規定する。より広い視野からイエスを捉えなおそうとする意図は判る。読み進むとワクワクするが、イエスをディオゲネスのような犬儒派とするのは少々無理があるのではないか。

次のG・ヴェルメシュ『一歴史家の見た福音書——ユダヤ人イエス』（木下順治訳、日本キリスト教団出版局、一九七〇年）はイエスに対するユダヤ人側の歴史資料を駆使し、イエスのルーツを確認する上で貴重な本である。カトリックからユダヤ教に再改宗した著者は死海文書の研究でも著名な歴史家である。このなかで最も貴重な

論考は第二部「イエスの名称（預言者イエス、主・キリスト、メシア・イエス、人の子イエス・神の子イエス）」で示唆にとむ。最後にゲルト・タイセン著『イエス運動――ある価値革命の社会史』（廣石望訳、新教出版社、二〇一〇年）の文学社会学的アプローチについて触れる。これは原始キリスト教の初期段階をナザレのイエスが起こしたユダヤ教内部の改革運動と捉え、方法論的には様式史派の生活の座を社会学的な以下の三つの要因で捉える。「経済学的要因（伝承者の社会層）」「生態学的要因（伝承者の地域性）」「文化的要因（伝承者の言語、価値観）」の視点においてである。

クロッサンもマック[29]も聖書学者でない遠藤の『イエス』には年代的な制約もあり言及はない。しかしそれらは下編で扱う『キリストの誕生』とも係わるもので、「史的イエス」探究の最前線である。そして現在の第三探究の中心、イエス・セミナーの特色を付加すると以下の聖書学の二つとなる。すなわち①グノーシス文書の重視、②クロッペンボルクのQ資料仮説。グノーシスの詳細は荒井献『原始キリスト教とグノーシス主義』（岩波書店、一九七一年）をご覧頂きたいが、グノーシス文書とは一九四五年にナグ・ハマディで発見されたコプト語写本のこと。その内容の一部『トマスによる福音書』は荒井献（講談社学術文庫、一九九四年再刊）によって邦訳されたが、文学類型としては一一四個のイエス「語録集」である。そこにはヨハネ福音書と並行するものや、アグラファ（四つの福音書にない未知の言葉）がかなり見られる。Q資料とトマス福音書のイエス語録はかなり重なる。②クロッペンボルクのQ資料仮説とはQ資料とトマス福音書の関連を問うもので、Q資料は三段階を経て成立したという。

以上、最後はいかにも駆け足のサーヴェイであったが「史的イエス」探究の粗述を終え、それらを踏まえ対比的な方法で遠藤著『イエス』とその影響関係の実際を考察する。

---

(29) B・L・マック、前掲書、三九六頁。

11　「史的イエス」探究と遠藤の『イエス』
——比較一覧表でみる『イエス』対福音書、シュタウファー、ボルンカム

ここからは遠藤著『イエス』を基準に共観福音書、ヨハネ福音書、E・シュタウファー、G・ボルンカムとの比較考察を行い、その異同を「比較一覧表」に纏める。ただし紙数の関係で実際に表を提示し、その内容を解説するのは(中)に譲る。ここではただ比較・対比のコンセプトのみを述べる。つまり以下の七項目において四者を『イエス』と比較し、一致○、不一致×、どちらでもない△を記す(必要に応じ簡単な説明を付す)。七つの項目は必要ならばさらに二分される。これら二人の聖書学者は遠藤の『イエス』で言及された回数の多い(六回)上位二者である。

(1)「叙述の順序(編年体か否か)」と「方法 e.g.(神学・歴史学的アプローチか文学・社会学的なアプローチか)」。遠藤は編年体で、歴史・文学的アプローチを採る。

共観福音書とヨハネ福音書では記者によって対象、成立年代、書かれた場所、目的等の違いがあるが、

(2)「洗礼者ヨハネとの関係」(受洗の有無＝ヨハネ教団に参加)と「ヨハネによるイエスの証し」。遠藤ではヨハネがイエスに授洗。イエスは教団に参加し、やがて別行動をとる。ヨハネがイエスを証しする。

(3)「奇跡」の扱い(奇跡には悪霊払い・病気治癒という治癒の奇跡、嵐を静める・大漁という自然に関する奇跡、処女降誕・復活という神顕現の三種類がある)、「イエスの「奇跡(しるし)を認めるか否か」。遠藤は一切認めない。

(4)「最後の晩餐はあったのか、否か」。共観福音書とヨハネ福音書では過越の食事か否かが別れる。しかし彼らの最後の食事が後年の聖体祭儀の制定に関わるので最後の晩餐は行われたか否か。聖体祭儀との関係。

(5)「イエスにメシア意識はあったか否か(自己証言エゴ・エイミ(アニー・フー)、終末論的な人の子論争。苦難の

僕の意識)」。

(6)「十字架上の最後の言葉」。遠藤のイエスは「主よ、彼等を許したまえ。彼等はそのなせることをしらざればなり」、「エロイ・エロイ・ラマ・サバクタニ」(詩二二篇の冒頭の文句)、最期に「主よ、すべてを御手に委ねたてまつる」と言う。

(7)「復活の扱い(あったのか否か)」。

第一八章　『イエスの生涯』『キリストの誕生』と「史的イエス探求史」（中）*
――歴史のイエスから信仰のキリストへ

「あなたはメシア、生ける神の子です」　マタ一六・一六

*引用箇所の注だけで膨大な羅列になるので聖書からの引用（新共同訳に準拠）、各著作からの引用も出来る限り本文にはめ込み、注解は最小限度に止めた。

0　『イエスの生涯』

『イエスの生涯（以後『イエス』と略記）』[1]を読むと遠藤は荒井献が神学者というよりはキリスト教的歴史学者だと評するE・シュタウファーや編集史的方法のG・ボルンカム等多くの神学者の所説に目配りしながらも、イエス像に関してはまったく独自の見解をとる。それらは主として三つある。

(1)無力なイエス（奇跡の否定）　遠藤は共観福音書に多く見られる超自然的な奇跡を認めない。共観福音書の中で初期のイエスは巡回説教師であるとともに霊力（charisma）による悪霊払い師（病気治癒師）として成功を収める。だが『イエス』にはこれらの姿はない。あるのはただ苦しむ人、弱い人の傍らに寄り添う無力なイエス（同伴者）の姿である。

だが、ここで素朴な疑問が湧く。いまの世の人々は徴ばかりを求める（マタ一六・四、ルカ一一・三九、マコ

（1）『イエス――その人と歴史』（高柳伊三郎訳）日本基督教団出版局、一九六二年、二七七頁「シュタウファー教授――その『人』と『神学』」。

八・一二、ルカ一一・二九）と共観福音書のイエスは慨嘆するが、もしも彼が奇跡とまったく無縁の人ならば、なぜ多くの民衆が彼を来るべきあのメシアではないかと期待したのだろうか。福音書にはイエスたち一行は食事をとる暇さえなかった（マコ六・三一）と記されている。仮に奇跡を行ったという噂が一人歩きして、民衆のメシア待望が勝手に膨らんだとしても、眼前のイエスが一度も奇跡らしきものを起こさなかったならば、はたして群衆はイエスの後をあのように追いかけただろうか。

(2)メシア待望とイエスの拒否　さらに遠藤は山上の説教や五千人の供食もまた、群衆がイエスをあの力強いメシアと期待し、イエスがそれを否定したときの出来事だと言う。この遠藤説を裏付ける史的根拠はない。しかし勝手な期待を膨らませた民衆がイエスの拒否によって落胆し離反する繰返しが、最終的にはイエスの受難と死に繋がったという考えは納得できる。ヨハネ福音書六章一五節の五千人の供食の後に、イエスがご自分を王として連れていこうとする群衆から逃れるため山に退かれたとある。そのことはイエスがずっとメシア待望の群衆に悩まされたことを裏付けている。

史的に確かなことはイエスの死がローマ当局による十字架刑ということだ。そこに至る受難のプロセスの真因はイエスに対するユダヤ教体制派、すなわちエルサレム神殿の大祭司を頂点にサンヘドリンを構成するサドカイ派の神殿貴族たち（彼らはまた多くガリラヤにおける大土地所有者でもあった）と律法の厳格な解釈者のパリサイ派とが共に抱いた危惧によるものだ。彼らはイエスにより民衆が煽動され、多くの人が集まる過越祭に反ローマの示威行動が勃発することを恐れたのだ。もし自称・他称を問わず「メシア」による反ローマの軍事的行動が起きれば、彼らの限定的自治権は直ちに取り上げられるのだから。

遠藤は福音書の山上の説教（マタ五—七章、ルカ、マコの並行記事）、五千人の供食（マタ一四・一三—二一、マコ六・三〇—四四、ルカ九・一〇—一七、ヨハ六・一—一四）、最後の晩餐（マタ二六・二〇—三〇、マコ一四・一二—二一、ルカ二二・七—一四、ヨハ一三・二一—三〇）の出来事もすべてイエスが民衆のメシア待望を退けた出来事なのだと言う。

⑶独自なユダ論　遠藤はイスカリオテのユダの裏切りについてもユニークな説を述べる（『全集』一一巻、一六〇―一六二頁参照）。ユダの裏切りやその動機については四福音書すべてに記されている事柄だが、しかし最後の晩餐における遠藤のユダの裏切りの動機や離反行動に対する推測は独自である。すなわちイエスは過越の夕食の場でも、メシアとして決起を促す群衆と過越祭巡礼の代表と対峙し、自らに対する彼らの期待を退けた。今まで、一縷の望みを抱いていたユダもここに至り離反の決意を固めた。しかもユダは単独で行動するのではなくユダと志を同じくする仲間を引き連れて離反するのだ。これらは全く遠藤独自の推測である。[3]

これらの三つが遠藤の『イエスの生涯』を貫く主調音である。

1　七つの項目によるチェック

次に小論の本題である⑴―⑺の具体的な項目のチェックにより、遠藤と先行資料との関係を見よう。そのために此処でＥ・シュタウファーと（その方法において対蹠的な）Ｇ・ボルンカムの「史的イエス」に関する方法の違いを述べ、次に四福音書の成立とその特徴を簡単に述べる。[4]

（２）　マルコはオクロス（軽蔑の意味を含んだ群衆）を多用し、ルカはラオス（民衆）を多く使う。加藤隆『福音書＝四つの物語』講談社、二〇〇四年、二一三頁。また田川建三『イエスという男――逆説的反抗者の生と死』三一書房、一九八〇年参照。

（３）　遠藤は彼固有の編集史的試みもしている。すなわち弟子の選定の直後にペテロの告白「あなたは神の子キリスト（メシア）です」を置く。『全集』一一巻、一三二頁参照。

（４）　Ｅ・シュタウファー、前掲書、及びＧ・ボルンカム『ナザレのイエス（改定増補版）』（善野硯之助訳）新教出版社、一九九五年。

(1)E・シュタウファーとG・ボルンカム　過越の食事についての両者のコメントにはその特徴がよく出ているので、引用に近い形で紹介する。シュタウファーはイエスたちの最後の晩餐は夕刻なので過越の食事に関係するものに違いないが、共観福音書記者たちは準備の時にも祝いの席でも過越の小羊について明確に触れていない。なぜか。それは過越の小羊を屠る神殿の儀式がイエスが十字架に架けられた金曜日に初めて行われたので、イエスは公的な過越の食事より前に自分たちでそれを祝ったことによるのだと言う。[5]

他方、ボルンカムはイエスは自分の死を確信し弟子たちと最後の晩餐を守ったが、私たちにはもはやその晩餐が実際どういうふうに行われたかをテキストから確実に見つけ出すことは出来ない。なぜなら現在の形態のテキストは後代教会の祝いの食事や典礼の反映だからだと言う。[6] 両者の違いは前者が聖書歴史学者だとすれば、後者は編集史・様式批判を経た聖書神学者であることだ。

(2)四福音書の成立とその特徴　新約聖書はマタイ、マルコ、ルカ、ヨハネの四福音書とルカの続編の使徒言行録、パウロ及び他の書簡、そしてヨハネの黙示録の合計二七の文書からなる。ナザレのイエス自身は何も書き残さず、ただ神の国の到来を告げた。弟子たちは自分の知るイエスの言行をその死と復活の後、首都エルサレム、ガリラヤ、シリア、キプロス、エジプト等にまで宣べ伝えた。福音（Evangelion）（神の国の到来を告げるイエスの教え、希語・喜ばしい報せ）の成立は加藤隆[7]によれば最古のマルコ福音書は紀元後一世紀半頃、マタイ一世紀末、ルカ文書（ルカの福音書と使徒言行録）一世紀末、ヨハネは一世紀末から二世紀初めに書かれた。ここでマルコよりもパウロ書簡（五〇年代後半）の方がより古いことに注意。

イエスの死後、弟子や直接イエスに接した人々も亡くなり、それらの証人たちの目撃[8]した事柄やイエスに関する口頭の伝承が失われる虞が生じた時に、初めてマルコは伝承やイエスの言葉資料Q（ドイツ語で資料を意味するQuelleから）をもとに纏まりのある文書を残した。ヘレニスト[9]（希語を話す離散ディアスポラのユダヤ人）の記者マルコはイエスの物語を当時の地中海世界の共通語ギリシャ語で自分の福音理解の観点から書いた。マタイとルカはそのマルコをもとに、さらにそれぞれの特殊資料を加え自分たちの観点で書く。これを二資料説という（一九世紀後半）。

私たちが福音書を読む時、そこに同じ内容（並行記事）を見るのはそのせいである。そしてこれら三つの福音書は一覧（synopsis）できることから共観福音書と呼ばれる。マタイとルカは明らかにマルコを読んだ上で、対象とその視点の違いから異なる福音書を産んだ。マルコにはないがマタイとルカにはそれぞれ生誕物語と系図とがあり、イエスの誕生から受難、死と復活までを描く。マタイは律法の枠内のユダヤ人キリスト者を対象に一世紀末の時代状況の中で、律法至上主義のパリサイ派からイエスの教えを弁証する為に書く。

それ故イエスを律法の廃止者ではなくパリサイ派によって教条主義的に歪められた律法の完成者と説く（マタ五・一七参照）。ヨハネはたぶんアレキサンドリアのヘレニストで最初からイエスを神の子とする観点から書いたので物語の叙述方法は歴史的ではなく神学的である。

ルカは古代ギリシャ・ローマの修辞法のより整った特徴からみて、ローマ帝国内の地中海世界の異邦人（元来パレスチナでユダヤ人以外の人々を指す）を対象に書く。加藤隆の『新約聖書はなぜギリシア語で書かれたか』（大修館、一九九九年）と『福音書＝四つの物語』（講談社、二〇〇四年）はこの間の事情を明確な論旨で判りやすく説明する[10]。

（5）E・シュタウファー、前掲書、一五八頁参照。

（6）ボルンカム、前掲書、二二四頁参照。

（7）『福音書＝四つの物語』、一八―二五頁参照。

（8）R・ボウカム『イエスとその目撃者たち――目撃者証言としての福音書』（浅野淳博訳）新教出版社、二〇一一年参照。

（9）加藤隆『新約聖書はなぜギリシア語で書かれたか』大修館書店、一九九九年参照。

（10）福音書の特徴をイエスの洗礼の場面マコ一・九―一一から異同表にして示す同書の一九頁参照。

2　七つの項目による遠藤との異同

遠藤説と一致しているものは○、不一致は×、どちらとも言えないものは△を付けた（括弧内は説明となる、より詳しい分類）。

(1)叙述（編年体か否か）と方法（例—歴史・神学的方法、文学・社会学的方法 etc.）

遠藤著『イエス』は編年体（編年体による叙述はE・シュタウファーの『イエスその人と歴史』と共通だが、元来歴史的な評伝を書くためには編年体が使われる）、方法は歴史・文学的方法。

共観福音書　○編年体（マルコは系図と誕生譚を欠くがマタイ・ルカ共に歴史・神学的）。

ヨハネ福音書　×編年体ではない。聖書神学的。

シュタウファー『イエス　その人と歴史』（以下書名は略）○編年体。歴史・神学的。

ボルンカム『ナザレのイエス』（以下書名は略）×編年体ではない。聖書神学的。

(2)洗礼者ヨハネとの関係（受洗とヨハネ教団への参加、ヨハネによるイエスの証し）

遠藤　イエスはヨハネから受洗。ヨハネがイエスを証しする（ヨハ一・二七）（『全集』一一巻、九〇頁）。

共観福音書　○ヨハネから受洗。ヨハネによる証し「自分は来るべき方の履物の紐をとく値打ちもない（マタ三・一一、マコ一・七、ルカ三・一六、ヨハ一・二七）」。他方、イエスはヨハネを人間としては偉大だが、天の国では最も小さい（マタ一一・一一）と言う。

ヨハネ福音書　○ヨハネから受洗。ヨハネによる証し「見よ、世の罪を取り除く神の小羊だ。その方は私に勝っている。私は水で洗礼を授けるがこの方は聖霊で授ける」（ヨハ一・二六—三〇）。

シュタウファー　○イエスはヨハネから受洗、教団に参加、まもなく数人の仲間とともにヨハネのもとを去る（一〇一頁参照）。シュタウファーは宮きよめ[11]をヨハネの弟子の狂熱的示威行為であり、イエスが再びヨハネ教団に参加した時のこと（一〇一頁）とする。しかし遠藤は宮きよめをヨハネやシュタウファーと異なり、共観福音書と同じく過越の受難の前に置き、クルマンと同じく神殿供犠のありかたに論争を挑んだとする（『全集』一五三頁）。

ボルンカム　○イエスがヨハネから受洗したのは歴史的事実。ただしヨハネは自分こそイエスから洗礼を受けるべきと言う（六〇頁）。

(3)奇跡（悪霊払い・病気治癒、風・大漁等の自然のコントロール、処女降誕・復活という神顕現）はあるか

遠藤　悪霊払い・病気治癒は慰め物語に代わっており超自然的奇跡は一切ない。無力なイエス像の提示（『全集』一一巻、一三〇—一三一頁。また一八三頁参照）。遠藤はカナの婚宴の奇跡譚もイエスが弟子たちの人間的な夢（反ローマの指導者）を自分の世界（愛の支配）に昇華する話に置き換えている（同全集九八頁参照）。

共観福音書　×マルコ、マタイ、ルカ共に超自然的奇跡、とくに病気治癒は多数ある。

ヨハネ福音書　×生まれつきの盲人の治癒、水を葡萄酒に変えるカナの婚宴他がある。

---

(11)　ユダヤ人は歴史的に神殿が開放される度に宮きよめを行う。紀元前一六四年ハスモン家のユダ・マカバイはエルサレム神殿を解放すると、三年間、異教の神々（ギリシャ）によって汚されていた神殿の潔めを行った。イエスの宮きよめも彼がエルサレム神殿における動物供犠の現状に意義を唱える目的で行なわれた象徴的行為ではないか。イエスの実力行使は些か意外だが、福音書中のイエスは一貫してパリサイ派と異なり行動の人である。それが武力蜂起の痕跡であるという推測は旧くはライマルスを初め最近ではJ・カーマイケル『キリストはなぜ殺されたか』（西義之訳、読売新聞社）と少なからずある。十二弟子にゼロテがいたこともあり如何にも尤もらしい誤解だ。もし武力蜂起に係わるものなら神殿警備兵や祭のために増員されていたローマ兵が介入し、イエスと弟子グループ全員の逮捕・制圧に繋がった筈だ。

シュタウファー　×神学的には奇跡の証明はなくただ徴のみ。ユダヤ教側の資料にイエスが奇跡（魔術）を行ったことに対する非難がある。「事実、敵対者はイエスの奇跡行為を否認することは出来なかった」（三五―三七頁）。

ボルンカム　△記述なし

⑷最後の晩餐（過越の食事、聖体祭儀）はあったのか

ここでいわゆる最後の晩餐について若干の補足説明をする。共観福音書にはこの食事が過越の食事であったと記されているが、ヨハネでは夕食とのみ書かれている。採用されていた暦の違いからくる日付のズレは別にして、どちらの食事もじつのところ過越の食事の最大要件である神殿で屠られた（聖別）小羊の肉を欠いている。なぜならイエスたちの食事は過越祭の前日のことだったから。モーゼに導かれてエジプトを抜け出したあの出エジプト（Exodus）の故事を記念する過越祭ペサハ（Passover）とは、ユダヤ人にとって最も大切な民族的祝祭である。過越の由来は神のみ使いが目印として戸口に羊の血が塗り付けられたユダヤ人家庭を過ぎ越していったという伝承からくる。またこの祭りは大麦の収穫期と重なる春の農業祭でもある。

過越祭の食事の内容は次の如くである。犠牲の（小羊）肉、急いでエジプトから逃れるため通常の酵母で膨らまされたパンではないところの種いれぬパン、エジプトでの苦痛にみちた生活を想起させる苦菜（わさびの一種）マロール。以上の三つは過越祭の象徴で不可欠である。その他にセロリ他何種類かの野菜（カルパス）、ユダヤの共同体・民族の固い結びつきを象徴する茹で玉子、干し魚そしてワインである。このワインも中東における食事の際の必須の飲物であるが、さらに戸口に塗られた血、出エジプトを記念して流された雄牛と羊の契約の血（出二九・一一参照）を模している。したがってユダヤ人にとって毎年の過越の食事を祝うことは欠かすことのできない宗教的義務（同一二・四三以下参照）である。

私自身はイエスたち一行がエルサレムにおけるシンパの家で予め用意された過越の食事を祝ったことは間違いないと思う。イエスは主、家長として今に伝わるユダヤ教のセデル式次第どおりではなかったにしても、ユダヤ教の伝統に則ったやり方で過越の食事を祝い、その際に聖別された小羊肉を欠くことをあることで補う。聖別された小羊を欠く地方での過越祭の食事のように、それは焼いた仔山羊肉で補ったのだろうか。私はイエスの定めた聖体の制定がそれだと思う。つまり後世に伝えられる様式どおりではないとしても、その伝承の核になる出来事としてイエスは小羊肉の代わりにご自分の体を犠牲として捧げることを決めていたと。人間を犠牲にすること自体は古代においては珍しいことではない。創世記二二章にはその痕跡[12]が残っている。

古代の生粋のユダヤ人・イエスは神である父と自分の関係を考える時、この話を想起したに違いない。人類の罪を贖うために子である自分が過越祭に犠牲の小羊になる。罪深い人間の罪を贖うため、神との和解（reconciliation）の犠牲となることをご自分の運命と考えた。死後に弟子たちが自分の志を決して忘れぬよう食事にかかわる儀礼の元型をイエスは示したのではないか。パンをとり祝福し割いて弟子たちに廻す時（これはユダヤの食事の風習）、パンをご自分の体と言いワインの杯を弟子たちに廻す時、これは自分の新しい契約の血、これを自分の死後もつねに想起するようにと述べられたのではないか。これはボルンカムの言うように最後の晩餐のときにイエスが実際に行ない、言ったことではなく後の原始キリスト教団の典礼に由来するものかも知れない。しかしそういう典礼が生まれるためには、やはり何か核のようなものが先在したと考えるほうが合理的ではないか。ここにはユダヤ教の長い伝統である犠牲動物による贖罪の観念が深く係わっている。イエスがそれを念頭に

（12）初子を生贄にせよとヤハゥエに命じられた（出一三・一参照）アブラハムは息子イサクをつれて薪を背に山にのぼる。頂上についたアブラハムが今まさに息子イサクの喉元にナイフを突きたてようとした時、主はアブラハムの忠誠を認めイサクを犠牲として捧げることを止めさせる。宗教学や宗教社会学からすれば、この故事は古代の中東や地中海世界に広く行われた初子犠牲の風習の廃止の象徴と考える。

おいて自分の教えを頼りない弟子たちが決して忘れないように、衝撃的なやり方で行って見せたことはあり得る話ではないか。[13]

こういう贖罪の小羊という考えは後の原始キリスト教団の典礼・祭儀、特にパウロの十字架の神学によって確定したものだろう。しかしイエス自身が、もし自らの運命を贖罪の小羊、神との和解のための犠牲と考えていなかったとしたら、まるで理解不能なことがある。それは最後のエルサレム上京である。

イエスは神から与えられた使命としてエルサレムで死ぬ覚悟がなければ、どうして大祭司たちが手ぐすねひいて待ちかまえる過越祭のエルサレムに上京したのだろうか。預言者の伝統にのっとり都エルサレムで殺害される運命を自覚することなしにイエスはエルサレムに向かっただろうか。その時、イエスはご自分を犠牲の小羊と考えなかっただろうか。もしそうでないとすれば、イエスの死にどういう大義があったのだろうか。

遠藤によるとイエスと弟子たちの最後の晩餐にはもう一つの大事な出来事が含まれる。それがユダの裏切りとペテロの否みの予告である。福音書によると食事の際にイエスはユダの裏切りを念頭におき、[14]この中に今夜、私を裏切るものがいると言う。それは誰かという衝撃が走る様子をレオナルド・ダ・ヴィンチは巧みに表現する。これらの三つが含まれている食事が最後の晩餐なのである。

遠藤は晩餐が行われたかどうか、晩餐の史実性を疑う議論に対して、またどのようにそれが行われたかについてのブルトマンやボルンカムの否定的な見解に対して、極めてユニークな意見を開陳する。まず最初は晩餐が単独でひそやかにイエスと数少ない弟子の間で行われたという印象について疑問を呈し、ジェリコに宿泊された時と同じく多くの群衆が晩餐の場面に押し寄せたに違いないと言う。なぜなら「この木曜日、イエスがどこで過越祭の食事をするかは、興奮した巡礼客の好奇心を引かなかった筈がない。その厳粛な食事で、彼が何を語り、何を宣言するかに関心を持たなかった筈はない」(『全集』一一巻、一五七―一五八頁)からである。「おそらく、事実の『最後の晩餐』の雰囲気は押し寄せた群衆が家をかこみ、彼らの主だった者も食堂を埋め、弟子たちと共にイエスの発言を聞くという形で行われたのだと思う」（同一五八頁）。

遠藤は晩餐が群衆にも開かれたものと考えている。私は遠藤のこの発言を聞くと最後の晩餐（図）に対するそれまでの見方と違う新鮮な説に感心する。(15)

しかも遠藤の開かれた食事説には遠藤独自の見解からの必然性がある。それは群衆と食事の関係から連想されるのだが、山上の説教のときに行われたイエスのメシア待望の否定と同じ形なのだ。遠藤から引用する。(16)

「山上の説教」と「最後の晩餐」――今、ふたたび同じ場面がここに繰りかえされ同じ情景が相似形のように描写されている。私は福音書に書かれている「最後の晩餐」の状況があの一年前にガリラヤの山上で行われた行為と同形になっていることに注目したい。一方ブルトマンのような様式史派の学者はこの晩餐の史実性を否定して、それは祭儀伝説から生まれた創作であり、しかもポーロの影響下にあるヘレニズム的教会から発生した物語だという。ボルンカムでさえ「私たちはもはや、その晩餐がどういう風にして行われたかを、テキストから確実にみつけ出すことはできない。なぜなら現在の形態をとったテキストは後代教会の祝いの食事や典礼の反映だからである」（二一四頁）と述べている。

---

(13) ヨハ六・五二。

(14) 「最後の晩餐」ミラノ、サンタ・マリア・デレ・グラッィエ教会（修道院）所蔵、一四九五―九八年。それまでの最後の晩餐（Ultima Cena）図と異なりペテロやユダという人物の配置も顔や身体の表情も極めて人間的な描き方である。さらに言えば弟子たちのリアリスティックな表情に比べれば、イエスの顔がぱっとせず神的威厳もこれという特徴もない。

(15) ティントレット「最後の晩餐」ベネチア、サン・ジョルジョ・マッジョーレ、一五九二―九四年。

(16) 『全集』一一巻、一五八―一五九頁。

遠藤はこれらの学者たちはこの晩餐の巡礼客や群衆の興奮した雰囲気を無視していると言う。遠藤自身はこの晩餐はたしかに行われたたし、同時にそれは従来の説のようにひそかなものではなく、イエスと巡礼客、イエスと弟子との劇的な対立を孕みながら行われたものだと言う。遠藤によると最後の晩餐の重要なモチーフは、イエスが自分を地上的メシアと誤解し支持している巡礼客と群衆とに対して、この晩餐を期に決別することだったと言うのである。イエスは愛のメシアではあったが民衆の期待するような地上的、政治的なメシアではないと。

そして遠藤は福音書の最後の晩餐には三つの形の記述があると言い、第一はイエスがパンとワインをとって自分の体、自分の血であるとした聖体の秘儀、第二は受難と死の再度の予告、第三はユダの離反とペテロの裏切りの予告とである。群衆はイエスの拒否を知ると、イエスに対する期待が大きかっただけ幻滅も大きく、イエスを憎悪しイエスは「役立たず」「無力な男」に見え始める。ここでユダは群衆を代表しイエスのいう愛は現実の前には無力だとイエスに訴える。ユダは師の考えが変わらぬことを知っていた。遠藤によるとイエスが詩篇を引き、この中に師を裏切る者がいると暗にユダを指した記述は創作であり、事実はユダや巡礼客に対するイエスの反駁があったこと。

イエスはユダに行くがいい、そしてお前のしたいことをするがいいと答えた。これはユダの心中の苦しみを知っているイエスの言葉で憎悪の言葉ではない。しかしユダは激情に駆られて立ち上がりユダ・グループも幻滅・失望・憎しみの気持ちを抱きながら巡礼客の主だった者とともに退去した。

こうして離別したものはユダに代表され、残った弟子グループはペテロによって代表された。ユダの離反の動機とユダは単独で離反したのではなくグループの代表また巡礼客の代弁者として行動したという遠藤の解釈は独自だ。遠藤によればイエスによる聖体祭儀の制定も弱い弟子たちに結束と奮起を促すためので、イエス最後の食事は弟子の粛清と残った弟子の結束の食事だった。

イエスによる聖体の制定は史実か。その答えはイエスが自らをどう捉えていたか、自らの使命をどう実現しようと考えていたかに依る。それはチェック項目の(5)「イエスのメシア意識」で詳しく扱う。パウロは生前のイエスを知らず、ペテロたちのようにイエスの生の声の記憶はない。イエスが食事に際してどう振る舞ったか、祝福したパンを割き弟子たちにどう廻したか、イエス独特の仕種の記憶もない。

しかしイエスの受難と死の意味をペテロたち以上に真剣に考えたのはパウロ(17)である。自分が捕縛してエルサレムに引き立てたユダヤ教の離反者が命懸けで信仰するキリストとはいったい、誰なのか。その愛の教えとは何か。パウロは律法では救われない思いに苛まれていただけに、関心が徐々にイエスの愛の教えの意味づけに向かった。ガマリエルのもとで律法を学んでいただけあってユダヤ教とヘレニズムの学問の交錯するなかで、イエスの死の意味――なぜ罪を犯していないイエスが律法のいう呪われた十字架上で死ななくてはならなかったのか。イエスの使命はいったい、何だったのか。ペテロたち無学文盲の（agrammatoi）弟子たちの必死の模索以上に、パウロはイエスの死の意味を神学的に納得の行くものに練り上げていったことは間違いない。

遠藤「最後の晩餐（過越の食事）」。陪席者は弟子、群衆、巡礼者の代表、聖体の制定、ユダ・グループの離反（独自説）。

共観福音書　○マタイ「過越の食事・ユダの裏切り」「主の晩餐・聖体の制定」一致。

○マルコ「過越の食事・ユダの裏切り・主の晩餐・聖体の制定・ペテロの離反」ペテロの離反の予告が過越の食事で言われる。

○ルカ「過越の食事・ユダの裏切り・主の晩餐・聖体の制定」

ヨハネ福音書　×「過ぎ越しではなく夕食。その間にイエスによる弟子の洗足。ユダの裏切り」

---

(17)　青野太潮『パウロ――十字架の使徒』岩波書店、二〇一六年、G・ボルンカム『パウロ――その生涯と使信』（佐竹明訳）新教出版社、一九七〇年。

シュタウファー　△密かな（弟子のみ）過越の食事、ただし神殿における屠殺式の二四時間前なので聖別された小羊肉なしの食事、代わりの焼き肉、穀類、魚、玉子を食す。祈りを捧げパンを裂きワインを飲み、弟子に廻すが、その間に過越の定式にない言葉、すなわちパン（自分の肉）を食べ、ワイン（血）を飲むことを命じる。ユダに鉢に浸した苦菜を与える。これは呪詛行為（申二九・一七以下参照）とあるが（この引用箇所は合致せず―筆者）ユダは退出する。

ボルンカム　×過越の食事かどうかは疑問（二一五頁）。ユダの裏切りの箇所は詩篇四一篇一〇節から、また銀三〇枚もゼカリヤ書一一章一二節から作られた。

(5)イエスにメシア意識[18]はあったか否か（自己証言　私がそれである、エゴ・エイミ、アニー・フー。人の子、苦難の僕の意識）

遠藤　衆議会でイエスはカヤパから「汝はキリスト（メシア）か」と訊かれ（遠藤は福音書の中でより事実らしく思われるルカに依り）、イエスはあなたたちは私の言ったことは認めず私の問いには答えない。結局、何を言っても自分を有罪にしようとする。そして「自分は救い主だ」と言う。但しルカでは「人の子が雲に乗ってくるのを見る（メシアの肯定―筆者）」。

共観福音書　○マタイ「それはあなたの言うことだ。あなたたちは人の子が力ある方（神）の右に座り天の雲にのって来るのを見る」。

○マルコ「そうだ。あなた方は人の子が力ある方（神）の右に座り天の雲にのって来るのを見る」。

○ルカ　遠藤と同じ。イエスは「自分は救い主」と答える。

ヨハネ福音書　△「私は道であり真理であり命である。私を通らなければ、誰も父のもとに行くことができない」。自分をメシアとは呼ばぬが「人の子は上げられる」という発言の意味を問われる（一二・二七）、「わたしたちはメシアをみつけたのだ」（一・四一）はある。

シュタウファー　×イエスに関するユダヤ文書の批判的研究はイエスがメシアと自称しなかったことを証する。弟子や周囲の人はイエスの中にメシアの秘密を望みメシアという称号を終末的黙示思想で使用した。ユダヤ教の会堂が神の自称（ヤハウェ）を取り扱うのと同じく人の子はイエス・キリストのタブー的自己宣言としてとり扱われた（二二〇頁以下参照）。

ボルンカム　×「わたしがそれである」（マコ一四・六二）も「ペテロの告白」（マタ一六・一六）も明かに後の教会のキリスト告白の反映である。また人の子という呼称も同じで、福音書にはイエスの自己証言として頻出するが、それは早い時期のパレスチナの原始教会の信仰の反映であって終末期に再臨する人の子の形姿がイエスと同一視されたことによる。史的イエスが自分に対して尊称としての人の子を用いなかったのは事実である。また第二イザヤ五三章の苦難の僕の意識については証明できない。（三一〇—三一六頁参照）。

(6)「十字架上の最期の言葉」

遠藤「主よ、彼らを許したまえ。彼らはそのなせることを知らざればなり」「エロイ、エロイ、ラマ、サバクタニ（アラム語）、わが神、わが神、なぜ私をお見捨てになったのですか」（詩二二篇の冒頭の文句）、最期に「主よ、すべてを御手に委ねたてまつる」と言う。

（18）G・ヴェルメシュ『ユダヤ人イエス——一歴史家の見た福音書』（木下順治訳）日本基督教団出版局、「C　新約聖書の証言」二三二頁以下及び「(4)イエス自身の考え」二四〇頁以下参照。

共観福音書　○マタイ「エリ、エリ、レマ、サバクタニ」。
○マルコ「エロイ、エロイ、レマ、サバクタニ」。
○ルカ「父よ、わが霊を御手に委ねたてまつる」。
ヨハネ福音書　△「渇く」、「成し遂げられた」。
シュタウファー　○執り成しの言葉はイザヤ書にはない。したがって教団の教義と証言聖句の神学の作品ではなく、真正なイエスの言葉だ。「わが神、わが神、なぜ私をお見捨てになったのですか」（詩二二篇冒頭）の文句によりイエスは父が自分を見捨てたと訴えるが、父は見捨ててもイエスは父と絶交しては死なない。彼は自分の神に固執する。午後三時に夕べの祈りの時がくる。十字架上のイエスはそれを聞き、全イスラエル人が唱える「生者と死者の魂は御手の中にあります。私は我が魂をあなたの御手に委ねます」と子供の頃に学んだように「アバ父よ、私の霊をみ手にゆだねます」と大声で言う（前掲書、一八八―一九七頁）。
ボルンカム　△イエスの死の叙述は福音書において相互に異なっている。マタイとマルコ両福音書記者によるとイエスは詩篇二二編の叫び「エリ、エリ、レマ、サバクタニ」を叫んで息絶える。これは祈りの叫びであり神に絶望した者の叫びでないことは確かだ。（ボルンカムは）執り成しと我が霊を御手に委ねます、そしてすべては終わったを引用しこれらは三つの異なる叙述であるが、私たちはこれを史的記録として理解したり繋ぎあわせて一つの完全なものを作り出そうとすべきではない。異なっている中にイエスという人間の秘密、その使命と秘義が却って明瞭に表現されている（前掲書、二二三―二二四頁）。

⑺復活の扱い
遠藤は復活という奇跡の解明をイエスの十字架上の死を挟む弟子たちの事前と事後の変化に求めようとする。それが一三章「謎」のテーマである。現実に十字架上で無力で惨めな死を遂げ、弟子たちの夢や希望をすべて挫

折させた男イエスが逆に愛のメシアとして仰がれるようになったのはなぜか。聖書学者はこの謎に触れようとしない。遠藤はその謎を解く鍵をイエスの死様（弟子たちの裏切りを赦す）と弟子グループのイエス否認（自分たちを見逃すことと引き換えにイエスを否認する）に求める。

屈辱、慙愧、自己軽蔑の念に駆られていた弟子たちが生前のイエスに求めたものは、イザヤ書五三章の苦難の僕、犠牲の小羊の姿だった。しかしそれだけでは謎は解けない。何か衝撃的な出来事が起こったとしか言いようがない。現代の聖書学者が言うようにイエスは弟子たちの信仰ケリュグマにおいて神格化されたことは事実だが、問題はなぜ弟子たちはイエスを神の子として信仰するようになったかである。ここにおいて謎は深まるばかりだ。

しかしじつはどの時点で何が起きたかというような歴史上の時間に解決を求める因果律的発想、或いは還元主義による探求では最初から復活の謎は解けない。神秘的な宗教体験を行動としてのみ記述しようとする試みは無駄で、しかも遠藤の試みは宗教心理学的究明ではなく、むしろ宗教社会学的に捉えようとする試みである。それでは謎は逃げ水のように無限後退する。「復活」の謎は摑んだと思ったらまた逃げてしまう。

それがひいては遠藤の『イエスの生涯』は「復活」信仰抜きの迫力を欠く議論だという批判にも繋がるのだろう。しかしだからと言って、いわばア・プリオリに復活信仰を前提に論証を進めれば「宣べ伝える者が、宣べ伝えられる者」になっていく過程をあまりにも安易に通過してしまうのかも知れない。[19]

ボルンカムが「信仰にとっての史的イエスの意義」で縷々のべていることは、そういう意味で甚だ意義深い。[20]近代合理主義を経験した私たちは今更かつての信仰の殻に閉じこもることも、同時にまた史的イエスの探究を目

（19）久保田修「『イエスの生涯』『キリストの誕生』論」笠井秋生、玉置邦雄編『作品論　遠藤周作』双文社出版、二〇〇〇年、一八八―二〇三頁参照。
（20）ボルンカム、前掲書、三三一―三五二頁参照。

的そのものと（とくに聖書考古学的な新しい発見によって人間イエスの秘密を嗅ぎつけるというような）[21]勘違いすることも誤りである。史的イエス探求は決して最終的な目的ではない。それは信仰と緊張関係をもちつつ、より深いイエス理解にもとづくキリスト教信仰に資するものでなければならない。遠藤のボルンカムに対する暗黙のリスペクトは、そういうボルンカムの学問的姿勢を信頼するからではないか。

共観福音書　×

ヨハネ福音書　×空虚な墓、マグダラのマリアが昇天前のイエスに会う、ペテロたちに顕現する。

シュタウファー　△空虚な墓はユダヤ人も認めざるを得ない。それは多くの解釈の可能な一つの「しるし」である（マコ一六・八、ヨハ二〇・二参照）。そのキリスト教的解釈は蘇りの主の顕現によって決定される（ルカ二四・二四以下、ヨハ二〇・一一以下）。キリスト顕現の最古の表は一コリ一五・三以下のパウロ以前の信仰告白の最後に見いだされる（前掲書、二〇四頁）。

ボルンカム　△復活そのものを歴史学は事実として確定できない。歴史学が到達できるのは弟子たちの復活節信仰からである。この信仰は二、三の熱狂主義者たちの特殊体験ではなく使徒たちの神学的特殊見解でもない。原始教会の代表者としてパウロは復活信仰を「いまやキリストは蘇っている」と告げるがキリスト復活の告知をぬきにして今日までのキリスト信仰も教会も礼拝も祈りも存在しなかった。にもかかわらずどのように復活節が起こったかを十分に描き出すことは困難であり不可能である。復活節の記事の曖昧さと歴史的問題性はつねに緊張関係にある（前掲書、二四一―二四五頁参照）。

3　結び

この小論では遠藤の『イエスの生涯』を四福音書、シュタウファーとボルンカム（肯定・否定を問わず引用や言及が多い上位二名）の著作と比べ合わすことで、遠藤と先行資料の影響関係をみた。結果は七つの項目のうち一致する項目順に言うと、共観福音書五／七、シュタウファー三／七、ヨハネ一／七、ボルンカム一／七である。項目別に言うと「洗礼者ヨハネとの関係」はすべて一致で遠藤を含む全員がヨハネとイエスの関係は史実だと認めている。逆に「奇跡」に関してはボルンカムのどちらとも言えない以外は全員不一致である。このことは遠藤の奇跡観の独自性を表している。また「復活」は共観福音書、ヨハネがともに遠藤とは不一致で、福音書の復活観と遠藤は異なること。「メシア意識」について遠藤は共観福音書とだけ一致している。

以上を纏めると遠藤は共観福音書（編年体の叙述をはじめその他についても）に依拠しながらも、「復活（神顕現としての）」を含む「奇跡」については、一切これを認めない点で、他と異なる。

次にシュタウファー、ブルトマンとの関係だが、前者の三／七の一致は遠藤がシュタウファーに影響されたというより、シュタウファーと共観福音書の親近性からくると考えた方が妥当ではないか。というのもシュタウファーの方法は歴史主義的で福音書の記述に対して、キリスト教（イエス）と敵対的であったユダヤ教側の資料に否定・肯定を問わず言及があれば史実の可能性を認め、基本的には福音書の記述を否定的に見ていない。

遠藤の採用する編年体の叙述方法に関してはシュタウファーの影響ではなく、イエスの生涯を評伝として書くことから来ている。ただ様式派等の分析方法以外にも聖書の資料批判の有効な方法があるという意味で、遠藤は独自なイエス像の展開に際して、シュタウファーにおおいに勇気づけられたかも知れない。ボルンカムに関しては、聖書批判の方法論については別だが、結論にいたる着実な議論の運び等を遠藤は高く評価している印象がある。

この他にもシュヴァイツァー、ブルトマン、カンペンハウゼン、クルマン、トッド、テイラー、リーツマン等

（21） 死海文書を恣意的に解読したアイゼンマン、J・アレグロ、とくにB・スィーリングの著作『イエスのミステリー——死海文書で謎を解く』（高尾利数訳）日本放送出版協会、一九九三年。

多くの新約聖書学者に目配りしながらも遠藤は結果として自分自身の「無力なイエス」観に基づき、史的イエス（地上における人間としてのイエス）または（作家の詩的想像力による）私的イエス像を展開した。

そのときの方法は歴史学（事実の探求）や聖書神学（教義学）ではなく、歴史・文学的（遠藤の言う真実の探求）方法である。真摯な信仰や教義学の立場からすれば特に復活の取り扱いにキリスト教信仰の本質を欠く浅薄な議論、あるいは教義学からすれば看過できぬ独断論の誹りがあるかも知れない。

が、他方で文学と神学の接点としての遠藤のこの労作を肯定的に評価する試みを盟友井上洋治師が行っている。師は「新潮文庫」解説（昭和五七年）で概ね以下の三点として述べている。①永遠の同伴者イエスの発見、②遠藤はこの作品において聖書学や歴史学が提供した史料や史実を愛アガペーの視座から鮮やかに統合し生命を与えた、③『イエスの生涯』と『キリストの誕生』によってキリスト教の日本文化内開花に大きな足跡を残した。

井上師が言及している『キリストの誕生』は遠藤自身の言葉[22]によれば、『イエスの生涯』が新約聖書という三幕劇の二幕目までとすると終幕にあたる劇になる。イエスの死と復活で終わる四つの福音書は、彼らにとって二幕目までの物語で第三幕はそこから始まる。つまり彼らにとって『イエスの生涯』はこの終幕をもって初めて完成する劇だと。

さて終幕の『キリストの誕生』で活躍するのはガリラヤの漁師あがりのシメオン（ペテロ）と、かつてユダヤ教の離反者を激しく迫害していたサウロ（パウロ）である。ガリラヤの漁師あがりの無学な（agrammatoi）男をイエスがなぜ弟子たちのリーダー（岩、ケファ、ペテルス）として選んだのか。ペテロはときに優柔不断、安易な妥協もする弱さを持った男だが、一方で組織のリーダーとして集団を纏め上げる硬軟あわせ持つ資質を持つ。パウロは論証にたけ倨傲とも言える自信家で、さらに弱さこそ強さという逆説的な資質に天性、恵まれていた。この二人がエルサレム会議を頂点に集合離散しながら各地にキリスト教の種を撒いていく。パウロは「使徒行伝」最大の山場、エルサレム会議で弟子たちが辿り着いたイエスの生涯の意味を「十字架の神学」で見事に説き明かす。

遠藤によるとイエスは人間の罪を贖う子羊であったという答えを原始キリスト教団のなかでパウロほど明確に打ち出したものはいない。パウロの独自性は人間が神の怒りを宥めるだけの従来の生贄の意味を一八〇度転換させて、神が人間の罪を赦すために我が子キリストを地上に送り、人間の罪をすべて担わせたと主張したことだ(『全集』一一巻、二九九頁参照)。

最後に遠藤はこの『キリストの誕生』の中でも、なぜ無力なイエスが人々の信仰の対象となったのか、人々の生き方を変えることができたのか。このイエスの不思議さはどれほど我々が合理的に解明しようとしてもできない神秘をもつ。その神秘こそ今回も書き得なかった「彼と弟子の物語」のXなのだと述懐する。[23] これは、はぐらかしでも小説家のオープン・エンディングを好むテクニックでもない。遠藤の謙遜で真摯なこの述懐をどう受け止めるか。それがこの二冊の評伝に対する読者の評価の分かれるところだと思う。

(22)『全集』一一巻、二一八頁。
(23)『全集』一一巻、三四九頁。

第一八章　『イエスの生涯』『キリストの誕生』と「史的イエス探求史」（下）
――歴史のイエスから信仰のキリストへ

「ペトロ、私はあなたの上に私の教会をたてる」　マタ一六・一八
「文字は殺し、霊は生かす」　二コリ三・六

0　『キリストの誕生』――はじめに

遠藤の『キリストの誕生（以降『キリスト』と略記）』は歴史・文学的評伝で、「イエスがキリストになるまで」として一九七七年五月号から翌年五月号まで、雑誌『新潮』に連載され、同年九月に加筆修正の上、『キリストの誕生』と改題、新潮社から刊行された。

この歴史・文学的評伝（歴史読物）は『イエスの生涯』の続編として内容的には紀元後一世紀の原始キリスト教団がユダヤ教の一分派から、独立した世界宗教へと歩む姿を追跡するものである。遠藤は資料の多くをルカの『使徒言行録』（Praxeis Apostolon 以降は使徒と略記）、パウロ他の「書簡」、歴史家F・ヨセフスの『ユダヤ戦記VI』[1]及び『ユダヤ古代誌』に負う。遠藤は現代の教会史家へゲシップス、新約聖書学者O・クルマン[2]、G・ボルンカム[3]、古代の教父クレメンスも参考にするが、ここで歴史・文学的評伝とする意味は、著者は「事実はどう

（1）　F・ヨセフス『ユダヤ戦記3』（秦剛平訳）山本書店、一九七五年、同『ユダヤ古代誌XX』（秦剛平訳）、山本書店、一九八一年。
（2）　O・クルマン『ペテロ――弟子・使徒・殉教者』（荒井献訳）新教出版社、一九七〇年。
（3）　G・ボルンカム『パウロ――その生涯と使信』（佐竹明訳）新教出版社、一九七〇年。

であったか」という近代歴史学の実証的方法に縛られず、また神学（新約聖書学）にも深入りせず、教団の苦難に満ちた歴史を作家の視点から良質の歴史読物として描くという意味である。

1　遠藤の課題——キリストの誕生の謎の解明

遠藤は第一章「イエスの死」の冒頭、前作で自分がイエスの現世における人間像を無力な人として描いたことが一部のキリスト教信者の顰蹙を買ったが、今もその考えは変わらない。弟子たちの大部分さえ彼を見棄てた（ヨハ六・六六）のは、彼が自分たちの夢に値しない無力な師と思ったからだと書く（『遠藤周作文学全集』一一巻二〇七頁（以降は頁数のみ記す））。ではなぜイエスは無力な人から栄光あるキリストに変わったのか。聖書が突き付ける深い疑問はここにある。地上的な意味での無力もキリスト教の世界では決して無力ではなかった。遠藤はイエスの死後、弟子たちが命賭で証明しようとしたこの根本的な価値転換を追跡しようと言う（二〇八頁）。ではその価値転換を起こさせたものとは何か。遠藤はその解明に成功したのか。結論を言うと謎は十分に解明されなかった。否、むしろ謎は深まった。それは遠藤自身が最終章で次のように述懐することで明らかである。

原始キリスト教団のみじかい歴史を調べる時、私がぶつかるのは、いかにそれを否定しようと試みても否定できぬイエスのふしぎさと、ふしぎなイエスの存在である……（中略）……このイエスのふしぎさは、どれほど我々が合理的に解釈しようとしても解決できぬ神秘を持っている。その神秘こそ今度も私の書きえなかった「彼とその弟子の物語」のXなのである（三四九頁）。

2　小論の課題――謎解きはなぜ、十分に解明されなかったのか

謎解きが十分に解明されなかった、というより先送りされたという印象を我々は抱く。それはなぜか。ここで言われるXをイエスという存在のもつふしぎさと言い換えるならば、それは生前にイエスが持っていた神性（deity）がイエスの死と復活を境に周囲の者の目にも変化したことだ。つまりイエスとキリストの間には復活（anastasis; the Resurrection）が存在し、その神秘に迫ることが謎Xの解明なのだ。

その神秘（mystery）を単に a priori な真理だと一言で済ますのではなく、一般読者にも客観的に理解可能な形でどう説明すべきか。その場合、方法は三つある。まず復活の神学的説明（史実か否かを問うのはナンセンス）、次に復活の事象そのものでなく復活体験の宗教心理学的記述、最後に文学的（詩的想像力を駆使した創作）方法である。

最後の方法に関して遠藤は自らの復活観（時・空を隔てていても後世の人がイエスの生き方を模範とし、自らの実存的限界を乗り越える）を『死海のほとり』や『深い河』という文学作品で見事に表現した。しかしそれは小説という文学作品の世界だからこそ可能であり、歴史的評伝という可能な限り史実に基づき、個人または集団の行動を叙述する歴史物語では無理だ。

では遠藤の復活の神秘に迫る試みは成功したのか。答えは否である。その理由として私は遠藤の脱神学的傾向（神秘に対して超自然的解釈を出来るだけ避ける）を挙げたい。すなわち原始キリスト教団の歩みを叙述する方法において、神学を可能な限り避けるという遠藤の合理主義的傾向の限界を指摘したい。

この脱神学的傾向、すなわち神学的な考察から出来るだけ距離を置く遠藤の姿勢は、ルカの描くペテロとパウロの権威を宣伝する奇跡譚にも言及しないが、同時にまたペテロに関する歴史的・神学的問題にも深入りしない。その問題とはペテロのローマ滞在の史実に基づくローマ司教の至上権の問題（カトリックにとっては重大な問題）

と、イエスがペテロに教会の基礎を置いたという聖句「ペテロ（peterus, 巖）、わたしは貴方の上にわたしの教会をたてる……わが羊を牧せよ」という聖句の釈義的問題である。

前作の『イエスの生涯』[4]においても遠藤は人間イエスから一切の奇跡的能力を奪ったが、『キリスト』でもペテロやパウロから奇跡的能力を奪う。だからと言ってもちろん、現代人の私自身も使徒に記された奇跡をそのまま信じよというつもりではない。

些か先走った感があるが、ここからは具体的に遠藤の叙述を追ってみよう。

3　原始キリスト教団による歩み――ナザレ派はいかにしてキリスト教徒となったか

(1)ヘブライスト対ヘレニスト

ここでナザレ派（原始キリスト教団）のヘブライストとヘレニストについて簡単に説明する。ヘブライストとはエルサレムに住み、ユダヤ人が日常的に使用するアラム語を母語とし、伝統的な律法（割礼、食物禁忌と安息日）を順守、神殿崇拝を怠らないユダヤ人キリスト者である。これに対しヘレニストとは当時の地中海世界の共通ギリシャ語を母語とするディアスポラ（旧約時代にパレスチナ以外の地に離散）のユダヤ人キリスト者のことである。彼らはキリスト教に賛同しエルサレムに移り住んだが、なかには神殿の権威をまったく否定する者もいた。

使徒言行録六章一―六節にはヘレニストたちが増加し教団内での執事としてステファノ、フィリポというギリシャ名をもつ七人が選ばれたことが記されている。遠藤は外見は単なる食物配給の苦情として描かれるヘレニストとヘブライストの小さな論争は、行伝（ママ）のいうほど単純なものではなく、背後にユダヤ教の枠内で神殿を重視する教団内保守派と、神殿軽視の確信派との対立・分裂を秘めているのだと言う（二四九頁）。

その後、ヘレニストは結局、教団内保守派と袂を分かち住居を別にした。それは単に住居や食事の問題ではなく、彼らヘレニストも使徒たちが行っていた宣教に従事する資格を得たのだと遠藤は言う（二五二頁）。ここで当時の教団の位階にも簡単に触れる。[5] ペテロが率いる使徒の十二人は別格で長老（presbyteros）と呼ばれ、またイエスの兄弟ヤコブは特に認められ長老会議の議長だった。彼らは現在の教会制度では司祭（その長は監督episcopas、司教）で、ヘレニストたちは助祭（diaconia）と呼ばれ、現在で言えば修道士の世話役（minister）で、ヘブライストの長老職に相当する。

(2)ステファノの殉教――キリスト教最初の殉教者

このヘレニストのなかにキリスト教最初の殉教者となるステファノがいた。彼はユダヤ人会衆を前に旧約時代からの歴史を説き起こし、神殿礼拝は神の意志に背く堕落した行為であり、その堕落した心が義人イエスを殺したのだと結論する。激高したユダヤ人はステファノを捕らえ、裁判の場に連れ出し石打ちの刑に処した。最高法院におけるステファノの顔は恰も天使を思わせ、彼の最期の言葉は「主イエスよ、わが霊をお受け下さい」、「主よ、この罪を彼らに負わせないで下さい」だったとルカは記す（使七・六〇）。

このステファノの殉教（三三―三五年）を我々は使徒六、七章によって知るのだが、遠藤はステファノの最期があまりにもイエスの最期を想起させる描写であるのは、明らかにルカの意図的創作であると言う（二五五頁）。この遠藤の指摘はまったく正しい。なぜなら、ルカがかくも長々と力を籠めステファノに言わせるこの言葉こそ、

（4）『使徒言行録』にはペテロやパウロの奇跡譚が出てくるが、ペテロが足萎えを癒す（三・一―一二）、死んだ娘の蘇生（九・三二―四三）。パウロの説教中に階上から落下、絶命した青年の蘇生（二〇・九―一〇）、足萎えの癒し（一四・八―一〇）等々。遠藤はこれらの奇跡譚をすべて省く。

（5）E・シャルパンティエ『新約聖書の世界への旅』（井上弘子訳、鈴木信一日本語版監修）サンパウロ、一九九七年、三七頁参照。

共観福音書の中でルカだけが最期にイエスに言わせる、ルカの抱くイエスの思想そのものなのであるから。

(3)悩めるペテロ――強きパウロとイエスの兄弟ヤコブの板挟み

このヘブライストとヘレニストの対立は『キリスト』全編を流れるいわば通奏低音(basso continuo)である。すなわちそれはガリラヤ以来の生前のイエスを知るペテロたち弟子グループと、生前のイエスを知らず律法に熱心のあまりキリスト教徒を迫害、ダマスコ途上で劇的な回心を遂げた使徒パウロ(6)(彼は復活したイエスに直接、使徒となるよう命じられた)の二つのグループの、異邦人キリスト者に対する律法順守(割礼、食物禁忌)の是非をめぐる衝突、妥協、決裂の歴史であるから。

遠藤に倣って(二一八頁)、それを一つの劇に譬えるなら主役はシメオン(7)(ペテロ、ケファ)とサウロ(パウロ、シャウール)、イエスの兄弟ヤコブである。ここで使徒ヤコブと同名の、イエスの兄弟ヤコブについて二点補足する。一つは遠藤がカトリック者の立場から彼をイエスの兄弟とせずに一貫して従兄弟と呼ぶこと。もう一つはヘゲシップスを援用しその風貌を述べることである。すなわちイエスの兄弟ヤコブは禁欲的で髪に剃刀を当てず、肉食を裁ち絶えず神殿で祈るため、膝が駱駝のように固くなっていた。

ところで彼にはいま一つ、よく判らない処がある。彼はいったい、遍歴のラディカリストだった生前の兄イエスを本当に理解できたのだろうか(福音書にはむしろ反証例が記されている。ヨハ七・五)。生粋のユダヤ教徒の彼には、ヘレニストだろうとギリシャ人だろうと、およそ無割礼のキリスト教徒など理解の外だったろう。ペテロは異邦人に対する開放性ゆえに結局、ヤコブに追い出されたのだから。遠藤によるとシュタウファーは彼とペテロの間には席次争いがあったとみる。

福音書ではいい意味でも悪い意味でも、つねに十二弟子の筆頭格のペテロ(8)がこの『キリスト』では、ユダヤ教に限りなく近い、頑なとも言えるイエスの兄弟ヤコブと、律法の柵を排し異邦人に開かれた宣教を目指す強きパウロとの間で板挟みとなり、まるで優柔不断のハムレットの如き人物として描かれる。福音書では率直、剛毅しかも、やや短慮の印象さえ与えるペテロなのに。彼は使徒の前半では復活したイエスを証し大活躍するが、アンティオキアで、パウロと対立した四八—四九年以後は表舞台から忽然と姿を消す。

遠藤は教会政治家というよりは宣教者だったペテロのリーダー的資質についても触れている（二四八頁）。すなわち彼はイエスの兄弟ヤコブをたてて、発足直後の教団を律法重視のユダヤ教主流派の猜疑の目から守るため神殿重視、律法順守の姿勢を守って見せたのであると。

ヘロデ・アグリッパ王が民衆に迎合する目的でペテロと使徒ヤコブを逮捕・殺害（四五年）しようとしたとき、ペテロはエルサレムの獄中からアンティオキアに逃亡、以後、宣教活動に従事する。彼のその後の足取りを伝え

（6）　小アジア屈指の商業都市タルソス出身のパウロは鞣革を扱うパリサイ派の富裕なテント製造業者の息子で生得のローマ市民権をもっていた。ヘレニズムの豊かな文化で育った彼は地元の大学ではなくエルサレムに留学、パリサイ派（ヒレル派）で有名なラビ・ガマリエルのもとで律法を勉強したと言われる（使二二・三）。彼は律法に詳しくまたギリシャ哲学や弁論術、修辞学等の素養があった。アテネを訪れた時、彼は臆することなく「人知れぬ神へ」という演説をしたが、復活観に慣れないギリシャ人インテリ層には不評であった（使一七・三二）。聖書（イザヤ書）に明るかった彼はエルサレム会議でイエスの十字架による死の意味を明確に弟子たちに解き明かした。後世の学者ヴィラモヴィッツ＝メレンドルフは書簡に記された彼のギリシャ語は自然なこなれたもので、アラム語から翻訳されたギリシャ語の福音書とは異なると言う（G・ボルンカム『パウロ』三八頁）。

（7）　遠藤は『キリスト』第二章で『イエスの生涯』が新約聖書という宗教的・芸術的な劇の一幕目、二幕目だとすると、三幕目の『キリスト』を以て初めてこの劇は完結すると述べる（『全集』一一巻、二二八頁）。

（8）　遠藤もクルマン、前掲書、二五—三六頁を援用して、弟子の代表（代弁者・代表）としてのペテロに言及するが、R・ボウカムは『イエスとその目撃者たち——目撃者証言としての福音書』（浅野淳博訳、新教出版社、二〇一一年、一五四頁）で、T・ヴィアルダの分析に言及する。すなわちこの代表とは弟子集団の代弁者と典型的存在の二つであると。

る信頼できる文献資料[9]は少なく、ただパウロが書簡(一コリ九・五)のなかで、ペテロが妻を伴い旅を続けていることに言及する。

パウロに比してペテロに関する資料は使徒には、やはり少ない。パウロの宣教旅行に同行したルカにとって、遥か離れたペテロのその後の様子まで、情報が入手できなかったのかも知れないが、大袈裟に言うと、ここにも原始キリスト教団の謎めいた空白がある。後世にペテロは初代のローマ司教とされるのだからなおさら、不思議である。

遠藤は優れたペテロ伝を書いたクルマンといって、『ペテロ伝』にたびたび言及しながらも、クルマンにとってペテロに関する大問題、すなわち「ペテロは果たしてローマまで足を延ばし、ローマで殉教したのか」という、ローマでの布教と殉教に基づくペテロの至上権の問題については軽く言及するのみである(三二三―三二四頁)。尤もこの評伝を読む一般読者にとっては古代の資料に対する聖書学者の文献批判や、聖書の釈義問題などは煩瑣なだけで面白くもなく、しかも熱心なカトリック教徒にとっては、微妙な問題でもあるから自然な対応でもあろう。

4 原始キリスト教団の歩みⅡ――「キリスト教徒の血は種子[10]」

(1)ヘレニストの拡散――歴史の皮肉

イエスの死後、ごく早い時期に起きたステファノの殉教(三三―三五年)は歴史の皮肉をもたらした。それはヘレニストたちをエルサレムからアンティオキアへと逃れさせたが、当時のアンティオキアは東地中海世界有数の大都会で、後にペテロ、バルナバとパウロはこのアンティオキア教会の先達の努力を活用することが出来た。聖都エルサレムで主(kyrios)イエス・キリストの再臨を待つキリスト教徒にとってエルサレムを去ることは悲劇だったが、同時に後のキリスト教の発展にとっては幸運だった。かくしてヘブライストとヘレニストの確執と、ユダヤ教主流派のナザレ派に対する迫害はエルサレム陥落（七〇年）まで続き、結果的にキリスト教を辺境の半民族宗教から世界宗教へと押し上げた。

つまり一世紀における教団内・外の対立を縦糸とし、地政学的に特殊なユダヤの歴史を横糸とし、彼らは弾圧や迫害の度にエルサレムやガリラヤから離れて拡がり、帝国の首都ローマに達し、ネロ帝治下の大火六四年の頃には相当な数になっていた。その際、キリスト教が助けられたのは、既に一部の上流階級にまで達していたユダヤ教のチャンネルであり、それが可能だったのはユダヤ教という一神教のもつ高い道徳的価値だった。

(2) ヘブライスト対ヘレニスト対立の原因——律法順守の義務の是非

では同じユダヤ教ナザレ派内のヘブライストとヘレニストがなぜ対立したのかというと、それは異邦人改宗者に対する律法順守の是非をめぐってである。このために行われたのがエルサレム会議（四八年、使徒）であり、ペテロの執り成しにより異邦人キリスト者に対する食物禁忌や割礼の問題はやや緩和されたかに見えた。しかしその後、さらに時代が下ると異邦人キリスト者及びその志願者に対する律法順守の要求は再び蒸し返される。

これにはローマ帝国の圧力に対するユダヤ人側のナショナリズムの高揚が関わっていると教会史の碩学J・ダニエルー[11]は指摘する。つまり割礼はユダヤ人が神との契約に基づいて身に帯びる単なる宗教上の徴ではなく、

（9）エウセビオスはクラウディウス帝治下四四年頃ペテロがローマに来たと言う（『教会史』Ⅱ・一四・六一）、殉教についてはイグナティウス「ローマ人への手紙」四・三、Ⅰクレメンス五、『偽クレメンス文書』（二世紀）参照。

（10）二—三世紀、最初のラテン教父テルトゥリアヌス『護教論』五〇・一三の言葉。

（11）割礼の拒否は宗教的行為ではなく政治的裏切りを意味する。J・ダニエルー『キリスト教史　Ⅰ初代教会』（上智大学中世思想研究所編訳・監修）講談社、一九八一年、八六頁参照。

割礼の有無がユダヤ民族に対する忠誠心の証であるというのだ。

(3)ユダヤ教自身の変化――第一次ユダヤ戦争

歴史の皮肉中の最大のものは第一次ユダヤ戦争（六六―七〇年）である。かつてゼベダイの子ヤコブを殺害、ペテロをエルサレムから逃亡させ、義人と言われたイエスの兄弟ヤコブまで石打の刑に処した大祭司アンナス二世とサドカイ派神殿貴族は七〇年のエルサレム陥落で完全に歴史の舞台から姿を消す。ローマが、民族的祭儀を行うエルサレム神殿を破壊し、ユダヤ人をエルサレムから根扱ぎにしなければ、キリスト教徒たちは地中海全体にあれほど早く拡散しなかったことだろう。さらに言えば祖国の中心的な祭壇と国土を失ってもなお二一世紀の現代にいたるまでユダヤ教パリサイ主義が固く守られ、民族の文化的伝統が世界史に少なからぬ影響を及ぼし得たのも、第一次そして第二次ユダヤ戦争（一三四―一三五年バル・コクバの乱）でエルサレム神殿が完全に破壊されたからである。

このとき原始キリスト教団はまずエルサレムの南方ペラに避難し順次、キリスト教の種がまかれていた小アジア、ギリシャの諸都市、あるいはアレキサンドリアそしてローマへと散らばった。マタイ福音書が書かれた一世紀末にはもはや神殿貴族のサドカイ派は存在せず、マタイが宣教の対象とした初期のキリスト教徒は、ユダヤ教のパリサイ派ともっぱら角逐を繰り返していた。福音書で執拗にイエスに問答を仕掛け、隙あらば罠にかけようとするパリサイ派の姿はその時代状況を反映している。少し時代を遡るが、ペテロとパウロはネロ帝の迫害のときに（パウロは六四年または六七年）、ローマで殉教したと伝えられて、遠藤の筆はここで終る。

(4)ペテロとパウロの殉教――伝承と史実の間

ペテロがローマで殉教したのは史実[12]か、そもそもペテロはローマまで行ったのかという疑問が古くからあり、教会ことにローマ・カトリック教会にとって、これは大問題である。もしペテロがローマで殉教していないならば、ペテロの墓の上に建てられたサン・ピエトロ寺院とバチカンは史実としての根拠を失う。近年、考古学的な発掘によって伝承——そのもとは二世紀の偽クレメンス文書（三二三—三二四年）に遡ると言われる——が確かめられてはいるが。

ライヴァルだったペテロとパウロが刑場への途上、相手を見つけ互いに固く抱擁し合ったという伝承は史実ではない。属州ユダヤの賎民であるペテロは逆さ十字でないにしても十字架刑か、円形競技場での獣刑によって没したのだろうが、苟もローマ市民である（この当時は後世と異なり市民権はそれなりの法的効力を持っていた）パウロは郊外での斬首であろう。パウロがローマで、六〇年代のネロの迫害下で没したことは史実とされる。パウロはルカによる使徒よりさらに古い、多くの真正な書簡を残しているので、総合的な突合せからその史実性が担保される。[13]

5　復活と復活体験——復活は神秘そのものだが、体験は人間的事象だ

我々が『キリスト』を読み終えた時、なぜか物足りなさを感じる。それは率直に言うと遠藤が復活について正面から取り組むのを避けているからである。『イエスの生涯』巻末であれほどイエスの死後におきた何が弟子たちを劇的に変えたのか、その衝撃的な出来事の謎ときこそ次作の中心的テーマになると語った遠藤だが。私に言わせれば、そのXこそはイエスの復活と顕現そのものである。

(12)　クルマン、前掲書、一三三—一三四頁参照。
(13)　ボルンカム、前掲書、三七五—三八七頁参照。

キリスト論、救済論で著名な神学者K・スヒレベークスは[14]『イエス――一人の生ける者の物語』で次のように言う。

イエスの処刑後、三年以内にキリスト論的信条が既に結晶化していたこと。サウロがイエスの信奉者を迫害追求中にダマスコ近くで改宗したこと、これはこの頃に既にシリアでキリスト教団が存在していたことを意味する。イエスから生まれた歴史的な運動は五年足らずの間に新しい世界宗教の基礎を既に作っていた。これはまさに異常な現象だ。

彼は神学的な観点から原始キリスト教団の驚異的な発展を述べ第二巻、第三章以下で復活の神秘について語る。信仰を前提にした神学書であれば当然だが、そもそも、復活についての確固とした神学的視点なしにキリスト教史の叙述が可能だろうか。我々が遠藤の『キリスト』を読了した後に感じるのは、解き明かされるべき謎、人間イエスが神の子キリストとして人々の篤い信仰の対象になっていく、その鍵となる出来事、すなわち復活の解明がなされないことなのではないか。

そう感じるのは私だけではない。久保田修氏[15]も『イエスの生涯』『キリストの誕生』論で遠藤の復活の記述のそっけなさを指摘する。たしかに復活や奇跡は神がおこすものであり人知を超えた神秘（mystery）である。しかし復活または奇跡がどのように、どこで起き、どう感じたのかは人間の理解の範疇である。つまり復活そのものではなく復活体験を語ること、いわゆる復活体験の記述は人間にとって可能である。

私はここで遠藤の復活理解――私自身は遠藤の『死海のほとり』『深い河』に示された復活観に同意する――を疑おうとしているのではない。遠藤はある対談集[16]で自分は「（復活の神秘）あの最大の奇跡物語はそのまま信じる」と真摯に告白しているので、私は遠藤が復活を信じていることを疑わない。そもそも、そうでなければ、あのように感動的な多くの作品を書くことは出来ないだろう。

6 復活の解釈学的説明――近代合理主義者としての遠藤

公平を期するために言うと遠藤も確かに弟子たちの復活体験を解釈学的に丁寧に説明してはいる。すなわちイエスの弟子たちが師を見捨てる代わりに自分たちの安全を保障させた。その弟子たちがイエスの死後、後悔、慚愧、自己軽蔑のなかで必死になって模索した結果、イエスの死の意味を発見する――生前の師の「神の国の到来」を告げる力強さとは対照的に、ユダヤ人にとっては恥ずべき十字架刑であっけなく処刑された師の死の意味――その理解困難な死の意味を必死で模索したことにより、弟子たちがついにイザヤ書五三章八節にみいだした生贄の仔羊としての師の死の意味、師こそあのイザヤ書に書かれた苦難の僕であったのだ。

この弟子たちの発見はペテロの第一の手紙二章二二―二四節（九〇年頃）に記されており、遠藤は当然、クルマンの『ペテロ』七六―八〇頁の当該箇所を読んでいるはずだ。そして必ず再臨するというイザヤ書の預言の成就、それがイエス復活の待望としてリアリティあるものに変わっていった。そう遠藤は縷々述べている（二二〇―二二四頁）。

さらに期待の高まりとともに、それを裏付けるかの如き主イエスの顕現があったのだと、遠藤は復活の顕現にも言及する。しかしここでの遠藤の説明はあまりにも近代合理主義的な、解釈学的なそっけないものだ。彼は復活を評して「イエスは現実には死んだが、新しい形で彼らの前に現れ、彼らの中でいき始めた。それはいいかえれば彼らの裡にイエスが復活したことに他ならない」、また「まこと復活の本質的な意味の一つはこの弟子たちのイエス再発見だ」と言うのであるから（二二五―二二六頁）。

（14） 第一巻（V・アリバス、塩谷惇子訳）新世社、二〇〇三年、四頁参照。
（15） 笠井秋生、玉置邦雄編『作品論　遠藤周作』双文社出版、二〇〇〇年、一八八―二〇三頁。
（16） 遠藤周作『対談集　日本人はキリスト教を信じられるか』講談社、一九七七年、一八七頁参照。

7　還元主義ではなく、神学的体験として述べることは可能か

例えばパウロ（彼は知人と断ってはいるが）が第三天に挙げられた経験（二コリ一二・二）は、彼個人の没我状態として宗教心理学的に説明できるかもしれない。しかし復活は修行者や祭司が一定のトランス状態にある時に起きる没我現象（脱魂）（ecstasy）や幻視（vision）ではない。復活体験はそれを経験した人の全人格、全心身に影響し、以後の生涯に世界観をまったく変更させるほどの衝撃的なエネルギーを伴う全人格的な出来事なのだ。

しかるに遠藤の叙述方法は一貫して歴史・文学的方法で復活に関する神学的な考察は一切ない。したがってイエスの死と復活さらに高挙（神によって天にあげられる）の意味はほとんど問われない。要するに「神の国（支配）」の到来を説いた宣教のイエスが、死後に復活し、高く挙げられ、神の子キリストとして自ら宣教の対象となっていく過程、宣教するものが宣教されるものに変わる根本的な転換についてほとんど述べられないのである。ズバリ言うとキリスト教神学の根底をなす復活への取り組みがここではなんとも希薄なのである。

このことは遠藤のキリスト観と深くかかわっている。遠藤のイエスは地上においては奇跡など無縁のただの人であり、苦しむ人、孤独な人には寄り添い、ともに苦しんではくれるが、病気を治したり、悪霊を追い出したり、生まれつきの盲人の眼を開けることも、水を葡萄酒に変えることもしない、無力なだけの愛の人である。このことは前作『イエスの生涯』でこれでもかというくらい徹底して描かれる。しかし同時に遠藤は復活の神秘だけはこれを信じますと断言する。復活の神秘とその不思議な効果は聖霊の働きとして作品の中核に据えられている。ならば復活顕現についても、もう少し生き生きと何かを物語ってくれてもいいのではないか。

8　新約聖書に描かれた復活と復活顕現——福音書、使徒言行録とパウロ書簡

最古の福音書であるマルコ福音書一六章には、初め空になった墓が描かれていたのみだが、他の福音書と使徒によれば復活したイエスは男女の弟子に現れた（神学でいう顕現 epiphaneia; Easter appearance）。遠藤も弟子たちが師の死の意味を解き明かし師の再来を信じ始めたときに、時を同じくして復活のイエスに会っていると顕現についても記してはいる（二二七頁）。

ここでイエスの復活と顕現について福音書よりも執筆年代がより旧いパウロの真正な書簡、コリントの信徒への手紙一の一五章三—八節も見ておこう。

最も大切なこととしてわたしがあなたがたに伝えたのは、わたしも受けたものです。すなわち、キリストが、聖書に書いてあるとおりわたしたちの罪のために死んだこと、葬られたこと、また、聖書に書いてあるとおり三日目に復活したこと、そしてケファ（ペテロ）に現れ、その後十二人に現れたことです。次いで、五百人以上もの兄弟たちに同時に現れました。そのうちの何人かは既に眠りについたにしろ、大部分は今なお生き残っています。次いで、ヤコブに現れ、その後すべての使徒に現れ、そして最後に、月足らずで生まれたわたしにも現れました。（新共同訳）

このパウロの言葉を少し補足すると、以前にパウロがコリントの教会の人たちに伝えたことは、パウロ自身もエルサレム教会から伝承として聞いた（parelabon, 受け継いだ、一人称単数アオリスト）もので、それはキリストが私たちの罪の為に死んだこと、聖書（イザ五三・八—一〇）にかいてある如く葬られ、聖書にある如く三日目に復活（文字通りには起こされた egēgertai, 受動、完了）し、そしてケファ（ペテロ）と十二人に現れ、ヤコブに現れ、

最後には自分にも現れた（ōphthē, 見られた、一人称受動、アオリスト）ことである。この最後には自分にも現れたというのは、一回限りを表わす動詞形アオリストからしても、いわゆるパウロに回心をもたらしたダマスコ体験のことである。

これらの前半はイエスの死後、かなり早い時期に伝承として伝えられたもので、パウロはおそらくエルサレムを訪問した時（三五年）にペテロから聞いたのだろう。墓に埋葬されたイエスが復活後まずケファに現れ、十二人に現れ、次々と男女の弟子たちに目撃されたことは、復活が単なる幻視の現象ではなく、復活の身体的客観性を強調するものと言える。

パウロが受けたイエスの死と復活は伝承（イエスの死の直後には、口伝だったものが、やがて生活の座で信仰告白定型（Kērygma）、典礼文（Credo）となったもの）にすぎないが、パウロは自身でも復活したイエスを体験している（使九・一―五、二二・六―八、二六・一三―一五）。その体験はパウロにとってイエスにより回心の恵みが与えられたこと、生前からの使徒ではないが、イエスから使徒として宣教を命じられたことを含む。パウロのエルサレム教団に対する自信、対等の意識は実際、この体験からきている。またダマスコ体験は後にパウロが体験する幻視・ヴィジョン（第三天にまでたかく上げられた）とは異なり、客観性のある心身を激しく貫く全人格的な体験だった。ここではその体験を伝える箇所を使徒言行録九章一―五節から引用する。ルカは文学的素養があるのでパウロ自身の事実のみを告げる手紙よりは修飾的である。

さて、サウロはなおも主の弟子たちを脅迫し、殺そうと意気込んで大祭司のところへ行き、ダマスコの諸会堂あての手紙を求めた。それは、「この道」に従う者を見つけ出したら、男女を問わず縛り上げ、エルサエムに連行するためであった。ところが、サウロが旅をしてダマスコに近づいたとき、突然、天からの光が彼の周りを照らした。サウロは地に倒れ、「サウル、サウル、なぜ、わたしを迫害するのか」と呼びかける

声を聞いた。「主よ、あなたはどなたですか」と言うと、答えがあった「わたしは、あなたが迫害している
イエスである」（新共同訳）。

同行しているパウロ以外の人に声は聞こえても姿は見えなかったと記されている。このパウロの体験は我々の日常に経験する時・空間的な次元を超えた体験であろう。それ故、その体験を自然科学的因果律のもとで詳細に記述しても意味がない。本来、我々の日常言語はそういう体験を意味あるものとして述べるようには出来ていない。我々が日常的に使用する言語文法は時・空間のなかで物質の運動を質点の変化として記述するので、通常の「存在」を超えて存在するもの（例えばパウロの言う霊的身体［sōma pneumatikon］）を有意味に記述することは出来ないのである。

たとえ五歳の子供でも人間の肉体は存在としては「固体」であって、壁を自由に通り抜けることなど出来ないことは直感的に知っている。しかし日常の「存在」を超えた「存在」が、この世の中に絶対にないとは言い切れない。われわれは丸い四角を想像することは論理的に出来ないが、パウロの言う霊の身体は神学的な用語として十分、理解可能である。復活を信じないサドカイ派がイエスに復活後の体について議論を挑んだときにイエスは何と答えたか。復活後の人々はもはや嫁ぎも娶りもしないのだと（マタ二二・三〇）。それは地上における肉体（sarx）とは違い、パウロの理解する霊の身体（sōma pneumatikon）なのだ。

パウロや十二人の弟子たちが接したイエスの身体も霊の身体であって、日常言語で言う身体（ヘブライ語の血［dam］、肉［basar］、ギリシャ語の身体［soma］）とは異なるものだ。それはいわく言い難い比喩的な表現で、その存在を仄めかすことしかできない。地上におけるイエスは神の国について、じつに巧みな比喩で説明されたではないか。すなわち、復活の時には娶ることも嫁ぐこともなく天使のようになるのだと（マタ二二・三〇）。

9　エルサレム会議――パウロによる新しいキリスト論

弟子たちがイザヤ書の中から必死で見つけたイエスの死の意味をエルサレム会議（四八年）で、パリサイ派の学問的素養を身に着けていたパウロは見事に説明したと遠藤は言う（二九一―二九二頁）。それは要約するとこうなる。イエスは本来、神の子であったが、神が人間の罪を贖わせるため、子であるイエスを人間として地上に遣わした。受肉したイエスは神の国（支配）（basileia toū theoū）の到来を人びとに説いたが、人々は聞き入れず、彼を恥ずべき十字架に架けて殺した。[17] 彼は人間の罪を贖う贖罪の仔羊なのだ（ガラ三・一三）。

唯一神を固く信仰するユダヤ人パウロはイエスが地上で受肉する前は神と等しいものであったが、自分を無にし遜って十字架上の死に至るまで神に従順であった。それゆえ神はキリストを高く挙げた（フィリ二・六―九）。人間が死後に神になったのではなく本来、神だったものが人間として地上に降り再び天に挙げられたと言う。しかもパウロが天才的神学者なのは、人間が贖罪の為にイエスを捧げたのではなく、神が自らの子を人間の罪を贖うために生贄としたのだと遠藤は言う（二九九頁）。

10　『キリストの誕生』の謎――ペテロとパウロの殉教が語られないのはなぜか

遠藤は第一一章でルカは使徒を終えるにあたりペテロとパウロの殉教の様子をまるで報告していないが（三一九頁）、これはあまりにも悲惨で残酷な死を迎えた二人の偉大なキリスト教先達のことを書くに書けなかったのではないかと言う。私はルカが報告できなかった理由はこの遠藤説を含め三つあると思う。

一つはルカが最初からパウロのローマ到達までを書く目的にしていたから、二八章三一節で書くのを終えた。

二つ目は書くことは書いたが今では失われてしまった。三つ目は書きたくても書けなかった（遠藤説）の三つである。確かに神の沈黙、キリストの不再臨の謎から言えば、三つ目の理由が『沈黙』の作家遠藤としては最も妥当な理由に思われるのだろう。すなわち神はなぜこのように残酷な結果をパウロやペテロたちのような善い人間に与えられたのか。神はなぜ多くの過酷な殉教を見過ごして沈黙されたままなのか。そしてイエスはいつ再臨されるのか、我々はいつまで待てばよいのか。

三つのうちで妥当な解答はどれか。まず書かれたが、その部分が失われた説はどうか。文章の構成からすると確かに終わり方が尻切れトンボ過ぎる。しかし同時代の、あるいはもう少し後代のキリスト教文献、例えばエウセビオス『教会史』、パピアス『教会史』、アンティオキアのイグナティウス『手紙』、偽Iクレメンスに、過去にはあったが、その後、その部分は消失したという言及がないので、まずこれは一番、可能性が低い。

次に遠藤説はたいへん興味深いもので私自身も同意したくなる。なにしろ神学上の問題から言っても、ペテロのローマでの宣教や迫害による殉教は二次資料（伝承を記録したもの）はあっても、あまりにも謎が多すぎる。ローマにおけるペテロの活躍と殉教の場所等の信頼できる記録がないのにもかかわらず、ペテロは初代のローマ司教であったのだ。そういう意味では、一番、作家的好奇心が掻き立てられる。因みにパウロの最期については、G・タイセン[18]は、痛ましくてルカは書けなかったのかも知れないと言う。

（17）　青野太潮氏は十字架に架けられたではなく、架けられたまま（完了形）に重大な意味があるとする。一般に流布されている解釈と異なりパウロは十字架の意味を逆説の根拠に遡って強調すると言う（『パウロ――十字架の使徒』岩波書店、二〇一六年、一一五頁以下及び『言語』大修館書店、一九九七年一一月号、三三―三五頁参照）。またG・タイセンもパウロは十字架に付けられたイエスの死を贖罪死とは言っていないと言う。G・タイセン『イエスとパウロ――キリスト教の土台と建築家』（日本新約学会編訳）教文館、二〇一二年、一七四頁。

（18）　「二人の最期にまつわる具体的な事情は痛ましいものだったかもしれない。使徒言行録がパウロの死を前提していながら（二〇・二二以下）、それ以前の段階で話を打ち切っているのは、おそらくそのためである」。G・タイセン『新約聖書――

結論的に第一番目の説（ローマ宣教の報告で筆を擱くというシュルクレ師[19]）が最も妥当かも知れない。ローマは当時、世界の中心だった。「エルサレムで私のことを力強く証したように、ローマでも証をしなければならない」（使二三・一一）。パウロは囚人ではあったが、目的は果たした。その意味ではルカの使徒作成の目的は、パウロのローマ宣教の報告で達せられた。

しかも、もしパウロやペテロの殉教を克明に記せば、ローマ官憲はどう反応するだろうか。そういう深謀遠慮もルカに働いたのではないか。イエス（キリスト）は何といっても、かつて騒動を起こしてローマ総督に処刑された罪人であり、帝国のお膝下でもユダヤ教の正統派（クラウディオス帝はその存在を肯定した）とつねに悶着を起こすのは、イエスを主と仰ぐクリスチャン[20]なのだ。福音書を見ても、イエスの受難はユダヤ人側に全責任を負わせる一方、ローマ人総督はむしろイエスに同情的に描かれている。

もしローマを刺激しないで、しかも再臨の遅れている主イエス・キリストを受難に耐えつつ「主よ、来てくださいMARANA-TA」と祈る信者を励ますために書かれたものなら、『ヨハネによる黙示録』のように使徒にも黙示文学的装いが必要になったことだろう。

結び——遠藤にとっての『キリストの誕生』

我々が『キリスト』を読了し感じることは、遠藤が「X」の解明に成功しているとは言い難く、たしかに良質の歴史読物ではあるが、訴えかけるものに何か乏しいこと、その理由として一般読者向けの評伝という性格からか、弟子たちの根本的変化の神学的解明には程遠く、少なくとも隔靴掻痒の感を免れないことである。

さらに『イエスの生涯』では独自の大胆な解釈（無力なイエス、最後の晩餐の公開性、独自なユダ解釈）があり詩的想像力が遺憾なく発揮されたが、『キリスト』では使徒の終わり方の唐突さをめぐる解釈くらいで独自説の開陣はない。前作では福音書という最大のドラマが資料の中心なので、評伝の見せ場にも事欠かなかった。受難以降を考えても最後の晩餐の劇的な展開（裏切りの予告）、ゲッセマネでの人間イエスの苦悶、先の見えない恐怖、死の不安、懊悩そしてその後のユダの裏切りと逮捕、ペテロの否認と夜の裁判、翌朝のピラトの尋問、十字架刑、イエスの最期の祈り（または運命に対する絶叫）と事件また事件という劇的変化の連続である。しかるに『キリスト』では見せ場はステファノの殉教とエルサレムの攻防戦くらいで、そこでの遠藤の筆の運びはさすがに躍如としている。

さてこれまで遠藤の『イエスの生涯』、『キリストの誕生』とその背景をなす「史的イエス」探究史を三回にわたって扱ってきたが、神学と文学の接点で、作家であり偶々キリスト者でもあった遠藤のイエスの生涯論に対する、一つの展望（perspective）は提供できたかと思う。

参考文献（主として註で言及しなかったもの、（　）はテーマ）

（パウロ、神秘主義）宮本久雄『パウロの神秘論――他者との相生の地平をひらく』東京大学出版会、二〇一九年。

（パウロ、霊の身体）中村弓子『心身の合一――ベルクソン哲学からキリスト教へ』東信堂、二〇〇九年、一五九頁。
（パウロ）G・タイセン『パウロの弁護人』（大貫隆訳）教文館、二〇一八年。
（史的イエスとケリュグマ）G・タイセン『イエスとパウロ――キリスト教の土台と建築家』（日本神学学会編訳）教文館、二〇一二年、第三章二「史的イエスと初期キリスト教のケーリュグマの間の架け橋」一四五―一七九頁。

（原始キリスト教）同『原始キリスト教の心理学――初期キリスト教徒の体験と行動』（大貫隆訳）新教出版社、二〇〇八年。

大貫隆『福音書と伝記文学』岩波書店、一九九六年、一五〇―一五七頁。

同『イエスという経験』岩波書店、二〇一四年、二五五―二七六頁。


歴史・文学・宗教』（大貫隆訳）教文館、二〇〇三年、一六五―一六六頁参照。

（19）H・シュルクレ『新約聖書とは何か――その起源と内容』（上智大学神学部編訳）南窓社、一九六七年、二〇七頁参照。

（20）タキトゥス『年代記』XV・四四―四参照。

（再臨）東京神学大学神学会編『新キリスト教組織神学事典』教文館、二〇一八年。

（キリスト教）大貫隆、名取四郎、宮本久雄、百瀬文晃編『岩波キリスト教辞典』岩波書店、二〇〇二年。

（新約年表）加藤隆、『言語』大修館書店、一九九七年一一月号、四八頁付属。

（ユダヤ教）S・サフライ、M・シュテルン編『総説・ユダヤ人の歴史——キリスト教成立時代のユダヤ的生活の諸相 上』（長窪専三、川島貞雄、土戸清、池田裕、関根正雄訳）新地書房、一九八九年。

結び──二つの課題

1　文学編の総括

遠藤の小説作法──否定の道、象徴と隠喩によるキリスト教的メッセージ

遠藤は本論の文学篇で論じたように小説作法としては象徴と隠喩を駆使し、物語の表面的な展開の背後に、神と人間の緊張を孕んだ関係、いわば形而上的とも言える隠れたストーリーの展開を描く。つまり物語の背後にもう一つのメタの物語をおき、そこには表面的な筋の上では抑圧され、傷つき、苦しむ主人公に対する神の優しい目が注がれている。

遠藤によって日本でキリスト教に関心を抱き受洗にまで至った人も少なくない。とくに彼の周囲の作家が多く受洗した。しかし遠藤の作品は如何なる意味でもいわゆる、護教文学ではない。というのも主人公は苦しみ、虐げられ、しばしば、悲劇的な結末をさえ迎えるからである。『わたしが・棄てた・女』の主人公森田ミツ、『深い河』の主人公大津の悲劇的で無様なとも言える最期、あるいは『侍』の主人公、長谷倉六右衛門を想起してほしい。遠藤は逆境にある主人公にデウス・エクス・マキナ（deus ex machina）による救いを与えることはせず、ただ主人公の苦しみの軌跡を通して、そこにともに苦しむ神の痕跡をいわばネガで焼き付ける。そういう意味で彼の小説は否定の道の小説なのだ。

日本人読者にとって表面的には紛れもない敗者と見える主人公の行動を支える根源的な力が、主人公の意識的または無意識的に実践する神の愛（キリスト教的な愛と赦し）であることを遠藤は示唆する。遠藤は人間の魂の次元における根源的なダイナミズムを描き世界に通用する作品群を輩出した。これは海外の受賞歴や名誉学位の授

与[1]からも証明される。

裁く神からともに苦しむ神へ――二つの転機

初期の『海と毒薬』では「神不在の悲惨」を悲惨とも思わぬ日本の宗教的風土を「罪と罰」の視点から描いたが、西洋キリスト教の厳しく裁く神に衷心からの共感を覚えられなかった遠藤は創作上の新たな神の視点を模索した。[2]

そういう時にフランスから帰国した生涯の盟友井上洋治師と再会し、ともに無いものねだり的ではなく日本人にもわかるキリスト教（像）を求めようと誓い合った。しかし順風満帆の作家生活を送り始めた遠藤に突如、結核の再発が襲い掛かった。二年二か月にも及ぶ長期入院の中で、遠藤は否応なく生死と向き合った。病棟の周囲では家族を残し無念の思いで亡くなって行く多くの患者たち。遠藤自身も一時は心停止を経験、六時間を超える手術から奇跡的に生還したことは確固たる神の愛を確信させた。たとえ死の陰の谷を歩む時や、神の存在すら疑う時でも自分は決して一人ではなかった。自分を生かした神の愛。そしてまた生き残った自分の使命とは何か。高みから人間を裁くよりも、苦しむ人間とともに苦しみ、赦す神の視線へとカトリック作家遠藤は転向したのであった。

作家としての技巧や芸術的完成度から言えば、遠藤は同時代の日本人作家、例えば三島由紀夫や大江健三郎と比べ特に優れているわけではない。しかし彼の作品は日本文化の特殊性に拘ることなく、同時代の日本や世界の社会的状況に対する文明批評の要素を持ち、その内容は世界文学の一流の域に達している。今日までに翻訳された多様な言語と国名を知れば吃驚するほどである。[3]

普遍的な価値としてのキリスト教的「愛」と「赦し」

敗戦後の日本人は依るべき指針を見いだせぬまま、ひたすら物質的な豊かさを追求した。しかし経済至上主義の矛盾も露出し、社会の中で疎外され、孤独に苦しむ現代日本人に、遠藤は、より普遍的な精神的価値、すなわちキリストの愛と赦しを説く。しかも愛と赦しが決して西洋キリスト教の専売特許ではなく、日本人にとっても受容可能な価値だということを、小説という言語媒体で証明した。

『深い河』と現代日本の脱宗教化（既成宗教離れ、スピリチュアリティ、多重帰属）

現代日本の脱宗教化現象は欧米におけるキリスト教の世俗化[4]と同じく、制度化された既成宗教からの宗教離れである。しかし既成宗教の枠組みからは自由になるが、高度経済成長に伴う人間社会の疎外は進むので、個人はそのぶんスピリチュアルなものを求める傾向が強まる。これも欧米における現象と並行的である。さらに日本に特徴的なことは、欧米よりも伝統的に無意識的な多重帰属[5]はより強い。ほとんどの日本人は生後すぐにお宮参りをし、七五三のお祝いをし、信者でなくとも海外や国内のキリスト教会で結婚式を挙げ、ほとんどの葬儀は

（1）『イエスの生涯』のイタリア語版に対して国際ダグ・ハマーショルド賞受賞（一九七八年）。米国クリーブランドのジョン・キャロル大学で名誉博士号を授与される（一九九一年）。

（2）『聖書の中の女性たち』という遠藤の初の連載（『婦人画報』一九五八年四月―一九五九年五月）で、遠藤は新・旧約聖書に登場する多くの女性を取り上げるが、その底流には人と神との苦しみの連帯がある。片山はるひ氏は人間の内の普遍的な苦しみと孤独からの解放の願いが、イエスとの連帯感によって可能となるというのは後の同伴者イエスの姿に結晶して行くと言う（『遠藤周作事典』鼎書房、二〇二一年、二七九頁）。

（3）『遠藤周作事典』五〇二―五二四頁「遠藤周作作品外国語翻訳目録」参照。

（4）H・コックス『世俗都市――神学的展望における世俗都市と都市化』（塩月賢太郎訳）新教出版社、一九六七年。及び『世俗化時代の人間』（船本弘毅訳）新教出版社、一九六八年参照。

（5）多くの日本人はお宮参りや七五三は神社に行き、結婚式は国内外のキリスト教のチャペルで行い、葬儀は家の宗教である仏式で行う。宗教学的に言うと、これは多重帰属に他ならない。

仏式である。

遠藤は自身の高齢化の意識と相俟って、最晩年の『深い河』においては宗教多元主義的な装いのもとに、伝統的な死生観に救済の不安を感じる現代日本人に、はたして死後の世界はあるのか、ないのか。あるとすれば、それはキリスト教的な復活なのか、それともヒンドゥー教や仏教でいう転生なのかと、日本人の安心立命を求める問に応えようとした。

詳しくは本論の二篇の論文で述べたので、ここでは控えるが、この『深い河』を書くことが遠藤個人の西洋キリスト教対日本人の感性、一神教の血液対多神教の血液という二律背反的なアポリアの止揚であったことも付言しておく。

遠藤と悪の問題

今回、拙論の文学編では遠藤作品のうちで『スキャンダル』『月光のドミナ』『真昼の悪魔』等、また遠藤のサド論はあえて割愛した。通常の人間の悪と神的存在による救済の観点からは『白い人』、『海と毒薬』は重要な作品であり取り上げたが、『スキャンダル』は罪のさらに背後にある根源的な悪の問題を扱うもので、それまでの罪と救済の問題を凌駕している。

『スキャンダル』は人間の無意識の領域における根源的悪への誘いと、老年の苦しみを絡めた意欲的な作品だったが不評だった。日本を代表するユング派の深層心理学者河合隼雄氏(6)を除いてはほとんど無視され、従来からの多くの愛読者の反応も悪かった。それ故、遠藤は彼自身の内部にもある悪を描くという試みからは、すっかり手を引いてしまった。真の意味でキリスト教作家と言われるためには、遠藤自身も言う如く罪のさらに奥にある人間の根源的な悪を描くことが必要だったが、それは出来なかった。

彼の作品には欧米のキリスト教作家の描く悪の要素がどうしても乏しく、それだけ文学作品として物足りなさを感じさせる。これはキリスト教という強烈な光が強ければ強いほど、その光のもたらす闇もまた濃く深く、仄かな薄闇に浮かび上がる日本という宗教的というよりは倫理的な世界では所詮、無理なことなのかも知れない。

2　神学篇の総括──西洋キリスト教対日本人の感性

小論の第一〇章「東西の距離の克服（西洋キリスト教対日本人の感性）──異邦人の苦悩」で縷々述べたように、西洋キリスト教と日本人の感性の間に横たわる距離の克服が遠藤の作家としての創作の源泉であった。西洋キリスト教の一神教的性格と日本人の多神教（汎神）的な感性の相克、遠藤のよく使う表現で言えば、一神教の血液と多神教の血液の相克の問題こそ、遠藤を生涯、悩ませ創作に駆り立てたものであった。

それ故、遠藤作品を主として文学的な観点からのみ考察したら、同じ現代日本で活躍した谷崎潤一郎、川端康成や三島由紀夫の文学世界の研究等とは異なり、キリスト教神学と文学の接点に存在する遠藤の微妙かつ本質的な作品理解を欠くことになるのではないか。ある意味で分かちがたいものを拙論では敢えて文学篇と神学篇として考察したのもその理由からである。

第一〇章で論じたように、渡仏前の遠藤はキリスト教の一神教的性格に日本人の感性を持つ自分を無理やり合わせようとする傾向が、初期の文芸批評において顕著に見られた。そして帰国直後の遠藤は第三者的に一神教のもつ裁く神の視点から日本の神不在の精神的風土を弾劾するスタンスだったが、自らの大病の克服と、同じ問題意識に貫かれた生涯の盟友井上洋治師と再会することで、神なき国の日本人にも理解可能な、ともに苦しむ神の視点を描く作家へと変わったのである。すなわち代表作『沈黙』で西欧キリスト教の荘厳な顔をしたイエス像で

（6）河合隼雄「たましいへの通路としてのスキャンダル──遠藤周作『スキャンダル』を読む」『世界』四九一号（一九八六年八月）九六─一〇四頁。

はなく潮垂れた顔をした、ともに苦しむイエス像の創造によって西欧キリスト教の神を日本人の感性で納得できるキリストへと引き寄せたのであった。

しかし遠藤の描くキリストはもはやキリストではないという批判に対して、遠藤は聖地を何度も訪れ、また新約聖書学の研究を通して自らのイエス像の正しいことを立証しようとした。その結果を遠藤は『死海のほとり』(7)という小説と、その創作ノートである『イエスの生涯』『キリストの誕生』という歴史小説(遠藤自身は評伝という言葉も使うが)で世に問うた。

前者において遠藤はブルトマンの非神話化とはまた違った意味で、史的イエスを完全に無力な同伴者イエス(8)として描く。プロテスタント、カトリックを問わずキリスト教関係者からは、問題作『沈黙』(9)と同じく不評であった。私は個人的には優れた意欲作だと思うが、多くの批評家、新約聖書学者、一般読者からもよい評価は得られなかった。

神学・宗教の観点からみた遠藤文学の特徴——母なるイエス、ユダの救い、日本的宗教多元主義

拙論の神学篇で論じたように、遠藤はヘブライ・キリスト教的神秘主義、とりわけ神秘的婚姻思想は苦手だったようである。それは私も同じで、例えばキリストの花嫁としての教会共同体という言葉には今一つ実感が湧かない。また遠藤の言う日本人の感性にしっくり感じられる「母なるイエス」すなわち神の母性化(10)に関しては、キリスト教の文化内開花(inculturation)の観点から井上洋治師は高く評価しているが、これも適度な母性化はいいが遠藤個人の母との関係が執拗に色濃く反映されるとなると問題はまた別である。

その点は一三章の「神の母性化」と一七章『死海のほとり』Ⅷにおける「母なるイエス」で詳しく論じた。その他にも遠藤作品に顕著なものは、ユダの救いに関する強迫観念である。それは単に裏切り者というだけではなく還俗し妻帯した司祭に対する複合的なコンプレックスが顕著であり、それは遠藤文学の底流をなす執拗底音

(basso ostinato) となっている。遠藤の個人的な幼少年期の夙川教会における体験、そしてさらに言うまでもなく遠藤母子の霊的指導司祭ヘルツォーグ師の還俗と妻帯の衝撃によるものである。

最後に『深い河』に見られる宗教多元主義的な傾向についても一言、付言する。すなわち遠藤の宗教多元主義的傾向は古来からの日本人の宗教観に由来するものであり、たまたま渋谷の書店で遭遇したヒック流の多元主義とはその本質において異なることであり[(11)]、これは文学編七章及び神学篇一六章で詳しく論じたことである。

---

(7) 奥野政元「死海のほとり」『遠藤周作事典』九一―九五頁参照。

(8) 同伴者イエス、井上洋治『イエスのまなざし――日本人とキリスト教』日本基督教団出版局、一九八一年、一九八―二〇〇頁参照。

(9) 拙論「神学と文学の接点：遠藤周作の『イエスの生涯』『キリストの誕生』と「史的イエス探求史」(上)――教義のキリストから歴史のイエスへ、そして信仰のキリストへ」『遠藤周作研究』一一号（二〇一八年）二四―四〇頁参照。また神谷光信「イエスの生涯」『遠藤周作事典』二五―二九頁参照。増田斎「無力なイエスと戦後キリスト教界」坪井秀人編『戦後日本の傷跡』臨川書院、二〇二二年、二三〇―二三三頁参照。

(10) 拙著『遠藤周作による象徴と隠喩と否定の道』キリスト新聞社、二〇一八年、二八七―二九三頁参照。「母親ってのは同伴者ですからね」と遠藤は江藤淳氏との対談で言う。井上洋治、前掲書、二一二頁。また Caroline Walker Bynum, *Jesus as Mother Studies in the Spirituality of the High Middle Ages*, University of California Press Berkeley, 1982 参照。

(11) 小嶋洋輔『遠藤周作論――「救い」の位置』双文社出版、二〇一二年、二一八頁、注6参照。またカトリック側の宗教多元主義の動きに関してはジャック・デュプイ『キリスト教と諸宗教――対決から対話へ』（越知健、越知倫子訳、阿部仲麻呂監修・解説・註釈）教友社、二〇一八年が最適である。阿倍師による解説・注釈（人名、事項）が付いている。

初出一覧

（本論文に纏める上で若干、改稿したもの＊もある。）

序

第一章――『キリスト教と文化』一二号、関東学院大学、二〇一四年

本論1

第一章――『横浜女子短大研究紀要』一九号、二〇〇四年
第二章――『湘南工科大研究紀要』三三巻一号、一九九八年
第三章――『横浜女子短大研究紀要』二〇号、二〇〇五年
第四章――『横浜女子短大研究紀要』二九号、二〇一四年
第五章＊――『遠藤周作研究』創刊号、遠藤周作学会、二〇〇八年
第六章＊――『遠藤周作の世界――シンボルとメタファー』教文館、二〇〇七年
第七章――『横浜女子短大研究紀要』一二号、一九九七年
第八章――『遠藤周作研究』二号、二〇〇九年
第九章――『遠藤周作研究』三号、二〇一〇年

本論2

第一〇章――『遠藤周作研究』一四号、二〇二二年
第一一章――『遠藤周作研究』七号、二〇一四年
第一二章――『遠藤周作研究』六号、二〇一三年

第一三章――『遠藤周作研究』八号、二〇一五年
第一四章――『遠藤周作研究』九号、二〇一六年
第一五章*――『横浜女子短大研究紀要』一七号、二〇〇二年
第一六章――『遠藤周作研究』一〇号、二〇一七年
第一七章――『横浜女子短大研究紀要』一六号、二〇〇一年
第一八章（上）――『遠藤周作研究』一一号、二〇一八年
同（中）――『遠藤周作研究』一二号、二〇一九年
同（下）――『遠藤周作研究』一三号、二〇二〇年

あとがき

今回、博士論文として、これまでの研究成果を一本に纏めたこと

二〇〇七年の『遠藤周作の世界――シンボルとメタファー』（教文館）は、以前から山根道公先生に勤務先の研究紀要、所属学会の発表論文などをお送りしていたところ、先生が「ぜひ、それを本にして下さい。そうすれば、多くの学生さんに読んで貰えます」と仰ったことがきっかけでした。

二〇一八年の『遠藤周作による象徴と隠喩と否定の道――対比文学の方法』（キリスト新聞社）の刊行に際しても、『遠藤周作研究』に毎年のように寄稿した拙論をみて、「そろそろ一本になる分量ですね」と仰って決まりました。今回、それらの二冊と、その後に『遠藤周作研究』に寄稿した拙論四本を加えて一本化し、博士論文としての体裁を整え山根先生のお勤め先のノートルダム清心女子大学に提出致しました。二〇二四年三月に同大学から文学博士号を授与されたことは、永年、神学と文学の接点から遠藤作品を研究してきた私にとってこのうえない喜びでした。

先生は現在、「遠藤周作学会」代表をなさっておられますが、それ以前の一九九九年から二〇〇〇年まで、新潮社から刊行された『遠藤周作文学全集　全15巻』の「解題」を担当されました。それらのことから判るように山根先生は現代日本における遠藤研究の第一人者と言えます。先生を主査に、副査には同大学の山根知子先生、長原しのぶ先生、さらには遠藤学会から古橋昌尚先生にも加わって頂き、ご審査頂きました。此処に改めて厚く御礼申し上げます。

宣教師ポール遠藤の謂われ

さてこの本の題名を『遠藤周作の生涯と文学――神学と文学の接点から見る』とし、序の題名は、やや人目を引く「宣教師ポール遠藤の生涯と文学」としました。遠藤のフランス留学の実質的スポンサー、G・ネラン神父は若い信者には常に「信者なら、宣教しろ」と仰っておられました。遠藤さん自身もネラン師からそう言われたに違いありませんが、そうでなくても、実際、遠藤さんくらい聖職者でないにも拘らず、日本におけるキリスト教宣教に努力され、実を挙げられた方もおられないと思います。そのご生涯はキリスト教の作家と言うよりは、まさに宣教師そのもののご生涯だったと思われるからです。

拙著を献呈したお二人との縁

奥村一郎師と加賀乙彦先生に拙著を捧げたのは、二〇〇〇年の大聖年に、お二人に私が責任者をしていたカトリック藤沢教会で連続講演をお願いしたご縁からです。二〇〇〇年から毎年、奥村師とはフランスのルルド、スペインのセゴビア、ポルトガルのファチマ、ローマやアッシジなど、また国内でも五島巡礼にもお供させて頂きました。巡礼ではミサの侍者もどきを務めさせて頂きましたが、一番のお役目は神父様を人間的錯綜からお守りする役目だったと思います。「私は何をすればよろしいですか」とお聞きすると「黙って、そこに居てくれるだけでいい」と脇の席を指さされました。

私自身、若い時に鎌倉の禅寺に出入りしていたので、カトリックの神父でありながら、奥村師のいかにも師家ふうの対応には何とも言えぬ魅力を感じました。パリの空港からリジューの聖テレジアの修道院に向かうバスの中でのことです。私が青臭い議論を一生懸命、述べていて、ふと横の老師を見ると奥村師はグーグーと高鼾をかいておられます。師はご自分には厳しかったが、周囲の者には一度も嫌な顔をされたことはありませんでした。つねに温顔でニコニコと慈愛深い眼差しを向けておられました。桜町の聖ヨハネ会の病院に入院されても、最後にお会いした時の笑顔が忘れられません。

加賀先生は、亡くなられた奥様のお妹さんが家内の大学時代のクラスメートで、先生にはなんとなくご縁がありました。二〇〇〇年のご講演後、二〇〇七年に教文館から出した初の単著に素晴らしい「帯」を書いて下さいました。奥様が亡くなられた直後、軽井沢の高原文庫でお会いした時も、さらに二〇一一年三月一一日の東日本大震災後の時もそうでしたが、先生が住んでおられた本郷のマンションでは、エレベーターが止まり、大勢の方がロビーで夜を過ごされたとか伺いました。「先生、大丈夫ですか」とお聞きすると、あの眼をクリクリっとして「僕、大丈夫だよ」とニッコリされたものです。

先生は二〇一九年の周作クラブの新年会で、私の二冊目の単著を何度も褒めて下さり、「遠藤さんの若い研究者がこんな、いい本を書いた」と繰り返されるので、友人が「先生、著者は七〇歳をとっくに過ぎていますよ」と申し上げると、先生は「うーん僕より、ずーっと若い」と返されたそうです。今回のこの本を見て、天国の先生がさて何と仰るのか楽しみです。

最後に教文館出版部の髙木誠一様、そしてなにより面倒な拙論の編集作業を我慢づよく担当して下さいました豊田祈美子さんに厚く御礼申し上げます。

二〇二五年春

兼子盾夫

《著者紹介》

兼子盾夫（かねこ・たてお）

神奈川県立湘南高等学校卒、慶応義塾大学大学院哲学研究科修士課程終了、上智大学神学部後期博士課程単位修得満期退学。ノートルダム清心女子大学から文学博士号を授与。

横浜女子短期大学教授（図書館長）、社会福祉法人聖心の布教姉妹会（現 みその）監事、朝日学生新聞社顧問、関東学院大学キリスト教と文化研究所（客員）研究員、上智大学キリスト教文化研究所（客員）所員を歴任。

所属学会

比較思想学会、遠藤周作学会、日本キリスト教文学会、日本キリスト教詩人会、上智人間学会

装丁　熊谷博人

遠藤周作の生涯と文学――神学と文学の接点から見る

2025年3月30日　初版発行

著　者　兼子盾夫
発行者　渡部　満
発行所　株式会社　教文館
〒104-0061　東京都中央区銀座4-5-1　電話03(3561)5549　FAX 03(5250)5107
URL　http://www.kyobunkwan.co.jp/publishing/
印刷所　モリモト印刷株式会社

配給元　日キ販　〒112-0014　東京都文京区関口1-44-4
電話03(3260)5670　FAX 03(3260)5637

ISBN978-4-7642-9209-3　Printed in Japan